Fischland-Rache

Corinna Kastner ist 1965 in Hameln geboren. Sie arbeitet am Institut für Journalistik und Kommunikationsforschung in Hannover und fühlt sich am wohlsten an der Ostsee. Seit 2005 veröffentlicht sie schauplatzorientierte Spannungsromane (u. a. 2009 den Fischland-Roman »Die verborgene Kammer« und 2012 den Küsten Krimi »Fischland-Mord«).
www.corinnas-fischland.blogspot.de
www.kastners-welten.de

CORINNA KASTNER

Fischland-Rache

Der zweite Fall für Kassandra Voß

KÜSTEN KRIMI

emons:

© Emons Verlag GmbH
Cäcilienstraße 48, 50667 Köln
info@emons-verlag.de
Alle Rechte vorbehalten
Umschlagmotiv: Corinna Kastner
Umschlaggestaltung: Tobias Doetsch
Gestaltung Innenteil: César Satz & Grafik GmbH, Köln
Druck und Bindung: sourc-e GmbH, Köln
Printed in Europe 2025
Erstausgabe 2013
ISBN 978-3-95451-157-0
Küsten Krimi
Originalausgabe
5. Auflage

Unser Newsletter informiert Sie
regelmäßig über Neues von emons:
Kostenlos bestellen unter
www.emons-verlag.de

Ein Projekt der AVA international GmbH, Autoren- und Verlagagen-
tur, www.ava-international.de

Für Paul

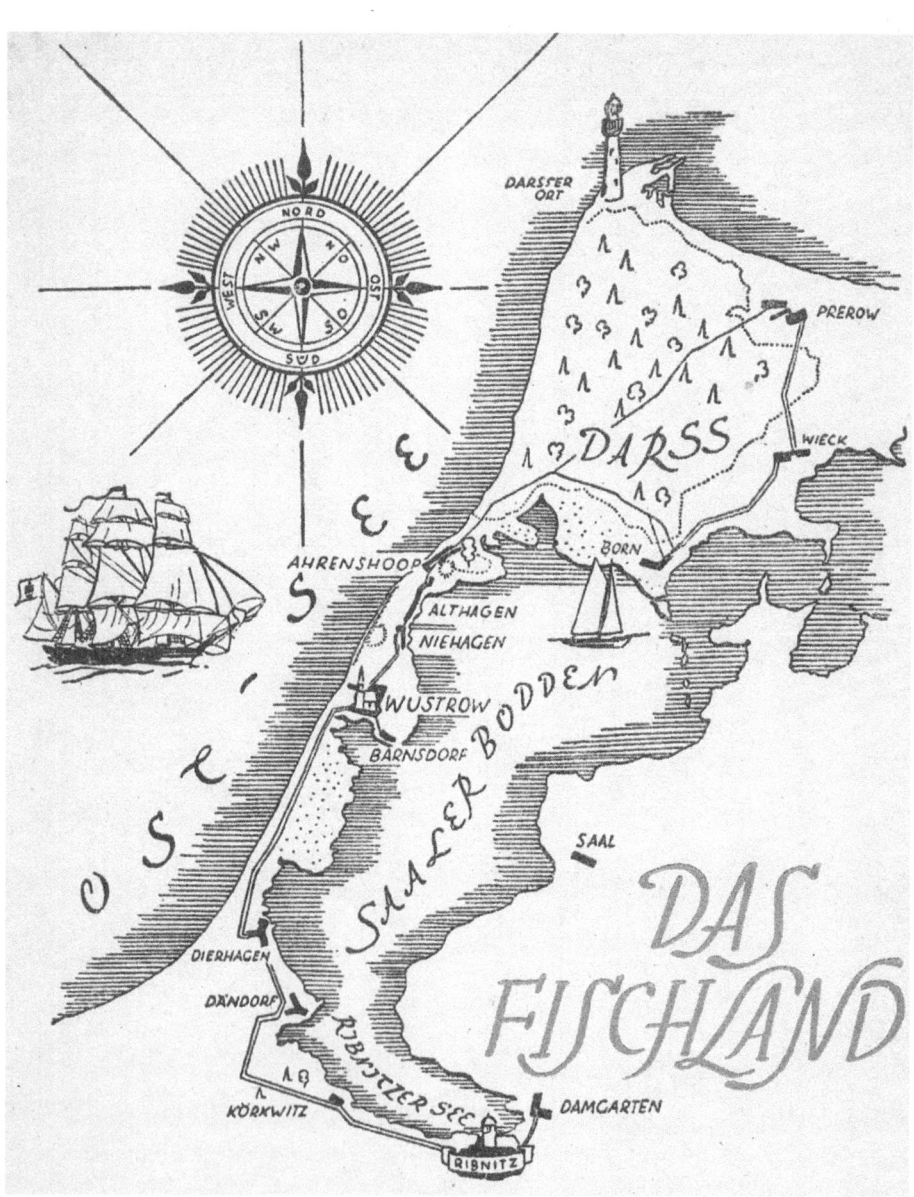

Prolog

17. *November 2011*

Regen peitschte gegen die Fenster, ab und zu grollte in der Ferne ein Donner. Kriminaloberkommissar Kay Dietrich sah zu, wie die Regentropfen sich zu Rinnsalen sammelten und in Strömen an der Scheibe herunterliefen. Bei dem Unwetter hätte er die kleine Kirche auf der anderen Seite der Friedländer Straße nicht mal erkennen können, wenn es draußen schon hell gewesen wäre. Seit einer Stunde saß er hier, lange vor Beginn seines Dienstes. Er hatte schlecht geschlafen, zu Hause nur noch die Wände angestarrt und beschlossen, doch lieber was Sinnvolles zu tun. Jetzt spürte er allmählich, wie die Müdigkeit durch seinen Körper kroch, wurde jedoch abgelenkt von der Hektik, die sich draußen auf dem Flur ausbreitete. Er wollte schon nachsehen gehen, da klingelte das Diensthandy in seinem Mantel, den er vorhin zum Trocknen an den Schrank gehängt hatte. Unter Schmerzen erhob er sich und unterdrückte ein Stöhnen, obwohl niemand da war, der es hätte hören können.

Humpelnd erreichte er den Schrank und angelte nach dem Handy. Die Nummer ließ ihn kurz innehalten, bevor er das Gespräch entgegennahm. Wenn Geldorf persönlich anrief, musste es was wirklich Wichtiges sein.

»Dietrich«, meldete er sich knapp.

»Geldorf hier. Tut mir leid, wenn ich Sie aus dem Schlaf gerissen habe.« Für ihn ganz untypisch, zögerte der Polizeidirektor der Kriminalpolizeiinspektion Anklam, als wisse er nicht recht, wie er weitersprechen sollte.

»Haben Sie nicht«, fühlte Dietrich sich genötigt zu antworten.

»Gut. Gut …« Wieder zögerte Geldorf. »Sie wissen, dass der Kollege Johannsen noch längere Zeit krank ist, sonst würde ich nicht ausgerechnet Sie schicken. Abgesehen von Johannsen sind Sie sind nun mal der Einzige mit Ortskenntnis – wovon ich mir einen gewissen Vorteil verspreche. Ich würde das nicht von Ihnen verlangen, wenn ich nicht dächte, dass Sie das hinkriegen. Johannsen denkt das übrigens auch. Wir haben telefoniert.«

Dietrich wurde unruhig. Was sollte das Rumgeeiere? Tief in

ihm rührte sich ein unangenehmer Verdacht. »Was gibt's denn?«, fragte er mit leicht ungeduldigem Tonfall.

»Eine Leiche. Ein Jogger hat den Mann heute früh gefunden«, fuhr Geldorf fort. »Erschossen. Auf dem Fischland.«

Dietrich erstarrte für einen Augenblick. »Verstehe«, sagte er dann langsam. Er musste sich auf seinen nächsten Satz konzentrieren. »Weiß man schon, wer der Tote ist?«

Geldorf schien erleichtert, dass Dietrich so sachlich reagierte. »Der Kollege Harms ist auf dem Weg zu Ihnen, um Sie abzuholen, er wird Sie mit allen nötigen Informationen versorgen. Bei Ihrer Rückkehr wartet ein Team auf Sie, das Sie leiten werden.« Kein Zögern schwang mehr in Geldorfs Stimme, als er sich fast eilig verabschiedete.

Dietrich runzelte die Stirn. Er sollte die Mordkommission leiten? Dass man ihm das übertrug, war ungewöhnlich, sein Rang eigentlich nicht hoch genug. Da ging ihm auf, was Geldorf noch gesagt hatte. Tobias Harms war auf dem Weg zu ihm nach Hause. Dietrich wählte seine Nummer und erreichte ihn glücklicherweise rechtzeitig genug. Harms war gerade erst vom Hof gefahren, kehrte um und wartete unten auf ihn.

Dietrich schnappte sich seinen Mantel, holte die Dienstwaffe aus dem Schrank und machte sich humpelnd auf den Weg. Dabei kam er am Besprechungsraum vorbei, in dem schon drei Kollegen saßen. Dietrich fiel ein, dass Geldorf nicht auf seine Frage nach der Identität des Toten geantwortet hatte. Er war davon ausgegangen, dass sie noch unbekannt war, die Anwesenheit der bereits zusammengetrommelten Kollegen sprach jedoch für das Gegenteil. Er überlegte kurz nachzufragen, beschloss dann aber, keine Zeit mehr zu verlieren und sich alles von Harms erklären zu lassen.

Im Fahrstuhl lehnte er sich gegen die Wand und fuhr sich müde mit den Händen übers Gesicht. Er konnte nicht verhindern, dass ihm nun doch ein leises Stöhnen entschlüpfte. Die Schmerzen quälten ihn, als wüsste sein Körper, dass er heute noch mehr als sonst an das erinnert werden würde, was sich im Sommer auf dem Fischland abgespielt hatte.

Zu dem Zeitpunkt war er noch Kriminalkommissar ohne viel Aussicht auf Beförderung gewesen. Zu stur, zu viel eigener Kopf, dazu ein mangelnder Wille, sich unterzuordnen – alles keine karrierefördernden Eigenschaften. Dann war dieser Kunstgutachter in einer Pension in Wustrow ermordet aufgefunden worden, und Dietrich hatte sich dummerweise in die Theorie verbissen, dass die Pensionsbesitzerin Kassandra Voß mit drinhing, was sich bald als fataler Irrtum erwiesen hatte. Im Zuge der Ermittlungen war es zu dem Unfall gekommen, der ihn ein paar Tage ins Koma versetzt und ihm diverse Narben und einen Haufen Schrauben in seinem linken Bein eingebracht hatte. Dabei konnte er von Glück sagen, dass er überhaupt noch lebte. Anfangs hätten die Ärzte nicht darauf gewettet.

Als Folge dieses Ereignisses hatte die Aufklärung des Mordfalls ausgerechnet bei Kassandra Voß und ihren Freunden gelegen, die zwar keine Polizisten, dafür aber mit gesundem Menschenverstand, guter Kombinationsgabe – und leider auch einer großen Portion Leichtsinn gesegnet gewesen waren. Trotzdem war alles gut ausgegangen, und Dietrich bedauerte noch heute, dass er das Finale zwangsweise verpasst hatte.

Sozusagen als Ausgleich für das, was ihm widerfahren war, hatte man ihn schließlich doch noch befördert – jedenfalls konnte er sich keinen anderen Grund vorstellen.

Kriminaloberkommissar mit dreiundvierzig. Reife Leistung. Das und mehr waren die meisten anderen schon sehr viel früher.

Die Fahrstuhltür glitt auf, und Dietrich trat hinaus auf den Gang, auf dem es von irgendwoher zog. Auf der Straße beeilte er sich, durch den Regen zum Wagen zu kommen, aus dem Tobias Harms gerade ausstieg. Harms, der denselben Rang bekleidete wie er, war vor zwei Monaten von Hannover nach Anklam versetzt und vermutlich von den Kollegen recht gut über ihn informiert worden. Er hatte ihn jedoch nie persönlich gelöchert, obwohl dazu in den vergangenen drei Wochen seit Dietrichs Rückkehr in den Dienst genug Zeit gewesen wäre. Sie arbeiteten heute nicht zum ersten Mal zusammen.

»Morgen, Kay«, grüßte Harms und warf ihm den Autoschlüssel zu. »Fährst du?« Die Frage war rhetorisch, er hastete schon zur Beifahrerseite, und auch Dietrich stieg ein, so schnell sein Bein es ihm erlaubte. Er hatte sich nach dem Unfall bei der ersten Gelegenheit wieder hinters Steuer gesetzt, und es hatte ihm erstaunlicherweise nichts ausgemacht.

»Also«, forderte er Harms auf, der zehn Jahre jünger war als er und ungefähr das Doppelte wog, »was ist da los auf dem Fischland?«

Harms bedachte ihn mit einem vorsichtigen Blick, der Dietrich auf die Nerven ging. Er konnte nicht behaupten, allzu wild darauf zu sein, das Fischland wiederzusehen, aber er hasste es, mit Glacéhandschuhen angefasst zu werden.

»Brauchst du eine Extraeinladung, oder erzählst du von selbst, was ich wissen muss?«, fragte er.

»Okay, okay, schon gut. Die Kollegen von der Schutzpolizei, die die Fundstelle gesichert haben, sagen, dass ein verstörter Jogger um halb sechs die Notrufzentrale angerufen hat.« Harms hielt kurz inne. »Werde nie verstehen, wie man freiwillig bei jedem Wetter Sport treiben kann, und das noch vorm Aufstehen. Jedenfalls musste der Typ mal und hat dabei unweit des Steilufers zwischen Wustrow und Ahrenshoop in einem kleinen Waldstück den Toten entdeckt. Offenbar erschossen, zumindest deutet das Loch in seiner Stirn darauf hin, aber natürlich muss noch von der Rechtsmedizin verifiziert werden, ob das de facto die Todesursache war.«

Dietrich nickte und wiederholte die Frage, die er Geldorf schon gestellt hatte: »Wissen wir, wer der Tote ist?«

»Ein Mann namens Freese. Er hatte …«

Dietrich verriss das Steuer, der Wagen geriet ins Schlingern.

»Verdammt, Kay!«, brüllte Harms erschrocken, obwohl sie längst wieder sicher auf der Straße fuhren. Was er sonst noch sagte, hörte Dietrich nicht.

Es war grundsätzlich nicht seine Art, spontan Sympathie für jemanden zu empfinden. Paul Freese war die berühmte Ausnahme von der Regel gewesen, auch wenn er Kassandra Voß bei besagtem Fischland-Fall von Anfang an unterstützt hatte. Letztlich war es Freeses Persönlichkeit und seiner Überzeugungskraft zu verdanken gewesen, dass Dietrich sich entgegen jeder Polizeidienstvorschrift zur Zusammenarbeit mit den beiden entschlossen hatte. Kassandra Voß wiederum hatte sich Freeses Ausstrahlung wohl auch nicht entziehen können. Als die beiden ihn damals im Krankenhaus besuchten – gleich nachdem die Ärzte es erlaubt hatten und ein weiteres Mal kurz vor seiner Entlassung –, hatte er nicht übersehen können, dass sie inzwischen weit mehr als nur Freunde waren. Gewesen waren, korrigierte er sich. Denn jetzt war Paul Freese tot.

Dietrich pappte das Blaulicht aufs Wagendach, drückte das Gaspedal bis zum Anschlag durch und raste in wahnwitziger Geschwindigkeit in Richtung Fischland.

1

Zwei Tage zuvor

Kassandra zog die Haustür zu und warf einen kritischen Blick in den dunklen, wolkenverhangenen Himmel. Ein Windstoß wehte ihr dabei die braunen schulterlangen Haare ins Gesicht. Kurz betrachtete sie im Lichtschein eines vorbeifahrenden Autos zweifelnd die grün-weiße Tür des alten Kapitänshauses, in dem sie im Frühjahr ihre Pension »Woll tau sehn« eröffnet hatte. Sie war sich ziemlich sicher, dass es früher oder später zu regnen beginnen würde, aber wenn sie jetzt wieder reinging und ihren Schirm suchte, würde sie sich noch mehr verspäten. Entschlossen klappte sie ihren Mantelkragen hoch und lief von der Lindenstraße, in der sich Kapitänshäuser wie ihres in den schönsten Variationen wie Perlen an einer Schnur aufreihten, in den Birkenweg, der direkt auf den Platz mit der Alten Eiche mündete. Im Sommer war das ein lauschiges Plätzchen. Um die Eiche stand eine Rundbank, und man konnte von hier aus die alte Feuerwehr mit dem roten Backsteinturm betrachten, in der Hand ein Kuchenstück vom Bäcker an der Ecke. Das einzig Lauschige an diesem Abend war der große erleuchtete Wintergarten des Hauses gegenüber der Eiche, und genau das war ihr Ziel.

Vor einigen Monaten war Inga Lange aufs Fischland gekommen, hatte dieses Haus in Rekordzeit gekauft und umgebaut und daraus die neueste Attraktion Wustrows gemacht, das Restaurant »FischLänder«.

Es wäre übertrieben gewesen zu sagen, dass Ingas häufige Anwesenheit und die Eröffnung des Restaurants Wustrow spalteten. Aber es gab fraglos sowohl energische Befürworter als auch erbitterte Gegner der Tatsache, dass sich auf das beschauliche Fischland eine Star-Köchin verirrt hatte, die jeder, der wenigstens ab und zu mal den Fernseher einschaltete, sofort erkannte. Was natürlich entsprechenden Rummel mit sich brachte, den nicht alle begrüßten.

Auf der gegenüberliegenden Straßenseite sah Kassandra eine reglose Gestalt zum Restaurant hinüberstarren. Das wäre an jedem anderen Tag nicht weiter ungewöhnlich gewesen, denn es standen häufig Leute hier und warteten darauf, einen Blick auf Inga werfen zu können, wenn im Restaurant kein Platz mehr zu ergattern war. Allerdings harrten die selten bei so ungemütlichem Wetter aus, mittlerweile hatte es nämlich etwas zu stieben begonnen. Kassandra schüttelte den Kopf. Manche übertrieben es eindeutig mit der Star-Verehrung.

Der Weg zur dunkelgrünen Eingangstür des »FischLänder« führte durch einen Vorgarten, der von einer Vielzahl kleiner Lampen beleuchtet wurde, winzige Regentröpfchen tanzten in den Lichtkegeln. Als Kassandra die Tür aufstieß, ließ sie ihren Blick durch den in hellen Farben und geraden Linien eingerichteten Raum schweifen. Der Gegensatz zwischen diesem durchgestylten, aber nicht ungemütlichen Inneren und dem Äußeren des in kräftigem Rot gestrichenen rohrgedeckten Fachwerkhauses faszinierte sie immer wieder aufs Neue. Schließlich entdeckte sie Jonas, Violetta, Mona und Paul an einem der runden Holztische.

Paul musste gespürt haben, dass sie gekommen war. Er sah hoch, direkt in ihre Augen. Unwillkürlich schluckte Kassandra. Sie waren seit vier Monaten zusammen, und sie bekam immer noch weiche Knie, wenn er sie mit diesem warmen Lächeln ansah. Dass sie mit ihren vierunddreißig Jahren zwanzig Jahre jünger war als er, hatte anfangs einige irritiert, nicht zuletzt Paul selbst, aber schon nach kurzer Zeit hatte es keine Rolle mehr gespielt.

Paul stand auf, um mit einem Kuss ihre Wange zu streifen, nahm ihr den Mantel ab und legte ihn über einen freien Stuhl. An solche Höflichkeiten hatte sie sich gewöhnen müssen, aber es gefiel ihr.

»Entschuldigt, dass ich zu spät bin«, sagte sie und klopfte auf den Tisch, um alle zu begrüßen.

»Kein Problem. Sind deine Gäste gut angekommen?«

Kassandra nickte. »Der übliche Stau bei Hamburg hat sie über eine Stunde aufgehalten. Dabei wäre ich gerade heute gern pünktlich gewesen.«

»Ach, Kassandra, so was Besonderes ist das hier ja nun auch wieder nicht. Ist doch bloß ein Buch«, sagte Jonas mit todernster Miene, die er aber nicht lange durchhielt, vor allem, weil Mona ihn in die Seite pikste und kicherte.

Die beiden eines Tages an einem Tisch sitzen zu sehen, hätte Kassandra nicht für möglich gehalten. Ihre langjährige Freundin Mona lebte in Stralsund, war Inhaberin von »Kolbert Colliers«, einer Goldschmiede mit mehreren Filialen in Norddeutschland, und trug auch heute Abend anscheinend alles an sich, was keinen Platz mehr im Nachttresor gefunden hatte. Kassandras Nachbar Jonas, der einen Souvenirshop betrieb und im Sommer auf dem Saaler Bodden, dem flachen Binnengewässer auf der anderen Seite Wustrows, Zeesboot-Touren für Urlauber durchführte, war mehr von der bodenständigen Sorte und hatte nicht viel übrig für Glitzerkram und Mondänes. Aber Mona mochte er erstaunlicherweise.

»Was soll das denn heißen: ›nur ein Buch‹?«, schaltete sich Paul jetzt gespielt empört ein.

»Aber echt, das ist ja wohl unglaublich, wie kannst du so was nur denken, Pauls Roman wird garantiert wieder wochenlang auf sämtlichen Bestsellerlisten stehen, er wird sich vor Lesern kaum retten können, und wenn er endlich mal sein Pseudonym lüften würde, hätte Wustrow ganz offiziell noch eine Berühmtheit!«, bekräftigte Violetta wie gewohnt ohne Punkt und Komma, um anschließend in Monas Kichern einzufallen.

»Lieber nicht, eine reicht vollkommen«, wehrte Paul schmunzelnd ab, bevor er sich an Jonas wandte. »Aber mit dem ersten Teil hat Violetta ganz recht, Jonas, alter Freund. Wenn du nicht bald den gebührenden Respekt an den Tag legst, kannst du deine Rechnung nachher selbst bezahlen. Und das wird nicht billig, wenn ich mir ansehe, was heute als Empfehlung des Tages auf der Karte steht.«

Jonas machte ein erschrockenes Gesicht. »Verzeihung. Selbstverständlich wirst du den Friedenspreis des Deutschen Buchhandels und den Deutschen Buchpreis obendrauf gewinnen. Mindestens. Zahlst du nun meine Rechnung? Sonst muss ich gleich wieder gehen, ich fürchte nämlich, ich kann mir den Island-Heilbutt in … wie heißt diese Soße? Also, ich kann mir das nicht leisten.«

»Weil du's bist«, sagte Paul und lachte.

»Jetzt zeig schon endlich«, forderte Mona ihn auf.

Zögernd legte Paul ein gebundenes Buch, dessen Cover einen von Nebel verhüllten Strand mit Steilküste zeigte, auf den

Tisch und sah dabei einen Moment lang aus, als wünschte er sich sehr weit weg. Kassandra konnte sich vorstellen, warum. Es lag ihm überhaupt nicht, Aufheben um sich und das, was er tat, zu machen. So wussten zwar in Wustrow viele, dass er als Alexander Hardenberg mehrere Romane über Menschen und die See geschrieben hatte, die tatsächlich allesamt auf der Bestsellerliste gelandet waren. Über die Grenzen des Fischlandes hinaus dagegen ahnte kaum ein Leser etwas von der wahren Identität Hardenbergs, und das sollte so bleiben, auch wenn Violetta das bedauern mochte. Pauls neues Buch, »Seegeflüster«, war eine Sammlung von Erzählungen, die er während der letzten Jahre verfasst und nun zwischen zwei Bänden einer Roman-Trilogie veröffentlicht hatte. Die heutige Feier dazu war Monas Idee gewesen, und hätte sie bei dem Vorschlag nicht so erwartungsvoll gestrahlt, hätte er ihn rundweg abgelehnt.

Fast ehrfürchtig begutachtete sie jetzt Pauls neuestes Werk und reichte es dann an Violetta und Jonas weiter.

Im Gegensatz zu den anderen hatte Kassandra das Buch schon in den Händen gehabt und schaute zu Paul. Er hatte sich zurückgelehnt und ließ seinen Blick durch das Restaurant schweifen. Sie sah, wie er plötzlich die Stirn in Falten legte und kurz darauf erstarrte.

»Paul?«, fragte sie. Er reagierte nicht, und Kassandra war nicht sicher, ob das daran lag, dass es zu laut im Raum war und sie zu leise gesprochen hatte, oder ob er mit den Gedanken ganz woanders war. Unvermittelt fuhr er herum, schaute zur Tür, als würde er jemanden suchen. Kassandra folgte seinem Blick, sah jedoch nur noch den Zipfel eines dunklen Mantels, bevor die Tür endgültig zufiel.

»Paul?«, fragte sie erneut und berührte seinen Arm. »Ist alles in Ordnung?«

Sehr langsam wandte er sich ihr zu. »Ja. Sicher.« Der Ausdruck in seinen graublauen Augen strafte seine Worte Lügen. Es lag etwas darin, das Kassandra nie zuvor bei ihm gesehen hatte: eine Mischung aus Unglauben und … Hass? Sie erschrak über die Tiefe des Gefühls, das da in ihm brodelte. Es dauerte nur ein, zwei Sekunden, dann war der Spuk vorbei. »Sicher«, wiederholte Paul und lächelte.

Die nächsten zwei Stunden vergingen wie im Flug. Ab und zu kam jemand an den Tisch, um Paul zu begrüßen. Er kannte eine Menge Leute, und die meisten mochten ihn. Obwohl er gelegentlich etwas abwesend wirkte, deutete an diesem Abend nichts mehr auf das hin, was Kassandra geglaubt hatte zu sehen, sodass sie sich am Ende fragte, ob sie sich nicht vielleicht doch getäuscht hatte. Das Dessert, ein Schicht-Parfait aus Zartbitter-, Vollmilch- und weißer Schokolade, servierte Inga Lange persönlich.

»Viel Glück mit dem Buch muss ich dir ja nicht extra wünschen«, sagte sie mit einem Zwinkern zu Paul. Sie war eine attraktive, jungenhaft schlanke, aber durchtrainierte Frau Anfang dreißig mit einem weißblonden Igelhaarschnitt und einem markanten Schlangentattoo im Nacken, das unter dem Haaransatz endete. Wo es anfing, wusste von den Personen am Tisch nur Mona, denn sie und Inga waren ein Paar. Diese Tatsache hatte Kassandra einigermaßen überrascht. Sie hatte zwar gewusst, dass Mona gelegentlich auch Affären mit Frauen hatte, aber was Ernstes war da nie gewesen. Bis Inga kam. Als Mona zum ersten Mal mit der Star-Köchin bei Kassandra aufgetaucht war, zeigte die sich von Wustrow so begeistert, dass sie postwendend beschloss, in dem zum Verkauf stehenden Haus das »FischLänder« zu eröffnen, zusätzlich zu ihrem Restaurant in Stralsund.

»Kann aber auch nicht schaden, das mit dem Glück«, erwiderte Paul und nahm einen Löffel vom Parfait. »Das ist köstlich. Wie schaffst du es, solche Sachen zu fabrizieren und kein Gramm zuzunehmen?«

Inga lachte und fuhr spielerisch und wie nebenbei mit ihren Fingern durch Monas kupferfarbene Locken. »Berufsgeheimnis«, sagte sie. »Und Muckibude. Guten Appetit weiterhin.« Damit verschwand sie wieder in Richtung Küche.

Eine halbe Stunde später traten Kassandra, Paul, Jonas und Violetta in die Nacht hinaus. Mona war bei Inga geblieben, die über dem Restaurant eine Wohnung hatte. Violetta verabschiedete sich nun ebenfalls, und die anderen machten sich auf den kurzen Weg in die Lindenstraße.

»Kochen kann sie ja«, meinte Jonas. »Trotzdem bin ich mir nicht sicher, ob dieser ganze Zirkus um Frau Lange Wustrow guttut. Dehnerts nebenan hatten neulich den ganzen Vorgarten voller Zigarettenkippen und anderem Müll von Inga-Lange-Pilgern. Diesen Leuten ist doch völlig wurscht, ob sie auf dem Fischland oder auf Mauritius sind. Hauptsache, sie kriegen ihren Star zu Gesicht.«

Kassandra schüttelte aufgebracht den Kopf. »Vielleicht muss man eine Weile warten, bis sich die erste Aufregung wieder legt«, meinte sie trotzdem. »Ich hab gehört, in Stralsund hat sich die Meute halbiert.«

»Klar«, sagte Jonas. »Weil die andere Hälfte jetzt hier rumlungert.«

»Aber das ist nicht Ingas Schuld. Ich mag sie. Außerdem macht sie Mona glücklich. Ein Punkt, der für sie spricht, abgesehen von ihrer Kochkunst.«

»Ich hab ja nichts gegen sie persönlich. Und Mona ist wirklich eine Nette, verzeih, dass ich das mal angezweifelt habe. Übrigens hab ich Inga sagen hören, sie hätte Interesse an den Plänen für ein Café am neuen Leuchtfeuer. Weiß der Himmel, wie sie von diesen ollen Kamellen Wind gekriegt hat. Was meinst du, Paul, Herr Gemeindevertreter?«

Paul schwieg, und Jonas stieß ihn in die Rippen. »Träumst du schon vom Literaturnobelpreis?«

»Hm?«

»Schon gut, träum weiter«, sagte Jonas. »Und du schlaf auch gut«, fügte er an Kassandra gerichtet hinzu, vor deren Haus sie angekommen waren. »Bis die Tage, bin ja ab morgen weg. In Schottland ist das Wetter zwar bestimmt nicht besser, aber da wollte ich eben schon immer mal Urlaub machen. Kümmerst du dich um meine beiden Pflanzen?«

»Wenn du glaubst, dass ich die damit noch retten kann, gern«, sagte Kassandra lächelnd. Sie beugte sich vor, um Jonas kurz zu umarmen. »Viel Spaß.«

»Danke.« Jonas winkte Paul zu, der die Geste erwiderte, und ging die paar Schritte zu seinem eigenen Haus.

»Ist nicht leicht für ihn«, meinte Paul leise. »Ich wollte, wir hätten ihm das nicht antun müssen.«

Kassandra nickte, während sie aufschloss und mit Paul in den Flur trat. »Aber du bist hoffentlich nicht der Ansicht, dass ich statt mit dir lieber mit Jonas zusammen sein sollte, bloß weil er sich das gewünscht hat.« Es sollte leicht klingen, doch offenbar kam es bei Paul nicht so an. Er stand in der nur indirekt beleuchteten Diele und betrachtete sie lange, bis er sie an sich zog und festhielt.

»Nein, Liebes. Bin ich nicht«, murmelte er. Was er noch sagte, war zu undeutlich, als dass Kassandra es richtig verstehen konnte. Es klang wie: »Obwohl es vielleicht besser wäre.« Sie kam nicht dazu nachzufragen, weil Paul sie zu küssen begann.

2

Am nächsten Morgen hatte sich das nasskalte Wetter verzogen, die Sonne kam heraus, sodass sich Kassandra und Paul am frühen Nachmittag für einen Strandspaziergang warm einpackten. Wann immer sie Zeit fanden, waren sie an der See. Paul war hier geboren, er kannte sich aus wie kein anderer. Er war derjenige, den man fragen musste, wenn man irgendwas über das Fischland wissen wollte. Wahrscheinlich gab es nur wenige, die sich so mit dieser Gegend verbunden fühlten wie er, der einmal gesagt hatte, nur der Tod könne ihn von hier vertreiben. Kassandra war erst im Jahr zuvor hergezogen, aber sie hatte Pauls Liebe zum Fischland vom ersten Moment an verstanden.

Von Weitem sahen sie den alten Bruno die Seebrücke entlanggehen. Er blieb kurz stehen und schaute in ihre Richtung. Sie winkten, aber wahrscheinlich waren sie zu weit weg, denn er reagierte nicht.

»Bruno sollte mal zum Augenarzt«, meinte Kassandra belustigt. »Stell dir vor, er kann seine Fische nicht mehr sehen.«

Paul lachte. »Dazu lässt er es nicht kommen.«

Bruno war der vermutlich leidenschaftlichste Angler von ganz Mecklenburg. Bei gutem Angelwetter verging kein Tag, an dem er nicht am Kopf der Seebrücke stand und meist auch ordentlich Ausbeute mit nach Hause brachte.

Was er aus der See holte, waren allerdings nicht notwendigerweise nur Fische. Das einprägsamste Objekt war ein Turnschuh gewesen – einer, in dem noch ein Fuß steckte. Natürlich hatten alle an ein Verbrechen gedacht. Tatsächlich hatte es, wie sich bald herausstellte, an Bord eines Frachters einen tragischen Unfall gegeben, deren Auswirkungen an Wustrows Küste gespült worden waren.

In Erinnerung daran verzog Kassandra das Gesicht und lächelte gleichzeitig. Wer Bruno nicht kannte und sein wettergegerbtes Gesicht sah, wäre nicht auf die Idee gekommen, dass er kein Fischer war, sondern früher einmal Wustrows Schüler unterrichtet hatte. Er war außerdem der beste Freund von Pauls Vater gewesen. Auch Paul hatte sich schon immer gut mit ihm verstanden, und nach dem Tod seines Vaters war die Freundschaft zu Bruno noch enger geworden.

Kassandra und Paul liefen unterhalb des Steilufers, das nur hier und da von kargem Gebüsch bewachsen war, in Richtung Ahrenshoop, vorbei an den in der See liegenden Überresten zweier alter Bunkerruinen. Einer war mit einem recht kunstvollen Graffito besprüht, das eine Fackelträgerin zeigte, auf dem zweiten hatte sich eine Möwe niedergelassen. Kassandra hielt ihre kleine Kamera darauf und machte mehrere Bilder. Vor einiger Zeit hatte sie das Fotografieren für sich entdeckt und fand an der See mehr als genug Motive. Sie und Paul redeten nicht viel, sondern genossen die kalte, klare Luft, blieben öfter stehen, um die hereinrollenden Wellen zu betrachten oder um die Steine nach kleinen Kostbarkeiten zu durchforsten. Am Ende fand Kassandra einen versteinerten Seeigel und einen Hühnergott – einen Feuerstein mit einem Loch. Paul strich mit seinem Finger darüber. »Bringt Glück!«

Da es zwar frisch war, die Sonnenstrahlen aber doch genug wärmten, setzten sie sich auf dem Rückweg auf eins der Boote, die sommers wie winters umgedreht in den Dünen lagen. Von hier hatte man einen grandiosen Blick über den langen Strand, bis zur Seebrücke auf der einen und zum Hohen Ufer und den Buhnenreihen auf der anderen Seite.

Es waren kaum Leute unterwegs. Entsprechend ruhig war es um sie herum, und Kassandra hörte sofort, dass jemand hinter ihnen vom Strandübergang aus auf die Boote zukam. Sie drehte sich um, doch der Mann beachtete sie gar nicht. Stattdessen hielt er auf Paul zu, der, obwohl er nach wie vor auf die See schaute, genauso erstarrte wie am Abend zuvor im »FischLänder«.

Bis eben hatte Kassandra nicht gefroren, jetzt wurde ihr seltsamerweise kalt. Dann stand der Mann vor ihnen und sah auf sie herunter.

»Na, Paul, immer noch dein Lieblingsplatz? Manche Dinge ändern sich nie, was?«

Die Erstarrung fiel von Paul ab, als sei sie nie da gewesen, und wie gestern fragte sich Kassandra, ob sie wirklich gesehen hatte, was sie gesehen hatte. Und wenn ja, ob es jemand anders auch wahrgenommen hätte.

»Sascha«, sagte Paul. »Ich würde ja sagen, dass ich mich freue, dich zu sehen. Aber ich lüge ungern.«

Das schien den Mann zu amüsieren. »Tatsächlich?« Er machte eine bedeutungsschwangere Pause, bevor er zu Kassandra sah, seine Worte aber weiterhin an Paul richtete. »Willst du mich nicht vorstellen? Du tust doch sonst immer das Richtige in jeder Situation. Oder jedenfalls fast immer.«

Paul stand auf, und jetzt war er es, der auf den anderen hinuntersah, der deutlich kleiner war. Auch Kassandra erhob sich.

»Kassandra, mein Bruder Sascha. Sascha − Kassandra«, sagte Paul knapp und beinah so eisig wie die Windböe, die mit einem Mal über sie hinwegfegte. Oder war das nur Einbildung?

Sascha streckte ihr die Hand entgegen und lächelte charmant. »Freut mich.«

Mich nicht, dachte Kassandra instinktiv und musste gleichzeitig die Neuigkeit verdauen, dass Paul einen Bruder hatte. Widerstrebend ergriff sie die dargebotene Hand, während sie mit der anderen nach dem Hühnergott in ihrer Manteltasche tastete und hoffte, dass der wirklich Glück und kein Unglück brachte. Etwas an Pauls Bruder bescherte ihr eine Gänsehaut − obwohl zumindest aufgrund seines Äußeren dazu kein Grund bestand. Sascha mochte zwar einen Kopf kleiner und zwei, drei Jahre älter sein als Paul, aber in das helle Braun seiner Haare hatte sich keine einzige graue Strähne verirrt, und er sah immer noch gut aus. Irgendwann musste er sich mal die Nase gebrochen haben, doch dieser kleine Makel machte ihn auf eine eigenwillige Art sogar attraktiver. Paul dagegen hatte trotz seiner beeindruckenden Größe nie dem gängigen Schönheitsideal entsprochen.

»Was willst du?«, fragte er Sascha nun.

»Ich bin dein Bruder. Was soll ich wollen? Dich wiedersehen. Ist das so erstaunlich?«

»In Anbetracht einiger Tatsachen durchaus«, sagte Paul. Sein Ton war neutral, dennoch hatte Kassandra den Eindruck, dass es ihn alle Kraft kostete, ruhig zu bleiben. Sie wusste nur nicht, ob er am liebsten die Flucht ergriffen oder seinen Bruder in die See gestoßen hätte. Sascha bedachte Paul mit einem undefinierbaren Blick und erwartete anscheinend, dass er weitersprach. Stattdessen wiederholte Paul bloß: »Was willst du?«

»Über alte Zeiten plaudern und über die Zukunft. Meinst du, es wird ein harter Winter?« Diesmal lag keinerlei Belustigung in Saschas Stimme. Kassandra verstand nicht, wovon er da sprach, sie verstand nur, dass er auf etwas anspielte. Unwillkürlich erinnerte sie sich an einen Satz, den Paul einmal zu ihr gesagt hatte: *Du weißt gar nichts über mich.* Sie hatte nie gefragt, was er damit gemeint hatte, und er selbst hatte das Thema nie wieder angeschnitten.

»Du willst mit mir über alte Zeiten reden? Ich hätte nicht gedacht, dass gerade dir der Sinn danach steht.«

»Lern mich besser kennen.«

»Ich kenne dich gut genug«, sagte Paul, »also schlage ich vor, dass du dahin zurückgehst, wo du hergekommen bist. Wo immer das sein mag.«

»Was bist du so abweisend?«, fragte Sascha, diesmal wieder amüsiert. »Ich dachte bisher, dass Blut dicker ist als Wasser.«

Paul holte tief Luft. »Fahr zur Hölle.«

Da war es wieder. Obwohl Paul ebenso ruhig sprach wie zuvor, lag das in seiner Stimme, was am Abend zuvor in seinen Augen gelegen hatte. Kassandra erkannte, dass es nicht Hass gewesen war, sondern kalte Wut. Außerdem wurde ihr klar, dass Sascha gestern, wenn auch nur kurz, im »FischLänder« gewesen sein musste. Paul hatte ihn gesehen oder vielleicht auch nur geglaubt, ihn gesehen zu haben. Denn wäre er sicher gewesen, wäre der heutige Tag – nach dem zu urteilen, was sich hier gerade abspielte – bestimmt weniger angenehm verlaufen.

»Nein, mein Lieber. So einfach geht das nicht«, erwiderte Sascha unbeeindruckt. »Sollte ich zur Hölle fahren, nehme ich dich mit.« Er lächelte und nickte in Kassandras Richtung, ohne Paul aus den Augen zu lassen. »Und das wäre doch schade, oder?« Das Lächeln erstarb auf seinen Lippen. »Du solltest dir anhören, was ich zu sagen habe.« Er wandte sich an Kassandra und knipste seinen Charme wieder an. »Natürlich möchte ich nicht, dass Sie sich ausgeschlossen fühlen, aber das ist sehr ... privat, und ich denke, dass mein Bruder nicht viel Wert auf Ihre Gegenwart bei unserem Gespräch legen wird. Hab ich recht?« Er blickte Paul auffordernd an.

Der ignorierte ihn. Er hob die Hand und strich Kassandra

über die Wange. Was sie dabei ganz kurz in seinen Augen las, bestürzte sie weit mehr als die Wut vorhin: Hoffnungslosigkeit. Die war seiner Stimme jedoch nicht anzuhören. »Es wird nicht lange dauern. Ich ruf dich an, ja?«

Damit wandte er sich ab und ging über den Strandübergang voraus auf den Weg hinter den Dünen. Er wartete nicht auf Sascha, der Kassandra zuzwinkerte und ihm dann folgte.

Beunruhigt lief Kassandra noch ein Stück am Strand entlang und dann nach Hause. Wie konnten zwei so unterschiedliche Männer Brüder sein? Paul war voller Wärme, Freundlichkeit und Hilfsbereitschaft – Eigenschaften, die sie sich bei Sascha nicht mal ansatzweise vorstellen konnte. Sie stutzte, weil sie sich erneut an etwas erinnerte. Während der Ermittlungen im Mordfall an dem Kunstgutachter, bei denen sie und Paul sich kennengelernt hatten, war Paul Verdächtigen gegenüber genauso aufgetreten wie Sascha eben, wenn er kurzzeitig auf seinen Charme verzichtete: drohend, kalt, sarkastisch. Paul hatte ihr erklärt, dieses Verhalten von der Stasi abgeguckt zu haben, die ihn vor vielen Jahren mal in der Mangel gehabt und ins Gefängnis gebracht hatte. Stammte ein Teil davon aber vielleicht von seinem älteren Bruder? Oder hatte Sascha gemeinsam mit Paul im Stasi-Knast gesessen? Was auch immer der Fall war: Während Paul die Bösartigkeit damals nur gespielt hatte, wurde sie das Gefühl nicht los, dass es sich bei Sascha umgekehrt verhielt. Der spielte seinen Charme. Kassandra kannte sich aus – immerhin war sie mal mit einem Mann verheiratet gewesen, der das ebenfalls bis zur Perfektion beherrschte.

Die Stunden vergingen, doch Paul meldete sich nicht. Ein paarmal nahm sie das Telefon in die Hand, um ihn selbst anzurufen, ließ es aber sein. Gegen sechs hielt sie es nicht mehr aus und machte sich auf den Weg zu Pauls Haus hinter dem Deich. Da sie ihre Pension betrieb und Paul zum Schreiben Ruhe brauchte, lebten sie mal hier, mal da, mal getrennt, mal zusammen. Jetzt jedoch wäre ihr wohler gewesen, wenn es nur ein Zuhause gegeben hätte, aus dem Paul und Sascha sie nicht so ohne Weiteres hätten aussperren können. Kassandra lief die Strandstraße herunter, ohne einen Blick zu haben für die mächtigen, so gut wie kahlen Bäume und die kleinen Villen und bunten

Kapitänshäuser, deren Fenster an diesem Novemberabend hell erleuchtet waren und ein heimeliges Bild abgaben.

Die verglaste Seeseitenfront von Pauls Haus dagegen lag im Dunkeln. Vor einigen Jahren hatte er sein Elternhaus komplett umbauen und entkernen lassen. Das Innere war ein einziger offener Wohn-, Arbeits- und Essraum mit Küche und einer freitragenden Treppe, die zum Schlafbereich auf einer Galerie führte. Von dort hatte man durch die Fensterfront einen unübertrefflichen Ausblick auf die See und den abendlichen Sonnenuntergang, der nirgends schöner war als auf dem Fischland, wenn sich der rote Ball in die See hinabsenkte, verlosch und den Himmel anschließend noch lange unwirklich orange leuchten ließ.

Falls Paul nicht abgeschottet im Dunkeln saß, war er nicht zu Hause. Sie schloss die Tür auf, spürte allerdings gleich, dass niemand da war. Kurz überlegte sie, zu bleiben und auf ihn zu warten, doch sie fühlte sich zum ersten Mal unwohl hier. Zwar stand alles an seinem Platz, aber die Atmosphäre des sonst so behaglichen Hauses schien verändert.

Zurück in der Lindenstraße, begegnete ihr Heinz Jung. Heinz war pensionierter Polizeihauptmeister und, ebenso wie Jonas, Kassandras Nachbar. Außerdem war er ihr Onkel. Letzteres wussten beide noch nicht lange, und sie hatten sich erst zusammenraufen müssen, weil Heinz bis dahin ein ziemlich grantiger Nachbar gewesen war. Gleichzeitig war er ihr einziger greifbarer Verwandter, denn der andere noch lebende Zweig ihrer Familie war bald nach der Wende nach Kanada ausgewandert. Ihre Mutter war tot, ihren Vater kannte Kassandra nicht, sie wusste nicht mal seinen Namen. Mit Heinz kam sie inzwischen gut zurecht, obwohl seine Grantigkeit ab und zu immer noch durchkam. Das Verhältnis zwischen ihm und Paul dagegen war schwierig. Beide waren in der Gemeindevertretung und vertraten nicht nur dort recht unterschiedliche Positionen, sondern es stand auch privat einiges zwischen ihnen. In den letzten Monaten hatten sie sich einander angenähert, aber nicht in dem Maß, dass Heinz zu Pauls Buchpremiere hätte kommen wollen – das hätte er selbst dann nicht in Erwägung gezogen, wenn er gestern Abend in Wustrow statt bei einer Jubiläumsfeier außerhalb gewesen wäre. Von Freundschaft waren er und Paul noch weit entfernt.

Jetzt wäre sie grußlos an Heinz vorübergegangen, wenn er sie nicht angesprochen hätte, so sehr war sie in ihre Gedanken vertieft.

»Kassandra?«, fragte er. »Ist was nicht in Ordnung?«

Sie brauchte einen Moment, um zu registrieren, dass sie gemeint war. »Oh, Heinz, entschuldige. Ob was nicht in Ordnung ist? Ich … weiß nicht.«

»Was ist passiert?«, hakte er nach.

»Ich … weiß nicht«, wiederholte Kassandra durchaus wahrheitsgemäß.

Heinz schüttelte den Kopf. »So geht das nicht. Komm erst mal rein und erzähl mir in Ruhe, was los ist.«

Kassandra nahm das Angebot gern an. Sie wollte jetzt nicht zu Hause vor dem Telefon sitzen und grübeln.

Heinz lebte allein, seit seine Frau Karin, die Schwester von Kassandras Mutter, vor vier Jahren gestorben war. Im Haus hatte sich seither wenig verändert, nur waren der Staub und Heinz ein besonderes Verhältnis eingegangen. Es fiel ihnen augenscheinlich schwer, sich voneinander zu trennen, was Kassandra amüsierte, denn das passte eigentlich gar nicht zu der Pedanterie des ehemaligen Polizeibeamten.

Heinz setzte Tee auf und schob eine goldgerändrte Rosentasse über den uralten Eichenküchentisch zu ihr hin. »Also?«

Kassandra sah auf die Uhr. Halb sieben. Sie zückte ihr Handy, um es noch einmal bei Paul zu versuchen, doch wieder meldete er sich nicht, weder zu Hause noch auf seinem iPhone. Letzteres war nicht weiter ungewöhnlich, er hatte es meist ausgeschaltet, wenn er nicht erreichbar sein oder es anderweitig nutzen wollte.

»Paul?«, schloss Heinz messerscharf, als Kassandra das Handy frustriert neben die Tasse legte, in der mittlerweile heißer Ceylontee dampfte. »Was hat er angestellt?«

Kassandra mochte ungern hinter Pauls Rücken erzählen, was vorgefallen war. Andererseits war sie zutiefst besorgt, und da Paul und Heinz sich seit Menschengedenken kannten, wusste er vielleicht über Sascha Bescheid.

»Ich hatte bis heute Nachmittag keine Ahnung, dass er einen Bruder hat«, begann sie.

Heinz ließ seinen Teelöffel klirrend auf die Untertasse fallen.

Irritiert sah Kassandra hoch und stellte fest, dass Heinz' rotblonde Haare gegen sein schlagartig bleiches Gesicht ungewohnt feuerrot wirkten. »Sascha«, flüsterte er heiser. Dabei starrte er auf die Rosenranken seiner Tasse.

»Ja«, erwiderte Kassandra unsicher. »Er stand vorhin wie aus heiterem Himmel vor uns und wollte Paul sprechen.«

Heinz' Kopf ruckte hoch. »Sascha ist hier?«

»Ja«, wiederholte Kassandra. »Er sagte ...« Weiter kam sie nicht.

Heinz stand so abrupt auf, dass der Tee aus den Tassen schwappte. Seine hagere Gestalt ragte über dem Tisch und Kassandra in die Höhe. »Das Schwein ist zurückgekommen?«, brüllte er. »Wie kann der das wagen?« Ohne auf die Antwort auf diese ohnehin rhetorische Frage zu warten, fuhr er fort: »Wo ist er?«

Kassandra konnte kaum fassen, was hier passierte. Sie hatte Heinz schon in diversen Stimmungen erlebt, aber niemals dermaßen außer Fassung. Außerdem konnte sie seine Frage nicht beantworten und kam sich vor wie ein Uhrwerk, weil sie schon wieder dasselbe sagen musste: »Ich weiß nicht. Aber ...«

Der Rest interessierte Heinz ganz offensichtlich nicht, und seine nächsten Worte galten auch nicht ihr. »Ich find raus, wo du bist. Und dann gnade dir Gott! Hier aufzutauchen. Ausgerechnet hier!«

Heinz stapfte aus der Küche, und Kassandra hörte ihn auf dem Flur rumoren, bis er in Mantel und Mütze zurückkam.

»Tut mir leid, Kassandra, bitte geh jetzt. Ich hab was zu erledigen.«

Kassandra war zu perplex, um zu widersprechen oder nachzufragen. Als sie wieder draußen stand und Heinz davoneilen sah, war sie beunruhigter als zuvor. Sascha Freese schien nicht nur bei Paul ein ausgesprochen unbeliebter Mann zu sein. Sie überlegte, was sie nun tun sollte, und entschloss sich schließlich, doch bei Paul zu warten. Diesmal nahm sie den Umweg über die Parkstraße. Je länger sie unterwegs war, desto größer die Chance, dass sie Paul zu Hause antraf. Zwischen den Häusern der Parkstraße hindurch schaute sie zum immer noch brachliegenden Gelände der Seefahrtschule hinüber. Etwas unheimlich stand das große, baufällige Gebäude vor dem dunklen Abendhimmel. Die Pläne, die im Sommer für einen Umbau zu einem Hotel geschmiedet worden waren – die x-ten im Laufe der letzten zwei Jahrzehnte –, lagen derzeit auf Eis. Kassandra durchquerte ein kleines Waldstück und betrat gegenüber der alten Seenotstation mit den zwei großen grünen Toren und dem alten Rettungsboot die Strandstraße. Ein Stück die Straße hinauf stand das Grandhotel »Dünentraum«, das sich trotz seiner modernen Bauweise gut in die Umgebung integriert hatte. Gerade strebte ein Mann dem Eingang zu, den Kassandra sofort wiedererkannte, als er eine Laterne passierte. Offenbar funktionierten Sascha Freeses Antennen ebenso gut wie Pauls, er schien zu spüren, dass er beobachtet wurde, und hob den Kopf in ihre Richtung. Als ihre Blicke sich trafen, blieb er stehen und wartete, bis sie herangekommen war.

»Was wollen Sie von Paul?«, fragte sie ohne Umschweife.

Er betrachtete sie nachdenklich. »Das wollen Sie nicht wissen«, antwortete er mit einem Lächeln, das beinah echt wirkte. »Dazu lieben Sie ihn zu sehr. Das tun Sie doch, oder, Kassandra? Ich seh's Ihnen an. Mein Rat ist: Fragen Sie ihn nicht danach. Niemals.« Damit wandte er sich ab und betrat das Hotelfoyer.

Nachdenklich setzte Kassandra ihren Weg fort. Seine Worte und Pauls eigene mysteriöse Andeutung vor so langer Zeit verunsicherten sie. Andererseits wollte sie Paul keinesfalls bedrängen. Nicht weil Sascha ihr davon abgeraten hatte, sondern weil Paul ihr das, was er zu sagen hatte, von selbst erzählen musste. Falls er sich entschied zu schweigen, würde sie das akzeptieren.

Diesmal war Paul zu Hause. Er hatte sich ein Bier aus dem Kühlschrank geholt, Flaschenöffner und Kronkorken lagen noch auf der Arbeitsfläche der beleuchteten Küchenzeile, der einzigen Lichtquelle im Raum. Paul stand in der geöffneten Terrassentür. Als Kassandra näher trat, sah sie, dass er in der einen Hand die Flasche hielt und in der anderen eine glimmende Zigarette. Er rauchte selten – seit dem Mord damals hatte sie ihn mit keiner Zigarette mehr gesehen. Obwohl er sie gehört haben musste, blieb er, wo er war, zog an seiner Zigarette und starrte nach draußen.

»Paul«, sagte sie leise.

Endlich reagierte er auf ihre Anwesenheit. Er schnippte die Kippe zu Boden und trat sie aus. Normalerweise hätte er sie aufgehoben, doch er ließ sie liegen und drehte sich nur um. Sein Gesicht war grau. Kassandra nahm ihm die halb leere Flasche aus der Hand, stellte sie auf die Erde und lehnte sich an ihn. Einen winzigen Moment lang hatte sie den Eindruck, er wolle zurückweichen, aber sie blieben so stehen, bis er langsam die Arme um sie legte. Wieder standen sie ein, zwei Minuten so da, dann nahm Paul Kassandras Gesicht zwischen seine Hände, betrachtete sie ausdruckslos und beugte sich schließlich zu ihr hinunter, um sie so fordernd zu küssen, als hinge sein Leben davon ab. Kassandra spürte, dass es Verzweiflung war, die ihren Ausdruck in seiner Leidenschaft fand. Bald allerdings vergaß sie das, weil andere Gefühle von ihr Besitz ergriffen. Paul führte sie an einen Ort, an dem sie nie zuvor, nicht einmal mit ihm, gewesen war.

Kassandra wusste nicht, was sie geweckt hatte, aber im Halbschlaf durchflutete sie eine neue Welle des Verlangens, und sie tastete nach Pauls Körper unter der Decke. Es dauerte etwas, bis sie registrierte, dass er nicht da war. Mit einem Mal hellwach, richtete sie sich auf, jedes Verlangen wie weggewischt. Sie lauschte in die Dunkelheit und hätte geschworen, dass Paul nicht nur nicht im Bett lag, sondern überhaupt nicht im Haus war. Noch einmal, diesmal bewusst, fuhr ihre Hand unter die Decke. Dort, wo Paul gelegen hatte, war es kalt, er musste schon vor einer Weile gegangen sein.

Der Wecker neben dem Bett zeigte Viertel vor eins. Seufzend ließ sich Kassandra zurück ins Kissen fallen. Sie starrte Löcher in die Luft und versuchte, nicht daran zu denken, dass Paul jetzt wahrscheinlich ruhelos durch die Gegend lief und über seinen Bruder grübelte. Eine halbe Stunde verging, ohne dass er zurückkam oder Kassandra wieder einschlafen konnte. Sie gab auf und ging die Treppe hinunter, schaltete eine Leselampe ein und griff nach einem Buch.

Sie las gerade dieselbe Seite zum dritten Mal, da klingelte es an der Tür. Zu Tode erschrocken ließ sie das Buch fallen und riss kurz darauf die Tür auf.

Vor ihr stand Bruno, ein verlegenes Lächeln im Gesicht. »Ich weiß, es nicht gerade die übliche Besuchszeit, aber ...«

»Ist was mit Paul?«, unterbrach sie ihn und konnte nicht verhindern, dass sich ihre Stimme überschlug.

»Er ist nicht hier?«

Wortlos verneinte Kassandra, einigermaßen beruhigt, denn dass Bruno das fragte, hieß, er wusste von keiner Katastrophe. Sie ließ ihn eintreten.

»Weißt du, wo er hinwollte?«, fragte er.

»Nein. Ich weiß nur, dass er sich verändert hat, seit …« Sie hielt inne, weil sie nicht wusste, ob sie mit ihm über Sascha reden sollte.

»Seit sein Bruder wieder da ist, meinst du«, beendete Bruno den Satz für sie und ließ sich auf dem Sofa nieder.

Kassandra nickte, überrascht, dass Bruno davon wusste. »Sascha ist …«

»… ein gewissenloses Arschloch. Ist er immer gewesen, und ich geh nicht davon aus, dass sich daran in den letzten fünfzehn Jahren was geändert hat.« Auf Kassandras fragenden Blick hin erklärte er: »Der hat schon dem einen oder anderen auf dem Fischland das Leben schwer gemacht, mal mehr, mal weniger. Deshalb hab ich auch befürchtet, dass es Ärger gibt, als ich ihn heute Mittag auf der Seebrücke sah. Sascha hingegen hat es vorgezogen, mich nicht zu sehen.«

»Was hat er getan?«

Bruno gab ein Geräusch von sich, das halb Lachen, halb Schnauben war. »Das willst du nicht wissen.«

Wieso glauben bloß alle, dass ich nichts wissen will?, fragte sich Kassandra. Laut sagte sie: »Warum bist du hier?«

Etwas verlegen rutschte Bruno nach vorn auf die Sofakante. »Ich hatte einen Traum. Keinen sehr angenehmen. Ich hab das manchmal, und leider bedeutet das meist nichts Gutes. Ich hab versucht, mir einzureden, dass es diesmal die berühmte Ausnahme von der Regel ist, aber ich konnte trotzdem nicht wieder einschlafen, nicht mal nach einem langen Spaziergang am Bodden.«

Bruno wohnte nahe am Fischländer Hafen jenseits der Ernst-Thälmann-Straße, die Wustrow in zwei Hälften teilte.

»Hast du von Paul geträumt?«

Bruno nickte, offenbar erleichtert, dass Kassandra ihn nicht für verrückt erklärte, aber dazu war sie selbst viel zu besorgt. »Und von Sascha. Hat mir keine Ruhe gelassen. Ich hätte natürlich anrufen können, aber ich wollte Paul sehen. Er ist ... Seit sein Vater tot ist, ist Paul für mich wie der Sohn, den ich nie hatte. Ich weiß, das klingt albern, in seinem Alter und so. Entsetzlich sentimental.«

»Nein. Tut's nicht«, sagte Kassandra gerührt.

Eine Weile schwiegen und warteten sie gemeinsam.

»Ihr passt gut zusammen, du und Paul«, sagte Bruno in die Stille hinein. »In jeder Beziehung. Wenn ich noch mal den Kitsch bedienen dürfte: Du tust ihm gut.«

»Das beruht auf Gegenseitigkeit«, sagte Kassandra.

Bruno lächelte kurz, wurde aber sofort wieder ernst. »Ich kann hier nicht länger rumsitzen, ich geh Paul suchen. Irgendwo muss er ja sein. Vielleicht ...« Er stockte. Kassandra ahnte, was er unausgesprochen ließ: Vielleicht konnte er etwas Schlimmes verhindern. Sie wollte sich anziehen und ihn begleiten, doch er hielt sie ab. »Nein, du bleibst. Wenn er zurückkommt, braucht er dich möglicherweise.«

Aber Paul kam nicht zurück. Es war kurz vor zwei, als Bruno ging, Kassandra blieb noch stundenlang wach, dämmerte zwischen halb sechs und sieben jedoch wider Erwarten etwas weg. Als sie wieder zu sich kam, war ihr übel vor Angst. Sie rief Bruno an, doch der hatte Paul vergeblich gesucht. Eilig zog sie sich an, hastete durch strömenden Regen zu ihrer Pension, um für ihre beiden derzeit einzigen Gäste das Frühstück vorzubereiten, trocknete notdürftig ihre Haare, schnappte sich ihr Fahrrad und machte sich sofort wieder auf den Weg.

Mittlerweile war es Viertel vor acht, es begann hell zu werden, der Regen ließ nach und hörte bald ganz auf. Kassandra bog gerade vor der Seebrücke nach rechts in die Straße hinter der Düne ab, da heulte hinter ihr jäh ein Martinshorn auf. Alarmiert lenkte sie ihr Rad an den Grünstreifen und hielt an, gerade früh genug, um nicht von dem grauen Wagen erfasst zu werden, der mit Blaulicht und ohne Rücksicht auf Geschwindigkeitsbegrenzungen an ihr vorbeiraste. Ihr blieb fast das Herz stehen. Was hatte das zu bedeuten? Wie vom Teufel gejagt trat sie wieder in die Pedale. Der Wagen vor ihr wurde am Hooghass zwangsweise langsamer. Dort erhob sich wie ein Wahrzeichen das aus dunkelrotem Backstein und mit Rohrdach erbaute »Haus am Deich«, und die ohnehin enge Straße wurde noch etwas schmaler. Kassandra holte ein Stück auf, doch viel half ihr das nicht. Das Auto, das an Pauls Haus vorbei weiter in Richtung Steilufer fuhr, wurde immer kleiner, der Fahrer musste nur noch zweimal kurz das Tempo drosseln, weil ihm ein Jogger und ein Radfahrer entgegenkamen. Von Weitem sah sie, wie der Wagen unmittelbar am ersten Strandübergang stoppte, wo das Hohe Ufer richtig begann und mehrere Wege und ein Trampelpfad zusammentrafen. Hinter dem grauen Auto flatterten Absperrbänder im Wind, daneben standen ein Streifenwagen, ein weiteres Zivilfahrzeug, ein Rettungs- und ein Leichenwagen. Zu viel Verkehr für diese Stelle, an der motorisierte Fahrzeuge ohnehin unüblich waren. Kassandra hatte ein vergleichbares Aufgebot schon mal gesehen – vor ihrem Haus, als sie die Leiche des Kunstgutachters gefunden hatte.

Nur am Rande bemerkte sie, dass zwei Männer aus dem grauen Wagen stiegen, von denen sich einer merkwürdig steif bewegte. Noch halb im Fahren sprang sie vom Rad, das sie achtlos fallen ließ. Der Mann drehte sich um, wahrscheinlich hatte er sie gehört, aber Kassandra achtete nicht auf ihn, sondern rannte keuchend an ihm vorbei. Oder wollte es, denn ein uniformierter Polizist griff nach ihr und hielt sie fest.

»Lassen Sie mich durch!«, verlangte sie und versuchte, sich loszumachen. »Bitte. Ich muss … Was ist passiert?« Über ihr Gesicht rannen Tränen, sie hatte gar nicht gemerkt, dass sie weinte. Ihr einziger Gedanke galt Paul. Sie wischte die Tränen fort und sah, dass der Streifenpolizist sich an denjenigen der eben angekommenen Männer wandte, der hier anscheinend das Sagen hatte. Er steckte in einem dunkelblauen zerknitterten Anzug und trug einen Mantel über dem Arm.

Sie blinzelte. »Herr Dietrich?« Dann sah sie seine Augen, deren Braun eine Schattierung dunkler geworden war, und in ihr starb das letzte bisschen Hoffnung, das sie noch gehabt hatte.

»Es tut mir leid«, sagte er leise. »Es tut mir so leid.«

3

Kassandra hatte den Blick abgewandt, weil sie das Mitleid nicht ertragen konnte und ganz betäubt war von Schmerz und einer schrecklichen Leere. Doch dann spürte sie, dass Dietrich eine Bewegung machte, und sah unwillkürlich wieder auf. Etwas hatte sich in seinem Gesichtsausdruck verändert, seine Augen weiteten sich, während er einen Punkt hinter ihr fixierte. »Was zum …?«, begann er fassungslos, dann rief er: »Lasst ihn durch.«

Wie in Zeitlupe drehte sich Kassandra um. Ein Beamter hob gerade das Absperrband vor dem steil nach unten führenden Strandübergang hoch, um Paul durchzulassen. Er musste seit Längerem draußen herumlaufen, seine grauen Haare waren so durchnässt, dass sie schwarz wirkten, von seiner Lederjacke perlten noch einzelne Regentropfen. Während er auf Dietrich und Kassandra zuging, wanderte sein Blick mit undurchdringlicher Miene von einem zum anderen. Kassandra brachte keinen Ton heraus, sie hörte nur wie durch Watte, was der Mann sagte, mit dem Dietrich gekommen war.

»Kann mir mal jemand erklären, was hier vor sich geht?«

»Das wüsste ich selbst gern«, fuhr Dietrich ihn an. »Was hast du mir da vorhin für einen Blödsinn erzählt?«

Bevor der andere antworten konnte, war Paul bei ihnen angekommen und streckte die Hand aus. »Herr Dietrich«, sagte er. »Freut mich zu sehen, dass Sie wieder auf den Beinen sind. Wenn ich auch fürchte, dass Ihre Anwesenheit hier was Unerfreuliches bedeutet. Sagen Sie bloß, Kassandra hat schon wieder eine Leiche gefunden.«

Dietrich ergriff Pauls Hand, über sein Gesicht huschte ein kaum wahrnehmbares Lächeln. »Sie glauben gar nicht, wie *ich* mich freue, *Sie* zu sehen. Und, nein, Frau Voß hat …«

In diesem Moment gaben Kassandras Knie nach. Hätte Dietrich nicht geistesgegenwärtig nach ihrem Arm gegriffen und sie aufgefangen, hätte sie vor seinen Füßen im Matsch gelegen. Zwei Sekunden später konnte sie wieder allein stehen. »Danke«, wisperte sie.

Dietrich nickte ihr zu und betrachtete erst sie, dann Paul. »Ich möchte Sie bitten, einen Augenblick hier zu warten. Ich muss ein paar Dinge klären und bin gleich wieder bei Ihnen.« Er entfernte sich ein Stück und winkte seinem Kollegen, einem korpulenten Mann mit sehr kurz geschorenen blonden Haaren, ihm zu folgen.

Kassandra konnte nicht verstehen, was sie redeten, aber Dietrich schien aufgebracht zu sein – und mit einem Mal durchzuckte sie die Erkenntnis, was geschehen sein musste. »Ich dachte, du wärst es«, sagte sie mit zittriger Stimme zu Paul. »Dietrich dachte dasselbe. Weißt du, was das heißt?«

Paul erwiderte nichts, dennoch spürte sie seine Anspannung, als er sie an sich zog. Gemeinsam beobachteten sie, wie Dietrich mit weiteren Beamten redete, wie jemand ihm ein Schriftstück reichte und wie er sich daraufhin noch einmal mit seinen Kollegen besprach, während er und der blonde Mann sich Schutzanzüge anzogen. Die beiden verschwanden in dem langen Weg, der an einem Wäldchen vorbei zu einer Reihe um diese Jahreszeit kaum belegter Ferienhäuschen führte. Sie sprachen nicht während der Viertelstunde, die Dietrich fortblieb oder während sie ihn, humpelnd und mit dem Handy am Ohr, zurückkommen sahen. Als er sich ihnen wieder zuwandte, hatte Paul sich von Kassandra gelöst. Er strahlte die gewohnte Gelassenheit aus.

Dietrich räusperte sich. »Allem Anschein nach handelt es sich bei dem Toten um einen Mann namens Sascha Freese.« Er sah Paul an. »Ist das …?«

»Mein Bruder«, bestätigte Paul. Ansonsten schwieg er.

Dietrichs Brauen zuckten in die Höhe. »Verzeihung, wenn ich das so offen sage, aber Sie sehen nicht gerade schockiert aus.«

»Und Sie wirken auch nicht sonderlich interessiert zu erfahren, was passiert ist«, mischte sich Dietrichs Kollege ein, der sich ebenfalls zu ihnen gesellt hatte.

Dietrich machte eine automatische Handbewegung und sagte: »Mein Kollege Kriminaloberkommissar Harms.«

Pauls Blick klebte an dem von Dietrich, er ignorierte Harms. »Warum sollte ich mich verstellen? Dass Sascha und ich kein gutes Verhältnis hatten, ist in Wustrow allgemein bekannt. Wir waren unterschiedlicher Auffassung in so ziemlich allem, immer schon.« Jetzt wandte er sich doch noch an Harms. »Da Sie so viel Wert darauf legen: Was ist nun also passiert?«

Pauls Kaltschnäuzigkeit brachte Dietrichs jüngeren Kollegen nur vorübergehend aus der Fassung. Kühl erwiderte er: »Ihr Bruder wurde erschossen. Da Sie ja angenehmerweise nicht vorgeben zu trauern, darf ich Sie gleich fragen, wo Sie letzte Nacht gewesen sind?«

Kassandra holte Luft, um etwas zu sagen, aber Paul legte ihr wie nebenbei die Hand auf den Arm – eine Geste, die Dietrich sehr wohl registrierte, wie sie beunruhigt bemerkte. Zu ihrem Erstaunen hakte er jedoch nicht nach, als Paul nicht sofort antwortete, im Gegenteil.

»Stopp mal«, sagte er zu Harms. »Der Tote trug keine Ausweispapiere bei sich, bloß eine Kreditkarte und einen Fitnessstudio-Mitgliedsausweis auf den Namen Sascha Freese. Der Jogger, der den Mann gefunden hat, kannte ihn nicht. Das heißt, der Tote ist noch nicht zweifelsfrei identifiziert.« Er wandte sich wieder an Paul. »Es wird noch etwas dauern, bis die Staatsanwältin da ist und die Kriminaltechnik ihre Arbeit getan hat. Ich schlage vor, Sie gehen nach Hause. Wenn alles erledigt ist, lasse ich Sie holen, damit Sie den Toten identifizieren, bevor er in die Rechtsmedizin gebracht wird.«

Harms wollte anscheinend etwas einwenden, aber Dietrich brachte ihn mit einem Blick zum Schweigen.

Paul schüttelte den Kopf. »Wenn's Sie nicht stört, würde ich lieber bleiben und warten.«

Dietrich zuckte mit den Schultern. »Wie Sie wollen. Aber Sie sollten zusehen, dass Sie sich in der Zwischenzeit die Haare trocknen, sonst haben wir gleich den nächsten Toten – wegen Lungenentzündung.«

Dietrich und Harms entfernten sich, und Kassandra sah unsicher zu Paul.

»Das ist keine schlechte Idee«, sagte er. »Würdest du mir ein Handtuch holen?«

»Paul, du …«, fing sie an.

»Bitte«, unterbrach er sie. »Ich kann jetzt nicht selbst gehen.« Er sah wieder zurück zu den Ermittlern und schien Kassandra vergessen zu haben.

Zwei Stunden später hatte Paul Sascha identifiziert. Kassandra war nicht dabei gewesen, weil er das abgelehnt hatte. Nun saß sie oben im Schlafbereich auf der Galerie und hörte, wie er mit Dietrich und Harms das Haus betrat. Im Hereinkommen sagte Harms, dass er und Dietrich später auch noch mit ihr sprechen, das aber getrennt von Paul tun wollten. Korrekterweise hätte sie sich nun bemerkbar machen müssen. Stattdessen blieb sie sitzen.

Während der Unterhaltung – Dietrich nannte es in seiner etwas steifen Art »informatorische Befragung« – klang Paul völlig normal. Sie hätte unmöglich sagen können, was er empfand.

»Seit wann war Ihr Bruder in Wustrow?«, war Dietrichs erste Frage, die Paul jedoch nicht genau beantworten konnte.

»Vielleicht wissen Sie ja stattdessen wenigstens, wo Sie letzte Nacht gewesen sind?«, erkundigte sich Harms, eine Frage, die mehr nach der Vernehmung eines Verdächtigen klang als nach etwas rein Informatorischem.

»Bei Bruno Ewald«, sagte Paul ruhig.

Kassandra glaubte, sich verhört zu haben. Um ein Haar hätte sie ihre Anwesenheit durch ein »Wie bitte?« verraten, konnte sich aber gerade noch zurückhalten.

»Wer ist das?«, erkundigte sich Harms.

»Ein Freund. Wohnt im Grünen Weg, drüben am Bodden, wenn Sie ihn fragen wollen.«

»Das wollen wir ganz bestimmt«, sagte Harms. »Da waren Sie die ganze Nacht?«

»Bis halb fünf etwa.«

»Das muss aber ein guter Freund sein«, stellte Harms fest.

»Ist er.« Paul blieb immer noch gelassen, und Kassandra wusste überhaupt nicht mehr, was sie denken sollte.

»Was haben Sie so lange bei Herrn Ewald gemacht?«

»Ich bin Schriftsteller«, erklärte Paul. »Kassandra und Bruno sind meine Testleser, außerdem weiß Bruno viel über Hochseefischerei, die in meinem aktuellen Projekt eine Rolle spielt. Wenn wir erst mal anfangen zu diskutieren, vergessen wir öfter die Zeit.«

»Natürlich. Ich nehme an, Sie haben sich Notizen gemacht.«

»Ja, wieso? Interessieren Sie sich auch für Hochseefischerei?«

Kassandra hörte ein merkwürdiges Geräusch, wie ein unterdrücktes Lachen, das sich schnell in ein Räuspern verwandelte. War das von Dietrich gekommen?

»Dürfen wir einen Blick auf Ihr Laptop werfen?«, fragte Harms unbeeindruckt. Offenbar hatte er es auf dem Schreibtisch stehen sehen. »Selbstverständlich sind Sie dazu nicht verpflichtet, aber es würde die Sache beschleunigen, wenn Sie uns kontrollieren ließen, ob Sie entsprechende Dateien abgespeichert haben.«

Paul schwieg eine Weile. »Sie mögen es sich kaum vorstellen können«, sagte er dann, »aber ich gehöre noch zu der Generation, die nicht mit den Fingern auf irgendwelchen Tasten geboren wurde. Ich mache meine Notizen handschriftlich.«

»Soll mir recht sein. Wenn wir dann bitte die sehen dürften?«

Kassandra musste Harms Respekt zollen, wenn auch widerwillig. Er und Paul ließen sich beide nicht die Butter vom Brot nehmen. Paul ging zum Schreibtisch, öffnete eine Schublade und reichte Harms wahrscheinlich sein schlichtes schwarzes A6-Notizbuch. Sie hörte Harms blättern.

»Das hilft uns nicht viel«, sagte er. »Das ist alles undatiert.«

»Tut mir leid«, gab Paul zurück, »wenn ich meine Notizen projekt- statt datumsbezogen mache. Ich konnte nicht wissen, dass ich sie mal als Alibi brauche. Es gibt für jeden meiner Romane so ein Notizbuch, sie tragen alle nur zwei Daten: das vom Beginn und das vom Abschluss des Projekts.«

Nun schaltete sich Dietrich in das Gespräch ein. »Sie haben gerade auch von Frau Voß gesprochen, heißt das, sie war ebenfalls bei Herrn Ewald?«

»Ja.«

Kassandra hoffte, dass weder Dietrich noch Harms die winzige Pause vor diesem Wort bemerkt hatten, und war froh, dass sie hier oben saß, damit sie bei ihrer eigenen »informatorischen Befragung« dasselbe sagen konnte. Was dachte sich Paul dabei?

»Trotzdem waren Sie beide schon früh wieder unterwegs. Sie sogar schon länger, Ihren nassen Haaren nach zu urteilen«, meinte Dietrich.

»Wenn ich die ganze Nacht gearbeitet habe, kann ich mich nicht einfach hinlegen und schlafen«, sagte Paul.

Das zumindest ist die Wahrheit, dachte Kassandra.

»Als mir Frau Voß in die Arme lief«, fuhr Dietrich fort, »hat sie anscheinend befürchtet, dass das, was da passiert war, mit Ihnen zusammenhing. Jedenfalls wusste sie sofort, was ich meinte, als ich sagte, es täte mir leid. Haben Sie eine Vorstellung, warum das so war?«

Paul zögerte nur kurz. »Weil Sascha und ich gestritten hatten. Und Sascha ist sehr … ausfallend geworden.«

In Kassandras Gegenwart war Sascha keineswegs ausfallend geworden, aber sie begriff, dass Saschas unterschwellige Drohungen besser unerwähnt blieben. Harms hatte Paul ja sowieso schon im Visier.

»Worum ging's?«, fragte Dietrich.

Kassandra hörte Schritte. Als Paul wieder sprach, kam seine Stimme von der Fensterfront. »Um Geld.«

»Könnten Sie das präzisieren?«, verlangte Harms.

»Ich habe meinen Bruder seit fünfzehn Jahren nicht gesehen«, antwortete Paul unwirsch. »Ich weiß nicht, wo er lebte, ich weiß nicht, was er tat. Es hat mich auch nicht interessiert. Ich kann Ihnen daher nicht sagen, weshalb er Geld brauchte, nur, dass es so war.«

»Sie haben sich geweigert, ihm zu helfen«, konstatierte Dietrich.

»Allerdings.«

»Um wie viel handelte es sich denn?«, fragte Harms.

»Um mehr, als ich habe. Aber selbst wenn ich so viel besäße, hätte ich mich geweigert. Wenn mein Bruder in der – verzeihen Sie die drastischen Worte –, in der Scheiße sitzt, hat er sich garantiert selbst reinmanövriert. Er sollte zusehen, wie er da selbst wieder rauskommt.«

»Das bleibt ihm ja nun erspart«, sagte Harms süffisant.

Dietrich erhob sich. »Das wäre erst mal alles. Das heißt, fast. Soweit ich weiß, ist Ihr Vater verstorben, aber Ihre Mutter muss informiert werden. Ist es Ihnen lieber, wenn wir die Nachricht überbringen, oder möchten Sie das tun?«

Zum ersten Mal legte sich ein Schatten der Trauer über Pauls Stimme. »Ich mache das.«

»Gut. Wir werden natürlich trotzdem noch mit ihr reden müssen, ebenso wie mit Herrn Ewald und Frau Voß. Wenn wir weitere Fragen an Sie haben, melden wir uns.«

Nachdem Dietrich und Harms gegangen waren, kam Kassandra die Treppe hinunter. Paul stand mit dem Rücken gegen die Tür gelehnt und schaute ihr entgegen. Es wunderte sie, dass er nicht überrascht war, doch sein Blick ging zu ihren Schuhen, die nicht hier gestanden hätten, wenn sie in ihrer Pension gewesen wäre. Sie wartete auf eine Erklärung. Die nicht kam. Stattdessen stieß sich Paul von der Tür ab und sagte: »Bin gleich wieder da.« Ohne etwas überzuziehen, verließ er das Haus, und Kassandra beobachtete ratlos, wie er bei den Nachbarn klingelte, eingelassen wurde und ein paar Minuten später wieder herauskam.

»Ich dachte, es kann nicht schaden, wenn Bruno dir auch gleich ein Alibi gibt«, sagte er, als er wieder vor ihr stand. »Musste ihn nur entsprechend instruieren, was ich lieber nicht von meinem Telefon aus tun wollte.«

»Danke, das ist sehr … umsichtig von dir.« Kassandras bewusst gesetzte Pause ließ Paul aufhorchen.

»Ja, ich weiß, das ist falsch, aber wahrscheinlich warst du die ganze Zeit im Bett und hast, hoffe ich wenigstens«, er grinste etwas schief, »keinen Zeugen dafür. Bevor Dietrich wieder auf die Idee kommt, du könntest was mit einem Mord zu tun haben, wollte ich vorsorgen.«

»Aha. Du hast Bruno also ausschließlich meinetwegen angerufen.«

Paul runzelte die Stirn, sagte aber weder ja noch nein.

»Wo bist du gewesen letzte Nacht?«, fragte Kassandra leise.

»Wo ich …« Paul verschränkte die Arme vor der Brust. »Heißt das, du glaubst nicht, dass ich bei Bruno war?«

»Das hat nicht viel mit Glauben zu tun. Bruno war nämlich hier, von halb zwei bis zwei, und danach ist er losgezogen, um dich zu suchen, während ich halb umgekommen bin vor Sorge.« Kassandra erschrak über ihren verbitterten Tonfall, aber dass Paul sie belog, wenn auch nur indirekt, traf sie tief.

Paul sah kurz weg. »Wenn du mir nicht vertraust, ist es das Beste, du rufst Bruno an und bittest ihn, der Polizei die Wahrheit zu sagen.«

»Wenn *ich* dir nicht vertraue?«, wiederholte Kassandra, doch Paul ignorierte die Spitze, und sie ergänzte: »Bruno wird tun, worum du ihn gebeten hast, und das weißt du.«

»Also liegt es an dir.« Pauls Miene war versteinert.

»Würdest du mir wenigstens sagen ...?«, begann Kassandra, verstummte aber. Sie hatte fragen wollen, ob Sascha wirklich Geld gewollt hatte – da hörte sie ihn im Geiste sagen: *Fragen Sie ihn nicht danach. Niemals.* Sie hatte Pauls Schweigen akzeptieren wollen.

Er hielt sie nicht auf, als sie ihre Schuhe anzog und ihren Mantel nahm. Schon an der Tür, drehte sie sich noch mal um.

»Fährst du zu deiner Mutter nach Schwerin?«

Paul nickte.

»Möchtest du, dass ich mitkomme?«

»Deine Entscheidung«, sagte er emotionslos.

Kassandra öffnete die Tür und ging.

Auf der Strandstraße sah sie ein paar Leute in Grüppchen zusammenstehen, Nachbarn unterhielten sich über den Zaun hinweg, Patienten, die zum Arzt wollten oder aus seiner Praxis kamen, blieben vor dem weißen Kapitänshaus im Vorgarten stehen, um Neuigkeiten auszutauschen. Kassandra wurde von Blicken verfolgt, aber niemand sprach sie an. Mit einer Ausnahme.

»Du meine Güte, Kassandra, das ist ja furchtbar, ich meine, nicht dass den Typ wer vermissen wird, nach allem, was man so hört, ich hab ihn ja nicht weiter gekannt, aber Paul tut mir natürlich leid, er ist immerhin sein Bruder und so, wie nimmt er es denn auf?«

Kassandra hatte sich längst an die Neugier und die atemlose Sprechweise ihrer Freundin gewöhnt. Heute ging ihr beides zum ersten Mal wirklich auf die Nerven. »Bitte, Violetta, sei nicht böse, aber ich möchte lieber allein sein.«

»Ja, verstehe ich, klar, entschuldige, aber wenn du jemanden brauchst, weißt du, dass ich immer da bin und Mona sicher auch, ihr seid ja schon so lange befreundet.«

»Danke.« Kassandra rang sich für Violetta ein Lächeln ab. Sie war ihr dankbar, nur hatte sie im Moment so viel anderes zu bedenken.

Kurz darauf passierte sie Heinz' Haus. Sie hielt es für mehr als wahrscheinlich, dass er längst mitbekommen hatte, was geschehen war, und beschloss, nach ihm zu sehen. Er öffnete nicht. Dabei war sie sicher, eine Bewegung hinter der Gardine wahrgenommen zu haben. Vielleicht hatte er nicht gesehen, dass sie es war. Sie ging in ihren Garten und versuchte es von dort aus. Vor ein paar Wochen hatte der alte Holzzaun zwischen ihren Grundstücken an einer Stelle den Geist aufgegeben. Sie hatten das morsche Holz weggeräumt und gefunden, dass die Lücke nicht störte. Jetzt stand sie auf Heinz' Terrasse und spähte ins Wohnzimmer, das er in diesem Moment betrat. Sie klopfte an die Scheibe.

»Heinz? Ist alles in Ordnung bei dir?«, rief sie.

Er konnte das nicht überhört haben, doch er setzte sich demonstrativ mit dem Rücken zu ihr in einen Sessel.

Dietrich und Harms hatten wohl zuerst Bruno befragt, es dauerte, bis sie bei ihr klingelten.

»In Ihre Küche, wie üblich?«, fragte Dietrich amüsiert. Es war ihm nicht anzumerken, ob ihn Schmerzen plagten, nur heute früh hatte Kassandra hin und wieder den Eindruck gehabt, dass er die Zähne zusammenbiss.

Sie erwiderte das Lächeln. »Gern auch ins Wohnzimmer. Sie kennen sich ja aus.« Sie machte eine einladende Geste und ließ ihn vorausgehen.

Dietrich entschied sich für das Wohnzimmer, wo er und Harms ihr im Wesentlichen die gleichen Fragen stellten wie Paul – auch die, wie lange sich Sascha schon in Wustrow aufgehalten hatte.

»Erkundigen Sie sich im Hotel ›Dünentraum‹«, schlug Kassandra vor und erklärte, dass sie ihm dort am gestrigen Abend begegnet war. Dass sie auch miteinander gesprochen hatten, behielt sie für sich. Sie war erleichtert, dass die Frage nach der letzten Nacht von Harms kam. Es mochte Haarspalterei sein, aber so musste sie Dietrich nicht direkt belügen. Das war ihr schon schwer genug gefallen, als er Näheres zu dem Streit zwischen Paul und Sascha hatte wissen wollen. Aber sie konnte und würde Paul nicht in den Rücken fallen, egal, wie sehr sie sich damit in die Nesseln setzte. Trotzdem hatte sie ein schlechtes Gewissen Dietrich gegenüber und war froh, als die beiden sich endlich verabschiedeten.

4

Kassandra schlief schlecht, wachte gerädert auf, kümmerte sich mehr wie ein Roboter um das Frühstück ihrer Gäste und war dankbar, dass sie momentan nur ein Zimmer vermietet hatte. Sie war heute kaum fähig, eine behagliche Atmosphäre für ihre Gäste zu schaffen, zu sehr lastete ihr Pauls Verhalten auf der Seele. Seine Lüge der Polizei und sein mangelndes Vertrauen ihr gegenüber, die Gleichgültigkeit, als sie ihn fragte, ob sie ihn zu seiner Mutter begleiten sollte, das war alles ein bisschen viel für sie. Kassandra betrachtete den mit Marmelade verschmierten Teller, den sie gerade in die Spülmaschine stellen wollte. Je länger sie darüber nachdachte, desto deutlicher erkannte sie, dass Pauls Gleichgültigkeit nur vorgetäuscht war. Er wusste, welche Fehler er beging, und wollte einer Diskussion darüber aus dem Weg gehen. Das hatte er ja auch erreicht, indem er sie so abbügelte. Sollte sie nun traurig sein oder ärgerlich?

Im Laufe der folgenden Stunden war sie ein paarmal kurz davor, Paul anzurufen, aber sie ließ es bleiben. Sie überlegte, einen langen Spaziergang zu machen, doch auch das ließ sie bleiben, weil es draußen ungemütlich nasskalt war. Als am Nachmittag endlich der Regen aufhörte, lief sie am Strand entlang bis nach Ahrenshoop und hätte dabei mehrmals fast nasse Füße bekommen, weil die Wellen der See weit ins Land hineinrauschten. Zurück nahm sie deshalb den Weg auf dem Hohen Ufer. Zu spät wurde ihr klar, dass sie unweigerlich an der Stelle vorbeikommen würde, an der sie tags zuvor auf das Polizeiaufgebot gestoßen war. Kurz vor dem Strandübergang verfiel sie in einen Laufschritt, um den Abschnitt schneller hinter sich zu bringen.

Nach zweieinhalb Stunden bog sie wieder in die Lindenstraße ein und sah schon von Weitem, dass vor Heinz' Haus Fahrzeuge parkten, die dort nicht hingehörten. Sie erkannte Dietrichs grauen Wagen, ein weiteres Zivilfahrzeug und einen Streifenwagen. Entsetzt fragte sie sich, woher die Polizei wusste, dass auch Heinz nicht gut auf Sascha zu sprechen gewesen war. Sie hastete den Gehweg entlang und kam gerade rechtzeitig, um zu sehen, wie zwei Streifenpolizisten, ein Mann und eine Frau, aus der Tür traten. Der Mann hielt Heinz, dessen Arme hinter dem Rücken mit Schließen gefesselt waren, am Ellenbogen fest. Dietrich bildete die Nachhut, und hinter ihm im Flur machte Kassandra mehrere Leute aus, die das Haus durchsuchten.

Ohne nachzudenken, stellte sich Kassandra Dietrich und den uniformierten Beamten in den Weg. »Was soll das?«, rief sie. »Sind Sie komplett verrückt geworden?«

Dietrich schob sich an den Beamten vorbei und bedeutete ihnen zu warten. »Schon gut«, sagte er. »Ich kümmere mich drum.« Mit einem gewissen Verständnis im Blick sah er Kassandra an. »Tut mir leid, Frau Voß, mir gefällt auch nicht immer, was ich tun muss.«

»Warum tun Sie's dann? Haben Sie was gegen meine Familie, oder was? Im Sommer nehmen Sie mich aufs Korn, jetzt meinen Onkel. Das ist lächerlich!«

Kassandra wusste, dass sie hysterisch klang und sogar nahe daran war, wirklich hysterisch zu werden. Sie versuchte, Dietrich zu ignorieren, dessen Augen sich verengt hatten und nicht mehr sehr verständnisvoll guckten.

»Heinz, was …?« Sie kam nicht dazu, den Satz zu vollenden. Inzwischen war die Polizistin herangekommen und umfasste Kassandras Arm, um sie wegzuschieben. »Lassen Sie mich los!«, fuhr Kassandra sie an. Aus den Augenwinkeln bekam sie mit, dass hier und da in der Straße Fenster geöffnet wurden.

»Frau Voß!«, donnerte Dietrich so laut, dass sowohl Kassandra als auch die Polizistin zusammenzuckten. Nur Heinz blieb seltsam unbeteiligt und schien gar nicht mitzubekommen, was sich um ihn herum abspielte. »Gehen Sie nach Hause und lassen Sie uns unsere Arbeit machen«, sagte Dietrich im Gegensatz zu eben gefährlich leise. »Sonst muss ich Sie ebenfalls festnehmen, weil Sie eine Amtshandlung stören.«

Hilflos sackte Kassandra in sich zusammen und trat einen Schritt zurück. Sie konnte nur tatenlos zusehen, wie Heinz in den Streifenwagen verfrachtet wurde, Dietrich in sein Auto stieg und beide Wagen losfuhren. Minuten später stand sie immer noch an derselben Stelle und starrte die leere Straße entlang.

Ein vorbeikommendes Fahrrad ließ sie aus ihrer Erstarrung

erwachen. Sie drehte sich um und lief auf dem kürzesten Weg zu Wustrows Boddenseite. Als sie den Hügel mit der Fischlandkirche aus rotem Backstein passierte, begannen gerade wie zum Hohn deren Glocken zu läuten. Dahinter lag, beinah unheimlich still, der Hafen. Nebel zog auf. Er würde sich bald so verdichten, dass er alles unsichtbar machte und verschlang, sogar das große Fahrgastschiff, das ganz hinten am Ende des Bootsstegs festgemacht war.

Brunos Kapitänshaus stand etwas zurückgesetzt am Grünen Weg. Kassandra öffnete das niedrige, quietschende Tor mit dem Rundbogen aus Geäst darüber, ging auf die reich verzierte Holztür zu, die bis auf den blauen Rahmen naturbelassen war, und hoffte, dass sie Bruno antraf. Er hatte die Tür kaum geöffnet, da sah er ihr schon an, dass etwas nicht stimmte, und bat sie herein. Er zeigte sich bestürzt über Heinz' Festnahme, ihre Fragen wollte er indes nicht beantworten.

»Mädchen«, sagte er. »Es bringt nichts, wenn du dich da einmischst.«

»Aber ich muss doch was tun!«, widersprach Kassandra. »Du hast selbst gesagt, dass halb Wustrow ein Motiv hätte, Sascha umzubringen.«

»So hab ich mich nicht gerade ausgedrückt.« Bruno schmunzelte trotz der ernsten Situation, dann seufzte er. »Manche Dinge lässt man lieber begraben. Wenn Heinz es nicht gewesen ist, hat er nichts zu befürchten.«

»Bruno …«

Das Gesicht des alten Mannes verschloss sich, und Kassandra ahnte, dass sie nichts mehr aus ihm herauskriegen würde. »Wen willst du schützen?«, fragte sie trotzdem. »Paul? Du hast ihm doch sein Alibi gegeben, oder?«

Bruno neigte den Kopf. »Hast du etwa seiner Aussage widersprochen?« Er las die Antwort in ihren Augen. »Er hat seine Gründe, Mädchen, misch dich nicht ein«, legte er ihr ein zweites Mal nahe und komplimentierte sie freundlich, aber bestimmt hinaus.

Frustriert stand Kassandra in der Kälte und zermarterte sich das Hirn darüber, wer außer Bruno ihr helfen konnte. Schließlich fischte sie nach ihrem Handy und wählte Violettas Nummer.

»Tut mir leid, dass ich gestern so kurz war, aber …« Sie kam nicht weiter, Violetta unterbrach sie.

»Du meine Güte, Kassandra, du Arme, weißt du schon was über deinen Onkel, haben die ihn echt festgenommen, Frau Dahm von gegenüber sagt, sie hat gesehen, wie sie ihn in Handschellen abgeführt haben, und er hat das alles völlig willenlos mit sich machen lassen, glaubst du, er war's, ich weiß ja nicht, ob und wenn ja, was er gegen Pauls Bruder hatte, aber Irene hat vorhin gesagt, wenn sie vor fünfundzwanzig Jahren den Mut gehabt hätte, hätte sie ihn selbst umgebracht.« Violetta verstummte abrupt, wahrscheinlich, weil ihr bewusst geworden war, was sie gesagt hatte. Irene war Violettas Tante, und Kassandra witterte ihre Chance.

»Irene hatte Streit mit Sascha? Weißt du, worum es ging?«

»Nnnein.«

»Violetta, ich glaube nicht, dass jemand ernsthaft deine Tante verdächtigt, aber wenn ich rausfinden will, wer Sascha umgebracht hat, muss ich so viel wie möglich über ihn erfahren.«

»Warum fragst du nicht Paul?« Manchmal konnte Violetta erschreckend logisch sein.

»Weil der gerade bei seiner Mutter ist«, sagte Kassandra. Wenigstens ging sie davon aus.

»Ich weiß nicht genau, was damals los war, ich war schließlich noch ein Kind.« Violetta konnte auch unerwartet verschwiegen sein.

»Könntest du's rauskriegen?«

Violetta seufzte. »Ich versuch's, aber versprechen kann ich nichts.«

Immerhin ein Anfang. Kassandra setzte sich wieder in Bewegung, lief zum Hafen und weiter zum Steg, wo sie hinüber nach Barnstorf schaute und versuchte, in der Dämmerung und durch den Nebel die mittelalterlichen Gehöfte auszumachen, von denen eins die Kunstscheune beherbergte. Jetzt war sie geschlossen, aber im Sommer gab es dort wundervolle Ausstellungen, und der Garten um die Scheune herum war ein Traum. Seufzend wandte sie sich um und sah auf einer der Bänke ganz vorn am Steg eine dick eingemummelte Gestalt sitzen.

»Mona?« Es war überhaupt kein Wetter, um sich für längere

Zeit niederzulassen, die Bänke waren feucht und kalt. Mona hob den Kopf, und Kassandra erkannte verwundert den Ausdruck von Wut auf ihrem Gesicht. »Mona! Was ist denn, um Himmels willen?«

Mona fixierte sie, als müsste sie erst überlegen, wer Kassandra war. Zitternd holte sie Luft und fuhr sich mit der Hand übers Gesicht, wie um den Ärger wegzuwischen.

»Nun red schon!« War denn heute die ganze Welt aus den Fugen geraten?

»Mirko.« Monas Stimme klang eisig.

»Mirko? Mirko Peters?«

»Ja«, bestätigte Mona, »Genau der.«

Kassandra sah den flippigen Mann vor sich, den Inga Lange als Kellner in ihrem Restaurant beschäftigte. Er passte ins Ambiente vom »FischLänder«, war mit Spaß bei der Sache, stets zu einem Plausch mit den Gästen aufgelegt und verstand sich ziemlich gut mit Inga. Zu gut? »Was ist mit Mirko?«, fragte sie vorsichtig.

»Na, was schon? Ich dachte, ich hätte endlich mal Glück in der Liebe, aber wenn's drauf ankommt, sind Frauen auch nicht anders als Männer.«

»Willst du damit sagen, Inga hat was mit Mirko?«

Mona hieb mit der Faust auf die Bank. »Sieht ganz so aus. Gestern Abend kam ich unvermutet in die Küche, und die beiden sind so schnell auseinander, dass kein großer Zweifel bestehen kann, was sie vorher getrieben haben.«

»Hast du Inga drauf angesprochen?«

»Klar. Wir hatten mächtig Zoff, sie hat alles abgestritten, aber ich lass mich doch nicht für dumm verkaufen! Ich bin zurück nach Stralsund. Wenn ihr was an mir liegen würde, wäre sie nachgekommen, aber sie hat sich nicht blicken lassen.«

»Inga liegt was an dir, das sieht doch jeder.« Kassandra und Paul hatten Inga durch Mona etwas näher kennengelernt, und es hatte immer so ausgesehen, als wäre Inga nach Mona genauso verrückt wie umgekehrt.

»Ach ja? Warum macht sie dann mit Mirko, dem Phantastischen, rum? Ich hab immer das Gefühl, diese Beschreibung schwingt mit, wenn sie nur seinen Namen sagt.«

»Wenn es denn so war«, schränkte Kassandra ein, woraufhin

Mona nur die Augen verdrehte. Kassandra überlegte, wie sie ihre Freundin davon abbringen konnte, so eingleisig zu denken, aber ihr fiel nichts Überzeugendes ein. Stattdessen versuchte sie es mit Ablenkung und zumindest einem halben Themenwechsel. »Bist du denn dann gestern gar nicht auf der Jahresfeier der Goldschmiede-Vereinigung in Heidelberg gewesen? Ich dachte, das lässt du dir nie entgehen.«

Mona guckte befremdet. »Das war vorgestern«, sagte sie abwesend und verfiel wieder ins Brüten.

So viel zur Ablenkung, dachte Kassandra und beobachtete Mona von der Seite, die über die Wasseroberfläche in Richtung Dierhagen sah, obwohl von der nächsten Ortschaft überhaupt nichts zu erkennen war. Der Nebel wurde immer dichter und verwandelte die Welt in ein geheimnisvolles Land. Es hätte Kassandra nicht gewundert, wenn Wassergeister aus dem Bodden emporgestiegen wären. Mona wandte sich um und zerstörte die zauberhafte Atmosphäre. »Ich bin ziemlich rücksichtslos, was? Da lamentiere ich über mein missratenes Liebesleben, dabei hast du ganz andere Sorgen. Ich hab das mit Pauls Bruder gehört. Muss schwer sein für ihn.«

»Hm«, machte Kassandra unbestimmt.

»Weiß die Polizei schon, wer's war?«

In Kassandras Magen bildete sich ein Klumpen. »Die Polizei glaubt, dass sie's weiß. Die haben Heinz festgenommen.«

Abrupt richtete sich Mona auf. »Was? Sind die sicher?« Sie zählte nicht gerade zu Heinz' größten Bewunderinnen, er war ihr zu barsch, zu kurz und zu knapp, aber sie verstand wohl trotzdem sofort, wie belastend diese Situation für Kassandra war. Sie ließ sich gegen die Banklehne zurückfallen und rieb mit dem Zeigefinger über ihren Nasenrücken. »Mit welcher Begründung haben sie ihn denn mitgenommen?«

»Der Herr Kriminaloberkommissar war nicht so gütig, mir das mitzuteilen.«

Mona nickte. »Verstehe. Wirst du was unternehmen?«

»Darauf kannst du Gift nehmen. Ich hab schon meine Fühler ausgestreckt.«

»Das hab ich befürchtet«, sagte Mona.

5

Am nächsten Morgen war Kassandra nicht wesentlich schlauer als vorher. Sie hatte Sascha Freese gegoogelt und herausgefunden, dass ihm in Stralsund ein Immobiliengeschäft gehört hatte, dessen Internetpräsenz aber gerade im Umbau war und daher keine Informationen bot. Falls Paul die Wahrheit gesagt und Sascha Geld gebraucht hatte, konnte es sein, dass die Firma in Schwierigkeiten steckte. Das wenige, was es über Saschas Vergangenheit zu lesen gab, erstaunte Kassandra: Er hatte Schiffbautechnologie studiert, und zwar an der Ingenieurhochschule für Seefahrt Warnemünde/ Wustrow. Was bedeutete, dass er sein Grundlagenstudium in Wustrow absolviert hatte, wo sein und Pauls Vater Professor gewesen war. Vom Schiffbau zum Immobilienmakler schien es Kassandra einerseits ein recht weiter Weg zu sein. Andererseits orientierten sich Menschen im Laufe ihres Lebens ab und zu mal um, und gerade nach der Wende hatten es viele sogar tun *müssen*. Es gab ein Foto von Sascha Freeses Abschlussjahrgang, das ein ehemaliger Kommilitone ins Netz gestellt hatte, auf dem sie ihn sogar ohne Namensnennung erkannt hätte.

Violetta war leider bisher stumm geblieben, dabei war sich Kassandra sicher, dass gerade die Vergangenheit viel Interessantes über Sascha Freese barg. Während sie noch das Telefon hypnotisierte und hoffte, dass es einen Ton von sich geben möge, klingelte es stattdessen an der Tür.

Draußen stand Paul und fuhr sie an: »Wieso muss ich, kaum dass ich wieder hier bin, ausgerechnet von Violetta und auf der Straße erfahren, dass Heinz festgenommen wurde?«

Kassandra versuchte, sich ebenso wenig von Paul provozieren zu lassen wie Harms neulich. Was sie nicht schaffen würde, wenn sie Paul zu lange ansah. »Seit wann klingelst du? Hast du deinen Schlüssel verloren?«, sagte sie im Umdrehen. Wenn Paul mit ihr reden wollte, musste er ihr schon in die Küche folgen.

»Kassandra, verdammt!«

Etwas in seiner Stimme ließ sie aufhorchen. Er lehnte im Türrahmen und sah noch grauer aus als vor ein paar Tagen. Wo auch immer er gewesen war in der Mordnacht, geschlafen hatte er vermutlich seitdem nicht sehr viel, und die Zeit bei seiner Mutter musste anstrengend gewesen sein.

»Du brauchst einen Kaffee«, sagte sie. »Warum setzt du dich nicht?«

»Weil ich lieber stehe.«

Wortlos warf Kassandra eine Kapsel in die Maschine, ließ den Kaffee durchlaufen und reichte Paul die Tasse. »Wie hat es deine Mutter aufgenommen?«

Paul starrte in den Kaffee. »Nicht sehr gut. Zuerst war sie auf eine beunruhigende Art gelassen, als käme das nicht überraschend. Aber dann … Sascha hat ihr immer nähergestanden als ich, obwohl …«

»Obwohl was?«, fragte Kassandra.

»Obwohl sie vermutlich manchmal an ihm verzweifelt ist.« Er stellte die Tasse auf die Arbeitsfläche, ohne einen Schluck getrunken zu haben, und trat einen Schritt näher. Einen winzigen Moment lang glaubte Kassandra, seine Mundwinkel zucken zu sehen. »Die Männer in unserer Familie sind wohl alle nicht ganz einfach.«

»Na ja. Ich kannte deinen Vater nicht.«

Jetzt lächelte Paul wirklich. »Ja, das ist schade. Du hättest ihn gemocht.« Er wurde wieder ernst. »Erzähl mir, was passiert ist.«

Kassandra ließ nichts aus, auch nicht Heinz' drastische Reaktion auf Saschas Anwesenheit in Wustrow. Nur dass sie versucht hatte, Bruno auszuquetschen, unterschlug sie.

»Wir müssen Heinz da raushauen«, sagte Paul. »Er hat zwar einen …« Er unterbrach sich, griff nach der Tasse, setzte sich an den Küchentisch und trank einen Schluck, bevor er neu ansetzte. »Wahrscheinlich hat er sich aus gutem Grund so aufgeführt, aber Heinz bellt nur, er beißt nicht – nicht auf diese Weise. Allmählich wünschte ich, ich hätte mich ein bisschen mehr für Sascha interessiert, dann wüssten wir, wem er in den letzten fünfzehn Jahren alles ans Bein gepinkelt hat.«

Kurz fragte sich Kassandra, was Paul so absolut sicher machte, dass Heinz unschuldig war – und warum er seinen angefangenen Satz relativiert hatte, der doch andeutete, dass er wusste, weshalb Heinz so ausgerastet war.

»Sascha war im Immobiliengeschäft, kann sein, dass er sich

da Feinde gemacht hat«, schlug sie vor, ohne ihre vorherigen Überlegungen auszusprechen. »Je nachdem, wie groß sein Laden war. Ist aus dem Internet leider zurzeit nicht ersichtlich.«

»Du hast schon angefangen?«, fragte Paul belustigt und klang fast wie früher.

»Ich hatte sonst nichts weiter zu tun. Meine Gäste stehen leider nicht Schlange um diese Jahreszeit.«

Paul fasste in seine Hosentasche und förderte zwei Schlüssel zutage. »Wenn du heute noch nicht verplant bist, wie wär's mit einem Ausflug nach Stralsund? Meine Mutter hat mir Saschas Zweitschlüssel überlassen, die er bei ihr deponiert hatte. Ich werde später seine Wohnung auflösen müssen. Sie kann das nicht mehr, und soweit sie weiß, hatte Sascha keinen ihm nahestehenden Menschen, der das übernehmen würde.«

»Die Polizei wird nicht glücklich sein, wenn wir bei Sascha herumwühlen. Falls wir überhaupt reinkommen. Auch wenn er nicht da erschossen wurde, könnte ich mir vorstellen, dass seine Wohnung für die Untersuchungen versiegelt ist. Ganz abgesehen davon, dass die Polizei vermutlich selbst schon alles von oben nach unten gekehrt hat.«

»Wir müssen irgendwo anfangen, und die derzeitige Staatsmacht kennt die Eigenheiten meines Bruders nicht so gut wie ich. Er wird bestimmte Verhaltensmuster kaum abgelegt haben. Darin, an unseren Gewohnheiten festzuhalten, sind … waren wir uns ziemlich ähnlich. Und ob die Wohnung versiegelt ist, sehen wir nur, wenn wir hinfahren.«

»Ja, gut, aber nicht sofort.«

Ein Anflug von Ärger überschattete Pauls Gesicht. »Da Heinz bis jetzt nicht zurück ist, kann man davon ausgehen, dass er einem Haftrichter vorgeführt wurde und in U-Haft sitzt. Worauf willst du warten?«

»Du siehst müde aus. Es bringt wenig, wenn du in Saschas Wohnung die Hälfte übersiehst, weil dir Schlaf fehlt.«

Paul entspannte sich wieder. Er stand auf und strich mit dem Zeigefinger über Kassandras Wange, eine Geste, die sie liebte. »Entschuldige. Ich *bin* müde, du hast recht. Kann ich mich zwei Stunden hier aufs Ohr legen?«

Kassandra nickte nur. Als er auf dem Sofa eingeschlafen

war, stand sie längere Zeit in der Tür zum Wohnzimmer und betrachtete ihn. Er hatte die Mordnacht mit keinem Wort erwähnt, hatte nicht versucht, ihr etwas zu erklären, hatte sie auch kein zweites Mal gefragt, ob sie ihm vertraute. Noch vor drei Tagen jedoch wäre er nie auf die Idee gekommen, zu fragen, ob er sich hinlegen durfte. Er hätte auch nie geklingelt. Er hielt also einen gewissen Abstand. Kassandra dachte daran, wie er im letzten Sommer ihr Fels in der Brandung gewesen war. Er hatte ihr geholfen, bedingungslos und ohne Fragen zu stellen.

Während sie noch dastand, wurde Pauls Schlaf unruhig. Er stöhnte auf, drehte sich von der einen auf die andere Seite, gleich darauf wieder zurück und schließlich auf den Rücken. Kassandra trat näher und legte ihre Hand auf seine Brust. Sie spürte sein Herz rasen, als wäre er gerannt. Im Schlaf griff er nach ihrer Hand, hielt sie fest – und wurde ruhiger. Sie ließ sich neben dem Sofa auf dem Boden nieder und blieb dort sitzen, bis sie ihn drei Stunden später weckte.

»Was weiß deine Mutter über Saschas Leben?«, erkundigte sich Kassandra auf dem Weg nach Stralsund.

»Wenig. Dietrich und Harms waren gestern da, um mit ihr zu reden, meine Mutter meinte anschließend, dass sie das Gespräch wohl unergiebig fanden, was mich nicht wundert. Sascha kam ab und an zu Besuch, immer allein, sie war selbst nie bei ihm. Er hat ihr erzählt, dass er im Immobiliengeschäft ist und sich gelegentlich mit einer Frau trifft – nicht immer mit derselben, jedenfalls wechselte der Name öfter mal. Sie kannte ihn gut genug, um zu wissen, dass er auf Fragen nicht antwortete, auf die er nicht antworten wollte. Entweder er erzählte was von sich aus – oder gar nicht.«

Kassandra entdeckte immer mehr Ähnlichkeiten zwischen Sascha und Paul, der wissen wollte, was sich während seiner Abwesenheit sonst noch getan hatte. Sie erzählte von Mona und Inga und deren vermeintlicher Affäre mit Mirko.

»Mirko und Inga?«, wiederholte Paul. »Warum nicht? Irgendwie passen die zusammen. Beide ein bisschen verrückt. Wenn ich auch nicht weiß, ob ich Mirko jemanden wie Inga wünschen sollte. Der muss sich selbst noch finden, trotz seiner neunundzwanzig. Manche brauchen dazu eben länger.«

»Warum nicht, fragst du?« Kassandra war empört. »Weil Mona Ingas Freundin ist. Nebenbei, du redest über Mirko, als würdest du ihn näher kennen.«

Paul lächelte. »Sagen wir: ein bisschen.«

»Klar«, sagte Kassandra gespielt resigniert. »Wie konnte ich vergessen, dass du praktisch jeden auf dem Fischland kennst.«

»Na, nicht gerade jeden. Erinnerst du dich, dass ich mal von Ralf Peters erzählt habe, dem Mann, der das Gemälde von Alfred Partikel versteigert hat? Das ist Mirkos Vater.«

Kassandra erinnerte sich allerdings. Auch an das, was Paul über ihn gesagt hatte. »Der Galerist, der nicht dein Freund ist.«

»Richtig. Du hast ein überragendes Gedächtnis. Ich muss in Zukunft aufpassen, was ich sage.«

»Haha«, machte Kassandra.

Paul lachte. »In Ralfs Galerie läuft gerade eine Ausstellung mit Fotografien vom Darß, soweit ich weiß. Wäre vielleicht was für dich.«

»Klingt interessant. Du willst nicht mitkommen?«

»Nein, danke.«

Da Kassandra wusste, dass er für ihre eigenen Bilder durchaus was übrighatte, musste seine Ablehnung andere Gründe haben. »Ist es schrecklich neugierig, wenn ich frage, warum du Peters nicht magst?«

Paul sah sie von der Seite an. »Sagen wir einfach, er und Sascha hatten mehr gemeinsam als er und ich.«

»Heißt, als Mörder käme er nicht in Frage?«

»Ralf?« Dieser Gedanke überraschte Paul offensichtlich, er dachte etwas länger darüber nach. »Man soll niemals nie sagen, aber eine Krähe hackt der anderen kein Auge aus.«

»Du hast echt keine gute Meinung von dem Mann, was? Mirko gehört also nicht zu den Krähen?«

Paul lächelte wieder. »Nein, der ist schon in Ordnung im Großen und Ganzen. Hat sich vor einigen Jahren ein paar ziemliche Dinger geleistet, die seinen Vater sicher zur Weißglut getrieben haben, und dreimal sehr unterschiedliche Studiengänge abgebrochen. Wer weiß, vielleicht lernt er jetzt ja Koch bei Inga.« Er sah

Kassandras Blick und zuckte mit den Schultern. »Entschuldige, aber Mona wusste, mit wem sie sich einlässt. Ich finde Inga sympathisch, nur macht sie nicht unbedingt den Eindruck einer Frau, die sich für ewig binden will.«

Dem konnte Kassandra nicht widersprechen. Sie dachte über Mona nach, bis sie Stralsund erreicht hatten, eine Stadt, mit der Kassandra zwar auch unangenehme Dinge verband, weil sie hier einige Jahre mit ihrem Exmann gelebt hatte, die sie aber trotzdem liebte. Es gab wunderschöne Straßenzüge mit herrschaftlichen Giebelhäusern, beeindruckende Kirchen und fernab vom Trubel Oasen der Ruhe wie das Johanniskloster mit seinen zwei Höfen, die malerisch umrahmt waren von kleinen bunten Häuschen. Die Gegend, durch die sie jetzt fuhren, hatte weder etwas Malerisches noch etwas Beeindruckendes an sich, im Gegenteil. »Sind wir hier richtig?«, fragte sie verwundert.

»Das Navi sagt Ja. Ich hab vorher nicht in den Stadtplan geguckt.« Paul bog in eine Straße ein, in der eine ganze Reihe identisch aussehender, heruntergekommener Wohnblöcke stand. Der Zustand des Kopfsteinpflasters spottete jeglicher Beschreibung. Rumpelnd kam der Wagen vor einem der Blöcke zum Stehen. »Die Nummer da müsste es sein.«

Kassandra hatte sich keine Gedanken darüber gemacht, wie oder wo Sascha Freese wohnte, aber das hier kam ihr für einen Immobilienhai völlig unpassend vor. Paul schien Ähnliches zu denken. Eine ganze Weile schaute er zu dem Eingang hinüber, ehe er ausstieg.

Mit einem der beiden Schlüssel kamen sie problemlos ins Haus, wo sie die Klingelschilder an den Wohnungstüren absuchten. Auf dem Treppenabsatz zur zweiten Etage blieb Paul so abrupt stehen, dass Kassandra beinah auf ihn geprallt wäre. Die Tür der Wohnung auf der linken Seite war aufgebrochen worden. Sie stand ein paar Zentimeter offen, das Schloss war beschädigt, das Polizeisiegel hing zerrissen am Rahmen. Paul nahm die letzten Stufen, deutete auf das Siegel und sagte leise: »Darum müssen wir uns wohl keine Sorgen mehr machen.«

Vorsichtig stieß er mit der Fußspitze die Tür etwas weiter auf und lauschte in die Wohnung hinein. Dann bedeutete er Kassandra, hinter ihm zu bleiben, und betrat den düsteren Flur. Sie folgte ihm dicht auf den Fersen und hoffte, dass der Einbrecher längst das Weite gesucht hatte oder wenigstens ihren Herzschlag nicht wummern hören würde.

Zwei der Türen, die vom Flur ausgingen, standen sperrangelweit auf. Weder in der Küche noch im winzigen Bad verbarg sich jemand. Die anderen beiden Türen waren nur angelehnt. Wie eben stieß Paul die erste auf. Kassandra musste sich auf die Zehenspitzen stellen, um über seine Schulter hinweg in einen sehr schlicht eingerichteten Schlafraum zu sehen – ein Bett, ein Schrank, eine Kommode, sonst nichts, nicht mal ein Bild an der kahlen Wand. Die Schranktüren standen offen, die Kommode ebenfalls, jemand hatte beides durchsucht. Die Polizei oder der Einbrecher?

Paul trat wieder auf den Flur, wo sein Blick kurz einen großen Art-déco-Spiegel streifte, der in der ansonsten leeren Diele hauptsächlich die Düsternis reflektierte, und stieß die letzte Tür auf. Auch im Wohnzimmer waren Schränke und Schubladen geöffnet, Sofakissen lagen auf dem Boden, und selbst ein alter Plattenschrank hatte die Aufmerksamkeit desjenigen erregt, der hier zugange gewesen war. Die Schallplatten wiesen immerhin auf die Persönlichkeit des Menschen hin, der hier gelebt und offensichtlich klassische Musik und französische Chansons gemocht hatte. Ansonsten wirkte der Wohnraum genauso steril wie das Schlafzimmer.

Paul bückte sich, um eine der Platten aufzuheben, das Klavierkonzert Nr. 1 von Tschaikowsky.

»Nicht«, warnte Kassandra. »Wir sollten die Polizei rufen und keine Fingerabdrücke hinterlassen.«

Nur langsam richtete Paul sich auf. »Dass er immer noch diese uralte Aufnahme von Tatjana Nikolajewa hatte ...« Er schien sich zu zwingen, sich wieder den wesentlichen Dingen zuzuwenden. »Bevor wir die Polizei rufen, will ich mich hier umsehen. Keine Angst, ich fasse nichts an.« Nachdenklich blieb sein Blick an einem unter dem Fenster stehenden Tisch hängen. »Der Staubverteilung nach zu urteilen, stand da bis vor Kurzem was, vom Format her vielleicht ein Notebook. Hat sicher die Polizei mitgenommen.«

Paul ging von Raum zu Raum, während Kassandra sich fragte,

was er empfand. Gerade eben hatte sie den Eindruck gehabt, dass er sich an eine weit zurückliegende Zeit erinnerte, in der er und sein Bruder keine Gegner gewesen waren. Sie versuchte schon länger, sich ein Bild von Sascha zu machen, aber diese Wohnung verwirrte sie nur noch mehr. Sie schien überhaupt nicht zu dem Mann zu passen, den sie, wenn auch nur kurz, kennengelernt hatte. Trotz des momentan herrschenden Chaos war zu erkennen, dass es hier sonst sehr ordentlich war. Zu ordentlich, zu sauber und vor allem absolut unpersönlich für jemanden mit einer solchen Präsenz. Und viel zu klein und einfach für jemanden, der in einem Luxushotel wie dem »Dünentraum« übernachtete.

Paul war im Flur stehen geblieben, wo er den Wandspiegel derart intensiv betrachtete, dass man glauben konnte, er würde sich selbst zum ersten Mal sehen. Fast schien er in seinem eigenen Spiegelbild zu versinken. Kassandra war ihrerseits so in diese seltsame Szene vertieft, dass sie die Schritte draußen auf der Treppe viel zu spät bemerkte. Falls der Einbrecher zurückkam, konnte das gefährlich werden.

»Paul!«, zischte sie und wollte ihn in die Küche ziehen.

Zu spät. Die Wohnungstür wurde aufgetreten und knallte gegen die Wand, und noch in derselben Sekunde starrten Kassandra und Paul in die Mündung einer Pistole. Für eine kleine Ewigkeit war es totenstill im Flur.

»Sind Sie von allen guten Geistern verlassen?« Dietrich senkte die Arme, sein Blick wanderte von Kassandra zu Paul, zur aufgebrochenen Tür und wieder zurück. »Verflucht noch mal, *ich* hatte einen Unfall, bei dem mein Hirn zu Schaden hätte kommen können. Nicht Sie beide!«

»Sie machen ja nette Komplimente.« Paul zog die Schlüssel aus seiner Manteltasche und hielt sie Dietrich hin. »Wir hätten nicht einbrechen müssen, das hat schon jemand vor uns erledigt.«

In Dietrichs Gesicht zeichnete sich Erleichterung ab, er steckte die Waffe weg. »Sie haben Nerven«, sagte er trotzdem. »Statt durch die Wohnung zu spazieren, hätten Sie sofort die Kollegen rufen müssen. Was suchen Sie überhaupt hier?«

»Was ich suche, kann ich Ihnen sagen, wenn ich's gefunden habe«, antwortete Paul.

»Ja, sicher. Und besten Dank auch«, gab Dietrich spöttisch

zurück, »dass Sie schon wieder unsere Arbeit machen wollen. Wie wär's, wenn Sie uns gelegentlich noch was übrig ließen?«

»Weshalb regen Sie sich so auf?«, fragte Kassandra ebenso spöttisch. »Wir nehmen Ihnen nichts weg, Sie haben doch schon Ihren Täter.«

»Ach, Blödsinn.« Dietrich wollte noch etwas sagen, da schien ihn ein heftiger Schmerz zu durchzucken. Er schwankte kurz und hielt sich mit der rechten Hand an der Wand fest. Unwillkürlich machte Kassandra einen Schritt auf ihn zu, doch ein einziger Blick Dietrichs hielt sie von weiteren Aktionen ab. »Ich glaube genauso wenig wie Sie, dass Ihr Onkel Sascha Freese umgebracht hat«, sagte er schließlich zu ihrer grenzenlosen Überraschung mit zusammengebissenen Zähnen. »Ich bin noch mal hier, weil ich hoffte, ich würde etwas finden, was das untermauert. Etwas, was wir bisher übersehen haben – obwohl diese Wohnung von uns gründlich auf den Kopf gestellt wurde.« Er wandte sich an Paul. »Jetzt machen Sie schon weiter. Vielleicht haben Sie ja wirklich mehr Glück als wir.«

Paul schüttelte den Kopf. »Sie wären eine äußerst interessante Romanfigur, Herr Dietrich. Man weiß nie, wie man mit Ihnen dran ist.«

»Dann sollten Sie sich ranhalten, bevor ich's mir wieder anders überlege. Nehmen Sie die.« Dietrich holte ein paar dünne Einmalhandschuhe hervor.

»Weshalb haben Sie Heinz festgenommen, wenn Sie nicht glauben, dass er es war?«, wollte Kassandra wissen.

Dietrich ließ Paul nicht aus den Augen, der die Handschuhe überstreifte und zielstrebig auf den Spiegel zutrat. »Weil wir die Beweismittel gegen ihn nicht ignorieren können.«

»Welche Beweismittel?«

Dietrich zog eine Grimasse. »Sie erwarten hoffentlich nicht, dass ich Interna ausplaudere.«

»Was Sie hier gerade tun, wird Ihre Vorgesetzten auch nicht unbedingt begeistern, wenn es rauskommt«, mokierte sich Kassandra.

Paul hatte inzwischen den Spiegel abgenommen und tastete sorgfältig die Rückseite des ungewöhnlich breiten und tiefen Rahmens ab.

»Stimmt«, gab Dietrich zu. »Ich sollte wohl davon ausgehen, dass ich kein zweites Mal dafür befördert werde, gegen sämtliche Dienstvorschriften zu verstoßen. Im Gegenteil. Das kann mindestens ein Disziplinarverfahren nach sich ziehen, im schlimmsten Fall verliere ich meinen Job und kriege einen Strafprozess an den Hals.«

»Von uns erfährt's niemand«, sagte Paul. »Haben Sie noch ein Paar Handschuhe? Ich könnte Hilfe brauchen.«

»Nein, tut mir leid, ich konnte nicht ahnen, dass ich die Familie des Opfers gleich mit ausrüsten muss. Oder vielleicht konnte ich es doch ahnen, ich hab es nur verdrängt.«

Paul zog eine Grimasse. »Das wird's sein. Wenn schon keine Handschuhe, dann vielleicht wenigstens ein Taschenmesser?«

»Was haben Sie vor?«, fragte Dietrich. »Wenn Sie den Spiegel zerbrechen ...«

»Ich werde versuchen, das zu vermeiden.« Paul nahm Dietrichs Taschenmesser entgegen.

Vorübergehend vergaß Kassandra die Beweismittel gegen Heinz und verfolgte mit Dietrich gespannt, wie Paul ein paar winzige Schrauben am Rahmen aufzudrehen begann.

»Ein doppelter Rahmen«, sagte sie, als er die rückwärtigen Leisten löste. »Woher wusstest du das?«

»Wusste ich nicht. Aber der Spiegel und die Schallplatten sind in dieser Wohnung das Einzige, was überhaupt auf Sascha hinweist. Er fand Spiegel immer faszinierend, weil sie zwar das Äußere eines Menschen zeigen, das Innere aber verbergen. Sogar vor einem selbst.« Paul lehnte den hinteren Teil des Rahmens gegen die Wand und fuhr mit der Hand durch den entstandenen Hohlraum. Kurz darauf förderte er ein abgegriffenes Notizbuch zutage, das er auf den Fußboden legte. Anschließend machte er sich daran, den Rahmen in den ursprünglichen Zustand zurückzuversetzen und den Spiegel wieder an seinen Platz zu hängen.

Kassandra sah Dietrich an, dass er sich am liebsten sofort auf das Buch gestürzt hätte, aber er musste auf die Handschuhe warten. Als Paul sie abstreifte, bemerkte Kassandra, dass seine Hände leicht zitterten. Sie fragte sich, ob Dietrich das ebenfalls wahrnahm – wie auch die Tatsache, dass Paul sich unwohl zu fühlen schien und einen Schritt zurücktrat, nachdem Dietrich die

Handschuhe übergezogen und das Buch vom Boden aufgehoben hatte. Unauffällig schaute sie zwischen den beiden Männern hin und her und sah etwas Merkwürdiges: Dietrich schien Paul mit einem Blick etwas mitteilen zu wollen – und Paul verstand offenbar die Botschaft, ohne dass ein Wort gewechselt wurde.

Dietrich schlug das Buch auf, blätterte zunehmend befremdet durch die Seiten und hielt es ihnen schließlich an einer beliebigen Stelle aufgeschlagen entgegen. Kassandra erkannte eine wirre Abfolge von Zahlen und Buchstaben, die gänzlich ohne Abstände oder Absätze aufs Papier gebracht worden war. »Verschlüsselt«, sagte Dietrich. »Können Sie das entziffern?«

Paul trat näher und begutachtete die kleine, akribische Schrift seines Bruders. »Nicht auf Anhieb. Aber ich kann's versuchen, wenn Sie mir das Buch anvertrauen wollen. Ich weiß in etwa, wie Sascha tickte. Er hat sich schon mit neunzehn für Achim Detjen persönlich gehalten.«

»Für wen?«, fragte Dietrich verständnislos.

Paul sah ihn prüfend an. »Das war etwas vor Ihrer Zeit. Oder Sie sind nicht in der DDR aufgewachsen.«

»Wie man's nimmt. Meine Eltern fanden Anfang der achtziger Jahre, der Westen sei zu dekadent und kapitalistisch, und sind hierher ausgewandert.«

»Das war konsequent. Bisschen spät vielleicht«, meinte Paul etwas sarkastisch.

»Kann man sagen. Was hat dieser Achim Detjen denn nun damit zu tun?«

»Im dekadenten Westen wäre er Geheimagent gewesen«, erklärte Paul mit einem halben Lächeln. »Bei uns war er ein unschlagbarer Kundschafter für den Frieden im Auftrag des Ministeriums für Staatssicherheit – in einer Fernsehserie.«

»Mir hat's gefallen«, sagte Kassandra, ehe ihr klar wurde, was sie da in Anbetracht von Pauls eigenen Erfahrungen mit der Stasi von sich gab.

Er schien ihr das allerdings nicht übel zu nehmen, sondern bemerkte sichtlich erheitert: »Dir? Du warst nicht mal geboren, als das zum ersten Mal ausgestrahlt wurde.«

»Na und? Es gibt da diese neumodische Erfindung, nennt sich DVD, weißt du? Übrigens, dein Grübchen ist dem von Herrn

Detjen sehr ähnlich.« Sie tippte mit ihrem Zeigefinger an sein Kinn.

Amüsiert schüttelte Dietrich den Kopf und blickte auf das Buch, das er eine Weile zwischen den Händen drehte, ohne etwas zu sagen. Schließlich gab er sich einen Ruck. Er sah zu Paul. »Versuchen Sie's. Was mich betrifft, ich hab das Ding offiziell nie gesehen.«

»Donnerwetter«, sagte Kassandra. »Wer hat mir noch vor ein paar Monaten Vorträge über die Unterschlagung von Beweismitteln gehalten?«

»Daran müssen Sie mich nicht erinnern, ich weiß, was ich gesagt habe. Ich behaupte auch nicht, dass es korrekt ist, was ich tue. Nur ändern sich eben manchmal die Begleitumstände.« Dietrich hielt Paul das Buch hin. »Gehen wir einfach davon aus, dass Sie das schon jahrelang haben. Sieht ja nicht gerade neu aus und hat möglicherweise gar nichts mit dem Mord an Ihrem Bruder zu tun.«

Paul nahm das Buch und nickte. »Danke«, sagte er, und Kassandra war sich nicht sicher, ob er das Buch meinte oder etwas ganz anderes.

»Jetzt verschwinden Sie«, sagte Dietrich. »Wird Zeit, dass ich die Kollegen rufe, und wenn die kommen, sollten Sie nicht mehr hier sein.«

»Was ist mit den Beweisen gegen Heinz? Ich würde gern wissen …«, fing Kassandra an.

»Kennen Sie Schloss Münkwitz?«, fiel ihr Dietrich ins Wort.

Verdutzt nickte sie. Früher war sie mit ihrem Exmann öfter in dem Hotel-Restaurant gewesen, das ein paar Kilometer von Stralsund entfernt lag. Es hatte eine sehr wechselhafte Geschichte hinter sich, war dann aber vor einigen Jahren von der Familie der ursprünglichen Besitzer zurückgekauft worden.

»Treffen wir uns da heute Abend. Ich lege nämlich keinen Wert darauf, mitten am Tag in trauter Dreisamkeit mit Ihnen gesehen zu werden, solange die Ermittlungen laufen.«

6

Kassandra brannten eine Menge Fragen unter den Nägeln, doch sie stellte keine davon, während sie den Rest des Tages in Stralsund verbrachten, weil es sich nicht lohnte, zwischendurch nach Hause zu fahren. Es war zu kalt, um die ganze Zeit draußen zu bleiben, deshalb kauften sie Eintrittskarten für das Ozeaneum am Hafen und wanderten an den großen Nord- und Ostsee-Aquarien vorbei, durchquerten den gläsernen Tunnel, über ihnen die Fische, die silbrig durchs Wasser glitten, und ließen sich zum Schluss im mehrere Stockwerke hohen »Riesen der Meere«-Saal mit den lebensgroßen Walmodellen nieder. Paul war den ganzen Nachmittag über abwesend und wortkarg, und Kassandra glaubte nicht, dass er anschließend noch wissen würde, was sie gesehen hatten. Sie ließ ihn in Ruhe, war aber froh, als es endlich Zeit war, nach Schloss Münkwitz aufzubrechen.

Paul war noch nie dort gewesen und beugte sich hinter dem Steuer ein Stück vor, als der Waldweg sich öffnete und den Blick auf das angestrahlte Gebäude freigab. Das Schloss war aus grauem Granit erbaut, es gab zwei Seiten- und einen Hauptflügel, in dessen Mitte ein Turm mit einem beeindruckenden Portal emporragte.

Der frische Wind wehte nach wie vor, Kassandra und Paul beeilten sich, nach drinnen ins Warme zu kommen. Dietrich saß bereits an einem Tisch in einer der hinteren Ecken des Restaurants und studierte die Speisekarte. Es war nicht zu übersehen, dass er privat hier war. Zwar trug er nach wie vor einen Anzug, doch dieser wirkte weniger steif, und er hatte auf die Krawatte verzichtet. Seine fast schwarzen Haare waren vom Wind etwas zerzaust, er hatte sich nicht die Mühe gemacht, sie zu kämmen, sondern war wohl nur mit den Händen hindurchgefahren. Er stand auf, als er sie kommen sah. Kassandra musste sich auf die Zunge beißen, um nicht zu sagen, dass er sitzen bleiben sollte, wenn er Schmerzen hatte.

Nachdem sie ihre Bestellung aufgegeben hatten – alle drei eher unmotiviert, keiner schien Hunger zu verspüren –, kam Dietrich gleich zur Sache.

»Sie wollen wissen, welche Beweismittel wir gegen Heinz Jung in der Hand haben? Ich weiß gar nicht, womit ich anfangen soll, so zahlreich sind die. Erstens: Dank Ihres Tipps, Frau Voß, haben wir im ›Dünentraum‹ nachgefragt, wo Sascha Freese tatsächlich abgestiegen war. Der Angestellte an der Rezeption erinnerte sich, dass Heinz Jung am Abend vor dem Mord ins Hotel gekommen war. Er hatte nach Sascha Freese und dessen Zimmernummer gefragt und war losgestürmt, kaum dass er eine Antwort erhalten hatte. Kurz darauf rief die Dame an, die im Zimmer neben Freese wohnte, um sich über den Lärm nebenan zu beschweren. Glücklicherweise war sie zwischenzeitlich nicht abgereist, sodass wir sie befragen konnten. Sie gab an, einen Streit mit angehört zu haben, in dessen Verlauf zumindest eine Person übermäßig laut gebrüllt hatte, so laut, dass sich die Stimme des Mannes überschlug und sie deswegen leider nicht verstehen konnte, was genau gesagt wurde.«

»Wahrscheinlich war das Heinz«, warf Paul ein. »Sascha ist nie laut geworden.«

Dietrich musterte Paul eingehend, bevor er fortfuhr. »Außerdem sind Möbel umgeworfen worden, wir konnten Beschädigungen an einem der Stühle und eine dazu passende Abschürfung an der Tapete erkennen.«

»Hat jemand gesehen, wie Heinz mit Sascha das Hotel verließ?«, fragte Kassandra.

»Niemand hat Heinz Jung aus dem ›Dünentraum‹ herauskommen sehen, aber das ist nicht weiter ungewöhnlich. Das Hotel hat mehrere Gebäude, und Sascha Freeses Zimmer lag in einem Trakt mit einem eigenen Eingang.«

»Diese Auseinandersetzung ist aber doch nur ein Indiz«, sagte Kassandra. »Sie beweist gar nichts.«

Dietrich nickte. »Ihr Onkel hat den Streit auch nicht abgestritten, als wir ihn danach fragten. Leider ist das aber nicht alles. Wir haben die Tatwaffe gefunden, eine SIG Sauer P 226SL, Kaliber 9 Millimeter. Beliebt bei Sportschützen für die Dienstpistolendisziplin. Sie dürften sie übrigens kennen, Herr Freese«, sagte er, und Kassandra brach mit einem Mal der Schweiß aus, bis Dietrich weitersprach. »Sie haben damit vor ein paar Monaten Frau Voß aus einer sehr brenzligen Lage befreit.«

»Heinz' Waffe?«, konstatierte Paul.

»Korrekt. Mit seinen Fingerabdrücken drauf. Und nur mit seinen.«

»Der Mörder wird Handschuhe getragen haben«, wandte Kassandra ein.

»Aber er wird kaum dafür verantwortlich sein, dass Ihr Onkel Schmauchspuren an den Händen hatte.«

Kassandra wusste einen kurzen Moment lag nicht, was sie darauf erwidern sollte, ihr wurde ganz flau im Magen. »Heinz ist Sportschütze, wie Sie eben selbst erwähnten«, sagte sie dann. »Er schießt mit der Pistole jeden Montag im Verein, die Schmauchspuren könnten auch daher rühren. Soweit ich weiß, bleiben die ein paar Tage an der Haut haften.« Zu etwas waren die Krimis, die sie mit Violetta las, doch gut.

»Oh, absolut. Die Krux liegt in dem Wort ›könnten‹. Sie könnten natürlich von Schießübungen stammen. Aber eben auch vom Mord an Sascha Freese.«

»Haben Sie Schmauchspuren an seiner Kleidung gefunden?«

»Nein. Leider konnte sich der Rezeptionist deutlicher an den Auftritt Ihres Onkels als an dessen Kleidung erinnern. Sie könnte demnach entsorgt worden sein.«

»Könnte«, betonte Kassandra.

Dietrich nickte beredt. »Das alles war jedenfalls genug für eine Festnahme. Da passt es glänzend ins Bild, dass sich heute zweifelsfrei herausstellte, wer Sascha Freese die Kratzspuren am Hals beigebracht hat: Heinz Jung.«

»Das könnte bei dem Streit im Hotel passiert sein.«

»Da haben wir es wieder – könnte. Nun zählen Sie mal zusammen: Ihr Onkel hatte einen heftigen Streit mit dem Opfer, das mit seiner Waffe getötet wurde, auf der einzig und allein seine Fingerabdrücke zu finden sind. Er hat nicht nur Schmauchspuren an den Händen, sondern an der Leiche haftet außerdem seine DNS. Und er kriegt den Mund nicht auf. Weder zu seiner Verteidigung« noch, um mit einem Alibi rauszurücken.«

»Er sagt nichts?«, fragte Kassandra verblüfft.

»Keinen Ton. Er wollte keinen Anwalt, also hat er einen Pflichtverteidiger bekommen, aber ob der da ist oder nicht, spielt keine Rolle. Er redet nicht mit ihm. Er redet mit überhaupt niemandem.«

»Wo wurde die Waffe gefunden?«, wollte Paul scheinbar zusammenhanglos wissen. Er hatte in den letzten Minuten nur zugehört.

»Gute Frage. Ich hätte geschworen, dass wir die überhaupt nicht finden, weil der Täter sie bloß an einer günstigen Stelle übers Steilufer hätte werfen müssen. Es sieht so aus, als hätte er das auch tun wollen, nur hat er sich eben keine günstige Stelle ausgesucht. Wir fanden die Waffe auf einem der Bunker, deren Überreste da bei Ihnen in der See liegen – auf dem mit dem Graffito von der Fackelträgerin. Ich vermute inzwischen, da hat sich jemand von Sascha Freese, von der Waffe und gleichzeitig womöglich auch noch von Heinz Jung befreien wollen.«

»Sie glauben, jemand will Heinz bewusst den Mord anhängen?«, fragte Kassandra.

»Scheint mir jedenfalls nicht völlig aus der Luft gegriffen zu sein. Vielleicht ist es was Persönliches, vielleicht ist Ihr Onkel aber auch nur das Bauernopfer.«

»Gleichzeitig müssen Sie in Erwägung ziehen, dass es Heinz tatsächlich war.«

»Muss ich, ja«, sagte Dietrich. »Hab ich auch getan, wie meine Kollegen, mein Vorgesetzter und die Staatsanwältin, die immer noch dieser Meinung sind.«

»Was hat Sie wieder von der Theorie abgebracht?«, fragte Paul.

»Heinz Jung war sein Leben lang Polizist. So jemand macht nicht innerhalb weniger Stunden so viele Fehler. Er kennt unsere Arbeit.«

»Heinz könnte im Affekt gehandelt haben«, brachte Kassandra vor.

»Wollen Sie den Advokat des Teufels spielen? Na schön. Nehmen wir an, er ist stinksauer auf Freese, wegen was auch immer. Er stellt ihn in dessen Hotelzimmer zur Rede, schmeißt mit Möbeln um sich – und geht wieder, um ihn ein paar Stunden später draußen an der Küste umzubringen. Wäre denkbar, allerdings keine Tötung im Affekt mehr, sondern geplant. Aber wenn jemand wie Heinz Jung einen Mord plant, entsorgt er seine Waffe garantiert nicht dermaßen dilettantisch, dass es an Peinlichkeit kaum zu überbieten ist.«

»Vielleicht hat er nur unglücklich geworfen.«

»Kassandra, was soll das?«, fragte Paul in komischer Verzweiflung. »Ich dachte, wir sind hier, um ...«

»Nein«, unterbrach ihn Dietrich, »lassen Sie sie nur. Das sind genau die Argumente, die ich in der Dienststelle zu hören bekommen habe. Die glauben, Heinz Jung geriet in Panik, warf die Pistole einfach weg und dachte weder an die Konsequenzen noch daran, dass er eine ganze Armada von Spuren hinterließ. Für die ist der Fall so gut wie abgeschlossen. Das wäre vielleicht anders, wenn nicht heute Morgen in Anklam ein hoher Verwaltungsbeamter einer Autobombe zum Opfer gefallen wäre. Weil der Innenminister Druck macht und sich entsprechend alle Kräfte auf die Bombe konzentrieren, leite ich eine inzwischen sehr dezimierte Mordkommission im Fall Sascha Freese, der darüber hinaus keinen mehr sonderlich interessiert. Entschuldigung«, fügte er in Pauls Richtung hinzu.

»Entschuldigen Sie sich nicht bei mir. Sascha allerdings hätte es bedauert, als unwichtig eingestuft zu werden. Sehen Ihre Kollegen das nach dem Einbruch denn immer noch so?«

»Ja, und das hat was mit den Geschäften Ihres Bruders zu tun. Ich nehme an, Sie wissen heute nicht wesentlich mehr darüber?« Als Paul verneinte, fuhr Dietrich fort: »Ihr Bruder besaß eine Immobilienfirma, von der nicht mehr viel übrig ist – nicht mal das Büro. Er hat seine Geschäfte zuletzt von zu Hause aus erledigt. Falls Sie sich fragen, warum Sie keinerlei Unterlagen, Aktenordner oder Ähnliches in der Wohnung gesehen haben: Das Zeug steht bei uns und wurde akribisch, wenn auch ohne Ergebnis, durchgegangen. Die Ordner sind unvollständig, es fehlen eindeutig Papiere in der Chronologie – oder es gab für gewisse Vorgänge nie welche, wer weiß das schon. Im Wohnzimmer hat auf einem Tisch am Fenster sehr wahrscheinlich ein Laptop gestanden, das konnte selbst ein ungeübtes Auge erkennen. Als wir die Wohnung zum ersten Mal betraten, war diese Stelle aber bereits leer.«

»Das heißt, es ist schon mal jemand eingebrochen?«, fragte Kassandra.

»Entweder das, obwohl wir keine entsprechenden Spuren fanden, oder Freese hat das Notebook selbst mitgenommen. Was uns zu der Frage führt, wo es jetzt ist. Es stand zumindest nicht in seinem Hotelzimmer, und leider spricht viel dafür, dass es vorerst verschollen bleibt.« Dietrich zuckte bedauernd mit den Schultern. »Um auf Freeses Geschäfte zurückzukommen: Sein einziger reeller Verdienst bestand in der Verwaltung einiger Mietshäuser, dazu gehörte unter anderem der Block, in dem er selbst wohnte. Ansonsten besaß er einige wenige Immobilien, die in solch katastrophalem baulichem Zustand sind, dass er sie kaum mehr losschlagen konnte. Dass er Geld von Ihnen wollte, wundert mich nicht. Er war nicht nur pleite, er hatte einen Haufen Schulden.«

»Warum sollte dann aber jemand bei ihm einbrechen?«

»Vielleicht hat einer seiner Gläubiger von seinem Ableben gehört und hoffte, in der Wohnung doch noch was von Wert zu finden«, schlug Kassandra vor.

»Das muss aber ein sehr zwielichtiger Gläubiger sein«, meinte Paul zweifelnd.

»Hm«, machte Dietrich. »Der Blonde Hans, ein Bordellbetreiber, der vor ein paar Monaten noch ein Gebäude von Ihrem Bruder gekauft hat, ohne zu ahnen, dass der Kasten ihm drei Wochen später zusammenfällt, wäre ein passendes Beispiel. Und falls Sie denken, solche Namen haben diese Leute nicht: doch, dieser schon. Er bestreitet den Bruch natürlich, aber eine Nachbarin hat ihn auf der Straße gesehen – leider weiß sie nicht mehr, ob das gestern oder heute war, aber es wurde vorhin ein halber Fingerabdruck gefunden, der vermutlich vom Blonden Hans stammt, und ein blondes Haar außerdem. Es bestehen also diesbezüglich kaum Zweifel. Die Kollegen sind der Ansicht, dass ein möglicher erster Einbruch ebenso wenig mit dem Mord zu tun hat, sondern aus ähnlichen Motiven begangen wurde wie der heute, nur dass der Täter geschickter vorging. Das kann sein – oder auch nicht. Für mich persönlich ist der Fall Sascha Freese jedenfalls noch lange nicht gelöst.«

»Was uns wieder zu Heinz bringt«, resümierte Kassandra. »Wer auch immer ihn entweder absichtlich reinreiten wollte oder für seine Zwecke benutzt hat, muss Zugang zu seiner Waffe gehabt haben. Dabei sieht Heinz' Waffenschrank mit dem elektronischen Zahlenschloss nicht aus wie ein Spielzeug.«

»Im Gegenteil, das ist einer der besten Waffenschränke, die es auf dem Markt gibt. Da ich nicht davon ausgehe, dass ein erfahrener Mann wie Heinz Jung sich strafbar gemacht und jemandem die sechsstellige Kombination verraten hat oder jemanden dabei hat zusehen lassen, wie er den Schrank öffnet, gibt es nur eine Möglichkeit: Der Täter hat gut geraten.«

»Heinz wird kaum sein Geburtsdatum benutzt haben«, protestierte Kassandra.

»Ich wage zu behaupten, dass es nicht unmöglich war, auf die Kombination zu kommen, die er stattdessen wählte. Das war sein einziger, wenn auch folgenschwerer Fehler, fürchte ich.«

Kassandra hob die Brauen, aber da Dietrich nichts weiter preisgab, sagte sie: »Wenn Heinz so konsequent schweigt, muss er selbst wissen oder zumindest ahnen, wer diese Person ist. Und diese Person muss ihm so wichtig sein, dass er sie deckt.«

Dietrich nickte. »Irgendeine Idee?«

Kassandra und Paul sahen sich an. Heinz hatte nicht gerade überwältigend viele Freunde, im Grunde fiel ihr gar keiner ein. Für einen bloßen Bekannten würde er kaum schweigen, und die Einzige, für die er vielleicht in die Bresche springen würde, wäre Kassandra selbst. Aber das war absurd. Er konnte nicht im Ernst annehmen, dass sie Sascha Freese erschossen hatte. Wer also? Wer bedeutete Heinz so viel, dass er das auf sich nahm?

Sie schüttelte den Kopf. »Nein.«

»Und Sie, Herr Freese?«, erkundigte sich Dietrich.

»Nein«, sagte auch Paul. »Heinz hatte nie wirklich gute Freunde. Seine Frau Karin war ihm immer genug.«

Dietrich seufzte. »Dass er keine Freunde hat, stellt uns vor das nächste Problem, das eigentlich das allererste ist: der Zutritt zum Haus. Da es keinerlei Einbruchspuren an Fenstern und Türen gibt, würde ich normalerweise annehmen, dass der Täter bei Heinz Jung ein und aus geht, vielleicht sogar einen Hausschlüssel hat. Nach allem, was ich bisher gehört habe, trifft das allerdings höchstens auf Sie zu, Frau Voß.«

»Ein und aus gehe ich bei ihm nicht gerade, aber ab und zu bin ich schon da, und ich habe einen Schlüssel für Notfälle.

Wie wär's, Sie könnten mich ja wieder verdächtigen«, spöttelte Kassandra.

Dietrich lächelte. »Den Fauxpas begehe ich so schnell nicht noch mal. Außerdem habe ich Ihre Reaktion am Tatort gesehen, die war echt. Ich gehe davon aus, dass Sie nicht wissen, wer einen weiteren Schlüssel besitzen könnte?« Auf Kassandras Bestätigung hin fuhr er fort: »Trotzdem hat Ihr Onkel anscheinend wenigstens *einen* engen Freund oder eine enge Freundin, sonst würde er niemanden schützen. Möglicherweise war es diese Person, die die Pistole gestohlen hat, möglicherweise täuscht er sich aber auch, und jemand ganz anderes hatte andere Mittel und Wege. Die Zahlenreihe lässt sich erraten, wenn man Heinz Jung gut kennt. Letzteres muss aber nicht unbedingt der Fall sein. Wustrow ist vermutlich ein Dorf wie jedes andere – viele wissen vieles über viele. Wenn man es geschickt anstellt oder sogar das Vertrauen der Fischländer genießt – weil man vielleicht selbst einer ist –, kriegt man die Informationen über jemanden ganz beiläufig. Das heißt leider: Alles ist möglich.« Dietrich machte eine kleine Pause. »Den Zeitpunkt des Diebstahls können wir dank Herrn Jungs Terminkalender eingrenzen. Letzten Montag hat er im Verein geschossen, da war die Waffe noch da. Am Dienstagabend ist er auf der Jubiläumsfeier eines Vereinskollegen gewesen, der Täter hätte da Gelegenheit gehabt, sie zu stehlen. Was Heinz Jung am Mittwoch getan hat, ist im Detail unklar. Wir wissen, wann er im ›Dünentraum‹ aufgekreuzt und ungefähr, wann er wieder gegangen ist – als es wieder ruhig wurde nämlich. Der Täter hätte sich die Waffe demnach auch am Mittwoch besorgen können.«

Dietrich hatte eine Menge gesagt, was Kassandra erst mal verdauen musste. Sie war dankbar, dass er ihr und Paul Gelegenheit dazu gab und selbst gedankenverloren mit seiner Gabel spielte. Schließlich sah er sie an. »In Wustrow ist zwar anscheinend kein Mensch mit Heinz Jung befreundet, dafür herrscht geradezu ein Überangebot an Menschen, die ein Motiv hätten, Sascha Freese zu töten. So ähnlich hat sich Bruno Ewald jedenfalls geäußert. Als wir nachhakten, war er plötzlich zu wie eine Auster, und wenn ich die Fischländer richtig einschätze, wird die Polizei bei den meisten anderen ähnliche Erfahrungen machen.« Er fing an, in seinem Salat herumzupicken, der seit ewig vor ihm stand, den er aber, genau wie Kassandra und Paul ihren, bisher nicht angerührt hatte. »Machen wir's doch folgendermaßen: Sie hören sich ein bisschen um, Ihnen vertrauen die Leute viel mehr als mir, auch wenn wir alle dasselbe wollen. Sie versuchen außerdem, das Buch zu entschlüsseln, möglicherweise ist es doch hilfreich. Ich kümmere mich weiter um Sascha Freeses unmittelbarere Vergangenheit und seine dubiosen Geschäfte. Suchen wir nach Personen, die ein Motiv und die Gelegenheit hatten, den Mord zu begehen. So sind unsere Chancen am größten. Einverstanden?« Ohne eine Antwort abzuwarten, ergänzte er: »Für Sie, Frau Voß, hätte ich noch eine Sonderaufgabe. Besuchen Sie Ihren Onkel in der JVA, und überzeugen Sie ihn, endlich mit uns zu kooperieren.« Er fischte einen Zettel aus der Innentasche seines Jacketts und schob ihn Kassandra hin. »Sie müssen das vorher beantragen, rufen Sie diese Nummer an. Der nächste Besuchstag ist Dienstag, ich hoffe, es klappt bis dahin mit den Formalitäten.«

Bereitwillig stimmte Kassandra zu. In der folgenden halben Stunde stellte sie fest, dass man sich mit Kay Dietrich auch über ganz Alltägliches unterhalten konnte. Er blieb immer ein wenig auf Distanz, aber angesichts der Situation war das nachvollziehbar. Bevor sie aufbrachen, entschuldigte sich Kassandra für einen Moment. Als sie zurückkam, versperrten ihr andere Gäste den direkten Weg zum Tisch, sodass sie hinter ein paar aufgehängten Mänteln warten musste. Sie konnte Paul und Dietrich nicht sehen, aber sie hörte, wie Letzterer gerade sagte: »... gehabt haben. War es so?«

Paul antwortete nicht darauf, jedenfalls nicht laut. Die anderen Gäste waren gegangen, und sie wollte sich gerade wieder zu den beiden Männern setzen, da ließ Dietrichs nächste Frage sie innehalten.

»Weiß Frau Voß das?«

»Nicht alles«, sagte Paul flach.

»Was Sie ihr erzählen und was nicht, ist Ihre Sache, aber ...« Dietrich zögerte merklich. »Hören Sie, ich kann das eine oder andere – eine Zeit lang wenigstens – in meinem Schreibtisch vergraben und ... vergessen. Aber es wird schwierig für mich, wenn Sie sich in meiner Gegenwart in Widersprüche verwickeln. Ich bin immer noch Polizist.«

Paul schwieg einen Moment. »Widersprüche?«, wiederholte er dann.

»Mir ist, als hätten Sie vorgestern angegeben, Ihr Bruder sei sehr ausfallend geworden, als Sie beide wegen des Geldes gestritten haben«, erklärte Dietrich. »Vorhin klang es dagegen, als hätte er niemals auch nur seine Stimme erhoben.«

»Oh. Das war kein Widerspruch. Sehr leise sehr ausfallend zu werden, war Saschas Spezialität.«

»Tatsächlich.«

»Ja. Tatsächlich.«

Kassandra stand noch immer hinter den Mänteln und fragte sich, ob sie erfahren würde, *wovon* sie nicht alles wusste, wenn sie weiter hier stehen blieb. Da ergriff Paul wieder das Wort.

»Warum tun Sie das für mich, Herr Dietrich?«

Diesmal war es der Kommissar, der eine Weile schwieg. »Was tu ich denn? Für die Kollegen sieht alles ganz eindeutig aus, und solange Sie ein Alibi haben, müssen mich Ihre möglichen Motive nicht übermäßig interessieren.«

Das war der Augenblick, den Kassandra wählte, um sich bemerkbar zu machen.

7

»Ich hätte vorgewarnt sein müssen, schließlich kannte ich Sascha. Wieso kotzt mich das hier trotzdem dermaßen an?« Seufzend nahm Paul seine Lesebrille ab und warf sie auf den Schreibtisch. Er hatte am Abend zuvor noch begonnen, sich in das Notizbuch seines Bruders zu vertiefen. Jetzt sah er nicht nur angewidert, sondern auch erschöpft aus.

»Du hast den Code geknackt.« Kassandra, die gerade ihr Telefonat mit Violetta beendet hatte, kam vom Sofa zu ihm rüber.

»Teilweise.« Paul versetzte Saschas kleinem Buch einen so heftigen Schubs, dass es über die Tischplatte segelte und zu Boden fiel. »Er hat mit seinen Aufzeichnungen in den Siebzigern begonnen, sich aber Ende der Achtziger einen noch ausgetüftelteren Schlüssel einfallen lassen. Um das vollständig zu decodieren, werde ich etwas mehr Zeit brauchen. Die Achtziger bin ich aber sowieso nur stichprobenartig durchgegangen. Es geht nämlich seit Ende der Siebziger nur noch sporadisch ums Fischland, und bis dahin habe ich alles gelesen. Keine dramatischen Dinge, nichts, wofür man einen Mord begeht, vor allem, weil das alles heute längst keine Relevanz mehr haben dürfte. Andererseits ...«, er hob etwas ratlos die Schultern, »bin ich bloß ein Außenstehender, und es ist immer eine Frage des persönlichen Gefühls, was für jemanden dramatisch ist – oder werden kann. Also reicht es vielleicht, um ein paar der erwähnten Leute gründlicher unter die Lupe zu nehmen. Ich weiß zwar nicht, wer einen Grund hatte, ihn zu ermorden, aber es gibt in diesem Büchlein viele, die zumindest einen guten Grund hatten, ihn nicht zu mögen.«

»Was genau hat er eigentlich getan? Du hast bisher nie darüber gesprochen.«

Paul suchte nach den richtigen Worten. »Sascha hatte ein einmaliges Talent dafür, den Finger auf die Schwachstellen anderer zu legen und das gnadenlos zu seinem Vorteil zu nutzen. Er konnte dabei überaus charmant sein, aber wenn diese Tour erfolglos blieb, wurde er hart und rücksichtslos. Es war ihm egal, wie er seine Ziele durchsetzte, Hauptsache, er setzte sie durch. Manchmal brauchte er nicht mal ein Ziel, manchmal war er einfach nur boshaft.« Paul stand auf, bückte sich nach dem Buch, legte es sehr sorgfältig zurück auf den Schreibtisch und fragte fast beiläufig: »Woher wusstest du, dass Sascha im ›Dünentraum‹ abgestiegen war?«

Kassandra hatte Paul nicht erzählt, dass sie seinem Bruder vor dem Hotel begegnet war, weil sie Saschas Andeutungen nicht erwähnen wollte. Deshalb sagte sie auch jetzt nur, ihn dort im Vorbeigehen gesehen zu haben.

Paul nickte, ließ aber nicht so schnell locker. »Hat er was gesagt?«

Kurz entschlossen interpretierte sie Saschas Worte ein wenig um. »Er hat mich gewarnt, mich einzumischen.«

»Tja, woher sollte er wissen, dass du auf solche Warnungen nicht hörst?«, sagte Paul maliziös. Sein Blick fiel auf das Telefon. »Was hatte Violetta zu berichten?«

»Einiges. Sie selbst konnte sich nur daran erinnern, dass das mit Irene heikel war. Deswegen hat sie statt ihrer Tante auch lieber ihre Mutter gefragt, und die vermutet, es hat was mit dem Selbstmordversuch von Irenes damaligem Verlobten zu tun.«

Kurz stöhnte Paul auf. »Natürlich, da hätte ich selbst drauf kommen können. Steffen und Irene wollten heiraten, dann hat Irene einen Rückzieher gemacht, keiner wusste, warum. Das muss 1986 gewesen sein.« Er setzte seine Brille wieder auf, griff nach Saschas Buch, blätterte und begann schließlich an der entsprechenden Stelle, den Code seines Bruders in Worte zu übertragen. Minutenlang hörte Kassandra nur das Kratzen seines Bleistifts auf einem Blatt Papier. Irgendwann gab er ein ersticktes Geräusch von sich, äußerte sich aber nicht weiter, bis er endlich den Stift hinlegte und hochsah.

»Was?«, fragte Kassandra beunruhigt.

Paul brauchte ein wenig, bis er seine Sprache wiederfand und sichtlich um einen neutralen Tonfall bemüht sagte: »Sascha hat alles nur in Stichwörtern notiert, aber es sieht so aus, als hätte er Steffen beim Fremdgehen erwischt. Mit ... einem Mann.«

Kassandra war das Zögern aufgefallen, anscheinend kannte Paul diesen anderen Mann. Um wen es sich auch handelte, vermutlich hatte Sascha Irene davon erzählt, und es war verständlich, dass die sich die Sache mit der Hochzeit nach dieser Eröffnung noch mal gründlich überlegt hatte. »Vielleicht wollte Sascha Irene bloß warnen?«

»Vergiss es. Sascha konnte Irene nicht ausstehen, er hat ihr bestimmt keinen Gefallen tun wollen. Eher wollte er Steffen reinreiten, der hatte ihn nämlich zugunsten von anderen Freunden aufs Abstellgleis gestellt, und Sascha konnte Nichtbeachtung noch nie verknusen – dabei spielte offenbar keine Rolle, dass er längst in Boizenburg bei der Elbewerft arbeitete, sein eigenes Leben lebte und sowieso nur noch selten hier war. Ich versuche, ihm zuzugestehen, dass er nicht mit dieser drastischen Reaktion gerechnet hat. Obwohl das passt, Steffen ist nämlich keiner, der öffentlich aus der Reihe tanzt, viel eher jemand, der um keinen Preis auffallen will. Ganz von der Bildfläche zu verschwinden ist für jemanden wie ihn also möglicherweise logisch. Und natürlich dachte er, das Aufsehen und das Gerede würde er nicht mehr mitkriegen. Seit der Zeit lebt er völlig zurückgezogen.«

Kassandra nickte. »Also kann man davon ausgehen, dass er nach all den Jahren als Mörder eher weniger in Frage kommt – noch mehr Aufsehen ginge kaum. Was ist aus dem anderen Mann geworden?«

»Der ist weggezogen. Keiner hat einen Zusammenhang zu Steffens Selbstmordversuch gesehen.« Paul öffnete eine Schublade, zog den Veranstaltungskalender von Wustrow hervor und hielt ihn Kassandra auffordernd entgegen. Im November war der Kalender zwar übersichtlich, aber rundherum reizvoll: Das Fotogeschäft bot wie jeden Monat Workshops an, auf die Kassandra schon seit einer Weile ein Auge geworfen hatte, die Wustrower Theaterweiber traten mit Seefahrerballaden im Fischlandhaus und in der Bücherstube auf, in der Fischlandkirche fand ein Konzert des Organisten Clemens Meisner statt, das Kassandra und Paul ursprünglich heute hatten besuchen wollen, aber über die Aufregungen ganz vergessen hatten, und Inga Lange warb für eine »Schlemmerwoche spezial«, die am morgigen Montag begann.

Kassandra las das Programm zweimal, bis sie verstand. »Clemens Meisner?« Sie mochte gelegentlich klassische Musik, Meisner war ihr ein Begriff. Allerdings war sie überrascht gewesen, als Paul ihr vor einiger Zeit erzählt hatte, dass Meisner aus Wustrow stammte. Dann erfasste sie die ganze Tragweite dessen, was Paul ihr zu sagen versuchte. »Du meinst, es ist ein bisschen zu viel des Zufalls, dass Meisner gerade jetzt in der Gegend ist? Aber heute ist Sonntag, Sascha wurde schon in der Nacht von Mittwoch auf Donnerstag ermordet. Außerdem – welchen Grund sollte Meisner heute noch haben, Sascha zu töten? Das ist doch alles ewig her, und es sieht ja nicht so aus, als hätte er damals Schaden genommen. Oder weißt du Näheres?«

»Noch nicht«, murmelte Paul, der inzwischen sein Notebook hochgefahren hatte und die Konzerttermine des Organisten googelte. »Hiernach hat seine Tour im Oktober begonnen. Er hat zuerst Süddeutschland abgefrühstückt, wo er lebt, und sich anschließend in den Norden vorgearbeitet. Letzten Sonntag war er in Hamburg, Dienstag in Lübeck, Donnerstag in Wismar, Freitag in Rostock – und heute hier. Fällt dir was auf?«

»Er hatte Mittwoch keinen Auftritt«, stellte Kassandra fest. »Dietrich hat nicht gesagt, wann genau Sascha getötet wurde, oder?«

»Nein.« Paul griff nach seinem iPhone und tippte im Adressverzeichnis auf Dietrichs private Mobilnummer. Niemand meldete sich. Er bat ihn auf der Mailbox kurz um Rückruf, sah auf die Uhr und stand auf. »Wenn wir uns beeilen, schaffen wir's noch rechtzeitig in die Kirche. Ich geh mich umziehen.«

Paul trug selten was anderes als Jeans, T-Shirts, legere Hemden oder Pullover. Als er wieder herunterkam, verschlug es Kassandra den Atem. Sie hatte ihn natürlich schon im Anzug gesehen, aber diese Kombination war neu. Er steckte in einer schwarzen Jeans, einem schwarzen Hemd mit schwarzer Krawatte und schlüpfte dazu gerade in ein schwarzes Jackett. Paul bemerkte ihren Blick, deutete ihn aber falsch. Ob absichtlich oder unabsichtlich, konnte sie nicht sagen.

»Zu dunkel? Ich denke, es ist angemessen, schließlich hab ich gerade meinen Bruder verloren.«

»Kann …« Kassandra räusperte sich. »Glaubst du, ich kann so bleiben, wie ich bin?« Sie hatte eine dunkelblaue Jeans und einen grauen Pullover an.

Paul betrachtete sie mit kritischem Blick. »Zweifellos. Jede Veränderung wäre ein Verbrechen.« Er lächelte. »Komm, wir müssen uns beeilen, damit wir wenigstens noch einen Stehplatz kriegen.«

Seite an Seite liefen sie die Strandstraße entlang. Kassandra hätte erwartet, dass noch mehr Leute dasselbe Ziel hatten wie sie, aber anscheinend waren alle anderen weitaus früher aufgebrochen. Es begegneten ihnen kaum Menschen, weder hier noch auf der Thälmann-Straße, die direkt auf die angestrahlte Kirche zuführte. Dafür war jeder der spärlichen Parkplätze mit Autos besetzt, die nicht nur einheimische Kennzeichen trugen. Es war klug gewesen, zu Fuß zu gehen, aber mittlerweile bezweifelte Kassandra, dass sie überhaupt noch eingelassen wurden.

»Warum sollte Clemens Meisner einen Mord begehen für etwas, das fünfundzwanzig Jahre zurückliegt und ihm anscheinend nicht mal persönlich geschadet hat?«, fragte sie noch einmal.

»Es muss diesen Zwischenfall ja gar nicht direkt betreffen, schließlich gibt es noch eine Menge Seiten in Saschas Buch, die ich bisher nicht entziffern konnte. Ich hab so das Gefühl, dass ich in der jüngeren Vergangenheit fündig werden könnte. Auch wenn ich es ungern sähe.«

»Das klingt, als würdest du was Bestimmtes erwarten.«

»Sascha brauchte Geld«, sagte Paul. »Viel Geld. Kann sein, er hat Clemens erpresst.«

»Weil er schwul ist? Wegen so was ist doch heute niemand mehr erpressbar. Sieh dir Inga an, ihr buntes Liebesleben ist Programm, je exotischer, desto besser, das ist gut fürs Geschäft.«

»Nicht wenn man mit der Tochter eines sehr konservativen, sehr katholischen CSU-Staatssekretärs verheiratet ist, zwei reizende Kinder hat und trotzdem anderweitiges Vergnügen sucht. Ich hab natürlich keine Ahnung, ob Clemens das tut, aber wenn die Affäre mit Steffen keine einmalige Sache war, wäre es immerhin denkbar.«

Dem hatte Kassandra nichts entgegenzusetzen. Die Familienverhältnisse von Clemens Meisner waren ihr bis eben nicht klar gewesen, doch sie verstand, dass es in dem Fall nicht nur um ihn selbst ginge.

Inzwischen waren sie vor dem weit geöffneten Seitenportal der Kirche angekommen. Drinnen war es so voll, dass sie kaum vorankamen, nachdem sie ihre Eintrittskarten gekauft hatten.

Sie schoben sich gerade bis zur Hälfte des kurzen Ganges zum Hauptschiff vor, da drängelten von hinten noch ein paar Nachzügler. Einer davon trat Paul in die Hacken. Der fluchte leise und drehte sich um.

Der Endvierziger mit der braunen lockigen Künstlermähne, die ihm ebenso gut stand wie Frack und Fliege, trug eine dicke Mappe unter dem Arm und zuckte zurück, seine Augen weiteten sich eine Sekunde lang. Kassandra sah, dass Paul etwas sagen wollte, doch da entschuldigte sich Clemens Meisner und zwängte sich an ihnen vorbei weiter nach vorn.

»War das nun ein zerstreuter Musiker mit Lampenfieber, oder hat er sich erschrocken, ausgerechnet dich hier zu sehen?«, wollte Kassandra wissen.

»Sehr gute Frage, Winnie Winkelmann.« Auch wenn Pauls Ton scherzhaft klang und er wieder auf die Agentenserie anspielte, blieb sein Blick, der Meisner folgte, ernst.

In einer der Bänke entlang des Seitenschiffes fanden sie wider Erwarten doch noch Platz, weil alte Freunde von Paul für sie zusammenrückten. Das Gewisper in der Kirche verstummte, kaum dass sie saßen, und gleich darauf erklangen die ersten Töne. Clemens Meisner begann mit Bachs »Toccata«. Minutenlang lauschte Kassandra der grandiosen Musik, verlor sich in den zugleich weichen wie kraftvollen Klängen der Orgel und ließ dabei selbstvergessen den Altarraum zu ihrer Linken mit den fünf Rosettenfenstern auf sich wirken, die die dunkle Nacht aussperrten und es drinnen gleichzeitig warm und sicher scheinen ließen. Auf dem Altar brannten zwei hohe weiße Kerzen, das Altarbild zeigte die Rettung des sinkenden Petrus, ein Motiv, das ebenso ein Sinnbild war wie die Segelschiffmodelle, die auf der Nordempore direkt über ihnen und der Südempore gegenüber hingen. Seit langer Zeit wurden Kirchen an der Küste mit Votivschiffen als Symbolen der Seefahrt geschmückt. Kassandra war keine Kirchgängerin, aber diese Geste, die die Verbundenheit der Menschen mit ihrer Heimat so deutlich zeigte, rührte sie. Versonnen betrachtete sie das dritte Schiff, einen dreimastigen Klipper ohne Segel, der etwa in der Mitte der Kirche von einem der kunstvoll mit Weinreben und Blättern bemalten Rundbogen herabhing. Er hob sich klar vor dem schwarzen Nachthimmel hinter dem doppelten Spitzbogenfenster ab, sie konnte jedes Detail erkennen, die Flaggen, die kleinen Beiboote und sogar den winzigen Anker. Am Heck prangte in goldener Schrift der Name des Klippers: »Hoffnung«.

Ihr Blick glitt zu Paul, der die Augen geschlossen hielt und völlig entspannt dasaß. Er schien vergessen zu haben, dass sie nicht nur hier waren, um Werke von Bach, Liszt oder Brahms zu hören. Kassandra wagte nicht, sich zu rühren, weil Paul es bemerken und aus seiner Ruhe gerissen werden könnte. Während sie ihn ansah, wurde ihr bewusst, wie wenig sie in den letzten Stunden daran gedacht hatte, dass er etwas vor ihr verbarg, sondern nur daran, dass sie gemeinsam dahinterkommen wollten, was mit Sascha geschehen war.

Clemens Meisner spielte eine Stunde lang, und selbst nachdem der letzte Ton verklungen war, hallte die Musik noch lange nach. Kassandra hatte keine Vorstellung davon, was für ein Mensch er sein mochte, aber an seinem Instrument war er Gott. Niemand redete laut nach dem Konzert, die meisten erhoben sich nur langsam aus den Bänken und gingen bedächtig auf das Kirchportal zu, das sie wieder in die reale Welt entlassen würde. Auch Paul ließ sich Zeit, sodass sie am Ende die Letzten waren und statt direkt nach draußen noch ein paar Schritte in das Hauptschiff gingen. Kassandra schaute zur Orgel und bemerkte, dass Clemens Meisner von der Empore heruntergekommen war und sich gerade von der Pastorin verabschiedete. Er kam durch den Mittelgang auf sie zu, sein Blick traf auf Kassandras, wanderte weiter zu Paul – und wie vorhin zeichnete sich etwas Undefinierbares auf seinem Gesicht ab. Es verschwand jedoch genauso schnell, wie es gekommen war. Er lächelte und streckte die Hand aus, als er sie erreichte.

»Paul? Mensch, Paul, warst du das, dem ich vorhin auf die Hacken getreten bin? Entschuldige, ich war mir in meiner Hektik nicht sicher, war spät dran und hatte auch noch meine Partituren im Wagen liegen lassen. Ist ja ewig her, dass wir uns das letzte Mal gesehen haben. Und immer noch ganz in Schwarz! Bloß deine Haare haben's nicht geschafft, was? Bist ganz schön grau geworden.« Meisner lachte. »Ich hab für ein paar Leute einen Tisch bei Inga Lange reserviert, die soll ja enorm gut kochen.

Komm doch auch. Mit Begleitung natürlich.« Mit einem einzigen Wimpernschlag sah er zu Kassandra und wieder zu Paul. »Alles klar?«

»Alles klar«, bestätigte Paul lächelnd.

»Großartig, muss nur kurz ins Hotel, danach stoße ich zu euch. Bis gleich!« Clemens Meisner verschwand in der Nacht.

Ihm nachsehend, fragte Kassandra: »Warum wohnt er im Hotel? Leben seine Eltern nicht mehr?«

»Doch, aber nachdem das erste Enkelkind da war, sind sie ebenfalls nach Süddeutschland gezogen, um in der Nähe zu sein«, erklärte Paul.

Gemeinsam verließen sie die Kirche und machten sich auf den Weg zu Inga. Mit einem Mal lachte Kassandra auf.

»Hab ich was verpasst?«, erkundigte sich Paul.

»Nein. Ich habe mich nur gefragt, ob Clemens mit Violetta verwandt ist. Er redet beinah so schnell wie sie.«

Paul blieb stehen und überlegte kurz, dann sagte er, ohne eine Miene zu verziehen: »Um ein paar Ecken, ja.«

Im »FischLänder« war es jetzt, am Sonntagabend, fast so voll wie eben in der Kirche. Kassandra sah Mona in ihrem ausgefallenen Designer-Kostüm vom Barhocker gleiten, als sie zur Tür hineinkamen. Sie wirkte nicht besonders glücklich, auf dem Tresen vor ihr stand ein leeres Martini-Glas. Unwillkürlich schaute sich Kassandra nach Mirko um, konnte ihn aber nirgends entdecken.

»Hallo, ihr zwei«, begrüßte Mona sie, bevor sie sich direkt an Paul wandte. »Ich … tut mir leid, das mit deinem Bruder.«

Paul nickte. »Danke. Hat es sich noch nicht bis zu dir rumgesprochen, dass es das nicht muss?«

Mona sah ihn mit großen Augen an und wechselte abrupt das Thema. »Ist schlecht mit einem Tisch heute Abend. Hier findet nämlich gerade das Treffen der Giganten statt: Berühmter Organist trifft auf berühmte Köchin.« Ihre Stimme klang etwas schleppend, was Kassandra zu der Vermutung veranlasste, dass der Martini nicht das Einzige war, was Mona bisher getrunken hatte.

»Dann sind wir ja richtig. Clemens war so freundlich, uns einzuladen«, sagte Paul.

»Ups«, machte Mona. »Da hatte ich wohl den berühmten Schriftsteller vergessen. Entschuldige.«

»Hast du nicht. Clemens weiß nichts davon, und das soll auch so bleiben, wenn's geht.«

»So viele Geheimnisse … Kassandra, ich weiß nicht, wie du das hier aushältst.«

Kassandra sah genauer hin und erkannte, dass Mona nicht betrunken, sondern nur zutiefst deprimiert war. Während sie sie beim Arm nahm, sagte sie leise zu Paul: »Ich glaub, ich kümmere mich mal besser um sie, bin so schnell es geht zurück.«

Mona ließ sich widerstandslos von ihr in Richtung der Toiletten schieben, wo sie sich kraftlos gegen die Wand lehnte. Ihr hellgrünes Kostüm biss sich mit dem kräftigen Türkis der Fliesen, was sie eigentlich im Spiegel sehen musste. Doch wo sie sonst entsetzt zurückgewichen wäre, weil sie selbst in den ungewöhnlichsten Situationen ein ausgesprochenes Gespür für Ästhetik hatte, blieb sie einfach dort stehen.

»Diesmal haben sie mich nicht bemerkt«, flüsterte sie. »Heute Mittag hab ich mit eigenen Augen gesehen, wie Inga und Mirko sich in den Armen gelegen haben. Diesmal kann sie sich nicht rausreden.«

»Hat sie es denn versucht?«

Mona schüttelte vehement den Kopf. »Hab ihr keine Gelegenheit dazu gegeben, sie weiß nicht mal, dass ich sie erwischt hab. Das Absurde ist, dass ich mir nicht mehr sicher bin, ob ich es überhaupt erwähnen soll. Ich hätte einfach gehen müssen. Stattdessen bin ich immer noch hier. Wie dämlich kann ein Mensch sein?«

»Das hat nichts mit dämlich zu tun«, sagte Kassandra. »Wenn sich Inga für Mirko entschieden hätte und dich nicht mehr wollte, hätte sie es vermutlich gesagt.«

Mona starrte ihr Spiegelbild an. »Du meinst, ich soll warten, bis sie ihre Wahl trifft?«

»Wenn du es nicht ertragen kannst, geh. Sofort. Ohne dich länger zu quälen. Wenn du glaubst, dass ihr trotzdem noch eine Chance habt, zeig ein bisschen Geduld. Wahrscheinlich ist es für einen Paradiesvogel wie Inga nicht leicht, mit alten Gepflogenheiten zu brechen.«

»Pff«, machte Mona, zog nach einem weiteren Blick in den Spiegel eine Grimasse und stieß sich von der Wand ab. »Ich muss drauf achten, was ich anziehe«, murmelte sie, ehe sie Kassandra wieder ansah. »Wenn du wüsstest, Paul belügt dich, was würdest du tun? Rein hypothetisch natürlich, er würde dich niemals belügen«, fügte sie schnell hinzu.

»Ich würde versuchen zu verstehen, warum, und wenn's bis ans Ende meiner Tage dauerte«, antwortete Kassandra spontan, obwohl Monas Bemerkung sie mehr getroffen hatte, als ihre Freundin ahnen konnte. Noch während sie es sagte, erkannte sie, dass das die Wahrheit war.

Mona hob die Brauen. »Muss Liebe schön sein.«

»Du bist ja schon wieder obenauf«, stellte Kassandra fest. »Wo steckt Mirko eigentlich?«

Mona brachte ein Lachen zustande. »Hat sich vor ein paar Stunden krankgemeldet, der arme Mann. Und jetzt raus hier. Du hast eine Verabredung mit einem berühmten Organisten, wenn ich mich richtig erinnere.«

»Ich bin bloß die Begleitung der Verabredung«, sagte Kassandra. »Vielleicht merkt Meisner nicht, wenn eine Person mehr an seinem Tisch sitzt, komm doch mit.«

Der Gegenstand ihres Gesprächs war inzwischen eingetroffen. Clemens Meisner hatte sich umgezogen und stand, ein Bier in der Hand, mit ein paar Leuten an der Bar, von denen Kassandra zumindest Thomas Hartmann näher kannte. Thomas betrieb eine Physiotherapiepraxis im erst kürzlich eröffneten Strandquartier, in dessen Erdgeschoss sich Geschäfte und ein Bistro befanden, und war, wie sie nun erfuhr, ein ehemaliger Schulfreund von Meisner. Das galt auch für Olaf und Bettina Hecht, die in Niehagen ein lauschiges Café hatten. Etwas abseits von ihnen unterhielt sich Paul mit einer brünetten Frau. Wie sich zeigte, war sie Meisners Managerin Claudia Berghuber, die es erstaunlicherweise fertigbrachte, von der vorausgegangenen Tournee zu erzählen und gleichzeitig mit geübtem Auge Monas Schmuck zu taxieren.

»Clemens hat praktisch darauf bestanden, dass ich mal seine Heimat kennenlerne«, sagte sie mit unverkennbar süddeutsch gerolltem R, nachdem Paul die Vorstellung übernommen hatte.

»Man kennt ja viel zu wenig von diesem Teil des Landes. Wismar und Rostock fand ich ungeheuer interessant. Ja, und Ihr Fischerdörfchen ist ganz ... reizend.«

»Freut mich, dass es Ihnen gefällt«, antwortete Paul. »Ist sicher auch für Clemens nett, mal wieder in der Gegend zu sein. Hat er zwischen seinen Konzerten wenigstens Zeit, sich anzusehen, was sich alles verändert hat?«

Offenbar hatte Meisner den letzten Satz gehört, er trat zu ihnen. »Nicht viel. Bin ja jeden Abend woanders und muss proben. Aber zu dir, alter Junge. Was machst du so? Immer noch ... Fische?«

Kassandra verstand zwar die Frage nicht, sie klang jedoch etwas überheblich. Was sie erst recht nicht nachvollziehen konnte.

Paul legte den Kopf schief. »Wie man's nimmt. Nicht so wie früher.«

»Fische?«, erkundigte sich Kassandra nun doch. »Was hattest du mit Fischen zu tun?«

Pauls Mundwinkel zuckten. »In den Neunzigern hatte ich eine Fischbude am Hafen.«

»Du hattest ...« Kassandras Blick sprach Bände, auch wenn ihr die Worte fehlten.

Dann lachte Paul, und Kassandra vergaß die Fische, weil alles, was in den letzten Tagen geschehen war, von ihm abfiel. Sein Lachen war das des Mannes, den sie vor einem knappen halben Jahr kennengelernt und sofort faszinierend gefunden hatte. Alles um ihn herum schien heller zu werden.

»Du nimmst mich auf den Arm«, sagte sie und lachte mit, war sich aber zugleich gar nicht so sicher. Auf eine verrückte Art konnte sie sich Paul tatsächlich so vorstellen.

»Nein!«, widersprach er, immer noch amüsiert. »Ich hab bloß nach ein paar Jahren festgestellt, dass ich keinen Fisch mehr essen würde, wenn ich weiter jeden Tag nichts anderes täte, als ihn zuzubereiten. Überzeug dich demnächst gern selbst von meinen Fähigkeiten, ich glaub nicht, dass ich das verlernt habe. Meine gebratene Scholle war legendär.«

»Paul, Paul«, sagte Meisner. »Was hör ich, du hast offenbar ein paar Geheimnisse vor deinem Mädchen.«

Ganz langsam verschwand das Lachen aus Pauls Gesicht. Kassandra fröstelte plötzlich, und sie sah, dass auch Meisner irritiert guckte – bevor er bei Pauls nächsten Worten um eine Nuance blasser wurde.

»Wir haben doch alle unsere kleinen Geheimnisse, oder?«

»Ich wüsste nicht, dass ich welche hätte«, erwiderte Meisner nach einer kleinen Weile mit einem bemühten Lächeln. Kassandra kam es vor, als nähme er Paul zum ersten Mal vollständig wahr. »Meinen kompletten Lebenslauf kann man im Internet nachlesen. Deinen vermutlich nicht. Obwohl zumindest Fischbuden ja kaum was Ehrenrühriges sind.«

»Was ehrenrührig ist oder nicht, liegt häufig im Auge des Betrachters«, gab Paul milde zurück.

Äußerst gespannt beobachtete Kassandra die beiden Männer, die sehr viel sagten, ohne es auszusprechen. In Meisners Gesicht zeichnete sich eine Mischung aus Erstaunen und Unmut ab – die Unterhaltung entwickelte sich offensichtlich nicht so, wie er es erwartet hatte. Nur am Rande bekam sie mit, dass Mona und Claudia Berghuber ratlos danebenstanden und sich etwas unwohl zu fühlen begannen.

Inga Lange erlöste sie – und damit auch Meisner – aus ihrem Dilemma, indem sie mit einem riesigen Tablett, das sie über den Köpfen ihrer Gäste balancierte, aus der Küche kam. »Erster Gang!«, rief sie und scheuchte die daraufhin wieder komplette Gruppe an den Tisch. »Es ist mir eine Ehre, Sie im ›FischLänder‹ begrüßen zu dürfen, Herr Meisner. Ich hoffe, meine Finger haben das Richtige für Ihren Gaumen gezaubert, mit Tasten können sie jedenfalls weit weniger anfangen als Ihre. Hier hätten wir Carpaccio von Lachs und Seeteufel in Trüffelmarinade und gegrillten Oktopus mit Bärlauch.« Inga stellte das Tablett auf dem großen runden Tisch ab. »Mona, hilfst du mir mal?« Die beiden verteilten kleine Schüsselchen, während sich die Gäste setzten.

»Ich wusste nicht, dass Sie hier bedienen«, sagte die Managerin pikiert zu Mona. Erneut streifte ihr Blick deren teuren Schmuck. Vermutlich überlegte sie, ob er unter diesen Voraussetzungen echt war.

»Tut sie normalerweise auch nicht«, gab Inga freundlich, aber bestimmt zurück. »Leider ist einer meiner Kellner heute ausgefallen, meine Partnerin hilft nur aus.«

»Oh«, sagte Claudia Berghuber. »Setzen Sie sich doch zu uns, Frau Kolbert. Sie haben übrigens nicht zufällig was mit der Goldschmiede ›Kolbert Colliers‹ zu tun?«

»Oh«, imitierte Mona die Managerin. »Nicht ganz. Ich *bin* ›Kolbert Colliers‹.«

Inga griente Kassandra an, die zwischen Mona und Paul saß, der es wiederum so gedeichselt hatte, neben Clemens Meisner zu sitzen. Dann trat sie hinter Paul und legte ihm die Hand auf die Schulter. »Ich hab das von deinem Bruder gehört. Tut mir sehr leid. Auch wenn …«

»Schon gut«, fiel ihr Paul ins Wort. »Danke.«

»Dafür nicht«, sagte sie. »Vielleicht ist das jetzt ein etwas ungünstiger Zeitpunkt, aber Jonas sagte neulich, du seiest in der Gemeindevertretung.«

»Ja«, bestätigte Paul. »Worum geht's denn?«

»Würde ich gern in Ruhe mit dir besprechen. Hat keine Eile. Erst mal guten Appetit.«

Kassandra war nicht entgangen, dass Clemens Meisner das Gespräch verfolgt hatte. War er kurz zusammengezuckt, als Inga Sascha erwähnte? Auf jeden Fall konnte er nicht vorgeben, es überhört zu haben.

»Was ist mit deinem Bruder?«, fragte er.

»Er ist tot.«

»Sascha?« Das klang beinah überrascht. »Was ist passiert?« Er stutzte. »Moment. Ich bin nicht dazu gekommen, die Regionalnachrichten lang und breit zu verfolgen, aber hat das was mit diesem Mord neulich zu tun?«

»Bemerkenswert, dass du da gleich an Sascha denkst«, fand Paul.

Meisner schluckte. »Er war ja bloß acht Jahre älter als ich. Da stirbt man nicht so einfach.«

»Es sei denn an einem Herzinfarkt, Schlaganfall, einem Unfall oder sonst was. Aber ja, du hast recht. Jemand hat gefunden, dass Sascha nicht im Bett sterben sollte, und ihn erschossen.«

Eine Weile sagte keiner von beiden etwas, und auch am Tisch war es ruhig geworden, jeder schien mit einem Mal zuzuhören.

»Was … wirst du nun tun?«, fragte Meisner.

»Tun?«, wiederholte Paul. »Zur Beerdigung gehen, denke ich.«

»Ich hätte ja nicht von selbst damit angefangen, aber was meint ihr, ob das wirklich Heinz Jung war?«, fragte Thomas Hartmann, der Meisner gegenübersaß. »Entschuldigt, Paul, Kassandra, das ist nicht sehr pietätvoll, aber …«

»Heinz Jung? Die Polizei hat Jung verhaftet?« Das kam von Meisner. Er legte die Stirn in Falten. »Durchaus vorstellbar, der war ja schon immer etwas extrem, jedenfalls zu meiner Zeit.«

»Sie reden da von meinem Onkel«, schaltete sich Kassandra ein. »Mag sein, dass er gelegentlich gewöhnungsbedürftig ist, aber das macht noch lange keinen Mörder aus ihm.«

»Ihr Onkel? Tut mir leid, das wusste ich nicht. Ich gehe allerdings davon aus, dass die Polizei weiß, was sie tut.«

»Die kann sich auch mal irren«, meinte Thomas und betrachtete nachdenklich sein Weinglas. »Ich hab Jung am Abend vor dem Mord im ›Hakuna Matata‹ gesehen – was an sich schon bemerkenswert ist. Ich hätte nämlich geschworen, dass der in so was wie eine Cocktailbar nie einen Fuß setzt. Sah jedenfalls aus, als hätte er vorgehabt, sich ordentlich einen hinter die Binde zu gießen. Als ich um halb zehn ging, war er immer noch da. Wie jemand, der einen Mord plant, wirkte der nicht.«

»Vielleicht hat er sich Mut angetrunken«, schlug Meisner vor.

»Warum liegt Ihnen so viel daran, Heinz als schuldig abzustempeln?« Empört blitzte Kassandra ihn an und spürte, dass Paul beruhigend seine Hand auf ihren Arm legte.

»Das tut es doch gar nicht«, verteidigte sich Meisner. »Ich versuche nur, logische Schlussfolgerungen zu ziehen.«

»Fällt dir auch ein, welches Motiv Heinz gehabt haben könnte?«, fragte Paul.

»Ich war in den letzten Jahren so gut wie nie hier, woher soll ich das wissen? Wieso verteidigst gerade du den Mann? Soweit ich weiß, wart ihr euch doch noch nie grün.«

»Deshalb muss ich ihn nicht zwangsweise verdächtigen, Sascha getötet zu haben.« Paul sah niemanden im Besonderen an, als er fortfuhr: »Soweit ich nämlich weiß, hatte er keine besseren oder schlechteren Gründe dazu als manch anderer an diesem Tisch.«

»Hey, hey, mal langsam.« Thomas hob in einer beschwichtigenden Geste seine muskelbepackten Arme. »Ich war's jedenfalls nicht.«

Paul ließ sich gegen die Lehne seines Stuhls fallen und verzog das Gesicht. »Kaum. Sascha wurde schließlich erschossen, nicht erdrosselt.«

Thomas gluckste und griff nach einem der Schälchen. »Wir sollten lieber essen, statt uns zu streiten. Meine Schuld, ich hätte nicht damit anfangen sollen. Clemens, dein Konzert war erste Sahne. Du solltest uns öfter beehren, mindestens so häufig wie den Rest der Welt und die Bayern. Wie wär's mal im Sommer? Unter freiem Himmel kommt immer gut.«

»Öfter – darüber lässt sich reden. Aber draußen?« Meisner schüttelte lächelnd den Kopf. »Es sei denn, du schaffst es, eine Orgel an den Strand zu schaffen. Was ich aus naheliegenden Gründen bezweifele.«

»Täte es nicht auch ein Flügel oder ein Klavier? Du beherrschst doch beides ganz gut«, meinte Thomas.

»Nicht gut genug. Das überlass ich lieber denen, die es besser können, und mit dem Kollegen aus Ahrenshoop habt ihr einen, der darin kaum zu übertreffen ist.«

Alle am Tisch hatten sich entspannt und griffen jetzt nach Ingas Köstlichkeiten. Nur Mona beugte sich noch einmal zu Kassandra rüber und sagte leise: »Verdächtigt ihr Meisner? Ihr seid ja wohl wieder mittendrin in der Mörderjagd.«

»Ist das so offensichtlich?«

»Für mich schon. Nicht, dass es einen Unterschied macht, aber ich sag's trotzdem: Lasst das lieber. Es muss nicht immer so glimpflich ablaufen wie letztes Mal. Jemand wie Meisner hat bestimmt eine Menge Kontakte nach sonst wo. Der ist doch mit der Tochter von irgend so einem hohen Tier verheiratet, oder nicht?«

»Ja. Eben.«

Verständnislos setzte Mona zu einer Frage an, doch sie kam nicht mehr dazu, sie zu stellen, weil sie von Claudia Berghuber in Beschlag genommen wurde.

Kassandra leerte gerade ihr Schälchen mit Carpaccio, als Paul aufstand und verschwand. Er war kaum eine Minute weg, da fing sein iPhone an zu klingeln, das er auf dem Tisch liegen gelassen hatte. Kassandra warf einen Blick darauf, nahm es und erntete einen konsternierten Blick von Mona.

»Du gehst an Pauls Telefon?«, fragte sie. »Inga würde mir was erzählen, wenn ich das bei ihrem täte.«

Kassandra zuckte mit den Schultern. »Ich tue das für gewöhnlich nicht, aber Paul erwartet diesen Anruf.« Sie erhob sich und nahm das Gespräch an, während sie noch auf dem Weg nach draußen war.

»Dietrich hier. Frau Voß, sind Sie das? Ich kann Sie kaum verstehen.«

Kassandra stand inzwischen vor der Tür. »Jetzt besser? Inga Langes Restaurant ist überfüllt und laut, entschuldigen Sie.«

»Sie sind in Stralsund? Waren Sie noch mal in Freeses Wohnung?«

»Zweimal nein. Ich meinte Ingas Restaurant in Wustrow, und in Saschas Wohnung waren wir seit unserem Zusammentreffen nicht mehr.«

»Inga Lange hat ein Restaurant in Wustrow?«, fragte Dietrich.

»Ja, wussten Sie das nicht? Ging in den letzten Monaten durch sämtliche Medien.«

»Ich hatte in den letzten Monaten ein paar andere Dinge um die Ohren.«

Innerlich schimpfte Kassandra mit sich selbst. Dass Dietrich sich nicht mit Star-Köchinnen befasste, während er versuchte, wieder einigermaßen auf die Beine zu kommen, hätte ihr klar sein müssen.

»Herr Freese hatte um Rückruf gebeten«, kam Dietrich auf den Grund des Telefonats zurück. »Worum geht's?«

»Um den Todeszeitpunkt. Wann genau ist Sascha ermordet worden?«

»Mit genau kann ich leider nicht dienen. Irgendwann zwischen dreiundzwanzig Uhr abends und drei in der Frühe. Haben Sie einen konkreten Verdacht? Das wäre ja schnell gegangen.«

In groben Zügen berichtete Kassandra von Clemens Meisner.

»Klingt interessant«, meinte Dietrich. »Ich werde mal sehen, ob ich was über ihn habe, und melde mich dann. Sagen Sie …«

Er stockte.

»Was? Ist Ihnen noch was eingefallen?«

»Nein. Ich melde mich«, wiederholte er und beendete grußlos das Gespräch.

Kassandra stand noch einen Augenblick in der Kälte und fragte sich, was Dietrich hatte sagen wollen. Hatte es vielleicht doch mit Meisner zu tun? Oder mit Paul? Das Gespräch zwischen ihm und Dietrich auf Schloss Münkwitz ging ihr wieder im Kopf herum.

Hinter ihr öffnete sich die Tür, Paul trat ins Freie und legte seinen Arm um sie. »Du holst dir den Tod, wenn du hier noch länger stehst.«

Sie schmiegte sich an ihn und genoss seine Wärme, wurde aber ihren Gedanken nicht los. Wovon wusste sie nicht alles? Sie drehte sich um und versuchte, ihm in die Augen zu sehen, doch es war zu dunkel, um etwas zu erkennen. Sie spürte mehr, als dass sie es sah, wie er sich innerlich zurückzog, weil er ihre Musterung registrierte. »Dietrich rief an«, sagte sie deshalb. »Meinst du, wir können rauskriegen, wo Clemens Meisner zwischen elf und drei Uhr früh war?«

»Fangen wir mit dem Abend an und damit, ob er es geschafft hätte, von dort, wo er war, nach Wustrow zu kommen. Bei der langen Zeitspanne wird es allerdings schwierig, das nicht zu schaffen.«

»Claudia Berghuber müsste wissen, wo er am Mittwoch gewesen ist.«

»Wahrscheinlich. Fragen wir Mona, ob sie sie aushorchen kann. Die Frau Managerin scheint ja einen Narren an ihr gefressen zu haben. Oder zumindest an ihrem Schmuck.« Paul lotste Kassandra nach drinnen. »Komm rein, Inga hat den nächsten Gang schon aufgetragen.«

Als sie an den Tisch traten, war Monas Platz leer, daher setzte sich Kassandra auf deren Stuhl und wartete auf eine günstige Gelegenheit, Claudia Berghuber anzusprechen. Tatsächlich war es aber die Managerin, die sich kurz darauf an sie wandte. »Wo ist denn Frau Kolbert hin?«

»Vermutlich geht sie Inga etwas zur Hand. Es ist schwierig, wenn kurzfristig eine Kraft ausfällt.«

»Ja, schlimm, dieses unzuverlässige Personal. Aber wen wundert das? Ich meine, hier? Die hatten es ja in der DDR nicht so mit leistungsorientierter Arbeit, wenn die ihren Jahresplan erfüllt hatten oder kein Material mehr da war, war's eben gut. Den Rest der Zeit haben die nur rumgesessen. Immerhin wurden Künstler und Sportler gefördert, wer weiß, was andernfalls aus Clemens geworden wäre. Aber sonst ...«

Kassandra verschluckte sich fast an ihrem Wasser und hatte schon eine spitze Bemerkung auf der Zunge, die sie vermutlich bereut hätte, schließlich wollte sie noch was von Claudia Berghuber erfahren. Aber die Managerin sprach ohnehin einfach weiter.

»Stellen Sie sich vor, am Mittwoch waren wir in Schwerin in diesem Hotel, einer alten Mühle, sehr schön saniert, wahrscheinlich von unserem Solidaritätsbeitrag, aber der Service ließ zu wünschen übrig. Ich habe gegen ein Uhr früh an der Rezeption angerufen und um eine Flasche Cabernet Cubin gebeten, da sagte man mir doch glatt, das Restaurant habe schon geschlossen.« Claudia Berghuber seufzte. »Ich bin natürlich nur eine unwichtige Person, wenn Clemens danach gefragt hätte, hätte die Sache vielleicht anders ausgesehen. Vielleicht.«

»Sie hätten ihn ja bitten können, das für Sie zu tun«, sagte Kassandra angestrengt höflich.

»Wollte ich. Er war leider nicht in seinem Zimmer.« Sie ließ das ebenso vorwurfsvoll klingen wie alles andere, was sie gerade von sich gegeben hatte. »Was hat Sie eigentlich in diese Gegend verschlagen?«, fuhr sie fort. »Sie kommen doch nicht von hier, wenn ich das vorhin richtig verstanden habe, als es um die Fischbude von Herrn – wie war der Name? Freese? –, also von Herrn Freese ging. Wollten Sie sich um Ihren Onkel kümmern?«

Kassandra ignorierte die Frage. »Herr Meisner war nicht da? Müssen Künstler nicht ausgeruht sein, wenn sie auf Tournee sind? Da wird er sich doch nicht ins Schweriner Nachtleben gestürzt haben.«

Claudia Berghuber guckte verstimmt. »Er hat mir nicht gesagt, wo er war. Dazu ist er selbstverständlich auch nicht verpflichtet, ich bin ja nur seine Managerin.«

In diesem Moment kam Mona zurück. »Sitzt es sich gut auf meinem Stuhl?« Vielsagend sah sie zwischen Kassandra und Claudia Berghuber hin und her.

»Ganz ausgezeichnet«, erwiderte Kassandra. »Ich hab ein paar interessante Dinge über die Arbeitsmoral in der DDR erfahren.« Sie wandte sich wieder an Claudia Berghuber.« Sie wollten doch wissen, was mich in diese Gegend verschlagen hat«, sagte sie. »Gar nichts. Ich bin in Mecklenburg geboren. Und stolz drauf.« Sie stand auf, damit Mona sich setzen konnte, und würdigte die Managerin keines Blickes mehr. Dafür widmete sie sich der gebratenen Meeräsche mit Rosmarin, die zwar kalt geworden war, aber immer noch großartig schmeckte. Nebenbei stellte sie fest, dass Clemens Meisner mit Thomas den Platz getauscht hatte und Paul nicht mehr an ihn herankam. Daran hatte sich auch zwei Stunden später nichts geändert. Es kam ihr vor, als würde Meisner bewusst darauf achten, nicht noch mal von Paul in ein Gespräch verwickelt zu werden, bis sie sich schließlich verabschiedeten.

Die Nacht lag kalt und klar über Wustrow. Kassandra schaute nach oben und sah die Sterne am Himmel funkeln. Paul folgte ihrem Blick.

»Sascha wollte als Kind Kosmonaut werden«, sagte er. »Juri Gagarin war sein großes Vorbild und Sascha dreizehn, als Gagarin verunglückte. Er hat den ganzen Tag geweint, obwohl er sonst viel Wert darauf legte, erwachsen zu sein. Komisch, was einem so alles wieder einfällt.«

»Er war dein Bruder.« Kassandra legte die Hand auf Pauls Arm. »Du hast vorhin die Beerdigung erwähnt. Weißt du schon, wann die ist?«

Paul schaute noch immer in den Himmel. »Nein. Hab ich auch nur so gesagt. Ich werde nicht hingehen.« Er sah Kassandra an, und seine Stimme klang im Gegensatz zu eben sehr hart. »Er mag mein Bruder gewesen sein, aber das ist lange her.«

»Ich glaube, ich möchte nicht dein Feind sein«, sagte Kassandra leise.

»Meinst du denn, die Gefahr bestünde?«

Kassandra konnte nicht erkennen, ob Pauls Spott gutmütig oder bissig gemeint war, und verzichtete auf eine Antwort.

»Clemens Meisner war in der Tatnacht um ein Uhr nachts nicht da, wo seine geschätzte Managerin ihn vermutete«, sagte sie stattdessen und erzählte, was sie von Claudia Berghuber erfahren hatte. »Wenn er nicht in seinem Zimmer gewesen ist, kann er an einer halben Million anderer Orte gewesen sein – auch hier. Ich hab keine Ahnung, wie wir rausfinden sollen, ob es so war.«

»Du warst erfolgreicher als ich«, erwiderte Paul. »Immerhin weiß ich, welches Hotel die werte Dame meinte – es steht am Lankower See, und Solidaritätsbeiträge sind für dessen Sanierung garantiert nicht verwendet worden. Ich will ohnehin noch mal zu meiner Mutter und könnte dort vorbeifahren, um im Hotel etwas vorzufühlen. Die erinnern sich bestimmt an Clemens.«

»Und deine Mutter?« Kassandra schloss die Haustür auf. Drinnen kam es ihr nach der Sternennacht finster vor.

»Was meinst du?«

»Ich meine, hast du mal an sie gedacht, wenn sie da allein bei Saschas Beerdigung sitzt?«, konnte sich Kassandra nicht verkneifen zu sagen.

Paul, der schon im Begriff gewesen war, seinen Mantel auszuziehen, hielt inne. »Ich gehe besser, bevor wir anfangen zu streiten. Gute Nacht.«

8

Kassandra öffnete die Brötchentüte, um den Korb zu füllen, wobei sie fast ein Mohnbrötchen und ein Hörnchen fallen gelassen hätte, so fahrig waren ihre Bewegungen. Danach verbrannte sie sich beinah beim Eierabschrecken und schaffte es schließlich gerade noch rechtzeitig, den Kaffee für ihre Gäste in die Zwiebelmuster-Kanne zu gießen. Sie war unkonzentriert, schwankte zwischen schlechtem Gewissen, weil sie kein Recht hatte, Paul in seine Familienangelegenheiten reinzureden, Ärger über seinen Abgang gestern und Mitleid für seine Mutter, obwohl sie die bisher nicht kennengelernt hatte.

Nach den Frühstücksvorbereitungen kramte sie Dietrichs Zettel mit der Telefonnummer der Justizvollzugsanstalt Stralsund hervor und beantragte einen Besuchstermin bei Heinz. Der Beamte machte ihr wenig Hoffnung, dass es damit schon morgen klappen würde. Sie hatte gerade aufgelegt, als ihr mit einem Mal etwas einfiel. Sie stand da und starrte aus dem Fenster in ihren Garten, der im Sommer fröhlich bunt vor lauter Blumen, jetzt aber eher trist war – was zu ihrer augenblicklichen Stimmung passte. Sie blinzelte und wandte sich vom Fenster ab, dann wählte sie dieselbe Nummer noch einmal. Mit flauem Gefühl im Magen stellte sie einen weiteren Antrag.

Um sich davon abzulenken, ging sie danach in ihr Büro und ließ den Computer hochfahren. Es fielen zu dieser Jahreszeit nicht viele Verwaltungsarbeiten an, aber um ein bisschen musste sie sich immer kümmern. In ihren Mails fand sie erfreulicherweise zwei Buchungsanfragen, die sie gleich bestätigte. Als sie offline gehen wollte, kam ihr Clemens Meisner wieder in den Sinn – und seine Bemerkung, über ihn sei alles lückenlos im Internet abrufbar. Das wollen wir doch mal sehen, dachte sie und gelangte nach zwei Klicks auf seine Website. Im Hintergrund erklang leise eine ihr unbekannte getragene Orgelsonate, es gab mehrere Rubriken anzuwählen. Sie klickte auf »Biografie« und fand einen ausführlichen Lebenslauf inklusive der Nennung diverser Auszeichnungen, die Clemens Meisner im In- und Ausland erhalten hatte. Alles völlig normal, bis sie zum Jahr 2010 kam. Da hatte es weder Veröffentlichungen noch Preisverleihungen oder Konzerte gegeben. Stattdessen stand dort nur »Kreative Schöpfungsphase in Tasmanien«. Bis zu diesem Zeitpunkt hatte Meisner nie selbst komponiert, im Mai darauf allerdings eine CD in limitierter Auflage mit eigenen Kompositionen herausgebracht. Kassandra suchte in diversen Shops nach der CD, doch sie war schon jetzt, nur einige Monate später, überall als nicht mehr lieferbar gelistet, und selbst bei Internetauktionshäusern landete sie keinen einzigen Treffer. Schöpfungsphase in Tasmanien? Das war natürlich möglich, aber …

Mitten in ihren Überlegungen hörte sie über den Flur einen Schlüssel in der Haustür. Sie stand auf und ging in die Diele, wo Paul abrupt stehen blieb, als er sie sah.

»Sind deine Gäste versorgt?«, fragte er.

Kassandra nickte.

»Du könntest also mitkommen nach Schwerin?«

Sie wertete das als Friedensangebot und nickte abermals, unsicher, wer eigentlich wem ein Friedensangebot hätte machen müssen. Zehn Minuten später saßen sie im Wagen und hatten noch immer kaum ein Wort gewechselt. Das blieb auch die nächsten anderthalb Stunden so. Normalerweise mochte Kassandra es, sich im Sitz zurückzulehnen und Paul dabei zu beobachten, wie er seinen einige Jahre alten Škoda fuhr, der ihm genug Beinfreiheit ließ – anders als ihr kleiner Renault. Aber normalerweise saß Paul auch entspannter hinterm Steuer. Sie fragte sich, ob das nur an gestern Abend lag, oder ob er wie sie daran dachte, dass sie nun erstmals seine Mutter treffen würde. Unter denkbar schwierigen Umständen.

Offenbar hatte Paul entschieden, das noch etwas aufzuschieben. Er fuhr eine mit Bäumen gesäumte Straße am Lankower See entlang, bog noch einmal ab, und bald kam ein drei Stockwerke hohes Gebäude aus rotem Ziegelstein und Fachwerk in Sicht: die alte Mühle, von der Claudia Berghuber gesprochen hatte. Seitlich der Mühle drehte sich behäbig ein großes Wasserrad, aus den Fenstern darüber musste man einen idyllischen Blick zwischen den Bäumen hindurch auf den See haben. Auf dem Parkplatz nahm sich Pauls Škoda mehr als bescheiden unter den anderen Fabrikaten aus. Kassandra konnte sich gut vorstellen, dass jemand wie Clemens Meisner hier übernachtet hatte. *Falls er hier übernachtet hatte.*

»Wusstest du eigentlich, dass Clemens auch selbst komponiert?«, fragte Kassandra und berichtete von ihrer Internetrecherche.

»Tasmanien? Ziemlich weit weg, dabei war Clemens nie der Aussteigertyp«, meinte Paul. »Er hat immer geradlinig und pragmatisch sein Ding durchgezogen.«

»Du meinst demnach auch, hinter der Schöpfungsphase könnte sich was anderes verbergen?« Als Paul sich nur nachdenklich das Kinn rieb und auf die Mühle starrte, nahm sie das als Zustimmung. »Wie willst du's in dem Hotel anstellen?«, erkundigte sie sich.

»Ich werde ein bisschen Alexander Hardenberg spielen – zu irgendwas muss ein bekannter Name ja gut sein. Hoffen wir, dass die bloß den Namen kennen und nicht das Foto aus dem Netz.« Pauls Verleger hatte vor Jahren nicht nur auf einem klangvollen Pseudonym bestanden, sondern ebenso auf einer erfundenen Biografie und einem falschen Foto für Alexander Hardenberg. Paul war dieses Arrangement ganz recht gewesen, weil er seine Person für nebensächlich hielt. Auch als sich der Erfolg einstellte, war er dabei geblieben. Das Foto, das sie benutzten, zeigte in Wahrheit seinen Vater.

»Was soll ich dabei tun?«

»Du könntest meine Agentin sein und erst mal das Reden übernehmen. Der Autor redet nur, wenn er was Wichtiges zu äußern hat«, meinte Paul spöttisch. »Tu so, als hätten wir ein Zimmer reserviert, der Rest ergibt sich von selbst.«

Paul hielt Kassandra die gläserne Eingangstür des Hotels auf und ließ ihr auch danach den Vortritt, während er ein Stück hinter ihr blieb. Kassandra richtete sich so gerade wie möglich auf und stolzierte zur Rezeption. »Guten Tag, mein Name ist Annerose Kordes, ich bin die Agentin von«, sie senkte ihre Stimme etwas und deutete mit einer dezenten Kopfbewegung in Richtung Paul, der sich in Hörweite befand, sich aber unbeteiligt den Schlagzeilen der auf dem Empfangstresen ausliegenden Tageszeitungen widmete, »Alexander Hardenberg. Meine Assistentin hat zwei Zimmer bei Ihnen reserviert.«

Der Angestellte an der Rezeption, der laut des Schildchens auf dem Tresen Bjarne Jönsson hieß, warf diskret einen flinken

Blick zu Paul hinüber. »Selbstverständlich, ich werde sofort nachsehen.« Nach kürzester Zeit wandte er sich wieder Kassandra zu. »Es tut mir sehr leid, aber wir haben keine Reservierung vorliegen, weder auf Ihren Namen noch auf den von Herrn Hardenberg.« Es war ihm sichtlich unangenehm, diese schlechte Neuigkeit überbringen zu müssen.

»Wie bitte?« Kassandra riss die Augen auf. »Das kann nicht sein. Sehen Sie noch mal nach.«

»Selbstverständlich, wenn Sie das wünschen. Ich fürchte nur, es wird an dem Umstand nichts ändern.« Jönsson schaute noch einmal in sein Buchungssystem und verneinte abermals. »Es tut mir leid.«

»Das ist ja unglaublich!« Kassandra drehte sich zu Paul um, der näher gekommen war.

»Gibt's Probleme?«, fragte er.

»Das kann man wohl sagen. Unsere Reservierung ist verloren gegangen, offenbar ein akuter Fall von Inkompetenz! Dabei hat Clemens Meisner letztens dieses Hotel in den höchsten Tönen gelobt! Gott, Alex, es tut mir entsetzlich leid.«

Kassandra merkte, dass Paul sich bemühte, ernst zu bleiben. »Das ist kein Drama, Anni, du regst dich zu schnell auf. Sie können uns doch bestimmt trotzdem zwei Zimmer geben?«, fragte er Jönsson.

»Es tut mir leid«, sagte der zum dritten Mal. »Ich fürchte, wir sind komplett ausgebucht, Herr Hardenberg. Wir haben drei Konferenzen und eine Hochzeitsfeier im Haus.«

»Meine Güte, ich fass es nicht«, beschwerte sich Kassandra. »Wenn wir Clemens das erzählen! Ich frage mich, ob er je wieder Ihr Hotel empfehlen wird. Haben Sie wenigstens Herrn Meisners Manschettenknöpfe zurückgelegt, damit wir sie mitnehmen können?«

Jönsson sah etwas ratlos aus.

»Clemens Meisner hat letzte Woche von Mittwoch auf Donnerstag hier übernachtet«, nahm Paul Kassandras Geschichte in weit weniger hysterischem Tonfall auf, »und bei der Abreise seine Manschettenknöpfe liegen lassen. Weißgold mit eingravierten Initialen. Er hat mich gebeten, sie ihm mitzubringen, als er hörte, dass wir herkommen.«

»Verstehe. Einen Augenblick bitte, ich erkundige mich.«
Allmählich fing Kassandra an, den Mann zu bedauern, doch sie
spielte ihre Rolle weiter, laut genug, dass Jönsson sie hören konnte.
»Wie kannst du so ruhig bleiben, Alex? Das ist eine Katastrophe!«
»Ist es nicht. Wir werden in Schwerin schon noch Zimmer bekommen. Hauptsache, die haben Clemens' Manschettenknöpfe,
die sind, wenn ich das richtig verstanden habe, ein Geschenk
von seinem Schwiegervater.«

»Ich fürchte«, sagte Jönsson, den sie mittlerweile etwas aus der
Ruhe gebracht hatten, »Herrn Meisners Manschettenknöpfe sind
nicht gefunden worden. Vielleicht hat er sie anderswo verloren?«

»Soll das heißen, Herr Meisner weiß nicht mehr, was er wo
tut?«, fragte Kassandra empört. »Offensichtlich sollten Sie Ihr
Personal mal unter die Lupe nehmen.«

Jetzt gefror Jönssons Miene zu Eis. »Wollen Sie damit andeuten, dass unsere Angestellten stehlen?«

»Ich will gar nichts andeuten. Sorgen Sie dafür, dass ...«

»Anni«, mahnte Paul. »Es wäre doch möglich, dass Herr
Jönsson recht hat. Clemens war sich ja selbst nicht mehr hundertprozentig sicher. Er sagte doch, er hätte das Hotel abends
noch mal verlassen und sei nach ... wie hieß das, wo er war?
Vielleicht können wir da nachfragen.«

Kassandra beruhigte sich wieder. »Ja. Ja, das wäre natürlich
möglich. Ich habe leider auch vergessen, was er genau sagte. War
es nicht ein Theater?« Sie wandte sich ruckartig an Jönsson, der
ein kleines bisschen zurückschreckte. »Hat sich Herr Meisner
bei Ihnen oder einem Ihrer Kollegen nach Veranstaltungen erkundigt?«

Jönsson hob die Brauen. »Ich schlage vor, Sie fragen das Herrn
Meisner selbst.«

»Das würden wir gern«, sagte Paul freundlich. »Aber er gibt
heute Abend ein Konzert und probt zurzeit im Greifswalder
Dom. Da geht er nicht ans Telefon. Ich wäre Ihnen ehrlich für
jeden Tipp dankbar.«

Jönsson überlegte, schaute kurz zu einer Kollegin hinüber, die
gerade mit einem anderen Gast beschäftigt war, und räusperte
sich. »Ich habe an dem Tag selbst an der Rezeption gestanden.
Ich ... bitte denken Sie nicht, dass ich indiskret bin, aber ich

glaube, ich kann in diesem Fall eine Ausnahme machen. Meine Frau hat übrigens Ihr letztes Buch geradezu verschlungen, Herr Hardenberg.«

Pauls Augen blitzten auf, er lächelte. »Das freut mich sehr.« Dann wartete er.

»Ja, also, ich weiß nicht, ob Ihnen das hilft, aber Herr Meisner bat mich, ein Taxi zu bestellen, was mich etwas wunderte, weil er mit seinem eigenen Wagen angereist war. Die Taxizentrale möchte immer gern im Voraus wissen, wohin die Fahrer ihre Kunden bringen sollen, und Herr Meisner nannte als Adresse die Johannes-Brahms-Straße, allerdings ohne eine Hausnummer zu erwähnen. Er kam bald darauf schon wieder zurück, so gegen sieben, meine Schicht war gerade zu Ende.«

Das war's, dachte Kassandra. Es passt nicht, sieben ist viel zu früh, dabei hatte es so gut begonnen.

»Ich sah, wie er in einem silbernen Polo auf den Parkplatz fuhr, den Wagen ganz hinten abstellte und ausstieg«, erzählte Jönsson weiter. »Es fiel mir auf, weil er ja in einem Taxi weggefahren war und seinen BMW stehen gelassen hatte. Vielleicht hatte er sich von jemandem ein Auto geborgt, wenn ich mir auch nicht vorstellen kann, wofür.«

»Ich bin sicher, er wird seine Gründe gehabt haben«, sagte Paul. »Ich nehme nicht an, dass Ihr Kollege von der Nachtschicht etwas darüber gesagt hat, ob Herr Meisner später noch mal wegfuhr, und wenn ja, ob er mitbekam, wohin?«

»Nein«, sagte Jönsson. »Und ich hoffe, Sie verstehen, dass ich ihn auch ungern danach fragen würde.«

»Natürlich. Wir werden es in der Johannes-Brahms-Straße versuchen, vielleicht hilft uns das schon weiter. Haben Sie herzlichen Dank. Herrn Meisner liegt sehr viel an diesen Manschettenknöpfen, er wird froh sein, dass Sie uns so geholfen haben.«

»Ich wäre Ihnen dankbar, wenn Sie das für sich behielten.«

»Ganz wie Sie wünschen. Und wenn Sie irgendwann Zimmer frei haben, werden wir gern wiederkommen, was, Anni?«

Kassandra ließ einen zweifelnden Blick durch das Foyer schweifen. »Wenn du meinst.«

»Absolut.« Paul verabschiedete sich von Bjarne Jönsson, während Kassandra wortlos aus dem Hotel stakste.

Bis sie vom Parkplatz gefahren waren, schwiegen beide, dann fing Paul leise an zu lachen. »Kassandra, Liebes, du warst wunderbar! Claudia Berghuber wäre vor Neid erblasst.«

»Ich hoffe, ich bin deiner echten Agentin nicht zu nahegetreten«, erwiderte Kassandra. »Wahrscheinlich fände sie die Namenswahl ›Annerose‹ wenig schmeichelhaft. Aber alles für einen guten Zweck.«

»Herr Jönsson wird sich allerdings wundern, sollte er demnächst im Internet auf ein Alexander-Hardenberg-Foto stoßen.«

»Soll mir recht sein, wenn er denkt, er sei einem Schmierenkomödianten auf den Leim gegangen. Gibst du mal die Johannes-Brahms-Straße ins Navi ein? Sehr sinniges Ziel für einen Organisten übrigens.«

Bald darauf fuhren sie durch eine Straße mit Wohnblocks und Geschäften.

»Ziemlich lang«, fand Kassandra. »Clemens könnte überall gewesen sein.«

»Könnte, ja. Aber die Vermutung, dass er hierhin wollte, liegt nahe, nach dem, was Herr Jönsson sagte.« Paul parkte am Straßenrand vor einer unscheinbaren Autovermietung. »Auf ein Neues, Annerose.«

Im Büro der Firma saß eine gelangweilt aussehende Mittvierzigerin und fragte in ebenso gelangweiltem Tonfall, was sie für Kassandra und Paul tun könne. Sie erzählten dieselbe Geschichte wie im Hotel, mussten sich aber nicht sonderlich anstrengen, weil die Dame kaum Interesse daran zeigte. »Aha. Und was wollen Sie nun genau?«

»Herr Meisner hat bei Ihnen einen silbernen Polo gemietet. Wenn der zufällig gerade nicht unterwegs ist, würden wir gern einen Blick hineinwerfen und sehen, ob er seine Manschettenknöpfe im Wagen verloren hat. Sie könnten unter den Sitz gerollt und bei der Reinigung übersehen worden sein.«

»Wir haben drei silberne Polos. Wie war der Name, sagten Sie? Meister? Meiser? Warum kann der sich nicht selbst herbemühen? Na, mir soll's egal sein. Das Datum war letzten Mittwoch, ja? Sie haben Glück, der Wagen steht draußen vor der Tür. Sie nehmen es mir sicher nicht übel, wenn ich drinnen warte, während Sie nachsehen gehen.« Sie wandte sich an Paul. »Sie müssten aber

Ihren Personalausweis als Pfand hinterlassen. Nachher hauen Sie mir noch mit dem Wagen ab.«

Kassandra war sich nicht sicher, ob sie das ernst meinte, sie verzog keine Miene bei ihren Worten. Aber ob ernst oder nicht, die Sache mit dem Personalausweis würde Schwierigkeiten bereiten, weil da natürlich Freese draufstand statt Hardenberg. Paul überlegte nur kurz, zückte seine Brieftasche und schob den Perso mit der Rückseite nach oben über den Tresen. Kassandra hätte fast dazwischengefunkt, als die Angestellte danach griff und ihn umdrehte. Doch sie blieb ruhig und wurde belohnt, indem die Frau nur einen kurzen, noch immer völlig desinteressierten Blick auf das Foto warf, nickte und Paul den Autoschlüssel gab.

Zwei Minuten später saß er hinter dem Steuer und durchsuchte das Seitenfach der Tür. »Versuch du's im Handschuhfach«, bat er Kassandra. »Vielleicht haben die ihre Daten nicht nur im Rechner, sondern führen für jeden Wagen ein Fahrtenbuch.«

Kassandra wühlte sich durch einen Eiskratzer, eine Packung Papiertaschentücher und zwei gebrauchte Scheibenwischlappen, bis sie einen kleinen Block hervorzog. Sie blätterte ein Stück zurück und fand den entsprechenden Eintrag. »Hier! Vermietet: Mittwoch, 16. November, achtzehn Uhr fünfzehn, Kilometerstand: 129.476, Rückgabe: Donnerstag, 17. November, acht Uhr zwei, Kilometerstand: 129.745, gefahrene Kilometer: 269.« Sie sah hoch. »Das kommt ungefähr hin mit Schwerin-Wustrow und zurück, plus ein paar Kilometer von hier bis zum Hotel.«

Paul betrachtete durch die Windschutzscheibe den Spielplatz gegenüber. »Er könnte auch nach Süden gefahren sein oder nach Westen«, meinte er etwas angestrengt.

Kassandra ließ etwas Zeit verstreichen. »Du hast gar nicht gehofft, dass wir was Belastendes finden. Du wolltest was finden, das Clemens Meisner *ent*lastet.«

»Schätze schon.«

»Was tun wir jetzt?«

Paul seufzte. »Erst mal fahren wir zu meiner Mutter.« Er stieg aus, schlug mit Wucht die Tür des Polos zu und drückte Kassandra den Schlüssel in die Hand. »Erledigst du das, Annerose?«

Als Kassandra wieder auf die Straße trat, lehnte Paul an seinem Wagen. Es war kalt, obwohl die Sonne schien, aber er stieg erst jetzt, nachdem er seinen Ausweis verstaut hatte, zusammen mit ihr ein. Er startete den Motor, ohne die Unterhaltung wieder aufzunehmen, worüber Kassandra ganz froh war, weil sie einen ziemlich beunruhigenden Gedanken nicht mehr loswurde. Vielleicht wollte Paul gar nicht, dass rauskam, wer seinen Bruder getötet hatte. Vielleicht wollte er bloß Heinz aus der U-Haft holen – nicht jemand anderen hineinbringen. Das Dumme war nur, dass das eine wahrscheinlich nicht ohne das andere funktionieren würde, es sei denn, sie fanden im Laufe ihrer Ermittlungen eindeutige Hinweise darauf, dass Heinz es gar nicht gewesen sein *konnte*.

Aber warum hatte Paul den Verdacht überhaupt auf Clemens Meisner gelenkt? Er hätte sagen können, dass in Saschas Buch nichts über ihn stand, niemand hätte ihm das Gegenteil beweisen können. Vielleicht wäre aber durch Violetta, deren Mutter oder deren Tante früher oder später ans Licht gekommen, was zu Steffens Selbstmordversuch geführt hatte. Da war es besser, er unterschlug den Eintrag nicht, denn dass Sascha den Vorfall in seinem Buch notiert hatte, war naheliegend, und Paul hätte sich unglaubwürdig gemacht. Kassandra wurde ein wenig schwindelig. Paul hatte für die Tatnacht kein Alibi und Dietrichs Andeutungen zufolge ein Motiv, das über einen bloßen Streit unter Brüdern hinausging. Beides zusammengenommen führte Kassandra in Kombination mit diesem unbestimmten Gefühl, dass Paul keinen Täter suchte, sondern maximal einen Entlastungszeugen, unweigerlich zu einem logischen Schluss. Sie wagte nicht, diesen Schluss in Worte oder auch nur in Gedanken zu fassen.

Stattdessen schaute sie unauffällig zu Paul und beobachtete ihn, bis er belustigt sagte: »Das hatten wir doch schon mal. Du guckst besonders auffällig, wenn du versuchst, unauffällig zu gucken.«

Als ihr Blick auf seinen traf, formte sich schließlich doch mit aller Macht und gegen jeden Widerstand der Satz in ihrem Kopf: Paul hat Sascha erschossen. Sie erschrak zutiefst, und gleichzeitig wurde ihr die Absurdität eines solchen Verdachts bewusst. Selbst wenn alles gegen ihn und nichts gegen jemand anderen spräche – es war Paul, um den es hier ging! Er würde niemals einen Menschen töten.

»Erinner mich dran, dass ich das abstelle«, sagte sie viel zu spät zu Paul. Zu ihrer eigenen Überraschung klang ihre Stimme ganz normal.

»Bei nächster Gelegenheit«, erwiderte er. Kurz dachte Kassandra, er wolle noch etwas sagen, aber er ließ es bleiben.

Margarethe Freese lebte in einer kleinen Altbauwohnung in der Nähe der Paulskirche, deren drei Turmspitzen beeindruckend am Ende der mit Kopfstein gepflasterten Straße aufragten. Pauls Mutter war dreiundachtzig Jahre alt, kam aber noch problemlos allein zurecht. Kassandra kannte sie von Fotos, sie war eine große, schlanke Frau gewesen, von ihr hatte Paul seine Statur geerbt. Heute jedoch wirkte sie eingesunken, ihr Händedruck kraftlos.

»Es ist schön, Sie kennenzulernen, Kassandra«, sagte sie, »wenn ich mir auch einen freudigeren Anlass gewünscht hätte.«

Kassandra nickte beklommen. »Ich mir auch. Es tut mir sehr leid wegen Sascha.«

Margarethe Freese nickte und sah von ihr zu Paul. »Danke. Das ist nicht selbstverständlich.« Sie bat Paul, Kaffee zu kochen, und führte Kassandra ins Wohnzimmer. Der Raum war etwas altmodisch, aber gemütlich eingerichtet, jede Menge Pflanzen auf der Fensterbank zeugten davon, dass Pauls Mutter einen grünen Daumen hatte. Auf einem niedrigen Bücherschrank standen ein paar gerahmte Fotos, die Kassandra neugierig von Weitem beäugte. »Wenn Sie möchten, schauen Sie sich die Bilder gern an«, sagte Margarethe Freese, die ihren Blick bemerkt hatte.

Kassandra trat näher und entdeckte auf einem der Fotos sofort eine jüngere Ausgabe von Paul, der darauf etwa Mitte dreißig sein mochte. Seine Haare waren noch ganz dunkel, und er stand am Strand an der Seite eines attraktiven älteren Mannes, der »offiziell« Alexander Hardenberg war. Pauls Vater. Die beiden lachten einem dritten Mann zu, der ein Stück in Richtung Steilufer entfernt stand. Erst auf den zweiten Blick identifizierte Kassandra ihn als Bruno.

»Das ist das letzte Foto von meinem Mann«, erklärte Margarethe Freese. »Es entstand im März 1992, kurz vor dem Brand in der Seefahrtschule. Anderthalb Jahre später war er tot.«

Kassandra wusste, dass Joachim Freese sein Beruf so am Herzen gelegen hatte, dass er die Schließung der Schule im selben Jahr, aus dem die Aufnahme stammte, nicht hatte verkraften können. Nicht der Brand war ursächlich für die Schließung gewesen, das hatte andere Gründe gehabt, doch für Joachim Freese machte das keinen Unterschied. Er war an einem Infarkt viel zu früh gestorben.

Neben diesem Foto stand ein weiteres, das einen jüngeren Sascha zeigte. Beim Vergleich der beiden Bilder erkannte Kassandra die große Ähnlichkeit zwischen ihm und Joachim Freese – dennoch war unverkennbar Pauls Bindung an den Vater stärker gewesen, denn ein drittes Foto zeigte die gesamte Familie, und der Abstand zwischen Sascha und Joachim Freese war eindeutig mehr als nur räumlicher Natur.

»Wie geht es Paul?«, fragte Margarethe Freese und merkte Kassandra wohl ihr Erstaunen bei dieser Frage an. »Es ist nicht seine Art, seine Gefühle jedem auf dem Silbertablett zu servieren«, erklärte sie. »Das schließt seine Mutter mit ein, fürchte ich, auch wenn er mit dem einen oder anderen nicht hinterm Berg hält.«

War da ein leiser Vorwurf aus diesen Worten herauszulesen? Kassandra wusste nicht recht, inwieweit sie die Frage beantworten sollte oder konnte. »Es … ist schwer für ihn«, erwiderte sie vage.

Margarethe Freese schürzte die Lippen und musterte Kassandra prüfend. »Ich war ein bisschen skeptisch, als ich hörte, wie viel jünger Sie sind, aber er scheint eine gute Wahl getroffen zu haben. Das freut mich für ihn. Sascha hatte wohl nie solches Glück.«

In diesem Augenblick kam Paul mit einem Tablett ins Zimmer, sodass Kassandra eine Erwiderung erspart blieb.

Während des Kaffeetrinkens sprachen sie über Alltägliches. Margarethe Freese tat es sichtlich gut, nicht allein zu sein und zu grübeln. Sie bekam etwas Farbe im Gesicht, die sich jedoch wieder verlor, als sie etwas schwerfällig aufstand, um aus einem Vertiko ein Blatt Papier zu holen, das sie Paul reichte. »Das ist die Traueranzeige, die morgen in der Zeitung erscheint. Ich habe ja kein Adressbuch von Sascha gehabt, die Polizei sagte, sie hätten in seiner Wohnung keines gefunden. Sein Handy brauchen sie noch, aber ich hätte auch nicht völlig fremde Leute anrufen wollen. Also muss die Anzeige genügen. Ich hoffe, du hast nichts dagegen, dass ich deinen Namen mit daruntergesetzt habe.«

Kassandra beugte sich zu Paul hinüber und las den Text. Da stand ein schlichtes: »Wir nehmen Abschied von Sascha Freese«. Es folgten Geburts- und Sterbedaten und darunter der Satz: »Mögest du da, wo du jetzt bist, glücklich sein.« Kassandra musste schlucken, weil ihr die Auseinandersetzung in den Sinn kam, in der Paul gesagt hatte, sein Bruder solle zur Hölle fahren – und Sascha gedroht hatte, ihn mitzunehmen. Als sie aufsah, bemerkte sie, dass Paul seine Mutter ungläubig in Augenschein nahm.

»Das ist nicht dein Ernst«, sagte er. »Du willst Sascha in Wustrow beerdigen lassen?«

So weit hatte Kassandra noch gar nicht gelesen. Ganz unten auf dem Blatt stand: »Die Beisetzung findet am Donnerstag, dem 24. November 2011, um 13 Uhr auf dem Fischländer Friedhof in Wustrow statt. Von Blumenspenden bitten wir abzusehen.«

»Dort ist er geboren, dort wird er beerdigt«, sagte Margarethe Freese fest. »Ich habe bereits alles in die Wege geleitet, gleich nachdem ich von der Polizei die Genehmigung erhalten hatte.«

Immer noch fassungslos starrte Paul auf das Blatt. »Du hast seit Papas Tod keinen Fuß mehr aufs Fischland gesetzt. Warum tust du dir das an?«

Und den Wustrowern, das steht ganz deutlich in sein Gesicht geschrieben, dachte Kassandra und hoffte, dass Margarethe Freese es nicht ebenfalls las.

»Sascha hätte es so gewollt. Er kannte dort so viele Menschen, ich weiß nicht, ob das in Stralsund ebenso war. Hier in Schwerin kannte er jedenfalls niemanden. Ich möchte nicht, dass der Friedhof leer bleibt, wenn mein Sohn zu Grabe getragen wird.«

Paul hatte sich vorgebeugt und knallte das Blatt auf den Tisch. »Klar, fraglos wird …« Er brach abrupt ab und ließ sich ins Sofa zurückfallen.

»Sprich dich ruhig aus«, sagte Margarethe Freese.

Paul holte tief Luft. »Fraglos werden ein paar Leute mehr kommen, wenn sie nicht extra nach Schwerin fahren müssen.«

Margarethe Freese nickte bedächtig. »Das denke ich auch. Könntest du vielleicht für hinterher eine Kaffeetafel organisieren?

Ich weiß ja gar nicht mehr, welche Lokale es noch in Wustrow gibt.«

Dafür, dass Paul ursprünglich nicht mal zur Beerdigung hatte gehen wollen, bekam er plötzlich eine Menge damit zu tun. Kassandra konnte sich nicht vorstellen, dass er in Wustrow der Beisetzung wirklich fernbleiben würde. »Das kann ich gern erledigen, wenn Ihnen das recht ist«, schlug sie vor. Margarethe Freese nahm ihr Angebot dankend an. Sie verabredeten überdies, dass Paul seine Mutter am Mittwoch abholen und sie bei Kassandra wohnen würde, weil es in seinem Haus keinen separaten Raum mehr gab. Danach widmeten sie sich wieder anderen Themen, bis sie sich verabschiedeten und Margarethe Freese zum ersten Mal Tränen in die Augen stiegen. Paul umarmte seine Mutter, vorsichtig, als hätte er Angst, sie zu zerbrechen. »Ruf an, wenn du mich brauchst, egal, wann. Du weißt, dass ich für dich da bin.«

»Natürlich.« Margarethe Freese nickte, trocknete sich mit einem Stofftaschentuch die Augen und schloss die Tür hinter ihnen.

»Was wolltest du tatsächlich sagen vorhin?«, fragte Kassandra im Wagen. Draußen hatte sich die Sonne verabschiedet, die Straße wirkte im Dämmerlicht und unter der großen Kirche ein bisschen unheimlich.

»Dass wahrscheinlich halb Wustrow zur Beerdigung erscheint, nur um sich zu überzeugen, dass Sascha wirklich tot ist. Ich hätte mir nie verziehen, wenn mir das in Gegenwart meiner Mutter rausgerutscht wäre.«

»Ist es ja nicht. Obwohl ich glaube, sie weiß ganz genau, dass dir was anderes auf der Zunge lag. Vielleicht ist ihre Lösung gar nicht mal die schlechteste – wir könnten uns ein bisschen im Beobachten üben, wer weiß, was und wen wir alles zu sehen kriegen. Möglicherweise kommt sogar Clemens Meisner, falls er Donnerstag noch in der Gegend ist.«

»Außer dem Konzert in Greifswald heute stehen noch zwei auf Rügen und eins auf Usedom auf seinem Plan«, meinte Paul. »Wer weiß also, vielleicht hast du recht.«

9

Zurück in Wustrow, hielt Paul in der Einfahrt zur Bergstraße und sprang aus dem Wagen. »Bin gleich zurück.«

Kassandra sah ihn »Haui's Fisch & mehr« betreten und lachte auf. Hatte er vor, ihr heute Abend seine berühmte Scholle zu kredenzen?

Genau das tat er. Er würzte und panierte den Fisch so schnell und geübt, als hätte er in den letzten zwanzig Jahren nichts anderes gemacht. Während die Schollen in der Bratpfanne brutzelten und goldbraun wurden, bereitete er einen grünen Salat zu und rührte dafür eine Zitronenmarinade an. Kassandra hatte Paul bisher höchstens Rühreier, Spiegeleier und gelegentlich Bratkartoffeln machen sehen. Das schmeckte zwar hervorragend, dennoch wäre sie nie und nimmer auf die Idee gekommen, dass er damit seine Fähigkeiten weit unter den Scheffel stellte.

»Nicht wie bei Inga«, sagte Paul schmunzelnd, als er den Fisch servierte. »Und der Kopfsalat ist naturgemäß im November aus dem Treibhaus. Trotzdem: Probier.«

Vorsichtig stieß Kassandra mit der Gabel in die krosse Panade, unter der zartes weißes Fleisch zum Vorschein kam. Sie nahm einen Bissen, kaute in aller Ruhe, ohne Paul anzusehen, und nahm einen zweiten Bissen.

»Würdest du bitte was sagen?«, fragte Paul, der seinen eigenen Fisch noch nicht angerührt hatte.

Kassandra ließ sich nicht stören. Sie pikte ihre Gabel in den Salat und probierte auch den, bevor sie endlich hochschaute. »Inga kann einpacken.«

Paul grinste. »Danke. Aber ich denke, wir machen uns keine Konkurrenz. So was Simples wie Scholle hab ich jedenfalls noch nicht auf ihrer Karte gesehen.«

»Wenn, würde ich sie nicht essen, die kann gar nicht so gut sein wie deine. Erzähl mir von deiner Fischbude.«

Paul fing ebenfalls an zu essen und erfüllte nebenbei Kassandras Bitte. Was er erlebt hatte, war mal lustig, mal regte es zum Nachdenken an – und einiges davon kam ihr bekannt vor. Paul sah ihr an, was sie dachte, und grinste wie eben. »Du kennst dich bestens aus mit Alexander Hardenberg. Irgendwann hab ich angefangen, ein paar Sachen aufzuschreiben, nur so nebenbei, ohne dass ich je daran gedacht hätte, das zu veröffentlichen. Dann hat Bruno eines Tages meine Notizen in die Hände gekriegt und gemeint, ich solle ein Buch draus machen. Ich hab das nicht ernst genommen, er aber schon, er hat dauernd wieder davon angefangen. Trotzdem hat es noch ein paar Jahre gedauert, bis ich aus mehreren Geschichten eine gemacht und die an einen Verlag geschickt habe. Weil Bruno nicht aufhörte, mich zu nerven.«

»Der Mann verdient einen Orden«, fand Kassandra.

Paul stand auf und räumte die Teller zusammen. »Das sowieso. Nicht nur deshalb.«

Das brachte Kassandra wieder auf den Boden der Tatsachen zurück, aber sie kam nicht dazu, weiter darüber nachzudenken. In der Ferne begann Pauls iPhone zu dudeln. »Gehst du mal ran?«, bat er, noch mit dem Geschirr beschäftigt. »Es steckt in meiner Manteltasche.«

»Tag, Frau Voß«, meldete sich Dietrich. »Sind Sie Herrn Freeses Anrufbeantworter?«

Kassandra musste lachen. »Ja, sieht ganz so aus. Möchten Sie ihn sprechen? Er hat nur gerade die Hände im Spülbecken.«

»Genau genommen möchte ich mit Ihnen beiden sprechen. Ich bin bei Bruno Ewald und hätte gern, dass Sie dazustoßen.«

Kassandra erstarrte.

»Sind Sie noch dran?«, fragte Dietrich.

»Ja. Was machen Sie bei Bruno?«

»Meinen Job. Wäre schön, wenn Sie mir dabei helfen würden. Ich warte hier auf Sie.« Dietrich beendete das Gespräch wie immer grußlos.

Paul hatte das Geschirr grob gespült und in die Maschine gestellt. »Wer ist bei Bruno?«, wollte er wissen. Das war offenbar das Einzige, was er mitbekommen hatte.

»Dietrich. Er will, dass wir auch kommen.«

Kassandra hätte einiges dafür gegeben zu wissen, was sich jetzt hinter Pauls Stirn abspielte. Da sie keine Gedanken lesen konnte, sah sie nur, dass es ziemlich viel war.

»Gut«, sagte er schließlich äußerlich ruhig. »Dann lass uns gehen.«

»Paul …«

»Hat keinen Zweck, das hinauszuzögern, oder? Bruno wird dichthalten, aber ich werde ihn nicht allein auslöffeln lassen, was ich ihm eingebrockt habe, falls Dietrich ihn zu hart angeht.«

Draußen legte er seinen Arm um Kassandra. »Gehen wir zu Fuß? Mir ist nach Bewegung.«

Auf den ersten Blick wirkte Brunos Haus im Grünen Weg dunkel, keine Lampe brannte hinter den Fenstern. Als Paul das Tor öffnete und es seinen typisch quietschenden Laut von sich gab, fröstelte Kassandra. Sie vergrub ihre Hände tief in den Manteltaschen und spürte etwas zwischen ihren Fingern, was sie ganz vergessen hatte: den Hühnergott, den sie an jenem Tag gefunden hatte, an dem Sascha auf der Bildfläche erschienen war – und der angeblich Glück bringen sollte. Davon hatte sie bisher nichts bemerkt, aber was sie jetzt brauchten, war ohnehin das Glück einer ganzen Hühnergottsammlung.

Offenbar hatte Bruno sie kommen hören – das Geräusch seines Tores musste sie verraten haben. Er öffnete ihnen, ehe sie klingeln konnten.

»Tut mir leid, der stand aus heiterem Himmel vor der Tür, ich hatte keine Möglichkeit mehr, euch zu warnen«, flüsterte er.

»Nicht deine Schuld. Mir tut's leid, dass ich dich da reingezogen habe. Wo ist er?«

Bruno deutete nach hinten. »Wohnzimmer.«

Kay Dietrich stand mit dem Rücken zu ihnen am Fenster, als könnte er draußen etwas sehen. Er trug noch seinen Mantel, anscheinend hatte Bruno ihn nicht gebeten, es sich bequem zu machen. Bei ihrem Eintreten drehte er sich um. Kassandra bemerkte sofort, dass er sich auf einen Stock stützte.

»Sagen Sie, Herr Freese«, begann er ohne Vorrede, »wie gut kennen Sie Inga Lange?«

Einen Augenblick blieb es still im Raum. Kassandra hätte über Dietrichs Frage nicht erstaunter sein können, und auch auf Pauls und Brunos Gesichtern zeichnete sich Überraschung ab.

»Inga?«, wiederholte Paul.

»Ja. Hat sie …« Dietrich zuckte zusammen, seine Finger

krampften sich um den Griff des Stocks. Er wandte sich an Bruno. »Darf ich mich setzen?«

»Hm«, machte Bruno unbestimmt.

Dietrich fasste das als Ja auf, zog seinen Mantel aus, ließ sich in einem Sessel nieder und wartete, dass die anderen sich ebenfalls setzten. Doch Kassandra, Paul und Bruno blieben wie ein Verteidigungswall stehen.

»Warum kommen Sie nicht zur Sache und sagen, weshalb Sie hier sind?«, fragte Paul.

»Für gewöhnlich sage ich, was ich meine. Wenn ich mich also nach Inga Lange erkundige, können Sie davon ausgehen, dass ich ihretwegen hier bin. Falls Sie sich allerdings fragen, warum wir uns dazu ausgerechnet bei Herrn Ewald treffen – er ist ein ziemlich gutes ...«, Dietrich verzog die Mundwinkel, »*Alibi* für einen offiziellen Besuch in Wustrow, bei dem es nicht auffällt, dass ich auch mit Ihnen beiden rede. Sie sind eben zufällig zu Besuch gekommen, als ich Herrn Ewald etwas näher nach seinen Andeutungen über die Motive einiger Leute fragen wollte, die ein Interesse am Tod von Sascha Freese haben könnten. Würden Sie sich jetzt bitte alle setzen? Es ist etwas mühsam, zu Ihnen hochzusehen.«

Bruno fing sich als Erster. »Klingt nach einer längeren Besprechung. Wollen Sie ein Bier? Ich hab Rostocker Bock Dunkel im Kühlschrank. Oh, Entschuldigung, dürfen Sie wahrscheinlich nicht, Sie sind im Dienst. Oder nicht?«

Dietrich lächelte. »Ich bin vor allem mit dem Wagen da. Ein Wasser wäre nett.« Er schaute zu Paul, der sich mit Kassandra auf Brunos leicht zerschlissenes Ledersofa gesetzt hatte. »Sie sehen aus, als würden Sie immer noch überlegen, mich zu einer Romanfigur zu machen.«

»Das lass ich doch lieber«, meinte Paul. »Meine Leser würden mir vorwerfen, jemand wie Sie sei total unglaubwürdig.«

»Ich hab noch nie viel Wert darauf gelegt, zu sein, wie man mich gern hätte. Sie etwa?«

»Nicht sonderlich.«

Kassandra sah zwischen den beiden hin und her und dachte zum gefühlt hundertsten Mal über die Unterhaltung auf Schloss Münkwitz nach, die sie mitangehört hatte. Sie war davon ausgegangen, dass Dietrich wirklich glaubte, Paul habe ein Alibi – was anscheinend gar nicht der Fall war. Paul hatte gefragt, wieso Dietrich das für ihn tat – etwas zurückzuhalten, was ihn belasten könnte. Kassandra begann zu verstehen, warum. Sie waren einander ähnlicher, als man auf den ersten Blick annehmen mochte.

»Sie haben gesagt, Ihre Kollegen betrachten den Fall als so gut wie abgeschlossen«, sagte sie nun. »Wundern die sich nicht, wenn Sie trotzdem so beharrlich weitermachen – mit Bruno oder sonst wem?«

»Ich bin ein gründlicher Mensch. Manchen zu gründlich. Wundern wird sich niemand, höchstens die Augen verdrehen.«

Inzwischen war Bruno zurückgekehrt, mit Wasser für Dietrich und Kassandra und Bier für Paul und sich. Dietrich drehte sein Glas zwischen den Fingern und beobachtete die nach oben steigenden Bläschen, bevor er Paul ansah. »Hat Inga Lange je mit Ihnen über Ihren Bruder gesprochen?«, nahm er unvermittelt das Thema wieder auf.

»Nein. Nie. Das heißt, sie hat mir ihr Beileid ausgedrückt. Es hat sich schnell rumgesprochen, wer der Tote auf dem Hohen Ufer war, davor dürfte sie nicht gewusst haben, dass ich überhaupt einen Bruder hatte.«

»Sind Sie sicher? Ich habe mich ein bisschen schlaugemacht. Danach scheint es zumindest, als sei Inga Lange durch Mona Kolbert nach Wustrow gekommen – die Ihre Freundin ist, Frau Voß.«

»Falls Sie meinen, dass Mona von mir was über Sascha erfahren und Inga erzählt haben könnte: nein. Ich hab selbst nichts von seiner Existenz gewusst, bis er letzte Woche hier auftauchte.«

»Wie kommen Sie überhaupt auf die Lange?«, erkundigte sich Bruno.

»Sie mögen sie nicht?«, antwortete Dietrich mit einer Gegenfrage.

Bruno zuckte mit den Schultern. »Ich kenn sie nicht persönlich, aber ich könnte ganz gut ohne den Rummel leben, den sie nach Wustrow gebracht hat. Zu Anfang hatte ich auf der Seebrücke alle zwei Tage ein Mikrofon im Gesicht, weil jeder Radio- und Fernsehsender wissen wollte, was wir Fischländer von Inga Lange halten.«

»Was hast du gesagt?«, fragte Kassandra neugierig.

»Es wurde jedenfalls nicht gesendet.« Bruno setzte die Bierflasche an und nahm einen kräftigen Zug. »Was finden Sie denn nun an der Dame so interessant, Herr Dietrich?«

»Im Gegensatz zu Ihnen kenne ich Inga Lange sehr wohl persönlich«, erklärte Dietrich. »Ich habe sie vor einigen Jahren mehrfach vernommen. Sie war eine harte Nuss, aber am Ende hat sie eingesehen, dass sie keine reelle Chance hatte, und arbeitete mit uns zusammen, weil sie sich davon ein geringeres Strafmaß versprach. Allerdings hat sie nur so viel gesagt, wie sie unbedingt musste, ich war mir immer sicher, dass es da noch einiges mehr gab. Aber es war nichts weiter aus ihr rauszukriegen, vor allem nicht über die Leute, mit denen sie zusammengearbeitet haben musste. Ein, zwei hat sie ans Messer geliefert, weil wir ohnehin genug Hinweise hatten. Der Rest war Schweigen.«

»Inga? Wir reden von Inga Lange, der Starköchin?«, versicherte sich Kassandra. »Was hat sie getan?«

»Immobilienbetrug.«

Diese Eröffnung ließen alle ein wenig sacken.

»Inga hat mit Sascha krumme Dinger gedreht?« Das kam von Paul, der mindestens ebenso perplex war wie Kassandra.

»Beweisen kann ich das nicht. Ihr Bruder war strafrechtlich sauber, nicht mal das sprichwörtliche Knöllchen wegen Falschparkens. Frau Lange hat dagegen ganz schön was auf dem Kerbholz. Sie ist eigentlich Bankbetriebswirtin und hat nach ihrem in kürzester Zeit und mit Bestnote abgeschlossenem Studium bei einer kleinen, aber exklusiven Privatbank angefangen. Knapp zwölf Monate später ist der Filialleiter krank geworden, und Inga Lange hat ihn zunächst übergangsweise und nur in einigen Bereichen vertreten. Der Vorstand muss sehr angetan gewesen sein von ihrer Arbeit, denn als sich herauskristallisierte, dass der Leiter längere Zeit ausfallen würde, hat man ihr, obwohl sie erst vierundzwanzig war, seine Aufgaben komplett übertragen. Am Ende war der Vorstand vermutlich nicht mehr ganz so angetan.«

Plötzlich zuckte Dietrich erneut zusammen, so heftig, dass er fast das Wasserglas fallen gelassen hätte, das er in letzter Sekunde auf dem Tisch abstellte. »Entschuldigung«, murmelte er, streckte sein Bein aus und griff in seine Sakkotasche, aus der er eine Blisterpackung Tabletten holte.

Kassandra verspürte nicht zum ersten Mal das dringende Bedürfnis, etwas für ihn zu tun, ahnte aber, dass sie ihm damit keinen Dienst erweisen würde. Während er eine Tablette aus der Packung drückte und sie mit etwas Wasser schluckte, verzog er keine Miene.

»Inga Lange hat Immobilien, die der Bank zum Verkauf überlassen wurden, an Maklerbüros und Strukturvertriebe sozusagen weitergereicht und dafür Geld kassiert«, nahm er den Faden wieder auf. »Klingt erst mal nicht sehr dramatisch, allerdings sind der Bank dadurch beträchtliche Werte durch die Lappen gegangen, und das ist schwerer Betrug. Außerdem sind die Immobilien unter Vorspiegelung falscher Tatsachen zu überhöhten Preisen verkauft worden, weil das Geld, das Inga Lange für ihre … Dienstleistung bekam, ja schließlich irgendwo herkommen musste. Die Käufer der Objekte hatten also ebenfalls finanziellen Schaden erlitten. Für Letzteres konnte man sie natürlich rechtlich nicht belangen. Was man moralisch davon halten mag, steht auf einem anderen Blatt.«

»Meine Güte«, sagte Bruno. »Wieso gehen die von der Bank nicht zu den Medien und erzählen denen mal was über Frau Lange? Das fände die Öffentlichkeit bestimmt interessanter als die bescheidene Meinung der Fischländer.«

»Das alles liegt Jahre zurück. Der Sturm hat sich längst gelegt, und die Bank legt keinen Wert darauf, den Skandal wieder aufzuwärmen. Was die Medien selbst angeht – Inga Lange hat anscheinend ein gutes Management. Soweit ich weiß, ist von dieser Sache nie was nach außen gedrungen, obwohl sie ja sonst aus ihrem Privat- und Liebesleben kein Geheimnis macht.«

»Aber es muss doch Leute geben, die sie erkennen, wenn sie sie im Fernsehen sehen«, wandte Kassandra ein.

Dietrich griff wieder in seine Sakkotasche. Diesmal zog er ein Foto hervor, das eine Frau von etwa fünfundzwanzig Jahren mit kinnlangem mausbraunem Bubikopf und Ponyfransen zeigte. Sie trug eine unpassend wirkende rote Brille auf einer etwas zu breiten Nase, der Mund mit den etwas zu dünnen Lippen lächelte nicht. Ein durchschnittliches Gesicht, das man sofort wieder vergaß, wenn man sich umdrehte.

»Das ist Inga?«, fragte Kassandra. So gut wie gar nichts erinnerte an die Frau, die Mona gerade ziemlich unglücklich machte. »Das war sie, ehe sie im Gefängnis kochen lernte und beschloss, einiges in ihrem Leben zu ändern.«

Bruno lachte auf. »Die hat im Knast kochen gelernt und es dadurch zu Ruhm gebracht? Das ist ja großartig! Ich glaub, die fängt an, mir zu gefallen.«

»Aber wenn sich jemand aus dem Gefängnis erinnert – schließlich agiert sie immer noch unter demselben Namen …« Kassandra mochte immer noch nicht glauben, dass niemand Inga Lange erkannt haben sollte.

»Ich habe mir sagen lassen, das Frau Lange dadrin ziemlich beliebt war. Sie hat die Knastküche aufgemöbelt, und wenn man sonst schon nicht viel Nettes erlebt, ist gutes Essen doppelt so viel wert. Ich will hier nichts von Knastehre erzählen, die gibt's nicht, und vielleicht braucht eines Tages jemand dringend Geld und wendet sich an die Medien. Aber bisher scheint sie in dieser Hinsicht Glück gehabt zu haben.« Dietrich zuckte mit den Schultern. »Was ihren Namen betrifft: Sie hat ihrem Vornamen ein kleines g hinzugefügt, eigentlich heißt sie nämlich Ina. Das ist nicht die Welt, aber sicher hilfreich, da ›Lange‹ auf der Liste der ungewöhnlichsten Namen aller Zeiten ganz weit hinten steht. Das ist kein Name, sondern ein Sammelbegriff.«

Eine Weile sprach niemand. Kassandra schaute zu Paul hinüber, der das Foto auf dem Tisch betrachtete, war sich aber nicht sicher, ob er es auch wahrnahm oder mit den Gedanken woanders war. Er hatte seit längerer Zeit nichts mehr gesagt.

»Mit Immobilien haben viele Leute zu tun – warum glauben Sie, dass Sascha einer von denen gewesen sein könnte, mit denen Inga Geschäfte gemacht hat?«, wollte sie von Dietrich wissen. »Gibt's noch eine Verbindung?«

»Kennen Sie Inga Langes Restaurant in Stralsund?«

»Wir waren einmal da, letzten Sommer. Mona hatte Inga ein paar Wochen zuvor auf einer Wohltätigkeitsveranstaltung kennengelernt, allerdings eher flüchtig. Inga hatte sie und ein halbes Dutzend andere eingeladen, doch mal vorbeizukommen. Mona hat Paul und mich mitgeschleppt, weil sie meinte, das müssten wir unbedingt erlebt haben, und sie hatte recht. Das

Restaurant liegt in der Sarnowstraße und hat eine idyllische Gartenterrasse mit einem traumhaften Blick auf den Sund.«

Dietrich nickte. »Das Gebäude gehörte mal Sascha Freese. Inga Lange hat es 2008 von ihm gekauft, wir haben den Vertrag in Freeses Unterlagen gefunden. Zu dem Zeitpunkt ging es ihm finanziell schon nicht mehr ganz so gut, trotzdem hat er das Haus weit unter Wert verkauft.«

»Eine Gefälligkeit aus Dankbarkeit, dass sie ihn nicht verpfiffen hat?«, fragte Bruno.

»Wäre möglich. Ich habe keinerlei Beweise, dass es diese Zusammenarbeit überhaupt gegeben hat. Sascha Freese hat nicht alle seine Papiere so sorgfältig aufbewahrt wie diesen Kaufvertrag, leider. Und selbst der beweist nicht, dass sie sich je persönlich begegnet sind, weil das Geschäft über Freeses damaligen Angestellten abgewickelt wurde – den er kurz darauf entlassen hat, vielleicht sogar entlassen musste. Ich habe versucht, den Mann ausfindig zu machen, aber er ist leider zwischenzeitlich verstorben. Nein«, beeilte sich Dietrich zu sagen, als Bruno etwas einwerfen wollte, »daran ist ausnahmsweise nichts faul. Es war ein Hirnschlag.« Er lehnte sich zurück. »Es gibt keine Beweise, aber eine Menge Indizien, und ich mag keine Zufälle. Von denen der jüngste der ist, dass es Inga Lange mit ihrem zweiten Restaurant ausgerechnet nach Wustrow verschlagen hat statt zum Beispiel nach Berlin. Ist doch merkwürdig, meinen Sie nicht?«

»Nein, warum?«, fragte Kassandra. »Ich war wie Sie davon ausgegangen, dass das durch Mona kam.«

»Vielleicht hat sie zwei Fliegen mit einer Klappe geschlagen.«

»Ich fürchte, ich kann Ihnen nicht folgen.«

»Sie haben vorhin gesagt, Sie beide«, er sah kurz zu Paul, »wären zusammen mit Frau Kolbert in Inga Langes Restaurant gewesen. Haben Sie da mit ihr gesprochen?«

»Ja, kurz. Mona hat uns vorgestellt als ihre ›Freunde vom Fischland‹. Was ein klein wenig übertrieben war, sie hatte Paul an diesem Tag selbst erst kennengelernt, wir waren gerade eine Woche zusammen.« In Erinnerung daran musste Kassandra lächeln. Da begriff sie. »Mona hat unsere Namen genannt, auch Pauls natürlich. Und Sie glauben jetzt, dass Inga da bereits eine Verbindung zu Sascha gesehen und sich deswegen Wustrow als zweiten Standort für ihr Restaurant ausgesucht hat, falls Sie wusste, woher Sascha Freese ursprünglich kam? Was hätte sie sich davon versprechen sollen?«

»Weiß ich nicht«, gab Dietrich zu. »Ich weiß nur, dass ich nun mal keine Zufälle mag.«

»Da kann ich mich nur anschließen«, sagte Bruno. »Aber alles, was Sie eben sagten, fußt darauf, dass die Lange mit Sascha zusammengearbeitet hat. Welches Motiv sollte sie gehabt haben, ihn zu töten?« Plötzlich hellte sich sein Gesicht auf. »Wie sind Sie ihr auf die Schliche gekommen? Wär's möglich, dass er da die Finger drinhatte und sie das erst später rausfand?«

»Nein, jemand aus der Bank wurde misstrauisch, Freese hatte damit nichts zu tun. Über Inga Langes Motiv bin ich mir genauso im Unklaren wie Sie.« Dietrich wandte sich an Paul, der das Foto von Inga in der Hand hielt. »Vielleicht irre ich mich, aber die mögliche Verbindung zwischen Inga Lange und Ihrem Bruder lag klar vor mir, als ich von Frau Voß hörte, dass sie hier im Ort ein Restaurant eröffnet hat. Also kramte ich die Fallakten von damals wieder raus und suchte nach einem konkreten Hinweis, den ich aber nicht fand. Ich hoffte, Ihnen würde was dazu einfallen. Weil Inga Lange oder vielleicht sogar Ihr Bruder möglicherweise eine Andeutung gemacht hat. Ich bedauere, wenn ich Ihre Zeit verschwendet habe.« Er seufzte etwas frustriert.

Paul legte das Foto zurück auf den Tisch. »Sascha war am Dienstag im ›FischLänder‹. Glaube ich jedenfalls. Ich hab ihn nicht gesehen, nur seine Anwesenheit gespürt. Ich weiß, dass das albern klingt, aber es war so, obwohl ich mir einzureden versuchte, es wäre bloß Einbildung. Als ich mich umdrehte, hatte er das Restaurant bereits wieder verlassen. Ich dachte bis eben, er wäre an dem Abend meinetwegen da gewesen, aber das war möglicherweise zu viel der Ehre. Möglicherweise wollte er zu Inga und hat beschlossen, später wiederzukommen, als er mich sah.«

Dietrich hatte sich aufgerichtet. »Vielleicht hat ihn jemand ganz eindeutig gesehen«, sagte er. »Das wäre immerhin ein Anfang. Kennen Sie die Leute, die an dem Abend ebenfalls da waren? Dann könnte ich sie danach fragen.«

»Ein paar«, sagte Paul. »Zwei davon können Sie gleich fragen.«

Er deutete auf Kassandra und Bruno, die synchron den Kopf schüttelten. Kassandra hatte nur noch einen Mantelzipfel gesehen und Bruno überhaupt nichts. Paul zählte noch einige Wustrower auf, auch Violetta und Jonas. »Der ist allerdings in Urlaub.«

Dietrich notierte sich die Namen und sagte schmunzelnd: »Ich hatte mich schon gewundert, dass Herr Zepplin diesmal nicht mit von der Partie ist. Sie vertreten ihn durchaus würdig, Herr Ewald.«

Bruno gluckste. »Besten Dank. Wenn Sie wollen, kann ich das gern weiter tun. Ich bin mir nämlich nicht sicher, ob es klug ist, wenn Sie losgehen und Erkundigungen darüber einziehen, wer wen am Dienstagabend im ›FischLänder‹ gesehen hat – erst recht nicht, wenn Sie dabei Sascha Freese erwähnen. Das wäre ziemlich schnell rum und würde in Nullkommanichts auch bei Inga Lange ankommen.«

»Sehe ich das richtig: Sie schlagen vor, das etwas unauffälliger zu übernehmen?«

»Mir erzählt man so einiges – oft muss ich nicht mal fragen«, stellte Bruno fest.

Dietrich taxierte ihn eingehend. »Kann ich mir denken. Schön, wenn Sie mich unbedingt arbeitslos machen wollen.« Er wandte sich an Kassandra. »Wo wir schon dabei sind, Aufgaben zu verteilen: Könnten Sie eventuell Violetta Grabe und Mona Kolbert übernehmen? Die war doch bestimmt auch da, oder?«

Kassandra nickte. »Aber sie saß mit dem Rücken zur Tür. Sie kann gar nichts mitbekommen haben. Was Violetta betrifft: Wir haben inzwischen ein paarmal über Sascha gesprochen, und sie ist viel zu neugierig, als dass sie nicht gefragt hätte, was er im ›FischLänder‹ gewollt haben könnte, wenn sie ihn dort gesehen hätte.«

»Verstehe. Noch eine allgemeine Frage zu Inga Lange, bevor ich es vergesse: Sie kennen die Abläufe im Restaurant ein bisschen. Hätte sie das ›FischLänder‹ verlassen, zu Heinz Jung laufen und die Waffe stehlen können?«

»Der Weg ist nicht weit, und sie hat natürlich einen zweiten Koch, der Laden würde also nicht zusammenbrechen, wenn sie mal eine Viertelstunde weg ist.«

»Also ja.« Dietrich nickte zufrieden.

Es herrschte Stille, bis Paul fragte: »Dann wäre es das?«

»Noch nicht«, widersprach Dietrich. »Bisher haben wir von meinem Verdacht gesprochen. Kommen wir zu Ihrem: Clemens Meisner.«

Den hatte Kassandra komplett vergessen, obwohl sie fast den ganzen Tag mit ihm befasst gewesen waren. Paul nickte ihr zu, und sie erzählte, was sie in Erfahrung gebracht hatten. Für Bruno war die ganze Sache neu, und er war überaus skeptisch – bis er hörte, dass der Kilometerstand des Mietwagens nahezu perfekt passte.

»Trotzdem – Clemens?«, wandte er ein. »Das ist doch nicht der Typ, der jemanden umbringt. Sensibler Künstler und so.«

Kassandra verkniff sich eine Bemerkung. Wozu Künstler fähig waren, musste ihr niemand sagen, das wusste sie aus Erfahrung. Doch sie schwieg, weil sie ahnte, dass auch Paul nach wie vor nicht gern in Betracht zog, dass Clemens Meisner sich gefährlicheren Dingen als der Musik widmen könnte.

»Ich gestehe, dass Klassik nicht eben zu meinen Leidenschaften zählt«, sagte Dietrich, der sich bis dahin alles kommentarlos angehört hatte. »Meine Recherchen über Herrn Meisner habe ich darum bei null begonnen. Interessante Karriere.«

Natürlich spielte es absolut keine Rolle, dennoch fragte sich Kassandra, welche Musik Dietrich hörte, ob er überhaupt welche hörte und was er generell mochte. Sie wussten so wenig über ihn persönlich – und würden vermutlich auch nicht sehr viel mehr erfahren. Dietrich schien nicht nur ihren Blick gespürt, sondern auch ihre Gedanken erraten zu haben.

»Na, was fiele Ihnen zu meinem Musikgeschmack ein?«, fragte er.

»Beobachten Sie immer so gut?«, gab Kassandra in halb gespieltem, halb echtem Erschrecken zurück.

»Ich bin Polizist. Also?«

Kassandra beugte sich vor, als wollte sie in Dietrichs Gesicht und seinen Augen lesen. Sie konnte sehen, wie er sich verschanzte, sicher hatte er nicht damit gerechnet, dass sie die Herausforderung annahm. Die Musterung war ohnehin nur Tarnung, sie versuchte, sich eine Stimme und eine Stimmung vorzustellen, die zu jemandem wie Dietrich passte. »Norah Jones?«

Dietrichs Augen weiteten sich kurz, bevor er lächelte. »Respekt. Was ist *Ihr* Eindruck von Clemens Meisner?«

Kassandra begriff. Er hatte sie testen wollen – und war offenbar zufrieden mit dem Ergebnis. Was seine Frage anging, darüber hatte sie sich auch schon den Kopf zerbrochen.

»Auf den ersten Blick ist er nett und unkompliziert. Auf den zweiten: Er behält gern recht. Und er mag es nicht, wenn es jemand mit ihm aufnehmen kann. Besonders wenn er der Meinung ist, dass derjenige ihm unterlegen sein sollte.« Wie Paul, der Meisner während ihrer Unterhaltung durch seine gelassene Art tatsächlich überlegen gewesen war. »Er lässt sich nicht gern die Butter vom Brot nehmen, fragt sich nur, wie weit er dafür ginge, das zu verhindern. Allzu schnelles Einstellen auf unerwartete Situationen liegt ihm jedenfalls nicht, sonst hätte er dich diplomatischer abserviert, statt dich einfach zu ignorieren«, schloss sie direkt an Paul gewandt, der mit ihrer Charakterstudie von Clemens Meisner nicht restlos zufrieden wirkte.

»Sie meinen, er ist eher ein Planer?«, hakte Dietrich nach.

»Richtig. Davon abgesehen hat er für meinen Geschmack zu viel Wert darauf gelegt, Heinz als Schuldigen abzustempeln.« Kassandra wandte sich erneut an Paul. »Wie gut kannte er ihn früher eigentlich?«

»Eher weniger, aber Heinz hat mit seiner Art schon immer polarisiert. Da muss man ihn nicht besonders gut kennen, um ihn entweder zu mögen oder nicht.«

»Das kann ich mir vorstellen«, sagte Kassandra. »Was ich meinte, war aber, ob er einen Grund haben könnte, Heinz die Schuld in die Schuhe zu schieben – oder ob er aus einer alten Aversion heraus schlecht über ihn geredet hat.«

Paul dachte nach. »Mir fällt bloß ein einziger nennenswerter Vorfall ein, bei dem die beiden aneinandergerasselt sind. Heinz war zu der Zeit ABV in Wustrow.«

»Richtig, ich hab in seiner Personalakte gelesen, dass Herr Jung hier Abschnittsbevollmächtigter war, und mich gewundert«, sagte Dietrich. »Soweit ich weiß, sind doch gerade in ausgesprochenen Urlaubsgebieten hauptsächlich Polizeioffiziere ABV gewesen, er war aber nur Obermeister.«

»Für Heinz hat selbst die Volkspolizei eine Ausnahme von

der Regel gemacht. Er mag als Person polarisieren, aber er war schon immer ein ausgezeichneter Polizist, und er lebte hier. Da bis auf den Rang alles passte, hat man großzügig darüber hinweggesehen. Pech für Clemens, weil Heinz seine Augen überall hatte – selbst zu den ungewöhnlichsten Zeiten. Er hat ihn und ein paar seiner Kumpel bei einem mitternächtlichen Autorennen auf der Thälmann-Straße erwischt und ...«

»Bei was? Einem Autorennen mit Trabbis?«, unterbrach ihn Kassandra ungläubig.

»Kassandra, Liebes, wenn alle bloß Trabbis haben, sind die Chancen weitaus fairer verteilt«, sagte Paul belustigt. »Das Problem war eher, dass eben nicht alle einen hatten, zwei Jungs mussten sich einen ... borgen, Clemens gehörte dazu. Am Ende haben die betroffenen Autobesitzer zwar auf Anzeigen verzichtet, aber einen Trabbi zweckzuentfremden war nicht das Einzige, was Clemens sich in der Nacht geleistet hatte. Er wollte nämlich abhauen und hat Heinz im Eifer des Gefechts eine verpasst, was Heinz wiederum gar nicht lustig fand.«

»Hat er deswegen was unternommen?«

»Wie man's nimmt. Heinz war immer sehr korrekt. Das wussten alle, deswegen gingen Clemens und die meisten anderen davon aus, dass Heinz den tätlichen Übergriff auf ihn weitergeleitet hatte, was logischerweise Konsequenzen sowohl für Clemens' künstlerische als auch sonstige Zukunft haben würde. Heinz ließ ihn schmoren, zwei Monate lang, bis er ihm sagte, der Vorfall sei vergessen. Das waren vermutlich die bis dahin längsten zwei Monate in Clemens' Leben. Ob die alte Geschichte reicht, Heinz jetzt noch eins auswischen zu wollen, möchte ich allerdings bezweifeln.«

»Ich ebenfalls«, stimmte Dietrich zu, »aber es mag ja zwischenzeitlich völlig neue Gründe geben, die wir nicht kennen. Wo wir gerade bei den beiden sind, können wir festhalten, dass Meisner am Dienstag ein Konzert in Lübeck gegeben hat. Das schließt wohl aus, dass er da Gelegenheit hatte, die Waffe zu stehlen. Was ist mit Mittwoch?«

»Als Heinz im ›Dünentraum‹ mit Sascha gestritten hat, kann er noch nicht in Wustrow gewesen sein«, sagte Kassandra. »Aber Thomas Hartmann hat erzählt, er hätte Heinz abends im ›Hakuna

Matata‹ gesehen. Er war gegen halb zehn noch dort, das wäre für Clemens Meisner möglich gewesen.«

»Gut«, sagte Dietrich. »Wir sind vorhin übrigens ganz über Meisners Lebenslauf hinweggekommen – sehr fleißig, sehr fix mit dem Studium fertig, sehr zielstrebig, sehr gefördert. Trat schon zu DDR-Zeiten im Westen auf und ist nach der Wende die Karriereleiter immer weiter nach oben geklettert. Alles in allem bemerkenswert – insbesondere die Tatsache, dass ich im polizeilichen Informationssystem auf ihn stieß.«

»Was?«, fragte Paul.

»Wie bitte?« Bruno drückte sich kultivierter aus, schien aber nicht weniger schockiert zu sein.

»Weswegen?«, wollte Kassandra wissen, die zwar auch überrascht, aber nicht so entsetzt war wie die beiden Männer.

»Wenn Sie das rausfinden, lassen Sie's mich wissen«, gab Dietrich lakonisch zurück. »Ich habe keinen Zugriff auf die Datei.«

»Wieso das denn nicht? Ich meine, Sie sind die Polizei. Wenn Sie auf die Daten keinen Zugriff haben, wer sonst?«, fragte Kassandra.

»Diejenigen Behörden, denen es von derjenigen Behörde, die die Datei anlegt, gestattet wird. LKA, BKA, Verfassungsschutz, suchen Sie sich was aus«, erklärte Dietrich. »Auf diesen speziellen Vorgang jedenfalls hält das bayerische Landeskriminalamt den Deckel.«

Bruno pfiff durch die Zähne. »Sollten wir unseren Clemens unterschätzt haben, Paul?«

»Sieht fast so aus«, murmelte Paul.

»Ich habe beim LKA in München angerufen«, sagte Dietrich, »dabei stieß ich auf die viel beschworene Mauer des Schweigens. Man fand dort, dass es bei unserem Fall um zu kleine Fische geht.«

»Mord sind kleine Fische?«, fragte Kassandra.

»Es laufen bei uns keine offiziellen Ermittlungen gegen Meisner«, erinnerte Dietrich sie. »Außerdem gibt es immer noch größere Fische. Das muss nicht notwendigerweise Clemens Meisner selbst sein. Vielleicht hängt er bloß in einer Sache drin, die einen dieser großen Fische betrifft.«

»Die Frage ist: Wo hängt er drin? Egal, was es ist, vollkommen harmlos wird es nicht sein«, sagte Kassandra.

»Vermutlich nicht«, stimmte Dietrich zu. »Haben Sie noch mal die Möglichkeit, an Herrn Meisner ranzukommen?«

»Ich wüsste nicht, wie«, meinte Paul. »Es sei denn, er taucht zu Saschas Beerdigung auf, was ich für eher unwahrscheinlich halte.«

»Weiß er, wann die stattfindet?«

»Wenn er Zeitung liest, ja, sonst nicht.«

»Benachrichtigen Sie ihn. Persönlich. Das garantiert zwar auch nicht, dass er kommt, aber viele Menschen halten es für unhöflich, so was zu ignorieren. Selbst wenn er sofort absagt, hätten Sie ihn immerhin an der Strippe und könnten versuchen, ihn in ein Gespräch zu verwickeln.«

»Er legt sicher wenig Wert darauf, mit mir zu reden, aber ich werde mein Bestes geben.«

Dietrich schien zufrieden, und Kassandra fragte sich, ob er Paul ansah, wie schwer ihm dieses Zugeständnis fiel.

Ohne seinen Stock zu Hilfe zu nehmen, erhob sich Dietrich. Die Tablette hatte offenbar geholfen. »Vielen Dank, Herr Ewald, Ihre Informationen waren äußerst hilfreich«, sagte er.

Bruno gluckste wie vorhin. »Kein Problem, jederzeit. Was werden Sie nun tun, nachdem wir hier die Arbeit für Sie übernehmen?«

»Das war Ihr Vorschlag, wenn ich mich recht entsinne«, meinte Dietrich ironisch. »Ich werde noch mal versuchen, Herrn Jung zu knacken, obwohl ich wenig Hoffnung hege. Dann werde ich zum x-ten Mal die Mobil- und Festnetzdaten von Sascha Freese überprüfen, die leider bisher ebenso wenig ergiebig waren wie seine Aktenordner. Ich muss was übersehen haben, ich weiß nur nicht, was.«

»Sascha war ein intelligenter Mann. Wenn er nicht wollte, dass man etwas findet, fand man es in der Regel auch nicht. Oder erst sehr viel später«, sagte Paul.

Dietrich nickte bedächtig, bevor er sich endgültig verabschiedete. Er stand schon in der offenen Haustür, als er sich doch noch einmal umdrehte. »So dermaßen gründlich wie Ihr Bruder sind äußerst wenige Menschen. Allerdings räumen viele auf und befreien sich von Ballast, wenn sie wissen, dass sie sterben werden.«

Paul runzelte die Stirn. »War Sascha krank?«

»Die Rechtsmedizinerin hat nichts gefunden, was darauf hindeutet. Trotzdem kam mir der Gedanke, ob er vielleicht ahnte, dass ihm etwas zustoßen könnte.«

10

Kassandra und Paul machten sich kurz nach Dietrich auf den Weg. Obwohl es kälter geworden war, fror Kassandra längst nicht so wie auf dem Hinweg. Ihre rechte Hand fingerte in der Manteltasche nach dem Hühnergott, der ihnen diesmal wahrhaftig Glück gebracht hatte. Sie konnte nicht in Worte fassen, wie erleichtert sie gewesen war, als sich herausgestellt hatte, dass Dietrich noch immer auf ihrer Seite stand.

Als sie auf der Höhe des Hafens waren, blieb Paul stehen und sah zum Bodden hinüber, in dem sich das Mondlicht spiegelte. »Was hältst du davon, wenn du es übernimmst, Clemens wegen der Beerdigung anzurufen? Lad ihn zur anschließenden Kaffeetafel ein. Dass du die organisierst, ist ja nicht mal gelogen, und du musst natürlich wissen, wie viele Leute kommen. Nagel ihn fest.«

»Wenn du meinst, dass er auf mich positiver reagiert als auf dich. Hast du seine Telefonnummer?«

»Ich frage Thomas, es sah ja so aus, als hätten die beiden noch Kontakt.« Er legte die Hände auf die Mauer, wie um sich abzustützen. »Wenn ich daran glaubte, dass Menschen nach dem Tod noch irgendwo weiterexistieren, würde ich wetten, Sascha sieht von dort zu und amüsiert sich.« Er wandte sich vom Hafen ab und setzte sich wieder in Bewegung.

Bis sie beim ehemaligen kaiserlichen Postamt, das über alle anderen Häuser hinwegragte, in die Parkstraße einbogen, schwiegen sie.

»Du hast vorhin so schön Clemens' Charakter analysiert. Welche Meinung hast du zu Inga?«, wollte Paul wissen.

»Das mit Clemens war keine spontane Eingebung, sondern das Ergebnis längeren Nachdenkens – sicher habe ich dabei auch berücksichtigt, weshalb ich über ihn nachdenke. Inga mit Verbrechen in Verbindung zu bringen, ist ziemlich gewöhnungsbedürftig, egal, ob es um die Dinge geht, die sie vor ein paar Jahren getan hat, oder um die, die sie erst kürzlich getan haben könnte.«

»Und wenn du davon absiehst?«

»Im Moment bin ich etwas zwiegespalten. Falls Mona sich da nichts einbildet mit Mirko, behandelt Inga sie nicht gerade nett. Ich hoffe ja, dass sie sich irrt. Vorher habe ich sie jedenfalls für eine kreative, gänzlich unkonventionelle Frau gehalten, die schon immer so war und sich trotz all des Wirbels erfreulicherweise nie groß verändert hat. Dabei muss sie sich zu einem bestimmten Zeitpunkt von Grund auf gewandelt haben.«

Mittlerweile gingen sie auf den Platz mit der Alten Eiche zu und konnten erkennen, dass in Ingas Wintergarten noch Gäste saßen. Erstaunt registrierte Kassandra, dass Paul auf das »FischLänder« zuhielt, statt über den Platz abzukürzen, um in den Birkenweg einzubiegen.

»Wo willst du hin?«

»Zu Inga.«

»Jetzt noch?«

»Sie meinte gestern, dass sie was mit mir zu besprechen hat. Ich will wissen, was das ist.«

Kassandra wollte gerade eine Vermutung äußern, da bemerkte sie vor dem Restaurant eine Gestalt auf dem Gehweg. Ihr fiel ein, dass sie am Dienstagabend ebenfalls eine Gestalt vor dem »FischLänder« stehen gesehen hatte, und fragte sich im Nachhinein, ob das Sascha gewesen sein könnte. Doch während derjenige vollkommen unbewegt auf das Restaurant gestarrt hatte, wirkte der Mann heute unentschlossen. Er machte einen Schritt auf den Eingang zu, trat wieder zurück, sah die Straße hinauf und hinunter und entdeckte dabei Paul und Kassandra, die nun fast vor ihm standen.

»Paul?« Er stieß die Luft aus, als hätte er seit Stunden den Atem angehalten, Kassandra beachtete er gar nicht. »Dich schickt der Himmel, würdest du mir einen Gefallen tun?«

»Wenn ich kann«, antwortete Paul zurückhaltend.

»Würdest du Mirko bitten, kurz rauszukommen?«

Paul hob die Brauen. »Warum gehst du nicht rein, wenn du mit ihm reden willst?«

»Weil ... Wir haben uns gestritten, und ich weiß nicht, wie er reagiert, wenn er mich sieht. Ich lege keinen Wert auf eine Szene.« Er schluckte, das Folgende schien ihm nicht leichtzufallen. »Bitte.«

»Wenn das so schlimm war: Wäre es nicht besser zu warten, bis er Feierabend hat?«

Der Mann schüttelte wortlos den Kopf.

Paul zuckte mit den Schultern. »Du musst es wissen. Ich versuch's, aber wenn er nicht will, werde ich ihn auch nicht überzeugen können.«

»Danke.«

Paul zog die Tür auf, während Kassandra noch einmal zurückschaute auf den untersetzten Mann im Trenchcoat und der etwas altmodischen Mütze auf dem Kopf. »Wer ist das?«, fragte sie leise, doch Paul hörte sie nicht. Er ließ seinen Blick suchend durch das Restaurant schweifen, bis er Mirko gefunden hatte, der gerade einen der hinteren Tische abräumte, offenbar wieder fit.

Zum ersten Mal unterzog Kassandra Mirko einer genaueren Betrachtung. Er war ein schlanker Mann mit hellbraunen, zu einer Strubbelfrisur gegelten Haaren und einem Ohrring. Als er näher trat, weil Paul ihn hergewinkt hatte, sah sie, dass seine Augen hinter einer schmalen, rautenförmigen Brille grün leuchteten. Von der Taille abwärts trug er eine lange Schürze mit dem »FischLänder«-Logo, einem knubbeligen Fisch auf einer Düne, darüber ein ausgefallen gemustertes Hemd mit einer knallroten Krawatte. Eine attraktive Erscheinung, wenn man auf den flippigen Typ stand.

»Dein Vater wartet draußen auf dich«, sagte Paul zu Kassandras Erstaunen. Das war also Ralf Peters gewesen, eine der Krähen, die der anderen kein Auge aushackte. Auf sie hatte er gar nicht so unsympathisch gewirkt, wie Paul ihn einschätzte.

Mirkos Lächeln erstarb, seine Hand fuhr an sein linkes Ohr und befingerte den silbernen Ohrring. »Der soll sich zum …«

»Mirko«, unterbrach ihn Paul. »Ich weiß nicht, warum ihr diesmal gestritten habt, aber er ist dein Vater, und es scheint ihm nicht sehr gut zu gehen.«

»Interessiert mich nicht.«

Kassandra kam nicht umhin, festzustellen, dass Mirko sich ähnlich verhielt wie Paul gestern, als sie ihn auf die Beerdigung angesprochen hatte.

»Er hat den ersten Schritt gemacht, du könntest etwas nachgiebiger sein«, versuchte Paul es noch einmal.

Mirko schloss kurz die Augen. »Na schön«, murmelte er. »Aber wenn du von draußen Zeter und Mordio hörst, komm mich da wegholen, damit ich ihn nicht umbringe.« Er hatte kaum die letzte Silbe ausgesprochen, da wurde ihm klar, was er gesagt hatte. »Ach, Mist, entschuldige. Ich …«

»Schon gut. Ist Inga da?«

»In der Küche. Wirklich, Paul, es tut mir leid.«

»Bring lieber die Sache mit deinem Vater in Ordnung«, sagte Paul im Umdrehen, »statt dich noch ein Dutzend Mal bei mir zu entschuldigen.«

Kassandra wollte Paul zum Küchendurchgang folgen, wurde jedoch von Mirko zurückgehalten. »Das mit Ihrem Onkel tut mir auch leid«, sagte er, ehe er sich abwandte und das Restaurant verließ.

Dankbar sah sie ihm nach. Abgesehen von Mona, einer aufgedrehten Violetta gleich zu Anfang und ein, zwei anderen Fischländern hatte sie niemand direkt darauf angesprochen. Hielten sich die Leute deshalb pietätvoll zurück, weil sie glaubten, dass Heinz zu Recht verhaftet worden war?

In der Küche putzte der zweite Koch gerade den Herd. Inga war damit beschäftigt, Essensreste von Tellern zu kratzen. Der Koch hatte offenbar gerade die Pointe eines Witzes erzählt, Inga lachte auf und sagte: »Muss ich mir merken.« Dann sah sie zum Durchgang. »Hallo, ihr zwei. Die Küche ist leider schon geschlossen, aber ich könnte euch noch einen Salat machen. Oder wollt ihr zu Mona? Die ist vorhin nach Stralsund gefahren.«

»Kommt sie wieder?«, rutschte es Kassandra raus.

Inga hob die Brauen. »Ja, ich denke doch.«

»Gut.« Von da an überließ Kassandra das Reden Paul.

»Wir sind nicht hungrig, danke«, sagte er. »Du hast gestern gesagt, du wolltest mich sprechen. Da wir gerade vorbeikamen und sahen, dass du noch geöffnet hast, dachte ich, wir könnten ebenso gut gleich reden.«

»Wenn das so ist, setzt euch doch schon mal, ich wasch mir nur kurz die Hände.«

Das Restaurant hatte sich inzwischen weiter geleert, nur an einem einzigen Tisch plauderten noch Gäste. Von Mirko war weder etwas zu sehen noch zu hören.

»Jonas hat doch letzte Woche erwähnt, dass Inga von den Plänen für das Café am neuen Leuchtfeuer gesprochen hat. Vielleicht geht es darum«, spekulierte Kassandra.

»Hab ich gar nicht mitbekommen«, sagte Paul. »Wann war das?«

»Nach der Feier zum ›Seegeflüster‹. Schätze, du warst mit deinen Gedanken bei Sascha.«

In dem Moment kam Inga ins Restaurant und schaute sich um. Erst da wurde Kassandra bewusst, dass Paul sich den Tisch ausgesucht hatte, der am weitesten von der Küche entfernt stand, sodass Inga den ganzen Raum durchqueren musste, um sich ihnen gegenübersetzen zu können.

»Tja«, begann sie und kreuzte ihre Arme auf der Tischkante, »ihr wisst ja, dass ich mich ziemlich in Wustrow verguckt habe. Das ›FischLänder‹ ist mir inzwischen sogar wichtiger geworden als das ›MeerFisch‹. Ich denke darüber nach, das Restaurant in Stralsund zu verkaufen und stattdessen hier noch was aufzumachen, ein Café oder ein Bistro vielleicht.«

»Und was kann ich dabei tun?«, fragte Paul.

Inga lehnte sich zurück, legte ihre linke Hand auf ihre rechte Schulter und strich abwesend über ihr Tattoo, bis hin zum Haaransatz. »Ich bin auf der Suche nach einem geeigneten Standort, und da bin ich über die Pläne zu dem Museumscafé gestolpert, das beim neuen Leuchtfeuer neben dem Surf-Center entstehen soll, wenn die Nebelstation von ihrem Standpunkt wegmuss. Da du in der Gemeindevertretung bist, dachte ich, du wüsstest vielleicht, wie weit diese Pläne gediehen sind. Falls du darüber reden darfst, meine ich.«

Die Nebelstation mit dem Leuchtfeuer war ein sensibles Thema in Wustrow, das die Gemüter ziemlich hochkochen ließ. Vor gut einhundert Jahren, im März 1911, war sie südwestlich des Ortskerns im Dünenbereich errichtet worden. Zusätzlich zu der zunächst mit Dampf betriebenen Nebelhornanlage hatte man eine Leuchtfeuerlaterne am Schornstein des Maschinenhauses angebracht. Einige Jahrzehnte später war an einer Ecke des Gebäudes ein zehn Meter hoher viereckiger Turm aus rotem Backstein errichtet worden. Als Leuchtfeuer diente eine runde Laterne mit ebenfalls rotem Kegeldach und einer kupfernen

Spitze. Während das Nebelsignal heute nicht mehr genutzt wurde, war der Turm im Wesentlichen unverändert geblieben. Das Leuchtfeuer warnte noch immer die Schiffe auf See – und es stand auch noch immer an einer für den Hochwasser- und Küstenschutz äußerst ungünstigen Stelle, sodass seit einiger Zeit darüber diskutiert wurde, ein neues Leuchtfeuer an anderer Stelle zu errichten und das alte Gebäude abzureißen. Die größten Kontroversen entstanden dadurch, dass man sich nicht einig war, wo und in welcher Art und Weise das neue Leuchtfeuer gebaut werden sollte.

Paul hatte sich als Mitglied der Gemeindevertretung bisher vergeblich den Mund fusselig geredet, damit es zu einer Einigung kam. »Der öffentliche Teil unserer Sitzungen ist … öffentlich«, erklärte er jetzt. »Du kannst jederzeit kommen und dir anhören, was da besprochen wird.«

»Das wusste ich nicht. Ich hab das mit dem Leuchtfeuer und dem Museumscafé in der ›Ostsee-Zeitung‹ gelesen.«

Kassandra war froh, dass Inga sich auf Paul konzentrierte, sonst wäre ihr sicher aufgefallen, dass Kassandras Brauen bei dieser Bemerkung in die Höhe rutschten.

Paul nickte nur. »Ich enttäusche dich ungern, aber zurzeit sieht es so aus, als würde das mit dem Museumscafé nichts werden. Nächstes Jahr wird die Nebelstation ans Amt für Landwirtschaft und Umwelt übergeben. Die Gemeinde hat bis Ende Dezember Zeit, sich eine Lösung für das Problem zu überlegen, sonst wird als Übergang erst mal ein schlichter hässlicher Mast errichtet.«

»Schade. ›Café unterm Mast‹ klingt nicht annähernd so romantisch wie ›Café unterm Feuer‹«, fand Inga.

»Dem kann ich nicht widersprechen. Die nächste Sitzung ist im Dezember, falls du Interesse hast, aber ich fürchte, allzu viel wird sich bis dahin nicht tun.«

»Trotzdem danke für deine Mühe, extra herzukommen. Wenn du eine Idee zu einem anderen genialen Standort für ein Bistro haben solltest, nur raus damit.«

»Ich denk drüber nach«, versprach Paul, erhob sich und streckte die Hand aus. »Nacht, Inga.«

Etwas verwundert und ein klein wenig zögernd ergriff Inga

seine Hand. »Nacht, Paul.« Kassandra nickte sie nur kurz zu und ging zurück in die Küche.

Draußen war Nebel aufgezogen, der leicht um die Straßenlaternen waberte. Mirko und sein Vater mussten sich zurückgezogen haben, weit und breit war niemand zu sehen.

»Wäre interessant zu erfahren, wann sie das mit dem Museumscafé in der OZ gelesen hat«, sagte Kassandra, während sie neben Paul die Norderstraße entlangging. »Vor allem, wenn man bedenkt, dass die Pläne dazu schon wieder vom Tisch waren, bevor Inga überhaupt herkam.«

»Vielleicht liest sie gern uralte Zeitungen«, meinte Paul spöttisch.

»Oder sie hat sich schon für Wustrow interessiert, als sie Mona noch gar nicht kannte. Das würde zu Dietrichs Verdacht passen. Sie hätte sich nur besser über die neuesten Entwicklungen in Sachen Leuchtfeuer informieren sollen.«

Paul lächelte ein bisschen böse. »Wahrscheinlich denkt sie, dies ist ein Dorf, da mahlen die Mühlen langsam.«

Sie liefen weiter bis zur menschenleeren Seebrücke und beobachteten eine Zeit lang, wie die See sanft die Wellenbrecher umspülte, die durch den Nebel kaum zu erkennen waren. Über dem Wasser lag eine seltsame Ruhe, und je länger sie dort standen, desto mehr drängte sich Kassandra der Gedanke auf, dass dies womöglich eine äußerst trügerische Ruhe war.

11

Von einer Sekunde auf die andere saß Kassandra aufrecht im Bett. Sie konnte sich nicht erinnern, was sie geträumt hatte, aber ihr Herz raste noch immer, ihr Atem ging schnell. Sie riss sich zusammen, bemüht, leise zu sein, weil sie Paul nicht stören wollte, falls sie ihn nicht schon durch ihre heftige Bewegung geweckt hatte. Mit schlechtem Gewissen sah sie zur Seite und stellte fest, dass sie allein war.

Bitte nicht schon wieder, dachte sie. Doch dann wurde ihr bewusst, dass etwas anders war als letztes Mal. Sie fühlte sich nicht allein. Gleichzeitig hörte sie von unten ein leises Geräusch, als blätterte jemand Seiten um. Kassandra schob ihre Beine aus dem Bett und schlüpfte in ihre dicken Winterpantoffeln.

Unten saß Paul ans Sofa gelehnt auf dem Fußboden, ein großes Buch auf den Knien. Er hörte sie kommen, schob seine Lesebrille auf die Haare und sah ihr entgegen. Etwas in seinem Blick ließ Kassandra innehalten, unsicher, ob ihre Gegenwart willkommen war, bis Paul wortlos die Hand nach ihr ausstreckte. Als sie sich neben ihm niederließ, erkannte sie, dass das Buch ein Fotoalbum war – und dass er schon längere Zeit hier saß.

»Du bist ein Eisklumpen!«, sagte sie entsetzt und griff nach der Decke auf dem Sofa. Paul legte den Arm um sie und zog sie zu sich heran, sodass die Decke bequem für sie beide reichte. Mit der freien Hand hielt er das Album fest, das Kassandra jetzt näher betrachtete. Es war nicht besonders hell im Raum, nur eine kleine Stehlampe leuchtete hinter dem Sofa, aber es reichte, um zu erkennen, dass es alte Fotos waren, die Paul sich ansah. Kassandra beugte sich vor – und brach in Kichern aus.

»Meine Güte, bist du das?« Sie zeigte auf den Zweiten von links in einer Gruppe sehr junger Männer, die meisten nicht mal zwanzig Jahre alt. Alle trugen lange Haare, Koteletten, bunte Hemden, gegen deren Muster und Farben sich das von Mirko bieder ausnahm, und Schlaghosen.

Paul gab ein gespielt beleidigtes Schnauben von sich. »Findest du nicht, dass ich gnadenlos attraktiv war?«

»Doch«, prustete Kassandra. »Natürlich. Ent...schuldige.«

»Du magst mich also alt und grau lieber als jung und lang-haarig?«

»Entschieden.«

»Wie beruhigend.«

Kassandra bemühte sich um Ernsthaftigkeit, während sie die übrigen Bilder auf der Seite ansah. Die meisten zeigten mehr oder weniger dieselben Jungs, anscheinend Pauls damalige Clique. »Wer sind die anderen?«, fragte sie. »Kenne ich da welche von?«

»Nein. Von denen ist niemand mehr hier.« Paul deutete nacheinander auf die Jungs und nannte ihre Namen, mehr für sich selbst als für Kassandra, so kam es ihr vor. »Uwe Beck, Frank Pagels, Micha Lange, Karsten Rode. War eine verrückte Zeit damals. Wir hatten den Kopf voller Dinge, für die einige Leute nur wenig Verständnis gehabt hätten. War uns ziemlich egal.« Paul blätterte weiter. Auf der nächsten Seite waren noch einmal dieselben Jungs zu sehen, erweitert um ein, zwei neue Gesichter. Diese Bilder waren im Sommer entstanden, die jungen Männer lagen – drei von ihnen mit Mädchen neben sich – auf Badetüchern am Strand und lachten in die Kamera. Paul wollte erneut weiterblättern, doch Kassandra berührte seine Hand und hielt ihn davon ab, ehe ihr überhaupt klar war, was sie tat.

»Sag das noch mal«, bat sie.

Paul zögerte. »War eine verrückte Zeit damals«, sagte er langsam.

»Nein. Die Namen.« Sie blätterte zurück und betrachtete das Gruppenfoto von vorhin genauer. »Welcher ist Michael Lange?«

Paul tippte auf einen Blonden, der am breitesten lachte und es faustdick hinter den Ohren zu haben schien. Kassandra erinnerte sich an Sonntagabend, an Ingas vergnügtes Grinsen, nachdem Mona der unsäglichen Claudia Berghuber klargemacht hatte, dass sie selbst Inhaberin von »Kolbert Colliers« war.

Nein. Das war bloß Einbildung. Nur weil beide zufällig Lange hießen …

»Lange ist kein Name, sondern ein Sammelbegriff«, wiederholte Kassandra flüsternd Dietrichs Worte.

Paul antwortete nicht, er ließ zu, dass sie das Album auf ihre Knie nahm und sich die Bilder sehr sorgfältig ansah. Eines war darunter, das Michael Lange nicht lachend, sondern mit ernsterem Gesichtsausdruck zeigte, und Kassandra fühlte sich an das Foto erinnert, auf dem Inga vor ihrem Gefängnisaufenthalt keine Miene verzogen hatte.

»Deshalb wolltest du zu Inga.« Sie schob das Album zu Paul zurück. »Es war dir ganz egal, was sie mit dir zu besprechen hatte. Deshalb hast du dich auch an den Tisch gesetzt, der am weitesten von der Küche entfernt war. Du wolltest möglichst viel Zeit haben, sie zu beobachten.«

Paul nickte. »Es ist mir vorher nie aufgefallen, aber sie bewegt sich tatsächlich wie Micha. Und diese Angewohnheit, die Arme auf dem Tisch zu kreuzen – ich hab das früher tausendmal bei ihm gesehen. Wie kann es sein, dass ich es bei Inga nie bemerkt habe?«

»Weil du es nicht erwartet hast. Wieso auch? Erst Dietrichs Foto von ihr hat was bei dir ausgelöst, nehme ich an.«

»Ich kann nicht mal konkret sagen, was, aber als er auch noch diese Sache mit dem Sammelbegriff erwähnte, dachte ich: Das passt.«

»Was ist aus Micha geworden?«, fragte Kassandra.

»Ich weiß es nicht, ich hab seit Jahrzehnten nichts mehr von ihm gehört.« Er blätterte in dem Album und schien ein bestimmtes Foto zu suchen. Als er es fand, nahm er es heraus und reichte es Kassandra. Vermutlich hatte Paul es selbst geschossen, sie erkannte darauf Michael Lange und Karsten Rode. Im Hintergrund stand ein weiterer junger Mann, den die Kamera nur undeutlich erfasst hatte.

»Micha, Karsten und ich waren der Kern unserer Truppe – unzertrennlich, wie es sich für eine echte Männerfreundschaft eben gehört. Was wir noch so trieben, außer uns um unsere Mädchen zu kümmern, am Strand zu feiern und ab und zu die falsche Musik zu hören, wussten die meisten Wustrower nicht, nicht mal die aus unserer Clique. War auch besser, die anderen Jungs wurden so schon genug in die Mangel genommen, nachdem sie uns drankriegten.«

Als Paul Kassandra vor einigen Monaten erzählt hatte, dass er als junger Mann eine Zeit lang in Bautzen II gesessen hatte, dem Stasi-Knast, hatte er sich über den Grund ausgeschwiegen.

Kassandra hatte ihn nicht bedrängen wollen und ihn nie danach gefragt. Bis jetzt.

»Wofür?«, fragte sie leise.

»Wir hatten einen Piratensender.«

Kassandra wusste nicht recht, was sie erwartet hatte – das jedoch ganz sicher nicht. »Einen Piraten… Mit Westmusik und so? Ging das überhaupt?«

Paul richtete den Blick kurz nach innen und lächelte dann. »Das ging sogar erstaunlich gut. Wir haben aber nicht nur Westmusik gespielt – das war schließlich auch nicht immer die Krone der Schöpfung –, sondern genauso Sachen von DDR-Musikern. Solchen, die allgemein beliebt waren, und solchen, die in gewissen Kreisen weniger gut ankamen. Alles eben, was uns gefiel und was wir auf welchen Wegen auch immer kriegen konnten. Dafür waren Karsten und ich zuständig. Micha war ein paar Jahre älter als wir, er studierte an der Seefahrtschule. Schon ganz ohne Studium hatte er viel über Funkfrequenzen gewusst, weil ihn das faszinierte, und die Grundlagenausbildung hier war außerdem überaus nützlich, weil man da einiges über Elektrotechnik lernte.« Pauls Lächeln wurde breiter, bevor es wieder verschwand. »Natürlich wollten die uns auf die Schliche kommen, sie haben Peilwagen geschickt, die uns orten sollten. Hätten wir das Ganze in Wustrow veranstaltet, wären wir bestimmt eher aufgeflogen, die Auswahl an Standorten wäre ja nicht sehr groß gewesen. Wir haben aber aus dem Keller eines leer stehenden Hauses in Ribnitz gesendet, und fast elf Monate lang hat uns niemand erwischt. War manchmal verteufelt knapp, aber wir haben es immer rechtzeitig geschafft, sämtliche Stecker zu ziehen. Nur einmal nicht.« Paul tippte auf das Foto, diesmal auf den Jungen, der nur undeutlich im Hintergrund zu sehen war. »Erkennst du ihn?«

Kassandra beugte sich vor, konnte aber beim besten Willen nicht sagen, wer das sein sollte.

»Ralf Peters«, erklärte Paul.

»Der war auch in eurer Clique?«

»Nicht wirklich. Er war mit Karsten zusammen in der Lehre und lungerte hin und wieder bei uns rum, genauso wie bei anderen. Er wollte nur irgendwo dazugehören. Micha meinte, wir sollten ihm eine Chance geben, Karsten war dagegen, ich war unsicher, ließ mich am Ende aber von Micha überzeugen. Als wir dann allerdings erwischt wurden, hat keiner mehr bezweifelt, wer uns verpfiffen hatte – obwohl sie das ganz schlau angestellt hatten. Ralf war an dem Abend mit dabei, nur ist er im Gegensatz zum Rest von uns mit einer Verwarnung davongekommen.«

»Die haben euch nach Bautzen geschickt, weil ihr die falsche Musik gespielt habt?«

Paul schüttelte den Kopf. »Wenn wir bloß das getan und ansonsten unsere Klappe gehalten hätten, hätten wir sicher sehr viel Ärger gekriegt, aber vielleicht wäre nichts übermäßig Schlimmes passiert. Nur haben wir eben nicht unsere Klappe gehalten. Karstens und meine Moderationen bestanden aus Satire, Ironie und ein paar Wahrheiten – ›staatsgefährdende Propaganda und Hetze‹.« Er machte eine kleine Pause, in der Kassandra sich vorzustellen versuchte, was sie alles gesagt hatten. »Micha hat's am heftigsten erwischt, er ist zu zwei Jahren verurteilt worden. Wahrscheinlich haben sie es ihm besonders übel genommen, weil er an der Seefahrtschule studierte und sein Wissen für die falschen Zwecke eingesetzt hat. Karsten haben sie ein Jahr aufgebrummt, und ich kam mit meinen zehneinhalb Monaten am glimpflichsten davon. Was nichts daran änderte, dass natürlich keiner von uns nach dem Knast das aus seinem Leben machen konnte, was wir eigentlich vorgehabt hatten.«

Was Paul unerwähnt ließ, Kassandra aber damals schon von ihm erfahren hatte, war der ganz persönliche weitere Tiefschlag, den er erlebt hatte, als er aus dem Gefängnis kam. Karin, das Mädchen, das er liebte, hatte inzwischen Heinz geheiratet.

»Du musst Ralf Peters hassen«, sagte Kassandra und spürte, wie dieses Gefühl auch von ihr Besitz ergriff.

»Damals – ja, ich glaube, ich habe ihn gehasst. Dabei hat er sich in seinem verzweifelten Wunsch dazuzugehören nur für die falsche Seite entschieden. Er ist immer noch so. Er will dazugehören, angesehen sein. Dafür tut er immer noch, was nötig ist. Ich hasse ihn schon lange nicht mehr, er tut mir leid. Das mag etwas arrogant klingen, aber es ist so.«

»Dafür, dass er dein Leben zerstört hat, bist du sehr großzügig«, fand Kassandra.

Paul schien zu überlegen, was er darauf entgegnen sollte. »Ein paar Jahre nach der Wiedervereinigung ließ mich der Gedanke nicht mehr los, mir meine Stasi-Akte anzusehen. Eigentlich unnötig, ich wusste ja, was Sache war, aber etwas nagte an mir, also stellte ich einen Antrag auf Herausgabe. Es dauert sowieso schon seine Zeit, bis man die Kopie in den Händen hält, aber als das Paket endlich angekommen war, hab ich es noch ein weiteres Dreivierteljahr liegen lassen. Schließlich fing ich doch an zu lesen. In den Akten werden nur die IM-Decknamen genannt, keine Klarnamen. In meiner tauchten zwei auf, ein IM Feliks und ein IM Dzierzynski, was der Angelegenheit, beabsichtigt oder unbeabsichtigt, immerhin eine gewisse originelle Note verlieh.« Paul sah Kassandra an, die verstehend nickte. Sie wusste aus dem Geschichtsunterricht, dass Feliks Dzierzynski Chef der ersten sowjetrussischen Geheimpolizei gewesen war. Paul erzählte weiter. »Beim Lesen wurde mir eins klar: Feliks hatte seinem Führungsoffizier sporadisch mehr oder weniger Kleinigkeiten mitgeteilt, Dzierzynski dagegen war sehr viel gründlicher gewesen und seiner Tätigkeit anscheinend mit Leidenschaft nachgegangen. Dzierzynski war es auch gewesen, der alle entscheidenden Hinweise gegeben hatte, die uns schließlich ans Messer lieferten, einschließlich der exakten Uhrzeit, zu der man uns wo finden würde.« Paul hielt kurz inne. »Wie die Einsicht in die Akten an sich kann man auch beantragen, über die Klarnamen der IMs informiert zu werden. Es ist nicht immer gewährleistet, dass die Unterlagen dazu vorhanden sind, aber ich hatte Glück. Oder Pech, wie man's nimmt. Bruno war dabei, als ich erfuhr, wer sich hinter den IMs verbarg. Mein Vater war schon lange tot, und ich war zum ersten Mal froh darum.« Paul schloss die Augen. »Feliks war Ralf Peters. Dzierzynski war Sascha.«

Für ein, zwei Sekunden stand die Zeit still. Kassandra hatte es kommen sehen, trotzdem konnte sie es nicht fassen. »Dein eigener Bruder hat dich …« Sie brachte es nicht fertig, zu Ende zu sprechen.

»Ja. Es ist möglich, dass er die Informationen über jenen Abend ursprünglich von Ralf hatte – der war ja schließlich sogar dabei. Aber verraten hat uns am Ende nicht Ralf, sondern

Sascha.« Paul drehte sich zu ihr um und sah ihr in die Augen. »Dir ist klar, was das bedeutet, oder?«

Sie hatte bis eben nicht daran gedacht, begriff aber sofort, was er meinte. Was er ihr gerade erzählt hatte, war das klarste Motiv für einen Mord, das man sich vorstellen konnte. Und noch etwas wurde ihr bewusst.

»Ist es das, was Dietrich für sich behält?«, fragte sie. Lieber hätte sie ganz was anderes gesagt, sie erinnerte sich jedoch noch gut an die Nacht, in der Paul ihr zum ersten Mal von Bautzen erzählt hatte und von Karin, die ihm so viel bedeutet hatte und mit der er zusammen gewesen war, als er ins Gefängnis musste. Er hatte damals sehr deutlich gemacht, dass er kein Mitleid wollte. Wenn sie ihre Gedanken ausspräche, würde er das vermutlich für Mitleid halten, auch wenn es viel tiefer ging.

»Dietrich?«, fragte Paul verblüfft.

»Da hat sich etwas zwischen euch abgespielt, als er dir Saschas Buch überließ. Im Nachhinein nehme ich an, du hast befürchtet, dass etwas über dich drinstehen könnte – und er hat dir wortlos zu verstehen gegeben, dass du dir deswegen keine Sorgen machen musst. Später hab ich gehört, wie ihr euch auf Schloss Münkwitz unterhalten habt. Über etwas, von dem ich nicht alles weiß und aus dem man ein Motiv ableiten könnte.«

Immer noch verblüfft sagte Paul: »Es ist schwer, vor dir Geheimnisse zu haben. Ja, darum ging's. Er ist in der Tat ein sehr gründlicher Mensch, jedenfalls ist es nicht selbstverständlich, dass er meine uralte Strafakte ausgegraben hat. Saschas Verwicklung ging daraus natürlich nicht hervor, das hat er sich aufgrund meiner offensichtlichen Abneigung gegen meinen Bruder zusammengereimt.«

»Warum hast du zugegeben, dass Sascha dich verraten hat? Dietrich hätte es möglicherweise nie erfahren.«

»Wenn er es drauf angelegt hätte, schon. Als Polizist darf er im Zuge von Ermittlungen Stasi-Akten einsehen. Leugnen wäre zwecklos gewesen.«

»Nun weiß er es und fängt nichts damit an. Er ist nicht nur ein gründlicher, er ist ein schwer durchschaubarer Mensch.«

»Was mich gerade mehr beschäftigt, ist, was du damit anfängst.«

»Du bist nicht der Einzige, der aufgrund dieser Sache ein Motiv hätte«, stellte Kassandra klar. »Da wären noch Karsten und Micha – und vermutlich eine ganze Menge mehr Leute, die Sascha im Laufe der Zeit denunziert hat.«

»Karsten können wir ausschließen, denke ich. Wir mailen ab und zu, er betreibt seit Jahren einen Öko-Bauernhof in Masuren, ist glücklich mit seinen Kühen und nie mehr hier gewesen. Micha – keine Ahnung, was aus ihm geworden ist. Ursprünglich stammte er aus Berlin und ist vermutlich nach seiner Entlassung erst mal dahin zurückgegangen. Damals habe ich im Abstand von ein paar Monaten drei Briefe an seine Eltern geschrieben, auf die ich nie eine Antwort bekam. Selbst wenn er nicht dort war, hätten seine Eltern sicher gewusst, wohin sie die Post weiterleiten mussten. Entweder haben sie das nicht getan, oder Micha wollte meine Briefe einfach nicht beantworten. Auf jeden Fall könnte er sonst wo sein.«

»Was uns wieder zu Inga führt«, schlussfolgerte Kassandra. »Wenn sie Michas Tochter ist, hat sie ein Motiv. Je nachdem, was aus Micha wurde und wie das ihr eigenes Leben beeinflusst hat, vielleicht sogar ein ausgesprochen gutes.«

»Ein besseres als ich?«

Paul schien es drauf anzulegen. Kurz entschlossen ging Kassandra zur Offensive über. »Hast du Sascha getötet?«

Damit hatte Paul anscheinend nicht gerechnet, er brauchte ein bisschen, um zu antworten. »Was denkst du?«

»Als du noch Herr Freese für mich warst, hast du dich mal darüber beschwert, dass Frauen auf Fragen mit Gegenfragen antworten. Sieht so aus, als hätten sie darauf kein Monopol«, sagte Kassandra. »Wenn du Sascha hättest töten wollen, weil er dein Leben zerstört hat, hättest du es schon vor Jahren tun können.«

»Ich hatte keine Ahnung, wo er steckte.«

»Das wäre leicht rauszufinden gewesen, wenn es dich genug interessiert hätte.«

»Hm«, machte Paul, während er an ihr vorbeisah.

»Hast du Sascha getötet?«, wiederholte Kassandra.

Paul schaute sie wieder an. »Nein.«

»Schön, dann wäre das ja geklärt.«

Pauls Mundwinkel zuckten. »Kassandra, Liebes, du bist unvergleichlich.«

»Das erwähntest du vor längerer Zeit schon mal«, erwiderte sie lächelnd.

Obwohl eigentlich gar nichts geklärt war. Paul hätte seinen Bruder durchaus im Affekt getötet haben können, nachdem der hier unerwartet aufgetaucht war und ihn mit etwas unter Druck gesetzt hatte, nach dem Kassandra besser nie fragen sollte. Etwas, was das Fass zum Überlaufen gebracht haben könnte. Aber ebenso wie Dietrich Paul vertraute, vertraute sie ihm, auch wenn er ihr nicht mal jetzt sagte, wo er in der Mordnacht gewesen war. Irgendwann würde er es tun. Hoffte sie.

»Wir müssen ein paar Dinge rauskriegen.« Kassandra streckte ihren rechten Daumen in die Luft. »Was wurde aus Micha?« Ihr Zeigefinger folgte. »Ist Inga seine Tochter?« Ihr Mittelfinger ging in die Höhe. »Und wenn ja, weiß sie, dass Sascha ihn ins Gefängnis gebracht hat?«

Paul nickte. »Ich versuche mein Glück mit Micha, schätze allerdings, dass Dietrich das ebenso wie die zweite Frage am schnellsten klären kann. Ich werde ihn anrufen, wenn ich nicht weiterkomme. Für den dritten Punkt müssen wir uns was einfallen lassen.«

»Außerdem sollten wir über Inga Clemens Meisner nicht vergessen«, erinnerte Kassandra Paul. »Lass mich lieber bei Thomas nach dessen Telefonnummer fragen und so tun, als würde ich ohne dein Wissen versuchen, möglichst viele Leute für Saschas Begräbnis zusammenzutrommeln. Nur für den Fall, dass Clemens Thomas fragt, wessen Idee das war.«

»Klingt vernünftig.« Paul legte das Album auf den Tisch und schälte sich aus der Decke. »Wir sollten schlafen gehen. Es ist schon drei, du musst morgen früh raus.«

Als beide im Bett lagen, spürte Kassandra, dass Paul genauso hellwach war wie sie. Daher stellte sie die Frage, die sie beschäftigte, seit er ihr von seiner Akteneinsicht erzählt hatte. »Weiß deine Mutter, wer für euren Gefängnisaufenthalt verantwortlich war?«

»Nicht von mir. Aber es gab zwischen uns den einen oder anderen Moment, in dem ich dachte, dass sie es zumindest ahnt.«

Er drehte sich auf die Seite, stützte sich auf seinen Unterarm und betrachtete sie. Trotz der Dunkelheit hatte Kassandra das Gefühl, das Graublau seiner Augen deutlich vor sich zu sehen. »Ich möchte, dass du eins verstehst: Micha, Karsten und ich – wir waren keine Helden. Wir haben bloß getan, was uns wichtig war, und solange es gut ging, hatten wir eine Menge Spaß dabei.«

12

Nachdem Kassandra noch ziemlich verschlafen am nächsten Morgen in ihrer Pension angekommen war und ihre Arbeit erledigt hatte, hängte sie sich ans Telefon, um Thomas Hartmann anzurufen. Wahrheitsgemäß erzählte sie ihm, Saschas Mutter würde nicht wollen, dass der Friedhof bei der Beerdigung leer bliebe, und bat auch Thomas zu kommen, falls ihn seine Patiententermine nicht abhielten. Danach fragte sie ihn nach Clemens Meisners Mobilnummer.

»Das ist lieb, dass du Frau Freese helfen willst«, meinte Thomas. »Wobei – ich kann mir nicht vorstellen, dass du dich sorgen musst. Wenn ein Mordopfer zu Grabe getragen wird, wimmelt es vermutlich von Neugierigen.«

»Mag sein«, stimmte sie zu. »Aber ich glaube, Frau Freese geht's nicht um Neugierige, sondern um Leute, die Sascha kannten. Ich weiß, dass er nicht besonders beliebt war, trotzdem ...«

»Schon klar. Ich versuche, meine Termine zu verschieben, für Clemens kann ich nicht garantieren.« Er nannte ihr die Nummer und wünschte ihr viel Glück.

Etwas skeptisch betrachtete Kassandra ihr Telefon und gab sich einen Ruck. Im schlimmsten Fall würde Meisner das Gespräch einfach frühzeitig beenden.

»Ja?«, meldete sich seine etwas ungeduldige Stimme am anderen Ende, als stünde er unter Zeitdruck.

»Tag, Herr Meisner, hier spricht Kassandra Voß. Ich habe ...«

»Wer?«, unterbrach er sie barsch.

Das fing ja gut an. Sie wiederholte ihren Namen. »Wir haben uns vorgestern kennengelernt, ich bin Pauls Freundin und wollte ...«

»Ja, richtig. Verzeihen Sie«, unterbrach er sie erneut. »Ich lerne so viele Leute kennen, dass ich manchmal Schwierigkeiten habe, mir die Namen zu merken.« Das hätte herablassend klingen können, tat es aber erstaunlicherweise nicht.

»Kein Problem. Thomas Hartmann war so nett, mir Ihre Nummer zu geben. Ich hätte eine Bitte an Sie, auch wenn sie Ihnen vielleicht seltsam vorkommt.«

»Möchten Sie mich für ein Konzert buchen?«, fragte er lachend.

»Das nicht. Allerdings hat es schon was mit Ihrer Anwesenheit zu tun.« Sie erklärte ihm, worum es ging, und wartete gespannt auf seine Reaktion. Die kam erst, nachdem Kassandra schon befürchtet hatte, die Verbindung sei unterbrochen.

»Ich ... Sie wollen, dass ich zur Beerdigung von Sascha Freese komme«, sagte er. »Man kann nicht gerade behaupten, dass wir befreundet waren.«

»Ich fürchte, das kann man von niemandem behaupten. Aber ich möchte Frau Freese ersparen, dass ihr das an dem Tag, an dem sie Abschied von ihrem Sohn nehmen muss, so deutlich vor Augen geführt wird. Außerdem wird es sie sicher rühren, wenn jemand wie Sie sich die Zeit nimmt.« Das war ihr letzter Köder, wenn er den nicht schluckte, hatte sie keine Chance mehr.

Wieder dauerte es etwas, bis Meisner reagierte. »Ich werde versuchen, das einzurichten«, antwortete er mit einem Seufzer. »Versprechen kann ich nichts. Was hält Paul denn von Ihrer Aktion?«

Bisher hatte sie nicht gelogen, sie wollte es auch weiter vermeiden und baute darauf, dass er zwischen den Zeilen hörte, was er hören sollte. »Ich wäre Ihnen dankbar, wenn Sie ihn nicht darauf ansprächen.«

»Verstehe. Dann sehen wir uns eventuell am Donnerstag, und bis dahin grüßen Sie Paul lieber nicht von mir.«

Sie konnte sein ironisches Lächeln geradezu hören – und nur hoffen, dass er kam.

Am Küchentisch sitzend starrte sie aus dem Fenster in den grauen Novemberhimmel und begann, in Gedanken die Lokalitäten durchzugehen, bei denen sie die Kaffeetafel in Auftrag geben könnte. Mitten in ihre Überlegungen hinein klingelte das Telefon, das sie immer noch in der Hand hielt und beinah vor Schreck hätte fallen lassen. Sie entspannte sich, als sie Pauls Namen las.

»Hallo, ich hab gerade mit deinem alten Organisten-Kumpel gesprochen. Er will versuchen zu kommen.«

Paul lachte. »Großartig. Ich weiß bloß nicht, ob er dem Wort Kumpel zustimmen würde.« Er wurde ernst. »Ich war auch nicht faul, sondern habe im Netz nach Micha gesucht. Hast du eine Ahnung, wie viele Ergebnisse du kriegst, wenn du ›Michael Lange‹ googelst? Über vierhunderttausend. Im elektronischen Telefonbuch stehen ein paar hundert Einträge, die Langes, die nur mit M. verzeichnet sind, nicht mitgerechnet. Die Nadel im Heuhaufen ist nichts dagegen. Dietrich hat die besseren Möglichkeiten, etwas über seinen Verbleib rauszufinden, also hab ich ihn angerufen und ihm die ganze Sache erklärt. Er sagt, er kümmert sich und gibt Bescheid, vielleicht schon heute Abend, wenn wir Glück haben. Ach ja, und er fragt, ob du was gehört hast wegen der Besuchsgenehmigung für Heinz, die kommt wohl per Post. Ist Felix schon durch?«

Felix Krull war der Postbote. »Ich glaube, ich hab vorhin den Kasten klappern hören. Warte.« Sie legte das Telefon auf den Tisch, ging vor die Tür und öffnete den Briefkasten, aus dem ihr Werbung, eine Rechnung und zwei Briefe von den Justizbehörden Stralsund entgegenfielen. Mit zitternden Fingern riss sie im Gehen den ersten Brief auf, klemmte sich in der Küche das Telefon zwischen Schulter und Kinn und entfaltete mit geschlossenen Augen das Blatt.

»Kassandra? Bist du wieder dran?« Pauls Stimme riss sie aus ihrem schwebenden Zustand.

»Ja.« Sie überwand sich, die Augen zu öffnen und den Brief zu lesen. Erleichtert konstatierte sie, dass es die Genehmigung für Heinz war. »Freitag, zehn Uhr. Das ist eine gefühlte Ewigkeit!«

»Vielleicht wissen wir bis dahin schon genug, um ihn freizubekommen, sodass du ihn gar nicht mehr besuchen musst«, meinte Paul vorsichtig.

»Schön wär's ja«, murmelte Kassandra. »Ich wollte, ich könnte das glauben.«

»Wir kriegen ihn da raus, Liebes, wenn nicht bis Freitag, dann später. Versprochen.«

»Danke.« Kassandra lächelte ein bisschen und wechselte das Thema. »Ich habe übrigens vorhin überlegt, wo wir das Kaffeetrinken veranstalten können.«

»Ich dachte da ans ›FischLänder‹.«

»Was?« Kassandra musste das sacken lassen. »Würde Inga nicht misstrauisch werden? Davon abgesehen: Macht sie so was überhaupt?«

»Das käme auf eine Frage an. Sie müsste nur den Raum zur Verfügung stellen, Kaffee kochen, ein paar Schnittchen zubereiten und den Kuchen liefern lassen. Dasselbe, was andere auch tun würden. Und warum sollte sie misstrauisch werden? Wir sind Freunde ihrer Freundin. Ich fände es auf jeden Fall spannend. Fragst du sie?«

»Mach ich.«

»Alles klar. Ansonsten sieht es so aus, als könnten wir heute nicht mehr viel tun außer warten, bis Dietrich sich meldet.«

»Kann deinem Manuskript bestimmt nicht schaden. Du hast ein paar Tage gar nicht dran gesessen, oder?«

»Nein. Ich weiß auch nicht, ob ich das jetzt kann, trotzdem werde ich es versuchen. Heute Abend bei mir? Ich könnte wieder Scholle machen, wenn du welche mitbringst.«

Kassandra lachte. »Kannst du auch Zander?«

»Na logisch. Dauert etwas länger, aber ich krieg's hin.«

Nachdem Paul aufgelegt hatte, betrachtete Kassandra den zweiten Brief der JVA. Sie könnte ihn zerfetzen und ungelesen ins Altpapier tun, aber wenn sie das gewollt hätte, hätte sie den Antrag gar nicht erst stellen dürfen. Wie vorhin zitterten ihre Finger beim Aufreißen des Umschlags, doch diesmal schloss sie nicht die Augen. Sie wusste ja nun bereits, auf welchen von beiden Anträgen dieser Brief Bezug nahm.

Was sie tatsächlich las, erschreckte sie. Der Termin war heute um halb zwölf. Sie schaute auf die Uhr. Noch zwei Stunden, das konnte sie schaffen, und sie wäre auch rechtzeitig zurück, um abends bei Paul zu sein. Kurz überlegte sie, ob sie ihn anrufen und Bescheid sagen sollte. Das hat keinen Zweck, dachte sie dann, da muss ich allein durch.

Die Justizvollzugsanstalt Stralsund lag im Süden der Stadt. Kassandra fuhr durch ein Industriegebiet, danach vorbei an einer Gartenkolonie zur Rechten, während sich links der Blick auf das riesige hellblaue Gebäude der Werft am Strelasund auftat. Der Gebäudekomplex der JVA wirkte unter dem wolkenverhangenen Himmel niederschmetternd farblos, die hohen schmutzig rosa und schmutzig grauen Mauern selbst für Besucher abschreckend. Während Kassandra auf die gläserne Pförtnerloge zuging, die an der Mauer zu kleben schien, fiel ihr Blick auf die Flutlichtmasten mit den Überwachungskameras. Es kam ihr vor, als zeigten deren schwarze Augen genau auf sie. Unwillkürlich fragte sie sich, was es für ein Gefühl sein mochte, in einer Zelle eingesperrt zu sein. Sicher war Heinz' Untersuchungshaft kein Spaziergang, aber gegen das, was Paul vor so langer Zeit durchgemacht hatte, war es vermutlich eher harmlos.

Ihre Schritte waren immer schwerfälliger geworden, doch nun konnte sie es nicht mehr hinausschieben. Sie legte Ihre Besuchergenehmigung vor, wurde eingelassen, abgetastet und anschließend in den Besucherraum geführt, der nüchtern mit mehreren Tischen und Stühlen und wenigen Bildern an den Wänden ausgestattet war. Die kleinen Fenster lagen so hoch, dass man nicht hinaussehen konnte, und spendeten nicht genug Tageslicht, sodass künstliches Neonlicht von der Decke den Raum erhellte. Das Einzige, was ein wenig aus dem Rahmen fiel, waren ein Getränkeautomat und eine gelbe Kinderrutsche.

Kassandra wurde gebeten, sich an einen der Tische zu setzen und zu warten. Sie begann zu schwitzen, wischte sich nervös mit der Hand über die Stirn und zog den Mantel aus.

Gegenüber öffnete sich eine Tür. In Begleitung eines Justizvollzugsbeamten trat ein Mann ein, den Kassandra erst auf den zweiten Blick als ihren Exmann Sven Larsen identifizierte. Die drei Jahre, die er bereits im Gefängnis zugebracht hatte, waren ihm nicht gut bekommen. Er war mal ein großer, attraktiver Mann mit vollen braunen Haaren gewesen, der vor Selbstbewusstsein strotzte. Jetzt waren die Haare schütter geworden, er kam ihr kleiner vor, schmaler, abgestumpft, seine Bewegungen hatten nichts Dynamisches mehr. Ohne eine Miene zu verziehen und ohne ein Wort zu sagen, setzte er sich ihr gegenüber, während der Beamte an der Tür stehen blieb.

»Hallo, Sven«, sagte Kassandra.

Reglos erwiderte er ihren Blick, bis er schließlich zum Getränkeautomaten nickte. »Du könntest mir eine Cola holen, wenn du schon mal da bist.«

Kassandra griff in ihre Manteltasche, in der sie immer ein

bisschen Kleingeld hatte, und ging zum Automaten. Kurz darauf stellte sie die Dose vor ihn hin. Er öffnete sie, nahm einen Schluck, wobei er sie unablässig beobachtete, und stellte sie mit einem lauten Knall zurück auf den Tisch. Kassandra schrak zusammen.

»Was verschafft mir die Ehre?«, fragte er.

Sie hatte Sven seit der Verhandlung, bei der sie gegen ihn ausgesagt hatte, nicht mehr gesehen und auch nicht vorgehabt, ihm je wieder freiwillig zu begegnen. Ihr Exmann saß wegen Wirtschaftskriminalität, er hatte seine Finger in mehreren dubiosen Geschäften gehabt, auch in welchen mit Immobilien. Demnach war es immerhin möglich, dass er ein paar Dinge über Sascha Freese wusste. Sie hatte keine Ahnung, ob er ihre Fragen beantworten würde, er hätte aus seiner Sicht gute Gründe, sie zum Teufel zu schicken. Aber für Heinz musste sie es wenigstens versuchen.

»Ich brauche Informationen.«

»Informationen«, sagte er ungläubig. »Welche Art Information könnte ich dir wohl geben? Schon vergessen, dass ich hier drin versauere, unter anderem deswegen, weil du unbedingt deinen Mund aufreißen musstest?«

»Das hab ich nicht vergessen. Unter anderem deswegen, weil du vor sechs Monaten der Polizei gegenüber unbedingt lügen musstest, damit die mich verdächtigen, an einem Mord beteiligt zu sein.«

»Du musst schon entschuldigen, aber der Versuchung konnte ich nicht widerstehen«, feixte Sven. »Der Bulle, der mich befragt hat, war völlig wild darauf, dir eins reinzuwürgen. Ich dachte eben, ich bin ihm ein bisschen behilflich.«

»Er wusste das sicher zu würdigen«, sagte Kassandra bissig. Svens Lüge hatte ihr einigen Ärger bereitet. »Jetzt könntest du zur Abwechslung mir behilflich sein. Wenn du nicht willst, sag's einfach, dann gehe ich sofort und werde dich nie wieder belästigen.«

Sven beugte sich ein Stück vor. »Was willst du wissen?« Anscheinend hatte sie immerhin seine Neugier geweckt.

»Alles über Sascha Freese.«

»Sascha Freese? Kenn ich nicht. Wer soll das sein?«

Kassandra ließ sich nicht täuschen. Leider hatte sie während der ersten Zeit ihrer Ehe nicht erkannt, wann er log, aber irgendwann war ihr aufgefallen, dass sich bei diesen Gelegenheiten seine Nasenlöcher ein winziges bisschen weiteten. Er log auch jetzt.

»Er war Immobilienmakler in Stralsund«, erklärte sie trotzdem geduldig.

»Aha. Und?«

»Du kennst dich mit Immobiliengeschäften aus, also ...«

»Warte mal«, unterbrach er sie, plötzlich mit offenem Interesse. »Hast du gerade gesagt ›war‹? Hat er sein Geschäft aufgegeben?«

»Kann man so sagen. Er ist tot.«

Sven schürzte die Lippen. »Du wärst kaum hier, wenn er friedlich im Bett gestorben wäre. Was ist passiert?«

»Er wurde erschossen«, bestätigte Kassandra seine Vermutung, was er unbewegt aufnahm. »Scheint dich nicht zu überraschen. Warum nicht?«

»Ts, ts, ts.« Sven schüttelte den Kopf. »Nicht so schnell. Ich würde zu gern erst wissen, was du mit dem zu schaffen hast.«

»Die Polizei glaubt, mein Onkel hat ihn umgebracht.«

»Du hast einen Onkel? Ich dachte, du wärst ganz allein auf der Welt.«

»Ist eine längere Geschichte.«

»Mir stehen pro Monat zwei Stunden Besuch zu.« Sven wies auf die Uhr an der Wand zu ihrer Linken. »Das heißt, uns bleiben noch hundertzehn Minuten.«

Wenn sie was erfahren wollte, musste sie nach seinen Regeln spielen, sosehr ihr das auch gegen den Strich ging. In knappen Worten erzählte sie von ihrem Leben in Wustrow, nur Paul ließ sie unerwähnt.

Sven wusste offenbar nicht, ob er lachen oder weinen sollte. »Du lebst jetzt in diesem Kaff, wo ich ...«

»Ja.«

»Na, großartig. Und weswegen hat nun dein Onkel Sascha Freese umgenietet?«

»Er hat's nicht getan. Ich weiß auch nicht, warum er es hätte tun sollen. Er sagt nichts, er schweigt bloß.«

»Er ist in U-Haft und schweigt? Beteuert nicht mal seine

142

Unschuld? Harter Knochen. Wär mir nicht so sicher wie du, dass er nichts damit zu tun hat.«

»Weißt du nun etwas über Sascha oder nicht?« Kassandra wurde ungeduldig.

»Sascha, soso. Kassy, mein Täubchen, hast du mir vielleicht was verheimlicht? Scheinst ja sehr vertraut mit dem Mann gewesen zu sein.«

Warum hatte sie nicht besser aufgepasst?

»Ich bin ihm nur zweimal begegnet, das hat mir gereicht. Widerlicher Typ.«

»Findest du? Es gab die eine oder andere Frau, die auf ihn abfuhr, auch wenn er ein ziemlich alter Knacker war. Aber vor allem war er ein gerissener Hund. Immer nur saubere Geschäfte. Nach außen hin. Alle in der Branche wussten, dass der Dreck am Stecken hatte, bloß nicht, welchen und mit wem. Der muss so viele Mittelsmänner gehabt haben, dass keiner durchschaute, wer gerade was für wen tat. Ein riesiges, fein gewobenes Spinnennetz.«

»Wie meinst du das?«

»Ein breit gefächertes Netz eben, mit vielen Schnittstellen und einer Menge Leute, die nichts voneinander wussten, aber die dran klebten und den Kleinkram erledigten, damit die Spinne in Gestalt von Freese operieren konnte. Ein bisschen wie die Stasi. Würde mich nicht wundern, wenn Freese früher was mit dem Laden zu tun gehabt hätte.«

So viel Menschenkenntnis hatte Kassandra Sven gar nicht zugetraut. »Am Ende war er pleite«, sagte sie jedoch nur.

»Ach? Da muss ihn eine noch größere Spinne gefressen haben.«

»Wer könnte das sein?«

»Du erwartest nicht ernsthaft, dass ich Namen nenne?«

Kassandra seufzte, als sie begriff, dass das sowieso nicht helfen würde. Weshalb sollte derjenige, der Sascha in den Ruin getrieben hatte, ihn auch noch umbringen? Außerdem hatte bisher alles darauf hingewiesen, dass er aus persönlichen Gründen erschossen worden war. Wieso hatte sie geglaubt, dass Sven was Nützliches wissen konnte? Außer vielleicht …

»Du hast gesagt, es gab Frauen, die scharf auf ihn waren. Wer zum Beispiel?« Wenn es was Persönliches war, warum nicht so eine Geschichte? Weder hatte Dietrich etwas über Saschas Beziehungen herausgefunden, noch wusste Margarethe Freese Genaueres darüber, aber wie ein Mönch dürfte er kaum gelebt haben, immerhin hatte er seiner Mutter gegenüber manchmal Frauen erwähnt.

»Freese war diskret, nicht nur, was seine Geschäfte betraf. Mit wem der faktisch was am Laufen hatte, weiß ich nicht. Allerdings hat man ihn, bevor ich meinen Wohnsitz nach hier drinnen verlegt habe, ab und zu mit Alina Bergen gesehen, die mit dem großen Gestüt bei Greifswald. Jahre davor hab ich ihn mal zufällig mit einer unscheinbaren grauen Maus in einem ebenso unscheinbaren Hotel gesehen. Sehr verschwiegen, die Leute da. Oh, und ...« Sven grinste hinterhältig, er schien seit geraumer Zeit Gefallen an ihrer Unterhaltung zu finden. Wahrscheinlich hatte er sonst nicht viel Abwechslung. »Hast du noch Kontakt zu Mona? Rede mal mit der. Die war auch ganz heiß auf ihn. Ich erinnere mich, dass ich mal mit ihr auf eine Party ging – das war, bevor du und ich uns kannten. Sie hat mich gefragt, ob ich sie nicht vorstellen wollte, aber ich kannte Freese noch nicht persönlich, war also dafür der Falsche. Heute kann ich wohl froh sein, dass ich ihn auch nie viel näher kennengelernt habe. Wer weiß, vielleicht würde ich sonst auch mit einem Loch im Kopf enden, wenn ich rauskomme.«

Was Sven da sagte, war wie ein Schlag in Kassandras Magengrube. »Mona?«

»Sorry, ich dachte nicht, dass dich das so schockiert.« Er grinste noch breiter. »Sah an dem Abend übrigens so aus, als hätte sie sogar Erfolg gehabt, aber ich kann mich täuschen. Musst sie schon selbst fragen.«

Mona. Das war Wahnsinn! Kassandra schaute an Sven vorbei, bis sie sich zusammenriss, sich ihm wieder zuwandte – und sah, was ihr eben entgangen war: Er log. Falls man dankbar dafür sein konnte, angelogen zu werden, war sie es jetzt.

»Was weißt du sonst noch über Freese?«, fragte sie, ohne ihn darüber aufzuklären, dass sie ihn durchschaut hatte.

»Das ist alles.« Sven lehnte sich mit einem Ausdruck in den Augen zurück, der etwas Endgültiges hatte. Sie schob ihren Stuhl nach hinten und stand auf.

»Du willst schon gehen?«, fragte er zynisch. »Wir haben noch über eine Stunde. Nicht sehr nett, dass du mich erst ausquetschst, und wenn du erfahren hast, was du wissen wolltest, verschwindest du wieder. Du könntest wenigstens so tun, als hättest du noch Lust auf ein bisschen Konversation.«

»Wir haben beide damals lange genug so getan, als ob«, gab sie zurück. »Ich hoffe, die Zeit hier drin geht schnell vorbei für dich.«

»Wie rührend – besonders wenn man bedenkt, dass du mich erst reingebracht hast.« Das klang verbittert.

»Du hast dich selbst hier reingebracht, Sven«, korrigierte sie ihn. »Mach's gut. Und danke für deine Informationen.« Sie drehte sich um und war schon fast an der Tür, als ihr aufging, was er ihr da eigentlich erzählt hatte. Sie fuhr herum.

Offenbar hatte Sven nicht damit gerechnet, dass sie noch mal zurückkam. Er saß auf seinem Stuhl und starrte blicklos auf den Tisch, bis er registrierte, dass sie wieder vor ihm stand. »Was vergessen?«

»Die Frau, die du mit Sascha Freese in diesem Hotel gesehen hast – kannst du sie beschreiben?«

»Ist das wichtig?« Er setzte sich wieder aufrecht hin.

»Alles ist wichtig, was mit Freese zu tun hat.«

»Ich sag's dir, wenn du das nächste Mal kommst.«

Es kostete Kassandra einiges, sich erneut umzudrehen und »So wichtig nun auch wieder nicht« zu sagen, aber sie gedachte nicht, Sven ein zweites Mal zu besuchen, wenn es sich vermeiden ließ, und hoffte, dass sie mit ihrem Trick durchkam. Sie machte drei Schritte auf den Beamten zu, da hörte sie ihren Namen und blieb stehen.

»Das ist lange her, sieben, acht Jahre bestimmt, und wäre sie nicht in Begleitung von Freese gewesen, hätte ich sie überhaupt nicht wahrgenommen. Das Einzige, woran ich mich deutlich erinnere, ist ihre rote Brille, die war zu auffällig für die graue Maus.«

Kassandra blinzelte. »Kinnlange Haare, Ponyfransen?«

Einen Augenblick dachte Sven nach, dann zuckte er mit den Schultern. »Kann sein, kann nicht sein. Tut mir leid.«

Soweit sie das beurteilen konnte, sagte er die Wahrheit. »Danke«, wiederholte sie, ehe sie endgültig ging.

Draußen vor den Mauern der JVA saugte Kassandra gierig frische Luft in ihre Lungen. Der Himmel war noch immer wolkenverhangen und grau, aber er kam ihr nicht mehr düster, sondern sehr weit vor.

Obwohl ihr bewusst gewesen war, dass sie jederzeit gehen konnte, hatte sie sich eben über die Maßen unwohl gefühlt. Wenn es noch einer zusätzlichen Motivation bedurft hätte, Heinz da rauszuholen, war es dieser kurze Aufenthalt hinter Gittern gewesen.

Reglos blieb sie im Wagen sitzen und dachte nach. Was Sven gesagt hatte, war ein deutlicher Hinweis darauf, dass Dietrich sich nicht irrte. Die unscheinbare graue Maus mit der roten Brille – das passte so haargenau zu der Frau auf dem Foto, die einmal Inga gewesen war, dass kaum mehr Zweifel an einer Verbindung zwischen ihr und Sascha bestehen dürften. Ganz unabhängig davon, ob auch Michael Lange und die viel weiter zurückliegende Vergangenheit da hineinspielten.

Kassandra startete den Motor, als ihr einfiel, dass sie noch gar nicht wegen der Kaffeetafel bei Inga angerufen hatte. Sie schaltete den Motor wieder aus und wählte ihre Nummer. Ein Kellner verband sie etwas murrend mit dem Anschluss in der Küche. Kassandra entschuldigte sich bei Inga, dass sie sie bei der Arbeit störte, schilderte, worum es ging, und wartete auf Ingas Antwort, die relativ prompt kam.

»Ich bin mir nicht sicher, ob das ›FischLänder‹ das richtige Umfeld für so was ist. Es ehrt mich natürlich, dass ihr an mich gedacht habt, aber ehrlich gesagt frage ich mich, ob Pauls Mutter das überhaupt möchte. Ihr Sohn wurde ermordet, das ist schon genug Aufregung, da braucht sie nicht noch die Aufmerksamkeit der Presse, falls die mal wieder vor meinem Restaurant rumlungert.«

Das konnte eine geschickte Ausrede sein oder auch nicht, denn natürlich hatte sie recht. Kassandra versuchte trotzdem, Inga umzustimmen. »Es wäre am frühen Nachmittag, mitten in der Woche, zu diesen Zeiten gibt es ja selten ein Medienaufgebot. Wir hatten an den Wintergarten gedacht, das wäre bestimmt hübsch und auch schön ruhig.«

Inga schwieg eine Sekunde. »Wenn ihr meint.«

»Es ist deine Entscheidung. Wir würden uns auf jeden Fall freuen.«

»Dann geht das klar. Wie viele Leute erwartet ihr? Im Wintergarten kann ich höchstens fünfzehn platzieren.«

»Das ist in Ordnung. Danke, Inga.« Kassandra bezweifelte, dass überhaupt so viele kommen würden – zur Beerdigung ja, da hatten Paul und Thomas bestimmt recht. Aber zum Kaffeetrinken kamen gewöhnlich nur Leute, die den Verstorbenen gut gekannt – und gemocht hatten. Besonders Letzteres dürfte die Zahl sehr dezimieren.

13

Mit der Fischtüte und einer Einkaufstasche in der Hand und zwei Flaschen Wein unterm Arm stand sie vor Pauls Haus und klingelte. Es dauerte, bis er öffnete, das Telefon am Ohr. Er hob nur kurz die Brauen und sprach dabei schon weiter. »Kein Problem, Query, es ist nicht so dringend. Danke dir.« Paul legte das Telefon auf den Schreibtisch und kam zu Kassandra herüber, die ihre Einkäufe auf dem Küchentisch abgestellt hatte und gerade den Fisch in den Kühlschrank legte. »Was ist los?«

»Ich hatte den Schlüssel zu tief in der Tasche vergraben und kam mit all dem Zeug in den Händen nicht dran, deswegen hab ich geklingelt.«

Paul legte den Kopf schief. »Das meinte ich nicht. Es ist erst fünf, und du kommst sonst nie so früh, wenn du weißt, dass ich arbeite.«

Genau genommen hatte es Kassandra allein zu Hause nicht mehr ausgehalten. Es war gut, dass sie mit Sven gesprochen hatte. Nicht so sehr wegen der Information über Inga – oder vorsichtiger ausgedrückt: über die Frau, die mutmaßlich Inga gewesen war. Gut war es deshalb, weil ihre letzte Begegnung vor Gericht dermaßen unerfreulich verlaufen war, dass sie die Erinnerung daran nie endgültig hatte abschütteln können. Auf gewisse Weise hatten sie jetzt ihren Frieden miteinander geschlossen. Dennoch lastete das Erlebnis auf ihr, sie wollte zurück in ihr neues, ihr richtiges Leben – und weder was von ihrem alten wissen noch darüber sprechen.

»Ich hatte einfach Sehnsucht nach dir«, sagte sie wahrheitsgemäß. »Ich wollte dich nicht stören.«

Etwas zweifelnd musterte Paul sie, wohl ahnend, dass das nicht die ganze Wahrheit war, aber er drängte sie nicht. »Du störst mich nie, das weißt du. Abgesehen davon kann ich nicht behaupten, viel gearbeitet zu haben. Ich hab kaum was zustande gebracht, stattdessen habe ich mich mit anderen Dingen beschäftigt, zu viel über die Vergangenheit nachgedacht und in alten Unterlagen gewühlt. Dabei ist mir das hier in die Hände gefallen.« Er ging zum Schreibtisch zurück, wohin Kassandra ihm neugierig folgte.

»Ein Adressbuch? Sieht etwas zerfleddert aus.«

Paul nickte. »Die Anschrift von Michas Eltern steht drin, ich wusste gar nicht mehr, wie sein Vater hieß. In Berlin gibt's noch einen Ernst-Georg Lange, nicht mehr unter derselben Adresse, aber immerhin.«

»Wenn das sein Vater ist, könnte Dietrich sich die Recherchen sparen. Hast du schon angerufen?«

»Wollte ich gerade tun, da kam Query dazwischen.« Query war Pauls Rechercheurin für besonders verzwickte Details. Kassandra hatte sie nie persönlich kennengelernt, wusste aber um ihre Fähigkeiten. Paul nahm das Telefon mit zum Sofa, wählte und schaltete auf Lautsprecher. Das Freizeichen ertönte fünfmal, bis jemand abhob.

»Ja, bitte?«, fragte eine männliche Stimme.

»Guten Tag, meine Name ist Paul Freese, spreche ich mit Ernst-Georg Lange?«

»Falls Sie mir einen günstigen Handytarif oder was ähnlich Überflüssiges andrehen wollen, mache ich Sie darauf aufmerksam, dass ich weder ein Handy noch einen Computer besitze und an Meinungsumfragen ebenfalls kein Interesse habe. Wiedersehen.«

Bevor Paul auch nur die Chance hatte zu sagen, was er wollte, wurde aufgelegt.

»Das ist ja mal ein resoluter Mensch«, fand Kassandra. Trotz der Umstände musste sie lachen.

Paul drückte die Wahlwiederholung. Sofort als das Gespräch angenommen wurde, redete er los. »Herr Lange, bitte nicht wieder auflegen. Ich rufe wegen Micha an.«

Am anderen Ende der Leitung entstand eine längere Pause, aber immerhin erfüllte sich Pauls Wunsch. »Micha? Wer sind Sie, haben Sie gesagt?«

»Paul Freese. Ich kannte Micha, als er in Wustrow an der Seefahrtschule studiert hat. Als wir ...« Er stockte. »Seit wir wegen des Piratensenders geschnappt wurden und ins Gefängnis mussten, haben wir uns nicht mehr gesehen. Ich wüsste gern, wo Micha heute steckt. Ich verstehe, dass das ein bisschen merkwürdig klingt nach so langer Zeit, aber es ist sehr wichtig für mich.«

Wieder ließ die Antwort etwas auf sich warten. »Ich erinnere mich an Ihren Namen. Sie sind der, der mit zehneinhalb Monaten davongekommen ist, obwohl die ganze Sache Ihre Idee war. Ihre! Es wäre besser gewesen, Sie hätten sich aus Michas Leben rausgehalten. Deshalb will ich Ihnen nur eins sagen: Es interessiert mich nicht, was für Sie oder sonst jemanden wichtig ist. Was für Micha und uns wichtig war, hat auch niemanden interessiert. Lassen Sie uns in Ruhe.«

Paul ließ das Telefon sinken, nachdem daraus nur noch ein Rauschen zu hören war. »Das war deutlich.«

»Herr Lange klang wie ein alter, verbitterter Mann«, sagte Kassandra. »Er sucht sicher nur jemanden, den er verantwortlich machen kann für das, was passiert ist. Immer noch, nach all den Jahren. Ich fürchte, das heißt, dass Michas Leben später nicht wie deins eine gute Wendung genommen hat, sonst wäre sein Vater nicht mehr so aufgebracht. Aber du hast dir nichts vorzuwerfen.«

»Außer dass es in der Tat meine Idee war«, meinte Paul bissig.

»Du hast gesagt, ihr hättet alle euren Spaß gehabt. Niemand hat Micha gezwungen mitzumachen, oder?«

»Ohne ihn hätte das alles nicht funktioniert.«

»Das ändert nichts an der Tatsache, dass er freiwillig dabei war.«

»Nein, aber …«, fing Paul an und gab sich dann geschlagen. »Du kannst so schrecklich logisch sein.«

»Wenn es nötig ist.«

»Ihr Frauen seid ein gerissenes Pack«, sagte Paul, lächelte etwas gequält und erhob sich. »Da ein dritter Anruf bei Herrn Lange zwecklos sein dürfte, bleibt uns nichts anderes übrig, als auf Dietrich zu warten. Inzwischen werde ich mir mal deinen Fisch ansehen. Zander oder Scholle?«

Kassandra merkte, dass Paul im Moment eigentlich nicht der Sinn nach Fisch stand, aber ebenso wie er vorhin bei ihr nicht nachgehakt hatte, ließ sie das Thema Micha vorerst auf sich beruhen. »Ostseedorsch. Soll heute besonders gut sein. – Was?«, fragte sie, als sie sein zweifelndes Gesicht sah.

»Der schmeckt am besten gedünstet. Ist nicht meine Stärke, aber ich mag ja Herausforderungen. Du hoffentlich auch, das Tier hat reichlich Gräten.«

»Du kannst bestimmt phantastisch filetieren«, sagte Kassandra zuversichtlich.

»Wenn ich sage gedünstet, meine ich im Ganzen.« Paul packte den Dorsch aus. »Du hast für eine Brigade eingekauft, nicht nur für zwei Personen! Lass uns Bruno einladen. Wenn Dietrich sich nachher melden sollte, will er wahrscheinlich sowieso mit ihm reden, um zu hören, ob Brunos Nachforschungen von Erfolg gekrönt waren.«

Während sich Paul um den Dorsch kümmerte, telefonierte Kassandra mit Bruno. Er war schon von Paul auf den neuesten Stand gebracht worden, sie brauchte nichts mehr zu erklären – auch nicht, dass sie über die Vergangenheit nun ebenfalls Bescheid wusste. Kurz darauf rief Dietrich an, um ihnen mitzuteilen, dass er Neuigkeiten hätte, ein ausführliches Gespräch aber noch ein paar Stunden warten müsse. Sie verabredeten, später am Abend zu skypen, sobald er Zeit fand.

Etwas an dem, was Dietrich gesagt hatte, ließ Kassandra aufmerken. Etwas über Zeit.

»Wenn Inga für die Mordnacht ein Alibi hat, sind die Recherchen über ihre Vergangenheit im Grunde überflüssig. Sie hätten nur eine sehr persönliche Bedeutung für dich, Paul. Inga könnte Sascha dann gar nicht ermordet haben.«

Paul sah vom Dorsch auf. »Willst du Mona fragen? Oder Mirko?«

»Sehr witzig.« Kassandra seufzte. »Mona würde es ohnehin nicht wissen, die war auf ihrer Jahresfeier der Goldschmiede-Vereinigung. Und generell hast du natürlich recht, es ist zu früh, die Pferde scheu zu machen. Das müsste Dietrich übernehmen, und das kann er nur, wenn es einen konkreten Hinweis gibt, dass Inga was damit zu tun haben könnte. Es gibt so viele Wenns und Abers.« Etwas niedergeschlagen hielt sie ihren Zeigefinger in den Sud, den Paul vorbereitete, und kostete. »Gut«, urteilte sie. »Immerhin etwas, was gut ist heute.«

Bruno stand pünktlich zum Abendessen auf der Matte, schnupperte und nickte anerkennend. »Ich frag mich manchmal, ob ich nicht einen Fehler gemacht habe, dich von deiner Fischbude wegzulocken«, sagte er lachend.

Als hätten sie es verabredet, erwähnten sie beim Essen den Fall mit keinem Wort, sondern genossen nur den Fisch. Die Stunden vergingen ohne einen Anruf von Dietrich, und so begannen Paul und Bruno, über die Hochseefischerei zu fachsimpeln, die in Pauls nächstem Roman wirklich eine Rolle spielte. Kassandra konnte nichts zur Diskussion beitragen, weil sie absolut keine Ahnung davon hatte. Sie lehnte sich zurück und beobachtete die beiden Männer, die ganz im Thema aufgingen, lebhaft gestikulierten und bald wieder konzentriert über einer Textstelle in Pauls Manuskript saßen. Als Dietrich sich gegen elf endlich meldete, musste sie sich erst wieder an den Gedanken gewöhnen, dass ihre Welt gerade nicht so friedlich war, wie es den Anschein hatte.

Paul und Bruno saßen schon am Schreibtisch, Kassandra setzte sich dazu und schaute auf das Display des Notebooks, von dem aus Dietrich in die Runde grüßte. Er saß vorgebeugt auf einem anthrazitfarbenen Sofa, im Hintergrund erkannte Kassandra ein prall gefülltes Bücherregal. Anscheinend war er zu Hause.

»Tut mir leid, dass es so spät geworden ist, war viel los heute. Kommen wir gleich zur Sache. Herr Ewald, ich würde gern mit Ihnen anfangen – gibt's Neuigkeiten über etwaige Zeugen am Dienstagabend im ›FischLänder‹?«

»Ich hab ein paar der Leute von Pauls Liste … getroffen. Zufällig natürlich.« Bruno schmunzelte. »Einer davon saß relativ nah an der Restauranttür, er kriegte jedes Mal mit, wenn jemand kam oder ging, weil es von draußen zog. Einmal hat ein Mann in der Tür gestanden und sich suchend umgeschaut. Mein Informant sagt, er ist sich ziemlich sicher, dass das Sascha war.«

»Erst im Nachhinein, nachdem er wusste, was passiert war, oder schon an dem Abend?«

»Schon da. Er sagte, es hätte ihn fast der Schlag getroffen, dann hat seine Frau was zu ihm gesagt, er war abgelenkt, und als er zum zweiten Mal hinsah, war Sascha verschwunden.«

Dietrich nickte. »Sonst noch jemand?«

»Bisher nicht. Ich glaube schon, dass Sascha da war, nur ob er wegen Inga kam oder wegen Paul, bleibt unklar. Wir wissen ja nicht mal mit Sicherheit, ob er Inga überhaupt kannte.«

»Stimmt, wir wissen das nicht. Trotzdem deutet heute ein Stück mehr darauf hin als gestern«, schaltete sich Kassandra ein.

Sie spürte, dass sich sowohl Pauls als auch Brunos fragende Blicke auf sie richteten, doch sie zog es vor, sich auf Dietrich zu konzentrieren. »Ich war in der JVA Stralsund.«

»Wie haben Sie es geschafft, Heinz Jung zum Reden zu kriegen? Ich habe mein Glück heute leider umsonst bei ihm versucht, er mauerte wie jedes Mal.«

»Ich war nicht bei Heinz«, stellte Kassandra klar.

Beinah sofort zeichnete sich Verstehen auf Dietrichs Gesicht ab. »Sie waren bei Sven Larsen.«

Kassandra hörte, dass Paul eine abrupte Bewegung machte, und entschied, weiterhin nur Dietrich anzusehen. »Ja. Immobilien und krumme Geschäfte sind Sven ja vertraut, ich dachte, er könnte was über Sascha wissen.« Kurz berichtete sie, was sie erfahren hatte.

»Das klingt auf den ersten Blick vielversprechend«, meinte Dietrich. »Bedauerlicherweise sagt Herr Larsen meiner leidigen Erfahrung nach gern das, was andere hören wollen. Warum sollte er diesmal eine Ausnahme gemacht haben?«

»Weil er keine Ahnung hatte, worum es mir im Detail ging. Selbst wenn er wissen sollte, was aus der unscheinbaren Frau, die er damals sah, geworden ist – gesetzt den Fall, wir liegen richtig –, hatte ich Inga zuvor mit keinem Wort erwähnt, und nachher übrigens ebenso wenig. Natürlich kann ich es nicht beschwören, aber ich denke, er hat die Wahrheit gesagt.«

»Dann ziehen wir das in Betracht. Obwohl ich im Laufe meiner Recherchen heute schon an meiner eigenen Theorie, die beiden könnten bei dem Immobilienbetrug gemeinsame Sache gemacht haben, zu zweifeln begonnen habe.« Dietrichs Blick richtete sich auf Paul. »Michael Lange.« Es kostete ihn sichtlich Überwindung weiterzusprechen, ein flüchtiger Ausdruck des Mitgefühls huschte über seine Züge.

Kassandra nutzte die Pause, um Paul endlich doch anzusehen, der tonlos sagte: »Sie müssen nicht drum rumreden. Micha ist tot, richtig?« Er erzählte von seinem Anruf bei dessen Vater, worauf Dietrich nickte.

»Durchaus verständlich, dass Herr Lange so reagiert hat.« Er griff nach einem Blatt, auf dem er sich Notizen gemacht hatte. »Michael Lange heiratete bald nach seiner Entlassung und wollte wieder im normalen Leben Fuß fassen, was ihm nicht gelang. Es folgte ein gescheiterter Fluchtversuch in den Westen, nach dem er und seine Frau Gabriele 1982 ins Gefängnis kamen. Sie hatten mittlerweile eine Tochter, Ina, über deren weiteres Schicksal nichts bekannt ist. Ich habe mir daraufhin die Strafakte Ina Lange noch mal angesehen. Ihre Geburtsdaten stimmen mit denen seiner Tochter überein, als Eltern werden allerdings Gerhard und Marianne Lange aus Greifswald angegeben. Die Vermutung liegt nahe, dass die beiden das Kind adoptierten, wenn es auch etwas kurios ist, dass diese Familie denselben Namen trug. Ein Jahr nachdem Michael Lange zum zweiten Mal nach Bautzen gekommen war, erlitt er nachts in seiner Zelle einen Schlaganfall, was erst am nächsten Morgen entdeckt wurde, als es längst zu spät war. Seine Frau wurde nach Ende ihrer Haftzeit in Hoheneck ausgebürgert.«

Es herrschte entsetztes Schweigen. Paul starrte erschüttert auf das Display des Notebooks, als könnte er Dietrich dadurch zwingen zurückzunehmen, was er gesagt hatte. Die Fakten waren hart genug, aber Kassandra war sich bewusst, wie viel es Paul zusätzlich kosten musste zu verdauen, dass seine Vermutung sich bewahrheitet hatte: Inga war die Tochter seines Freundes – die sie verdächtigten, seinen Bruder getötet zu haben.

»Wo ist Michas Frau jetzt?«, stellte er schließlich eine Frage, an die Kassandra noch gar nicht gedacht hatte.

»Ich hab sie noch nicht ausfindig machen können. Wenn sie im Westen ein neues Leben angefangen und wieder geheiratet hat, lässt sich ihre Spur nur schwer nachvollziehen.«

»Aber sie hat doch nach der Wende bestimmt versucht, ihre Tochter wiederzufinden«, sagte Kassandra. »Falls sie sich getroffen haben, würde das beweisen, dass Inga die Geschichte ihrer Familie kennt.«

»Richtig formuliert: ›falls‹«, stimmte Dietrich zu. »Die Suche nach den Eltern oder dem Kind kann schlicht erfolglos verlaufen – oder wird gar nicht erst angestrebt. Manche zogen es vor, mit allen Konsequenzen unter ihre Vergangenheit einen Schlussstrich zu ziehen. Selbst wenn Inga Lange umgekehrt ihre Mutter gefunden hätte, hätte die sie vielleicht gar nicht sprechen wollen.« Dietrich zuckte beinah entschuldigend mit den Achseln.

»Die wichtigste Frage bleibt also, ob Inga weiß, wer dafür verantwortlich war, dass ihr Vater zum ersten Mal ins Gefängnis musste. Letztlich dürfte ja das der Grund gewesen sein für alles, was folgte. Ich halte es jedenfalls für wahrscheinlich, dass Micha durch den Gefängnisaufenthalt im Leben ›draußen‹ nicht mehr Fuß fassen konnte. Dafür spricht auch das, was sein Vater sagte – und wie er es sagte«, fasste Kassandra zusammen.

»Sehe ich genauso«, stimmte Dietrich zu. »Was mich aber wieder zu meinem eingangs geäußerten Einwand bringt. Falls Inga Lange die Geschichte ihres Vaters kennt und sich an Sascha Freese rächen wollte, passt das weniger zu dem, was ich gestern noch glaubte, nämlich, dass sie mit ihm in diese Immobiliensache verstrickt war.«

»Vielleicht hat sie da noch nichts davon gewusst. Soll ja passieren, dass sich manches erst spät rausstellt.« Bruno warf Paul einen vielsagenden Blick zu.

»Das könnte sein«, meinte Dietrich. »Haben Sie einen Vorschlag, wie wir erfahren, was Inga Lange seit wann weiß und was nicht? Ich könnte sie natürlich vernehmen, halte das aber gerade für keine sehr kluge Idee. Bei einer offiziellen Vernehmung hätte ich lieber ein paar Tatsachen in der Hinterhand statt eine vage Theorie.«

»Mir fällt nur Mona ein«, sagte Paul. »Könntest du bei ihr dezent vorfühlen, Kassandra?«

»Wenn Mona etwas über Ingas Vergangenheit wüsste, würde sie dann nicht dieselben Vermutungen anstellen wie wir?«

»Vielleicht tut sie das ja«, sagte Paul. »Du sagst, sie sei im Moment ziemlich durcheinander wegen Inga und Mirko, vielleicht ist das aber gar nicht alles.«

»Wer ist Mirko?«, fragte Dietrich dazwischen.

»Ein Kellner in Ingas Restaurant, sie hat anscheinend was mit ihm angefangen.«

Zwischen Dietrichs Augen bildete sich eine Falte. »Ich hatte kurzzeitig vergessen, was für ein Paradiesvogel Inga Lange ist.«

»Mir ist allerdings kein einziges Mal aufgefallen, dass da was lief zwischen Inga und Mirko«, wandte Paul ein. »Könnte es also nicht sein, dass der Gedanke, sich von Inga zu trennen, ganz woanders herkommt?«

»Sie hat sich aber nicht von Inga getrennt, und es sah mir bei unserem letzten Gespräch auch nicht danach aus, als hätte sie das eindeutig vor. Sie war bloß traurig. Außerdem halte ich es für wahrscheinlicher, dass wir nichts gesehen haben, weil wir nicht im Entferntesten daran dachten. Wenn du Mona nicht glaubst, setz dich doch mal mit Mirko zusammen, so von Mann zu Mann.«

»Von Mann zu Mann? Ich könnte gut und gern Mirkos Vater sein, ich glaub nicht, dass der Lust hat, mit mir über sein Liebesleben zu plaudern«, zweifelte Paul.

»Soll ich's mal versuchen?«, schlug Bruno scherzhaft vor. »Ich bin schon so alt, dass er vielleicht meint, mir was Neues über die Liebe erzählen zu können, was ich nicht schon seit sechzig Jahren …« Bruno wurde von einem Läuten an der Tür unterbrochen und schaute ebenso wie die anderen auf die Uhr. Es war kurz nach halb zwölf.

»Erwarten Sie noch jemanden?«, fragte Dietrich.

Paul schüttelte den Kopf, erhob sich und ging öffnen. Was Kassandra von Weitem hörte, veranlasste sie dazu, geistesgegenwärtig das Display des Notebooks ein Stück herunterzuklappen.

»Ich weiß, es ist spät, aber ich hab noch Licht gesehen«, sagte Mona. »Ist Kassandra da?«

»Klar. Komm rein.«

Mona wirkte durchgefroren und wehrte ab, als Paul ihr den Mantel abnehmen wollte. Gleichzeitig sah sie Bruno.

»Oh, Tag, Herr Ewald, hier ist ja noch viel los. Ich wollte auch gar nicht lange stören.«

»Red keinen Quatsch«, sagte Kassandra. »Setz dich lieber und erzähl, was passiert ist. Du läufst ja kaum zum Vergnügen um diese Zeit draußen rum.«

Unsicher sah Mona von Paul zu Bruno. Es gab in Pauls Haus außer dem Bad keinen Ort, der vollkommen privat war, also tippte Paul Bruno auf die Schulter.

»Lass uns einen Gang zur Seebrücke machen. Kannst mir genauso gut da noch ein bisschen über die Hochseefischerei erzählen.«

»Nein«, hielt Mona sie zurück. »Was ich zu sagen habe, kann ruhig jeder hören. Ich bin sowieso nur da, um Kassandra zu fragen, ob ich bei ihr übernachten kann. Ich bin zu kaputt, um jetzt noch nach Stralsund zurückzufahren, ich würde bloß an einem Baum landen.«

»Natürlich, kein Problem.« Kassandra stand auf, um ihre Schlüssel zu holen. »Meine einzigen Gäste sind heute abgereist, alle Zimmer stehen zu deiner Verfügung.«

»Danke.« Die Erleichterung stand Mona ins Gesicht geschrieben. Kassandra spürte, dass da noch was war, und das ließ Mona raus, nachdem sie sich erschöpft in einen Sessel hatte fallen lassen. »Ich war den ganzen Tag in Stralsund und dachte, ich überrasche Inga, wenn sie das ›FischLänder‹ schließt. Durchs Fenster konnte ich erkennen, dass keine Gäste mehr da waren, und ich wollte gerade reingehen, da kam sie mit Mirko aus der Küche. Sie stritten, was ich ausgesprochen begrüßte. Aber dann setzten sie sich an einen Tisch und …« Mona schlug mit der Faust auf das Sesselpolster ein. »Sie sahen so vertraut miteinander aus! Ich hab's nicht mehr ausgehalten, bin durch die Straßen gelaufen, zur See und hab lange auf der Brücke gestanden.« Ganz außer Atem holte sie Luft, um zum letzten Schlag auszuholen. »Inga hintergeht mich, sie lässt mich glauben, ich sei für sie der wichtigste Mensch überhaupt, und lügt mir dabei ins Gesicht. Sie betrügt, davon versteht sie was, und sie ist die rücksichtsloseste Person, die mir je begegnet ist.«

Kassandra erschrak über die Heftigkeit, mit der die Wut und Enttäuschung aus Mona hervorbrachen. Doch die schien sich schon wieder zu beruhigen und klimperte mit Kassandras Schlüsseln. »Ich muss mir überlegen, was ich mache. So geht's jedenfalls nicht weiter.« Schließlich stand sie auf. »Danke für das Asyl heute Nacht«, sagte sie und umarmte Kassandra zum Abschied.

»Lass die Schlüssel morgen einfach auf dem Küchentisch liegen und zieh die Tür hinter dir zu.«

»Mach ich.« Mona wandte sich an die beiden Männer. »Entschuldigung. Ich war sicher gerade das Abbild einer hysterischen Ziege.«

»Sie sehen toll aus, wenn Sie hysterisch sind«, stellte Bruno halb ernsthaft, halb vergnügt fest, was Mona immerhin zum Lachen brachte.

Nachdem sie gegangen war, klappte Paul das Display wieder

hoch. Zur selben Zeit hörte Kassandra von draußen einen lauten Fluch und öffnete noch mal die Tür, aber da war Mona schon um die Ecke. Sie kehrte zum Schreibtisch zurück.

»Wenn Sie mich fragen, Herr Freese«, sagte Dietrich, »klang das echt. Ich schätze, da läuft wirklich was zwischen Inga Lange und diesem Mirko. Wenn …« Er stockte und schaute Kassandra an. »Wenn Ihre Freundin so wütend auf Inga Lange ist, wäre sie eventuell bereit, ein bisschen aus dem Nähkästchen zu plaudern. Eben wäre vielleicht sogar der richtige Moment gewesen.«

»Dann hab ich leider den Moment verpasst. Bei aller Liebe hätte ich es nicht über mich gebracht, Mona in diesem Zustand auszuquetschen.«

»Verstehe ich einerseits. Aus meiner Sicht trotzdem eine verpasste Chance. Wie auch immer, ich denke, wir haben so weit alles besprochen. Da ist nur noch eins, Herr Freese: Sind Sie mit dem Notizbuch nennenswert weitergekommen?«

Pauls Nicken kam etwas zögerlich. »Ich hab mich heute drangesetzt und es mittlerweile komplett entschlüsselt. Da sind …« Er setzte neu an. »Als ich aus Bautzen zurückkam, haben mich sehr viele Fischländer unglaublich unterstützt – vom Bürgermeister bis zur HO-Verkäuferin. Jede Tat, jede Geste, jedes Wort, jedes moralische Aufbauen zählte unendlich viel. Ich weiß nicht, wie ich diese erste Zeit nach dem Gefängnis bewältigt hätte, wenn diese Menschen nicht gewesen wären. Sascha hat einiges davon festgehalten, keine Ahnung, ob er es je benutzt hat.«

»Sie meinen weitergegeben an die Stasi? Sie sind doch nach Bautzen bestimmt weiter bespitzelt worden.«

Paul nickte. »Allerdings nicht mehr von Sascha, weil der nur noch unregelmäßig hier war. Das hatte jemand anderes übernommen.«

»Ralf«, hörte Kassandra Bruno leise brummen, während Paul schon weitersprach.

»Aber ich hatte anfangs sowieso zu große Angst, wieder in den Bau zu müssen, als dass es bei mir persönlich viel zu beobachten gegeben hätte. Da war nur eine einzige Sache, und bei der war ich so vorsichtig wie nie zuvor im Leben. Was sich auszahlte, jedenfalls landete nichts darüber in meiner Akte.« Er warf einen Blick auf Kassandra, die sofort wusste, dass er auf ihre Mutter anspielte, weil er ihr von dem damaligen Geschehen erzählt hatte, kurz bevor der Mord an dem Kunstgutachter aufgeklärt worden war. »Was Saschas Notizen betrifft: Soweit ich es nachvollziehen konnte, haben die nichts mit seiner Tätigkeit als IM zu tun. Diese Dinge waren anscheinend sein kleines Privatvergnügen.«

»Verstehe. Was steht sonst noch drin?«

»Ab Ende der Siebziger kaum noch etwas, was das Fischland betrifft, und nichts, was an Dramatik ansatzweise vergleichbar wäre mit dem Vorfall um Clemens ein paar Jahre später. Allerdings sind in den Achtzigern und Anfang der Neunziger zwei, drei unschöne Details verzeichnet über Leute von außerhalb, deren Namen mir unbekannt sind.«

»Die hätte ich gern. Selbst wenn wir davon ausgehen, dass Sascha Freese aus besonderem Grund in Wustrow ermordet wurde, kann man nie wissen.«

Paul stand auf, um das Notizbuch zu holen, suchte die entsprechenden Stellen und nannte Dietrich Namen und Orte.

»Danke. Bekomme ich noch eine komplette Übersetzung des Notizbuchs?«

Kassandra konnte sehen, wie sehr Paul mit sich rang, und ahnte, dass es ihm dabei um die Menschen ging, die ihm geholfen hatten. Er vertraute Dietrich, andernfalls hätte er behaupten können, einen Teil des Buches nicht entschlüsseln zu können. Dennoch kam er sich vermutlich vor wie ein Verräter. Schließlich fasste er einen Entschluss. »Ich maile Ihnen eine Abschrift.«

»Gut. Sie wissen, dass ich das nur verwenden werde, wenn es absolut notwendig wird.« Dietrich sah auf die Uhr, dann fiel ihm noch etwas ein. »Wir haben überhaupt nicht mehr über Clemens Meisner gesprochen. Auch wenn sich gerade alles auf Inga Lange konzentriert, wir sollten ihn trotzdem weiter als möglichen Täter in Betracht ziehen.«

Kassandra berichtete von ihrem Anruf bei Meisner, woraufhin Dietrich zufrieden nickte. »Sollte sich was Neues ergeben, telefonieren wir, ansonsten sehen wir uns übermorgen bei der Beerdigung. Ich will das auf keinen Fall versäumen.« Er nickte ihnen allen zu und kappte die Verbindung.

»Ist kein Freund von überflüssigen Höflichkeitsfloskeln, der Herr Kommissar«, fand Bruno, »aber sonst schon richtig.« Er erhob sich. »Ich seh zu, dass ich morgen noch die fehlenden ›FischLänder‹-Gäste auftreiben und befragen kann, obwohl das überflüssig sein dürfte. Nur der Vollständigkeit halber. Schlaft gut, ihr zwei.« Er winkte Kassandra zu, während Paul ihn zur Tür brachte.

Kassandra war todmüde. Sie hatten letzte Nacht kaum geschlafen, und jetzt war es schon wieder Mitternacht durch. Nur im Dämmerzustand nahm sie wahr, dass Paul unter die Bettdecke schlüpfte, sich aber nicht hinlegte. Unter halb geöffneten Lidern sah sie, dass er sie anschaute.

»Was ist?« Sie setzte sich auf und rückte näher zu ihm.

»War bestimmt schwer für dich, mit Sven zu reden. Warum hast du nicht gesagt, was du vorhattest?«

Sie hatte diese Frage früher oder später erwartet. »Weil man manche Dinge mit sich allein ausmachen muss. Andere ...«, lächelnd drückte Kassandra Paul ins Kissen, »nicht.« Sie küsste ihn, und als er begann, ihren Kuss zu erwidern, störte sie der Gedanke an eine weitere sehr kurze Nacht kein bisschen mehr.

14

Kassandra hatte den Frühstückstisch gedeckt, zur Abwechslung den für sich und Paul statt für fremde Leute. Auch wenn sie finanziell eine ausgebuchte Pension gebraucht hätte, genoss sie es, dass sie eine gute Woche lang keine Gäste haben würde. Der Macht der Gewohnheit folgend, waren sie trotzdem früh aufgestanden, wenn sich Kassandra auch fragte, wozu. Es schien nichts zu geben, was sie heute tun konnten. Nur Paul würde endlich mal wieder zum Arbeiten kommen. Sie goss gerade Orangensaft in zwei Gläser, als er die Tür aufschloss und eintrat, ein Handtuch über der Schulter und seine Sporttasche in der Hand. Wenn er morgens nicht lief, schwamm er oft ein paar Bahnen im Schwimmbad der Ostsee-Kurklinik, die nur einen Steinwurf entfernt lag. Seine Haare waren noch feucht, Kassandra nahm den Duft seines Duschgels wahr, als er näher trat.

»Sieh mal.« In der Hand hielt er eine verdreckte und nasse Packung Papiertaschentücher, die er gleich wegwarf, und ein ebenfalls mit Schlammspuren übersätes Schlüsselbund, das er Kassandra gab. »Das muss Mona gestern verloren haben.«

»Deshalb hat sie geflucht, vermutlich ist ihr ihre Tasche in den Matsch gefallen.« Sie betrachtete die Schlüssel eingehender und stutzte. »An Monas Bund sind lauter Glitzeranhänger. Wenn dieses auch ihr gehört, ist es ein Ersatzbund. Oder …«

Sie sahen sich an.

»Denkst du, was ich denke?«, fragte Paul.

»Es könnte irgendjemand verloren haben«, wandte Kassandra ein.

»Vor unserer Haustür? Hier führt kein Gehweg vorbei wie an deiner Pension.«

In ihrer Hand wog Kassandra das Bund, an dem vier Schlüssel hingen. »Zwei für Wustrow – das Haus und die Wohnung oben drüber – und zwei für Ingas Wohnung in Stralsund?«

»Klingt logisch. Weißt du, wo Inga wohnt?«

Kassandra nickte.

»Lassen wir das Frühstück ausfallen und fahren gleich los. Je eher wir in Stralsund sind, desto besser.«

»Paul! Wir können doch nicht …«

»Nein, du hast recht.« Paul nahm ihr das Schlüsselbund wieder ab und hielt es unter fließendes Wasser, um es zu säubern. Dann wusch er sich selbst die Hände und setzte sich an den Tisch, während Kassandra stehen blieb, jede seiner Bewegungen beobachtend. Er griff nach einem Brötchen, schnitt es auf und belegte es mit Käse. »Hast du keinen Hunger?«

»Wir würden uns strafbar machen. Das mit Saschas Wohnung war schon grenzwertig, Ingas steht außer Frage. Dietrich könnte nichts für uns tun, wenn wir erwischt werden.«

»Es ist ein Risiko, ja«, gab Paul zu. »Möglicherweise sogar ein unverhältnismäßig hohes. Niemand kann sagen, ob in Ingas Stralsunder Wohnung ein Beweis dafür zu finden ist, dass sie von Saschas Verbindung zu Micha wusste. Vielleicht liegt der hier – oder es gibt ihn gar nicht. Nur: Wenn wir nicht nachsehen, werden wir es nie erfahren.«

Kassandra setzte sich nun doch und dachte nach. »Was ist mit Inga?«, fragte sie schließlich, schon halb kapitulierend. »Vielleicht ist sie selbst gerade in Stralsund.«

»Da können wir uns absichern.« Er holte sein iPhone, suchte im Verzeichnis nach der Nummer, unter der Mona zu erreichen war, wenn sie in Wustrow bei Inga übernachtete, schrieb sie auf und tippte eine andere an. »Morgen, Query, bitte entschuldige die frühe Störung, aber könntest du für mich eine Nummer anrufen, sagen, dass du dich verwählt hast, falls sich jemand meldet, und mir anschließend Bescheid geben?« Pause. »Frag lieber nicht.« Wieder eine Pause, kürzer diesmal. »Danke, hast was gut bei mir.«

»Was schlummert da in dir?«, fragte Kassandra in einer Mischung aus Erschrecken, Verblüffung und Belustigung.

»Achim Detjen?«, schlug Paul vor. Kurz darauf meldete sich Query zurück, er hörte zu, bedankte sich nochmals und beendete das Gespräch. »Inga ist hier. Also?«

»Du bist skrupellos«, staunte Kassandra erneut, lächelte aber dabei.

»Das sieht bloß so aus.« Paul erwiderte das Lächeln nur halbherzig. »Ich kann nicht behaupten, dass mir das leichtfällt, was weniger mit den möglichen rechtlichen Konsequenzen als mit meinen ureigensten Gefühlen zu tun hat. Schließlich weiß ich selbst ganz gut, wie das ist, wenn einem jemand hinterherspioniert. Außerdem ist Inga Michas Tochter, und obwohl ich nichts entschuldigen will, könnte ich ihre Gründe verstehen, falls sie Sascha getötet hat. Aber falls sie es war, sitzt ihretwegen jemand im Knast – genau wie Micha damals für nichts und wieder nichts.« Er biss in sein Brötchen und hielt es anschließend Kassandra hin. »Besser ein mageres als gar kein Frühstück.«

Während der gesamten Fahrt nach Stralsund brütete Kassandra vor sich hin, nach wie vor zweifelnd, ob das, was sie vorhatten, richtig war. Paul fuhr ins Parkhaus am Frankenwall, das weit genug entfernt lag von Ingas Wohnung in der Altstadt, damit sein Auto nicht auffiel. Zu Fuß machten sie sich auf den Weg, wobei sie die Mönchstraße mieden, obwohl das der kürzeste Weg gewesen wäre. Dort allerdings wohnte Mona, gleich gegenüber vom Deutschen Meeresmuseum, das im ehemaligen Katharinenkloster untergebracht war. Falls sie nicht im Geschäft, sondern zu Hause war und zufällig aus dem Fenster schaute, ergäbe das ein paar Fragen, die sie vermeiden wollten.

In der Mühlenstraße brauchte Kassandra nicht lange, um das richtige Haus zu finden. Sie wusste von Mona, dass es ein in Altrosa gestrichenes schmales Giebelhaus war und in der Nähe vom Alten Markt lag. Kassandra holte noch auf der anderen Straßenseite das Schlüsselbund hervor. »Welches ist wohl der für die Haustür? Wir sollten nicht zu viel Zeit damit zubringen, die Schlüssel durchzuprobieren.«

»Diese zwei sehen aus, als gehörten sie zusammen. Bestimmt ist es einer von denen.« Zielstrebig überquerte Paul die Straße, trat in den etwas zurückliegenden Hauseingang und steckte den ersten Schlüssel ins Schloss, der nicht passte. In die Haustür waren Scheiben eingelassen, Kassandra hoffte, dass niemand durchs Treppenhaus herunterkam und ihn hantieren sah. Der zweite Schlüssel war der richtige. Alles in allem hatte es bloß ein paar Sekunden gedauert, die Tür zu öffnen, auch wenn es Kassandra viel länger vorgekommen war.

»Erste Etage, es gibt da nur eine Wohnung«, sagte sie und huschte zusammen mit Paul die Treppe hinauf. Während er aufschloss, lauschte sie noch einmal durch den Hausflur, doch außer einer schleudernden Waschmaschine im Stockwerk über ihnen war nichts zu hören. Dann standen sie unvermittelt in Ingas riesigem Wohnzimmer. Es gab keinen Flur, man wurde sofort hineingeworfen in diesen sparsam, aber mit exquisiten Antiquitäten möblierten Raum. Kassandra hatte sich nie Gründerzeitmöbel vorgestellt, wenn sie an Inga dachte. Die kantigen, aber reich verzierten Holzschränke waren nicht Kassandras Stil, gefielen ihr in dieser Umgebung jedoch trotzdem. Außer dem Wohnzimmer gab es noch einen Schlafraum, der wie ein Kontrapunkt wirkte, weil alles in ihm nüchtern und modern war, eine ebenso moderne Küche und ein Bad, in dem man Walzer tanzen konnte. Paul streifte Handschuhe über und näherte sich dem Buffet, das aus vielen kleinen und größeren Fächern und Schubladen bestand. Kassandra zog ebenfalls Handschuhe an – dünne Lederhandschuhe, die gegen die Kälte im Winter zwar nie halfen, aber jetzt immerhin zu etwas nutze waren.

Sie suchten gründlich und lange. Zwischendurch warf Kassandra immer wieder nervös einen Blick auf die Uhr, und nachdem über eine Stunde vergangen war, ohne dass sie fündig geworden wären, stöhnte sie auf. »Ich fange schon an, dieselben Schränke das zweite Mal durchzusehen. Hier ist nichts.«

»Lass uns tauschen«, meinte Paul. »Guck du da, wo ich schon nachgesehen habe, und umgekehrt.« Damit verschwand er im Schlafraum. Zehn Minuten später, Kassandra durchsuchte gerade die letzte Schublade des Buffets, hörte sie Pauls Stimme. »Kassandra?«

Sie drehte sich um und sah ihn mit zwei prall gefüllten dunkelblauen Pappheftern im Türrahmen lehnen. »Michas Stasi-Akte. Ist normalerweise nicht meine Art, in fremder Schmutzwäsche zu wühlen, aber es lohnt sich anscheinend, mal eine Ausnahme zu machen. Die hier lagen ganz unten im Korb, direkt darüber Klamotten, die seit Jahren aus der Mode sind.«

Kassandra hatte den Schmutzwäschebehälter überhaupt nicht wahrgenommen, der, wie Paul erklärte, hinter der Gardine verborgen gewesen war. »Woher hat sie die? Micha kann sie kaum selbst angefordert und Inga hinterlassen haben.«

Paul legte die beiden Hefter auf den Esstisch mit den kunstvoll gedrechselten Beinen und schlug einen davon auf. »Im Todes- oder Vermisstenfall dürfen auch nahe Angehörige die Akten einsehen«, erklärte er. »Wenn wir noch Zweifel gehabt hätten, dürfte die Tatsache, dass Inga die Akten hat, die endgültige Bestätigung ihrer Identität sein.« Den letzten Satz murmelte er schon halb abwesend vor sich hin, während er zu lesen begann.

Kassandra nahm sich den zweiten Ordner vor. Quer über die Seiten liefen große rote Stempel der Stasi-Unterlagen-Behörde mit der Aufschrift »Kopie BStU« oder in kleiner einfach nur »Kopie«. Der Teil, den Kassandra in den Händen hielt, befasste sich mit dem Zeitraum, in dem Paul und die anderen mit ihrem Piratensender beschäftigt gewesen waren. IM Dzierzynski beziehungsweise Sascha war ein sehr fleißiger Informant gewesen. Er hatte nicht nur Paul bespitzelt, sondern auch Micha, für ihn sicher eine praktische Lösung. Er und Micha mussten zur selben Zeit an der Seefahrtschule studiert haben. Wie in Pauls Akte wurde auch hier offenbar, dass Dzierzynskis Hinweise zur Verhaftung der Jungs geführt hatten. Jemand hatte mit blauem Kugelschreiber diverse Male den Namen »Dzierzynski« eingekreist und »S. F.« oder »S. Freese« an den Rand geschrieben, offenbar in großer Wut, das Papier war an diesen Stellen teilweise durchbohrt. Inga beschriftete ihre Tagesgerichttafeln grundsätzlich selbst, und Kassandra glaubte zumindest, ihre Handschrift wiederzuerkennen.

Mit einem Mal hörte sie Schritte im Treppenhaus. Sie erstarrte und sah zu Paul, doch der war so in den anderen Teil von Michas Akte vertieft, dass er nichts davon mitbekam. Kassandras Hände begannen zu zittern, als sich die Schritte der Wohnungstür näherten, doch die Person ging an der Tür vorbei ins nächste Stockwerk, und Kassandra sackte zusammen. Sie stützte sich auf dem Tisch ab und stieß einen Seufzer aus. Nicht mal das bemerkte Paul, der sich auf einen der Stühle gesetzt hatte.

Kassandra schloss ihren Papphefter und beugte sich über Pauls. Als ihr Schatten auf die Seiten fiel, blickte Paul endlich auf, sie erschrak über den Ausdruck in seinen Augen.

»Was hat Sascha noch getan?«, fragte sie.

»Michas Fluchtpläne verraten. Micha ist zweimal wegen Sascha in Bautzen gelandet – und gestorben.«

Daraufhin musste auch Kassandra sich setzen. »Wie konnte das gehen? Sascha war doch zu der Zeit sicher ganz woanders.«
»Eben nicht. Nach seinem Studium hat er als Diplom-Ingenieur bei den Elbewerften in Boizenburg gearbeitet. Dahin hatte es offenbar auch Micha verschlagen. Ich erinnere mich, dass er mal erzählt hat, Verwandtschaft in Boizenburg zu haben. Das traf sich ja ganz gut, es wurde immer gern gesehen, wenn jemand nach einem Gefängnisaufenthalt eine Anlaufstelle hatte. Außerdem passte seine Tätigkeit als Arbeiter in der Werkstoffprüfung dort zu seiner angefangenen Ausbildung. Wenn es auch beileibe nicht das war, was er sich mal vorgestellt hatte. Aus der Traum vom Ingenieur.« In Pauls Blick spiegelte sich kurz Wut, er tippte auf die Akte. »Ich gehe nicht davon aus, dass das erneute Zusammentreffen der beiden purer Zufall war. Hieraus geht nämlich hervor, dass Sascha sich mit Micha angefreundet und ihm wohlmeinend geraten hat, von einem Kontakt zu mir oder zu sonst jemanden aus Wustrow abzusehen. Wenn Micha so viel Angst vor dem Knast hatte wie ich, als ich rauskam, verstehe ich, dass er sich daran gehalten hat. Ich frage mich, ob er am Ende wusste, wem er das alles zu verdanken hatte.«

»Zumindest Inga hat es gewusst.« Kassandra öffnete ihren Hefter wieder und zeigte Paul die Notizen.

Er nickte. »Die Benachrichtigung über Dzierzynskis Identität liegt ganz hinten in diesem Teil.« Aus seiner Manteltasche holte er Kassandras kleine Digitalkamera. »Dietrich wird das nicht offiziell verwenden können, aber er wollte eindeutige Fakten, bevor er mit Inga spricht. Die kriegt er hiermit.«

»Er wird nicht begeistert sein, wenn er erfährt, wie wir drangekommen sind.«

»Ich werde ihm sagen, er soll nicht fragen.«

Wenigstens gewann Pauls Sinn für Humor allmählich wieder die Oberhand. Nachdem er alles Notwendige fotografiert hatte, nahm er die beiden Hefter, legte sie zurück in den Schmutzwäschebehälter und die Kleidungsstücke in der richtigen Reihenfolge wieder obendrauf. Unterdessen brachte Kassandra im Wohnzimmer die Stühle in die ursprüngliche Position. Anschließend versicherten sie sich, dass auch alles andere wieder aussah wie zuvor.

Gerade als sie auf den Flur traten, tat ein Stockwerk über ihnen jemand dasselbe. Paul drängte Kassandra zurück in die Wohnung, wo sie sich instinktiv an die Wand drückten, obwohl die Tür aus massivem Holz war und niemand hindurchsehen konnte. Zu Kassandras Entsetzen blieben die Schritte diesmal vor Ingas Wohnungstür stehen. Jemand klingelte. Kassandras Herz schlug so laut, dass sie glaubte, derjenige, der draußen stand, müsse es hören.

Es klingelte ein zweites Mal, ein Klopfen folgte. »Inga? Bist du zu Hause?«, fragte eine weibliche Stimme.

Kassandra spürte den Druck von Pauls Hand auf ihrer Schulter. Seine Züge wirkten angespannt. Wenn sie erwischt wurden – wie hoch war die Strafe für das, was sie getan hatten? Stand darauf Gefängnis? Dass Paul das bevorstehen könnte, beunruhigte sie weit mehr als ihr eigenes mögliches Schicksal.

Die Frau vor der Tür ging nicht weg, stattdessen hörte Kassandra etwas rascheln. Ein paar Augenblicke später ließ ein Geräusch in unmittelbarer Nähe sie zusammenzucken. Etwas tat sich an der Tür! Doch ein Wunder geschah: Die Schritte entfernten sich und gingen die Treppe weiter hinab.

Kassandra wusste nicht, wie lange sie dort stocksteif gestanden hatten, nachdem die Frau längst fort gewesen war. Ihre Knie waren weich, als sie sich an Paul lehnte, und das hatte diesmal nichts mit seinem Lächeln zu tun.

Paul stieß ganz langsam die Luft aus und schloss Kassandra kurz, aber fest in die Arme. »Raus hier.«

Als sie die Wohnung verließen, fiel ihnen ein Stück Papier vor die Füße, das Ingas Nachbarin in den Schlitz zwischen Tür und Rahmen gesteckt hatte. Kassandra wollte es aufheben, um es zurückzustecken, doch Paul hielt sie davon ab. »Lass liegen. Wir wissen nicht, an welcher Stelle sie das befestigt hat. So sieht es aus, als wäre es bloß runtergefallen«, flüsterte er. Leise drehte er den Schlüssel zweimal im Schloss, kurz darauf traten sie ins Freie. Glücklicherweise hatte es zu regnen begonnen, die wenigen Leute auf der Mühlenstraße hasteten unter ihren Schirmen vorbei, ohne darauf zu achten, wer aus dem Haus kam.

Erst auf der Ossenreyerstraße mit ihren bunten Giebelhäusern, ihren unzähligen Geschäften und jeder Menge Trubel gelang es

Kassandra, einigermaßen gleichmäßig und ruhig zu atmen. Sie fasste nach Pauls Hand. »So was machen wir bitte nicht noch mal, ja?«

Paul blieb stehen und drehte sie zu sich, sein Lächeln spiegelte ihre Erleichterung wider. »Ich will nichts versprechen, was ich nicht hundertprozentig halten kann, Kassandra, Liebes. Aber gehen wir einfach mal davon aus.« Er nickte hinüber zu einem Café. »Was hältst du davon? Ich könnte einen Kaffee vertragen.«

Nachdem Paul seinen Kaffee und Kassandra einen Tee vor sich stehen hatten, zückte Paul sein iPhone, um Dietrich anzurufen. Er tat es ihm gleich und hielt sich nicht lange mit Floskeln auf, sondern kam sofort zum Punkt. »Können Sie gerade reden?«, fragte er. Offenbar fiel die Antwort nicht rundum positiv aus. »Dann nur so viel: Wir haben gefunden, was Sie wollten. Stehen Sie im Telefonbuch? Gut. Wenn Sie nach Hause kommen, liegt eine Fotospeicherkarte in Ihrem Briefkasten. Wir sehen uns morgen.«

Paul kopierte die Bilder, die er in Ingas Wohnung gemacht hatte, von der Speicherkarte auf den internen Speicher der Kamera, entnahm die Karte und wickelte sie sorgfältig in zwei Papierservietten. Anschließend ging er online und suchte Dietrichs Adresse. »Fährstraße, das ist ja fast nebenan. Hoffen wir, dass die Briefkästen außen angebracht sind.«

Vorbei am Rathaus mit seiner beeindruckenden Schaufassade und seinen sieben Schmucktürmchen und der Nikolaikirche, der im Gegensatz dazu skurrilerweise eine Turmspitze fehlte, überquerten sie den Alten Markt in Richtung Fährstraße. Dort gab es ebenso farbenprächtige Giebelhäuser wie in Stralsunds Hauptgeschäftsader, nur herrschte weitaus weniger Betrieb. Dietrich wohnte in einem dreigeschossigen, dunkelrot verputzten Haus mit kleinen Fenstern im reich geschmückten Giebel. Es stand direkt neben einem schmalen Durchgang in den Hof, sodass man sehen konnte, wie großzügig weit nach hinten das Haus gebaut war. Drei Stufen führten zur grün gestrichenen Tür hinauf, aber Pauls Hoffnung erfüllte sich nicht: Es gab keine Außenbriefkästen. Kurzerhand drückte Kassandra auf die oberen beiden Klingelknöpfe. Als ein Summen ertönte, stieß sie die schwere Tür auf und brüllte »Pohoost!« durch den Hausflur, was Paul zu einem leisen Schnauben veranlasste.

»Und was für welche«, sagte er leise, während er die Speicherkarte in Dietrichs Briefkasten warf.

In Wustrow setzte Paul Kassandra zu Hause ab und fuhr anschließend weiter nach Schwerin, um seine Mutter abzuholen. Kassandra putzte das Zimmer, in dem Mona übernachtet hatte. Danach rief sie ihre Freundin an und hoffte, dass die ihr Schlüsselbund noch nicht vermisst hatte. Das war tatsächlich nicht der Fall, und Mona fand den Verlust auch nicht tragisch, sondern bat Kassandra nur, die Schlüssel aufzubewahren, bis sie sich das nächste Mal sahen. Wann das sein würde, ließ sie offen, wie sie überhaupt sehr wortkarg war. Auf Kassandras Frage, wie es ihr ging und was sich mit Inga ergeben hatte, antwortete sie nur, dass sie darüber im Moment nicht sprechen, sondern erst mal Abstand gewinnen wolle.

Als Paul mit seiner Mutter kam, schien Margarethe Freese hin- und hergerissen zwischen dem Wunsch, sich in ihr Zimmer zurückzuziehen, und dem, am Vorabend der Beerdigung ihres älteren Sohnes nicht allein zu sein. Sie entschied sich für Letzteres und verbrachte ein paar Stunden damit, über alte und glücklichere Zeiten zu sprechen. Als sie schließlich zu Bett ging, machte sie einen einigermaßen gefassten Eindruck.

Dietrich meldete sich nicht mehr.

15

War das Wetter gestern noch typisch novembergrau und ver-
regnet gewesen, strahlte heute die Sonne von einem stahlblauen
Himmel. Über Nacht war die Temperatur um acht Grad gefallen.
Die Kälte kam mit einer frischen, rauen Seeluft, als wollte sie
alles wegwischen, was geschehen war, und es gemeinsam mit
Sascha zu Grabe tragen.

Durch das weiße Holzfriedhofstor betraten Paul und Kassandra,
Margarethe Freese in ihrer Mitte, die Allee, die quer über den
Friedhof führte. Die hohen Bäume reckten ihre nur noch spärlich
belaubten Äste in den weiten Himmel und wirkten wie Riesen,
die an diesem Tag etwas Bedrohliches ausstrahlten. Darunter nahm
sich die Kapelle aus gelbem Backstein, deren zweiflügelige Pforte
weit offen stand, noch kleiner aus, als sie war. Es erschien Kassandra unmöglich, dass all die Menschen, die davor standen und
warteten, darin Platz finden konnten, denn wie Paul vermutet
hatte, war tatsächlich halb Wustrow auf den Beinen, um Saschas
Beisetzung nicht zu verpassen. Die Menge teilte sich, um ihnen
den Weg frei zu machen, und obwohl alle still und respektvoll
dastanden, schien Margarethe Freese jetzt erst wahrzunehmen, was
um sie herum geschah. Sie war in den letzten Stunden in einer
Art Schockzustand gewesen. Paul hatte lange mit sanfter Geduld
auf sie eingeredet, bis sie bereit war, das Haus zu verlassen. Nun
erschrak sie über die vielen Leute und drückte sich dichter an Paul,
der beschützend seinen Arm um ihre Schultern legte. Seine Miene
blieb undurchdringlich, er sah weder nach links noch nach rechts,
sondern konzentrierte sich ganz auf seine Mutter. Kassandra löste
sich von Margarethe Freeses Seite, blieb ein, zwei Schritte zurück
und versuchte, in den Gesichtern zu lesen, die ihr teils offen, teils
verschlossen entgegensahen. Drei, vier Leute wirkten, als würden
sie sich hier fremd fühlen, sie mochten Bekannte von Sascha
sein, aus Stralsund oder anderswo. Ob jemand von ihnen ebenso
dubiose Geschäfte betrieb, wie er das getan hatte, sah man leider
keinem an.

Ein paar Schritte entfernt stand dezent im Hintergrund, aber
dennoch Präsenz zeigend, Kay Dietrich. Er war nicht allein ge-

kommen, sondern hatte seinen Kollegen Harms bei sich. Gerade noch rechtzeitig konnte Kassandra sich zurückhalten, Dietrich zuzunicken.

Sie betrat die Kapelle nach Paul und seiner Mutter. Gleich im Eingangsbereich vor dem kleinen Altar mit dem Kruzifix, das vor dem hellen Fenster der Apsis wie ein Schattenriss wirkte, war Saschas sehr schlichter Buchensarg aufgebahrt. Darauf lag als einziger Schmuck ein Kranz aus weißen Rosen. Paul und seine Mutter blieben einen Augenblick vor dem Sarg stehen, was Kassandra Gelegenheit gab, ihren Blick über die sechs Stuhlreihen schweifen zu lassen, die bis auf die drei für sie reservierten Plätze ganz vorn vollständig besetzt waren, sodass alle anderen die Trauerfeier von der Wiese aus verfolgen mussten.

Auf den schlichten Holzstühlen entdeckte sie Violetta mit ihren Eltern, ihre Tante Irene dagegen war nicht gekommen. Bruno, der ziemlich weit hinten Platz genommen hatte, womöglich, um den Rest der Trauergemeinde gut im Blick zu haben, schien gerade nachdenklich in sich selbst hineinzuhorchen. Thomas Hartmann hatte offenbar seine Termine verschieben können, und neben ihm saß tatsächlich Clemens Meisner. Als der aufsah, schaute er Kassandra dermaßen feindselig an, dass ihr der Atem stockte. Er war ihr am Telefon zwar nicht übermäßig enthusiastisch erschienen, aber auch nicht rundheraus ablehnend. Wenn er es sich anders überlegt haben sollte – warum war er überhaupt hier? Meisners Blick schien sich in ihre Augen zu bohren, Kassandra spürte eine Gänsehaut über ihre Arme laufen und sah zur Seite. Dabei nahm sie Ralf Peters wahr, der ihr, wenn auch zögernd, zunickte. Es kostete sie einige Mühe, nun nicht selbst diejenige zu sein, die vergiftete Pfeile abschoss. Sie verbot sich, daran zu denken, was Peters getan hatte.

Paul und seine Mutter wandten sich vom Sarg ab, und Kassandra war überzeugt, dass er in dem kurzen Moment, den er benötigte, um seine Mutter zu der vorderen Stuhlreihe zu führen, die Menge genau beobachtete. Nachdem Margarethe Freese auf dem mittleren der drei Stühle Platz genommen hatte, setzten sich er und Kassandra links und rechts von ihr.

Ein, zwei Minuten lang war abgesehen von leisem Hüsteln und dem Scharren von Füßen nichts zu hören, dann trat ein dunkel gekleideter Mann nach vorn. Sascha hatte wie seine gesamte Familie keiner Konfession angehört, und was der Trauerredner nun über ihn sagte, entsprach weitestgehend dem, was Margarethe Freese am vergangenen Abend schon über seine Kindheit, Jugend und sein frühes Erwachsenenleben erzählt hatte. Er tat das sehr einfühlsam, sodass kaum auffiel, dass Saschas spätere Jahre, besonders die letzten fünfzehn, über die so wenig bekannt war, fast keine Rolle spielten. Zum Ende kam der Redner auf etwas zu sprechen, was Kassandra wider Erwarten schlucken ließ.

»Wir wissen nicht, was nach dem Tod mit uns passiert, und jeder mag seine eigenen Vorstellungen davon haben. Sascha Freese hatte einmal Kosmonaut werden wollen – und vielleicht hat sich sein Wunsch nach so vielen Jahren auf eine ganz eigene Art und Weise erfüllt, vielleicht ist er nun irgendwo da draußen zwischen den Sternen.«

Kassandra schaute zur Seite. Auf Margarethe Freeses ansonsten starrem Gesicht lief eine Träne die Wange hinunter. Ihre Hände lagen in ihrem Schoß, Paul hatte seine Rechte darübergelegt. Kassandra hob ihren Blick und sah an Margarethe Freese vorbei zu ihm. Sie erkannte kein Anzeichen von Trauer, nur Sorge um seine Mutter.

Kurz darauf folgte die Trauergemeinde Saschas Sarg hinaus, wo von dem wolkenlosen Himmel nach wie vor so kraftvoll die Sonne schien, dass sie blendete. Wieder teilte sich die Menge vor der Kapelle, und wieder blieb Kassandra ein paar Schritte zurück. Die Sargträger führten den Zug an und gingen zunächst zur Allee zurück, auf der sie sich nach links wandten, vorbei an der Kapelle und dem Grab des ersten Direktors der Großherzoglichen Navigationsschule.

Auf dem sich anschließenden Gräberfeld sah Kassandra Dietrich und Harms mitten zwischen den uralten, moosbewachsenen Kreuzen und Grabsteinen stehen, deren Inschriften kaum noch zu entziffern waren. Ein ganzes Stück hinter den Polizisten lehnten an der Friedhofsmauer kunstvoll gemeißelte Steine, zu denen es keine Gräber mehr gab. Am äußersten Ende des Friedhofs hatte man ebensolche Grabmäler rund um einen kleinen Hügel aufgeschichtet zum Andenken an alteingesessene Familien und damit zum Andenken an die Geschichte Wustrows. Paul kannte zu so ziemlich jedem alten Grabstein mindestens eine Geschichte, und normalerweise liebte Kassandra es, mit ihm über den Friedhof zu schlendern und ihm zuzuhören, wie er erzählte – über Kapitänsfamilien wie die Bradherings und Permiens, die Dades und Niemanns, über Künstler wie die Malerinnen Hedwig Woermann und Hedwig Holtz-Sommer, den Illustrator Fritz Koch-Gotha oder die Schriftstellerin Käthe Miethe – genauso wie über unzählige andere bemerkenswerte oder auch ganz einfache Fischländer, die hier ihre letzte Ruhestätte gefunden hatten. Zu einer Beerdigung waren sie noch nicht gemeinsam hier gewesen, und sie hätte niemals für möglich gehalten, dass die erste, an der sie teilnahm, ausgerechnet die seines Bruders sein würde.

An der Grabstelle, die in unmittelbarer Nähe zum hinteren Tor lag, das auf ein Waldstück hinausging, zog sich Kassandra ganz zurück. Sie beobachtete von einem knorrigen Baumstamm aus, wie die Menschen Erde auf den Sarg warfen und Paul und seiner Mutter kondolierten. Niemand verhielt sich auffällig. Die Fremden, die Kassandra anfangs bemerkt hatte, nahmen an dieser Zeremonie nicht mehr teil.

Gerade sah sie, wie Bruno Margarethe Freese zuerst vorsichtig und dann fester umarmte, als direkt neben ihr jemand sagte: »Ich will mit Paul sprechen, gleich nach dem Zirkus hier. Es ist mir egal, wie er das anstellt und wie er sich von seiner Mutter loseist. Ich warte drüben an der alten Wasserleichenhalle. Sagen Sie ihm das.«

Kassandra hätte sich nicht umdrehen müssen, sie hatte Clemens Meisners Stimme auch so erkannt, die ebenso feindselig klang, wie sein Blick vorhin gewesen war.

»Weshalb kommen Sie nicht einfach zur Kaffeetafel bei Inga Lange?«, fragte sie bedeutend ruhiger, als sie sich fühlte. »Da könnten Sie ganz unauffällig miteinander sprechen.«

»Warum sollte ich Wert darauf legen, unauffällig mit ihm zu reden?«, fuhr er Kassandra gereizt an. »Ich habe gesagt, ich warte an der Halle, und das werde ich tun. Wenn Paul sich nicht blicken lässt, könnte es sein, dass er das später bereut.« Er wollte sich abwenden, doch Kassandra hielt ihn mit ihren nächsten Worten zurück.

»Sie legen sehr wohl Wert auf ein unauffälliges Treffen, sonst hätten Sie nicht den zugewachsenen Schuppen an der Mauer gewählt, hinter dem man sich so gut verstecken kann. Wenn nun aber einer der Trauergäste beschließt, noch ein bisschen zu bleiben, Sie beide sieht – und sich fragt, was Sie weit ab vom Schuss Geheimnisvolles zu bekakeln haben?« Kassandra wunderte sich selbst über ihren gelassenen Tonfall angesichts der Tatsache, dass Meisner eben eine ziemlich deutliche Drohung ausgesprochen hatte. Aber aus eben dem Grund wollte sie Paul lieber nicht allein mit ihm sprechen lassen.

Meisner ließ sich ihre Worte durch den Kopf gehen, nickte und wandte sich endgültig ab. Kassandras Blick folgte ihm. Als er an Dietrich und Harms vorbeiging, sah Dietrich von ihr zu Meisner und zurück, während Harms auf ihn einredete. Was er sagte, konnte Kassandra nicht verstehen. Doch als Dietrich sich ihm zuwandte, spiegelte sich Ärger in seinem Gesicht wider. Er entgegnete etwas, was von Harms mit einem vehementen Kopfschütteln quittiert wurde, gefolgt von einem neuerlichen Wortschwall, aus dem der Wind nur Fetzen an Kassandras Ohr wehte. Sie meinte etwas von »Zeitverschwendung« zu hören und »versteh dich nicht«. Harms drehte sich um und ging die Allee hinunter zum Ausgang. Im Gehen wedelte er mit einem Autoschlüssel, doch Dietrich achtete schon nicht mehr auf ihn, sondern richtete seinen Blick wieder auf die Trauergäste. Kassandra ignorierte er – fast. Ganz kurz sah er sie an und hob dabei ganz leicht und doch vielsagend die Schultern.

Der Friedhof leerte sich nach und nach, bis am Ende nur noch Bruno und Paul bei Margarethe Freese standen. Sie sagte etwas zu ihnen, worauf sich beide zurückzogen und zu Kassandra traten. Dietrich hielt nach wie vor Abstand.

»Schafft sie's?«, fragte Kassandra.

Paul nickte. »Sie hatte schreckliche Angst vor diesem endgültigen Abschied. Jetzt geht es ihr zwar nicht gut, aber sie schafft es.« Er wandte sich an Bruno. »Danke, dass du da bist, das hilft ihr sehr.«

»Ist doch selbstverständlich.« Bruno wirkte etwas verlegen.

»Könntest du dich nachher auch ein bisschen um sie kümmern?«, fragte Kassandra. »Paul hat eine Verabredung mit Clemens Meisner.« In kurzen Worten erläuterte sie ihr Gespräch von eben.

Wieder nickte Paul. »Dann werden wir uns mal anhören, was er zu sagen hat. Meine Mutter hat ein paar der Leute, die sie von früher kennt, zu Inga eingeladen. Wenn die alle kommen, wird sie abgelenkt genug sein. Falls nicht«, er sah Bruno an, »wäre es großartig, wenn du für mich einspringen könntest, solange wir mit Clemens beschäftigt sind.«

In diesem Augenblick hatte sich Margarethe Freese vom Grab abgewandt und kam auf sie zu. Ihr Gesicht war immer noch bleich, aber es waren keine Tränen mehr darauf zu sehen.

Natürlich war Margarethe Freese der Name Inga Lange ein Begriff, nur von dem möglichen Zusammenhang zwischen der Star-Köchin und ihrer eigenen Familie ahnte sie nichts, und so nahm sie Ingas Beileidsbekundung im »FischLänder« mit einem leisen »Danke« an. Inga selbst ließ durch nichts erkennen, was sie dabei empfand, sondern verschwand gleich wieder in der Küche. Falls sie Sascha getötet hatte, legte sie gegenüber der Mutter ihres Opfers eine bemerkenswerte Kaltblütigkeit an den Tag.

Im Wintergarten hatten sich bereits acht, neun Leute eingefunden, vier davon kannte Kassandra mit Namen, unter anderem Clemens Meisner, der sich bei ihrem Eintreten erhob und auf Margarethe Freese zuging. Er war nicht bei denen gewesen, die ihr bereits auf dem Friedhof kondoliert hatten, und holte das nun nach.

»Paul war so nett, mich hierher einzuladen«, fügte er hinzu, ohne ihn jedoch nur eines Blickes zu würdigen.

Margarethe Freese war sichtlich gerührt. »Sie haben sicher gerade viel um die Ohren mit Ihrer Konzertreise. Es ist sehr freundlich, dass Sie sich die Zeit genommen haben, zu Saschas Beisetzung zu kommen. Er hätte ...« Sie schluckte und begann von vorn. »Er hätte das zu schätzen gewusst, er hat immer mit großem Respekt von Ihnen gesprochen.«

Kassandra und Paul wechselten einen schnellen, verwunderten Blick, und auch Clemens Meisner schaffte es nicht ganz, seine Überraschung zu überspielen.

»Tatsächlich? Das freut mich.«

»Er liebte klassische Musik, wissen Sie, besonders Klavier- und Orgelkonzerte, und er war stolz darauf, Sie persönlich zu kennen. Er erwähnte sogar vor noch nicht allzu langer Zeit, dass er mit Ihnen gesprochen hat.«

Für den Bruchteil einer Sekunde versteinerte Meisner, dann hatte er sich wieder im Griff. »Ich fürchte, da müssen Sie sich irren. Sascha und ich hatten schon ewig keinen Kontakt mehr, sosehr ich das auch bedauere.«

»Oh«, sagte Margarethe Freese, »da habe ich wohl etwas missverstanden, bitte verzeihen Sie.«

Meisner lächelte und setzte sich wieder auf seinen Platz, wobei er vermied, Paul und Kassandra anzusehen. Zwanzig Minuten vergingen, in denen Margarethe Freese sich bei Kaffee, Streuselkuchen und belegten Brötchen mit den Gästen unterhielt. Schließlich stand Clemens Meisner erneut auf, diesmal ganz bewusst den Blickkontakt zu Paul suchend, und trat aus dem Wintergarten ins Freie. Paul tippte Kassandra an und bedeutete ihr mitzukommen.

Meisner stand vor einem kahlen Forsythien-Strauch in der Sonne und wirkte nicht mehr freundlich wie eben, sondern genauso feindselig wie auf dem Friedhof.

»Ah, du hast deine Agentin gleich mitgebracht, Herr Hardenberg, wie schön«, begann er mit beißender Ironie.

Paul hob nur die Brauen, was Meisner noch wütender machte. Es kostete ihn sichtlich Anstrengung, nicht loszubrüllen, sondern in einigermaßen normalem Tonfall zu sagen: »Der leider zum Quatschen neigende Herr Jönsson aus Schwerin hat nach eurem netten kleinen Schauspiel den berühmten Schriftsteller gegoogelt, dem er behilflich sein durfte. Kann man sich sein Erstaunen vorstellen, als ihm da ein ganz anderer Mann von einem Foto entgegensah, als der, mit dem er gesprochen hatte? Da ist ihm verständlicherweise der Arsch auf Grundeis gegangen, also hat er sich ans Telefon gehängt, mich angerufen und rumgestottert, dass er einen klitzekleinen Fehler gemacht haben könnte. Er beschrieb mir Alexander Hardenberg und seine Annerose Dingenskirchen«, hier blitzte er Kassandra an, »und nach eurem Interesse an meiner Person am Sonntagabend fiel es mir nicht schwer zu erraten, wer Jönsson da gelinkt hatte.«

Er sah wieder Paul an, als erwartete er endlich eine Reaktion, die jedoch ausblieb. Dass Paul nicht ganz so gelassen war, wie er tat, spürte nur Kassandra, die sehr dicht neben ihm stand. Clemens Meisners rechte Hand ballte sich zur Faust, als wollte er zuschlagen. Doch er atmete tief durch und fuhr fort: »Ich dachte zuerst, du hättest enorme Chuzpe, dich als Hardenberg auszugeben, bis ich den selbst gegoogelt und deinen Vater auf dem Foto erkannt habe.« Sein Ton wurde sarkastisch. »Vom Lagerarbeiter zum Fischverkäufer zum Bestsellerautor. Hast ja richtig was aus deinem Leben gemacht, Paul, Gratulation.« Seine Augen verengten sich. »Wenn du das weiter genießen willst, halt dich aus meinem raus.«

Diesmal reagierte Paul prompt. »Dein Leben interessiert mich nicht, nur die Nacht, in der Sascha starb. Was wolltest du da in Wustrow?«

Meisner hob in einer Imitation von Paul seine Brauen. »Ich war nicht in Wustrow, und du wirst niemanden finden, der das Gegenteil behauptet.«

»Das muss ich nicht. Der Kilometerstand deines Mietwagens spricht eine deutliche Sprache.«

Der überhebliche Ausdruck verschwand kurz aus Meisners Gesicht. »Das ist lächerlich, du ...«

»Ich glaube nicht, dass die Polizei das lächerlich finden wird«, unterbrach ihn Paul. »Insbesondere nicht im Zusammenhang mit dem, was meine Mutter vorhin sagte. Sie ist alt, aber ihr Gedächtnis funktioniert noch tadellos. Wenn sie sagt, dass Sascha vor Kurzem mit dir gesprochen hat, war das so.«

»Blödsinn! Selbst wenn die Polizei das Gedächtnis deiner Mutter *nicht* in Zweifel zöge, würde man die Möglichkeit berücksichtigen, dass Sascha ganz einfach gelogen hat.«

»Warum hätte er das tun sollen?«, fragte Kassandra.

»Was weiß ich? Geltungssucht?« Er grinste Paul an, plötzlich wieder obenauf. »Du wirst zugeben, dass Sascha dieser Charakterzug nicht völlig fremd war.«

»Richtig.« Paul nickte bedächtig. »Er war außerdem sehr penibel, schrieb immer alles auf, was ihn beschäftigte.« Mehr sagte er nicht, aber es reichte, um Clemens Meisners neu gewonnenes Selbstbewusstsein bröckeln zu lassen.

»Schön für ihn«, murmelte er. Zum ersten Mal wandte er den Blick ab und sah hinüber zur Alten Eiche in der Mitte des Platzes. »Beabsichtigst du, da weiterzumachen, wo dein geschätzter Bruder aufzuhören gezwungen wurde?«

»Clemens«, sagte Paul leise. »Ich meinte, was ich vorhin sagte. Es interessiert mich nicht, was in Saschas Notizbuch steht – solange es nicht die Dinge betrifft, die letzte Woche passiert sind.«

»Aber wenn es sie doch betreffen sollte, bist du bereit, mein Leben zu zerstören?«, fragte Meisner ebenso leise. »Für Sascha? Für dein mieses Schwein von Bruder?« Die letzten Worte stieß er hasserfüllt hervor.

Paul schüttelte den Kopf. »Nicht für Sascha. Aber ich kann nicht zulassen, dass jemand unschuldig im Gefängnis sitzt.«

Meisners Blick kehrte zu Paul zurück, hart und feindselig wie eh und je. »Wie edel. Du warst ja schon immer ein Heiliger, sei bloß vorsichtig, dass aus dir kein Märtyrer wird.«

»Herr Meisner …«, begann Kassandra.

»Halten Sie sich da raus, Frau Annerose! Das ist eine Sache zwischen Paul und mir.«

»Das sehe ich anders«, widersprach sie. »Es ist mein Onkel, der im Gefängnis sitzt, weil irgendwer meinte, die Welt von Sascha Freese befreien zu müssen. Ich verrate Ihnen was: Paul hat Skrupel, überhaupt an Ihre mögliche Schuld zu denken. Ich hab keine. Mir ist völlig egal, wer's war, Hauptsache, ich kann beweisen, dass Heinz unschuldig ist. Wenn ich dazu Saschas Notizbuch verwenden muss, werde ich es tun. Also machen Sie Ihre Rechnung besser mit mir als ohne mich.« Kühl erwiderte sie Clemens Meisners Blick.

»Ist das so?«, fragte er mit zusammengebissenen Zähnen und wandte sich an Paul. »Muss ich mich bei dir entschuldigen, oder spielt ihr ein besonders perfides Spiel mit mir?«

»Weder noch«, sagte Paul.

Eine Weile war nur der Wind zu hören. Meisner verschränkte die Arme vor der Brust und starrte vor sich hin – so lange, dass sich Kassandra fragte, welche Strategie er sich zurechtlegte. Dazu wollte sie es nicht kommen lassen.

»Muss man für eine schöpferische Phase in den tasmanischen Urwald? Oder hat es auch ungeahnte kreative Nebenwirkungen, wenn man anderweitig … verreist?«, legte sie in Erinnerung an seine eventuell kriminelle Vergangenheit nach. Damit hatte sie eindeutig einen Nerv getroffen, Meisner erschrak sichtlich.

»Ich hab keine Ahnung, wovon Sie reden«, behauptete er trotzdem. »Und ich werde hier auch nicht länger stehen und mir das anhören.« Damit kehrte er zurück in den Wintergarten. Von draußen konnten Kassandra und Paul sehen, wie er seinen Mantel nahm und sich von Margarethe Freese verabschiedete.

»Bilde ich mir das ein, oder hat er vorhin einen Zusammenhang zwischen dem Notizbuch und dem Mord an Sascha praktisch zugegeben?«, fragte Kassandra.

»Ich würde gern glauben, dass er bloß hypothetisch gesprochen hat. Eins steht für mich allerdings fest: Er hatte Kontakt zu Sascha kurz vor dessen Tod. Weder irrt sich meine Mutter, noch hätte Sascha ihr etwas erzählt, wenn es nicht so gewesen wäre, so sparsam, wie er generell mit Informationen über sich umging.«

»Außerdem war Clemens in der Mordnacht ziemlich sicher in Wustrow. Das sind wie bei Inga zu viele Zufälle.«

»Wohl wahr. Lass uns reingehen, bevor man uns vermisst.«

Als sie drinnen an den Tisch traten, hatte Meisner das »Fisch-Länder« bereits verlassen.

»Kassandra, könnten Sie vielleicht bei Frau Lange noch zwei Kannen Kaffee bestellen?«, bat Margarethe Freese, die wieder etwas mehr Farbe im Gesicht hatte.

»Ja, gern.« Dafür war zwar Mirko eher der richtige Ansprechpartner, doch weder er noch sein Kollege war gerade in Sicht, sodass Kassandra auf der Suche nach Personal die Küche betrat. Auf den ersten Blick sah sie nur eine Küchenhilfe, die weiter hinten werkelte. Dann entdeckte sie Inga, die am Gasherd lehnte, auf dem noch ein Topf mit dampfendem Inhalt stand, möglicherweise die Muschelsuppe von der Tageskarte. Ehe Kassandra sich bemerkbar machen konnte, sagte Inga: »Ich kann nicht behaupten, dass ich mich freue, Sie zu sehen, Herr Dietrich, aber bedauerlicherweise ist die Welt eben manchmal zu klein.«

Überrascht verharrte Kassandra, die Dietrich gar nicht bemerkt hatte, weil er ihr von ihrem Standpunkt neben einem Regal mit Lebensmitteln aus verborgen blieb. Er musste gekommen sein, während sie und Paul sich mit Clemens unterhalten hatten. Sie wollte keinesfalls sein Gespräch mit Inga unterbrechen, war aber doch zu neugierig, um jetzt wieder zu gehen. Stattdessen zog sie sich noch ein Stück weiter zurück, sodass sie zwischen zwei großen Pasta-Behältern hindurch zwar Inga und nun auch Dietrich sehen konnte, selbst aber nicht im Blickwinkel der beiden stand. Inga bat die Küchenhilfe, Pause zu machen, der zweite Koch, den sie beschäftigte, tat das offenbar schon. Es war Viertel vor drei, der Mittagsandrang vorüber. Dietrich hatte sich eine günstige Zeit ausgesucht.

»Da kann ich Ihnen nicht widersprechen. Ich wärme auch ungern alte Dinge wieder auf, aber ...«

»Warum tun Sie's dann? Ich bin verurteilt worden, habe meine Strafe abgesessen und bin seitdem nicht mehr mit dem Gesetz in Konflikt geraten.«

»Vielleicht erinnern Sie sich, dass ich damals schon der Überzeugung war, Sie wären längst nicht für alles verurteilt worden, was Sie auf dem Kerbholz hatten.«

Inga lächelte verbindlich. »Das war Ihre Interpretation, nicht die des Gerichts. Wenn Sie hier sind, um meine Speisekarte rauf und runter zu essen, sind Sie herzlich willkommen. Andernfalls muss ich Sie bitten zu gehen.«

»Den Gefallen kann ich Ihnen nicht tun. Ich bin in einer offiziellen Ermittlung hier, nicht weil ich mir aus lauter Langeweile mal wieder Ihre Akte vorgenommen habe. Diesmal geht es um Mord, nicht um simplen Betrug.«

Ingas Lächeln gefror auf ihren Lippen. »Sie wollen mir jetzt aber nicht ernsthaft den Mord an Sascha Freese anhängen?«

»Das ist Ihre Interpretation«, wiederholte Dietrich spöttisch Ingas eigene Worte.

»So viele Morde sind hier ja nun nicht gerade passiert«, parierte Inga. »Ich bin gespannt: Aus welchem Grund sollte ich einen Mann umgebracht haben, den ich nicht mal kannte?«

»Sie kannten Sascha Freese nicht? Vor einigen Jahren haben Sie von ihm das Haus in Stralsund gekauft, in dem sich Ihr Restaurant befindet – weit unter Wert übrigens. Freese war schon viele Jahre zuvor im Immobiliengeschäft tätig, und mir geht die Frage im Kopf herum, ob dieser günstige Kauf nicht aus alter Verbundenheit aus der Zeit zustande kam, als Sie noch als Bankangestellte Ihre zweifelhaften Geschäfte durchgezogen haben. Das passt doch ziemlich gut zusammen – vor allem, wenn man bedenkt, dass Freese am Abend vor dem Mord im ›FischLänder‹ gesehen wurde.«

»Das saugen Sie sich aus den Fingern. Sie wollen mir nur auf Teufel komm raus was anhängen, weil Sie vor Jahren nicht weitergekommen sind bei mir.« Ingas Stimme klang mühsam beherrscht.

Dietrich verschränkte die Arme vor der Brust. »Hätte ich denn weiterkommen können?« Als Inga nichts erwiderte, stellte er fest: »Sie *haben* Sascha Freese gekannt. Was hat er an dem Abend von Ihnen gewollt? Er stand finanziell vor dem Ruin, hat er Sie mit den alten Geschichten erpresst?«

Kassandra fragte sich, weshalb Dietrich so viel Wert darauf gelegt hatte, Beweise für Ingas Wissen über Saschas Verbindung zu ihrem Vater in den Händen zu halten. Sie bot auch so genug Angriffsfläche für ihn. Andererseits waren das alles vage Vermutungen, während die Stasi-Akten in Ingas Wohnung etwas Handfestes darstellten, auch wenn er sie nicht offiziell benutzen konnte.

»Haben Sie Sascha Freese getötet?«, fragte Dietrich im selben Moment, in dem Paul hereinplatzte. Er war weniger leise gewesen als Kassandra, die bei seinem Auftauchen unvermittelt ihre Deckung verließ. Sowohl Inga als auch Dietrich sahen herüber, und es musste beiden klar sein, dass Kassandra und Paul – besonders Paul – die Frage gehört hatten.

»Wir wollten eigentlich nur um zwei weitere Kannen Kaffee bitten …«, sagte Paul.

Der Kaffee! Den hatte Kassandra vollkommen vergessen.

Pauls Blick glitt wachsam von Inga zu Dietrich: »Wie kommen Sie auf diese Frage?«

»Herr Dietrich leidet unter Verfolgungswahn, was mich betrifft. Das hat etwas komplizierte Hintergründe«, erklärte Inga.

»Hör bloß nicht auf ihn. Ich habe ihm schon begreiflich zu machen versucht, dass ich deinen Bruder nicht mal kannte.«

Vom Gastraum drang Geschirrklappern herein, und plötzlich stand Mirko mit einem Stapel Teller in der Tür.

»Jetzt nicht, Mirko!«, herrschte Inga ihn an. Zum ersten Mal verlor sie die Fassung.

Mirko erstarrte kurz, dann trat er samt Geschirr den Rückzug an.

»Ich kannte deinen Bruder nicht«, wiederholte Inga nachdrücklich.

Paul nickte langsam und schaffte es, dabei auszusehen, als würde er ihr zwar gern glauben, aber nicht sicher sein. Bevor er etwas erwidern konnte, schritt Dietrich ein.

»Frau Voß, Herr Freese, ich muss Sie bitten, die Küche zu verlassen. Was ich mit Frau Lange zu besprechen habe, beinhaltet Belange der Mordermittlung. Ich kann verstehen, dass Sie das interessiert, aber dieses Gespräch wird ohne weitere Anwesende stattfinden.«

»Das ist ein bisschen mehr als bloßes Interesse«, gab Paul gespielt empört zurück. »Wenn mich nicht alles täuscht, hat Frau Lange hier das Hausrecht.« Er sah zu Inga. »Willst du, dass ich gehe?«

»Nein. Ich will, dass du dir die absurden Verdächtigungen von Herrn Dietrich anhörst und selbst entscheidest, wem du glaubst.«

»Was Sie beide wollen, spielt keine Rolle«, sagte Dietrich. »Entweder Sie gehen, oder Frau Lange und ich setzen unsere Unterhaltung in meinem Büro fort. Ihre Entscheidung.«

In den darauffolgenden, zwischen Dietrich und Inga nur mit Blicken ausgetragenen Kampf platzte Bruno. »Was ist denn nun mit dem Kaffee? Dauert das so lange, zwei Kannen ...« Er unterbrach sich, als er die versammelte Mannschaft sah. »Störe ich bei was? Trotzdem wär's nett, wenn wir noch Kaffee kriegen könnten, Frau Lange.«

»Ich bin nicht für den Kaffee zuständig«, blaffte sie ihn an. »Fragen Sie Mirko, die Maschine steht hinter der Bar.«

Nachdem Bruno, der ihre Wut aus irgendeinem Grund offenbar noch angestachelt hatte, verschwunden war, wandte sie sich an Dietrich. »Sie können mir gern eine Vorladung schicken, der ich selbstverständlich Folge leisten werde. Aber glauben Sie bloß nicht, dass ich auch nur ein einziges Wort sage. Sie haben nichts, absolut nichts außer Ihren alten Vorurteilen gegen mich in der Hand.«

»Es macht sich allerdings nicht sonderlich gut, wenn eine Zeugin sich weigert, Auskunft zu geben. Mehr sind Sie zu diesem Zeitpunkt schließlich nicht. Aber wie Sie wünschen. Sie hören von mir.« Dietrich wollte die Küche verlassen, dabei murmelte er etwas Unverständliches, jedoch eindeutig Verärgertes in Richtung von Kassandra und Paul. Kassandra fragte sich, wie echt seine Verärgerung war. Ohne sie hätte er aus Inga vielleicht mehr rausgeholt. Zur Überraschung aller hielt die ihn zurück.

»Ich bin auf einmal nur noch eine Zeugin? Das hat sich eben aber noch ganz anders angehört.«

Widerwillig drehte Dietrich sich zu ihr um. »Für mich persönlich sind Sie eine Verdächtige.«

»Aber Ihre Vorgesetzten inklusive der Staatsanwaltschaft dürften das anders sehen?«, erkundigte sich Inga maliziös.

Dietrich schwieg.

»Machen wir ein Geschäft, Herr Dietrich. Fragen Sie, was Sie zu fragen haben – ich werde antworten, solange ich das in Gegenwart von Paul und Kassandra tun darf. Es ist mir wichtig, dass ich Ihnen und Ihren obskuren Anschuldigungen nicht allein ausgesetzt bin.«

»Das ist gegen jede ...«, begann Dietrich, doch Inga ließ ihn nicht zu Wort kommen.

»Dann eben die Vorladung, das kostet Sie Zeit, nicht mich. Wiedersehen, Herr Dietrich.«

Dietrich drehte sich scheinbar resigniert zu Paul und Kassandra um, wie um die Vor- und Nachteile von Ingas Forderung abzuwägen. Tatsächlich aber blitzte es belustigt in seinen Augen auf, bevor er den Rücken straffte und gepresst sagte: »Also schön.«

Kassandra begriff, dass er Inga geschickt glauben ließ, Oberwasser zu haben. Wahrscheinlich erhoffte er sich dadurch die eine oder andere leichtsinnige Äußerung, die sie nicht machen würde, wenn sie mehr auf der Hut wäre.

»Kehren wir zum Anfang zurück«, begann er. »Sie haben das Haus von Sascha Freese gekauft, es ist mehr als unwahrscheinlich, dass Sie ihm bei der Geschäftsabwicklung kein einziges Mal begegnet sind.«

Inga beschloss offenbar, der Glaubwürdigkeit halber wenigstens das zuzugeben. »Stimmt. Wir haben uns getroffen, als ich mir die Immobilie zum ersten Mal ansah. *Kennen* würde ich das allerdings nicht nennen, und wenn Sie alle Leute verdächtigen wollen, die auf dieser Basis mit ihm zu tun hatten, viel Spaß bei Ihren Ermittlungen.« An Paul gewandt sagte sie: »Herr Dietrich hat vorhin angemerkt, dass ich das Gebäude in Stralsund, in dem ich mein Restaurant eröffnet habe, unter Wert kaufen konnte, das heißt, ich habe ein gutes Geschäft mit deinem Bruder abgeschlossen, warum hätte ich ihn umbringen sollen?«

Dietrich wollte etwas dazu sagen, doch Paul war schneller. »Weil er deinen Vater ins Gefängnis gebracht hat.«

Kassandra erschrak. Aus den Augenwinkeln sah sie auch Dietrich kurz zusammenzucken. Er hatte sicher nicht vorgehabt, das zu diesem frühen Zeitpunkt Inga gegenüber zu erwähnen. Paul hatte spontan gehandelt und aller Voraussicht nach auf eine ebenso spontane Reaktion spekuliert, die nicht auf sich warten ließ. Inga wurde blass und griff Halt suchend nach dem Herd. Unwillkürlich trat Kassandra einen Schritt auf sie zu.

»Ist alles in Ordnung mit dir?«

Ohne ein Wort zu sagen oder sie anzusehen, machte Inga eine abwehrende Handbewegung. Dietrich, einen etwas unglücklichen Ausdruck im Gesicht in Anbetracht der Wendung des Gesprächs, bat Kassandra, ihr ein Glas Wasser zu holen, von dem Inga abwesend einen Schluck nahm. Danach richtete sie ihren Blick auf Paul, wohl wissend, dass es keinen Sinn mehr hatte, etwas zu leugnen. »Du wusstest, wer ich bin?«

»Bevor Sie hier weiter diskutieren, wüsste ich gern, worüber eigentlich«, schaltete Dietrich sich ein, der vorgeben musste, nichts von der Geschichte zu wissen.

Inga nahm keine Notiz von ihm, sondern richtete ihre Aufmerksamkeit nach wie vor auf Paul, der sie in einer Mischung aus Traurigkeit und Zweifeln ansah, die nicht gespielt war.

»Ich hab's vermutet«, sagte er und beugte die Wahrheit so nur wenig. »Du bist Micha sehr ähnlich, und deine Frage nach dem Leuchtfeuer neulich zeigte mir, dass du dich schon längere Zeit mit dem Fischland befasst hattest. So lange, dass die Sache, nach der du fragtest, schon gar nicht mehr aktuell war. Länger jedenfalls, als du Mona kennst. Das hätte viele Gründe haben können, aber ich fand den Gedanken plausibel, dass du hier der Vergangenheit nachspüren wolltest.«

Inga nickte, immer noch benommen. Ihre Hände, die das Glas hielten, zitterten. »Ich wollte nie, dass das jemand erfährt, am allerwenigsten du. Du hast trotz allem so viel aus deinem Leben gemacht, mein Vater dagegen hatte keine Chance dazu. Ich war manchmal echt wütend auf dich.« Ein kleines bisschen dieser Wut lag auch jetzt in ihren Augen, bis sie aufseufzte. »Ich weiß, wie ungerecht das von mir ist, aber wer kann schon ständig gegen seine Gefühle ankämpfen? Und dann wird dieser Scheißkerl, der an allem die Schuld trägt und auch noch dein Bruder ist, ausgerechnet hier ermordet. Ich wäre sicher niemals hergekommen, wenn ich damit gerechnet hätte, aber wie hätte ich das ahnen sollen?« Sie schaute zu Dietrich, etwas von ihrem Schock erholt, wenn sie auch immer noch leise sprach. »Sascha Freese hat mich nicht erpresst. Er hat mir nur vor einigen Jahren den Gefallen getan, mir das Haus in Stralsund zu einem günstigen Preis zu verkaufen. Er betrachtete das als Ausgleich dafür, dass seine miese Denunzianten-Vergangenheit Vergangenheit blieb.«

»Sie haben …«, setzte Dietrich an.

»Ich sagte, er hat mir einen Gefallen getan, und genau das war es«, fuhr Inga ihm dazwischen, ein Stück ihres alten Selbstbewusstseins blitzte auf. »Versuchen Sie nicht schon wieder, mir was anzuhängen, was Sie nicht beweisen können. Jedenfalls wollte ich nach dem Mord erst recht nicht, dass jemand eine Verbindung sieht, weil ich befürchtete, dass das zu dem Verdacht führen könnte, zu dem es ja nun geführt hat. Obwohl …« Sie wurde vom Koch und der Küchenhilfe unterbrochen, die in Begleitung von Mirko hereinkamen. Mirko hatte Bestellungen aufgenommen, und Inga konnte nicht alle wieder hinausschicken, ohne ihren Betrieb einzustellen. Sie überließ die Küche ihren Angestellten und bat die anderen nach oben in ihre Wohnung.

»Frau Lange.« Diesmal hielt Dietrich sie zurück. »Ich verstehe zwar noch nicht die Zusammenhänge, aber was Herr Freese angedeutet hat – dass sein Bruder Ihren Vater ins Gefängnis brachte –, ist weit schwerwiegender als alles, was ich vorzubringen hatte. In Ihrem eigenen Interesse sollten wir erst im Beisein Ihres Anwaltes weiterreden und ganz bestimmt nicht hier.«

Inga lachte etwas verbittert auf. »So fürsorglich auf einmal? Wie überaus nett von Ihnen. Aber unnötig.« Sie sah Paul an. »Meinst du, du könntest deine Mutter noch eine Viertelstunde in Herrn Ewalds Obhut lassen? Länger wird es nicht dauern. Ich weiß, das ist viel verlangt, aber mir wäre sehr daran gelegen, dass du dabei bist und ich die ganze Sache nicht zweimal erklären muss.«

Paul verschwand kurz, um seiner Mutter Bescheid zu geben, ehe er Inga, Dietrich und Kassandra hinauf in die Wohnung folgte, die ganz ähnlich eingerichtet war wie die in Stralsund. Inga ließ sich auf ein Sofa fallen und legte die Hände vors Gesicht. »Mein Vater ist tot.«

Paul nickte traurig. »Das hatte ich befürchtet.«

»Könnte bitte jemand …«, fing Dietrich pro forma an.

Inga, die zusammengesunken dagesessen hatte, streckte sich und erzählte in groben Zügen, was sie alle mehr oder weniger schon wussten. Mittendrin stand Paul auf, setzte sich zu Inga aufs Sofa und nahm ihre Hände in seine, als könnte er ihr damit ein wenig von ihrem Kummer nehmen. Vielleicht half seine Geste sogar, denn am Ende lächelte sie ihn ein bisschen spöttisch an. »Du hättest demnach auch ein prima Motiv gehabt, deinen Bruder umzubringen.«

»Ohne diese Einzelheiten zu kennen, haben wir uns als Erstes um das Alibi von Herrn Freese gekümmert, nachdem klar war, dass der Tod seines Bruders ihn nicht sonderlich mitgenommen hat. *Er* hat eins«, betonte Dietrich.

Inga lächelte. »Das ist gut. Und ich muss Sie enttäuschen. Ich hab auch eins.« Sie genoss sichtlich den Ausdruck des Erstaunens, der sich auf Dietrichs Gesicht ausbreitete. »Ja, ich wusste, dass Sascha Freese das Leben meines Vaters und meiner ganzen Familie zerstört hatte. Ja, ich wäre vielleicht sogar fähig gewesen, ihn umzubringen, aber ich hab's nicht getan, weil ein Mann wie er es nicht wert ist, seinetwegen noch ein Leben zu zerstören, nämlich mein eigenes, das ich mir gerade aufgebaut hatte. Ich glaube nicht, dass mein Vater das gewollt hätte.«

»Bestimmt nicht.« Dietrichs Stimme hatte einen sanfteren

Tonfall angenommen, bevor er wieder dienstlich wurde. »Sie sagten, Sie hätten ein Alibi.«

»Ich war in Schwerin im Fernsehstudio bei der Aufzeichnung einer meiner Kochshows. Kochen Sie? Falls ja: Sie kriegen jede Menge tolle Fischrezepte, wenn Sie sich die Sendung nächste Woche ansehen«, sagte Inga.

»Das hätte ich gern etwas präziser«, verlangte Dietrich, ohne auf ihre Bemerkung einzugehen. »Von wann bis wann waren Sie in Schwerin?«

»Die Aufzeichnung begann um acht, wir mussten wegen eines Kameradefektes diverse Einstellungen wiederholen, anschließend gab es noch eine Feier mit dem gesamten Team, sodass ich das Studio erst gegen halb zwölf verließ. Ich war zu müde zum Zurückfahren und habe mir stattdessen ein Hotelzimmer genommen. Die Rechnung musste ich beim Sender einreichen, aber Sie können gern direkt beim Hotel nachfragen, es war das ›Schlafwohl‹ am Rand der Altstadt. Am nächsten Morgen um sieben habe ich wieder ausgecheckt. Ich nehme an, das deckt den Zeitpunkt des Mordes ab?«

Dietrich kniff die Augen zusammen. »Das tut es.« Dann sagte er verärgert: »Wenn Sie das gleich erzählt hätten, als ich gefragt habe, ob Sie Sascha Freese getötet haben, hätten wir uns das alles sparen können. Wieso haben Sie dieses Spiel gespielt?«

Inga zuckte mit den Schultern. »Dass die Verbindung meines Vaters zu Sascha Freese zur Sprache kommen würde, konnte ich nicht ahnen. Was Ihren an den Haaren herbeigezogenen Verdacht angeht – ich gebe zu, dass ich Sie zappeln lassen wollte. Natürlich hätte ich früher oder später gesagt, dass ich es gar nicht gewesen sein kann. Den Zeitpunkt wollte ich selbst bestimmen. Werde ich jetzt festgenommen, weil ich die Ermittlungen behindert habe?«, fragte sie süffisant.

Dietrich ließ sich nicht provozieren. Er stand auf. »Die Sache mit Ihrem Vater tut mir sehr leid, Frau Lange. Trotzdem werde ich Ihre Angaben überprüfen, Sie verstehen das sicher.« Er nickte allen kurz zu. »Wiedersehen.«

Nach Dietrichs Abgang war es einen Moment ruhig, bis Paul sich erhob und Inga daraufhin ebenfalls aufstand. »Du musst endlich zu deiner Mutter, ich weiß, aber vielleicht können wir

gelegentlich miteinander reden? Ich würde gern so viel erfahren – wie mein Vater war und was ihr zusammen gemacht habt.«
Paul sah auf Inga hinunter. »Dein Vater war ein großartiger Mensch. Ich habe mit niemandem sonst so viel gelacht wie mit ihm. Und wir haben noch jede Menge Zeit, über alles zu reden.«

Als Paul und Kassandra in den Wintergarten zurückkehrten, schien Margarethe Freese sie gar nicht vermisst zu haben. Sie war in ein reges Gespräch mit Bruno und einer früheren Nachbarin vertieft, in dem es um alles Mögliche ging, nur nicht um Saschas Tod.

Am Abend bestand sie darauf, schon am nächsten Tag nach Schwerin zurückzufahren. »Es ist gut, dass Sascha nach Hause zurückgekehrt ist – und es war auch gut, dass ich nach so langer Zeit noch einmal hier war. Aber das war nun definitiv das letzte Mal.« Sie sah zu Paul. »Ich habe die Grabpflege veranlasst, du musst dich um nichts kümmern. Ich rechne dir hoch an, dass du bei seiner Beerdigung warst, wenn auch nur meinetwegen. Ich danke dir.« Sie umarmte ihn und wünschte beiden gute Nacht.

Daraus allerdings wurde nichts. Kassandra wachte auf, weil Paul sich schlaflos von einer Seite auf die andere wälzte.

»Denkst du an deine Mutter?«, fragte sie, »oder an Inga?«

»An alles.« Er setzte sich auf. »Ich störe dich nur, es ist besser, wenn ich ein bisschen an die Luft gehe, vielleicht kann ich danach einschlafen.«

»Du störst mich nie, das weißt du.« Bewusst wählte sie dieselben Worte, die Paul vorgestern ihr gegenüber benutzt hatte, was den gewünschten Effekt erzielte.

Paul lächelte. »Hast du zufällig Lust auf einen Nachtspaziergang? Ich könnte Gesellschaft vertragen.«

Draußen schlugen sie den Weg zur Seebrücke ein. Am Brückenaufgang passierten sie die Skulptur des Slawengottes Swantewit, nach dem dieser Landstrich ursprünglich einmal benannt worden war: Swante Wustrow – heilige Insel. Von Swantewits vier Köpfen schauten zwei nach links und zwei nach rechts, was Wachsamkeit und Allwissenheit symbolisierte. Kassandra war entschieden der Meinung, dass sie beides gut gebrauchen konnten, doch noch etwas anderes fiel ihr dabei ein: Swantewit war ein grausamer Gott gewesen, der jedes Jahr ein Menschenopfer gefordert hatte. Dieses Jahr übertrieb es der Gott leider – es hatte immerhin schon zwei gewaltsame Todesfälle in Wustrow gegeben.

»Fast wie im Sommer«, sagte Paul, der offenbar seinen eigenen Gedanken und Erinnerungen nachgegangen, aber zu einem ähnlichen Ergebnis gelangt war. »Nur Jonas fehlt zur Wiederholung unseres konspirativen Treffens an der mitternächtlichen Seebrücke.«

»Wir können ja Bruno herbestellen, der ist schließlich noch nicht über alles informiert.«

»Wer weiß, vielleicht steht er mit seiner Angel sowieso schon vorn am Brückenkopf. Ist eine gute Jahreszeit für Dorsche.«

Bei sternenklarer Nacht schlenderten sie die Brücke entlang. Es war kalt, aber der Wind hatte sich gelegt, und die See plätscherte gemächlich an den Wellenbrecher.

»Wollen wir reden oder lieber versuchen abzuschalten?«, fragte Kassandra.

»Ich fürchte, ich kann gar nicht abschalten. Ingas Alibi macht mir ein bisschen zu schaffen, so schwer es mir fällt, das zu sagen.«

»Verstehe ich. Theoretisch hätte sie genau wie Clemens genug Zeit gehabt, im Hotel einzuchecken, anschließend nach Wustrow zu fahren, Sascha zu töten und wieder zurückzufahren, um morgens um sieben in aller Gemütsruhe auszuchecken. Außerdem sind da noch ein paar andere offene Fragen.«

Paul blieb stehen und lehnte sich ans Brückengeländer. »Ich weiß. Sascha war am Dienstagabend im ›FischLänder‹ – wahrscheinlich Ingas wegen, das hatten wir ja schon festgestellt. Und schließlich Svens Bemerkung. Wenn seine Beschreibung der Frau, die er damals mit Sascha gesehen hat, auch eher vage war: Sie hätte Inga sein können.«

»Wenn sie es war, dann auf jeden Fall vor ihrer Zeit im Gefängnis«, warf Kassandra ein. »Sven sagte ja, es könne schon acht Jahre her sein.«

Paul nickte. »Da ist nur eins, was mich irritiert: Weshalb sollte Inga damals mit jemandem krumme Sachen gemacht haben, der ihrem Vater so übel mitgespielt hat? Wir reden hier ja nicht vom Kauf des Hauses, in dem sie ihr Restaurant hat. Das war für sie ein ziemlich gutes Geschäft, wahrscheinlich durchdacht von ihr eingefädelt. Auch wenn sie was anderes behauptet, könnte ich mir vorstellen, dass Dietrichs unausgesprochen gebliebene Vermutung berechtigt ist: Sie hat Sascha erpresst, um günstig an das Haus zu kommen. Wie auch immer, wir reden von einer Zeit, die viel länger zurückliegt, und aus den Unterlagen in ihrer Wohnung geht eindeutig hervor, dass sie schon von der Verbindung zwischen Sascha und ihrem Vater wusste, als sie noch als Ina Lange in der Bank gearbeitet hat.«

Kassandra starrte zum Leuchtfeuer, das weit hinten seine hellen Signale aussandte. »Gute Frage. Vielleicht hat sie sich erst mal nur an Sascha heranpirschen, sein Vertrauen gewinnen wollen. Oder ihr waren andere Dinge zu dem Zeitpunkt wichtiger als Rache, vielleicht wollte sie schlicht Geld. Laut Dietrich hat sie ja eine ganze Menge getan, was ein sehr hohes Maß an Intelligenz erforderte, vermutlich sogar Dinge, die ihr schlussendlich nicht nachgewiesen werden konnten. Ich glaube nicht, dass er sich da irrt.«

»Davon war ich auch nicht ausgegangen. Warten wir ab, was Dietrichs Überprüfung von Ingas Alibi ergibt, vielleicht werden dadurch alle unsere Überlegungen hinfällig.«

»Unsere einzige Alternative zu ihr als Täterin wäre nach wie vor Clemens«, stellte Kassandra fest. »Ich gebe zu, *mir* wäre der eindeutig lieber, aber wenn ich dein bisheriges Verhalten richtig interpretiere, magst du ihn. Obwohl er dich ausgesprochen herablassend behandelt und dich außerdem heute Nachmittag sogar bedroht hat.«

Paul schaute ebenfalls in Richtung Leuchtfeuer. »So ist er nicht. Du hast Dietrich gegenüber treffend beschrieben, wie er nach dem Konzert bei Inga war, aber du kennst ihn nicht von früher. So ist er nicht«, betonte er ein weiteres Mal. »Nicht wirklich.«

»Du kennst ihn doch schon lange nicht mehr. Wer weiß, was für ein Mensch über die Jahre aus ihm geworden ist? Streng genommen müsste Clemens in unserer Rangliste sogar eine Nasenlänge vor Inga liegen. Er hat nicht mal den Schatten eines Alibis, sonst hätte er es erwähnt.« Das in regelmäßigen Abständen aufflackernde Licht des Leuchtfeuers hatte eine fast hypnotisierende Wirkung, und mit einem Mal ging Kassandra etwas auf, was ihr bisher entgangen war. »Könnten Inga und Clemens sich kennen und gemeinsame Sache machen? Mag sein, ich höre das Gras wachsen, aber ...«

»... sie waren beide an dem Abend in Schwerin«, beendete Paul ihren Satz. »Das ist in der Tat bemerkenswert.« Er wandte den Blick von der See und legte den Arm um Kassandra. »Gehen wir noch ein Stück?«

Sie setzten ihren den Weg zum Brückenkopf fort, wo zu ihrer Überraschung tatsächlich jemand stand, aber es war nicht Bruno. Clemens Meisner telefonierte und war so in das Gespräch vertieft, dass er nichts um sich herum wahrnahm. »Was soll ich tun?«, fragte er. »Großer Gott, was sollen wir bloß tun?« In einer ratlosen Geste warf er den linken Arm in die Luft und drehte sich um. »Solange wir nicht wissen, ob ...« Er hielt abrupt inne.

Mondlicht ließ jedes Gesicht bleich erscheinen, aber Kassandra kam seines besonders blass vor.

Clemens Meisner drückte das Gespräch weg und steckte das Handy so schnell in seine Manteltasche, als befürchtete er, jemand könne allein durch den Anblick des Telefons erkennen, mit wem er gesprochen hatte. »Hat man eigentlich nirgends vor euch Ruhe?«

»Wird schwierig in Wustrow. Was machst du noch hier?«, fragte Paul.

»Das geht dich absolut nichts an.«

»Da ich trotzdem frage, werde ich wohl doch nicht so ein Heiliger sein, wie du mir unterstellt hast.«

»Ach, rutsch mir den Buckel runter. Und nehmt es mir nicht übel, wenn ich euch weder gute Nacht wünsche noch Auf Wiedersehen sage.« Er schob sich an ihnen vorbei und ging bedächtigen Schrittes die Seebrücke hinunter in Richtung Strand.

»Hat er da eben mit Inga telefoniert?«, fragte Kassandra.

»Möglich. Genauso wie er mit x anderen Leuten gesprochen haben könnte, die mit all dem hier nicht das Geringste zu tun haben – auch wenn es zugegebenermaßen anders klang.« Paul stützte die Unterarme auf das Brückengeländer und sah in die Nacht hinaus, wo sich am Horizont ein beleuchtetes Containerschiff in Richtung Rostock schob. »Letztes Mal war bei unseren

Ermittlungen alles leichter – da wurde niemand verdächtigt, den ich sonderlich mochte.«

»Abgesehen von mir, meinst du hoffentlich«, stellte Kassandra fest.

Paul stieß sich vom Geländer ab und sah sie ohne sichtbare Regung an, bevor er ganz leise lachte und so dicht an sie herantrat, dass sie seine Bartstoppeln in der Dunkelheit sehen konnte. »Abgesehen von dir.«

16

Kassandra kam sich vor wie in einer Zeitschleife. Wieder stand sie vor den Toren der JVA in Stralsund, wieder legte sie ihre Besuchsgenehmigung vor, wieder wurde sie in den deprimierend zweckmäßig eingerichteten Raum mit der gelben Kinderrutsche geführt. Als Heinz in Begleitung eines Beamten eintrat, erschrak sie. Seine rotblonden Haare waren quasi über Nacht weiß geworden. Sein Gesichtsausdruck jedoch blieb neutral, er wirkte weder wütend noch resigniert, auch sein Gang war nach wie vor aufrecht und zielstrebig. Er setzte sich und sagte statt eines Grußes nur tonlos: »Du hättest nicht kommen sollen.«

»Allmählich gewöhne ich mich an die Umgebung«, erwiderte sie und erntete zumindest einen typischen Reflex: Seine linke Braue rutschte in die Höhe – Zeichen seiner Überraschung. Dennoch hakte er nicht nach. Sie war sich nicht sicher, ob es ihn nicht interessierte oder ob er schlicht nicht reden wollte, und erklärte von sich aus, was sie zuvor hierhergeführt hatte. Diesmal hatte Heinz sich unter Kontrolle, nichts verriet, was er von ihrer Aktion hielt.

»Heinz«, sagte sie entmutigt. »Würde es dir was ausmachen, mit mir zu reden?«

Heinz holte tief Luft. »Du spielst also wieder Detektiv, ja? Hätte ich mir denken können. Hör zu, Kassandra, lass es bleiben. Gelegentlich weiß die Polizei, was sie tut, auch ganz ohne deine Hilfe. Ich war schließlich selbst lange genug bei dem Verein, ich kann's beurteilen.«

»Aber ...«

Mit einer Handbewegung schnitt Heinz ihr das Wort ab. »Ich hab gesagt, du sollst es sein lassen. Du wirst auch nicht mehr aus mir rauskriegen als Herr Dietrich und dieser Anwalt, die mir dauernd auf die Nerven fallen. Ich hab nichts zu sagen.« Er fuhr sich mit der Hand übers Gesicht, eine unbewusste Geste, die Kassandra verriet, dass ihn das alles weit mehr mitnahm, als er zugeben wollte. »Wenn du mir wirklich einen Gefallen tun willst«, sagte er, »könntest du mir ein paar meiner Bücher schicken, die Anstaltsbibliothek ist ...«

»Clemens Meisner«, unterbrach ihn Kassandra. »Ich nehme an, du erinnerst dich an ihn? Er scheint ein ziemlich gutes Motiv zu haben, Sascha aus dem Weg zu räumen.«

»Clemens?« Heinz stieß sein meckerndes Lachen aus, das seltsam unpassend klang in dieser Umgebung. »Du verdächtigst unseren Meisterorganisten? Anscheinend hast du deinen guten Riecher verloren. Clemens kann außer Orgelspielen nur noch eins gut: den Mund aufreißen.«

»Hunde, die bellen, beißen nicht?«

»Exakt.«

»Komisch. So was Ähnliches hat Paul über dich gesagt.«

»Paul?« Zum ersten Mal sah Heinz verunsichert aus. »Der kennt mich natürlich *besonders* gut.«

»Er kennt dich lange. Und er glaubt ebenso wenig wie ich, dass du Sascha ermordet hast.«

»So. Paul ist, auch wenn du das gern hättest, nicht unfehlbar. War die Sache mit Clemens seine Idee? Darf ich fragen, wie er darauf kam?«

Froh, dass Heinz endlich Interesse zeigte an dem, was sie zu berichten hatte, erzählte sie von Saschas Notizbuch. Hätte Heinz' Haaransatz nicht gar so weit oben begonnen, wäre seine linke Braue darunter verschwunden.

»Paul hat das Notizbuch entschlüsselt und ist der Einzige, der weiß, was drinsteht? Kassandra, du taugst weder zur Polizistin noch zur Detektivin, wenn du nicht mal auf den Gedanken gekommen bist, dass das, was Paul behauptet, nur eine von drei Möglichkeiten ist. Die zweite: Er konnte Saschas Code überhaupt nicht knacken und hat was erfunden. Die dritte: Er hat ihn zwar entschlüsselt, aber das, was drinsteht, ignoriert und stattdessen das erzählt, was ihm am besten in den Kram passt.«

Wie vom Donner gerührt starrte Kassandra Heinz an, alle Zweifel in Bezug auf Paul wieder vor Augen – bis ihr klar wurde, wie unsinnig das war, weil auf Clemens eine Menge mehr als nur Saschas Notizbuch hindeutete. Beschämt über sich selbst, fuhr sie ungerechterweise Heinz an: »Warum tust du das? Willst du, dass ich glaube, Paul hätte seinen Bruder getötet? Ich weiß ja, dass ihr immer noch ein paar Schwierigkeiten miteinander habt, aber …«

Alle Farbe wich aus Heinz' Gesicht. »Nein! Um Himmels willen, Kassandra, nein!«

»Was dann?«

»Er liebt dich. Paul ist verrückt genug, etwas zu erfinden, damit es dir besser geht, egal, wie hoffnungslos das ist. Wenn Paul liebt, dann ...«

»Was ... dann?«, wiederholte Kassandra, als Heinz verstummte. Sie spürte ihr Herz bis zum Hals schlagen. »Was dann?«, wiederholte sie erneut, nahezu unhörbar diesmal.

»Dann will er nicht, dass derjenige, den er liebt, verletzt wird«, führte Heinz den Satz zu Ende. »Wir wissen nicht, was in dem Notizbuch steht – stell dir vor, es ist was über deine Mutter, vielleicht sogar über deinen unbekannten Vater, und Paul ist der Meinung, dass du das besser nicht wissen solltest. Aber wahrscheinlich ist das alles Unsinn. Ich wollte dir nur aufzeigen, dass du die Gesamtheit berücksichtigen musst, wenn du ermittelst.«

Kassandra fand, dass Heinz zu viel und zu schnell redete, und war überzeugt, dass er etwas anderes hatte sagen wollen.

Er hielt sie davon ab nachzubohren, indem er kurzerhand aufstand. »Lass es gut sein, Kassandra. Ich weiß, was ich tue. Vergesst Clemens, der bringt niemanden um. Denkst du an die Bücher? Danke.« Er wandte sich ab und gab einem Beamten ein Zeichen, damit der ihn zurück in seine Zelle brachte.

Frustriert, dass Heinz sie zu schnell abgebügelt hatte, als dass sie die Sprache noch auf Inga hätte bringen können, verließ Kassandra die JVA. Er schien schrecklich wenig Wert darauf zu legen, hier rauszukommen. Weshalb war er bloß dermaßen stur? Während sie nach Wustrow zurückfuhr, wirbelten Svens Worte über Heinz durch ihre Gedanken: *Harter Knochen. Wär mir nicht so sicher wie du, dass er nichts damit zu tun hat.*

Sie weigerte sich zu glauben, dass Heinz Sascha getötet hatte, also blieb nur noch die Möglichkeit, über die sie, Paul und Dietrich ja bereits ganz zu Anfang nachgedacht, die sie bislang aber sträflich vernachlässigt hatten: Heinz wollte jemanden schützen. Wen und warum? Hatte er sich so vehement gegen Clemens Meisner als möglichen Täter ausgesprochen, weil es ihm dabei um ihn ging? Eher unwahrscheinlich, Heinz schien ihn nicht mal sonderlich zu mögen, und Kassandra glaubte nicht, dass das gespielt gewesen war. Sie konnte nur schwer vergessen, wie schnell Meisner Heinz als Schuldigen akzeptiert hatte. Heinz hingegen war zu differenzierteren Überlegungen fähig – er stempelte niemanden als Täter ab, nur weil der ihm unsympathisch war. Im Gegenteil: Er würde jeden verteidigen und schützen, den er für unschuldig hielt, weil er zumindest ahnte, wer Sascha wirklich umgebracht hatte. Und ganz besonders würde er wahrscheinlich genau diese Person schützen. Wen?

Wie sie schon einmal festgestellt hatten, war sein Freundeskreis so gut wie nicht existent. Er traf sich höchstens auf dem Schießstand mit seinen Vereinskollegen, von denen, soweit Kassandra wusste, niemand aus Wustrow kam. Ansonsten machte er gern lange Spaziergänge – allein. Zumindest ging er immer allein los und kam allein zurück, wenn sie das zufällig mitbekam. Natürlich wusste Kassandra nicht, ob er die ganze Zeit dabei allein blieb, sie hatte das nur nie in Frage gestellt. Letztlich wusste sie nicht mal, ob er wirklich spazieren ging.

Heinz war ihr Onkel, und sie war auf seine Bitte hin in seinem Haus, dennoch überkam Kassandra das Gefühl, in seine Privatsphäre einzudringen. Seltsamerweise hatte sie dieses Gefühl in Ingas Wohnung nicht gehabt, da hatte die Angst überwogen, erwischt zu werden. Heinz' Wohnzimmer wurde von einer dunklen Wildledersitzgruppe dominiert, an der gelb gestrichenen Wand gegenüber dem Fenster hing der Druck einer orange-grauen Wolkenformation. Kassandra hatte dieses Bild schon immer faszinierend gefunden und sich gefragt, ob er es ausgesucht hatte und falls ja, was es über Heinz' Charakter aussagte. Sie war der Lösung keine Spur nähergekommen.

Jetzt trat sie auf das Bücherregal zu, in dem neben einer Menge Klassiker eine erstaunlich bunte Mischung aus Hermann Kant, Harry Thürk, Irmtraud Morgner, Ulrich Plenzdorf, Liselotte Welskopf-Henrich, Brigitte Reimann, Stanislaw Lem, Ewald Arenz und Christian v. Ditfurth stand. Die meisten Bücher sahen aus, als wären sie mehrmals gelesen worden. Sie hatte mit Heinz bisher kaum über Literatur gesprochen – vielleicht unbewusst, weil dabei unwillkürlich auch Paul Thema geworden wäre. Daher war sie überrascht, in einer Art Heimatecke nicht nur Käthe Miethe, Ottomar Enking und C. J. F. Peters zu finden, sondern ebenso Pauls erste drei Romane. Vielleicht hatte Heinz' Frau Karin die Bücher gelesen, ebenso wie die Liebesgeschichte »Djamila« von Tschingis Aitmatow, nach der Kassandra jetzt versonnen griff. Auf dem Vorblatt erkannte sie Heinz' Schrift: *Für Karin in Liebe – Weihnachten 1978.*

Kassandra schluckte. Für Heinz musste eine Welt zusammengebrochen sein, als Karin starb. Er hatte nur ein einziges Mal über sie gesprochen – und auch das nur Kassandra zuliebe, weil Karin die Schwester ihrer Mutter gewesen war und sie so wenig über ihre Familie wusste. Vorsichtig strich sie über den Einband, da fiel etwas aus dem dünnen Büchlein heraus. Sie bückte sich und hob ein gefaltetes, eng beschriebenes Blatt vom Boden auf. Es war ein Brief, der in einer ihr fremden Schrift mit den Worten *Mein Leben, meine Liebe – Heinz* begann. Da das Buch Karin gehört hatte, war vermutlich sie die Verfasserin. Kassandra wollte das Blatt schon zurücklegen, als ihr Blick auf einen Namen fiel, der sie innehalten ließ.

Hin- und hergerissen stand sie mit dem Brief in der einen und dem Buch in der anderen Hand vor dem Bücherregal. Karins Zeilen, die kurz vor ihrem Tod datiert waren, gingen nur Heinz und seine Frau etwas an, und es gab Dinge, in die man seine Nase besser nicht steckte. *Lass es sein*, hatte Heinz gesagt. Mehrmals. Aber wenn sie den Brief unbeachtet ließ, würde sie sich immer fragen, ob der Inhalt ihm hätte helfen können. Mit wackeligen Knien setzte sie sich in einen Sessel am Fenster. Die Sonne, die auch heute unverdrossen am Himmel stand, schien ihr warm auf die Schultern. Dennoch fröstelte sie, als sie das Blatt auseinanderfaltete und nach einem letzten tiefen Atemzug zu lesen begann.

Mein Leben, meine Liebe – Heinz,
wenn ich die Augen schließe, sehe ich mich am Tag unserer Hochzeit am Strand stehen. Erinnerst Du Dich? Du hast mich von Weitem beobachtet und wusstest ganz sicher, was in mir vorging. Beinah hätte ich einen Rückzieher gemacht und auf Paul gewartet, statt Dich zu

heiraten. Ich habe Dir nie gesagt, wie unendlich froh ich bin, zu feige dazu gewesen zu sein – und wie dankbar, dass Du niemals auch nur ein einziges Wort über meine Zweifel verloren, sondern mich einfach nur geliebt hast.

Dein Schweigen darüber hat mich Deiner Liebe immer wieder aufs Neue versichert. Manchmal ist Schweigen also besser – und vielleicht sollte ich meines nach so langer Zeit nicht brechen. Aber ich will nicht mit einer Lüge gehen, und ich hoffe, Du kannst mir verzeihen. Meine Lüge damals, mein langes Schweigen – und die Wahrheit jetzt.

In jenem Herbst warst Du wegen Deines Leistenbruchs im Krankenhaus, und ich bin allein zu Barbaras Geburtstagsfeier gegangen, um mich abzulenken. Nach ein paar Stunden boten sich gleich zwei Männer an, mich nach Hause zu bringen. Den jungen Mann mit den blonden Haaren kannte ich nicht, ich wusste nicht mal seinen Namen, nur dass er bei irgendwem zu Besuch war. Er ging ein kurzes Stück mit, dann wurde ihm schlecht. Er hatte den Alkohol nicht vertragen, musste sich übergeben und schickte uns weg, sodass ich mit Sascha allein weiterging. Ich hatte Sascha nie gemocht, auch nicht, als ich noch mit Paul zusammen war, mir war schon immer unwohl in seiner Gegenwart gewesen. Ich hätte seine Begleitung ablehnen sollen, aber ich wollte nicht unfreundlich sein und dachte: In zehn Minuten bist du ihn sowieso los. Da fing er von Paul an und von Dir und meinte, Du wärst erst recht kein Mann für mich. Genau wie der Junge mit den blonden Haaren hatte Sascha getrunken, deshalb habe ich seine Annäherungsversuche zuerst nicht ernst genommen. Als ich endlich begriff, dass er mich nicht in Ruhe lassen würde, versuchte ich wegzulaufen, aber er hielt mich fest, ich kam nicht dagegen an. Schließlich zerrte er mich zwischen die Bäume im Park.

Ich will schreien, doch die Panik schnürt mir die Kehle zu, ich kann kaum krächzen und ihn anflehen, mich loszulassen. Ich glaube, er hört mich gar nicht, er wirft mich zu Boden, ich lande auf einem Stein oder einem Baumstumpf – und spüre etwas in mir zerbrechen, ein unglaublicher Schmerz durchfährt mich, mir wird schwarz vor Augen. Das Nächste, woran ich mich erinnere, ist Sascha über mir, auf mir, in mir, sein Körper schwer, seine Hände brutal und seine Stimme atemlos: »Siehst du, Paul, ich krieg sie. Nicht du. Ich krieg sie.«

Dann ist da wieder Schwärze, und schließlich der blonde Junge, der neben mir kniet und mich entsetzt ansieht. Er stammelt, wie leid es ihm

tut, dass er zu spät gekommen ist, er fragt, wer es war, ich sage nichts,
aber ich sehe ihm an, dass er es errät, er weiß ja, wer bei mir war. Er
will mit mir zur Polizei. Ich will das nicht, ich will nicht, dass Du es
erfährst, ich will nur nach Hause, ich lasse ihn schwören, nie ein Wort
darüber zu verlieren.

Heinz, mein Liebster, ich habe gelogen, als ich sagte, ich hätte unser
Kind durch einen Sturz von der Treppe verloren. Ich habe gelogen,
weil das, was wirklich passierte, so entsetzlich war, dass ich es vergessen
wollte, auch wenn ich es nie vergessen konnte. Und vor allem habe
ich gelogen, weil ich Angst hatte, Du könntest etwas tun, was nicht
weniger entsetzlich wäre, und ich wollte doch nicht auch noch Dich
verlieren.

All das ist so lange her, vielleicht hätte ich es für mich behalten sollen.
Vielleicht werde ich diesen Brief verbrennen, sobald ich ihn beendet und
mir alles von der Seele geschrieben habe. Vielleicht ist das das Beste.
Vielleicht …

Ich habe Dich bis auf dieses eine Mal nie belogen – vielleicht fällt es mir
deshalb so schwer, mit dieser einen Lüge zu gehen. Falls ich das nicht
schaffen sollte: Verzeih.

Ich liebe Dich.

Karin

Wie betäubt ließ Kassandra den Brief auf ihren Schoß sinken. Sie
saß nur da und konnte zuerst keinen klaren Gedanken fassen. Die
Trauer kroch in ihr hoch und anschließend die Wut. Karin und
Heinz hatten nie Kinder bekommen – eine Folge der Ereignisse
in jenem Herbst?

Neben der Trauer und der Wut machte sich noch etwas in ihr
breit: Abscheu. Sie konnte sich nicht erinnern, jemals jemanden
dermaßen verabscheut zu haben wie Sascha Freese. Wie konnte
ein einzelner Mann so viel Leid über so viele Menschen bringen? Kein psychopathischer Serienmörder, kein ausgerasteter
Amokläufer, kein Terrorist, kein machtbesessener Staatschef – ein
vermeintlich ganz normaler Mann, der klassische Musik geliebt
und als Kind Kosmonaut hatte werden wollen.

Mit zittrigen Fingern faltete Kassandra den Brief wieder
zusammen und legte ihn sorgsam zurück in das Buch. Sie hätte
gern geglaubt, dass Karin ihn dort versteckt und Heinz ihn nie

gelesen hatte, aber das Blatt war abgegriffen, es fiel von selbst in die Knicke zurück. Heinz hatte diesen Brief sehr oft gelesen. Zum ersten Mal erlaubte sich Kassandra, seine Schuld ernsthaft in Erwägung zu ziehen – etwas, was ihr zuvor nie in den Sinn gekommen war, nicht mal, als sie Dietrich gegenüber den Advokat des Teufels gespielt hatte. Mit diesem glasklaren und sehr nachvollziehbaren Motiv vor Augen, seiner Reaktion auf Saschas Anwesenheit in Wustrow und dem Umstand, dass Heinz selbst die Tat in keiner Weise abstritt, schien die Möglichkeit mit einem Mal erschreckend greifbar. Trotz aller Gegenargumente, die sie, Paul und Dietrich gesucht und gefunden hatten, trotz Ingas ebenso starkem Motiv und trotz Clemens Meisners sehr verdächtigem Verhalten: Nur bei Heinz passte alles zusammen – er hatte die Waffe, die Gelegenheit und das Motiv.

Es war schon dunkel, als Kassandra Pauls Haustür aufschloss. Eine halbe Stunde zuvor hatte sie Aitmatows Novelle zurück ins Regal gestellt und versucht, ein paar Bücher für Heinz zusammenzusuchen, was ihr nicht gelungen war, weil ihre Gedanken ständig zu Karin zurückgekehrt waren. Sie hatte aufgegeben und sich auf den Weg hierher gemacht.

Paul saß vor seinem Notebook und bearbeitete die über die letzten Tage liegen gebliebenen Mails, was ein so vollkommen normaler Anblick war, dass es geradezu unpassend schien. Er schaute hoch, doch sein Lächeln erstarb, als er ihren Gesichtsausdruck sah.

»War's so schlimm in Stralsund?«, fragte er, kam zu ihr und drückte sie sanft aufs Sofa. Da klingelte das Telefon. Paul verharrte.

»Willst du nicht rangehen?«

»Wird schon nicht so wichtig sein. Was ist los?«

Kassandras Nerven lagen ohnehin blank, und das andauernde Läuten des Telefons tat ein Übriges. Aus einem Impuls heraus hätte sie das Ding am liebsten an die Wand geschleudert, nur damit es endlich Ruhe gab. »Du gehst besser doch ran«, sagte sie stattdessen angestrengt.

Zweifellos ahnte Paul, dass es besser war, wenn er tat, was sie sagte. Das Gespräch mit seiner Agentin zog sich hin, worüber

Kassandra dankbarer war, je länger es dauerte. Sie merkte, dass sie aufgrund der Normalität, die sie eben noch verflucht hatte, gerade anfing, sich zu entspannen. Nach einiger Zeit begann sogar ihr Magen zu knurren, was sie überhaupt nicht für möglich gehalten hätte, obwohl sie seit dem spärlichen und eher traurigen Frühstück mit Margarethe Freese nichts mehr gegessen hatte. Sie erhob sich und kramte aus einem Schrank eine Packung Bandnudeln hervor, die sie Paul fragend entgegenhielt. Er nickte, und sie bereitete die Nudeln und eine Zitronensoße zu. Beides war fertig, kurz nachdem Paul sein Telefonat beendet hatte.

»Das klang, als würde es doch etwas schwieriger werden mit dem Vertrag«, meinte Kassandra und häufte gleichzeitig die Nudeln auf die Teller.

»War nicht anders zu erwarten. Zwei Verlage schlugen vor, ich solle das wegen des anderen Genres unter Pseudonym veröffentlichen.« Paul grinste, während er ein paar Nudeln auf die Gabel drehte. »Außer meinem Hausverlag, der mich ja leider nur mit meinen üblichen Romanen will, weiß schließlich niemand, dass Alexander Hardenberg schon ein Pseudonym ist.«

»Wie wär's mit Paul Freese?«, schlug Kassandra belustigt vor. »Du könntest aus dem s ein z machen, das klingt international und wär doch genau das Richtige für einen Thriller.«

»Paul Freeze?« Paul sprach es englisch aus und lachte. »Mit dem Namen sollte ich Grönland-Krimis schreiben.« Unvermittelt verschwand das Lachen wieder. »Obwohl mein Bedarf an Mord wahrhaftig gedeckt ist. Als ich das Exposé zu dem Thriller schrieb, hab ich nicht geahnt, dass uns gleich wieder so was ins Haus schneit.«

»Du kannst es zurückziehen, auch wenn es schade wäre, es ist ein guter Stoff.«

»Das ist es«, stimmte Paul zu. »Bin mir nur nicht sicher, ob meine Mutter das auch so sähe.« Margarethe Freese hatte beim Frühstück Pauls Vorschlag, über Nacht in Schwerin zu bleiben, nachdem er sie nach Hause gefahren hatte, rundheraus abgelehnt, weil sie sich so schnell wie möglich wieder in ihr altes Leben einfinden wollte.

»Es war nicht leicht für dich, sie zurückzulassen«, stellte Kassandra fest.

»Nein. Aber wenn sie es so möchte, bleibt mir nichts anderes übrig, als es zu akzeptieren.« Mit einem Mal lustlos, stocherte er in den Nudeln herum. »Du hast letzte Nacht auf der Seebrücke gesagt, dass Bruno noch nicht über alles Bescheid weiß. Was hältst du davon, wenn wir das gleich nachholen? Du könntest uns beiden von Heinz erzählen.«

Kassandra nickte etwas beklommen. Natürlich meinte Paul bloß ihren Besuch in der JVA, aber es gab da ja noch den Brief, den sie – so gern sie es auch getan hätte – nicht einfach unterschlagen konnte.

Bruno war sichtlich erfreut, sie zu sehen. »Ich dachte, ihr habt erst mal genug um die Ohren, sonst hätte ich mich schon gemeldet. Wie geht's Margarethe?«, fragte er Paul. »Sie hat sich gut gehalten gestern.«

»Sie wollte unbedingt nach Hause, ich hab's nicht geschafft, sie zum Bleiben zu bewegen.«

»Tja, sie hatte schon immer ihren eigenen Kopf und konnte kolossal stur sein – dein Vater hat das oft genug erwähnt. Und wir wissen alle, wem sie das vererbt hat, oder?« Bedeutungsvoll schaute er Paul an.

»Ich hab keine Ahnung, wovon du sprichst«, erwiderte Paul und zuckte übertrieben mit den Schultern. »Wir sind jedenfalls hier, um dich auf den neuesten Stand zu bringen, nicht um meine Charakterzüge zu diskutieren.«

»Ich dachte, du weißt nicht, wovon ich rede?« Bruno lachte. »Na schön, dann mal los, ich bin gespannt.«

Bald wusste er alles über Clemens und Inga, inklusive der Überlegung, die Kassandra gestern Nacht angestellt hatte.

»Ich wäre nie drauf gekommen, dass die beiden da zusammen drinhängen könnten«, kommentierte er ihren Bericht einigermaßen ratlos. »Ist vielleicht auch eine etwas gewagte Theorie, nur weil sie am gleichen Abend in Schwerin gewesen sind.«

»Richtig, aber ich mag ungern was außer Acht lassen«, sagte Paul, der mehr oder weniger allein erzählt hatte, während Kassandra mit einem unguten Gefühl im Magen darauf wartete, ihren Teil zur Geschichte beizutragen. Sie war froh, das noch länger hinauszögern zu können, weil sie schon wieder ein Klingeln störte, diesmal das von Pauls iPhone. Er sah aufs Display, stellte auf Lautsprecher und nahm das Gespräch an. »Tag, Herr Dietrich.«

»Herr Freese – ich erspare mir die einleitende Frage, wie Sie an Inga Langes Unterlagen gekommen sind.«

Vielsagend sah Paul zu Kassandra. »Das ist sehr rücksichtsvoll von Ihnen, danke.«

»Reiner Selbstzweck. Abgesehen davon fand ich sie ausgesprochen interessant, ich habe selten ein besseres Motiv für einen Mord gesehen.«

Du kennst Heinz' Motiv noch nicht, dachte Kassandra bedrückt. Erst jetzt wurde ihr klar, dass sie sich entscheiden musste, ob sie Dietrich davon erzählen sollte. Bisher hatten sie einander bedingungslos vertraut, Paul war sogar bereit, für Dietrich eine Abschrift von Saschas Notizbuch anzufertigen.

»Sie klingen trotzdem nicht besonders glücklich«, sagte Paul gerade. »Oder irre ich mich?«

»Nein. Das liegt an Inga Langes Alibi. Sie ist raus.«

»Sicher?«, fragte Kassandra.

Eine Sekunde lang herrschte Stille. »Ja, Frau Voß.«

»Entschuldigung«, bat Kassandra. »Ich wollte nicht anzweifeln, dass ...«

»Ich versteh Sie schon«, fiel ihr Dietrich ins Wort. »Mir ist klar, dass sie theoretisch in einer Nacht problemlos von Schwerin nach Wustrow und zurück hätte fahren können. Hat sie aber nicht getan. Das Hotel verfügt über ein Videoüberwachungssystem, dessen Aufzeichnungen für den entsprechenden Zeitraum noch nicht gelöscht waren und die ich mir angesehen habe. Frau Lange hat um dreiundzwanzig Uhr siebenundvierzig ihren Wagen auf dem Hotelparkplatz abgestellt und zwei Minuten später eingecheckt. Danach passierte nichts Wesentliches mehr, bis sie um zwei Uhr fünfzehn auf dem Parkplatz auftauchte und etwas aus ihrem Auto holte, was aussah wie eine Laptoptasche. Danach verschwand sie wieder im Hotel und tauchte erst morgens um sechs Uhr einundfünfzig an der Rezeption auf, um auszuchecken. Fünf Minuten später stieg sie in ihr Auto und fuhr weg.«

Ihnen allen war klar, was das bedeutete. Da Sascha zwischen dreiundzwanzig Uhr am Mittwoch und drei Uhr früh am Donnerstag ermordet worden war, reichte das Zeitfenster nicht. Auch wenn Inga geplant hätte, sich aus dem Hotel zu schleichen und mit einem anderen als ihrem eigenen Wagen nach Wustrow zu fahren, um den Mord vor zwei Uhr fünfzehn zu begehen, hätte sie nur zweieinhalb Stunden für die Fahrt hin und zurück gehabt – inklusive der Tat. Das war nicht zu schaffen, und das galt ebenso für das Zeitfenster nach zwei Uhr fünfzehn, selbst wenn man den Todeszeitpunkt etwas nach hinten ausdehnte. Für eine Strecke brauchte man mindestens anderthalb Stunden, da hätte sich die Rechtsmedizin schon gewaltig irren müssen.

Kassandra beobachtete, wie Paul sich erleichtert auf Brunos Sofa zurücklehnte. Sie selbst war weniger erleichtert, wenn sie an Heinz dachte. Selten hatte sie gefühlsmäßig so zwischen zwei Stühlen gesessen.

»Das heißt wohl«, meldete sich Bruno zu Wort, »dass nur Clemens bleibt. Konnten Sie inzwischen mehr über diese Sache beim bayerischen Landeskriminalamt in Erfahrung bringen?«

»Ich habe zwar noch mal nachgefragt, aber die mauern nach wie vor. Solange ich keinen absolut zuverlässigen Grund habe, Meisner zu verdächtigen – einen besseren als ein paar fünfundzwanzig Jahre alte Notizen, von denen ich offiziell nicht mal weiß –, wird das auch so bleiben, und ich werde kaum Unterstützung von meinen Vorgesetzten kriegen, solange wir unseren Vorzeige-Verdächtigen in U-Haft sitzen haben.«

»Der mir gegenüber im Übrigen nicht wesentlich mitteilungsfreudiger war als Ihnen gegenüber«, sagte Kassandra. Über kurz oder lang wäre ohnehin die Sprache darauf gekommen, besser, sie brachte es hinter sich, jedenfalls diesen Teil. Also fasste sie ihre Unterhaltung mit Heinz zusammen, wobei sie nur seine Bemerkungen über Paul ausließ.

»Laut seiner Personalakte war Jung ein erstklassiger Polizist, dessen Urteil ich jederzeit vertraut hätte«, sagte Dietrich. »Ich nehme an, er schließt Meisner aus gutem Grund so kategorisch aus. Er hat seinen eigenen Verdacht.«

Kassandra wurde innerlich kalt. Das hatte sie vor ein paar Stunden selbst gedacht, aber mittlerweile befürchtete sie, dass er nur zu genau wusste, wer es war. Jetzt wäre der passende Zeitpunkt, Dietrich zu sagen, was sie über Heinz herausgefunden hatte. Sie konnte es nicht. Ihre Befürchtungen führten alle Anstrengungen, die sie bisher unternommen hatten, ad absurdum, und sie wollte das nicht auch noch von Dietrich hören. Paul musste ihr ansehen, dass etwas in ihr vorging. Er schaute sie stirnrunzelnd an, da sprach Dietrich bereits weiter.

»Mir ist egal, ob ich Herrn Jung nerve, ich werde ihm auf jeden Fall noch mal auf den Zahn fühlen, und es kann nicht schaden, auch Clemens Meisner dabei zu erwähnen. Vielleicht schließt er ihn aus dem erwähnten Grund aus, vielleicht steckt aber auch was anderes dahinter. Man kann nie wissen.«

Dietrich Worte hätten ihr ein Licht am Ende des Tunnels aufzeigen sollen, aber Kassandra war noch immer so mitgenommen von Karins Brief und den möglichen Konsequenzen, dass diese Gefühle alles andere überschatteten. Was Dietrich als Nächstes sagte, hob ihre Stimmung genauso wenig.

»Apropos ›man kann nie wissen‹: Inzwischen habe ich die beiden Namen aus dem Notizbuch überprüft, die Sie mir genannt hatten, Herr Freese. Eine der Personen ist längst verstorben, die andere war bis letzten Freitag auf einer Donaukreuzfahrt. Das führte also in eine Sackgasse. Und dann ist da noch was, was Sie wissen sollten. Auch wenn die Ermittlungsarbeit natürlich noch nicht abgeschlossen ist, wird es immer schwieriger für mich. Das Verständnis von Vorgesetzten und Kollegen schwindet, die lassen mich hauptsächlich deswegen machen, weil ihnen klar ist, wie unleidlich ich werden kann, wenn ich nicht alles bis zum bitteren Ende verfolgen darf – und weil sie wegen des Unfalls immer noch in gewissem Maß Rücksicht auf mich nehmen.«

Kassandra hätte schwören können, dass Dietrich an dieser Stelle eine Grimasse zog.

»Die Situation wäre etwas einfacher, wenn Bengt Johannsen hier wäre, der meinen Methoden und meiner Nase gegenüber ein bisschen aufgeschlossener ist. Ich hätte einen ranghöheren Fürsprecher in ihm, aber er ist seit einiger Zeit krank, und sein Gesundheitszustand hat sich leider noch verschlechtert, sodass von dieser Seite keine Unterstützung zu erwarten ist. Soweit ich kann, tu ich trotzdem weiter mein Bestes.«

»Danke«, flüsterte Kassandra und verspürte einen jähen Stich schlechten Gewissens, dass sie ihm keinen reinen Wein einschenkte.

Nachdem Dietrich sich verabschiedet hatte, starrte Kassandra auf das iPhone, das zwischen ihnen auf dem Tisch lag. Niemand sagte etwas, bis Paul fragte: »Was ist da noch passiert bei Heinz?«

Kassandra sah hoch, direkt in seine Augen, und die Erkenntnis überkam sie mit einem Schlag. Deutlicher, als ihr lieb war, erinnerte sie sich daran, dass Paul am Morgen nach Heinz' Verhaftung angedeutet hatte zu wissen, warum Heinz Sascha getötet haben könnte – auch wenn er sich gerade noch rechtzeitig zurückgehalten hatte, das auszusprechen. Paul kannte Karins Geschichte.

»In der JVA ist nichts passiert«, sagte sie flach.

Paul hob nur die Brauen, Bruno war weniger zurückhaltend.

»Wo sonst? Mädchen, mach's nicht so spannend!«

Kassandra sah Bruno an und überlegte. »Du hast Sascha mal ein gewissenloses Arschloch genannt«, entgegnete sie. »Hast du das nur auf seine Erpressungen und das Denunzieren bezogen?«

»Damals schon«, entfuhr es ihm.

Kassandra merkte sofort, dass er diese zwei unbedachten Worte am liebsten wieder zurückgenommen hätte. Er ahnte offenbar, worauf sie anspielte, und seine Äußerung ließ nur den einen Schluss zu, dass Paul ihm von Karin erzählt hatte. Ihr Blick huschte zu Paul, der sie ähnlich erschrocken ansah wie Bruno. »Hat Heinz sich nach all den Jahren dafür gerächt, dass dein Bruder Karin vergewaltigt und ihm sein Kind genommen hat?«, fragte sie.

Paul hielt ihrem Blick stand. »Ich hoffe nicht.«

Es lag ihm unglaublich viel daran, Heinz aus dem Gefängnis zu holen, mehr noch als es ihm widerstrebte, Inga und Clemens verdächtigen zu müssen. Da sich die beiden Männer keineswegs in inniger Freundschaft zugetan waren, musste es einen anderen Grund geben. Paul tat das für sie.

»Aber du bist dir längst nicht so sicher, wie du die ganze Zeit über vorgegeben hast«, sagte Kassandra.

Er widersprach ihrer Feststellung nicht. Stattdessen forderte er sie auf zu erzählen, woher sie von der Vergewaltigung wusste. Sie berichtete, wie sie auf Karins Brief gestoßen war, ohne allerdings zu erwähnen, dass auch sein Name darin auftauchte. Sie hoffte, dass er davon nichts ahnte, aber mit Bestimmtheit sagen konnte sie es nicht. Pauls Gesicht blieb unbewegt, nur in seinen Augen blitzte kurz etwas auf, als hätte er längere Zeit schon über etwas nachgedacht und nun eine Erklärung gefunden. Vielleicht hatte er sich gefragt, seit wann Heinz die Wahrheit kannte. Er selbst schwieg sich darüber aus, wie, von wem und wann er die Geschichte erfahren hatte.

17

Kassandra schlief schlecht in dieser Nacht. Als sie endlich wegdämmerte, träumte sie von Heinz und Sascha, und in den zwei Stunden, die sie danach wach lag, malte sie sich aus, wie Heinz Sascha die Pistole auf die Brust gesetzt und abgedrückt hatte. Dabei wusste sie nicht mal, an welcher Stelle die Kugel in Saschas Körper eingedrungen war. Ohnmacht und Hilflosigkeit überschwemmten sie, sie wünschte sich ihre Pension voller Gäste, damit sie wenigstens Arbeit hatte und sich damit ablenken konnte. Leider war nicht Sommer, sie würde sich mit anderen Dingen beschäftigen müssen.

Paul saß bereits am Schreibtisch, als sie herunterkam, allerdings arbeitete er nicht an seinem Manuskript, sondern hielt Saschas Notizbuch in den Händen. »Wir haben immer noch dieses Buch mit all seinen Namen und Möglichkeiten«, sagte er. »Die auszuschöpfen gefällt mir heute ebenso wenig wie zuvor, aber wenn es sein muss, werden wir's tun.«

»Du hast selbst gesagt, dass nichts drinsteht, was an Dramatik Clemens' Geschichte gleicht, jedenfalls nichts, was einen Bezug zum Fischland hätte«, erinnerte ihn Kassandra.

»Ich hab auch gesagt, dass das alles eine Frage der Perspektive sein kann.« Er sah ihr anscheinend ihre Zweifel und vor allem ihre Sorge an. »Solange Heinz kein Geständnis ablegt, ziehe ich vor zu glauben, dass es jemand anders war, und ich schätze, er hat gesagt, wie es ist: Er weiß, was er tut und warum. Nicht dass andere das verstehen müssten, da ist er genauso ein Sturkopf, wie gewisse Leute das von mir annehmen.«

»Berechtigterweise annehmen«, korrigierte ihn Kassandra, halb ergeben, halb amüsiert.

Er lächelte ein bisschen. »Meinetwegen berechtigterweise.«

»Wenn ich dir mit dem Notizbuch nicht helfen kann, gehe ich raus«, sagte Kassandra. »Ich hab das Gefühl, mir fällt die Decke auf den Kopf.«

»Mach das«, stimmte Paul zu, schon wieder vertieft in das Buch.

Das gute Wetter hatte sich auch in diesen Tag hinübergerettet, und so setzte sich Kassandra diesmal allein auf das dunkelblaue Boot am Strand. Sie sah zum Hohen Ufer, wo in der Ferne ein paar Leute spazieren gingen und sich hin und wieder bückten, um Steine aufzuheben. In ihrer Manteltasche berührte sie den Hühnergott, um ihn kurz darauf rauszuholen und gegen das Licht zu halten, sodass sie durch das Loch die Möwe beobachten konnte, die gerade majestätisch herangeflogen kam und auf der Buhnenreihe direkt vor ihr landete. »Wenn der noch Glück bringen soll, könnte er langsam mal damit anfangen«, sagte sie leise zu sich selbst.

Sie hatte das Gefühl, neben ihr säße Paul und mahnte sie zur Geduld. Leider war das noch nie ihre Stärke gewesen. Sie umschloss den Stein fest mit den Fingern, steckte ihn zurück in den Mantel und seufzte. Hier zu sitzen brachte sie nicht weiter, die Gedanken schwirrten genauso unaufhörlich durch ihren Kopf wie überall sonst. Sie stand auf und lief ein Stück den Strand entlang in Richtung Seebrücke. Eine Familie mit einem Kleinkind fütterte Möwen, das Kind schrie begeistert so laut wie die Vögel, die sich um die Brotstücke stritten. Über der See zogen Wolken herauf, es war die längste Zeit schön gewesen, weit hinten am Horizont sah es schon nach Regen aus.

Auf der Brücke blieb Kassandra stehen und schaute suchend nach vorn, doch sie erkannte niemanden. Selbst wenn Bruno dort gewesen wäre – hätte sie über den Mord reden wollen, hätte sie auch zu Hause bleiben können. Sie wandte sich um und ging die Strandstraße hinauf, ohne einen Blick auf die Kapitänshäuser und Villen zu werfen, bis sie an der Nummer 10 vorbeikam, ein in mittlerweile verblasstem Rot gestrichenes Haus mit einem Rundbogen auf der linken Seite. Im Gegensatz zu den vielen liebevoll hergerichteten Gebäuden machte dieses eher einen vernachlässigten Eindruck. Abrupt hielt sie inne. Sie wusste aus Pauls Erzählungen, dass früher noch das kleine Holzhäuschen der Kurverwaltung davorgestanden hatte und dass die Backsteine des Haupthauses zu der Zeit nicht mit Farbe übertüncht gewesen waren. Der Rat der Gemeinde hatte darin seinen Sitz gehabt – und Heinz seinen Arbeitsplatz: das Büro des Abschnittsbevollmächtigten. Heutzutage hielt hier der Bürgermeister seine Sprechstunde ab. Plötzlich wünschte sie sich, in der Zeit zurückreisen zu können. Sie hätte viel darum gegeben zu erleben, wie es früher hier gewesen war, denn trotz allem, was Paul ihr erzählte, waren das eben doch nur seine Erinnerungen, die sie niemals wirklich nachempfinden konnte. Ein Teil seines Lebens – und ein Teil vom Fischland –, der ihr immer auf gewisse Weise fremd bleiben würde. Es war ihr unmöglich, eine junge Ausgabe von Heinz zu sehen oder von Paul und den Menschen, die nicht mehr lebten: Pauls Vater, Micha Lange, Karin.

Kassandra wandte sich ab und lief weiter. Sie lebte heute, es hatte keinen Sinn, etwas Vergangenem nachzutrauern, schon gar nicht etwas, was sie nie gekannt hatte. Trotzdem ließ sie dieses Gefühl nicht los, bis sie durch das Friedhofstor schritt. Mittlerweile zogen die Wolken dichter über den Himmel, ab und zu verschwand die Sonne, dann wurde es sofort kühler. Kassandra zog den Mantel enger um ihren Körper. Ein paar Meter vor ihr stand die Kapelle, deren Tor jetzt geschlossen war, einsam und verlassen. Kein Vergleich zu vorgestern, wo es dort von Menschen nur so gewimmelt hatte. Kassandra bog ein paar Meter vor der Kapelle nach rechts in einen Weg ein, passierte den hohen schwarzen Gedenkstein für die Gefallenen des Ersten Weltkriegs, deren Namen in der gerade wieder aufblitzenden Sonne golden glänzten, und blieb vor Karins Grab stehen. Der graue Findling trug die Aufschrift: *Danke, dass Du da warst. Karin Jung, 1957 – 2007.* Auf dem Grab blühte noch ein klein wenig helllila Septemberkraut, zwischen die Blüten und den Findling hatte Heinz einen Stein gelegt, der mit ein bisschen Phantasie wie ein Fisch aussah. Das konnte noch nicht allzu lange her sein, der Stein strahlte in fast reinem Weiß, als sei er gerade erst mit einem Klackern aus der See auf die anderen am Strand liegenden Steine gerollt.

»Verdammt, Heinz«, flüsterte Kassandra. »Wenn du es nicht warst, warum lässt du dir nicht helfen?«

Sie merkte nicht, wie die Zeit verging, erst als es ihr spürbar zu kalt wurde, weil die Sonne endgültig hinter den Wolken verschwand, verließ sie den Friedhof durch das rückwärtige Tor. Sie kam dabei an der letzten Reihe mit Saschas Grab vorbei, dem sie keinen Blick gönnte. Vermutlich war das jetzt ein trostloser aufgeworfener Erdhügel, auf dem Margarethe Freeses Kranz aus weißen Rosen allmählich verwelkte.

Prüfend warf Kassandra einen Blick in den Himmel. Es würde nicht mehr lange dauern mit dem Regen, dennoch wollte sie nicht zurück. Statt nach Hause schlug sie den Weg am Wäldchen entlang ein, der zum Bodden führte. Die andere Seite des Weges säumte ein weites Feld, hinter dem die Gehöfte von Barnstorf zu erkennen waren. Im immer dunkler werdenden Novembervormittag wirkte das alles trotz der Weite düster, daher war Kassandra nicht überrascht, dass sie am anderen Ende des Weges eine Gestalt sah, die mit langen, resoluten Schritten näher kam und offenbar dem Regen davonlaufen wollte. Die Frau war hochgewachsen und steckte in einer Jacke, deren Kapuze sie gegen den aufgekommenen Wind tief ins Gesicht gezogen hatte. Dennoch war sich Kassandra aufgrund der Größe und des Ganges relativ sicher, dass es Inga war. Die musste es nicht nur wegen des Wetters, sondern auch wegen der Uhrzeit eilig haben. In weniger als einer Stunde öffnete das »FischLänder«.

Langsam ging Kassandra ihr entgegen. Jeder Verdacht, den sie gegen Inga gehabt hatten, hatte sich in Wohlgefallen aufgelöst. Glücklicherweise ahnte Inga nichts davon, dass nicht nur Dietrich sie auf dem Plan gehabt hatte. Falls sie das je erfuhr, würde sie das in Pauls Fall wahrscheinlich besonders treffen, angesichts der Dinge, die er und ihr Vater gemeinsam hatten. Kassandra wusste nicht recht, ob es ihr gelingen würde, Inga unbefangen gegenüberzutreten, ihre Schritte wurden zögernder. Zu allem Überfluss fing es nun tatsächlich an zu regnen. Sie blieb stehen und drehte sich instinktiv um, als eine Windböe ihr den Regen ins Gesicht fegte.

»Was für ein Mistwetter, was, das ist ja nicht zu glauben, dabei war's vorhin noch so schön, sonst hätte ich doch nie so einen langen Spaziergang gemacht, ich lern das nie, und wenn ich bis zu meinem Tod auf dem Fischland lebe, werde ich niemals die Anzeichen deuten können, aber was machst du noch hier draußen, mit dir hätte ich echt nicht gerechnet, ich dachte, du könntest das besser.«

Die Kapuzengestalt stand jetzt direkt neben ihr, aber Kassandra hatte ihren Irrtum schon nach den ersten Worten erkannt. »Kann ich für gewöhnlich auch«, sagte sie. »Mir war das Wetter egal, ich musste raus.«

»Auf den Friedhof?« Violetta deutete nach vorn und setzte sich wieder in Bewegung. »Hast du Sascha Freeses Grab besucht?«

»Nein, Karins.«

»Oh.« Ungewöhnlicherweise schwieg Violetta für die nächste halbe Minute, während sie im heftiger werdenden Regen in den Ort zurückgingen. Violettas Gedanken schienen sich aber weiter um den Mord an Sascha Freese zu drehen, denn gleich darauf platzte sie heraus: »Ist da was dran, dass gestern dieser Kommissar, der dir letztes Mal das Leben schwer gemacht hat, bei Inga Lange war und sie verhört hat, mit allen Schikanen? Ziemliche Frechheit, was denkt sich der Typ, der hat doch seinen Täter, oh, 'tschuldigung, nichts gegen deinen Onkel, aber auch wenn ich nicht weiß, was der für ein Motiv gehabt haben soll, kennen er und Sascha Freese sich immerhin von früher, was man von Inga Lange und Pauls Bruder schließlich nicht behaupten kann, oder etwa doch?«

»Er hat sie nicht verhört, er hat sie nicht mal vernommen. Er hat ihr nur ein paar Fragen gestellt«, stellte Kassandra richtig, blieb Violetta auf deren letzte Frage jedoch absichtlich eine Antwort schuldig. Um davon abzulenken, sagte sie: »Stell dir vor, ich hab dich eben von Weitem für Inga gehalten.«

»Echt, ist ja ein Ding, ich seh aus wie Inga Lange, vielleicht werde ich auch noch mal berühmt, leider kann ich nicht die Bohne kochen, muss ich mir was anderes einfallen lassen, womit ich ins Fernsehen komme, wie wär's mit …«

»… Schnellreden?«, fragte Kassandra.

Violetta blieb trotz des Regens stehen und sah Kassandra empört an, dann prustete sie los. Am Ende ließ sie sich aber doch nicht vom Thema abbringen. »Was wollte dieser Dietrich denn nun von Inga Lange, und sag nicht, dass du das nicht weißt, mir hat nämlich jemand erzählt, dass du und Paul auch eine ganze Weile in der Küche wart, während der Herr Kommissar seine Fragen gestellt hat, wie kam das eigentlich?«

Kassandra musste schnell schalten und entschied sich für die halbe Wahrheit. »Inga wollte das so, Herr Dietrich war nicht gerade begeistert. Wer hat dir das überhaupt erzählt?«

»Mirko Peters.«

»Was hast du mit Mirko zu tun?«, fragte Kassandra verwundert.

»Nichts weiter, wir sind ins Schwatzen gekommen an der Supermarktkasse, er hat mir angeboten, meine Getränkekiste nach Hause zu karren, mein Auto hat ja den Geist aufgegeben, das hab ich dir noch gar nicht erzählt, und da hat er während der Fahrt gemeint, ich sei doch mit dir befreundet und ob du wüsstest, was die Polizei von Inga gewollt hat.«

»Warum hat er Inga nicht selbst gefragt?« Vor allem, wenn man bedenkt, dass er anscheinend eine ziemlich enge Beziehung zu ihr hat, dachte Kassandra. Dabei fiel ihr ein, dass Mona schon länger nicht mehr in Wustrow gewesen war. Ob sie sich endgültig von Inga getrennt hatte? Sie hätte Mona längst angerufen und sich erkundigt, wie es ihr ging, wenn die nicht vor Kurzem so deutlich abgelehnt hätte, darüber zu reden.

»Was weiß ich, vielleicht hat er und sie ist nicht damit rausgerückt?«, sagte Violetta gerade. »Also, was hat der Kommissar nun gewollt?«

Wieder entschloss sich Kassandra, wenigstens zum Teil die Wahrheit zu sagen – den Teil, den sie für relativ unverfänglich hielt. »Inga hat vor Urzeiten mal ein Haus gekauft, das Sascha gehörte. Dietrich wollte wissen, ob sie ihn näher kannte.«

»Und?«

»Sie sagt Nein.«

»Aber du glaubst ihr nicht?«

»Es gibt keinen Grund, ihr nicht zu glauben«, wiegelte Kassandra ab. »Und da Herr Dietrich Inga nicht in Handschellen abgeführt hat, wird er das wohl genauso gesehen haben.«

»Tja«, machte Violetta. »Ziemlich grimmiger Typ, finde ich, ich meine, ich hab den bei der Beerdigung da stehen sehen, und selbst wenn ich nicht wüsste, wie der dich im Sommer auf dem Kieker hatte, würde ich auf eine nähere Bekanntschaft mit dem lieber verzichten, der muss einen ja nur angucken, da fühlt man sich schon schuldig.«

Kassandra lächelte in sich hinein. Sie hätte es damals selbst nicht für möglich gehalten, dass sie Dietrich je mögen würde.

Violetta wohnte im Peter-Voß-Weg, sodass sie sich an der

Thälmann-Straße verabschiedete und nach Hause hastete, um möglichst schnell unter die heiße Dusche zu kommen. Auch Kassandra legte einen Schritt zu, weil sie nicht minder durchnässt war. Sie rechnete damit, Paul noch immer mit dem Notizbuch beschäftigt vorzufinden, stattdessen war er dabei, ein paar Sachen in eine Reisetasche zu werfen.

»Ich muss nach Schwerin, meine Mutter wurde ins Krankenhaus eingeliefert«, erklärte er.

Kassandra erschrak. »Was ist passiert?«

»Weiß ich selbst nicht genau. Kreislauf, wenn wir Glück haben. Infarkt, wenn nicht. Ihre Nachbarin hat mich benachrichtigt, die hat vor einer Stunde den Notarzt gerufen, der nicht lange gefackelt hat.« Paul schloss kurz die Augen. »Ich hätte sie nicht allein lassen dürfen.«

»Das konntest du nicht ahnen«, versuchte Kassandra, ihm die Schuldgefühle auszureden. Sein Vater war an einem Herzinfarkt gestorben, sie konnte sich vorstellen, was in ihm vorging.

Er lächelte flüchtig. »Danke. Aber …«

»Kein Aber. Das hätte jederzeit passieren können, heute, morgen oder in drei Wochen. Es ist nicht deine Schuld.«

Paul schloss die Reisetasche, schlüpfte in seinen Mantel und drückte Kassandra kurz an sich. Dann war er verschwunden.

Sie zog sich um, räumte auf, was Paul in seiner Hektik hatte herumliegen lassen, und warf anschließend einen Blick auf seinen Schreibtisch, auf dem Saschas Notizbuch noch aufgeschlagen lag. Er hatte begonnen, die versprochene Abschrift für Dietrich anzufertigen – und sogar vergessen, sein Laptop herunterzufahren. Sie las, was er schon übertragen hatte, konnte aber seiner Meinung von vor einigen Tagen nur zustimmen: Es schien nichts darunter zu sein, was einen Mord rechtfertigte. Anschließend bemühte sie sich, alles wieder zu vergessen.

Einen Augenblick überlegte sie, ob sie bleiben oder in ihr eigenes Haus zurückkehren sollte, und entschied sich für Letzteres. Sie wollte immer noch das Bücherpaket für Heinz zusammenstellen, das konnte sie in Ermangelung einer sinnvolleren Tätigkeit gleich tun. Mittlerweile nieselte es nur noch, und während sie einigermaßen gemächlich durch die Straßen ging, spürte sie, dass da ein Gedanke in ihr rumorte, ohne dass sie ihn benennen konnte. Hatte irgendwer irgendwas Wichtiges gesagt oder getan, was ihr bewusst entgangen war und auf das sie ihr Unterbewusstsein jetzt aufmerksam machen wollte? Je länger sie grübelte, desto mehr schien es sich ihr zu entziehen, sodass sie aufgab und stattdessen bei Heinz ein paar Bücher in einen Karton packte. Danach ging sie in die Küche und öffnete Kühl- und Vorratsschrank, um Verderbliches auszusortieren. Sie mochte zwar nicht daran denken, aber es war immerhin möglich, dass Heinz noch eine Zeit lang wegblieb. Bald stapelten sich auf dem Tisch die Lebensmittel, und Kassandra fragte sich gerade, was davon sie noch verwenden konnte – da wusste sie plötzlich, was sie vorhin irritiert hatte.

Inga. Violetta.

Sie hatte Violetta mit Inga verwechselt.

Kassandra ließ sich auf einen von Heinz' alten Küchenstühlen plumpsen, die ebenso sorgfältig aufgearbeitet waren wie der polierte Tisch, und dachte nach. Vielleicht war das zu weit hergeholt, vermutlich ging ihre Phantasie mit ihr durch, und der Wunsch war Vater ihres Gedankens, aber nachgehen musste sie ihm. Sie nahm den Bücherkarton und ging durch den Nieselregen rüber nach Hause, wo sie sich mit ihrem Telefon aufs Sofa setzte. Sie schaute nach draußen auf die Terrasse und fragte sich, ob sie das Richtige tat. Ohne eine eindeutige Antwort gefunden zu haben, wählte sie Dietrichs Nummer.

»Ja?«, meldete er sich kurz angebunden. Wahrscheinlich störte sie ihn in einer wichtigen Besprechung, bei der Sichtung eines Tatortes oder sonst wo. Sie hätte bis abends mit dem Anruf warten sollen, andererseits wusste man bei einem Polizisten ja nie, wann er im Dienst war und wann nicht.

»Wie deutlich war die Aufzeichnung der Überwachungskamera vom Parkplatz?«, fragte sie ohne Umschweife.

»Bleiben Sie bitte dran.« Dietrich drückte sie weg und ließ sich eine halbe Minute Zeit, bis er wieder in der Leitung war. »Jetzt kann ich reden. Wenn ich Ihre Frage richtig deute, haben Sie Zweifel, dass die Frau auf dem Parkplatz Inga Lange gewesen ist. Wie kommen Sie darauf?«

Sie erzählte von ihrem Erlebnis mit Violetta und fuhr fort: »Wenn der Parkplatz nicht gerade mit Flutlicht beleuchtet war, dürfte es nachts um Viertel nach zwei ziemlich dunkel gewesen sein, und wenn ich an entsprechende Aufnahmen denke, die man in Fernsehkrimis sieht, sind die schwarz-weiß und grobkörnig und zeigen Gestalten, die sonst wer sein könnten. Nur weil auf dieser Aufzeichnung jemand zu sehen ist, der zu Ingas Wagen ging, aufschloss und etwas herausholte, muss es noch lange nicht Inga gewesen sein.«

Dietrich schwieg, als riefe er sich ins Gedächtnis, was er auf dem Band gesehen hatte. »Die Frau, die im Hotel eincheckte, war garantiert Inga Lange«, sagte er dann. »Das Foyer war hell erleuchtet, und Frau Langes Gesicht, ihr Tattoo am Hals, sogar ihr Ohrring, den sie auch vorgestern trug, waren deutlich zu erkennen. Die Aufzeichnung vom Parkplatz war zwar nicht grobkörnig, allerdings schwarz-weiß, und es war dunkel, das stimmt. Ihr Gesicht lag im Schatten, aber die Frau trug denselben Mantel wie ein paar Stunden zuvor beim Einchecken, dieselbe Frisur, und ich konnte vor allem einen Teil des Tattoos am Hals sehen.«

»Einzelheiten?«

»Nicht viele«, sagte Dietrich langsam und zögerte etwas. »Aber genug, um mich zu überzeugen.«

Kassandra seufzte unhörbar. Sie hätte wissen müssen, dass das eine Schnapsidee war. »Tut mir leid, dass ich Ihre Zeit verschwendet habe, Herr Dietrich. Ich hab nach einem Strohhalm gegriffen.«

Wieder schwieg Dietrich einen kleinen Moment. »Der Strohhalm ist möglicherweise tatsächlich eine nähere Untersuchung wert«, sagte er. »Ich melde mich.«

Kassandra konnte nichts weiter tun als warten. Sie hätte gern mit Paul gesprochen und sich nach seiner Mutter erkundigt, aber sie wusste, dass er anrufen würde, sobald es etwas Neues gab – und außerdem war sie ganz froh, dass er von ihren eigenmächtigen Recherchen in Sachen Inga nichts mitbekam. Wenn sich alles als Irrtum herausstellte, brauchte er nie davon zu erfahren.

Am frühen Abend schließlich meldete sich Dietrich. »Kann sein, dass Sie recht haben. Ich hätte aber gern, dass wir uns die Aufzeichnungen gemeinsam ansehen. Treffen wir uns im

Haus von Heinz Jung? Ich kann da ohne weitere Erklärungsnöte hinkommen und meine Arbeit machen.«

Eine Stunde später saß Kassandra wieder in Heinz' Wohnzimmer. Sie hatte nur dort das Licht eingeschaltet, sodass das Haus von der Straße aus dunkel blieb. Während sie wartete, wanderte ihr Blick zum Bücherregal, doch sie widerstand dem Impuls, »Djamila« aus dem Regal zu nehmen und zu verbergen. Dietrich würde nicht ausgerechnet heute Abend anfangen, Heinz' Literaturgeschmack zu überprüfen. Kurz darauf hörte sie einen Schlüssel im Schloss und schrak hoch. Sie hatte damit gerechnet, dass er klingelte, aber anscheinend konnte sich die Polizei noch auf andere Weise Zutritt zur Wohnung eines Mordverdächtigen beschaffen.

»Frau Voß? Herr Freese?«, rief Dietrich durch den Flur, und Kassandra wurde bewusst, dass er mit Paul rechnete. Da trat er auch schon ins Wohnzimmer und sah sich suchend um. Kassandra bemerkte dabei zwei Dinge: Dietrichs Haare und Mantel waren feucht, er hatte demnach ein Stück entfernt geparkt und laufen müssen – und er benötigte dafür wie bereits einige Tage zuvor einen Stock.

»Sie hätten sagen sollen, dass Sie Schmerzen haben, ich hätte auch nach Stralsund kommen können«, sagte Kassandra unwillkürlich.

Dietrichs Brauen zogen sich zusammen, er guckte so finster, wie Violetta ihn beschrieben hatte. »Lassen Sie uns eins klarstellen, ja? Ich benötige weder Hilfe noch Rücksicht. Mein Bein bereitet mir keine nennenswerten Schwierigkeiten, es gibt keinen Grund, warum es Ihnen welche bereiten sollte.«

Kassandra verkrampfte sich innerlich. Es gab sehr wohl einen Grund, und der bestand darin, dass sie sich dummerweise die Schuld an seinen Verletzungen gab. Sie wusste, dass das ebenso unsinnig war wie Pauls Selbstvorwürfe ein paar Stunden zuvor. Dieses Wissen änderte bedauerlicherweise nichts an ihren Gefühlen. Sie hütete sich jedoch, das auszusprechen, sondern nickte nur, was Dietrich zu genügen schien.

»Gut. Lassen Sie uns in die Küche gehen, wir können da besser am Tisch sitzen.«

In der Küche schälte er sich aus seinem Mantel und holte ein Notebook aus der Tasche, die er über der Schulter getragen hatte. »Wo ist Herr Freese?«

Kassandra erklärte ihm, warum Paul nicht hier war, woraufhin Dietrich bedauernd sagte: »Ich hoffe, Frau Freese erholt sich bald. Ich hatte allerdings darauf spekuliert, dass gerade er einen Blick auf den Film werfen könnte. Er hat Inga Lange ja genau beobachtet, um sich darüber klar zu werden, ob sie Michael Langes Tochter sein könnte. Er kennt ihre Bewegungen und kann am besten beurteilen, ob sie die Frau auf dem Parkplatz ist. Aber nun müssen Sie eben ran, Sie sind ihr ja in den letzten Monaten auch häufig über den Weg gelaufen, während ich sie vorgestern zum ersten Mal seit vielen Jahren gesehen habe, was mich nicht gerade zum Experten macht.«

Während das Notebook hochfuhr und Dietrich es mit einer DVD fütterte, stellte Kassandra zwei Gläser auf den Tisch und goss ihnen Wasser ein.

»Danke«, sagte Dietrich und bedeutete ihr, sich neben ihn zu setzen. Zuerst zeigte er ihr die Aufnahme vom Hotelfoyer. »Leider ist der Weg vom Eingang zur Rezeption zu kurz, als dass man ihre Bewegungen mit denen auf dem Parkplatz vergleichen könnte, und auch ein Abgleich mit ihren Kochshows bringt nichts, weil sie in der Küchendekoration höchstens mal ein, zwei Meter nach rechts oder links geht.«

»Sie haben sich eine von Ingas Shows angesehen?«, fragte Kassandra.

»Mehrere. Schon bevor sie es angeregt hatte, übrigens und sicher nicht wegen der Rezepte.«

Dietrich hatte recht, die Frau im Foyer war zweifellos Inga. Als Nächstes bekam Kassandra die Aufnahme vom Parkplatz vorgeführt. Gebannt beugte sie sich vor – und stieß dabei eins der Wassergläser um, dessen Inhalt sich auf Dietrichs Anzug zu ergießen drohte.

Instinktiv sprang er auf, aber er hatte offenbar vergessen, dass ihm sein Bein allen gegenteiligen Beteuerungen zum Trotz hin und wieder doch Schwierigkeiten bereitete. Der Stuhl polterte hinter ihm zu Boden, er selbst kam im Aufstehen ins Trudeln, konnte sich nicht mehr fangen und landete neben dem Stuhl.

Auch Kassandra war aufgesprungen. Zwei Schrecksekunden lang starrten sie einander an, während der sie fast panisch überlegte, ob sie ihm die Hand reichen sollte. Er hatte eben so kategorisch jede Hilfe abgelehnt, dass sie befürchtete, wieder etwas falsch zu machen, und es bleiben ließ. Bei dem Versuch, sich aufzurappeln, verzog Dietrich vor Schmerz das Gesicht und schaute gleichermaßen verärgert und peinlich berührt zu ihr hoch, als es ihm nicht gelang. Schließlich stützte er sich mit einem Arm auf dem Boden ab und streckte ihr den anderen entgegen. »Würden Sie mir meine Borniertheit verzeihen und mir helfen? Ich schaff's nicht allein.«

Kurz darauf stand Dietrich wieder aufrecht vor ihr und strich sich zuerst über den Anzug und dann durch die Haare. »Immerhin bin ich nicht nass geworden.« Er lächelte selbstironisch. »Herrn Jungs Fliesen hatten weniger Glück.«

»Es ... tut mir leid«, stammelte Kassandra. Wenn sie gekonnt hätte, wäre sie am liebsten in den Fugen ebenjener Fliesen versunken. Sie wusste nicht mal, was sie meinte – den Unfall mit dem Glas oder den Autounfall vor ein paar Monaten.

Dietrich musterte sie so lange, dass sie versucht war, wegzuschauen. »Frau Voß«, sagte er ruhig. »Es ist nicht Ihre Schuld.«

Verblüfft darüber, dass er anscheinend genau wusste, was in ihr vorging, fand sie zuerst keine Antwort. »Aber wenn ich nicht ...«

»Halten Sie mich für einen so schlechten Polizisten? Wenn Sie sich nicht eingemischt hätten, hätte es etwas länger gedauert, aber ich hoffe doch, dass ich auch ohne Sie am Ende drauf gekommen wäre – mit denselben Konsequenzen, fürchte ich. Hören Sie auf, sich Vorwürfe zu machen.«

»Hm«, machte Kassandra wenig überzeugt.

»Menschenskind, wie hält Paul Freese das bloß mit einer Frau aus, die sich nie was sagen lässt?« Er verdrehte die Augen.

Kassandra lachte spontan auf. »Ich wusste immer, dass Sie ein Macho sind.«

»Was Sie nicht sagen.« Dietrich funkelte sie spöttisch an. »Dann heben Sie mal das Glas auf, damit wir mit unserem Programm weitermachen können.«

Nachdem Kassandra das Glas in die Spüle gestellt und die

Fliesen trocken gewischt hatte, widmeten sie sich endlich wieder dem Film auf dem Laptop, den Dietrich an die Stelle hatte zurücklaufen lassen, an der Inga – oder die Frau, die Inga zu sein vorgab – den Parkplatz betrat. Zielstrebig ging sie auf einen Wagen zu, der ein paar Meter von einer Laterne entfernt im Halbschatten stand. Sie trug denselben Mantel und dieselbe Frisur, und als sie näher kam, sah Kassandra etwas Dunkles in ihrem Nacken, ihr Gesicht blieb jedoch im Schatten. Aus dem Film wurde ein relativ klares Standbild, und sie versuchte, jede Einzelheit zu erkennen.

»Sagen Sie mir, was Sie sehen.« Dietrich definierte den Bereich um Kopf und Schulter der Gestalt auf dem Bildschirm, zog den Ausschnitt größer und schärfte ihn.

»Den Schlangenkopf und den Apfel mit dem Dolch von Ingas Tattoo. Nicht gestochen scharf, aber man erkennt einigermaßen, was es sein soll«, sagte Kassandra.

»Das dachte ich auch, und so was sieht man ja nicht gerade häufig am Nacken einer Frau. Nach Ihrem Anruf ist mir klar geworden, dass man gerade deshalb automatisch glaubt, das Original zu sehen, obwohl es möglicherweise eine Fälschung ist. Ich habe einen Bodypainter gefragt, wie leicht es ist, ein Motiv wie dieses für das Bild einer Überwachungskamera aufzumalen und hinterher wieder zu entfernen.«

»Und?«

»Bei genauer Betrachtung wird sich ein Bodypainting-Motiv immer von einem Tattoo unterscheiden, aber für diesen Zweck wäre es absolut ausreichend. Je nachdem, welche Farbe man benutzt, kann das Kunstwerk ein paar Wochen halten oder nur ein paar Stunden.« Dietrich ließ den Film in dem vergrößerten Ausschnitt weiterlaufen. »Sie macht das sehr geschickt, hält ihr Gesicht ständig im Schatten und lässt das bisschen Licht, das da ist, auf das Tattoo und den Ohrring fallen.«

»Das heißt, sie muss das geprobt haben«, stellte Kassandra fest.

»Mit Sicherheit. Oder wir irren uns und machen uns hier lächerlich.«

Kassandra verneinte das entschieden.

»Wieso sind Sie so sicher? Können Sie durch die Bewegungen der Frau erkennen, dass das nicht Inga Lange ist?«

»Nein, ich fürchte, dazu brauchen wir Paul. Ich habe für so was nicht den richtigen Blick, ich hab ja auch Violetta für Inga gehalten, und die hat sich nicht mal bemüht, jemanden nachzuahmen. Mir ist was anderes eingefallen: Inga war sicher, dass sie aus dem Schneider ist, als sie das Hotel erwähnte, dabei hätte ihr genau wie uns klar sein müssen, dass sie in dieser Nacht prinzipiell bequem nach Wustrow und wieder zurück nach Schwerin hätte fahren können. Schließlich hat sie nie behauptet, dass jemand ihren ununterbrochenen Aufenthalt im Hotel bestätigen kann.«

Dietrich nickte. »Stimmt.«

Konzentriert schauten beide den Film zu Ende, in dem »Inga« etwas aus dem Auto holte und ebenso zügig, wie sie gekommen war, den Parkplatz wieder verließ. Zuletzt zeigte Dietrich Kassandra die Sequenz, in der Inga – diesmal wieder ganz eindeutig Inga – am Morgen auscheckte. Danach sahen sie sich an und dachten beide dasselbe.

»Wenn es nicht Inga war, wer dann?«, fragte Kassandra.

»Die erste Möglichkeit, die mir einfiele, wird Ihnen nicht besonders gefallen«, sagte Dietrich.

»Mona? Nein. Die war an dem Abend auf der jährlichen Feier der Goldschmiede-Vereinigung.«

»Woher wissen Sie, dass sie da war?«

»Weil sie's gesagt hat.« Dann verstand sie und deutete auf das Laptop. »Können Sie damit online gehen?«

Dietrich wählte sich ins Internet ein und ließ Kassandra ans Notebook, um die Website von »Kolbert Colliers« aufzurufen. Sie klickte auf »Ereignisse« und darunter auf »Treffen der Deutschen Goldschmiede-Vereinigung, 16. November 2011, Heidelberg«. Mona hatte Fotos der großen Abendveranstaltung eingestellt, auf der es zumindest an den sehr zahlreichen Teilnehmerinnen so funkelte und glitzerte, dass Jonas sich mit Grausen abgewandt hätte. Nach einigem Suchen entdeckte Kassandra ihre Freundin auf zwei Bildern. »Wie lange braucht man von Heidelberg nach Schwerin? Sicher sechs, sieben Stunden. Nicht unmöglich, dass Mona es bis um Viertel nach zwei geschafft hat, wenn sie um acht losfuhr, aber das hier sind eindeutig Bilder, die später am Abend gemacht wurden.« Sie lehnte sich zurück – und richtete sich abrupt wieder auf. »Kann ich die Parkplatz-Szene noch mal sehen?«

»Ist Ihnen was aufgefallen?«

»Ich frage mich nur, ob die Frau nicht auch ein Mann sein könnte. Wir haben nämlich überlegt, ob Inga und Clemens Meisner das zusammen ausgeheckt haben könnten. Immerhin waren beide am selben Abend in Schwerin.«

Dietrich klickte sich zurück in die Aufzeichnung der Überwachungskamera, dabei rekapitulierte er offenbar, was er über Clemens Meisners Aktivitäten in der Mordnacht wusste. »Sie meinen, er hat für Inga den silbernen Polo gemietet, mit dem sie nach Wustrow gefahren ist, während er auf dem Hotelparkplatz so getan hat, als wäre er sie?«

»Ja. Wenn es so war, hätte letztlich sogar Heinz recht, wenn er sagt, dass Clemens Meisner niemanden umbringt.«

Sie sahen sich die Parkplatz-Szene noch einmal an und kamen überein, dass die Gestalt durchaus ein Mann sein könnte. Ingas Mantel war lang und nicht sehr figurbetont, er konnte eine männliche Gestalt verbergen, ganz davon abgesehen, dass Inga selbst keine ausgesprochen frauliche Figur hatte. Clemens Meisner war zwar etwas kleiner als Inga, aber ebenso wie man selbst mit der höchsten Vergrößerungsstufe das Gesicht nicht erkennen konnte, konnte man nicht auf den Zentimeter genau die Größe der Person abschätzen.

»Wenn Inga in dem Mietwagen gesessen hat, müsste man das aufgrund von DNS-Spuren doch nachweisen können«, meinte Kassandra.

»Theoretisch ja. Praktisch werde ich so eine Untersuchung aber nur schwer durchboxen können. Unsere Hypothese beinhaltet, dass Clemens Meisner die Finger im Spiel hat, und es gibt absolut keinen offiziellen Grund, warum ich den verdächtigen sollte. Selbst wenn ich das Notizbuch anführe und uns allen damit einen Haufen Ärger einbringe: Ich habe nach unserer Unterhaltung mit Inga Lange versucht, sie bei meinen Vorgesetzten als mögliche Täterin ins Gespräch und in die Ermittlungen zu bringen. Immerhin brauchte ich nicht mehr auf einen vagen Verdacht und auch nicht auf die Stasi-Akten Bezug zu nehmen, sondern hatte eine klare Aussage von ihr. Das kam nicht gut an, man legte es sogar positiv aus, dass sie nicht geleugnet hat, von der Verbindung zwischen ihrem Vater und Sascha Freese zu wissen. Dabei spielte auch die Tatsache eine Rolle, dass Frau Lange nun mal nicht irgendwer ist. Sollte ich jetzt aufgrund von jahrzehntealten Hinweisen in Sascha Freeses Buch mit der Theorie kommen, dass die berühmte Star-Köchin mit dem berühmten Musiker gemeinsam einen Mord begangen hat – was glauben Sie, was passiert? Solange ich nicht was Hieb- und Stichfesteres in der Hand habe als einen Abend, an dem beide zufällig in Schwerin waren, wird niemand das Risiko eingehen wollen, die Polizei wegen vorschneller Anschuldigungen gegen zwei Promis in Negativschlagzeilen zu bringen. Davon ganz abgesehen, sind ohnehin alle einer Meinung: Ihr Onkel gibt noch immer den perfekten Hauptverdächtigen ab. Bei Heinz Jung passt einfach alles zu gut zusammen.«

»Und er ist keine Berühmtheit«, fügte Kassandra bitter hinzu. »Gäbe es vielleicht eine … inoffizielle Möglichkeit, den Wagen untersuchen zu lassen? Was ist mit Ihrem Kollegen von der Kriminaltechnik, Herrn Westphal? Würde der noch mal aushelfen wie im Sommer, als Sie ihn brauchten?«

»Das wäre eine Option, aber dafür würde ich gern etwas sicherer sein und warten, was Herr Freese zu den Aufzeichnungen sagt. Bernd Westphal hat so schon eine Menge riskiert, er hängt an seinem Job, und ich bin ihm was schuldig, nicht er mir.«

Kassandra biss sich auf die Lippe und nickte.

»Gäbe es außer Clemens Meisner noch jemanden, der in Frage käme?«, erkundigte sich Dietrich. »Da war doch dieser Kellner, von dem Ihre Freundin glaubt, er hätte ein Verhältnis mit Inga Lange. War das der, der vorgestern in die Küche kam? Er könnte von der Statur her sogar noch besser passen als Clemens Meisner, er ist etwas größer und schlanker.«

Wie elektrisiert starrte Kassandra Dietrich an. »Außerdem trägt er einen Ohrring.«

»Das ist keine Voraussetzung, Inga Langes Ohrring ist Modeschmuck, den man bestimmt auch als Clip bekommen kann.«

»Ich war noch nicht fertig. Es kommt nämlich hinzu, dass Mirko erhebliches Interesse an unserer Unterhaltung in der Küche im ›FischLänder‹ gezeigt und Violetta danach ausgequetscht hat. Er hoffte wohl, sie könnte von mir was darüber erfahren haben.«

»Falls er mit Inga unter einer Decke steckt, würde sie ihm doch selbst erzählen, worüber wir gesprochen haben«, wandte Dietrich ein.

»Wenn es wirklich das war, was er wissen wollte. Vielleicht wollte er aber bloß rausfinden, ob ich wieder Detektiv spiele und mehr weiß als die Polizei – mehr, als gut für ihn und Inga wäre.«

Sardonisch hob Dietrich die Brauen. »Dass Sie mehr wissen als die Polizei, ist …«

Kassandras Handy unterbrach ihn mitten im Satz. Sie erschrak, als sie Pauls Namen auf dem Display sah. Sofort dachte sie an seine Mutter.

»Kassandra, dem Himmel sei Dank! Ich hab's schon bei dir und bei mir versucht, wo bist du?« Paul klang besorgt.

»Mit Herrn Dietrich bei Heinz.«

»Im Gefängnis?«, fragte Paul ungläubig. »Oder ist Heinz entlassen worden?«

»Weder noch, es ist etwas komplizierter. Ich erklär's dir, wenn du zurück bist. Wie geht's deiner Mutter?«

Paul antwortete nicht sofort, was Kassandra zu den schlimmsten Befürchtungen veranlasste.

»Die letzten Tage waren ein bisschen viel für sie«, sagte er, »ihr Kreislauf ist kollabiert, der Blutdruck ins Bodenlose gesunken. Jetzt geht's wieder einigermaßen, sie wird aber ein paar Tage zur Beobachtung im Krankenhaus bleiben müssen. Ich übernachte hier und sehe morgen noch mal nach ihr. Konnte ich gerade so eben bei ihr durchsetzen.«

Kassandra lächelte. »Das hört sich ja schon wieder ganz gut an.«

»Ja. Also, was treibst du nun mit Dietrich bei Heinz?«

»Ich sag doch, das ist ein bisschen kompliziert. Ich erzähl's dir morgen.« Sie fürchtete sich etwas davor, Paul sagen zu müssen, dass Ingas grandioses Alibi auf tönernen Füßen stehen könnte.

»Kassandra!« Das sagte Paul so laut, dass sie unwillkürlich das Handy ein Stück vom Ohr nahm – und so laut, dass auch Dietrich es nicht überhören konnte. Aus den Augenwinkeln sah sie, wie er sich ein Lachen verkniff.

»Na schön.« Sie stellte auf Lautsprecher, legte das Handy auf den Tisch und begann. Nachdem sie geendet hatte, fragte sie sich, ob Paul noch dran war.

»Mirko?«, wiederholte er schließlich gedehnt. »Der hat zwar schon viele verrückte Sachen angestellt, aber Komplize bei einem Mord? Ich glaube nicht, dass er so weit gehen würde.«

»Dann vielleicht Clemens. Irgendwer muss auf diesem Parkplatz gewesen sein.«

»Wie wär's mit Inga? Eure Theorie hat was, zugegeben, aber genauso wenig, wie ihr beweisen könnt, dass es jemand anders war, konntet ihr bisher eindeutig belegen, dass es nicht Inga war.«

Kassandra sah Dietrich an, der die Schultern hob. »Dazu brauchen wir Sie. Sie sind abgesehen von Frau Kolbert und Herrn Peters, die wir wegen ihrer sehr engen Beziehung zu Frau Lange besser nicht fragen sollten, der Einzige, der beurteilen könnte, wer die Person auf dem Video ist.«

»Sie sind ja sehr zuversichtlich, hoffentlich enttäusche ich Sie nicht. Lassen Sie die DVD bei Kassandra, damit ich sie mir morgen ansehe?«

»Geht klar. Wenn Sie doch länger in Schwerin sind, kann ich Ihnen die Aufzeichnung mailen.«

»Meine Mutter war kurz davor, den nächsten Kreislaufkollaps zu kriegen, als ich vorschlug, länger zu bleiben. Das will ich lieber nicht riskieren.« Paul wünschte gute Nacht und verabschiedete sich.

Dietrich fuhr das Notebook runter und legte die DVD in die Hülle zurück, ehe er sie Kassandra reichte. »Ich hab es heute nicht geschafft, mit Herrn Jung zu reden, das werde ich morgen tun«, sagte er dabei. »Wir hören voneinander.«

»Danke«, sagte Kassandra.

Dietrich, der schon halb aus der Küche war, drehte sich noch einmal um. »Wofür bedanken Sie sich eigentlich immerzu?«

»Für alles, was Sie für Heinz tun.«

Dietrich lehnte sich an den Türrahmen. »Heinz Jung ist ein Kollege, pensioniert oder nicht. Mag sein, dass es Kollegen gibt, die dieses Wort nicht verdienen, aber Sie wissen, dass ich den Dingen gern auf den Grund gehe, bevor ich mir ein Urteil bilde. Normalerweise jedenfalls.« Er wirkte jetzt etwas zerknirscht. »Da wir vorhin von Schuld sprachen – ich habe mich nie entschuldigt, dass ich Sie damals so vorschnell zu Unrecht verdächtigt habe.« Er stieß sich vom Türrahmen ab, stand sehr aufrecht und schaute sie ernst an. »Verzeihung. Ich war ein Idiot.« Ein schiefes Grinsen erhellte sein Gesicht. »Und wenn Sie wollen, auch ein Macho.«

18

»Das ist nicht Clemens.« Paul lehnte sich auf seinem Schreib-
tischstuhl nach hinten, noch während die Gestalt auf dem Notebook-Display vom Parkplatz zurück zum Hotel lief.

»Du scheinst dir sehr sicher zu sein«, meinte Kassandra, die
ihm über die Schulter gesehen und die Szene ebenfalls verfolgt
hatte.

»Absolut. Ich bin mir weniger sicher, was Inga oder Mirko
angeht, aber wer immer es ist, geht zu schnell für Clemens.«

»Was meinst du damit?«, fragte Kassandra.

»Hast du Clemens je schnell gehen sehen?«

Kassandra dachte nach. »Nein, im Gegenteil. Sogar als er es
eilig hatte, von uns wegzukommen, bei Inga und später auf der
Seebrücke, ließ er sich eine Menge Zeit.«

Paul nickte. »Sein rechtes Bein ist etwas kürzer als das linke.
Das merkt man nicht, solange er langsam geht, aber wenn er sich
schneller bewegt, so wie die- oder derjenige auf dem Video, ist
es nicht zu übersehen. Wie Herr Dietrich legt Clemens wenig
Wert darauf, mitleidig angestarrt zu werden, deswegen macht er
andere nicht unnötig auf seine kleine Behinderung aufmerksam.«

»So viel zu der Theorie mit dem Mietwagen.« Kassandra
konnte sich gerade noch zurückhalten zu sagen, wie gut das
gepasst hätte. Paul hörte es ihr anscheinend trotzdem an.

»Ihr zwei habt euch ja gestern wirklich was einfallen lassen«,
sagte er. »Und alles wegen Violetta. Hast du übrigens mal daran
gedacht, sie zu verdächtigen?«

Pauls ironischer Ton wurmte Kassandra etwas. Gut, vielleicht
war die Idee mit dem Doppelgänger ein bisschen verrückt, aber
Dietrich hatte sie immerhin für denkbar gehalten. »Du hast
gesagt, du wärst dir weniger sicher, was Inga und Mirko angeht«,
erinnerte sie ihn. »Woran liegt das?«

Ohne zu antworten, ließ Paul die Parkplatz-Szene erneut
ablaufen und schaute konzentriert auf die schwarz-weiße Gestalt
mit dem Tattoo. Er war am Nachmittag aus Schwerin zurückgekommen, unrasiert und müde. Unrasiert, weil er seinen Rasierer
vergessen hatte, müde, weil er auf dem unbequemen und viel

zu kurzen Sofa seiner Mutter kaum geschlafen hatte. Zu Hause hatte er sich unter die Dusche gestellt, sich rasiert und drei Tassen Kaffee getrunken, bevor er sich Dietrichs Film ansah. Das tat er gerade zum dritten Mal. Kassandra störte ihn nicht, sie würde alle Geduld der Welt aufbringen, wenn das am Ende hieß, dass sie nicht nur nach einem Strohhalm griff, sondern sich in die nächste Ecke stellen müsste, um sich zu schämen, dass sie Heinz zwischendurch verdächtigt hatte. Schließlich ließ Paul sich erneut zurückfallen, kopfschüttelnd diesmal. »Ich weiß es nicht«, sagte er. »Ich bin mir ziemlich sicher, dass das Inga ist. Trotzdem scheint was falsch zu sein, ich komm bloß nicht drauf, was.«

»Kann es sein, dass du Inga in der Person erkennen möchtest?«, fragte Kassandra vorsichtig.

»Ich hab mir Mühe gegeben, neutral zu bleiben«, sagte Paul. Jetzt galt die Ironie ihm selbst.

»Das heißt, du hast sowohl Inga als auch Mirko in Betracht gezogen?«

»Ja.« Paul beugte sich wieder vor und ließ den Film ein viertes Mal abspielen.

»Du kennst Mirko sehr lange, viel besser als Inga«, stellte Kassandra fest. »Fällt dir was auf, das auf ihn hindeuten könnte?«

Paul schloss die Augen und schien nun einen Film zu betrachten, der in seinem Inneren ablief. »Nichts Besonderes. Dietrich hat recht, Mirko hat eine ähnliche Statur wie Inga, er hätte es schon allein deshalb leichter, sie nachzuahmen.«

»Trotzdem wäre ihm das nur scheinbar perfekt gelungen. Du hast gesagt, dir käme etwas falsch vor.«

»Das ist ein so vages Gefühl, dass ich mir das ebenso gut einbilden könnte. Letztlich kann ich nicht mit Garantie sagen, wer das da«, er deutete auf das inzwischen eingefrorene Standbild, »ist. Tut mir leid, wenn ich vorhin etwas ruppig war – die Person sieht für mich aus wie Inga, ihr könntet aber ebenso gut recht haben, und sie ist es nicht. Und wir sind so schlau wie vorher.«

»Etwas schlauer schon. Wir wissen zumindest, dass es, falls es einen Doppelgänger gibt, nicht Clemens ist. Was, wenn es doch Inga sein sollte, nicht ausschließt, dass er Sascha umgebracht hat. Leider bin ich überfragt, wie wir in Sachen Clemens mehr erfahren können. Es kann nicht schaden, wenn Dietrich Heinz noch mal auf ihn anspricht, aber auch wenn er gesagt hat, man könne nie wissen, glaubt er im Grunde genauso wenig wie wir, dass Heinz mehr über Clemens weiß.« Kassandra massierte abwesend ihren Nacken. Obwohl sie nicht wie Paul vor dem Notebook gesessen hatte, war sie ganz verspannt. »Wenn wir nicht wieder von vorn anfangen wollen, sollten wir uns auf Mirko konzentrieren. Jemand muss doch wissen, wo er in der Mordnacht war. Mit wem ist Mirko befreundet?«

»Vor ein, zwei Jahren hing er mit ein paar Jungs aus Rostock rum, deren Hauptbeschäftigung darin bestand, auf Motorrädern durch die Gegend zu brausen und sich für gefährliche Rocker zu halten. Als ein Typ dazustieß, der sich anschickte, aus dem Haufen richtige Kriminelle zu machen, stieg Mirko aus. Was er heute in seiner Freizeit macht, ist auf jeden Fall unspektakulär genug, dass es nicht zum Allgemeinwissen der Fischländer zählt. Ich muss also passen.«

»Könntest du …«, Kassandra stockte.

»… seinen Vater fragen?«, vollendete Paul den Satz. »Ich bezweifele, dass Ralf mehr weiß.«

»Sie haben sich neulich heftig gestritten, wäre doch spannend zu erfahren, worüber. Vielleicht bringt uns das weiter.«

Paul ließ sich das durch den Kopf gehen. »Lust auf ein bisschen Kultur?«, fragte er dann. »Sieht so aus, als käme ich doch noch in den Genuss, mir Ralfs Darß-Bilder-Ausstellung anzusehen.«

Am Bernhard-Seitz-Weg, der sich idyllisch an der Boddenseite von Ahrenshoop entlangschlängelte, standen umgeben von Bäumen und Büschen in einigem Abstand zueinander hübsche, meist aus einfachem roten Backstein erbaute Rohrdachhäuser und ebenfalls rohrgedeckte Scheunen. Davon war jetzt, gegen Abend, kaum etwas zu sehen. Es war zu dunkel, wie am gestrigen Tag regnerisch und zudem leicht nebelig geworden. Dennoch verlieh gerade das der Umgebung einen fast mystischen Anstrich.

In einem der Rohrdachhäuser betrieb Ralf Peters seine Galerie. Paul parkte etwas abseits, was dazu führte, dass Kassandra beim Aussteigen beinah in eine große Pfütze getreten wäre. Obwohl sie ahnte, dass er auf eine Begegnung mit Peters nicht unbedingt wild war, freute sie sich darauf, ins Trockene zu kommen. Das obere Stockwerk des Hauses lag wie ausgestorben da, doch aus den unteren Fenstern drang einladender Lichtschein, hell genug, um das Werbeplakat auf dem Aufsteller vor der Tür lesen zu können: *Zauberhafter Darß – Reise in eine magische Welt.* Drinnen empfingen sie Wärme und gleich das erste Foto, das einen schwarz-weißen, nebelverhüllten Darßwald zeigte. Instinktiv blieb Kassandra stehen und vergaß kurzzeitig, dass sie nicht wegen der Bilder gekommen waren.

»Gefällt's dir?«, fragte Paul.

»Ich wollte, ich könnte so fotografieren. Vielleicht sollte ich endlich mal bei einem dieser Workshops mitmachen, die in Wustrow angeboten werden.«

Paul schmunzelte. »Du machst die Fotos, ich schreib die Texte dazu, das wäre …« Er hielt inne. »Das wäre tatsächlich gar nicht übel. Lass uns mal gelegentlich eingehender darüber nachdenken. Falls du dir vorstellen kannst, mit mir zusammenzuarbeiten.«

Kassandra gefiel die Idee, wenn sie auch bezweifelte, jemals Bilder machen zu können, die Pauls Texten gerecht würden.

Paul konnte ihre Bedenken nicht nachvollziehen. »Du tust immer so, als würde ich was Besonderes leisten, dabei schreibe ich hauptsächlich, was ich fühle. Wenn du findest, dass dabei was Brauchbares rauskommt, gibt es keinen Grund anzunehmen, dass du nicht dasselbe leisten kannst, wenn du liebst, was du fotografierst.«

Einen Augenblick ließ Kassandra sowohl den Darßwald als auch Pauls Worte auf sich wirken. Dabei fiel ihr auf, wie ruhig es in der Galerie war, kein Mensch außer ihnen schien hier zu sein. Sie traten hinter die Stellwand mit dem Darßwald-Foto und sahen sich mit einem unbesetzten Kassentisch konfrontiert, auf dem neben einer silbernen Glocke verloren ein Telefon lag. Ein Schild bat die Besucher zu läuten. Paul tippte auf die Glocke. Anscheinend hatte Ralf Peters in der Nebensaison keine Angestellten, er selbst kam auf das Klingeln hin aus einem der hinteren Räume nach vorn. Kurz stutzte er, als er seine Besucher erkannte, und blieb schließlich einen Meter vor ihnen stehen, ohne an die Kasse zu treten. »Paul. Was kann ich für dich tun?« Kassandra ignorierte er.

»Du könntest uns zwei Eintrittskarten verkaufen«, sagte

Paul lächelnd. »Kassandra hat ein Faible für Fotografien, und deine Ausstellung fiel mir wieder ein, als wir uns neulich vorm ›FischLänder‹ trafen. Wir haben es bloß nicht eher geschafft vorbeizukommen.«

Ralf Peters machte eine einladende Handbewegung. »Nur zu. Nachdem du mir an dem Abend einen Gefallen getan hast, ist das Mindeste, was ich tun kann, euch keine drei Euro pro Nase abzuknöpfen.«

»Danke. Konntet ihr euch aussprechen, oder ist Mirko immer noch sauer?«

Das darauf folgende Schulterzucken sagte alles und nichts, mehr gab Peters nicht preis.

Etwas ungeduldig meinte Paul: »Er ist dein Sohn. Nimm ihn, wie er ist, und versuch nicht dauernd, ihn zu ändern.«

Ralf Peters' Stirn umwölkte sich. Er war kurz davor aufzubrausen, sagte aber nur gepresst: »Wenn ich deinen Rat will, frage ich. Ganz sicher allerdings nicht in dieser Angelegenheit, es wäre mir nämlich neu, dass du Ahnung davon hättest, wie man mit seinem Nachwuchs umgeht. Viel Vergnügen jedenfalls bei der Ausstellung.« Abrupt wandte er sich um und verschwand wieder in dem Raum, aus dem er gekommen war.

»Da hat er recht«, sagte Paul. »Ich hab keine Ahnung von Kindererziehung. Bloß ein bisschen gesunden Menschenverstand, hoffe ich.«

»Das ist längst nicht dasselbe«, erwiderte Kassandra belustigt und fuhr bedeutend leiser fort: »Er ist zu wie eine Auster. Meinst du, wir kriegen den noch zum Reden?«

»Nicht sofort, aber warten wir's ab. Ich habe das Thema Mirko erst mal angeschnitten, lassen wir ihn ein bisschen vor sich hin schmoren, bis ich drauf zurückkomme. In der Zwischenzeit sehen wir uns die Fotos an.«

Sie wanderten von Stellwand zu Stellwand und betrachteten die Fotos, die, wie auf dem Plakat angekündigt, in der Tat magisch wirkten. Zuerst das Naturschauspiel der Wellen und Windflüchter im Sturm am Darßer Ort, dann der Weststrand in milchigem Sonnenschein, kleine verträumte Boddenhäfen und schließlich Fotos von Darßer Häusern und Türen und von einer halb verfallenen Mühle, die in Schwarz-Weiß eine ganze eigene

Wirkung entfalteten – all das verzauberte Kassandra. Das letzte Bild zeigte einen uralten Baum, dessen knorriger Stamm Kapriolen zu schlagen und sich um sich selbst zu wickeln schien. Erst auf den zweiten Blick erkannte sie, dass es sich um zwei Bäume mit zwei Baumkronen handelte, deren Stämme im Laufe der Jahrhunderte zusammengewachsen waren und sich untrennbar vereint hatten.

Ehe ihr bewusst wurde, was sie tat, griff sie nach Pauls Hand. Ihre Finger verschränkten sich ineinander, zuerst locker, dann fester, und als sie sich zu ihm umwandte, traf sie die Intensität seines Blickes bis ins Mark. Es lag ein Versprechen darin, das mehr wog, als Worte es je konnten, und weit mehr wert war als irgendeine Unterschrift auf irgendeinem Papier. Da schob sich unversehens ein Schatten über seine Augen. Wo sie eben noch in ihnen hatte lesen können wie in einem Buch, sah sie nun – gar nichts mehr. Paul ließ ihre Hand los, gleichzeitig machte er einen Schritt rückwärts. Er wandte den Blick ab, drehte sich um und ging auf den Raum zu, in dem Ralf Peters sich aufhielt.

Kassandra brauchte einen Moment, um sich wieder bewegen und ihm folgen zu können. Dabei sah sie nicht seinen Rücken, sondern seine Augen vor sich, in denen sich vor dem Nichts für einen Sekundenbruchteil noch etwas anderes gespiegelt hatte, ohne dass sie es genauer bestimmen konnte. Sie spürte nur, dass es ihr Angst machte. Angst, Paul zu verlieren.

Paul hatte mittlerweile an den Türrahmen geklopft. »Ralf? Hast du eine Minute?«

Kassandra sah an ihm vorbei in ein Büro, in dem Peters vor einem PC gesessen hatte und sich gerade erhob. Ihm war anzumerken, dass es ihm lieber gewesen wäre, Paul nicht noch mal gegenüberzutreten zu müssen.

»Haben euch die Bilder gefallen?«, fragte er dennoch. »Die beiden ineinander verschlungenen Bäume haben was, findest du nicht?« Er grinste etwas anzüglich und warf einen flüchtigen Blick auf Kassandra. Seine nächsten Worte richtete er wieder an Paul. »Vielleicht holst du dein Wissen in puncto Kinder ja noch nach.«

»Tja, wer weiß?« Falls Paul bei Peters' Erwähnung der Bäume

etwas empfunden hatte, ließ er sich das nicht anmerken. »Tut mir leid, wenn ich mich vorhin eingemischt habe, normalerweise verteile ich keine ungebetenen Ratschläge, aber Mirko sieht in letzter Zeit etwas angespannt aus, wenn wir im ›FischLänder‹ sind. Ich fand, es könnte nicht schaden, wenn der Haussegen bei euch beiden zur Abwechslung mal gerade hängt.«

»Angespannt?« Ralf Peters' Stimme hob sich. »Was glaubst du, woran das liegt? Ich wollte, Inga Lange hätte nie ihren Fuß aufs Fischland gesetzt!«

»Inga? Ich dachte, der Job bei ihr liegt ihm.« Paul machte eine kurze Pause. »Allerdings …«

»Allerdings was?«, fragte Ralf Peters gereizt, weil Paul nicht weitersprach. Er wirkte, als bedauerte er zutiefst, dass ihm die heftige Bemerkung über Inga herausgerutscht war.

Paul wehrte ab. »Nein, geht mich nichts an, vergiss es. Ich hatte mich nur entschuldigen wollen wegen vorhin.« Er wies in den Ausstellungsraum. »Tolle Fotografien, die Besucher stehen hoffentlich Schlange, wenn das Wetter etwas besser ist. Mach's gut.« Er fasste Kassandra leicht am Arm, um ihr zu bedeuten, mit ihm zu gehen. Die Berührung versetzte ihr einen Schlag, doch sie kam gar nicht dazu, länger darüber nachzudenken.

»Bitte, Paul, ich würde gern wissen, was du gemeint hast«, hielt Peters sie zurück.

»Ich muss mich schon wieder entschuldigen. Es ist nicht meine Art, was auf Gerüchte zu geben, und ich werde ganz sicher nicht für ihre Verbreitung sorgen.«

Kassandra konnte sehen, wie sich die Rädchen in Ralf Peters' Kopf zu drehen begannen und er krampfhaft überlegte, wovon Paul sprach.

»Du und dein Dickschädel«, schnaubte er. »Eben wolltest du noch, dass ich mit Mirko klarkomme. Zu wissen, welche Gerüchte seinetwegen die Runde machen, könnte helfen. Also?« Er klang beinah verzweifelt.

»Nein. Rede selbst mit ihm. Komm, Kassandra.«

In seiner Ratlosigkeit nahm Peters Kassandra endlich als eigenständige Person wahr. »Frau Voß – wollen Sie mich auch im Regen stehen lassen?«

Kassandra schaute zwischen den beiden Männern hin und

her, wobei ihr Blick etwas länger an Paul haften blieb. »Mirko ist ...«, hob sie an.

»Kassandra«, sagte Paul verärgert. »Halt den Mund!«

»Herr Peters hat möglicherweise recht.« Sie schüttelte Pauls Hand ab und wandte sich an Peters. »Sie wissen sicher, dass meine Freundin Mona Ingas Partnerin ist. Sie sagt, Mirko hätte ein Verhältnis mit Inga.«

Ralf Peters' Gesicht versteinerte. »Das ...« Er schluckte und sah schließlich weg. »Danke.« Ohne ein weiteres Wort schleppte er sich praktisch zurück in sein Büro.

»War das jetzt nötig?«, fuhr Paul Kassandra an. »Wenn ich was nicht abkann, dann tratschende Weiber!« Ruckartig machte er auf dem Absatz kehrt und marschierte auf den Ausgang zu. Er riss die Tür auf, trat in die Dunkelheit, die Tür fiel hinter ihm ins Schloss. Er hatte nicht auf sie gewartet.

»Mistkerl«, sagte Kassandra laut und mindestens ebenso verärgert wie Paul. »Wenn du denkst, dass ich dir hinterherrenne, hast du dich getäuscht.« Sie trat an die nächste Stellwand, an der zwei Bilder vom Leuchtturm am Darßer Ort hingen, eines mit einer imposanten Wildschwein-Familie im Vordergrund.

»Wie kommt Ihre Freundin darauf, dass Mirko und Inga Lange ... Sie wissen schon?«, hörte sie Ralf Peters hinter sich fragen.

Kassandra drehte sich um. »Sie hat sie in ziemlich eindeutiger Situation erwischt.«

»Im Bett?«, krächzte Peters.

Diese zwei Worte drückten ein solches Entsetzen aus, dass Kassandra fast gelacht hätte. »Nein, so eindeutig doch nicht.«

Peters schwieg, ging aber auch nicht zurück in sein Büro.

»Herr Peters, es kann sein, dass Mona die Situation falsch gedeutet hat«, sagte sie wahrheitsgemäß. »Wenn Sie es genau wissen wollen, sollten Sie Mirko fragen. Oder seine Freunde.«

»Freunde?« Ralf Peters schnaubte wie vorhin. »Ich wollte, der Junge hätte welche, selbst wenn die mir nicht gefielen. Das wäre immer noch weit besser als ...« Er unterbrach sich so plötzlich, dass Kassandra den Eindruck bekam, dass er gerade so eben noch daran vorbeigeschrammt war, etwas Falsches zu sagen.

»… als Inga?«, ergänzte sie schnell, weil sie merkte, dass er sich zurückziehen wollte.

Ralf Peters taxierte sie, bis sich ein verbittertes Lachen in ihm emporkämpfte. Als er längst wieder in seinem Büro saß, lachte er immer noch, auch wenn es alles andere als amüsiert klang. Ihre Frage hatte er nicht beantwortet.

Nachdenklich schürzte Kassandra die Lippen. Nach einem letzten Rundblick rief sie ein »Wiedersehen!« in seine Richtung und verließ die Galerie.

Draußen war es mittlerweile wenigstens von oben trocken. Schräg gegenüber auf der anderen Straßenseite lehnte Paul an seinem Wagen und blies geistesabwesend Zigarettenrauch in den dunklen Abendhimmel. Ab und zu glimmte die Glut auf, während Kassandra ihn beobachtete und sich fragte, wie sie mit dem umgehen sollte, was vorhin vor dem Foto mit den zwei Bäumen geschehen war. Ignorieren, beschloss sie. Erst mal. Zweifellos hing das alles mit dem zusammen, worüber Paul noch nicht bereit war zu reden, und es würde auch jetzt im besten Fall zu gar nichts führen, wenn sie ihn bedrängte. Sie setzte sich in Bewegung und überquerte den Bernhard-Seitz-Weg so in Gedanken, dass sie diesmal wirklich in eine Pfütze trat.

Paul musste ihren leisen Fluch gehört haben. Als Kassandra von ihren nassen Schuhen aufschaute, sah sie, wie Paul seine Zigarette ausdrückte, den Rest zurück ins Päckchen steckte und ihr entgegensah.

»Und?«, fragte er.

Sie wartete mit einer Antwort, bis sie dicht vor ihm stand. Diffus nahm sie den Zigarettenrauch wahr, der ihm noch leicht anhaftete. »Tratschende Weiber, hm?«

Paul hob seine Rechte und tippte mit seinem Zeigefinger auf ihre Nasenspitze. »Kassandra, Liebes, du bist mit Abstand das entzückendste Tratschweib des Fischlandes. Und sehr wahrscheinlich auch das nützlichste. Oder hat's etwa nicht funktioniert?«

»Du hast ihn ziemlich geschickt manipuliert.«

»Demnach *hat* er mit dir geredet?«, versicherte sich Paul.

»Ja. Allerdings …« Kassandra verstummte nach diesem Wort ebenso bedeutungsschwanger wie Paul vor ein paar Minuten, als er damit Ralfs Neugier hatte wecken wollen.

»Sehr witzig«, sagte er und fing an zu lächeln.

Dann lenkte ihn etwas ab, was sich in Kassandras Rücken abspielte. Seine Brauen zogen sich zusammen. »Was geht denn da vor sich?«

Kassandra wandte sich um. Obwohl sie ein ganzes Stück entfernt standen, konnten sie durch eines der Fenster sehen, dass Ralf Peters mit einem Telefon am Ohr im Ausstellungsraum auf und ab lief. Entweder wartete er ungeduldig, dass sich am anderen Ende jemand meldete, oder sein Gesprächspartner bestritt im Moment die Unterhaltung.

»Ihn zum Reden bringen ist eine Sache, aber sollten wir ihn gleichzeitig mit etwas aufgeschreckt haben?«, fragte Paul.

Sie beobachteten, wie Peters das Telefon irgendwohin pfefferte, ohne etwas gesagt zu haben, was dafür sprach, dass er niemanden erreicht hatte. Kurz darauf erloschen nacheinander alle Lichter in der Galerie.

Paul zog Kassandra hinter das Auto in Deckung, kurz bevor drüben die Tür aufging und Peters nach draußen trat. Mit langen Schritten ging er auf die Scheune neben dem Haus zu und öffnete das Tor.

»Los, einsteigen«, wisperte Paul. Er setzte sich hinters Steuer, während Peters in der zur Garage umfunktionierten Scheune den Motor seines Wagens startete. Kassandra glitt auf den Beifahrersitz und drückte möglichst geräuschlos die Tür zu, gerade als Peters in seinem Volvo aus der Scheune fuhr. Paul hatte mit seinem Parkplatz ein glückliches Händchen bewiesen, denn weder jetzt noch als Peters nach rechts in den Bernhard-Seitz-Weg einbog, erfassten seine Scheinwerfer Pauls Wagen. Paul ließ Peters einen kleinen Vorsprung, folgte ihm aber frühzeitig genug, um zu erkennen, dass er den Blinker links setzte. Auf der Hauptstraße herrschte mehr Verkehr, Paul konnte ihm nicht unmittelbar folgen, sodass sich zwischen ihnen und dem Volvo schließlich drei Autos befanden. Eines fuhr bald darauf in die schmale Straße, die zum Althäger Hafen führte, damit verbesserte sich Pauls Sicht auf Peters' Volvo.

»Was hat er denn nun gesagt?«, nahm Paul den Faden ihres Gesprächs wieder auf, während sie den Ortsteil Althagen verließen und in Richtung Niehagen und Wustrow weiterfuhren.

Kassandra berichtete knapp und erntete einen fragenden Seitenblick.

»Was meinte er damit, unliebsame Freunde wären ›immer noch besser als ...‹? Glaubst du ernsthaft, er dachte dabei an Inga?«

»Möglich. Bloß hatte er sich ja schon darüber ausgelassen, wie wenig er von ihr hält, warum sollte er sich verbieten, weiter über sie zu schimpfen?«

»Eben.«

Bis zur Mühle am Ortseingang von Wustrow fuhren sie, ohne ein weiteres Wort zu wechseln.

»Wohin will er?«, fragte Kassandra, als er in den Friedhofsweg einbog.

»Zu Mirko, denke ich. Der wohnt in der Osterstraße.«

»Aber es ist Sonntagabend, Mirko wird arbeiten und im ›Fisch-Länder‹ sein.«

Dennoch stellte sich heraus, dass Paul recht hatte. Sie hielten zwar sehr viel Abstand, weil kein Wagen mehr zwischen ihnen war, doch die Osterstraße war schnurgerade, und sie konnten ohne Schwierigkeiten erkennen, wie Peters vor dem drei Häuser umfassenden Wohnblock parkte, ausstieg und auf den ersten Eingang zuging. In Wustrow gab es nur sehr wenige Wohnblö-cke, einer davon, in dem früher Angestellte der Seefahrtschule gewohnt hatten, stand hier. Paul bog in die schmale Feldstraße ein, hielt an und schaltete das Licht aus. Im Rückspiegel beob-achteten er und Kassandra, wie in einer Wohnung in der zweiten Etage das Licht eingeschaltet wurde. Mehr konnten sie nicht erkennen.

»Das heißt wohl, dass Mirko nicht zu Hause ist«, stellte Paul fest und wendete den Wagen, damit sie einen besseren Blick auf die Osterstraße hatten. »Erstaunlich, dass er seinem Vater einen Wohnungsschlüssel überlassen hat.«

»Vielleicht hat er das nicht«, wandte Kassandra ein. »Oder er stammt aus der Zeit, als sie sich gerade mal nicht gestritten haben.«

Paul lachte kurz auf. »Wann soll das gewesen sein? Wie auch immer – wenn wir davon ausgehen, dass Ralf vorhin versucht hat, Mirko zu erreichen, muss er wissen, dass er nicht da ist. Das heißt, er will gar nicht mit ihm reden, sondern verfolgt andere Ziele.«

Eine ganze Zeit lang sagte keiner von ihnen etwas, obwohl Kassandra eine Menge im Kopf herumging. Langsam wurde es kühl im Auto ohne Heizung.

»Paul?«, brach sie schließlich das Schweigen.

»Ja?«

»Ist Ralf eigentlich klar, dass du nicht nur vermutest, er hätte dich bespitzelt, sondern tatsächlich über ihn Bescheid weißt?«

»Ja.«

Kassandra überlegte, ob sie sich durch diese einsilbige Antwort entmutigen lassen sollte, und entschied sich dagegen. »Hast du ihn damit konfrontiert, nachdem du es rausgefunden hattest?«

»Nein.«

Sie konnte sich nicht vorstellen, dass Ralf das Thema selbst zur Sprache gebracht hatte, also musste Paul es auf andere Weise durchblicken lassen haben. Wie und warum war es dazu gekommen? Kassandra erinnerte sich deutlich an die Worte, die Paul benutzt hatte, als er im Zuge der Recherchen über den toten Kunstgutachter vor Monaten über Ralf Peters gesprochen hatte. Er sagte, er habe ihn »unter Druck gesetzt«, damit er mit dem herausrückte, was er wusste. Paul hatte ihr nicht erzählt, was dieses Druckmittel gewesen war, aber es gehörte jetzt nicht mehr viel dazu, eins und eins zusammenzuzählen.

»Du hast meinetwegen mit ihm darüber geredet. Du hättest es sonst nie erwähnt, oder?«

»Hm.«

»Du kanntest mich gerade mal eine Stunde! Woher wolltest du wissen, dass ich das wert bin?«

Endlich sah Paul sie an, ein kleines Lächeln umspielte seine Lippen. »Eine Stunde war lange genug.«

»Du bist unvergleichlich«, sagte Kassandra.

»Das ist normalerweise mein Spruch für dich.«

»Passt aber genauso gut zu dir.« Sie berührte seine Hand, die auf dem Lenkrad ruhte. Dabei ging ihr mit einem Mal etwas auf.

Paul bemerkte offenbar, dass sich etwas in ihrem Gesicht veränderte. »Was?«

»Weiß Mirko von der Stasi-Vergangenheit seines Vaters?«

»Von mir nicht. Wie kommst du darauf?«

»Der Streit, wegen dem Ralf an dem Abend vor dem ›Fisch-Länder‹ auf Mirko gewartet hat. Er muss schlimmer gewesen sein als die vorherigen, sonst hätte er dich kaum um diesen Gefallen gebeten. Ich nehme an, es kann schon mal richtig knallen, wenn der Sohn erfährt, dass der Vater andere Leute bespitzelt hat. Vielleicht weiß Mirko es von Inga, und Ralf ist deswegen nicht gut auf sie zu sprechen.«

»In Michas Akten gab es außer Saschas Alias Dzierzynski noch zwei weitere Namen, aber keinen IM Feliks. Die Stasi wäre nicht die Stasi gewesen, wenn deren Erbsenzähler nicht jedes noch so unwichtige Detail notiert hätten. Die hätten kaum vergessen, Ralfs Tätigkeit zu erwähnen, also gehe ich davon aus, dass Inga darüber nicht informiert ist. – Da ist er ja wieder.« Paul zeigte nach vorn in Richtung Osterstraße, wo Ralf Peters auf seinen Wagen zuging. Er blieb kurz vor dem Volvo stehen und starrte in den dunklen Himmel. Dann senkte er den Kopf und legte die Stirn auf das Dach des Wagens, wie um sie zu kühlen. Die Geste hatte etwas Rührendes, Kassandra bekam beinah Mitleid mit Peters.

»Hat er gefunden, was er gesucht hat?«, fragte sie.

Vor ihnen stieg Ralf Peters in seinen Volvo und verharrte ein paar Sekunden reglos hinter dem Steuer, bis er den Motor startete und losfuhr. Wieder hielt Paul Abstand, während er ihm folgte. »Wie wäre es damit: Mirko weiß zwar nichts über Ralfs IM-Vergangenheit, wohl aber von Inga alles über Saschas Machenschaften. Was, wenn Ralf weiß, dass Mirko das weiß – und befürchtet, dass sein Sohn Inga nicht nur liebt, sondern sich von ihr auch in einen Mord hat hineinziehen lassen?«

»Oder das nicht nur befürchtet, sondern sogar weiß, dass Mirko Ingas Komplize war? Deshalb die Antipathie ihr gegenüber, deshalb der Streit?«, ergänzte Kassandra. »Was, wenn Ralf Mirko vorhin warnen wollte, weil wir aufgetaucht sind und Andeutungen über ihn gemacht haben? Vielleicht vermutet er sogar, dass wir Mirko verdächtigen, mit dem Mord zu tun zu haben. Er dürfte schließlich wissen, dass wir uns schon mal in Polizeiermittlungen eingemischt haben. Als er ihn nicht erreichen konnte, wollte er auf andere Weise erfahren, ob es belastende Beweise gibt.«

Paul achtete konzentriert auf die Wagen vor ihm, damit er Ralf Peters' Volvo nicht aus den Augen verlor. »Was wir hier gerade konstruieren, klingt ein bisschen nach zu viel Einbildungskraft. Aber nicht unmöglich. Ich sag's ungern, aber wir müssen mit Mirko reden, bevor Ralf es tut.«

»Sollte das nicht lieber Dietrich in die Hand nehmen?«

»Nein, ich mach das. Mirko kann eine harte Nuss sein, er lässt sich nicht einschüchtern, nur weil ein Polizist vor ihm sitzt. Mit Mirko muss man anders umgehen.« Als Peters in den Bernhard-Seitz-Weg einbog, fuhr Paul daran vorbei. »Wir können uns sparen, weiter hinter Ralf herzuspionieren, er fährt bloß nach Hause.« Er wendete auf dem Parkplatz der Kaufhalle und brauste zurück nach Wustrow.

Im »FischLänder« erwartete sie eine Überraschung.

»Hallo, ihr beiden, habt ihr gerochen, dass ich hier bin?«, begrüßte sie Mona und stand von ihrem Barhocker an der Theke auf.

»Nein«, antwortete Kassandra verdutzt. Sie hatte mit einigem gerechnet, mit Unangenehmem vor allem, weil es ihr noch immer ein Rätsel war, wie Paul Mirko zu einem Gespräch bringen wollte, ohne dass Mirko ahnte, worauf er hinauswollte. Mona hatte sie nicht auf dem Schirm gehabt. »Hast du dich mit Inga ausgesprochen?«, fragte sie.

»Hab ich vor. Mirko hat heute seinen freien Tag, das wollte ich ausnutzen, und hier bin ich. Das Beste ist: Inga scheint froh zu sein, mich zu sehen.«

Im ersten Augenblick wusste Kassandra nicht, was sie darauf sagen sollte. Sie hätte sich gern für Mona gefreut, aber wenn sie mit ihrer Theorie recht behielten, bestand dazu wahrlich kein Anlass. Andererseits durften sie nicht die Pferde scheu machen, sondern mussten sich davor hüten, sich etwas anmerken zu lassen.

Mona sprach schon weiter. »Es sind noch zwei Tische frei, setzt euch doch und bestellt was Gutes.«

Mit einer fadenscheinigen Ausrede wieder zu gehen, hätte merkwürdig ausgesehen, daher nahmen sie Monas Vorschlag an, die sich zu ihnen gesellte und sie mit ein paar Anekdoten aus dem Geschäft in Stralsund unterhielt. In der danach entstehenden Pause erkundigte sie sich vorsichtig nach Saschas Beerdigung und reagierte erschrocken auf Margarethe Freeses Krankenhausaufenthalt. Anderthalb Stunden später verließen Paul und Kassandra das Restaurant, nachdem Inga ihnen von Weitem gut gelaunt zugewinkt hatte. Es blieb ihnen nichts anderes übrig, als sich bis zum nächsten Tag zu gedulden und zu hoffen, dass Ralf nicht schneller war als sie. Mirkos Mobilnummer hatte Paul nicht.

19

Der Weg zu Kassandras Kapitänshaus in der Lindenstraße war kürzer als der zu Paul, sodass sie beschlossen, die Nacht bei ihr zu verbringen. Kassandra hatte noch nicht ganz die Haustür aufgeschlossen, da hörte sie ihr Telefon läuten und überließ es Paul, das Licht einzuschalten und die Tür wieder zu schließen.

»Hallo, Frau Voß, ist Ihr Handy nicht in Ordnung?«, fragte Dietrich. »Ich hab es ein paarmal versucht, es sprang immer nur die Mailbox an.«

»Wahrscheinlich der Akku, das passiert mir hin und wieder. Sie hätten bei Paul anrufen sollen, der ist sorgfältiger in solchen Sachen.«

Dietrich lachte. »Nächstes Mal. Ich wollte Herrn Freese nicht stören für den Fall, dass er doch noch in Schwerin bleiben musste. Hat er sich den Film schon ansehen können?«

»Das und was dabei rausgekommen ist, erzählt er Ihnen am besten selbst, ich geb Sie gleich weiter. Haben Sie inzwischen mit Heinz gesprochen?«

Am anderen Ende zögerte Dietrich einen winzigen Moment. »Nein.«

Etwas in diesem Wort verursachte ein flaues Gefühl in Kassandras Magengegend. »Warum nicht?«, fragte sie, während sie mit dem Telefon in die Küche ging, wo Paul ihnen gerade Wein einschenkte und Kassandras Glas auf ihren Platz stellte.

»Es tut mir leid«, sagte Dietrich, wieder mit einem kleinen Zögern, »ich weiß, ich hatte es versprochen, aber ich bin einfach nicht dazu gekommen.«

Kassandra betrachtete das tiefe Dunkelrot des Weins, ohne es zu sehen. Das flaue Gefühl in ihrer Magengegend verstärkte sich.

»Sind Sie noch dran?«, fragte Dietrich.

»Ja. Sie sind kein besonders guter Lügner. Was ist mit Heinz?« Sie sah, dass Paul besorgt den Blick hob, und hörte gleichzeitig Dietrich zu einer Antwort ansetzen. Trotzdem dauerte es noch etwas, bis er sich dazu überwand.

»Polizisten sind hinter Gittern nicht sehr beliebt. Ihr Onkel hatte außerdem das Pech, an einen alten Bekannten zu geraten, der sich nur äußerst ungern an ihn erinnerte.« Dietrich hielt kurz inne. »Er wurde von dem Mann und zwei seiner Kumpel zusammengeschlagen, fürchte ich.«

Kassandra schloss die Augen und spürte gleich darauf Pauls Hand auf ihrer Schulter. Er bugsierte sie zu einem Küchenstuhl, auf den sie sich sinken ließ. Seine Nähe gab ihr die Kraft zu fragen: »Wie schlimm ist es?«

»Ein blaues Auge, jede Menge Prellungen am ganzen Körper und zwei gebrochene Rippen. Es hätte schlimmer kommen können. Trotzdem hat mich der Arzt nachdrücklich gebeten, Heinz Jung heute in Ruhe zu lassen.«

»Zwei gebrochene Rippen, und es hätte schlimmer kommen können?«, wiederholte Kassandra entsetzt.

»Der Knast ist kein Kindergarten. Verzeihung, das sollte nicht so herzlos rüberkommen, wie es geklungen hat – es wird Zeit, dass wir Heinz Jung da rauskriegen. Wenn der Film weiterhelfen könnte, würde ich gern wissen, wie.«

»Ja. Klar.« Sie reichte das Telefon an Paul weiter, hörte aber nicht mehr richtig zu, was die beiden redeten. Stattdessen starrte sie vor sich hin, trank Schluck für Schluck den Wein, goss sich nach und trank ein weiteres halbes Glas, bis sie mitbekam, dass Paul dabei war, sich von Dietrich zu verabschieden. Sie gab ihm ein Zeichen, dass sie Dietrich selbst noch mal sprechen wollte.

»Werden Sie Heinz morgen sehen können?«, fragte sie.

»Ich ihn auf jeden Fall. Kann natürlich sein, dass er mich nicht sehen will und wieder vor sich hin schweigt.«

Kassandra ahnte, dass er sie mit seinem munteren Tonfall aufheitern wollte. »Es ist vermutlich besser, wenn Heinz nicht weiß, dass Sie und wir gemeinsam unser eigenes Süppchen kochen, aber könnten Sie ihn trotzdem irgendwie wissen lassen, dass … dass ich ihn vermisse?«

»Sicher. Machen Sie sich nicht so viele Sorgen. Ihr Onkel ist gut in Form für seine dreiundsechzig, sagt der Arzt. Der übersteht das locker.«

Nicht lange nach diesem schockierenden Telefonat lag Kassandra vollkommen erschöpft im Bett. Sie war gleichzeitig müde und hellwach und wünschte den Männern, die Heinz zusammengeschlagen hatten, alle Qualen dieser Welt. Paul nahm sie wortlos in die Arme und hielt sie. Das Zittern in ihrem Körper ebbte ab, sie beruhigte sich und glitt allmählich in den Schlaf hinüber.

Als sie aufwachte, wusste sie nicht, wie viel Zeit vergangen war. Eine Weile versuchte sie, wieder einzuschlafen, horchte auf Pauls ruhige Atemzüge, zählte abwechselnd Schafe und Möwen, doch es half nicht. Die Gedanken an Heinz und schließlich auch Mirko, Ralf, Inga und sogar Mona ließen sie nicht zur Ruhe kommen. Vorsichtig entzog sie sich Pauls Armen, erhob sich leise und ging über den kalten Flur ins Wohnzimmer, wo sie die Leselampe anknipste und sich mit einem Buch und einer Decke in die Sofaecke kuschelte. Sie hatte Pauls »Seegeflüster« erst einmal als fertiges Buch gelesen, und sie las alle Hardenberg-Bücher mindestens zweimal.

Trotz der widrigen Umstände dauerte es nicht lange, bis sie vollkommen gefesselt war − das war schon immer so gewesen, Jahre bevor sie Paul gekannt, geschweige denn gewusst hatte, wer sich hinter ihrem Lieblingsschriftsteller verbarg. Erst nach der dritten Geschichte sah sie auf, weil sie aus den Augenwinkeln etwas wahrgenommen hatte. War da draußen ein Lichtschein gewesen? Sie legte das Buch zur Seite, knipste die Leselampe aus und trat an die Terrassentür. Ihre Augen brauchten ein wenig, um sich an die Dunkelheit zu gewöhnen. Im Garten schien alles normal zu sein, er lag friedlich vor ihr.

Da sah sie es. Drüben in Heinz' Haus bewegte sich etwas hinter der Gardine. Der Mond leuchtete in das Fenster, und Kassandra war sich sicher, dass dort jemand stand − wie sie jetzt im Dunkeln −, doch vorhin musste kurz das Licht gebrannt haben, vielleicht, damit die Person sich im Raum orientieren konnte. Die Gardine bewegte sich, Kassandra bemerkte einen Schatten, der sich in den Raum zurückzog. Was sollte sie tun? Die Polizei rufen?

Sie lief ins Schlafzimmer, wo Paul unruhig geworden war. Er atmete stoßweise, und als sie ihn berührte, saß er mit einem Schlag aufrecht im Bett, sodass sie zurückfuhr.

»Sascha, nein, das geht nicht! Das …« Paul blinzelte, begriff, wo er war, und schaltete sofort um. »Kassandra? Ist was passiert?«

Sie hatte Mühe, so schnell mitzukommen, zu überrascht war

sie von dem, was er im Schlaf gesagt hatte. »Was geht nicht?«, fragte sie.

Verständnislos sah Paul sie an.

»Du hast gesagt ›Sascha, nein, das geht nicht‹«, erklärte sie. »Was geht nicht?«

Paul zuckte mit den Schultern. »Keine Ahnung. Ich muss geträumt haben. Hast du mich deshalb geweckt?«

Für einen Schreckmoment hatte sie ganz vergessen, warum sie hergekommen war. Sie schüttelte den Kopf. »Da ist jemand drüben bei Heinz.«

»Was?« Paul schwang die Beine aus dem Bett, streifte seine Jeans und sein T-Shirt über und folgte ihr ins Wohnzimmer, von wo aus er das Haus nebenan beobachtete, ohne etwas Auffälliges zu sehen. »Bist du sicher?«

»Hundertprozentig. Zumindest war da vorhin jemand, kann natürlich sein, dass sich derjenige inzwischen aus dem Staub gemacht hat.«

Paul wandte sich von der Terrassentür ab. »Ich geh nachsehen.«

Im Schlafzimmer zog er sich einen Pullover über sein T-Shirt und schlüpfte in seine Schuhe. Als Kassandra ebenfalls begann, sich anzuziehen, machte er eine entschieden abwehrende Handbewegung. »Ich sagte, ich geh nachsehen. Du bleibst hier.«

»Ganz bestimmt nicht.«

»Wer hat noch behauptet, *ich* wär stur? Also schön, aber du bleibst hinter mir. Hast du Heinz' Schlüssel?«, fragte er auf dem Flur.

Aus der kleinen Muschelschale, die auf dem Dielenschränkchen stand, nahm Kassandra einen Schlüsselring und klimperte mit den daranhängenden Schlüsseln. »Ja, aber wir sollten nicht vorn rein. Wir schrecken den Einbrecher bloß auf, wenn wir die Haustür aufschließen. Lass uns die Kellertür nehmen und über die Treppe hochgehen.«

»Kann sein, dass wir ihm da in die Arme laufen, falls er gerade abhauen will. Schätzungsweise wird er selbst auf dem Weg das Haus betreten haben. Trotzdem hast du recht, unauffälliger wäre es.«

Leise schlichen sie durch die Lücke im Zaun zum Kellereingang auf der anderen Seite des Hauses. Mit der Taschenlampe begutachtete Paul das Schloss, das keine Einbruchspuren zeigte. »Offenbar hat sich unser Mann oder unsere Frau doch für die Haustür entschieden«, flüsterte er. Leise schloss er auf und lauschte, erst danach trat er in den Kellergang. An der Treppe blieb er wieder stehen und winkte Kassandra, ihm zu folgen. Sie wollte nicht wirklich hier sein, aber um nichts in der Welt hätte sie Paul allein gehen lassen, sie wäre gestorben vor Angst um ihn. Vorsichtig nahmen sie eine Stufe nach der anderen, von oben war nichts zu hören.

Die Tür zum Flur stand einen Spaltbreit offen. Paul schob sie Zentimeter für Zentimeter auf, sie quietschte ganz leicht. Endlich standen sie in der Diele, Kassandra dicht neben Paul, der mit zusammengekniffenen Augen in die Dunkelheit sah.

Immer noch war nichts zu hören, dennoch spürte sie, dass etwas anders war als sonst, ohne dass sie die Ursache dafür hätte benennen können. Paul ging es offensichtlich ähnlich. Er stand einige Sekunden absolut regungslos, dann zeigte er auf die nur angelehnte Tür zum Wohnzimmer. Äußerst langsam bewegte er sich vorwärts. Erst nach zwei, drei Schritten erkannte Kassandra einen sehr schwachen, flackernden Lichtschein, der von der Kellertreppe aus noch nicht zu sehen gewesen war. Als Paul unmittelbar vor der Tür stand, bedeutete er ihr, etwas mehr Abstand zu halten. Sie wich einen Schritt zurück, und er trat mit Wucht dagegen. Im selben Augenblick, in dem von drinnen ein erschrockener Ausruf erklang, hieb er mit der Linken auf den Lichtschalter.

Nach der Dunkelheit im ganzen Haus schien das Deckenlicht gleißend hell. Kassandra musste die Augen schließen und erwartete dabei einen Schlag, einen Kampf, einen Schuss. Doch nichts geschah. Sie öffnete die Augen und starrte wie Paul fassungslos auf die Gestalt, die mit angezogenen Knien in einem Sessel kauerte und mindestens ebenso fassungslos zurückstarrte.

Paul verschränkte die Arme vor der Brust. »Dafür hätte ich jetzt wirklich gern eine Erklärung. Was zum Teufel tust du hier?«

Mirko streckte seine Beine aus, stand auf und bückte sich, um seine am Boden liegende Jacke, den Schal und die Handschuhe aufzuheben. »Geht dich überhaupt nichts an.«

»Da bin ich anderer Ansicht.« Er versperrte Mirko den Weg, der sich an ihm vorbei zur Tür schieben wollte.

»Lass mich durch.«

»Das hättest du gern. Kassandra, ruf die Polizei.«

Kassandra machte einen Schritt auf Heinz' Anrichte zu, auf der das Telefon stand. Sie ahnte, dass Paul Mirko nur aufschrecken wollte, schließlich hatte er vorhin noch gesagt, dass er ihn selbst bearbeiten und das nicht Dietrich überlassen wollte.

»Scheiße, wieso? Ich hab nichts getan, ich hab bloß hier gesessen«, protestierte Mirko.

»Du bist eingebrochen.«

»Nein.«

»Wie bist du sonst reingekommen? Durchs Schlüsselloch? Entweder du erklärst *uns*, was du hier wolltest – oder der Polizei.«

»Das ist Erpressung.«

»Ich würde eher sagen, ich lasse dir freundlicherweise die Wahl.«

»Aus mir kriegt niemand was raus, weder du noch die Cops.«

Kassandra stellte das Telefon wieder auf die Station und trat auf Mirko zu. Sie stand so dicht vor ihm, dass sie seinen leicht nach Alkohol riechenden Atem wahrnahm – und die rot unterlaufenen Augen. Mirko hatte geweint, auch wenn das schon etwas her war.

»Vielleicht willst du es mir erzählen?«, fragte sie und duzte ihn ganz automatisch. »Du warst einer der wenigen, die mir gesagt haben, wie leid ihnen das mit Heinz tut.« Sie wünschte, sie hätte die Bedeutung sofort verstanden.

Mirko schluckte, und Kassandra glaubte schon, er würde nachgeben, doch stattdessen sagte er: »War bloß Höflichkeit. Lasst mich gehen. Ich hab nichts getan.«

»Mirko. Du hast hier bestimmt nicht im Licht der Kerzen gesessen, weil Heinz' Schicksal dir egal ist.« Sie trat noch näher an ihn heran, sodass er gezwungen war, einen Schritt rückwärts zu gehen. Dabei stieß er an den Tisch, auf dem Kassandra erst jetzt neben den beiden Teelichtern einen Schlüssel liegen sah. Verblüfft griff sie danach. »Woher hast du den?«

Mirko blieb stumm.

Kassandra sah zu Paul, der ihr Duell mit Mirko verfolgt hatte, ohne sich einzumischen, und nun ebenso dicht an ihn herantrat. »Heinz ist im Knast zusammengeschlagen worden«, sagte er eindringlich. »Dir ist doch klar, dass er das alles für dich in Kauf nimmt? Weil er dich schützt. Willst du das? Willst du, dass ihm dadrin noch Schlimmeres passiert, bloß weil dir die Courage fehlt zuzugeben, was du getan hast, und die Konsequenzen zu tragen? Wenn seine Freundschaft dir je was bedeutet hat, ist jetzt der Zeitpunkt, ihm das zu zeigen.«

»Wie kommst du darauf, dass wir befreundet sind?«, stammelte Mirko.

»Weil Kassandra recht hat. Du bist hier, weil du über Heinz nachdenkst, du bist mit seinem Schlüssel reingekommen, und dein Vater hat gesagt, dass ihm eine ganze Bande seltsamer Typen als deine Freunde entschieden lieber wären als jemand anderes, den er kurz entschlossen nicht weiter definierte. Wie die Dinge liegen, würde ich sagen, er meinte Heinz. Wenn ich auch nicht verstehe, warum.«

Mirko sah auf seine Fußspitzen. »Weil er nicht kapieren will, dass ich mir mit Heinz mehr zu sagen habe als jemals mit ihm. Was wiederum daran liegt, dass Heinz mir zuhört.« Ruckartig hob er den Kopf. »Wieso redest du überhaupt von Ralf?«

Paul erklärte, dass sie sich bei der Fotoausstellung erkundigt hatten, wie es um den Streit zwischen den beiden stand.

Mirko nickte ein wenig abwesend. »Ralf ist eine Pest, er lässt mich nicht mal bei mir zu Hause in Ruhe. Man sollte meinen, ich bin neun, nicht neunundzwanzig. Heinz hat mir den Schlüssel vor ein paar Wochen mit den Worten ›Wenn du's mal gar nicht mehr aushältst‹ gegeben. Damit kann ich jederzeit hinten rein und mich in die Wohnung oben zurückziehen, auch wenn er nicht da ist.« Plötzlich trat etwas Kämpferisches in seinen Blick. »Du hast vorhin super geschlussfolgert, Paul, aber leider bloß zur Hälfte richtig. Ich hab keine Ahnung, wieso Heinz dieses Theater veranstaltet, aber bestimmt nicht meinetwegen.«

»Tatsächlich nicht?«

Unwirsch schüttelte Mirko den Kopf. »Nachdem in Wustrow rum war, dass jemand Sascha Freese erschossen hatte, stand Heinz vor meiner Tür und sagte, dass seine Waffe weg ist und er es für einigermaßen wahrscheinlich hält, dass die Polizei auf den Gedanken kommt, er hätte deinen Bruder ermordet. Er beschwor mich, in dem Fall meine Klappe zu halten.«

»Deine Klappe halten, worüber?«, schaltete sich Kassandra ein.

»Darüber, dass Heinz den Mord überhaupt nicht begangen haben konnte.«

Einen Atemzug lang blieb die Zeit stehen. »Er ... warum nicht?«, fragte Kassandra perplex.

Mirkos Gesichtsausdruck verschloss sich wieder, dann seufzte er resigniert, ließ sich in den Sessel zurück- und seine Sachen wieder auf den Boden fallen. »Wenn ich quatsche, bringt Heinz wirklich jemanden um, nämlich mich.«

»Mir wäre lieber, er hätte die Gelegenheit dazu, als dass er da bleibt, wo er ist«, sagte Paul. »Dir nicht? Am besten, du erzählst von Anfang an.«

»Ich erzähl's euch. Aber nur euch, nicht der Polizei, damit das klar ist. Würdest du bitte das Licht wieder ausschalten? Danke.«

Während sich Paul und Kassandra aufs Sofa setzten, schaute Mirko in die flackernden Kerzenflammen, wie um sich zu sammeln. »Das ›FischLänder‹ brummte vom ersten Tag an, ohne Reservierung war besonders zu Anfang gar nichts zu machen. In der zweiten Woche stand Heinz in der Tür. Er guckte zwar skeptisch, neugierig war er offensichtlich trotzdem. Ich balancierte gerade vier Teller auf den Armen und sagte im Vorbeigehen, dass kein Platz mehr frei wäre, dass er aber gern an der Bar auf einen Tisch warten könne, wenn er mindestens eine Stunde Geduld hätte. Nicht dass ich damit rechnete, schließlich hätte er bequem nach Hause gehen und später wiederkommen können. Als ich an die Bar zurückkehrte, saß er auf einem der Hocker, ein Pils vor sich, und beobachtete den ganzen Trubel.«

Kassandra brauchte ein bisschen Phantasie, sich Heinz im übervollen »FischLänder« vorzustellen, er hatte immer abgelehnt, mit ihr hinzugehen. Ein Beweis mehr dafür, dass es noch viele Seiten an ihm gab, die sie nicht kannte.

»Es dauerte zwei Stunden, bis endlich ein Tisch frei wurde. Heinz wartete die ganze Zeit allein und ohne ein Wort mit jemandem zu wechseln, außer mit mir oder meinem Kollegen, wenn er ein frisches Pils bestellte. Als ich ihm am Tisch endlich die Speisekarte reichte, sagte er: ›Ich nehme an, eine einfache Bulette haben Sie hier nicht?‹ Ich war sowieso schon gestresst, fehlte gerade noch, dass jemand mit so was kam – ich antwortete, ohne nachzudenken. ›Alles, was mit Bullen zu tun hat, hat hier nichts zu suchen.‹ War mir kaum rausgerutscht, da begriff ich, dass das eine mehr als geschäftsschädigende Bemerkung gewesen war. Heinz fing aber bloß an zu lachen – dieses eigenartige abgehackte Lachen, an das man sich erst gewöhnen muss. Er bestellte das teuerste Gericht von der Tageskarte und aß mit Genuss.«

Das wiederum konnte Kassandra sich gut vorstellen. Heinz hatte einen trockenen Sinn für Humor, nur ließ er einen das selten sehen.

»Weil er erst so spät etwas bekommen hatte, war er einer der letzten Gäste an diesem Abend, dem ich die Rechnung brachte. Er gab mir ein großzügiges Trinkgeld, was mir nach dem Vorfall extrem peinlich war. Ich wollte mich wenigstens jetzt entschuldigen, aber er winkte ab. ›Gegen das, was ich im Laufe meiner Dienstjahre alles zu hören bekommen habe, war das harmlos. Außerdem bin ich selbst schuld, ich habe Sie schließlich provoziert.‹ Das stimmte, und dass ich das zugelassen hatte, ärgerte mich am meisten an der Sache. Was er mir zweifellos ansah. Er musterte mich in einer Art, die wahrscheinlich schon vielen Leuten, die mehr getan hatten, als andere zu beleidigen, reichlich zu schaffen gemacht hat – als würde er in mir lesen. Er sah nicht irgendeinen Kellner, sondern mich, und ihn schien zu interessieren, was er sah. So was passiert mir nicht gerade häufig, ich lege auch normalerweise keinen Wert darauf, dass sich jemand näher mit meiner Person befasst. Heinz las das ebenso in meinem Gesicht. Er stand auf, wünschte mir einen angenehmen Abend und ging.«

Mirko hatte flüssig erzählt, jetzt kam er ins Stocken. Er schaute wieder in die Kerzen und danach im Zimmer umher, als hoffe er, dort die richtigen Worte zu finden. »Mir ist dieser forschende Blick nicht mehr aus dem Kopf gegangen, und ich fragte mich, was Heinz alles über mich wusste, bloß weil er mich ein paar Sekunden lang taxiert hatte. Hatte er gesehen, wie ruhelos ich war? Wie unentschieden? Wie …« Wieder hielt Mirko inne, bis er Pauls Blick festhielt. »Wie lange hast du gebraucht, bis du wusstest, was du wolltest?«

Paul rieb sich das Kinn. »Ich hab in meinem Leben einiges

ausprobiert, ein paar Dinge waren gut, ein paar weniger. Zur Ruhe gekommen bin ich erst durchs Schreiben.«

»Da warst du schon über vierzig.«

Paul nickte.

»Da bin ich ja richtig früh dran. Heinz und ich sind uns ein paar Tage später wieder begegnet, am Strand, weit hinter der Nebelstation, schon halb in Dierhagen. Ich mach oft lange Spaziergänge, und wie sich herausstellte, tat Heinz das auch. Wir waren uns sogar schon ein paarmal über den Weg gelaufen, aber bisher hatte niemand den anderen beachtet. So fing's an. Zuerst haben wir bloß über das Wetter geredet, was man eben so sagt, aber bald wurde es persönlicher. Ich hatte das Gefühl, ernst genommen zu werden, ein Gefühl, dass ich bei Ralf niemals hatte. Der wollte mich entweder in Watte packen oder mich zusammenstauchen, zugehört hat er mir nie. Ich bin schon mit siebzehn von zu Hause weg, was Ralf versucht hat, mit allen Mitteln zu verhindern. Kam ihn sicher schwer an, so kurz nach seiner Scheidung auch noch mich zu verlieren. Aber er hatte selbst schuld, und ich hab drauf geschissen. Nicht dass es mir geholfen hat. Ich hab bis auf mein Abi nichts zu Ende gebracht und nichts mit meinem Leben angefangen. Heinz hat von seinem Leben erzählt, und je länger ich zuhörte, desto häufiger dachte ich daran, Polizist zu werden. Heinz hat mir abgeraten. Er meinte, ich ließe mich zu sehr von Gefühlen leiten.« Mirko lachte auf. »Das lässt sich nicht verleugnen. Aber Gerechtigkeit bedeutet mir was, es gibt viel zu wenig davon und viel zu viel Unrecht. Hat es immer gegeben und wird es immer geben. Ich werde nächstes Jahr anfangen, in Greifswald Jura zu studieren, und bis dahin Geld verdienen, damit ich während des Studiums nicht zu viele Nebenjobs machen muss.«

Paul wollte etwas sagen, doch Mirko ließ ihn nicht zu Wort kommen. »Du glaubst, dass ich das nicht gründlich durchdacht habe. Doch, hab ich. Ich weiß, dass ich das durchziehen werde.«

»Das meinte ich gar nicht«, widersprach Paul. »Ich wundere mich nur, dass Ralf sich gegen deinen Entschluss sperrt. Er müsste doch froh sein, dass du endlich was«, er hob beide Hände, um Gänsefüßchen anzudeuten, »Vernünftiges machen willst.«

»Ihm ist nichts recht, was nicht von ihm kommt«, stellte Mirko fest. »Ich könnte mir sogar vorstellen, dass ihm Heinz im Gefängnis ganz gut in den Kram passt.«

»Aber dir nicht«, sagte Kassandra, die sich fragte, ob Heinz in Mirko so etwas wie den Sohn sah, den Karin ihm nicht hatte schenken können, und ob das so kostbar für ihn war, dass er nie darüber geredet hatte. »Warum kann er Sascha nicht getötet haben?«

Als hätte Mirko ihre Gedanken gelesen, sagte er, ohne auf ihre Frage einzugehen: »Manchmal hat er von dir gesprochen. Er kann immer noch nicht ganz fassen, dass er eine Nichte hat, noch dazu eine, der was an ihm liegt. Es ist schwer für ihn, überhaupt über das zu reden, was ihn bewegt, und die einzige *Frau*, mit der über alles hat reden können, war Karin.« Er lehnte sich in seinem Sessel zurück und schloss die Augen. »Wir haben nie telefoniert – zuerst trafen wir uns mehr oder weniger zufällig auf unseren Spaziergängen, später verabredeten wir uns bei jedem unserer Treffen für das nächste. Heinz hat mich nur ein einziges Mal angerufen – im ›FischLänder‹ am Abend vor dem Mord. Er war völlig fertig und sprach schleppend, als hätte er getrunken, und er war nicht zu Hause – im Hintergrund hörte ich Stimmengewirr und Musik. Er bat mich, bei ihm vorbeizukommen, sobald ich konnte. Ich war um Viertel vor elf da, er hatte ganz klar getrunken, aber er wollte mir nicht sagen, warum. Er wollte bloß weg, an irgendeinen Ort, der nicht Wustrow war, mehr kriegte ich nicht aus ihm raus. Also stiegen wir in meinen Wagen und fuhren los in Richtung Rostock, das heißt, ich fuhr, Heinz saß bleich neben mir und schwieg. Ich weiß nicht, wo er mit seinen Gedanken war, aber das Erste, was er sagte, war verrückterweise, dass wir tanken müssen. Ich hatte nicht mal auf den Benzinstand geachtet. Da …«

»Stopp mal«, unterbrach ihn Paul. »Hast du die Quittung noch?«

»Quittung? Wozu?«

»Weil wir deine Geschichte womöglich beweisen müssen und ich bezweifele, dass Tankstellen die Aufzeichnungen ihrer Überwachungssysteme so lange aufbewahren.«

»Wieso beweisen? Ich hab gesagt, ich erzähle es euch, nicht der Polizei.«

»Hör dir mal selbst zu, Mirko«, fuhr Paul auf. »Du kannst nicht im Ernst Jurist werden wollen und gleichzeitig in Kauf nehmen, dass jemand unschuldig im Knast sitzt, wenn du alle Möglichkeiten in der Hand hast, das zu verhindern! Hast du nicht vorhin was von Gerechtigkeit gesagt?«

Mirko biss sich auf die Lippe und zuckte etwas trotzig mit den Schultern. »Heinz hat bezahlt.«

Ohne große Hoffnung ging Kassandra hinüber in den kleinen Raum, den Heinz als Büro nutzte. Unter dem Schreibtisch stand wieder sein PC, den die Polizei erfolglos durchkämmt hatte, daneben auf einem Aktenbock der Waffenschrank, den sie beklommen mit ihrem Blick streifte. Dann konzentrierte sie sich auf das Wandregal mit den Ordnern, in denen Heinz sorgfältig alles abheftete – Steuer, Versicherungen, Rechnungen. Darin fanden sich jedoch nur Rechnungen über größere Anschaffungen. In der oberen Schreibtischschublade schließlich lagen Bons für Lebensmitteleinkäufe und Ähnliches. Fündig wurde sie nicht, was sie auch gewundert hätte – sicher war die Polizei gründlich gewesen und hätte so etwas kaum übersehen.

Zurück im Wohnzimmer, verkündete sie das Ergebnis ihrer Suche: »Nichts.«

»Wartet mal«, sagte Mirko. Er griff in seine Hosentasche, um sein Portemonnaie hervorzuholen. »Ich hatte das ganz vergessen, gerade fällt mir wieder ein, dass Heinz die Tankfüllung mit Karte gezahlt hat, aber auf halbem Weg noch mal zurückging, um was zu trinken zu besorgen. Das hat er bar bezahlt, mir das reichliche Wechselgeld in die Hand gedrückt und gemeint, ich soll's behalten. Ich wollte das nicht, schließlich wusste ich seit einiger Zeit, dass er es selbst nicht so dicke hat, aber er bestand drauf. Bei den Scheinen lagen die Quittungen, ich hab sie mit ins Portemonnaie gestopft.« Er hielt sie Kassandra hin. »Für euch, nicht die Polizei«, stellte er dabei klar.

Kassandra warf einen Blick darauf. »Hiernach habt ihr um dreiundzwanzig Uhr zwölf an der B 105 für 75,34 Euro getankt und eine Minute später zwei Dosen Bier gekauft.«

Mirko nickte. »Das Bier hat Heinz getrunken, eine Dose jedenfalls. Als er die alle hatte, sagte er, er wolle nicht nach Rostock. Ich ahnte, dass es keinen Sinn hatte, mit ihm zu diskutieren, und wendete bei der nächsten Gelegenheit, was zur Folge hatte, dass wir in Ribnitz landeten. Um die Uhrzeit sind da die Bürgersteige schon hochgeklappt, aber es gab noch eine Kneipe, die aufhatte. Aus der ›Bier-Bar‹ haben sie uns um halb zwei rausgeschmissen. Ich hatte mittlerweile auch getrunken, ich konnte nicht mehr fahren und Heinz sowieso nicht. War ihm anscheinend ganz recht, meinen Vorschlag, ein Taxi zu nehmen, lehnte er ab.«

»Gibt's für die ›Bier-Bar‹ auch Quittungen?«, fragte Paul dazwischen.

Mirko schüttelte den Kopf. »Diesmal habe ich bezahlt und den Zettel da liegen lassen, stand aber sowieso bloß handschriftlich der Betrag drauf. Die hatten ihre Kasse längst dichtgemacht.«

»Wo seid ihr anschließend hin?«, wollte Kassandra wissen.

»Wir standen auf der Straße, Heinz wollte partout nicht nach Hause, ich hab mit Engelszungen geredet, interessierte ihn alles nicht. Da dreht er sich plötzlich um und hämmert gegen die geschlossene Kneipentür. Der Wirt war ausgesprochen sauer, was sich schnell änderte, nachdem Heinz ein paar größere Scheine zückte, damit er den Laden wieder aufmachte.«

»Wie viele Scheine?«, fragte Kassandra.

»Müssen etwa dreihundert Euro gewesen sein, für die es definitiv keine Quittung gab. Für den Wirt war's auf jeden Fall ein guter Stundenlohn, wir sind gegen fünf da weg.«

»Heinz muss das schon so ähnlich vorgehabt haben, als ihr losfuhrt«, sagte Kassandra. »Zumindest gehört es nicht zu seinen Angewohnheiten, dermaßen viel Bargeld mit sich rumzuschleppen. Wie du schon gesagt hast: Er schwimmt nicht gerade in Geld.«

»Wahrscheinlich hast du recht«, meinte Mirko. »Ich sag ja, er war völlig von der Rolle, wollte sich zudröhnen. Ich glaube, er wollte vergessen. Wisst ihr, was das gewesen sein könnte?«

»Wenn du diese Geschichte in ein paar Stunden der Polizei erzählst, kannst du Heinz das bald selbst fragen«, sagte Paul.

20

»Das glaub ich nicht«, war Dietrichs gleichermaßen konsternierte und erleichterte Reaktion bei Pauls Anruf am nächsten Morgen. »Heinz Jung hat ein erstklassiges Alibi und sagt keinen Ton?« »Kann er deswegen Ärger kriegen?«, fragte Kassandra. »Nein. Ihr Onkel weiß genau, wie weit er gehen darf. Er hat weder aktiv zum Verdacht an ihm beigetragen, noch hat er behauptet, er wär's gewesen. Er hat bloß sein Recht zu schweigen wahrgenommen. Punkt.« Resolut forderte Dietrich: »Bringen Sie den Jungen her, bevor er sich das wieder anders überlegt. Wenn ich seine Aussage habe, erkundige ich mich in der ›Bier-Bar‹. Sobald der Wirt das Alibi bestätigt, ist Heinz Jung draußen, ob er will oder nicht. Und wir haben wieder einen richtigen Fall.«

Diese Worte gingen Kassandra im Kopf herum, während sie tags darauf gemeinsam mit Paul und Mirko vor der JVA Stralsund auf Heinz' Entlassung wartete. Die Reaktion von Dietrichs Kollegen war verhalten ausgefallen. Niemand hatte große Begeisterung gezeigt, dass er entgegen allen Annahmen recht behalten hatte. Als einzig Positives war angemerkt worden, dass der Täter nun immerhin doch kein ehemaliger Polizist war.

Die neue Situation stellte sich für Dietrich ein bisschen verzwickt dar: Was Inga betraf, wollten seine Vorgesetzten nach wie vor vermeiden, sie ohne eindeutige Beweise als mögliche Täterin in die Mangel zu nehmen. Mittlerweile war Kassandra geneigt, ihnen zuzustimmen. Wie sich die Sache jetzt darstellte, war ihre Vermutung, dass Inga für das Überwachungsvideo einen Doppelgänger bestellt hatte, doch eher aus der Luft gegriffen. Niemand aus Ingas näherem Umfeld kam in Frage, zumindest niemand, der ihnen bekannt war. Besonders Dietrich und Kassandra gaben sich nur widerwillig geschlagen, aber beide wussten, dass sehr viel mehr für Ingas Anwesenheit in Schwerin sprach als für ein abenteuerliches Ablenkungsmanöver. Dietrich wollte trotzdem ein paar vorsichtige Erkundigungen über ihr Privatleben und ihre Freunde anstellen, und Kassandra wollte versuchen, dasselbe bei Mona zu tun. Vorerst jedenfalls blieb nur noch ein Hauptverdächtiger übrig: Clemens Meisner. All die Hinweise auf ihn konnte Dietrich allerdings nicht nutzen. Er und Paul hatten sich deswegen geeinigt, dass sie Saschas Notizbuch zurück in den Spiegelrahmen in dessen Wohnung bringen, Dietrich es dort »finden« und an Spezialisten weitergeben würde, die es früher oder später dechiffrieren würden. Für Clemens Meisner galt selbstverständlich derselbe Prominenten-Bonus wie für Inga, außerdem mochten die Anmerkungen über ihn in dem Buch alt sein. Aber die Mordkommission musste schließlich wieder bei null beginnen. Dietrichs Vorgesetzte durften danach kaum ignorieren, dass Meisners Name im polizeilichen Informationssystem auftauchte – und das aus nicht offengelegten Gründen. Obwohl Paul der Gedanke nicht behagte, dass mit der Herausgabe des Buches die Namen all der Menschen, mit denen Sascha zu tun gehabt hatte, Allgemeingut der Polizei wurden, hatte auf diese Weise hoffentlich das bayerische Landeskriminalamt weniger Anlass, die Auskunft zu verweigern.

Bei allem, was sie bisher erreicht hatten, gab es immer noch eine ungeklärte und sehr wesentliche Frage: Wen wollte Heinz schützen? Natürlich hatte Dietrich ihn gefragt, aber Heinz schwieg weiterhin hartnäckig.

Vor ihnen öffnete sich das Tor, Heinz trat heraus. Er blieb stehen, während das Tor sich wieder schloss, legte den Kopf in den Nacken und sah in den Himmel. Kassandra wollte auf ihn zugehen, doch Paul hielt sie zurück. »Lass ihm einen Moment.«

Selbst aus der Entfernung konnte Kassandra Heinz' zugeschwollenes Auge erkennen. Er setzte sich etwas schwerfällig in Bewegung und bemerkte erst nach ein paar Metern sein Empfangskomitee. Abwartend, fast unsicher blieb er wieder stehen und sah Kassandra entgegen. Sie konnte nur mit Mühe ihre Tränen zurückhalten, wobei sie nicht wusste, ob es Tränen der Wut über Heinz' Zustand oder der Erleichterung darüber waren, dass er endlich frei war. Als sie vor ihm stand, fehlten ihr die Worte.

Heinz ging extrem sparsam mit überschwänglichen Sympathiebekundungen um, ein Händedruck war das Äußerste, was man von ihm erwarten konnte – und was er von anderen erwartete. Kassandra trat noch einen Schritt näher und umarmte ihn vorsichtig, um ihm keine zusätzlichen Schmerzen zuzufügen. Sie spürte ihn kurz erstarren, bevor er zögernd seinen freien Arm um sie legte, und nun konnte sie ihre Tränen nicht mehr zurückhalten.

»Nicht heulen, Kassandra«, sagte er. »Gegen Tränen ist mein Mantel nicht imprägniert.«

Sie löste sich von ihm und lachte heiser. »Entschuldige. Lass uns nach Hause fahren.« Sie nahm ihm seine kleine Tasche ab und ging an seiner Seite zum Wagen.

Dort blieb er erneut stehen. Paul beachtete er kaum, nickte ihm bloß zu und wandte sich an Mirko: »Kannst du nicht tun, was man dir sagt?«

Mirko musste sich offenbar erst von dem Schock erholen, Heinz mit weißen Haaren und so zugerichtet zu sehen. Schließlich sagte er entschieden: »Nicht in diesem Fall. Alles hat seine Grenzen, die ja wohl inzwischen eindeutig überschritten wurden. Wenn du den Märtyrer spielen willst, dann nicht mit meiner Hilfe – ich kann mir nicht mal vorstellen, wer das wert sein sollte. Um Kassandra wird's dir ja kaum gehen.«

Heinz' linke Braue zuckte in die Höhe, was über dem zugeschwollenen Auge seltsam wirkte und ihm sichtlich Schmerzen bereitete, aber diese typische Reaktion konnte er nicht unterdrücken. »Netter Versuch«, sagte er lapidar. »Dir werde ich das allerdings genauso wenig auf die Nase binden wie dem Herrn Kriminaloberkommissar.«

Paul hatte Heinz' Tasche in den Kofferraum verfrachtet und hielt ihm die Beifahrertür auf. Doch der schüttelte den Kopf. »Wenn es dir nichts ausmacht, würde ich lieber mit Kassandra hinten sitzen.«

Auf dem Rücksitz schloss er die Augen, während sie aus Stralsund hinausfuhren. Ab und zu warf ihm Kassandra einen prüfenden Blick zu, doch er öffnete weder die Augen, noch rührte er sich auf andere Weise. Dann tat er mit einem Mal etwas vollkommen Überraschendes: Er suchte ihre Hand, drückte sie und ließ sie nicht mehr los.

Vor Heinz' Haustür verabschiedete sich Mirko, der ins »Fisch-Länder« musste. »Sag, was du willst, ich bin froh, dass ich meine Klappe nicht gehalten habe.«

Heinz nickte. »Schon gut. Wenigstens Herrn Dietrich hast du damit einen Gefallen getan. Kann ja nicht schaden für einen zukünftigen Juristen, sich mit der Polizei gutzustellen.« Den letzten Satz begleitete ein kleines Lächeln, das Mirko dankbar erwiderte.

Nachdem er gegangen war, richtete Heinz das Wort unvermutet an Paul, der überhaupt noch nichts gesagt hatte. »Ich war jahrzehntelang Polizist, habe häufig in Gefängnissen zu tun gehabt und immer angenommen, ich könnte mir vorstellen, wie es ist, da eingesperrt zu sein.« Er schüttelte den Kopf. »Das war ein Irrtum. Ich hatte nicht die geringste Ahnung.« Abrupt wandte er sich ab. »Ich würde jetzt gern ein bisschen allein sein. Vielleicht magst du heute Abend rüberkommen, Kassandra?« Er ging auf seine Tür zu, ohne ihre Antwort abzuwarten, sah aber im Gehen noch einmal halb zurück zu Paul. »Du auch, wenn du willst.«

Kassandra war in den vergangenen Tagen und Nächten so oft allein oder mit anderen in Heinz' Haus gewesen, dass es ihr unwirklich vorkam, ihn jetzt wieder auf dem Sofa sitzen zu sehen.

»Falls ich das noch nicht gesagt haben sollte: Danke, dass ihr da wart und mich abgeholt habt. Und jetzt wüsste ich gern, wie Mirko auf die Idee gekommen ist, zur Polizei zu gehen. Das ist doch nicht auf seinem Mist gewachsen.«

Kassandra erzählte Heinz von Mirkos nächtlichem Besuch bei ihm, woraufhin er etwas unschlüssig dreinblickte. Anscheinend hatte er nicht damit gerechnet, dass Mirko derart unter seinem Gefängnisaufenthalt leiden könnte. Es blieb still, bis Paul mit einem Ruck sein Glas auf den Tisch stellte.

»Beantworte mir eine Frage, Heinz«, verlangte er. »Weißt du, wer Sascha erschossen hat – oder vermutest du es nur?«

Auf Heinz' Stirn bildeten sich Falten. »Ich bin mir ziemlich sicher. Aber wie ich schon heute Morgen sagte: Ich war Polizist. Ich stelle keine Behauptungen auf, die ich weder beweisen kann noch beweisen will.«

»Hast du eine Vorstellung davon, wie viele Leute ein Motiv gehabt hätten, Sascha zu töten?«, fragte Kassandra. Sie brachte es nicht über sich, ihm zu sagen, dass sie seines ebenfalls kannte.

»Na und? Es war meine Waffe mit meinen Fingerabdrücken drauf und meine DNS an Saschas Leiche. Alle waren zufrieden, niemanden hat interessiert, wer ihn sonst noch gehasst haben könnte. Bis auf den hartnäckigen Herrn Dietrich, und den hätte ich auch noch mürbe gekriegt.«

»Uns hat's interessiert«, erlaubte sich Kassandra einen Einwand.

Heinz verzog das Gesicht. »Und ihr seid dabei auf solche absurden Ideen wie Clemens Meisner gekommen. Von so was hätte sich nicht mal Dietrich ködern lassen.« Er rutschte, unverhofft zugänglicher, nach vorn auf die Sofakante. »Kann ich übrigens Saschas Notizbuch mal sehen?«

Paul hob bedauernd die Arme. »Ich hab es nicht mehr.«

»Ach?« Heinz legte Skepsis in diese kleine Silbe, sodass Kassandra sich zurückversetzt fühlte in den Besucherraum der JVA, wo Heinz angedeutet hatte, dass Paul sich die Einträge in dem Buch aus den Fingern gesogen haben könnte. Sein nächster Satz machte das nicht besser. »Hast du's verloren?«

Beinah hätte Kassandra etwas gesagt, doch Paul kam ihr zuvor. »Nein.« Weiter äußerte er sich nicht, anscheinend sah er keine Veranlassung, Heinz von ihrer Zusammenarbeit mit Dietrich zu erzählen. Die Spannung zwischen den beiden Männern war schlagartig greifbar. »Aber da du Clemens selbst angesprochen hast – wieso bist du so überzeugt davon, dass er Sascha nicht getötet hat?«

Heinz sah ihn provozierend an. »Vielleicht schütze ich ja ihn?«

»Da müsste sich in eurem Verhältnis aber grundlegend was geändert haben«, sagte Paul. »Ich will dir ja nicht absprechen, dass du seine Musik zu schätzen weißt, aber er kriegt auf deiner Beliebtheitsskala bestimmt keine zehn Punkte.«

»Nicht mal fünf«, bestätigte Heinz. »Und tu nicht so, als wäre Menschenkenntnis für dich ein Fremdwort. Clemens Meisner hat viel zu viel Angst vor sich selbst, um jemanden umzubringen.«

»Meinst du nicht, dass auch bei so einem Menschen irgendwas das Fass zum Überlaufen bringen kann?«

Gerade wollte Heinz antworten, da klingelte es an der Tür. Kassandra ging öffnen, damit er nicht aufstehen musste.

»Ah, ich hatte gehofft, dass Sie hier sind«, sagte Dietrich ohne weitere Begrüßung. »Was meinen Sie, lässt mich Ihr Onkel in die gute Stube?«

»Versuchen Sie's«, meinte Kassandra augenzwinkernd. »Ich garantiere für nichts.« Sie ließ ihm den Vortritt und bemerkte dabei, dass er heute einen guten Tag hatte, er humpelte kaum. Von Heinz' Reaktion auf ihn hörte sie mehr, als sie sah.

»Was wollen *Sie* denn noch? Bis eben dachte ich, das einzig Gute daran, ungebeten aus dem Knast geholt worden zu sein, besteht darin, dass ich Sie los bin.«

»Ich freu mich auch, Sie zu sehen«, erwiderte Dietrich trocken, um gleich darauf zu Paul zu sagen: »Tag, Herr Freese. Interessiert Sie vielleicht: Meine Kollegen haben vorhin das Notizbuch entdeckt. Ich fand das passender, als selbst die Finger drin zu haben.«

Paul lachte. »Sehr schön. Wir sprachen übrigens gerade von Clemens Meisner.«

»Verstehe. Und, konnte Herr Jung was zum Thema beisteuern? – Verzeihung, ich müsste wohl eher sagen: *Wollte* er was dazu beisteuern?«

»Wir arbeiten dran. Setzen Sie sich.« Paul wandte sich wie nebenbei an Heinz. »Du hast doch nichts dagegen?«

Auf Heinz' Gesicht spiegelte sich eine ganze Palette von Gefühlen, es dauerte, bis er seine Sprache wiederfand. »Ihr drei macht die ganze Zeit gemeinsame Sache?«

»Ist ja nicht das erste Mal«, stellte Kassandra vielsagend fest, merkte aber, dass Heinz das weniger komisch fand. Er wirkte regelrecht schockiert. Unsicher schaute sie zu Dietrich, der jedoch nur auf Heinz achtete. Was er schließlich sagte, überraschte sie, weil es dasselbe war, was Paul vorhin angesprochen hatte, nur dass Dietrich es als Feststellung formulierte statt als Frage.

»Sie wissen nicht, wer Sascha Freese getötet hat, Sie vermuten es nur. Warum geben Sie uns nicht eine Chance herauszufinden, dass Sie sich irren? Ich bin nicht Ihr Feind, Herr Jung.«

Heinz ließ sich vorsichtig ins Sofa zurücksinken, beging aber dabei den Fehler, tief durchzuatmen. Er zuckte vor Schmerz zusammen, atmete langsam wieder aus, überlegte – und nickte.

»Fangen wir noch mal ganz von vorn an, ja? Wir erzählen

Ihnen, wie weit wir bisher gekommen sind«, sagte Dietrich.

»Clemens Meisner. Wir wissen, dass er rein theoretisch bereits am Mittwochabend zu einem Zeitpunkt in Wustrow gewesen sein könnte, zu dem Sie in der Cocktailbar waren – während der restlichen Nacht sowieso. Die Frage ist: Hätte er die Möglichkeit gehabt, in Ihr Haus einzudringen, ohne Einbruchspuren zu hinterlassen? Ich nehme an, er hatte keinen Schlüssel.«

»Natürlich nicht.«

»Wie gut kennt er Mirko Peters?«

»Was? Wollen Sie andeuten, dass Mirko ...«, brauste Heinz auf.

»Denken Sie wie ein Polizist«, forderte Dietrich ungehalten. »Mirko Peters ist der Einzige, der abgesehen von Ihrer Nichte und Ihnen selbst einen Schlüssel zu Ihrem Haus besitzt. Auch wenn Sie das nicht gern hören, er hätte ihn jedem geben können.«

»Hm«, brummte Heinz widerstrebend. »Clemens und Mirko kennen sich meines Wissens überhaupt nicht persönlich. Kann sein, dass Mirko das Gegenteil absichtlich für sich behalten hat. Kann aber ebenso gut sein, dass irgendwer irgendwann Mirko den Schlüssel gestohlen hat und ein Duplikat anfertigen ließ. Jemand mit genug krimineller Energie kriegt auch Duplikate für Schließanlagen wie die zu meinem Haus.«

»Korrekt. Dazu hätte dieser Jemand allerdings wissen müssen, dass Mirko Peters den Schlüssel hat. Natürlich habe ich ihn danach gefragt, genauso wie ich wissen wollte, ob er ihn vielleicht bei irgendeiner Gelegenheit mal liegen ließ, sodass jemand den Schlüssel hätte nehmen können. Ihm zufolge hat er niemandem davon erzählt, und er ließ ihn auch nirgends liegen. Hat er Ihnen gegenüber was anderes erwähnt?«

»Nein. Ich kann noch mal vorsichtig vorfühlen, obwohl ich nicht glaube, dass das jetzt noch was bringt.«

»Tun Sie's trotzdem. Wenn sich belegen ließe, dass Meisner Zutritt zu Ihrem Haus gehabt haben könnte, wären wir ...« Dietrich unterbrach sich, weil Heinz ein undefinierbares Geräusch von sich gab. »Ist Ihnen was eingefallen?«

Heinz schien sich mit einem Mal auf die Schale mit Knabbersachen zu konzentrieren, die unberührt vor ihnen auf dem Tisch stand. Zwei Minuten lang störte niemand seinen Gedankengang. Als er endlich aufsah, hatte sein Gesicht einen entschlossenen Ausdruck angenommen. »Sie sagen, dass Clemens schon in Wustrow gewesen sein könnte, als ich im ›Hakuna Matata‹ war?«, vergewisserte er sich bei Dietrich und wartete kaum das Nicken ab, bevor er sich an Paul wandte. »Was stand in dem Notizbuch? Dass Clemens was mit Steffen Mahler hatte? Oder war es was Aktuelleres?«

»Das mit Steffen hast du gewusst?«, fragte Kassandra.

Heinz bedachte sie mit einem Seitenblick. »Ich hätte meinen Beruf verfehlt, wenn ich nicht verdammt gut beobachten könnte. Also war es das? Schade, ich hatte gehofft, dass Sascha etwas mehr auf dem Laufenden gewesen wäre.«

»Schon möglich, dass er das war. Das Notizbuch deckt die letzten zehn Jahre nicht mehr ab«, warf Paul ein.

»Ja. Das passt. Er hat es nicht mehr aufgeschrieben, aber das heißt nicht, dass er es nicht wusste. Wieso habe ich nicht gleich daran gedacht, als du Meisner bei deinem Besuch erwähnt hast?«, fragte Heinz mehr sich selbst als Kassandra.

»Weil Sie zu sehr damit beschäftigt waren, jemand anderen zu verdächtigen«, sagte Dietrich. »Was ist Ihnen eingefallen?«

Gedankenverloren griff Heinz nun in die Schale nach einer Nuss und zerbiss sie. »Clemens hat vielleicht gar keinen Schlüssel gebraucht, um in mein Haus zu kommen. Nach meinem Streit mit Sascha war ich vollkommen aufgewühlt. Ich habe den Mann kaum ertragen können, er …« Er stockte und sah zu Paul. »Ich muss mich dafür nicht bei dir entschuldigen, oder?«

Paul verneinte das. Kassandra hatte den Einruck, er hätte gern noch mehr gesagt, doch anscheinend verstand Heinz ihn auch so.

»Ich trinke selten Alkohol, aber ich hatte das Bedürfnis, die Begegnung mit was Hartem runterzuspülen, was bei mir normalerweise bloß im Keller steht und vollstaubt«, nahm Heinz den Faden wieder auf. »Durch die Kellertür bin ich in den Garten gegangen, habe ziemlich lange ins Nichts gestarrt und dabei für meine Verhältnisse ziemlich viel getrunken. Je mehr ich trank, desto weniger wollte ich allein sein, und mir fiel nichts Besseres ein, als mich auf den Weg ins ›Hakuna Matata‹ zu machen. Ich war noch nie dort gewesen, aber ich wusste, da gab's Alkohol und Menschen. Mir war warm vom Meckelbörger, ich brauchte keine Jacke, sondern bin losgezogen, wie ich war, ohne noch mal ins Haus zurückzugehen – und ich habe vergessen, die Kellertür zuzuschließen. Jeder hätte da reinspazieren können, während ich weg war.« Er machte eine Pause. »Clemens wusste, dass ich eine Waffe habe, er wusste, wo ich sie aufbewahre – und ich fürchte, ich besitze zwar einen ausgezeichneten Waffenschrank, bin aber dummerweise weniger gut darin, mir eine hundertprozentig sichere Kombination auszudenken.« Er sah Dietrich an. »Das alles setzt voraus: Clemens hätte wissen müssen, dass ich nicht zu Hause war – das konnte aber niemand wissen, ich wusste es ja selbst nicht, bis ich wegging. Die Beschaffung meiner Waffe kann deshalb nicht Teil des ursprünglichen Plans gewesen sein, Sascha zu ermorden.«

»Vielleicht war es ja überhaupt nicht geplant«, sagte Kassandra. Bisher waren sie zwar immer davon ausgegangen, aber was Heinz da sagte, ließ ganz andere Möglichkeiten zu. »Clemens musste nichts vorher wissen, es reicht doch, wenn er dich gesehen hat. Nehmen wir an, er kommt nach Wustrow. Nicht mit dem Vorhaben, einen Mord zu begehen, sondern weil er von Sascha herbestellt wurde, der ihn erpresst. Er ist verzweifelt, wandert im Dunkeln durch die Straßen, weil er noch Zeit hat, bis er sich mit Sascha treffen wird – und da sieht er dich: wie du das Haus verlässt oder sonst wo auf deinem Weg ins ›Hakuna Matata‹. Du sagst, er weiß, dass du eine Waffe hast …«

»Das weiß so gut wie jeder in Wustrow. Die wenigsten haben allerdings schon einen Blick auf meinen Waffenschrank geworfen.«

»Wie kam es, dass Clemens Meisner das tat?«, fragte Dietrich.

»Ohne diese merkwürdige Geschichte, an die ich besser früher mal hätte denken sollen, würde ich mit Ihnen gar nicht über Clemens diskutieren. Vor etwa einem Jahr bin ich auf Poel gewesen, um diese Jahreszeit sind da kaum Urlauber, ich hatte meistens den Strand für mich allein. An meinem letzten Tag kamen mir zwischen Schwarzer Busch und Gollwitz zwei Männer entgegen – einer war Clemens, der andere ein paar Jahre jünger, dunkelblond, mittelgroß, hellblaue Brille, weitsichtig. Clemens verfiel praktisch in Schock, als er mich erkannte, der andere guckte zuerst irritiert, dann alarmiert, nachdem er merkte, was mit Clemens los war. Ich sagte bloß ›Tag, Clemens‹ und bin weitergegangen. Wenn er meint, sich und seine Neigungen verstecken zu müssen, ist das sein Problem, nicht meins. Ich habe keinen weiteren Gedanken daran verschwendet. Bis es drei Tage später an meiner Tür klingelte. Ich war gerade dabei, meine Waffe zu reinigen, und hatte noch schmutzige Hände, als ich öffnete. Es war neun Uhr abends, ich hatte überhaupt nicht mehr mit Besuch gerechnet, und ganz sicher nicht mit Clemens. Ich bat ihn, im Wohnzimmer zu warten, wollte kurz aufräumen und mir die Hände waschen, aber Clemens war zu nervös zum Warten. Er kam hinter mir her und fing sofort an zu reden. Die Reinigungsutensilien lagen noch da, es war nicht zu übersehen, wobei er mich gestört hatte, und natürlich sah er auch den Schrank. Ich musste ihn fast mit Gewalt aus dem Raum schieben. Zwei Minuten später bat er mich inständig, keinem Menschen je zu erzählen, dass ich ihn gesehen hatte. ›Mir ist vollkommen egal, was du wo mit wem machst, Clemens‹, hab ich gesagt. ›Außerdem tratsche ich nicht, beruhig dich wieder.‹ Dabei ist es geblieben.«

»Da muss noch mehr hinterstecken«, vermutete Kassandra. »Letztes Jahr war Clemens Meisner nämlich angeblich in Tasmanien, wegen einer schöpferischen Phase. Ich war nie in Tasmanien, aber es hat bestimmt kaum Gemeinsamkeiten mit Poel aufzuweisen. Wäre interessant zu wissen, was genau Clemens mit dieser Lüge verheimlichen wollte – und ob Sascha es herausgefunden hatte. Wenn das der Fall war, passt mein Szenario ganz gut. Clemens wandert durch die Straßen, sieht dich weggehen, erinnert sich an deine Waffe und versucht sein Glück. Das Einzige, was ich nicht verstehe, ist: Wie hat er die Zahlenkombination erraten können? So gut kanntet ihr euch doch gar nicht.«

Heinz verzog etwas gequält das Gesicht. »Ich hab sie noch nicht geändert und würde mich strafbar machen, wenn ich dir das verrate. Musik hat viel mit Mathematik und Zahlen zu tun, und Clemens ist das beste Beispiel dafür, er hat ein unglaubliches Zahlengedächtnis. Ich habe ihn mal wegen Raserei festgesetzt, und als ich seine Personalien aufgenommen habe, wollte er mich provozieren. Er hat alle möglichen und unmöglichen Zahlenreihen auf seinen Fahrzeugpapieren runtergerattert, nach denen ich nicht gefragt hatte, inklusive der Fahrzeuggestellnummer. Sie waren allesamt korrekt. Er kann sich Zahlen merken – für die Kombination musste er sich nur ein bisschen in mich hineinversetzen und in seiner Erinnerung kramen.«

»Das heißt, es wäre möglich«, fasste Dietrich zusammen. »Sobald die Kollegen das Notizbuch entschlüsselt haben, werde ich mir Clemens Meisner vornehmen, mit oder ohne Hilfe des bayerischen LKA.« Auf Heinz' fragenden Blick hin erklärte er, was er über Clemens erfahren oder besser nicht erfahren hatte, was Heinz noch nachdenklicher machte.

»Kann ich mal an deinen PC?«, fragte Paul unvermittelt. »Mir ist was eingefallen, was in Zusammenhang mit Poel vor zwei, drei Jahren durch die Presse ging. Vielleicht liege ich ganz falsch, aber ich würde das gern nachprüfen.«

»Sicher, bedien dich.«

Eine Viertelstunde später kam Paul mit nachdenklicher Miene zurück. »Vor drei Jahren gab es Pläne, auf Poel eine Suchtklinik hochzuziehen. Was Kleines, Privates, Exklusives, Diskretes, für Klientel mit Geld. Die Leute da waren nicht erbaut von der Idee, und wie es aussieht, sind die Pläne nie realisiert worden. Es sei denn …«

»… das ist so privat und exklusiv, dass es quasi nicht existent ist, außer in privaten, exklusiven Empfehlungen?«, meinte Kassandra. »Clemens hat komisch reagiert, als ich ihn auf seine schöpferische Phase ansprach und was von ›anderweitig verreisen‹ sagte. Ich hatte auf einen Zusammenhang mit seiner Erwähnung im polizeilichen Informationssystem angespielt, weil ich dachte, er musste möglicherweise wegen irgendwas untertauchen. Aber wenn er nun aus ganz anderen Gründen … untergetaucht ist? Wir sollten unbedingt nach Poel fahren, vielleicht fällt uns da was auf.«

»Klingt vielversprechend.« Dietrich erhob sich. »Ich mache derweil an der Polizeifront weiter, wir hören voneinander. Nein, bleiben Sie sitzen, Herr Jung, ich finde allein raus.«

»Ich bringe Sie«, bot Kassandra an, was er mit einem Nicken quittierte.

Auf dem Flur blieb er noch einmal stehen. »Mit der Polizeifront meine ich übrigens Inga Lange. Ich bin auf Umwegen auf eine ehemalige Freundin von ihr gestoßen – ehemalig in dem Sinn, dass sie sich zerstritten haben. Der kann ich auf den Zahn fühlen, was andere Freunde angeht, ohne dass Frau Lange zwangsweise davon erfährt.«

»Sie hatten mehr Erfolg als ich. Ich hab's noch nicht geschafft, mit Mona zu reden.«

»Lassen Sie das erst mal. Frau Kolbert ist mir sowieso ein bisschen zu dicht dran. Warten wir ab, was ich rauskriege und was Ihr Ausflug nach Poel bringt.«

»Einverstanden.« Kassandra war dieser Vorschlag ganz recht. Sie hatte sich schon den Kopf zermartert, wie sie Mona unauffällig befragen sollte. Als sie die Tür öffnete, lächelte sie. »Danke, dass Sie gekommen sind. Ohne Sie wäre Heinz weiter stur geblieben.« Sie erwartete, dass Dietrich ihr Lächeln erwiderte, doch er blieb ernst.

»Als Polizist darf ich nicht gutheißen, was er getan hat, also betrachten Sie das hier als meine ganz private Meinung: Ihr Onkel ist ein außergewöhnlicher Mensch. Wissen Sie eigentlich, wie viel Sie ihm bedeuten?« Er verließ grußlos das Haus und ließ eine ratlose Kassandra zurück.

Sollte Heinz ernsthaft geglaubt haben, sie hätte Sascha erschossen? Zugegeben, sie hatte jederzeit Zugang zu seinem Haus, sie kannte den Waffenschrank, und wenn ein Fremder wie Clemens Meisner sich nur in Heinz hineinversetzen musste, um die Kombination zu erraten, konnte sie das wahrscheinlich ebenso, wenn nicht besser. Kassandra wurde ein bisschen übel.

Aus dem Wohnzimmer drang Heinz' unterdrückte Stimme, sie konnte nicht verstehen, was er sagte, dafür hörte sie Paul umso deutlicher.

»Du hast das meinetwegen getan?«, fragte er entgeistert.

»Nicht deinetwegen, bild dir bloß nichts ein.« Jetzt war auch Heinz etwas lauter geworden. »Ich hab's für Kassandra getan. Ich wollte nicht, dass der Mann, den sie liebt, wegen Mordes in den Knast wandert. Schon gar nicht wegen Mordes an einem Dreckschwein, das ich am liebsten selbst umgebracht hätte. War vielleicht ganz gut, dass ich ohne Waffe losgegangen bin.«

Kassandra lehnte leichenblass am Türrahmen, aber weder Paul noch Heinz bemerkte sie, sie waren vollkommen auf sich fixiert.

»Du glaubst also, ich könnte einen Menschen töten«, stellte Paul fest.

»Höre ich da einen leisen Vorwurf? Was glaubst du denn, warum ich das glaube?« Heinz schien aufgebracht und unsicher zugleich.

Paul vermied es, Heinz anzusehen. »Kein Vorwurf. Sag mir, warum.«

»Paul ...«

»Sag's mir!«

»An dem Abend im ›Dünentraum‹ hat Sascha mir erzählt, was in jenem Eiswinter passiert ist«, gab Heinz nach.

Paul atmete tief ein und hielt ein, zwei Sekunden die Luft an. »Das hat er also getan.« Seine Stimme klang gepresst. »Alles?«

»Alles. Er hat weder seine eigene Beteiligung verschwiegen noch, was er dir damals über die Hintergründe gesagt hatte – und was im Gegensatz dazu bei eurem Treffen ein paar Stunden zuvor. Niemand hätte ein auch nur annähernd besseres Motiv haben können als du. Durch Kassandra hattest du jederzeit Zugriff auf meinen Hausschlüssel, du wusstest von meinem Waffenschrank, und ich wette, du wärst besonders schnell auf die Kombination gekommen. Als dein Bruder erschossen aufgefunden wurde, was hätte ich da wohl denken sollen?«

Eine kleine Ewigkeit war nur das leise Knacken der Heizung zu hören. »Ich hab ein ... Alibi«, sagte Paul, beinah wieder in seinem alten, spöttischen Tonfall.

»Sicher. Für die ganze Nacht. Wir wissen doch beide, was ein Alibi von der eigenen Freundin wert ist, wenn es hart auf hart kommt.«

»Nicht von Kassandra. Von Bruno. Und ja, für die ganze Nacht. Ich war bei ihm, um über mein Manuskript zu reden.«

Heinz tippte sich an die Stirn. »Bruno Ewald, klar. Das ist in etwa so viel wert wie ein Alibi von Kassandra. Sei froh, dass Dietrich das nicht weiß. Mir dürftest du mit so was nicht kommen.«

»Dietrich glaubt auch kein Wort davon. Trotzdem vertraut er mir, frag mich nicht, warum. Allerdings ...«

»Allerdings weißt du nicht, ob er dir noch vertrauen würde, wenn er alles wüsste? Von mir erfährt er nichts. Ich habe kein Recht, dich zu verurteilen.«

»Du hättest jedes Recht dazu. Du solltest hier gar nicht mit mir sitzen. Gerade du nicht.«

Nachdenklich rieb sich Heinz das Kinn. »Bist du der Ansicht, ich sollte dich stattdessen lieber fragen, wo du in der Mordnacht tatsächlich warst?«

»Warum tust du's nicht?«

Heinz sah Paul lange an, dann schüttelte er den Kopf. »Ich bilde mir einiges auf meine Beobachtungsgabe ein. Und hätte ich nicht so viel meiner Lebenszeit damit verschwendet, dir aus dem Weg zu gehen, hätte ich in deinem Fall wohl mehr und anderes gesehen als das, was ich sehen wollte.« Paul setzte zu einer Erwiderung an, doch er ließ ihn nicht zu Wort kommen. »Ich war zu voreilig mit meinem Verdacht, das hätte mir nicht passieren dürfen. War eine harte Lektion. Dafür lösen wir jetzt den Fall gemeinsam. Ist ja auch eine tolle Kombination: Ich ein Ex-Polizist und Ex-Knacki, du ein Ex-Knacki und Dietrich ein Noch-Polizist. Wenn der nämlich weiter diese unorthodoxen Methoden anwendet, lege ich bestimmt nicht die Hand dafür ins Feuer, dass er bis zur Pensionierung durchhält.«

»Du hast keine Ahnung, wie unorthodox seine Methoden tatsächlich sind. Und du hast Bruno vergessen und Kassandra«, sagte Paul.

»Bruno? Muss er Jonas Zepplin ersetzen? Wieso überrascht mich das nicht? Was Kassandra betrifft, wäre es mir ehrlich gesagt lieber, wenn sie sich raushielte. Aber sie ist da, wo du bist, besser, ich rede erst gar nicht.« Heinz lächelte kaum wahrnehmbar. »Wie unorthodox sind also Dietrichs Methoden? Habt ihr noch jemanden außer Clemens im Visier?«

Paul entspannte sich und nickte. Kassandra sah, dass seine schlanken Finger sich entkrampften. Während der gesamten Unterhaltung hatte sie wie festgefroren dagestanden und kaum geatmet. Jetzt löste sie sich geräuschlos vom Türrahmen, huschte in den Flur, öffnete die Haustür und ließ sie laut wieder zufallen. Dann ging sie zurück ins Wohnzimmer.

21

Paul saß gelassen hinterm Steuer seines Škoda und fuhr in Richtung Fährdorf über den Poeler Damm, der größtenteils wie eine unspektakuläre Straße wirkte, weil man rechts und links meist Land und nur auf einer kürzeren Strecke die Ostsee sah. Er gab sich wie immer. Und weshalb auch nicht? Soweit er es beurteilen konnte, wusste Kassandra heute nicht mehr über seine Vergangenheit als am Tag zuvor. Dabei war das, was sie belauscht hatte, wie eine Sturmflut über sie hereingebrochen, und es fiel ihr ungeheuer schwer, nicht mit Paul darüber zu reden.

Nach einer knappen Viertelstunde erreichten sie die Promenade am Schwarzen Busch. Auf den Straßen, die unter einer freundlichen, leicht diesigen Spätvormittagssonne lagen, war noch weniger los als in Wustrow, alles hier mutete verschlafen an. Paul parkte den Škoda, und kurz darauf standen sie auf einem schönen Sandstrand. Linker Hand lagen hinter der Düne die Promenade und Häuser, rechts dehnte sich der Strand mit einer Steilküste Richtung Gollwitz scheinbar endlos aus. Sie entschieden sich, dort entlangzugehen, weil Heinz das ein Jahr zuvor ebenfalls getan hatte.

Der Strand wurde bald steinig, die Steilküste rau und mit Bäumen und Gebüsch überwuchert. Niemand begegnete ihnen, sie redeten nicht viel. Kassandra hing ihren Gedanken nach, die nichts mit dem Fall zu tun hatten. Zum ersten Mal war ihr vollkommen egal, wer für Saschas Tod verantwortlich war. Paul hatte den Arm um ihre Schulter gelegt, und sie wünschte, sie wären nur zum Spaß auf Poel und könnten ewig so weitergehen. Die Welt hier war abgeschieden, weit weg von der Wirklichkeit, außer der leisen Brandung hörte man kein Geräusch. Mit einem Mal wuselte etwas vor Kassandras Füßen herum. Erschrocken hüpfte sie zur Seite, da erkannte sie, dass ein braun-weiß gefleckter Beagle mit ihr spielen wollte. Sie bückte sich, hob ein Stöckchen auf und warf es in Richtung See. Der Hund bellte, sprang begeistert in die Höhe und hechtete dem Stock hinterher. Es sah lustig aus, Kassandra musste unwillkürlich lachen. Der Beagle kam mit dem Stock angerannt und warf ihn auffordernd vor Kassandras Füße. »Du bist ja ein Anhänglicher«, sagte sie.

»Bitte entschuldigen Sie. Er spielt gern.« Eine Frau in den Fünfzigern kam heran. »Ich hoffe, er hat Sie nicht belästigt.«

»Gar nicht.« Kassandra bückte sich erneut nach dem Stock und warf ihn wieder in Richtung See. Der Hund war eine willkommene Ablenkung von ihren trüben Gedanken, wie eben bellte er, rannte los. Kassandra folgte dem Hund und bespaßte ihn weiter, während Paul mit der Frau ins Gespräch kam. Nach fünf Minuten ertönte ein scharfer Pfiff, der Hund hielt mitten im Spiel inne und stellte die Ohren auf, ließ das Stöckchen fallen und lief zu seinem Frauchen, ohne Kassandra noch eines Blickes zu würdigen. Frauchen tat das im Übrigen auch nicht, sondern stapfte mit weit ausholenden Schritten davon.

Paul hatte die Hände in den Jackentaschen vergraben, er stand bewegungslos und sah Kassandra an. Auch sie rührte sich nicht, mit einem Mal schien die Distanz zwischen ihnen unüberbrückbar. Am liebsten hätte sie ihm dasselbe entgegengeschleudert wie Paul Heinz am Abend zuvor: Sag's mir! Stattdessen setzten sie sich beide gleichzeitig in Bewegung und trafen sich in der Mitte.

»Oben auf dem Steilufer, ein Stück hinterm Leuchtturm, wenn man von Gollwitz kommt.« Paul deutete mit einer Kopfbewegung hinauf. »Die Dame war am Ende etwas böse, dass ich sie dazu verleitet hatte, über Dinge zu sprechen, über die man hier nicht spricht.«

»Die Klinik?« Ganz unvermutet spürte Kassandra den Jagdinstinkt.

Paul nickte. »Niemand wollte sie so richtig, dann wurde sie unter strengsten Auflagen doch gebaut: kein Pressewirbel, weder zur Eröffnung noch später, keine Berichte über Promis. Es scheint zu funktionieren, und so hat jeder was davon. Die therapieren alles: Drogen-, Medikamenten- und sogar Spielsucht. Sehen wir uns das mal näher an?«

»Auf jeden Fall.«

Von der Strandseite aus kamen sie nicht zur Klinik, sodass sie beschlossen, zurückzugehen und das Auto zu nehmen. Eine schmale Straße führte zu dem weißen Haus, das abgelegen auf dem Steilufer stand. Im Sommer sah man es vermutlich kaum, jetzt jedoch schimmerte das rote Dach zwischen den Bäumen hervor. In dem kleinen Empfangsgebäude vor dem Parkplatz saß ein fähiger Wachmann, der sich durch absolut nichts überzeugen ließ, etwas zu sagen – wenn man davon absah, dass er sie mit unmissverständlichen Worten vom Gelände schickte. Sie waren gerade die Hälfte der Zufahrtstraße wieder zurückgefahren, da tauchten hinter ihnen zwei Wagen auf. Paul drosselte das Tempo so weit, dass die Fahrer genervt hupten und sie trotz der engen Straße überholten. Paul schmunzelte und hängte sich dran, bis die Wagen vor einer Gaststätte in der Ortsmitte von Gollwitz hielten.

»Bekommen die in der Klinik kein Mittagessen?«, fragte Kassandra verwundert.

»Vielleicht haben sie einfach nur Lust auf Currywurst statt auf gesundes Essen.« Paul wies auf die schwarze Tafel an der Hauswand, auf der Spezialcurrywurst mit verschiedenen Soßen angeboten wurde.

Vor ihnen stiegen drei Männer und zwei Frauen aus den Autos, sie lachten und betraten die Gaststätte. Kassandra traute ihren Augen nicht. »Hast du gesehen, was ich gesehen habe?«

»Anfang vierzig, mittelgroß, dunkelblond, hellblaue Brille. Ja. Da der Mann immer noch hier ist, dürfte zumindest er eher kein Patient sein, sondern zum Personal gehören. Ich glaube, ich kriege Hunger auf Currywurst.«

Im gemütlich eingerichteten Gastraum blieben Kassandra und Paul kurz stehen. Die fünf Leute aus der Klinik hatten sich an einen Tisch am Fenster gesetzt. Der Mann mit der blauen Brille und eine der Frauen sahen hoch, neugierig, wer da noch kam. Kassandra musterte den Mann relativ ungeniert. Er hatte ein Durchschnittsgesicht, die Augen hinter der Brille machten aber einen wachen Eindruck. Der Mann registrierte Kassandras Musterung und runzelte kaum merklich die Stirn. Sein Blick glitt weiter zu Paul, der sich eben umdrehte, um sich an einen Tisch zu setzen, von dem aus man unverstellte Sicht auf die Gruppe hatte. Sein Stirnrunzeln wurde tiefer, er wandte sich erst ab, als er von einem der anderen Männer angesprochen wurde.

Paul bestellte wie angekündigt Currywurst, Kassandra einen

strammen Lachs. Während sie aßen und sich leise unterhielten, wanderten ihre Blicke immer wieder zu dem Tisch gegenüber, zwei- oder dreimal trafen sie auf den des Mannes mit der hellblauen Brille. Nach einer Weile wurde er ausgesprochen unruhig.

»Was hat er?«, fragte Kassandra. »Sieht man uns so deutlich an, dass wir rumschnüffeln?«

»Mag sein, er hält uns für unliebsame Journalisten. Mag aber auch sein, dass er ahnt, wer wir tatsächlich sind.«

Nach ihrer ausgiebigen Mittagspause zahlten die fünf recht zügig und verließen das Lokal, Paul und Kassandra drohten den Anschluss zu verlieren. »Ich versuche, ihn abzupassen und anzusprechen, das ist vielleicht unsere einzige Chance«, sagte Kassandra.

Draußen fuhren jedoch schon die beiden Autos an ihr vorbei. Der Mann mit der Brille sah aus dem Seitenfenster und begegnete erneut ihrem Blick – diesmal ausdruckslos.

In Wustrow stand Kassandra auf dem Parkplatz des kleinen Supermarkts in der Thälmann-Straße und lud ihre Einkäufe in den Kofferraum. Dabei spielte sie zum x-ten Mal die möglichen Konsequenzen durch, die sich von ihrem Ausflug nach Gollwitz ableiten ließen. Sie war so damit beschäftigt, sich zu fragen, was für Clemens Meisner am schlimmsten wäre, wenn es ans Tageslicht käme, dass sie Bruno erst bemerkte, als er direkt neben ihr stand.

»Ah, du kriegst wieder Gäste«, schlussfolgerte er, um übergangslos fortzufahren: »Mädchen, ich sage dir, hier war heute Vormittag was los! Das halbe Fischland hat Heinz auf seine malträtierte Schulter geschlagen, als er das Haus verlassen hat – das muss dem richtig unheimlich gewesen sein.« Bruno lachte, wurde aber gleich wieder ernst. »Als ich ihm begegnete, sah er jedenfalls eher unglücklich aus. Er hat mir für meine Hilfe gedankt, dabei hab ich doch gar nichts getan, aber mit den Gedanken war er ganz woanders. Er kriegt doch nicht wieder Schwierigkeiten?«

»Wir haben heute noch nicht miteinander geredet«, sagte Kassandra beunruhigt und erzählte kurz von ihrem Poel-Abstecher. »Ich geh gleich zu ihm, danke fürs Bescheidgeben.«

»Dafür nicht. Wenn ich was tun kann, sagt es bitte.«

Heinz war jedoch nicht da, sein Haus sah so dunkel aus wie in den letzten Tagen, sein Handy war abgeschaltet. Nachdem Kassandra ihre Einkäufe verstaut hatte, machte sie sich auf den Weg zu Paul, der ebenfalls besorgt reagierte. Umso erleichterter waren sie, als Heinz abends von ganz allein vor ihrer Tür stand. Bruno hatte recht gehabt, er sah wirklich nicht glücklich aus.

»Ich habe mit Mirko geredet und zuerst die Sprache auf Clemens gebracht. Ging ja problemlos wegen seines Konzertes hier. Mirko meinte, das wäre definitiv nicht seine Musik, persönlich kennen die sich erst recht nicht. Guck nicht so zweifelnd, Kassandra. Wenn du mir und meiner Nase was zutraust, kannst du mir glauben, dass er die Wahrheit gesagt hat.« Er seufzte. »Jedenfalls in dieser Hinsicht. Was die Sache mit dem Schlüssel angeht dagegen … Er behauptet mir gegenüber das Gleiche wie Dietrich gegenüber, nämlich dass niemand davon gewusst hat und niemand den Schlüssel hätte stehlen können, weil er ihn bei sich zu Hause aufbewahrt, wenn er ihn gerade nicht braucht. Ich hasse es, das sagen zu müssen, aber ich bin mir sicher, dass er lügt.«

»Vielleicht will er bloß nicht zugeben, dass er schlampig war und du womöglich seinetwegen in die Bredouille gekommen bist«, sagte Kassandra behutsam.

»Deswegen müsste er jetzt nicht mehr lügen, es ist ja vorbei«, widersprach Heinz. »Ich glaube eher, er will jemanden schützen und verstehe allmählich, was in euch vorgegangen sein muss – ich frage mich nämlich: wen?«

Der Gedanke, der Kassandra spontan kam, schien ihr völlig logisch und absurd gleichermaßen. »Seinen Vater?« Paul hatte zwar mal gesagt, eine Krähe würde der anderen kein Auge aushacken, und ihr fiel auch kein Motiv ein, warum er Sascha hätte umbringen sollen, schließlich kannte sie Ralf Peters kaum. Dennoch gab es eine Sache, die diesen Verdacht sogar nahelegte. Sie wandte sich an Heinz. »Ralf Peters hat einen Schlüssel zu Mirkos Wohnung, wo er laut Mirko öfter unangemeldet auftaucht. Wir haben sogar gesehen, dass er das tut, selbst wenn sein Sohn nicht da ist. Wäre doch möglich, dass er bei einer dieser Gelegenheiten deinen Schlüssel mitgenommen oder einen Abdruck davon gemacht hat. Vielleicht vermutet Mirko das sogar. Was die Zahlenkombination angeht, hätte Ralf die erraten können?«

»Er kennt mich lange genug«, stimmte Heinz zu.

Kassandra sah zu Paul. »Was meinst du?«

Paul antwortete nicht sofort. »Ich halte gar nichts mehr für unmöglich«, sagte er dann.

Kassandra überlegte kurz und stellte fest: »Wahrscheinlicher ist aber, dass Mirko sich irrt, falls er denkt, jemanden schützen zu müssen, ob nun seinen Vater oder Inga, die, eine Affäre vorausgesetzt, schließlich ebenso in Frage käme. Clemens Meisner ist nämlich der viel aussichtsreichere Kandidat, wenn du mich fragst.«

Aber selbst nachdem Kassandra erzählt hatte, was sie in Gollwitz erreicht hatten, blieben Heinz' Zweifel. Er verabschiedete sich in gedrückter Stimmung.

Auch Paul war wortkarg an diesem Abend. Er hatte sich an sein Laptop zurückgezogen und schrieb – ungewöhnlicherweise mit längeren Pausen dazwischen. In der Regel schrieb er flüssig und überarbeitete den Text später. Kassandra beobachtete das eine oder andere Mal, wie er geistesabwesend über das Display hinwegstarrte. Plötzlich klappte er resolut das Notebook zu und wühlte in seiner Schreibtischschublade.

»Was suchst du?«, fragte Kassandra.

»Mein …« Weiter kam er nicht, weil es an der Tür klingelte. Aufgeschreckt sahen sie sich an, es war längst zu spät für normalen Besuch. Paul schob die Schreibtischschublade zu und ging öffnen.

Kassandra konnte nicht sehen, wer draußen im Dunkeln stand. Sie hörte nur Pauls erstauntes »Du?« und gleich darauf ein »Kann ich reinkommen?«, das halb aggressiv, halb resigniert klang. Kurz darauf stand Clemens Meisner vor ihr, seine Miene ähnlich wie seine Stimme eine Mischung aus Aggressivität und Resignation.

»Guten Abend, Annerose.«

»Herr Meisner.«

»Setz dich, Clemens«, sagte Paul.

»Ich kann nicht behaupten, dass ich Lust habe, mich häuslich niederzulassen.« Trotzdem zog er den Mantel aus, legte ihn über den Sessel, in dem er Platz nahm, und sah sich um. »Tolles Haus.«

»Danke.«

Clemens Meisner schwieg. Paul und Kassandra sahen sich an, beschlossen aber in stillem Einvernehmen zu warten. Meisner war von sich aus gekommen, wenn er Zeit brauchte zu sagen, was er zu sagen hatte, sollte er die bekommen.

»Ihr wart in Gollwitz«, begann er endlich.

Paul legte den Kopf schief, bestätigte aber nichts.

Meisner holte tief Luft. »Das war sehr wirkungsvoll – einfach auftauchen, kein Wort sagen, bloß Flagge zeigen. Heinz Jung hat euch von unserer Begegnung erzählt, nehme ich an. Ich hatte nicht mehr damit gerechnet, dass dieses Zusammentreffen verhängnisvolle Folgen haben könnte.« Er wandte sich an Kassandra, Wut im Blick. »Sie haben behauptet, Sie suchen nur nach dem Täter, weil Ihr Onkel im Gefängnis sitzt. In der Zeitung steht, dass er gestern freigelassen wurde, aber es reicht Ihnen offenbar nicht, wenn die Polizei ermittelt, Sie mischen sich trotzdem weiter in mein Leben ein.« Sein Kopf flog herum zu Paul. »Kannst du die Toten nicht ruhen lassen?«

»Ich wünschte, ich könnte das«, sagte Paul leise.

Etwas in seiner Stimme ließ Clemens Meisner aufmerken, er guckte fragend. Nachdem sich Paul jedoch nicht weiter äußerte, erhob er sich und trat an die Fensterfront. »Also gut«, sagte er ebenso leise wie Paul und schien in sich zu gehen.

Draußen leuchtete kein Mond, Meisner schaute in eine dunkle Nacht, während Kassandra das Gefühl beschlich, dass diese Düsterkeit zu dem passte, was er ihnen gleich erzählen würde.

»Vor einiger Zeit kannte ich einen prominenten und einflussreichen Mann. Einen Politiker. Er hatte was übrig fürs Feiern, ab und zu gab er selbst Partys, aber die waren im Gegensatz zu denen vieler anderer Prominenter weder berühmt noch berüchtigt. Seine Gäste waren handverlesen, und sie wussten, was sie erwarteten. Politiker haben viele Feinde, und die schlimmsten Feinde sind ihre Freunde – einer davon hatte der Polizei einen Tipp gegeben, sodass eines Abends überraschend eine Horde Uniformierter die Villa von oben bis unten durchkämmte, alle Anwesenden filzte und bei den meisten überaus fündig wurde. Ich war nicht nur vollkommen zugedröhnt, ich hatte auch noch einige Tütchen bei mir, deren Besitz strafbar ist. Ein paar Freunde des Gastgebers, die diesmal nicht anwesend waren, müssen immerhin doch echte Freunde gewesen sein. Die haben dafür gesorgt, dass er so gut wie ungeschoren davonkam, wodurch all die nicht minder prominenten Gäste ebenfalls weitgehend in Ruhe gelassen wurden.« Er hielt einen Moment inne, als würde es ihm widerstreben weiterzuerzählen. »Da ihr so gründlich seid, wisst ihr wohl, mit wem ich verheiratet bin und wer mein Schwiegervater ist. Den Herrn Staatssekretär hat fast der Schlag getroffen, als er davon erfuhr. Er hatte keine Ahnung, dass ich drogen- und medikamentenabhängig war. Meine Frau dagegen hatte ein paarmal versucht, mich von dem Zeug loszukriegen, aber das muss man schon selbst wollen, und erst dieses einschneidende Erlebnis, im Zuge dessen ich übrigens, wenn auch nur kurz, eine Gefängniszelle von innen gesehen habe, öffnete mir die Augen. Ich ließ mich in eine Klinik einweisen – nicht ganz so weit weg wie Tasmanien, zugegeben, bloß die Insel Poel. Auf Empfehlung eines der Freunde des Freundes. Sehr verschwiegen, mit exzellentem Ruf unter denen, die schon mal dort ... zu Gast waren.«

Meisner drehte sich um und sah Kassandra und Paul zum ersten Mal wieder an. Kassandra bemerkte, dass er noch bleicher geworden war und dass seine rechte Hand zitterte. Er ging zum Sessel, durchwühlte seine Manteltaschen, förderte ein leeres Päckchen Zigaretten zutage, zerknüllte es und steckte es zurück.

Paul stand auf, um zum Schreibtisch zu gehen und aus der unteren Schublade ein Päckchen hervorzuholen, das er ihm zuwarf. »Wenn's dir nichts ausmacht, dass es nicht deine Marke ist.«

Clemens Meisner fing es auf. »Du rauchst noch?«

»Gelegentlich.« Paul stellte einen Ascher auf den Tisch.

Meisner zündete sich eine Zigarette an und setzte sich wieder. »Der Entzug war hart, um das mal untertrieben auszudrücken«, nahm er den Faden wieder auf, »und er beinhaltete Therapiestunden bei einem Psychofritzen. Vor der ersten Sitzung wartete ich in seinem Sprechzimmer und hatte mir jedes Wort gründlich überlegt, das ich sagen wollte. Dann kam er rein – und mein Kopf war von einer Sekunde auf die andere komplett leer.« Er sah mit einem Mal zweifelnd auf seine Zigarette und drückte sie mit einer schnellen, heftigen Bewegung im Ascher aus. »Ich hatte seit Steffen keine längere Beziehung mehr zu einem Mann gehabt. Die ersten Jahre bin ich gut damit klargekommen, ab und zu schneller Sex mit irgendwem reichte mir, um ansonsten ein ... normales Leben zu führen. Schließlich war es damals so ziemlich überall auf der Welt nicht gerade akzeptiert, als öffentliche Person schwul zu sein. Stattdessen erwarteten die Medien, mich mit reihenweise schönen Frauen zu sehen, was mir immer schwerer fiel. Aber ich fand weder die Kraft noch den Mut, reinen Tisch zu machen, also belog ich alle anderen und mich selbst weiter und dachte, es wird schon gehen. Schließlich lernte ich Silvia kennen. Sie ist eine tolle Frau, und ich hoffte, mit ihrer Hilfe Männer vergessen zu können. Was für ein Blödsinn. Du kannst dir nicht vorstellen, Paul, wie das ist, wenn man ein bekanntes Gesicht hat, bei jeder Bewegung mit Argusaugen beobachtet wird und sich keinen noch so kleinen Fehltritt erlauben darf. Inzwischen nicht mehr, weil es der eigenen Karriere schaden könnte – was vermutlich längst nicht mehr der Fall gewesen wäre. Jetzt musste ich Rücksicht auf Silvia und die Kinder nehmen und auf Silvias Vater. Mein Leben wurde zur Hölle. Zur selbst fabrizierten Hölle, ja, aber zur Hölle nichtsdestotrotz.« Fahrig fuhr er sich mit den Händen durchs Haar. Kassandra hatte dabei den deutlichen Eindruck, er bedauere, seine Zigarette entsorgt zu haben. »Als Simon zur Tür reinkam, hatte ich seit über zehn Jahren keinen Mann mehr angefasst. Ich war auch davor nie wirklich verliebt gewesen, dazu hatte ich es nicht kommen lassen – außer vielleicht bei Steffen. Und dann passierte mir das. Uns. Es passierte uns.« Clemens Meisner schluckte, es fiel ihm sichtlich schwer weiterzusprechen. »Wir haben wider alle Vernunft eine Beziehung begonnen, noch während ich in dieser Klinik und er mein Therapeut war. Das war riskant für Simon, er hätte seinen Job verlieren können. Mir blieb deswegen fast das Herz stehen, als Heinz Jung uns am Strand in die Arme lief. Ich wusste, dass ihm die Sache zwischen Steffen und mir nicht verborgen geblieben war, und befürchtete, dass er ein paar richtige Schlüsse zog. Wenn er neugierig genug gewesen wäre, hätte er auch rausfinden können, wer Simon war. Aber statt mich daran zu erinnern, dass er damals auch alles für sich behalten hatte, beging ich den Fehler, herzukommen und ihn geradezu anzuflehen zu vergessen, was er gesehen hatte. Dabei hatte ich weniger Angst um mich als um Simon.« Meisner räusperte sich. Diesmal stand Kassandra auf, holte ein Glas Wasser und reichte es ihm.

»Danke. Obwohl man meinen sollte, dass die ganze Heimlichtuerei Gift für meine Therapie hätte sein müssen, bewirkte unsere Beziehung das Gegenteil, ich kam runter von den Drogen und den Medikamenten und habe sogar zum ersten Mal selbst komponiert. Die Schöpfungsphase in meinem Lebenslauf ist also nicht mal gelogen, auch wenn das Ergebnis nicht gerade Platin brachte, sondern untergegangen ist.« Er sah flüchtig zu Kassandra. »Ich war so weit, mit Silvia und den Kindern zu reden. Simon hatte sich nach einer anderen Stelle umgesehen und bekam einen Vorstellungstermin in Stralsund genau an dem Tag, an dem ich die Klinik verließ. Das war ein Freitag, wir wollten dort noch das Wochenende zusammen verbringen, bevor ich nach München fuhr. Das Gespräch lief so gut, dass wir uns aus Spaß Immobilienanzeigen ansahen, und eine klang dermaßen vielversprechend, dass Simon spontan die Maklerfirma anrief.«

»Sascha«, sagte Paul.

Verbittert lachte Clemens Meisner auf. »Hätte ich bloß selbst angerufen, bei dem Namen hätte ich das Handy in den Sund geschmissen und wäre aus der Stadt geflüchtet. Stattdessen haben wir uns am Alten Markt getroffen, weil dein Bruder zu Simon gesagt hatte, die Adresse sei schwer zu finden. Das hätte uns misstrauisch machen sollen, vermutlich war die Wohnung eine Bruchbude, nach allem, was ich nach dem Mord über Sascha gehört und gelesen habe, aber wir hatten den Kopf voller anderer Dinge. Und dann stand Sascha vor uns. Die Begegnung mit Jung war nichts dagegen, ich hätte deinem Bruder um ein Haar vor die Füße gekotzt. Er dagegen schien ausgesprochen erfreut, er grinste so hämisch wie damals, als er begriff, was wir ihm auf dem Präsentierteller darboten. Dummerweise hatte Simon ihm am Telefon seinen Namen genannt – und von da an hing Sascha wie ein Damoklesschwert über uns. Wenn rauskäme, dass Simon was mit einem Patienten angefangen hatte, würde er seine berufliche

Zukunft vergessen können – überall. Stralsund war sowieso tabu für uns geworden, ich hätte nie dort leben können, wo Sascha ist.« Meisner besah sich seine Hände. »Wir mussten nicht lange warten. Simon bekam eine Postkarte in die Klinik geschickt, auf der nur ›Viele Grüße aus Stralsund‹ stand. Ich bekam eine etwas längere Nachricht. Immerhin hatte ich mittlerweile mit Silvia, meinen Kindern und meinem Schwiegervater geredet, was das betraf, konnte er mich nicht mehr erpressen. Silvia war nicht besonders überrascht, für die Kinder war es dagegen sehr schwierig. Ist es immer noch.« Clemens Meisners Hände begannen wieder zu zittern. »Mein Schwiegervater hat mich beschworen, damit nicht an die Öffentlichkeit zu gehen, bis er sich nächstes Jahr aus der Politik zurückzieht.« Er stieß ein bitteres Lachen hervor und fragte ironisch: »Womit hätte ich schon an die Öffentlichkeit gehen sollen? Wir konnten doch sowieso nichts machen, solange Sascha Simon bedrohte. Sascha verlangte Geld, weit mehr, als ich besaß. Ich habe immer gut verdient, aber ich habe auch ein gutes Leben geführt, und Drogen sind ein kostspieliges Hobby. Während des Klinikaufenthaltes, der ebenfalls nicht gerade zum Spottpreis zu haben gewesen war, hatte ich außerdem monatelang nicht arbeiten können. Meine Reserven waren so gut wie erschöpft. Ich hätte meinen Schwiegervater bitten können auszuhelfen, aber wenn der auch noch von der Erpressung erfahren hätte, hätte er wohl tatsächlich einen Schlaganfall bekommen. Das wollte ich Silvia nicht antun, ich bat Sascha also, seine Forderungen runterzuschrauben, und zahlte so viel, wie ich konnte. Erpressung in sehr kleinen Raten.« Wieder lachte Clemens bitter. »Ich dachte, das würde ewig so weitergehen – bis mich Sascha nach Wustrow bestellte. Er hatte sich erkundigt, an welchem Abend meiner Tournee ich kein Konzert hatte.«

»Mittwoch«, sagte Kassandra. »Sie haben sich in Schwerin den silbernen Polo gemietet und sind nach Wustrow gefahren, um Sascha zu treffen. Wo und wann?«

»Am Strand vor der Nebelstation, eine halbe Stunde vor Mitternacht – seine etwas dramatische Formulierung.«

»Wann waren Sie in Wustrow?«, fragte Kassandra.

»Kurz nach neun, ich hab es in Schwerin nicht mehr ausgehalten. Es hat mich wahnsinnig gemacht, nicht zu wissen, was Sascha wollte.«

»Was haben Sie getan bis halb zwölf?«

»Nichts weiter. Ich bin am Strand entlanggewandert, es war sonst kein Mensch da, so weit draußen.«

»Sie laufen an einem kalten Novemberabend zweieinhalb Stunden am Strand entlang?«, wiederholte Kassandra ungläubig.

»Was denken Sie denn? Hätte ich mich ins ›FischLänder‹ setzen sollen, damit mich auch ja jeder sieht?« Zum ersten Mal seit Langem wurde Meisner wieder aggressiv.

»Du hättest im Auto sitzen bleiben können«, schlug Paul ruhig vor.

»Ich musste mich bewegen! Sonst wäre ich in Schwerin im Hotel geblieben und erst in letzter Minute losgefahren.«

Paul nickte. »Was passierte, als Sascha kam?«

Ohne ihn anzusehen, antwortete Meisner: »Er sagte, er habe genug Geduld gehabt, es sei ihm egal, wie ich das Geld auftreibe. Wenn ich nicht hunderttausend rausrückte, würde er Simons Karriere beenden.« Er richtete seinen Blick wieder auf Paul. »Wir standen da, die See auf der einen Seite, auf der anderen direkt über uns die Nebelstation, und während er redete, leuchtete immer wieder dieses Licht auf. Es machte mich wahnsinnig, ich hatte das Gefühl, dass das Blinken jeden seiner verwünschten Sätze unterstrich. Sascha wusste, dass ich diese Summe nie aufbringen konnte, er genoss es förmlich, mein und Simons Leben zu zerstören, genau wie er all die Jahre zuvor Steffens Leben zerstört hatte.«

»Was hast du getan?«

»Ich hab mich umgedreht und bin gegangen. Er rief mir eine Menge Obszönitäten hinterher, ich hätte nie gedacht, Worte wie diese aus seinem Mund zu hören, er tat doch immer so souverän und drohte normalerweise subtiler. Fast hätte ich es mir überlegt und wäre ihm an die Gurgel gegangen. Nicht wegen der Worte, sondern wegen der Ohnmacht, die ich verspürte.«

»Aber du hast es nicht getan.« Paul formulierte das als Feststellung, nicht als Frage.

»Nein. Ich bin in den Wagen gestiegen, nach Schwerin zurückgefahren und habe den Rest der Nacht wie betäubt auf meinem Bett gesessen. Das ist die Wahrheit. Ich kann das nicht beweisen, also macht mit mir, was ihr wollt, wenn ihr unbedingt müsst. Aber lasst Simon aus der Geschichte raus. Ich wäre nie hergekommen, wenn ihr nicht bei ihm aufgekreuzt wärt!« Die Aggressivität war ein weiteres Mal in seine Stimme zurückgekehrt.

»Es war Simon, mit dem du telefoniert hast, als wir uns in der Nacht nach der Beerdigung auf der Seebrücke trafen«, sagte Paul.

»Ich hatte erbärmliche Angst, dass ihr mir was anhängen würdet, ich wusste schließlich nicht, was genau ihr wusstet. Eure Scharade im Hotel hatte ich Simon verschwiegen, aber unsere Unterhaltung nach der Beerdigung war zu viel, ich musste ihm das erzählen. Oh, und fürs Protokoll: Simon war in der Mordnacht in Gollwitz, und er kann im Gegensatz zu mir beweisen, was er getan hat.«

»Warum hast du Wustrow nach der Beerdigung nicht direkt verlassen?«, fragte Paul, ohne auf Meisners letzte Bemerkung einzugehen.

»Weil ich noch was zu erledigen hatte.«

»Du bist bei Steffen gewesen.«

Meisner nickte. »Willst du sonst noch was wissen?«, fragte er sarkastisch.

»Eine Kleinigkeit. Du warst vierzehn, als Heinz geheiratet hat«, sagte Paul scheinbar zusammenhanglos. »Ich hab gehört, du hast auf seiner Hochzeitsfeier in die Klaviertasten gehauen. War bestimmt ein nettes zusätzliches Taschengeld für einen Schüler. Weißt du noch, wann das war?«

»11. September 1976«, antwortete Meisner wie aus der Pistole geschossen. »Was soll das?«

»Nichts. Vergiss es.« Paul stand auf, ging zu Clemens und streckte ihm die Hand hin. »Es tut mir leid. Wir sind zu weit gegangen.«

Verdutzt sah Meisner zu ihm hoch. »Du glaubst mir? Einfach so? Warum?«

»Weil du hier bist.« Nach wie vor hielt er ihm seine Hand hin, die Clemens Meisner zögernd ergriff.

»Du glaubst ihm wirklich«, stellte Kassandra fest, nachdem Meisner gegangen war, der anscheinend immer noch nicht fassen konnte, dass sich das Blatt gewendet hatte. Was ihr ähnlich ging. »Du nicht?«

Es fiel ihr schwer, das einzugestehen, aber sie musste ihm zustimmen. »Doch. Es wäre einfach zu sagen, dass Clemens mich mit seiner traurigen Geschichte eingewickelt hat, aber ich hatte wirklich den Eindruck, dass er sich alles von der Seele redet. Heinz hat vorhin von seiner Nase gesprochen – so ähnlich geht es mir jetzt. Etwas allerdings würde ich schon noch gern wissen.«

»Was denn?«

»Die Zahlenkombination des Waffenschranks – übrigens hoffe ich, dass Heinz die endlich geändert hat –, du denkst ja wohl, dass es sein Hochzeitstag war?«

»Ich weiß es«, sagte Paul. »Und ehe du fragst: Ich kann dir nicht sagen, woher. Es hat nichts mit dem Mord zu tun, wirklich nicht. Es hat andere Gründe.«

»Manchmal«, sagte Kassandra langsam, »stellst du meine Geduld ganz schön auf die Probe.«

»Ja«, gab Paul lächelnd zu, »aber ich hab dich in einer gewissen Sommernacht auf der Seebrücke rechtzeitig vor mir gewarnt.«

Das stimmte zweifellos und nahm Kassandra den Wind aus den Segeln. Sie erwiderte sein Lächeln, ohne auf eine Erklärung zu bestehen. »Wenn ich trotzdem noch was fragen darf: Warum wolltest du überhaupt wissen, ob Clemens die Kombination hätte kennen können? Du warst doch schon von seiner Unschuld überzeugt.«

»Reine Neugier. Wir hatten so viel spekuliert, dass ich mir das nicht verkneifen konnte«, sagte er.

Kassandra lachte. »Hätte ich selbst drauf kommen können. Wie geht's jetzt weiter? Wir sollten auf jeden Fall Dietrich von Clemens' Geschichte erzählen, obwohl ich fürchte, dass die allein für ihn nicht ausreicht. Selbst wenn er sich damit zufriedengäbe, werden seine Spezialisten bald das Notizbuch entschlüsselt haben und von dieser Seite auf Clemens stoßen.«

»Aber bis dahin hat er Schonfrist – und wir können die Zeit nutzen.«

22

Bald nachdem sich Paul am Morgen etwas abwesend zum Laufen verabschiedet hatte, machte sich Kassandra auf den Weg in die Lindenstraße, um das Zimmer für ihre neuen Gäste herzurichten. Als sie den Deich entlangging, sah sie Paul mit Bruno auf einer Bank auf der Seebrücke sitzen und gestenreich debattieren. Bruno schaute in ihre Richtung, sie winkte, er winkte zurück, Paul drehte sich um und bedeutete ihr, zu ihnen zu kommen. Über Nacht war es windig, die See unruhig geworden, ab und zu spritzte Gischt von den Wellenbrechern bis hoch zur Brücke, ein Sturm kündigte sich an. Paul war verschwitzt, ihm musste kalt sein, doch davon war ihm nichts anzumerken.

»Was würdest du alles tun, um Kinder zu haben?«, fragte er, kaum dass sie vor ihnen stand.

Überrumpelt fehlten ihr einen Augenblick die Worte. Sie sah zu Bruno, der Paul skeptisch betrachtete.

»Das ist nicht ganz ...«, fing er an.

»Deine Meinung kenn ich, Bruno, ich will Kassandras hören.«

»Fragst du wegen Ralf?«, erkundigte sie sich, unsicher, ob sie die Kinderfrage vor Bruno diskutieren wollte.

Pauls Brauen schossen in die Höhe. »Wie kommst du darauf?«

»Weil er sagte, du könntest noch Vater werden. Wir haben nie über Kinder gesprochen ...«

Der Ausdruck in Pauls Gesicht veränderte sich, er wirkte plötzlich befangen. »Was? Oh. Nein. Ich ... Das war eine rein theoretische Frage.«

Kassandra entspannte sich etwas und lehnte sich ans Brückengeländer. »Verstehe, du meinst, wenn ein Paar auf natürlichem Weg keine Kinder bekommen kann? Diverse Formen der künstlichen Befruchtung dürften der gängigste Weg sein, sogar Leihmütter sind erlaubt. Und schließlich Adoption, allerdings ist das nicht leicht und dauert lange.«

»Würdest du ein Kind adoptieren?«

»Wenn ich unbedingt eins wollte und keine andere Möglichkeit besteht – warum nicht? Wieso fragst du?« Paul antwortete nicht gleich, und Kassandra sah wieder vor sich, wie er gerade auf Ralfs Namen reagiert hatte. Es musste was mit Ralf Peters zu tun haben, und wenn es den betraf, betraf es wohl auch Mirko.

»Glaubst du, Ralf ist gar nicht Mirkos leiblicher Vater, sondern hat ihn adoptiert?«

Paul nickte. »Als wir gestern überlegt haben, wen Mirko schützt, und du zuerst nur Ralf erwähnt hast, fiel mir sofort auch Inga ein. Es gibt da ein paar Dinge, die mir zu denken geben. Unmittelbar bevor Clemens klingelte, war ich auf der Suche nach meinem alten Adressbuch, weil ich überlegt hatte, doch noch mal bei Ernst-Georg Lange in Berlin anzurufen.«

»Was hat der mit Mirko und Ralf zu tun? Du hast …« Mitten im Satz hielt Kassandra inne, weil sie schlagartig begriff, was Paul da andeutete. »Mirko und Inga – du hältst sie für Geschwister?«

»Pauls Phantasie geht mit ihm durch«, mischte sich Bruno nun wieder ein.

Kassandras Gedanken überschlugen sich, sie konnte sie kaum schnell genug in eine Reihenfolge bringen, sondern schaffte es nur, den Kopf zu schütteln und »Da bin ich mir nicht so sicher« zu sagen.

Paul übernahm selbst den Versuch, Bruno von seinen Überlegungen zu überzeugen. »Sei weniger vorschnell, alter Freund, lass uns sehen, was wir wissen. Erstens: Mona glaubt, Mirko und Inga hätten was miteinander, sie hat sie aber nie in einer wirklich eindeutigen Situation erwischt, das Äußerste war eine Umarmung. Geschwister tun das manchmal, und ich könnte mir vorstellen, dass sie unter diesen ganz besonderen Umständen ein noch stärkeres Bedürfnis hätten, einander nahe zu sein. Zweitens: Sie sind sich ähnlich. In etwa dieselbe Größe, dieselbe Statur, sie schlängeln sich auf dieselbe Weise durch das überfüllte Restaurant, beide haben grüne Augen wie Micha, sind kurzsichtig, wenn ich das Foto von Dietrich richtig interpretiere – und beide sind von einer inneren Unruhe erfüllt. Von Mirko wissen wir das definitiv. Was Inga betrifft, kann ich hier zugegebenermaßen nur spekulieren, aber jemand, der ein rundum stabiles Leben führt, gerät selten auf die schiefe Bahn.« Ein leichtes Zittern lief durch Pauls Körper. Er stand auf und rieb sich die Arme. »Drittens – und das sind wieder Tatsachen: Als Ralf etwa zwanzig war, hatte er Mumps. Das muss nicht, kann aber bei Männern für Probleme hinsichtlich der Zeugungsfähigkeit sorgen. Anfang der achtziger Jahre war er eine Zeit lang nicht hier. Wo, weiß ich nicht, ich kann nicht sagen, dass ich ihn vermisst hätte. Aber als er zurückkam, war er verheiratet und hatte einen Sohn.«

Nur am Rande hörte Kassandra das Rauschen der Wellen, spürte die Gischt ganz fein auf ihrem Gesicht. »Es würde auch erklären, weshalb er so entsetzt reagierte, als ich andeutete, Mirko und Inga hätten ein Verhältnis«, fügte sie hinzu. Sie rechnete und fühlte sich unversehens elend. »Mirko ist neunundzwanzig, das heißt, er wurde Anfang der Achtziger geboren, 1981 oder 1982. Hat Dietrich nicht gesagt, dass Micha und seine Frau 1982 ins Gefängnis kamen?«

Paul sah sie wortlos an.

»Mein Gott. Wenn du recht hättest ... Was muss Michas Frau durchgemacht haben«, flüsterte Kassandra.

»Selbst wenn er recht hätte«, sagte Bruno rau, »und ihr wurde im Gefängnis ihr Kind genommen – was heißt das dann für den Mord an Sascha? Gar nichts.«

»Doch«, widersprach Kassandra. »Wenn Mirko davon wusste, heißt es das, dass er selbst ein weitaus stärkeres Motiv hätte, als wenn er nur Ingas Liebhaber wäre. Ein Motiv, die Pistole aus Heinz' Waffenschrank zu nehmen und sie Inga zu geben, damit sie Sascha erschießen kann.«

»Und wer war für Inga in Schwerin?«, fragte Bruno. »Ralf ja wohl kaum. Und Mirko erst recht nicht, der war mit Heinz zusammen.«

»Nein«, stimmte Paul leise zu. »Ich weiß nicht, wer es gewesen sein könnte, es ist mir auch egal. Ich wünschte nur, ich hätte mit meiner Vermutung unrecht. Das wäre ein noch schlimmeres Schicksal für Michas Familie, als wir bisher angenommen haben.« Wieder ging ein Zittern durch seinen Körper, und diesmal verstand Kassandra, dass ihm nicht die Kälte etwas ausmachte, sondern dass er innerlich fror. Ihm schien das nicht bewusst zu sein. »Ich muss unter die Dusche. Kassandra, könntest du Heinz fragen, ob er weiß, wann Mirko Geburtstag hat? Ich rufe Dietrich an. Sicher kann er mir sagen, wann genau Micha und seine Frau ins Gefängnis mussten.«

»Und ob sie schwanger war?«

»Wenn das in den Akten gestanden hätte, hätte Dietrich es uns erzählt«, sagte Paul. »Es gäbe eine Erklärung dafür, warum nirgends dokumentiert wurde, dass Gabriele Lange ein Kind erwartete – auch wenn ich natürlich nicht weiß, ob solche … Vorfälle tatsächlich so gehandhabt wurden, wie ich vermute.«

»Wie?«, fragte Bruno. »Meinst du, die entsprechenden Unterlagen wurden nachträglich entfernt?«

»Auch eine Möglichkeit. Ich dachte allerdings an was anderes: Als man bei der Verhaftung die Schwangerschaft feststellte, ist eine Zwangsadoption wahrscheinlich schnell ins Auge gefasst worden. Warum also das ungeborene Kind in den Akten der Eltern überhaupt erwähnen? Wenn es offiziell gar nicht erst existiert, kann man später mit ihm machen, was man will. Falsche Geburtsurkunde, falscher Name – falsches Leben. Das dürfte eine Zwangsadoption vereinfachen.« Abrupt drehte Paul sich um und fiel sofort in seinen Laufschritt.

»Was für eine entsetzliche Vorstellung«, murmelte Kassandra. Mitgenommen setzte sie sich auf Pauls Platz auf der Bank. »Wann ist das alles endlich vorbei? Wann kann die Vergangenheit endlich wieder in der Versenkung verschwinden?« Sie hob den Kopf und sah Bruno herausfordernd an. »Da ist noch was, das Paul quält, etwas, das nichts mit Micha zu tun hat oder mit Mirko und Inga oder Ralf, sondern mit Sascha. Du weißt das besser als ich. Sogar Heinz weiß es. Und ich kann ihm nicht helfen.«

»Tu, was du tun kannst«, sagte Bruno und legte ihr die Hand auf die Schulter. »Frag Heinz nach Mirko. Wenn die Daten nicht zusammenpassen, muss Paul sich wenigstens darüber keine Gedanken mehr machen. Komm.« Er erhob sich und zog sie von der Bank.

Heinz' Auge war nicht mehr so zugeschwollen, das eigentümliche Blaugrüngrau seiner Iris schimmerte schon wieder deutlich hervor. Kassandra erzählte ihm zuerst von Clemens, wozu er nickte. »Das passt – sogar zu meiner ursprünglichen Auffassung, dass er niemanden umbringt. Sollte er die Wahrheit gesagt haben, beruhigt es mich, dass es mit meiner Menschenkenntnis in seinem Fall doch nicht ganz so schlecht bestellt ist, wie ich zwischendurch befürchtet hatte.« Prüfend sah er Kassandra an, die schon den zweiten Löffel Zucker in ihren Tee rührte. Normalerweise nahm sie einen halben. »Du bist nicht hauptsächlich deshalb hier, Kassandra. Was ist noch passiert?«

»Kennst du Mirkos Geburtstag?«, fragte sie geradeheraus. Heinz' linke Braue rutschte nach oben, wie sie es erwartet hatte. »Nicht genau. Irgendwann im September. Warum?«

Nachdem Kassandra auch das losgeworden war, seufzte Heinz. »Du willst sagen, dass Mirko niemanden schützt, sondern selbst mit drinsteckt. Dass er meine Freundschaft ausgenutzt oder sogar bewusst gesucht hat, weil er hoffte, durch mich an eine Waffe zu kommen. Dass er das alles von Anfang an geplant hat.«

»Heinz ...«

»Nein, lass«, wehrte er ab. Der Schatten, der sich über sein Gesicht gelegt hatte, verschwand wieder. »Stimmt schon – warum sonst sollte jemand mit mir befreundet sein wollen? Ich bin nicht der Typ, mit dem man sich anfreundet. War ich nie, werde ich nie sein. Dazu lege ich zu wenig Wert auf Nähe, bin zu schroff und zu humorlos.«

»Du bist vielleicht ein bisschen schroff und kannst ganz schön ungenießbar sein, wenn du es drauf anlegst, aber humorlos bist du ganz sicher nicht«, sagte Kassandra lächelnd. »Erinnerst du dich, was du mir an den Kopf geworfen hast, als ich dich bei meiner Kellerüberschwemmung nach einer Wasserpumpe fragte?«

Heinz guckte zweifelnd. »Ich wette, das hast du damals nicht sehr witzig gefunden.«

»Doch. Ich hätte es nur nie zugegeben.« Kassandras Lächeln wurde breiter, bevor sie wieder an Mirko dachte. »Was auch immer Mirkos Motive waren, sich mit dir anzufreunden – es hat ihn ehrlich mitgenommen, dass du im Gefängnis warst. Du bist ihm wichtig. Und falls dir das was bedeutet: Du bist mir wichtig. Also hör auf, dich schlechtzumachen, ja?«

Kurz wandte Heinz den Blick ab. »Wenn wir Inga und Mirko nehmen, ist es wahrscheinlicher, dass er die Pistole gestohlen hat«, sagte er übergangslos. »Er hätte die Zahlenkombination eher erraten können als Inga, und er hatte meinen Schlüssel. Er kann Sascha aber nicht getötet haben, weil er mit mir in Ribnitz war, und sie kann Sascha ebenfalls nicht getötet haben, es sei denn, sie hatte neben Mirko einen weiteren Komplizen, der für sie in

Schwerin war. Das gefällt mir nicht, zu viele Köche verderben den Brei.«

Unwillkürlich lachte Kassandra auf. »Und du sagst, du bist humorlos?«

»Wie bitte?« Dann realisierte er, was er gesagt hatte, und verzog die Mundwinkel. »Trotzdem, du weißt, was ich meine: Je mehr Leute von einem Verbrechen wissen, desto größer ist das Risiko aufzufliegen. Ich halte Inga Lange weder für dumm noch für leichtsinnig.«

»Vielleicht hatte sie keine andere Wahl.«

Heinz ließ sich das durch den Kopf gehen und nickte schließlich. »Warten wir ab, was Paul von Dietrich erfährt.«

Paul saß mit dem Rücken zu Kassandra am Schreibtisch und starrte auf etwas hinunter. Erst als er sie kommen hörte, drehte er sich um, dabei fiel sein altes Adressbuch zu Boden. Abwesend bückte er sich, um es aufzuheben. »Was hat Heinz gesagt?«

»Im September, genauer wusste er es nicht. Was sagt Dietrich?«

»Er war, wie du befürchtet hattest, etwas skeptischer in Bezug auf Clemens als wir. Außerdem wollte er wissen, warum ich mich nach Micha und seiner Frau erkundige. Ich gestehe, ich hab ihn hingehalten. Ich hätt's ihm sagen sollen, aber ich will erst ein paar mehr Fakten sammeln. Er hat mir trotzdem gesagt, wonach ich gefragt habe: Micha und seine Frau Gabriele kamen Ende Februar 1982 in Untersuchungshaft, Gabriele wurde im Juli verurteilt und nach Hoheneck gebracht. Das passt, sie hätte bereits schwanger sein und im September ein Kind zur Welt bringen können.« Paul begann, in seinem Adressbuch zu blättern. »Falls sie schwanger war, werden ihre und Michas Eltern davon gewusst haben. Ich muss also Ernst-Georg Lange noch mal anrufen, egal, was er von mir hält.« Er fand die Telefonnummer und begann zu wählen, hielt aber mitten in der Zahlenreihe inne. »Das ist vielleicht doch keine gute Idee«, sagte er wie zu sich selbst. »Ich reiße damit bloß alte Wunden auf – falls ich mich irre, sowieso. Und mehr noch, falls ich mich nicht irre.«

»Wenn sich herausstellt, dass Mirko und Inga als Konsequenz daraus Sascha ermordet haben, wird das ihren Großvater nicht froh machen«, pflichtete ihm Kassandra bei. »Wie man es dreht und wendet, alles bringt nur Unglück.«

Paul nickte, und sie dachte schon, er würde das Adressbuch zurück in die Schublade legen. Stattdessen sprang er auf, warf es auf den Schreibtisch und marschierte zur Tür, wo er seine Jacke so heftig von der Garderobe zerrte, dass Kassandra glaubte, der Haken käme gleich mit aus der Wand.

»Wo willst du hin?«, fragte sie alarmiert.

»Zu Ralf. Ich bring ihn zum Reden, und wenn's das Letzte ist, was ich tue.« Paul hatte bereits die Klinke in der Hand.

»Das geht nicht!« Kassandra war ebenfalls aufgesprungen. »Er war doch schon misstrauisch genug. Wir konnten bisher davon ausgehen, dass er Mirko nichts von unserer Aktion bei ihm erzählt hat – sonst wäre Mirkos Verhalten uns gegenüber wahrscheinlich anders ausgefallen. Wenn er ahnt, worum es uns geht, und jetzt so deutlich sieht, dass wir Mirko immer noch verdächtigen, weiß Mirko das garantiert auch bald. Glaubst du, Ralf lässt ihn ins offene Messer rennen?«

»Mir geht's gerade nicht um den Mord. Mir geht's um die Vergangenheit, darum, ob wir recht haben mit unserem Verdacht. Mir geht's um Mirko!«

»Ich weiß. Und ich versteh das. Aber Ralf unter Druck zu setzen, ist keine Lösung. Was immer er getan hat, er liebt Mirko, sonst wäre ihm der Streit mit ihm nicht so an die Nieren gegangen, dass er sogar dich um Hilfe gebeten hat. Manchmal ...« Kassandra stockte, weil ihr bewusst wurde, was sie im Begriff war zu sagen – und dass sie dabei gar nicht an Ralf dachte, sondern an Paul und an die Unterhaltung zwischen ihm und Heinz – und an das, was sie daraus schlussfolgerte.

»Was?«, fragte Paul nun nicht mehr ganz so aufgebracht, sondern fast auf der Hut. Oder bildete sie sich das nur ein?

Kassandra konnte nicht stundenlang nachdenken, Paul erwartete eine Antwort. »Manchmal tut man Dinge, die nicht richtig sind. Man tut sie trotzdem, weil sie getan werden müssen. Weil sie in dieser einen Sekunde, in der man seine Entscheidung zu treffen hat, die einzige Möglichkeit sind und einem vielleicht sogar richtig erscheinen.« Sie hatte sich bisher nicht vom Fleck gerührt, jetzt ging sie auf Paul zu, berührte seine Hand, die noch immer auf der Klinke lag. Einen Wimpernschlag lang dachte sie, er würde sie abschütteln, aber er rührte sich nicht. »Auch wenn wir mit unserem Verdacht richtigliegen sollten – wir kennen Ralfs Motive nicht. Was immer er getan hat«, wiederholte sie, »er liebt Mirko. Jemand, der sein Kind liebt, ob es adoptiert ist oder nicht, wird alles tun, um es zu schützen. Auch das Falsche, sogar bewusst. Wer weiß, was dann geschieht? Mit Mirko. Mit Inga. Das kannst du nicht wollen.«

Pauls Augen verdunkelten sich, er schüttelte ihre Hand doch noch ab. »Woher willst du wissen, was ich will? Das ist meine Angelegenheit, misch dich nicht ein!« Er riss die Tür auf und verschwand nach draußen.

Kassandra stand reglos da und versuchte zu verkraften, was und vor allem wie er es gesagt hatte. Entschlossen folgte sie ihm in den kalten, allmählich stürmisch werdenden ersten Dezembertag. »Paul!«

Ihr Ruf brachte ihn immerhin dazu zurückzusehen, er war gerade dabei, in den Wagen zu steigen. »Was willst du noch? Hab ich mich unklar ausgedrückt?«

»Glasklar. Du willst nicht, dass ich mich einmische. Aber ich bin schon mittendrin, vergessen? Du kannst mich nicht mehr aussperren, weder von der Gegenwart – noch von der Vergangenheit. Ich weiß auch ehrlich gesagt nicht, warum du dir einredest, das tun zu müssen. Anscheinend hat ja nicht mal Heinz große Schwierigkeiten mit deiner Vergangenheit.«

»Heinz?« Wie vor den Kopf geschlagen lehnte er sich gegen den Škoda. Dann verstand er. »Du hast uns vorgestern gehört.«

»Schuldig. Paul ... wenn sogar Heinz damit klarkommt, glaubst du nicht, dass ich das ebenfalls kann? Du wirst wohl nicht behaupten, dass er auch nur ansatzweise dasselbe für dich empfindet wie ich.«

Langsam formte sich ein schwaches Lächeln auf seinen Lippen. »Das sollte mich wundern.«

Paul stieß sich vom Wagen ab und streckte die Hand nach Kassandra aus. Sie hatte recht. Mit allem. Mit Ralf, mit seiner eigenen Vergangenheit. Sanft berührte sein Finger ihre Wange. »Bist du sicher, dass du das hören willst?«

Als sie nickte, horchte er noch einmal in sich hinein. Er

wusste, es gab kein Zurück mehr, wenn sie es erfuhr, doch schließlich zog er sie zu sich heran, um mit ihr gemeinsam ins Haus zu gehen. Was er erzählen würde, hatte er in seinem Leben erst ein einziges Mal ausgesprochen – und nie vorgehabt, es jemals wieder zu tun.

23

Dezember 1978

In Geschichten von früher liegt an Weihnachten immer Schnee. Ich weiß nicht, auf wie viele Weihnachten das tatsächlich zutrifft, aber auf eins ganz sicher: Jeder auf dem Fischland erinnert sich an den Dezember 1978, in dem schon an Heiligabend der Katastrophenfall ausgelöst wurde. Es schneite und schneite und schneite – und kein Ende war in Sicht.

Gut zwei Jahre zuvor war ich aus Bautzen entlassen worden. Ich wohnte zuerst wieder bei meinen Eltern, bis ich ein paar Monate später anderthalb Räume in der Karl-Marx-Straße zugewiesen und damit ein Stück Unabhängigkeit bekam. In Zusammenarbeit mit dem Rat der Gemeinde gehörte es außerdem zu den Aufgaben des Bürgermeisters, mir Arbeit zu besorgen, man hatte mich sogar gefragt, was ich gern machen würde. Aber ich hatte keine Antwort parat gehabt. Zu dem Zeitpunkt wollte ich nichts anderes, als abends an der See stehen dürfen und nie wieder in eine Zelle gesperrt werden. Bei der PGH Technik – am Ortsausgang in Richtung Ahrenshoop gegenüber der Mühle – brauchten sie einen Lagerarbeiter, also fing ich da an. Dort war ich im Winter 1978 immer noch, inzwischen mit der Aussicht auf eine Stelle in der Stadtdruckerei Ribnitz. Mein Leben verlief in geregelten Bahnen, und ich achtete darauf, dass speziell Ralf von dem, was weniger geregelt war, nichts mitbekam. An Sascha verschwendete ich diesbezüglich keinen Gedanken. Er war wenig zu Hause, unser Verhältnis wurde nicht nur deshalb immer distanzierter. Wir hatten unsere Differenzen, dennoch habe ich damals nie in Betracht gezogen, dass er mich und die Jungs verraten haben könnte.

In Wustrow war in jenen Dezembertagen wenig los, die Seefahrtschulstudenten hatten Ferien, und obwohl immer noch Urlauber anreisten, hielt sich ihre Zahl in Grenzen. Angesichts der Wetterlage war das auch ganz gut so. Die Ostsee war zwar noch frei und die Versorgungslage bis Ende des Jahres gesichert, Benzin gab es auch noch genug, aber es war abzusehen, dass Feuerwehr und Seenotrettungsdienst dem Bürgermeister nicht aus Spaß auf Abruf bereitstanden.

Weihnachten verlief einigermaßen ruhig, jedenfalls wettermäßig, Sascha und ich dagegen stritten am zweiten Feiertag. Sascha wusste, wie er mich provozieren konnte, und ich war noch nicht abgebrüht genug, ihn einfach reden zu lassen. Wir wurden zwar nicht laut, aber weil keiner von uns nachgeben wollte, nahm unser Streit kein Ende. Allerdings machte Sascha bald den Fehler, ein paar Dinge zu sagen, die meinem Vater entschieden zu weit gingen. Er war kurz davor, ihn rauszuschmeißen, und ließ es nur, weil es meine Mutter todunglücklich gemacht hätte und alles nur noch mehr eskaliert wäre. Ich war ganz froh, mich nach dem Abendessen in meine eigenen vier Wände zurückziehen zu können, während Sascha blieb, wo er war, weil er über die Feiertage zu Hause wohnte.

Am 27. Dezember verstärkten sich Schneefall und Ostwind weiter, und wer nicht rausmusste, blieb drinnen. Schon allein deswegen war ich überrascht, als es abends gegen elf an meiner Tür klopfte. Ich weiß nicht, womit ich gerechnet hatte, aber bestimmt nicht mit meinem Bruder. Saschas Haare waren nass, ein paar Schneekristalle saßen noch darauf, seine Jacke und seine Hose waren ebenfalls durchnässt und schmutzig. Er hatte sich zweifellos geprügelt, was eine ganz und gar ungewohnte Sache war.

Ich war so verblüfft über den Anblick, dass ich in der Tür stehen blieb. »Was hast du denn gemacht?«, fragte ich.

»Lässt du mich rein?«, erwiderte Sascha in einer Mischung aus Ungeduld und Unsicherheit.

Ich trat zur Seite und sah zu, wie er sich in einen Sessel fallen ließ und zu mir hochschaute, Verzweiflung im Blick – genauso ungewohnt wie die Tatsache, dass er in eine Schlägerei verwickelt gewesen war. »Du musst mir helfen.«

»Was ist passiert?«, fragte ich misstrauisch und setzte mich ihm gegenüber. »Wer hat dir das blaue Auge und die Prellung am Kinn verpasst?«

Sascha schluckte. »Markus Brehmer.«

Dunkel sagte mir der Name was, aber ich konnte ihn nicht einordnen, Sascha musste die Erklärung liefern. Markus Brehmer kam aus Magdeburg und war gelegentlich hier bei seinem Onkel und seiner Tante zu Besuch, seinen einzigen Verwandten, daher verbrachte er anscheinend auch Weihnachten bei ihnen.

»Was hatte er gegen dich? Hast du ihm ein Mädchen ausgespannt?«, wollte ich wissen. Es wäre nicht das erste Mal gewesen. Viele Mädchen flogen auf meinen Bruder, kein Wunder bei seinem Aussehen, er brauchte nur mit den Fingern zu schnippen.

Sascha musterte mich eine Weile, als überlegte er, was er als Nächstes sagen sollte, er wirkte jetzt ruhiger. »Bedeutet dir eigentlich Karin immer noch was?«

Die Frage versetzte mir einen Schock. Als ich aus dem Knast gekommen war und feststellen musste, dass Karin Heinz geheiratet hatte, war das schlimm gewesen. Ich hätte eine Vorwarnung durchaus begrüßt, aber darauf hatten aus falscher Rücksichtnahme alle verzichtet. Die Antwort auf Saschas Frage lautete ja. Ich liebte Karin nach wie vor. Die Nachricht von ihrer Fehlgeburt zweieinhalb Monate zuvor hatte mich bestürzt, und sosehr ich Heinz auch lange Zeit die Pest an den Hals gewünscht hatte, in dem Moment hatte nicht nur Karin, sondern auch er mir unendlich leidgetan. Sascha brauchte meine Antwort nicht zu hören, er las sie an meinem Gesicht ab. »Was hat Markus Brehmer mit Karin zu tun?«, fragte ich.

»In einer Nacht im September sind Karin, er und ich gemeinsam von einer Geburtstagsfeier nach Hause gegangen. Ich hatte zu viel getrunken, mir wurde schlecht, ich übergab mich heftig. Die beiden wollten sich um mich kümmern, aber mir war das peinlich, ich hab sie weggeschickt. Hätte ich das mal bleiben lassen.« Er starrte auf einen Punkt hinter meiner linken Schulter. »Als ich mich wieder erholt hatte, ging ich mit wackeligen Knien weiter. Mir war immer noch schwindelig, und ich hatte Schwierigkeiten, geradeaus zu gucken, was sowohl von der Übelkeit als auch vom Alkohol kam. Ich war kaum beim Park angekommen, da hörte ich Geräusche zwischen den Bäumen. Jemand weinte leise, jemand anders lachte. Ich sah Karin auf dem Boden liegen und Markus Brehmer über ihr, der sich gerade erhob. Es war nicht schwer zu erraten, was da geschehen war, und wäre ich nicht so betrunken gewesen, hätte ich Brehmer gepackt, der sich seine Hose hochzog, Karin noch bedrohte und sie danach einfach liegen ließ. Aber meine Beine schafften das nicht, ich konnte mich gerade eben aufrecht halten, ich war nicht fähig, ihm hinterherzulaufen.«

Als Sascha schwieg, rauschte in meinen Ohren das Blut, ich konnte nicht fassen, was er da erzählte. Übelkeit stieg in mir hoch, die seiner in jener Nacht wohl in nichts nachstand. Was Karin passiert war, wäre so schon schlimm genug gewesen, aber es war nur logisch anzunehmen, dass sie durch die Vergewaltigung auch noch das Kind verloren hatte. Sascha sah mir an, dass ich die richtigen Schlüsse zog. »Warum ...«, begann ich, weiter kam ich nicht, mir versagte die Stimme.

Sascha stand auf und holte aus meinem Kühlschrank eine Flasche Bier, die er vor mich hinstellte. Ich ließ sie stehen, ich wollte einen klaren Kopf behalten.

»Warum wir das nicht angezeigt haben, wolltest du fragen?«

Ich nickte, spürte dabei die Übelkeit schwinden und entdeckte stattdessen eine Wut in mir, die mich selbst erschreckte.

»Weil Karin das nicht wollte. Ich kniete mich neben sie und versuchte, ihr aufzuhelfen. Das misslang ein paarmal kläglich, weil ich selbst zu schwach war und weil sie große Schmerzen hatte, blutete und von Weinkrämpfen geschüttelt wurde. Dazwischen stieß sie immer wieder hervor, dass ich nichts sagen sollte. Sie tat das nicht, weil sie Angst vor Markus Brehmer hatte, sondern sie wollte verhindern, dass Heinz davon erfuhr. Das Mindeste, was ich tun konnte, war, sie nach Hause zu bringen, wo sie mich noch einmal anflehte, alles für mich zu behalten.«

Sascha blinzelte. »Das habe ich getan. Bis heute.«

»Bis du Brehmer begegnet bist«, sagte ich.

»Auf dem Hohen Ufer. Zu Hause war die Stimmung mies, ich wünschte mittlerweile, ich wäre gar nicht hergekommen. Jedenfalls bin ich trotz des scheußlichen Wetters raus, weil ich es mit Papa nicht mehr ausgehalten habe. Manchmal glaube ich, ich kann ihm überhaupt nichts recht machen. Aber ich bin eben nicht du.«

»Du spinnst«, sagte ich spontan, doch er sprach schon weiter.

»Ich weiß nicht, was Brehmer nach draußen getrieben hat, aber da stand er plötzlich, und vor meinem inneren Auge spulte sich wie ein Film alles wieder ab. Du weißt, ich verabscheue körperliche Auseinandersetzungen, aber in dem Moment konnte ich nicht anders.«

Das nachzuempfinden, fiel mir leicht, dabei war ich nicht mal

Zeuge dessen gewesen, was Sascha gesehen hatte. Die beiden hatten sich also geprügelt, und ich hoffte zutiefst, dass Markus Brehmer die Abreibung seines Lebens bekommen hatte. Falls nicht, würde ich persönlich dafür sorgen, dass er sie bekam. Aber das war kaum das, bei dem Sascha meine Hilfe wollte.

»Hat er dich bedroht?«, fragte ich. »Abgesehen von den Schlägen, die du einstecken musstest?«

»Hätte er vermutlich. Nur …« Jetzt war es Sascha, dem die Stimme versagte.

»Was?«

»Während wir uns prügelten, sind wir zu nah an den Abgrund gekommen. Ich schlug zu, Brehmer verlor das Gleichgewicht. Er … fiel runter.«

Einen Atemzug lang herrschte absolute Stille. Von draußen drang kein Geräusch herein, der Schnee dämpfte alles, und erst als der Kühlschrank anfing zu brummen, kam wieder Leben in mich. »Er … fiel?«, wiederholte ich.

Sascha starrte mich an, bevor er nickte. Wortlos.

»Was ist dann passiert?«

»Da unten liegt eine Menge Schnee, ich konnte nicht sehen, wie er gelandet ist. Ob der Schnee den Sturz abfangen konnte und Brehmer nur verletzt ist. Oder ob er …«

»… tot ist.«

Wieder nickte Sascha. »Er hat sich jedenfalls nicht gerührt.«

Ich sprang auf. »Um Himmels willen, Sascha! Wir sitzen hier seit einer Viertelstunde, weißt du, wie kalt es draußen ist bei dem Ostwind? Wenn er noch lebt, müssen wir ihn da rausholen! Schnell!« Ich riss meinen Mantel aus dem Schrank und zog mir schon die Stiefel an, da sah ich, dass Sascha sitzen geblieben war. »Worauf wartest du?«

»Und wenn er tot ist? Was tun wir dann?«

»Was schon? Heinz Bescheid geben. Er ist die Polizei.«

»Was sollen wir ihm sagen? Dass ich mich mit Brehmer geprügelt habe und er durch meine Schuld umgekommen ist? Wie denn, wenn ich das Versprechen, das ich Karin gegeben habe, nicht brechen will – und du würdest das auch nicht tun! Heinz ist die Polizei, aber er ist auch Karins Mann, und sie will nicht, dass er von der Sache im September erfährt. Wie soll ich gleichzeitig mein Versprechen halten und die Wahrheit sagen? Was glaubst du außerdem, was mit mir passiert, wenn ich rede? Das könnte mein ganzes Leben ruinieren.«

Mir lag auf der Zunge zu sagen, dass es schließlich ein Unfall gewesen war. Ich hielt den Mund, weil ich dachte, wenn ich es ausspreche, wird die Lüge noch schlimmer. Wie absurd. Mein Gefühl sagte mir, dass Sascha Brehmer absichtlich gestoßen hatte. Wahrscheinlich ohne sich der möglichen Konsequenzen bewusst gewesen zu sein – nichtsdestotrotz absichtlich. Das erschreckte mich, aber weitaus schlimmer war, dass ich es nachvollziehen konnte. »Wir können später überlegen, was du sagst, komm endlich! Vielleicht ist es noch nicht zu spät.«

Draußen wirbelten die Schneeflocken um uns herum, es schneite stärker als je zuvor, wir konnten kaum die Umgebung erkennen. Die Strandstraße versank in Weiß, es wurde zunehmend schwieriger voranzukommen. Ich fragte mich, wie wir zu der Stelle vordringen sollten, wo Markus Brehmer lag, und ob wir sie überhaupt wiederfanden, weil der Schnee sein sehr ungleichmäßiges, vom Sturm gepeitschtes Tuch über allem ausbreitete. Sascha kämpfte sich durch die Schneemassen voran, ich achtete nur noch auf seinen Rücken, weiter konnte ich ohnehin nicht sehen. Der Weg auf dem Hohen Ufer war so gut wie unpassierbar geworden, jeder Schritt kostete uns viel zu viel Zeit. Ich glaubte kaum mehr daran, dass Brehmer noch lebte, es sei denn, er war nur bewusstlos gewesen, in der Zwischenzeit zu sich gekommen, hatte sich selbst aus dem Schnee befreit und war irgendwie nach Hause gelangt.

Endlich blieb Sascha stehen. »Hier war's.«

»Sicher?« Ich kannte jeden Strauch und jeden Baum auf dem Fischland, aber in dieser Nacht sah alles gleich aus.

Sascha trat vorsichtig an den Abgrund heran. Ich tat es ihm nach und schaute hinunter, aber es war so dunkel, dass ich nur wenig erkennen konnte. Also nahm ich meine Taschenlampe und leuchtete nach unten.

»Vorsicht!«, zischte Sascha. »Wenn die NVA uns sieht, war's das.«

Die NVA-Station war ein ganzes Stück entfernt, Sascha musste klar sein, dass die bei dem Schneesturm weder uns, geschweige denn ein simples Taschenlampenlicht sehen konnten. Zum ersten Mal, seit er bei mir aufgekreuzt war, merkte ich wieder, dass seine Nerven blank lagen. Die Flocken, die um uns herumfegten, mochten den Vorteil haben, dass sie uns verbargen, sie hatten aber auch den Nachteil, dass wir selbst nicht allzu viel erkennen konnten. »Wir müssen da runter«, stellte ich fest.

Das Unternehmen wäre bei jedem Wetter gefährlich gewesen, wir hätten jederzeit leicht abrutschen können, die Erdmassen hätten uns unter sich begraben. Durch den Schnee und die Kälte war zwar der Boden gefroren, aber der Pulverschnee und das Eis darunter machten es schwer voranzukommen, wir konnten nicht sehen, wohin wir traten, wussten nicht, wo es sicher war. Zentimeter für Zentimeter rutschten wir in die Tiefe, klammerten uns am Gebüsch, an vereistem Schnee und zwischendurch auch an uns selbst und unserer Kleidung fest. Bis mein rechter Fuß auf etwas stieß, das sich nicht wie Schnee, Eis oder Erde anfühlte.

Ich ließ Sascha los und probierte, wie sicher ich stehen konnte. Es ging einigermaßen, also bückte ich mich und begann, den Schnee mit den Händen wegzuschaufeln, während Sascha mit der Taschenlampe leuchtete. Ich musste nicht lange graben. Ein noch sehr junger Mann in einem braunen Wintermantel kam zum Vorschein, sein Gesicht war weiß, umrahmt von hellen Haaren, die lang genug waren, um ihm in nassen Strähnen auf der Wange zu kleben. Markus Brehmers Augen waren geschlossen, er sah beinah friedlich aus – wären da nicht die an zwei Stellen aufgeplatzte Lippe, ein beginnender Bluterguss am Wangenknochen und sein linker Arm gewesen, der unnatürlich verrenkt hinter seinem Kopf lag. Meine Finger suchten den Puls an seinem Hals, aber ich wusste bereits, dass ich keinen finden würde. Ich sah zu Sascha und schüttelte den Kopf.

»Scheiße«, murmelte er.

»Das ist alles, was du zu sagen hast?«, fragte ich, dabei war ich mir selbst nicht im Klaren darüber, was ich fühlte. »Wir müssen Heinz benachrichtigen.«

»Hast du mir vorhin nicht zugehört?«, fragte Sascha.

»Wir können Brehmer hier nicht liegen lassen und warten, dass jemand anders ihn findet«, protestierte ich.

»Nein, stimmt, das können wir nicht. Wir müssen ihn verschwinden lassen.«

»Was?« Ich war einiges von Sascha gewöhnt, aber nichts von dem, was er bisher getan oder gesagt hatte, hatte mich so schockiert wie das.

»Wir müssen ihn verschwinden lassen«, wiederholte er, jede Silbe betonend.

»Das ist nicht dein Ernst.«

»Durchaus.« Da war nichts mehr von blank liegenden Nerven, Sascha schien wie ausgewechselt. Sein Gesicht hatte einen entschlossenen Ausdruck angenommen, ich sah ihm an, dass er bereits strategisch plante, was als Nächstes zu tun war.

»Sascha, nein, das geht nicht! Das können wir nicht tun.«

»Doch. Wenn Brehmer gefunden wird, werden die schnell eins und eins zusammenzählen, wenn in Wustrow noch jemand mit lädiertem Gesicht rumläuft. Ich kann mich nicht zu Hause verkriechen, ich hab ein paar Verabredungen, die ich schlecht absagen kann, ohne dass Fragen laut würden. Ich kann auch nicht krank spielen, Mama würde mir das nicht abkaufen, und ich müsste *ihre* Fragen beantworten.« Er machte eine kurze Pause, in der ich gern was gesagt hätte, aber ich war zu erschüttert. »Ich bin nicht bereit, mir mein Leben kaputtmachen zu lassen von so einem. Los, hilf mir!«

»Nein.«

»Nein? Paul! Dieser Mann hat die Frau vergewaltigt, die du liebst. Sie hat seinetwegen ihr Kind verloren. Willst du, dass durch ihn noch mehr Unglück geschieht? Ich bin dein Bruder. Wenn rauskommt, wie das alles zusammenhängt – und das wird es wahrscheinlich, auch wenn ich den Mund halte –, glaubt kein Mensch mehr, dass das ein Unfall war. Ich werde in den Knast wandern. Du bist der Erste, der wissen sollte, was das heißt. Hilf mir!«

Mit jedem einzelnen Argument hatte er schweres Geschütz aufgefahren. Es spielte keine Rolle, wie wenig nahe wir uns standen – Sascha war mein Bruder, Markus Brehmer der Mann, der das eigentliche Verbrechen begangen hatte. Außerdem stand zu befürchten, dass früher oder später die ganze Geschichte ans Tageslicht kommen würde, und das lag weder in Saschas noch in Karins Interesse. Ich sah an Sascha vorbei, hinaus auf die unsichtbare See, die ich nur noch hören konnte. Ich dachte an Karin – und nickte.

Es dauerte Ewigkeiten, bis wir Markus Brehmer nach oben gehievt hatten. Ich konzentrierte alle meine Kräfte und Gedanken auf das, was meine Hände, meine Arme und Beine zu tun hatten, ich weigerte mich, darüber nachzudenken, wozu sie taten, was sie taten. Nur kurz fragte ich mich, was Sascha mit Brehmer vorhatte. Man konnte nicht mal eben eine Leiche verschwinden lassen, dies hier war ein Dorf, keine Großstadt.

Schließlich standen wir wieder auf dem Hohen Ufer, durchnässt von Schnee und von Schweiß. Als ich Brehmer da am Boden zu unseren Füßen liegen sah, Schneeflocken im Haar, die nicht schmolzen, sondern ihn erneut zuzudecken begannen, fürchtete ich mich vor mir selbst. Ich würde einen Menschen verschwinden lassen – einfach so. Einen Menschen, der vermisst würde von anderen, die ihn liebten.

»Paul?« Ungeduldig durchbrach Sascha meine Gedanken. »Du machst doch wohl jetzt keinen Rückzieher.«

Ich sah wieder hinunter auf Markus Brehmers Körper und schüttelte langsam den Kopf.

Saschas Plan war so simpel, dass selbst ich zu glauben anfing, er könnte funktionieren, auch wenn er mich entsetzte. Wir schafften Brehmer zum Haus unserer Eltern, das damals noch sehr abgelegen stand. Genauer gesagt schafften wir ihn in die Garage. Darin stand der Wartburg meines Vaters, den er Sascha überlassen hatte, weil der das Auto dringender benötigte. Bis er selbst eins bekommen würde, würde noch viel Wasser die Recknitz hinunterfließen.

»Wenn es so weiterschneit«, erklärte Sascha, während er den Kofferraum aufschloss, »kriegt morgen Nachmittag kein Mensch mehr seine Garage auf. Hier drin ist die Leiche schön gekühlt, selbst wenn Tauwetter einsetzen sollte, bleibt es noch eine ganze Weile kalt genug. Sobald die Straßen wieder befahrbar sind, fahre ich mit Markus Brehmer im Gepäck vom Fischland. Was weiter mit ihm passiert, muss dich nicht interessieren. Danke für deine Hilfe so weit.«

»Sein Onkel und seine Tante werden ihn vermisst melden«, sagte ich.

»Natürlich. Aber weder unser geschätzter ABV noch seine Kollegen werden ausgerechnet in unserer Garage nach ihm suchen.«

Mittlerweile standen wir draußen, Sascha hatte das Garagentor unter Mühen geschlossen. Ich zweifelte nicht an seiner Einschätzung der Wetterlage, dennoch konnte ich meinen Blick nicht von dem Tor nehmen.

»Paul.« Es lag ein misstrauischer Unterton in diesem einen Wort. Er seufzte, trat dicht an mich heran und sagte sehr leise: »Du willst immer das Richtige tun, selbst wenn es nicht das Richtige ist. Deshalb bist du sogar eingesperrt worden. Ich würde gern glauben, dass du den Mund hältst, weil ich dein Bruder bin. Vielleicht tust du das sogar, aber ich möchte mich lieber rückversichern, dass du eines Tages nicht doch noch bei Heinz vor der Tür stehst. Also hör genau zu: Dein Kumpel Karsten klaut Medikamente im Pflegeheim.«

Unwillkürlich machte ich einen Schritt rückwärts, unsicher, ob ich ihn richtig verstanden hatte. Karsten war anderthalb Monate nach mir aus Bautzen entlassen worden und arbeitete seitdem als Hilfspfleger im Heim in der Strandstraße. Ich musste mich räuspern. »Wie bitte?«

»Karsten Rode klaut für seine Mutter Medikamente. Der Arzt verschreibt ihr vernünftigerweise die Dosis, die vertretbar ist, ohne dass ihre Nieren zu sehr angegriffen werden. Aber die Schmerzen sind heftig, sie braucht mehr, um es auszuhalten. Folglich stiehlt ihr Sohn die Medikamente.« Sascha stand da, es schneite unvermindert, er wirkte wie ein Geist inmitten all der Flocken. Mit sanfter Stimme fuhr er fort: »Falls du dich fragst, woher ich das weiß: Die reizende Schwester Monika hat eine Schwäche für mich. Wir treffen uns, wenn ich hier bin, und sie plaudert gern.« Seine Stimme wurde hart. »Ich bin kein Jurist und weiß nicht, wozu man Karsten verurteilen würde – aber er ist vorbestraft, die werden ihn kaum mit Samthandschuhen anfassen. Wer soll sich dann um seine Mutter kümmern?«

Ich schlug so schnell zu, dass Sascha nicht mehr ausweichen konnte. Er fiel auf den Rücken, ich hörte ein Gurgeln und sah, wie seine Hand nach seinem Gesicht tastete. Er hielt sich die Nase, während er sich aufrichtete, Blut tropfte in den Schnee.

Ich horchte in mich hinein und fragte mich, was ich fühlte, doch da war gar nichts. Ich wusste, dass sich das wieder ändern würde, aber im Augenblick war diese Gefühlskälte exakt das, was ich brauchte.

»Du hast mir die Nase gebrochen.« Sascha klang dumpf, weil er sich noch immer die Hand vors Gesicht hielt. Mühsam kam er auf die Beine, nahm die Hand weg und betrachtete das Blut darin. »Was für eine Sauerei.« Dann sah er auf und holte so plötzlich aus wie ich zuvor. Ich nehme an, er wollte Gleiches mit Gleichem vergelten, aber ich zuckte rechtzeitig zurück, sodass er nur mein Auge traf. Dennoch nickte er zufrieden. »Wie praktisch. Das erklärt meine Verletzungen. Wir zwei haben uns geprügelt, ist nicht mal gelogen.«

»Was ist hier denn los? Wer ist da?« Die Stimme meines Vaters ließ uns beide herumfahren. Mit einer Lampe in der Hand kam er aus dem Haus und schaute kurz darauf entgeistert von mir zu Sascha und zurück. »Das kann ja wohl nicht wahr sein!«

Dass Saschas Plan so punktgenau aufging, hätte er sich bestimmt selbst nicht träumen lassen. Aus den Augenwinkeln sah ich ihn feixen, während ich bloß hoffte, dass mein Vater nicht auf die Idee kam, auch noch einen Blick in die Garage und den Wartburg zu werfen. Aber er war genug damit beschäftigt zu verarbeiten, dass seine erwachsenen Söhne sich vor seiner Haustür prügelten.

»Seid ihr fertig oder wollt ihr eure … Unterhaltung fortsetzen? Sollte Letzteres der Fall sein, tut das bitte woanders.« Er wandte sich ab, um durch den Schnee ins Haus zurückzustapfen.

»Ich denke, es ist alles geklärt«, sagte Sascha. »Du hast mich verstanden, oder? Ich kenne dich. Du bist ein so verflucht guter Mensch, du wirst es nicht übers Herz bringen, Karsten ins Gefängnis zu schicken.«

»Du widerst mich an«, entgegnete ich. Ja, ich hatte ihn verstanden, aber er kannte mich überhaupt nicht. Seine Erpressung war vollkommen unnötig gewesen, ich hätte auch so geschwiegen. Karins wegen. Das war der einzige Grund. Es war keiner, auf den ich stolz war, schon gar keiner, aus dem ich mich als guten Menschen bezeichnet hätte. Ich stellte meine Liebe zu ihr über das Recht. Nicht nur über das Recht im juristischen Sinn, sondern auch über das Recht von Markus Brehmers Tante und Onkel zu erfahren, was aus ihrem Neffen geworden war. Ganz kurz hatte ich mir einzureden versucht, dass ihnen immerhin erspart blieb zu erfahren, was er getan hatte. Aber das alles spielte am Ende keine Rolle – wichtig war mir allein Karin.

»Harte Worte«, sagte Sascha. »Falls sich das nicht nur auf Karsten bezog, sondern auf alles, was in dieser Nacht geschehen ist – vergiss nicht deine Beteiligung daran. Und versuch nicht, mich allein dafür verantwortlich zu machen.«

»Nein.« Ich sah an Sascha vorbei zum Garagentor und wusste, dass nichts mehr so sein würde wie zuvor. »Das tue ich ganz sicher nicht.«

24

»Saschas Plan ging auf«, sagte Paul. Er hatte Kassandra keinen Moment lang aus den Augen gelassen, nie ihren Blick gemieden. Manchmal war seine Stimme leiser geworden, hatte er gestockt, aber kein einziges Mal hatte er sich abgewandt. »Das Wetter verschlimmerte sich, der Schnee stieg so hoch, dass die Kinder von den Dächern rodelten. Am 30. Dezember wurde damit begonnen, die weißen Massen in die See zu transportieren, aber an Silvester schneite es weiter. Niemand kam aus Wustrow hinaus, niemand kam herein, wir waren völlig abgeschnitten – schwere Maschinen von außerhalb brauchten Tage, bis sie zu uns vordrangen, und erst am 6. Januar wurde der Katastrophenalarm aufgehoben.« Paul hielt kurz inne. »Während all der Zeit lag Markus Brehmers Leiche im Wartburg in der Garage. Natürlich war er von seinem Onkel vermisst gemeldet worden, und Heinz tat, was er konnte – naturgemäß wenig bei dem Wetter. Er ging bald davon aus, dass Brehmer in der Nacht gestürzt und unter Schneemassen begraben worden, erstickt oder erfroren war. Nachdem sich das später als Irrtum erwies, wurde monatelang nach ihm gesucht, auch weit über das Fischland hinaus, erfolglos. Man vermutete ein Verbrechen, aber es gab absolut keine Hinweise – weder auf ein Motiv noch auf die Art und Weise, wie es verübt worden sein könnte. Das war das einzige Mal, dass ich Heinz je vollkommen ratlos erlebt habe. Was Sascha mit Brehmer tat, nachdem er Wustrow verlassen konnte, weiß ich nicht. Ich habe nicht gefragt, und er hat es nicht erzählt. Wir haben nie wieder darüber gesprochen.«

»Bis vor zwei Wochen.« Es war das Erste, was Kassandra seit einer Stunde sagte. Sie erschrak vor ihrer eigenen Stimme.

Paul nickte. »Er hat mir erzählt, wie es wirklich war. Er hat mir erzählt, dass er Karin vergewaltigt hat – und dass nicht er Brehmer in jener Nacht auf dem Hohen Ufer mit seinem Wissen konfrontierte, sondern umgekehrt. In seiner Wut hat Brehmer nicht nur zugeschlagen, sondern ihm auch noch gedroht. Damit war er an den Falschen geraten. Sascha hat Markus Brehmer absichtlich das Steilufer hinuntergestoßen. Er *wollte* ihn töten.«

»Aber ...« Kassandra hielt inne, überlegte, kam zu keinem Schluss und stellte ihre Frage doch. »Warum? Warum hat Sascha dir das erzählt?«

»Weil er mich erpressen wollte, als ich diese idiotische Summe, die er verlangt hat, nicht freiwillig zu zahlen bereit war. Er sagte, er habe nichts mehr zu verlieren, er sei am Ende, entweder würde ich ihm helfen, sich zu sanieren, oder er ginge den Bach runter – aber dann nähme er mich mit. ›Deine Schriftstellerkarriere möchte ich sehen, wenn deine Leser hören, was du getan hast. Der arme Junge war auch noch vollkommen unschuldig.‹ Seine Worte. Außerdem glaube ich, es hat ihm eine perverse Genugtuung bereitet, mir die Wahrheit zu sagen. Er wird mir angesehen haben, wie entsetzt ich war, dass *er* Karin vergewaltigt hat. Entsetzt ist das einzige Wort, das mir dafür einfällt, dabei gibt es nicht mal im Mindesten wieder, was ich fühle.«

Kassandra schluckte. Sie hatte sich nach Karins Brief selbst furchtbar gefühlt – wie viel schlimmer mussten die Tatsachen für Paul gewesen sein. »Und dann?«, fragte sie behutsam.

»Dann? Er hat mich angestarrt, als würde er was Bestimmtes von mir erwarten. Vielleicht dass ich ihn bitte, den Mund zu halten, oder dass ich ihm die Nase ein zweites Mal zertrümmere, ich weiß nicht. Wenn ich zugeschlagen hätte, wäre mehr gebrochen als sein Nasenbein. Ich sah diesen Mann an, der vor Äonen mein Bruder gewesen war, und genau wie in der verschneiten Nacht spürte ich überhaupt nichts. Ich fragte mich, warum ich ihn vor dreiunddreißig Jahren nicht durchschaut hatte. Ich wusste doch damals schon, dass Sascha ein furchtbares Arschloch sein konnte. Einige seiner Einstellungen waren mir völlig fremd, er war manchmal regelrecht boshaft – und ich hatte gerade erfahren, dass Erpressung auch zu seinem Repertoire gehörte. Aber Vergewaltigung? Das hätte ich nie für möglich gehalten – nicht nur weil die Mädchen bei ihm Schlange standen. Generell nicht, und nicht in diesem besonderen Fall. Es ging schließlich um Karin. Und er war mein Bruder. Das war einfach undenkbar.«

Kassandra hätte ihm sagen können, wieso Sascha gerade Karin gewollt hatte, aber das würde sie ihm nicht antun. Von ihr würde er niemals erfahren, was in Karins Brief stand. Unterdessen hatte Paul weitergesprochen.

»Als ich nicht auf seine neueste Erpressung reagierte, schien er … Es ist schwer zu beschreiben. Kann jemand gleichzeitig enttäuscht und befriedigt sein? Er sagte, ich solle es mir überlegen und wo ich ihn finden könne. Abgang Sascha.«

In Kassandras Kopf herrschte ein heilloses Durcheinander. Es gab noch so viele Fragen – aber das war zweitrangig. Zuerst musste sie ihre Gefühle sortieren und stellte dabei erstaunt fest, dass es gar nichts zu sortieren gab. Sie hatte Paul gegenübergesessen, getrennt durch den Tisch zwischen ihnen, was seine leicht durchschaubare Absicht gewesen war. Sie erhob sich und ging zu ihm hinüber. Er stand ebenfalls auf, und zum ersten Mal, seit er begonnen hatte zu erzählen, zog er sich weit von ihr zurück. Nicht nur räumlich, da war etwas in seinen Augen, was sie bat, Abstand zu halten. Sie blieb stehen.

»Heinz glaubt zu wissen, was in dem Eiswinter passiert ist«, sagte sie, »jedenfalls habe ich das aus seinen Worten bei eurer Unterhaltung neulich geschlossen. Ich schätze, Sascha hat ihm eine dritte Version der Geschichte erzählt und behauptet, der Tod von Markus Brehmer ginge auf dein Konto. Er drehte ja anscheinend gern alles so, wie es ihm gerade passte. Weshalb hast *du* Heinz nicht die Wahrheit gesagt?«

»Was macht das für einen Unterschied? Was ich getan habe, war nicht besser. Ich habe geholfen, einen Mord zu vertuschen.« Sie wollte ihn unterbrechen, doch er schnitt ihr das Wort mit einer Handbewegung ab. »Selbst wenn ich das damals nicht wusste, ändert das nichts an den Tatsachen. Außerdem lag Heinz mit seiner Einschätzung nicht ganz falsch – ich könnte wahrscheinlich einen Menschen töten. Ich erinnere mich zu deutlich an das Gefühl, das ich hatte, als Sascha mir seine Lügengeschichte über Markus Brehmer auftischte. Ich konnte seine vorgegebene Wut körperlich nachvollziehen, ich weiß nicht, was ich getan hätte, wenn ich dem Mann gegenübergestanden hätte, der Karin vergewaltigt und ihr die Chance genommen hat, Kinder zu haben.«

»Du hast ihm gegenübergestanden, oder etwa nicht?«, stellte Kassandra fest.

Paul runzelte die Stirn. »In dreiunddreißig Jahren können Wut und sogar Hass abkühlen. Das kannst du nicht vergleichen.«

»Für dich war es aber nicht dreiunddreißig Jahre her, du hattest es gerade eben erst von ihm selbst erfahren«, widersprach Kassandra. »Es gibt Dinge, die man weder vergessen noch verzeihen kann, und davon hat Sascha eine ganze Menge getan. Wenn du einen Menschen töten könntest, wäre es wohl dieser Moment gewesen, in dem du es getan hättest. Hast du aber nicht.«

»Nein. Nein, hab ich nicht.« Zum ersten Mal sah Paul weg. »Und weißt du, wie oft ich schon dachte, dass es mich eigentlich gar nicht interessiert, wer es war? Wir haben Heinz aus dem Gefängnis geholt und damit unser Ziel erreicht. Lassen wir Dietrich den Rest erledigen.«

Kassandra verstand, was in Paul vor sich ging, trotzdem hakte sie nach. »Du willst einfach aufhören?«

»Ich habe Sascha davonkommen lassen – wieso nicht jemanden, der es mehr verdient?«

Obwohl sie auch seine Verbitterung verstand, konnte sie diese Worte nicht so stehen lassen. »Weil du das damals nicht getan hast, um jemanden davonkommen zu lassen, Paul, sondern um Karins willen. Du hast das für sie getan, nicht für Sascha. Sicher, du hast eine Entscheidung getroffen, die vielleicht falsch war, aber wer kann sagen, was passiert wäre, wenn du dich anders entschieden hättest? Was wäre aus Karsten geworden, was aus Karin und Heinz? Wenn Heinz die Wahrheit erfahren und vergessen hätte, dass er Polizist ist? Karin hat befürchtet, dass er was Unüberlegtes tun könnte. Drei Jahrzehnte später hast *du* befürchtet, es könnte passiert sein, auch wenn du es meinetwegen nie ausgesprochen hast. Wenn er sich an Sascha gerächt hätte, was wäre aus seinem und Karins Leben geworden?« Ein wenig erschöpft hielt Kassandra inne, weil ihr selbst vieles erst klar wurde, indem sie es aussprach. Paul hatte sich ihr wieder zugewandt und sah ihr in die Augen, ohne dass sie seinen Blick deuten konnte. Es gab nur noch eins, was sie loswerden musste: »Weißt du noch, was ich vorhin gesagt habe? Manchmal muss man sehr schnell eine Entscheidung treffen – und manchmal ist sie vielleicht richtig, auch wenn sie eigentlich falsch ist.«

Es blieb lange still zwischen ihnen, bis Paul sich mit der Hand übers Gesicht fuhr und sagte: »So hab ich das noch nicht betrachtet.«

»Dann tu's jetzt.« Sie sah, dass Paul das schwerfiel. Er würde Zeit brauchen, das so zu sehen, und vielleicht war es das Beste, wenn er zuerst mal an andere Dinge dachte. »Es gibt da übrigens einen Aspekt, der bei der Entscheidung aufzuhören oder weiterzumachen unmittelbar zu beachten ist«, fuhr sie deshalb fort. »Und zwar Clemens. Wir haben Dietrich auf seine Spur gebracht, also müssen wir ihn auch wieder davon abbringen. Das geht am besten, indem wir den oder die Täter finden.«

Wieder schaute Paul kurz zur Seite, bevor er fragte: »Wir?«

»Denkst du, Heinz will sich wegen Mirko raushalten? Er weiß nichts über ihn, was uns weiterhelfen könnte, sonst hätte er es vorhin gesagt. Falls es Mirko und Inga waren, haben sie das womöglich monatelang eiskalt geplant und billigend in Kauf genommen, dass er dafür ins Gefängnis geht. Das übersteigt mit Sicherheit Heinz' Toleranzgrenze.«

»Ich meinte nicht Heinz.«

»Nicht? Bruno wird ...« Da erst verstand sie. Sie hatte sich keinen Zentimeter vorwärtsbewegt, seitdem Paul vor ihr zurückgewichen war, jetzt nahm sie keine Rücksicht mehr. Diesmal rührte er sich nicht vom Fleck, bis sie direkt vor ihm stand. »Du Idiot«, sagte sie liebevoll. »Hast du ernsthaft geglaubt, dass du mich so leicht loswirst?«

»Werde ich nicht?« Pauls Stimme klang belegt, nur zögernd erwiderte er ihr Lächeln.

Stumm schüttelte sie den Kopf. Immer noch zögernd hob Paul die Hand und strich ihr wie vorhin mit dem Finger über die Wange. Einen Augenblick verharrten sie so, bis ein Ruck durch ihn ging. »Na schön, an die Arbeit. Wie finden wir raus, ob Mirko Michas Sohn ist? Wir könnten versuchen, Michas Frau ausfindig zu machen, aber selbst Dietrich hat ja schon gesagt, dass das sehr schwierig wird.« Nachdem er eine Weile überlegt hatte, ging er zum Schreibtisch und schaltete sein Notebook ein. »Es gibt Internetforen, in denen Kinder von DDR-Bürgern gesucht werden, die den Eltern aus irgendwelchen Gründen weggenommen wurden. Wir könnten die durchforsten, vielleicht finden wir da Hinweise – falls Gabriele überhaupt sucht oder gesucht hat.«

Pauls jäher Stimmungsumschwung ging Kassandra fast zu

schnell, aber wenn er so am besten mit sich ins Reine kam, sollte es ihr recht sein. »Oder Inga und Mirko. Das funktioniert doch bestimmt auch in umgekehrter Richtung.« Noch während Paul nickte, fiel ihr etwas ein. »Was ist eigentlich mit Ralfs Exfrau? Weißt du, wo die abgeblieben ist?«

»Nein, aber auch wenn wir die schneller finden könnten, sollten wir sie lieber nicht fragen.«

In dem Moment ging Kassandra ihr Denkfehler auf. »Du hast recht, sie wird genauso wenig erpicht darauf sein wie Ralf, Mirko ein Motiv zu bescheinigen.« Sie beobachtete, wie Paul eines der angesprochenen Foren aufrief, war mit ihren Gedanken aber noch nicht ganz dort angekommen. »Wir könnten damit anfangen herauszufinden, ob Ralf überhaupt Mirkos Vater sein kann«, sagte sie. »Dazu braucht man nicht mal unbedingt einen DNS-Test, wir müssten aber die Blutgruppen wissen. Du kennst nicht zufällig Ralfs?« Sie rechnete nicht mit einer positiven Antwort, daher war sie überrascht, dass Paul nach anfänglichem Stutzen nickte.

»Doch. Ralf war früher Blutspender und ließ das raushängen, als wäre es was Heroisches. Ich erinnere mich deswegen so gut, weil Karsten sich darüber lustig machte und meinte, dass die Blutgruppe zu Ralf passt: Null.«

Kassandra kicherte. »Das war nicht besonders nett.«

»Karsten mochte Ralf noch weniger als ich. Das reicht aber nicht, wir brauchen auch die Blutgruppe von Ralfs Exfrau und die von Mirko.«

»Vielleicht nur die von Mirko. Es gibt Kombinationen, bei denen man die Elternschaft gleich ausschließen kann.«

Paul hob die Brauen. »Du bist gut informiert.«

»Lesen bildet«, schmunzelte Kassandra. »Ich hab mal einen Roman verschlungen, der weit vorm DNS-Zeitalter spielte, da ging's um ein Familienimperium und die zerstrittenen Erben. Es dürfte verhältnismäßig leicht sein, mögliche Kombinationen zu recherchieren. Schwieriger wird es mit Mirkos Blutgruppe. Mir fällt bloß Heinz ein, den wir fragen könnten. Ich bezweifele, dass er das weiß, aber rufen wir ihn an.«

Innerhalb von drei Minuten erlebte Kassandra die zweite Überraschung.

»Er hat AB«, sagte Heinz. »Wir haben darüber gesprochen, weil Mirko Blutspender ist wie ich. Er sagte, das sei wenigstens mal was Sinnvolles gewesen, was Ralf ihm mit auf den Lebensweg gegeben hätte. Welche Blutgruppe hat Ralf denn? Ihr wollt doch wohl nachprüfen, ob er Mirkos Vater sein kann?«

»Genau. Ralf hat Null, sagt Paul.«

Am anderen Ende herrschte kurzes Schweigen. »Damit war es das«, sagte Heinz schließlich. »Das macht Ralfs Vaterschaft unmöglich.«

Kassandra und Paul wechselten einen Blick. Sollte das so leicht gewesen sein?

»Ich sehe ein, dass das die Wahrscheinlichkeit eurer Theorie erhöht, auch wenn mir immer noch nicht behagt, dass in dem Fall drei Leute von dem Plan gewusst haben müssen – und ich nicht glücklich über Mirkos Beteiligung wäre«, sprach Heinz schon weiter. »Was bleibt, ist das Problem, wer für Inga in Schwerin gewesen ist. Oder habt ihr da schon eine Vorstellung?«

»Noch nicht«, gab Kassandra zu. »Wir wissen zu wenig über Ingas Leben in Stralsund. Möglicherweise hat sie dort ein paar gute Freunde, von denen ihr einer den Gefallen getan hat. Dietrich ist da dran.«

»Schöner ›Gefallen‹«, grummelte Heinz undeutlich. »Mirko hat mir gegenüber so gut wie nie über Inga gesprochen, mit voller Absicht, nehme ich an, also kann ich dazu leider gar nichts beitragen. Schade, dass ihr Mona Kolbert nicht fragen könnt.«

Nachdem er aufgelegt hatte, wechselten Paul und Kassandra erneut einen Blick, aber nun lag eine Traurigkeit in Pauls Augen, die Kassandra sagen ließ: »Tut mir leid wegen Mirko. Ob er das von Inga erfahren oder es selbst rausgefunden hat?«

»Wie auch immer, es muss schrecklich für ihn gewesen sein. Dass Mirko nicht Ralfs leiblicher Sohn ist, beweist zwar nichts, aber wenn wir die anderen Fakten dazuzählen, passt leider alles zusammen.« Paul schien kurz in Gedanken zu versinken. »Heinz hat eben Mona erwähnt. Meine Frage wird dir nicht gefallen, aber wie sicher bist du dir, dass sie auf diesem Goldschmiede-Treffen war? Wenn sich jemand die Mühe macht, eine Überwachungskamera auszutricksen, macht derjenige sich vielleicht auch die Mühe, Fotos zu fälschen.«

»Die sahen absolut echt aus«, protestierte Kassandra. »Sieh sie dir selbst an.« Sie rief erneut Monas Website auf dem Notebook auf. »Wie soll man so was fälschen? Das ist ein Pulk von Menschen und Mona ganz deutlich mittendrin.«

Konzentriert betrachtete Paul die beiden Fotos, auf denen Mona zu sehen war, und nickte schließlich. »Du hast recht, war eine dumme Idee.« Er wollte gerade das Notebook herunterfahren, da klingelte es an der Tür. »Jetzt nicht«, sagte Paul unwillig, doch das Klingeln wurde nur noch nachdrücklicher. »Gehst du aufmachen?«, bat er.

Draußen stand ein Mann, den Kassandra zum ersten Mal ohne Begleitung sah. »Ist es Ihre Angewohnheit, nicht zu öffnen, obwohl Sie zu Hause sind?«, fragte Kriminaloberkommissar Harms grußlos. Gleich zu sagen, worauf es ihm ankam, hatte er offenbar von Dietrich übernommen, der Kassandra gerade wesentlich lieber gewesen wäre.

Sie bemühte sich, sich ihre Unsicherheit nicht anmerken zu lassen. »Kommt drauf an, wer vor der Tür steht«, gab sie bissig zurück.

Harms ging nicht darauf ein. »Ist Herr Freese zu Hause?«

Kassandra trat einen Schritt zurück und ließ ihn herein.

Ohne aufzustehen, drehte Paul sich auf seinem Stuhl um. »Guten Tag, Herr Harms. Was führt Sie zu mir?«

Harms schürzte die Lippen. »Nachdem Herr Jung aus dem Gefängnis entlassen und seine Unschuld erwiesen ist, suchen wir wieder nach dem Täter.«

»Was kann ich dabei für Sie tun?«, fragte Paul.

»Sie sind der Erste, der mir dazu einfällt. Sie hatten ein Motiv, und von Ihrem Alibi habe ich nie viel gehalten.«

»Ich hatte ein Motiv? Welches?«, fragte Paul ruhiger, als er sein konnte.

Kassandra fühlte sich, als würde ihr der Boden unter den Füßen weggezogen. War es Dietrich nicht länger möglich gewesen, Pauls alte Strafakte aus den Ermittlungen herauszuhalten?

»Sie haben aus Ihrer Abneigung Ihrem Bruder gegenüber keinen Hehl gemacht, ich bin sicher, wir finden den Grund, wenn wir tief genug graben. Vorerst habe ich mich mit Ihrem Alibi befasst und alle Telefonate überprüft, die Sie geführt haben zwischen dem frühestmöglichen Zeitpunkt des Mordes bis zu unserem Gespräch mit Herrn Ewald. Mir kam nämlich der Gedanke, dass Sie Herrn Ewald angerufen haben könnten, um ihn zu instruieren, was er sagen sollte, sobald wir ihn fragen, ob Sie in der Mordnacht bei ihm waren.«

»Aha. Und habe ich ihn angerufen?«

»Nicht von Ihrem Festnetzanschluss und auch nicht von Ihrem Handy aus.«

»Wozu auch? Ich hätte einfach zu ihm gehen können«, sagte Paul verbindlich. »Hier sind alle Wege kurz. Ich hätte Sascha erschießen, die Waffe entsorgen und rüber in den Grünen Weg laufen können, um Bruno sofort zu … instruieren. Alles innerhalb einer Dreiviertelstunde.«

»Bis ich die Telefonate von Herrn Ewald ebenfalls überprüft hatte, habe ich das in Betracht gezogen. Aber dabei sah ich, dass er einen Anruf von Ihren Nachbarn bekam, unmittelbar nachdem Herr Dietrich und ich Sie nach unserer Unterredung in Ihrem Haus verlassen hatten.«

Kassandra fragte sich, wie Paul es schaffte, weiterhin so gelassen zu erscheinen.

»Tatsächlich. Und was sagt Ihnen das?«, fragte er.

»Dass Sie ein kluger Mann sind. Aber versuchen Sie nicht, zu klug zu sein, das kann nach hinten losgehen.«

Endlich erhob sich Paul und trat Harms entgegen. Es kam selten vor, dass jemand so groß war wie er, sie standen sich buchstäblich Auge in Auge gegenüber. »Ich neige nicht dazu, mich zu überschätzen. Wenn Sie wissen wollen, worüber meine Nachbarn mit Bruno Ewald gesprochen haben, sollten Sie sie fragen – ich kann Ihnen da leider nicht behilflich sein.«

»Das habe ich schon getan. Übrigens zur Sicherheit auch Herrn Ewald. Beide erklärten übereinstimmend, sie hätten für den nächsten Tag eine Verabredung getroffen. Bevor Sie wieder fragen, was mir das sagt: Es sagt mir, dass Sie nicht nur ein kluger, sondern auch ein sehr beliebter Mann in diesem Ort sind.«

»Es sollte mich freuen, wenn das so ist. Besten Dank, dass Sie sich extra die Mühe gemacht haben herzukommen, um mir das mitzuteilen.«

Pauls Ironie brachte den bis eben genauso bewundernswert

ruhigen Harms nun doch aus der Fassung, wenn man es ihm auch nur an einem Zucken seiner Wangenpartie anmerkte. »Gern geschehen«, sagte er und drehte sich um. »Bemühen Sie sich nicht, ich finde allein raus.«

Kassandra stieß die angehaltene Luft aus, kaum dass Harms die Tür hinter sich zugezogen hatte. »Damit hab ich nicht mehr gerechnet«, flüsterte sie. »Falls er uns Angst machen wollte, hat er das erreicht. Bei mir zumindest. Sieht so aus, als müssten wir uns nicht nur wegen Clemens beeilen.«

»Scheint so«, sagte Paul abwesend. Sein Desinteresse wunderte Kassandra, was er offenbar spürte. »Du hast mich nie wieder gefragt, wo ich gewesen bin in der Mordnacht.«

»Du warst auf dem Friedhof.« Das war eine Feststellung. »Da lag ein Stein auf Karins Grab, der aussieht wie ein Fisch – den hat gar nicht Heinz dort hingelegt, das warst du.«

Paul hob die Brauen, nur um anschließend den Kopf zu schütteln und sich aufs Sofa zu setzen, wo er mit geschlossenen Augen zu erzählen begann. »Als ich in der Nacht aufwachte, wusste ich sofort, dass ich nicht mehr einschlafen würde. Zwanzig Minuten später lief ich unterhalb des Hohen Ufers an der See entlang und versuchte, an gar nichts zu denken. Ich konzentrierte mich auf das Geräusch der Wellen und darauf, mir bei der Dunkelheit nicht sämtliche Knochen zu brechen, aber einmal stolperte ich doch – und dabei fand ich den Fisch. So einen ähnlichen hatte ich vor Jahrzehnten schon mal gefunden und Karin geschenkt. Gibt es so was wie Schicksal? Die nächsten Stunden verbrachte ich auf dem Friedhof. Ich legte den Fisch auf Karins Grab und blieb lange dort stehen, dann wanderte ich durch die Reihen, über das alte Gräberfeld, zum Grabsteinhügel und zum Grab von Markus Brehmers Onkel und Tante, die einige Jahre vor Karin gestorben waren – ohne je zu erfahren, was aus ihrem Neffen geworden war. Für Markus Brehmer gab es weder eine ordentliche Beerdigung noch eine Trauerfeier, und falls er ein Grab bekam, war es eins ohne Namen. Am Ende stand ich erneut vor Karins Grab und verfluchte Sascha für das, was er ihr und Brehmer angetan hatte.« Paul öffnete die Augen und begegnete Kassandras Blick. »Als es dämmerte, hatte ich gar nicht bemerkt, wie viele Stunden vergangen waren. Trotzdem konnte ich nicht nach Hause gehen, sondern lief zur See zurück. Ich fragte mich, was aus uns beiden werden würde. Ich wusste ja nicht mal, was aus mir selbst werden würde, wenn Sascha seine Drohung wahr machte – er war niemand, dessen Drohungen bloß aus heißer Luft bestanden. Ich wusste nur, dass ich mich nicht erpressen ließ. Da schaute ich den Strandaufgang hoch und sah das Absperrband. Mein siebter Sinn sagte mir, dass ich mir wegen Saschas Erpressung keine Sorgen mehr machen musste. Das mag zynisch klingen, aber es war das, was ich dachte. Bestürzt war ich bloß darüber, ausgerechnet dich wieder mitten im Geschehen zu entdecken.«

»Tut mir leid – schlechte Zeitplanung.« Kassandra lächelte leicht, setzte sich neben Paul und lehnte sich an ihn. Er legte den Arm um sie, und sie erschrak vor sich selbst, weil ihr Körper augenblicklich auf seine Nähe reagierte. Nach allem, was er ihr gerade erzählt hatte, kam ihr das unpassend vor, gleichzeitig erinnerte sie sich an ihr Entsetzen und die furchtbare Leere in ihr, die der Gedanke an seinen Tod an jenem Morgen in ihr hervorgerufen hatte. Möglicherweise war das der Grund dafür, Paul jetzt plötzlich so heftig zu wollen. Sie spürte, wie seine Lippen ihr Haar streiften und sein Daumen ihren Hals entlangfuhr, und drehte sich zu ihm um. Vorsichtig, sanft zuerst, küsste er sie, als hätte er Angst, die neue Vertrautheit, geboren aus dem Gefühl, dass nichts mehr zwischen ihnen lag, zu zerbrechen. Kassandra erwiderte den Kuss – weniger sanft und weniger vorsichtig.

»Kassandra?«

Sie lag unter der Decke auf dem Sofa, noch ein bisschen schläfrig und nur noch wenig erfüllt von ihrem schlechten Gewissen, weil sie sich geliebt hatten, statt Sinnvolleres zu tun wie Saschas Mörder zu überführen oder wenigstens der Toten zu gedenken. Andererseits – vielleicht hatten sie gerade dadurch der Toten gedacht, indem sie auf ihre Weise das Leben feierten.

»Hm?« Träge richtete sie sich auf.

Paul stand vorm Schreibtisch und beugte sich über das Notebook-Display, die einzige Lichtquelle im Raum. Draußen war es ganz dunkel geworden, der Sturm, der sich am Morgen schon angekündigt hatte, war endgültig aufgezogen, die Wolken schwarz. Sie konnte nicht erkennen, was er da so intensiv betrachtete.

»Du solltest dir das ansehen.«

Kassandra schlüpfte in ihren Pulli und ihre Jeans und ging barfuß hinüber zu Paul.

»Durch die Unterbrechung von Herrn Harms bin ich drüber weggekommen, das Laptop auszuschalten.« Paul deutete auf das Display, auf dem noch immer Monas Fotos von der Jahresfeier der Goldschmiede-Vereinigung zu sehen waren. »Manchmal entdeckt man beim flüchtigen Hinsehen mehr als beim akribischen Studieren von Einzelheiten.«

Es dauerte etwas, bis Kassandra begriff, was Paul meinte. Es war ein Fehler gewesen, sich ausschließlich auf die beiden Fotos zu konzentrieren, die Mona zeigten. Darauf war im Hintergrund eine Frau mit hochgesteckten blonden Haaren zu sehen, die ein viel zu enges grünes Paillettenkleid trug. Dieselbe Frau stand auf einem anderen Foto zwei Reihen über diesem ebenfalls im Hintergrund – mit schulterlangen Haaren und in einem goldfarbenen Kleid, über dessen Stil sich streiten ließ. Kassandra scrollte nach oben und unten, doch sie fand die Frau kein drittes Mal.

»Wäre natürlich möglich, dass ihr jemand im Laufe des Abends einen Cocktail übers Kleid gegossen und sie sich umgezogen hat«, sagte Paul.

»Kein Mensch hat zwei so ausgefallene Kleider für eine einzige Festivität im Koffer«, sagte Kassandra. »Außerdem hätte man sie aus den Dingern rausschneiden müssen, sie sieht aus, als wäre sie darin eingenäht worden, und es hätte kein Grund bestanden, die kunstvolle Frisur zu zerstören.«

»Vergleichen wir die anderen Personen auf den beiden Mona-Fotos mit den restlichen Bildern«, schlug Paul vor.

Sie entdeckten noch einen Mann, der sowohl auf einem der Bilder mit Mona als auch auf weiteren Fotos zu sehen war. Er trug auf allen Bildern denselben Anzug und ein weißes Hemd.

»Das muss nichts heißen«, sagte Paul. »Männer tendieren dazu, einen einzigen Anzug für solche Anlässe im Schrank zu haben und den bedenkenlos immer wieder anzuziehen.«

Kassandra betrachtete unaufhörlich die Bilder, die direkt vor

ihren Augen einen absonderlichen Reigen aufzuführen begannen. Alles drehte sich. »Das heißt, entweder das Foto mit der
goldenen Frau stammt von einem anderen Jahrestreffen oder
die Bilder mit Mona. Was keine Absicht sein muss, sondern
ebenso gut ein Irrtum sein könnte, der beim Hochladen der
Fotos passiert ist.«

»Möglich.«

Sie hörte denselben Zweifel in Pauls Stimme, den sie selbst
verspürte. »Was tun wir?«, fragte sie mehr sich als Paul. »Dietrich benachrichtigen auf einen vagen Verdacht hin? Inzwischen
würde es sich richtig lohnen, von Mirko weiß er ja auch noch
nichts.«

Wie aufs Stichwort klingelte Kassandras Handy. Sie bekam nur
am Rande mit, dass Paul ging, um es zu holen. Zu sehr war sie
noch von der neuesten Entwicklung gefesselt, deshalb erschrak
sie, als er wieder neben ihr auftauchte und ihr das Telefon hin-
hielt.

Nach einem Blick aufs Display wunderte sie sich nicht mehr,
warum er das so widerstrebend tat. »Mona?«, wisperte sie ungläubig. »Das kann ich jetzt nicht.«

»Soll ich?«

Kassandra nickte, und Paul nahm das Gespräch für sie an.

»Hallo, Mona, ich bin's, Paul. Kassandra ist gerade beschäftigt.
Kann ich ihr was ausrichten?« Er hörte zu, Kassandra sah ihn
über seine Nasenwurzel reiben, dann sagte er: »Da soll sie sich
mal keine Sorgen machen, sie hat schon ganz recht. Es ist auch
nicht zu kurzfristig, wir kommen gern. Bis nachher.«

»Worüber soll sich wer keine Sorgen machen?«, erkundigte
sich Kassandra.

»Eine von Ingas Kochshows läuft um neun im Fernsehen.
Angeregt durch Monas Idee, das Erscheinen von ›Seegeflüster‹
zu feiern, hat Inga sich überlegt, heute Abend so was Ähnliches
zu veranstalten, nur in größerem Stil. Es klang, als käme halb
Wustrow. Allerdings ist es die Show, die vor zwei Wochen aufge-
zeichnet wurde, und sie hatte zuerst pietätsbedingte Vorbehalte,
uns einzuladen, weil das die Nacht war, in der Sascha erschossen
wurde. Am Ende fand sie aber doch, dass sie und ich darauf keine
Rücksicht nehmen müssen und trotzdem feiern können. Ich hab

zugesagt, wie du gehört hast. Ich gehe davon aus, dass Mona auch da sein wird. Wenn du ihr lieber nicht gegenübertreten willst, kann ich auch allein gehen.«

»Nein, schon gut. Wir wissen ja noch gar nicht sicher, ob sie was damit zu tun hat. Könnte eine gute Gelegenheit sein, es rauszufinden. Ich verstehe nur nicht ...«

Erneut wurden sie von Kassandras Handy unterbrochen. Diesmal ging sie sofort ran, Heinz war am anderen Ende, weshalb sie gleich auf Lautsprecher schaltete.

»Rate, wer mich gerade angerufen hat«, sagte er.

»Mirko?« Wenn Mona sie anrief, war es logisch, dass Mirko Heinz einlud, falls Inga auf die schräge Idee gekommen sein sollte, ihn ebenfalls dazuzubitten.

»Fast. Die Star-Köchin höchstpersönlich. Deiner Antwort entnehme ich, dass ihr für heute Abend auch eine Einladung habt? Inga Lange sagte, es sei zwar ein bisschen skurril – was meiner bescheidenen Meinung nach untertrieben ausgedrückt ist –, aber man könne doch auch meine Rückkehr nach Hause feiern. Am Schluss meinte sie noch, Mirko würde mein Kommen sicher freuen.«

»Gehst du hin?«

»Worauf du dich verlassen kannst.«

Kassandra hörte seiner Stimme an, dass Heinz allmählich wütend wurde. Anscheinend war er über das Stadium der Enttäuschung hinaus, was Mirkos mögliche Beteiligung betraf. Auch wenn es ihr schwerfiel, berichtete sie ihm, was sie und Paul wiederum über Monas mögliche Beteiligung aufgedeckt hatten.

»Wenn das alles stimmen sollte, ist es ganz schön verwegen, ausgerechnet uns bei ihrer Feier dabeizuhaben«, sagte er. »Sie muss sich sehr sicher fühlen.«

»Warum auch nicht?«, schaltete Paul sich ein. »Alle, die beteiligt sind, lieben Inga auf die eine oder andere Weise. Selbst wenn jemand kalte Füße kriegen sollte, es hängen alle mit drin, niemand wird sie oder den anderen verraten.«

»Du klingst sehr überzeugt«, stellte Heinz fest.

»Ein bisschen zu früh, ich weiß, aber alles zusammengenommen ergibt ein ziemlich eindeutiges Bild.«

»Nicht ganz«, widersprach Kassandra. »Etwas passt nämlich

nicht. Wenn das von Anfang an Ingas, Mirkos und Monas Plan war, wieso war Mona so unglücklich wegen Mirko?«

»Vielleicht war sie das gar nicht, vielleicht ist sie bloß eine brillante Schauspielerin«, schlug Heinz vor. »Ist doch ein recht gutes Ablenkungsmanöver, damit erst gar keiner auf den Gedanken kommt, dass das Trio ein Trio ist. Ich weiß, ich habe selbst gesagt, dass zu viele Köche den Brei verderben, aber je länger ich über alles nachdenke, desto einleuchtender finde ich es. Paul hat recht: Liebe verbindet. Was haltet ihr davon, ohne Ingas Wissen noch jemanden einzuladen? Vielleicht hat Herr Dietrich ja noch nichts vor.«

»Inga kennt ihn, sie würde kaum an einen Zufall glauben, wenn er sich ausgerechnet heute wieder im ›FischLänder‹ blicken lässt«, wandte Kassandra ein. »Außerdem mag es zwar das eine oder andere Interessante zu beobachten geben, aber die Polizei werden wir nicht brauchen. Falls doch, haben wir ja dich.«

»Danke für dein Vertrauen«, antwortete Heinz. Kassandra konnte hören, dass er lächelte.

»Wir benachrichtigen Dietrich über das, was sich in der Zwischenzeit getan hat, er soll selbst entscheiden, was er tut«, meinte Paul. »Ich denke, er wird Kassandras Meinung teilen: Es ist kein Polizeiaufgebot nötig, wenn knapp fünfzig Leute eine Kochshow gucken und die Hauptverdächtige in der Küche steht.«

»Es sei denn, sie plant, jemanden zu vergiften«, sagte Heinz. Diesmal konnte Kassandra nicht mit Gewissheit heraushören, ob er dabei lächelte oder es todernst meinte.

25

Das »FischLänder« war schon um halb neun sehr voll. Kassandra schälte sich aus Mantel und Mütze, was sie beides gut hatte gebrauchen können. Zwar kam kein Tropfen aus den immer noch dräuenden Wolken, doch der Sturm hatte nicht nachgelassen. Draußen herrschte eine aufgeladene Atmosphäre, während es drinnen hell und warm war. Paul hängte ihre Mäntel an die Garderobe, dabei entdeckte Kassandra auf der Fensterbank Gutschein-Flyer für den Abend, die laut Mona seit gestern in Wustrow und Ahrenshoop auslagen.

»Außerdem hat Inga ein paar Leute persönlich eingeladen«, erklärte Mona, die sie begrüßt hatte. »Sie weiß ja, dass es immer noch Fischländer gibt, die nicht so begeistert von ihrem Restaurant sind, wie zum Beispiel ihre Nachbarn, die ziemlich unter dem Medienrummel gelitten haben. Dabei ist sie total gern hier und kaum noch in Stralsund. Weiß gar nicht, wann sie das letzte Mal da gekocht hat.« Mona sah so phantastisch aus wie lange nicht mehr. Das meergrüne Kleid bildete den perfekten Kontrast zu ihren roten Locken, und wenn sie von Inga sprach, lag wieder die alte Wärme in ihrer Stimme. Es kostete Kassandra enorme Anstrengung, sich ihre Zweifel nicht anmerken zu lassen, daher nickte sie nur und war dankbar, dass Paul das Reden übernahm.

»Wo ist sie denn?«, fragte er.

»In der Küche. Sie bereitet dieselben Speisen zu, die sie in der Show gekocht hat – das ist der besondere Clou an diesem Abend.« Mona deutete auf den großen Flachbildschirm, der von den meisten Tischen aus sichtbar über der Bar hing. Die Gäste im Wintergarten konnten das Spektakel an einem kleineren Bildschirm verfolgen. »Seid ihr mit dem Platz einverstanden?« Mona hatte sie an einen der Sechsertische geführt, die an diesem Abend den Gastraum dominierten. »Dein Onkel kommt doch auch noch, oder, Kassandra? Haltet mir einen Stuhl frei, dann kann ich mich nachher etwas zu euch setzen. Die meiste Zeit werde ich allerdings damit beschäftigt sein zu helfen. Heute wird es noch voller als sonst, wir haben sogar noch einen Tisch mehr hier reingequetscht.«

»Der Platz ist perfekt, danke«, zwang sich Kassandra zu sagen.

»Guten Abend allerseits«, ließ sich da eine Stimme vernehmen. Heinz stand neben ihr, es war so laut im Gastraum, dass sie sein Kommen gar nicht bemerkt hatte. Für gewöhnlich gab es drei Kriterien, die auf seine Kleidung zutrafen: Sie war praktisch, unauffällig und passte. Heute trug er zu Kassandras Überraschung einen braunen Anzug, darunter ein dunkelbraunes Hemd. Mona hingegen fand anscheinend etwas anderes weitaus bemerkenswerter, sie starrte auf seine weißen Haare und sein Auge, dessen Zustand sich zwar weiter gebessert hatte, das aber immer noch übel aussah. Kassandra wurde klar, dass Mona ihn zum ersten Mal sah, seit er aus dem Gefängnis entlassen worden war.

»Ich …« Mona räusperte sich. »Schön, dass Sie kommen konnten, Herr Jung. Bitte erlauben Sie mir zu sagen, dass mir leidtut, was passiert ist.«

»Sie meinen das hier?« Heinz zeigte auf sein Auge. »Das wird wieder.«

Mona nickte unbestimmt, sie ließ im Unklaren, ob sie nur das Auge gemeint hatte. »Bitte entschuldigt mich einstweilen.«

Heinz rückte Kassandra den Stuhl zurecht. »Habt ihr Dietrich über alles unterrichtet?«, fragte er, nachdem sie saßen.

»Ja, er wollte …«, begann Paul, verstummte aber abrupt, weil ein Schatten über sie fiel.

Vor ihrem Tisch stand Mirko, einen Teller in der Hand. Er nickte zur Begrüßung in die Runde, dann stellte er den Teller vor Heinz ab. »Hab ich selbst zubereitet. Inga hätte mich fast erwürgt, weil ich Gehacktes in ihrer besten Fischpfanne gebraten habe. Ich dachte, du magst vielleicht eine kleine Extra-Vorspeise.«

Sprachlos sah Heinz auf die Bulette, die, kunstvoll mit winzigen bunten Paprikawürfeln verziert, auf dem Teller lag. Kassandra registrierte den Widerstreit der Gefühle in seinen Augen und hoffte, dass Mirko dafür weniger empfänglich war. Doch als Heinz aufschaute, hatte er sich wieder unter Kontrolle. Er lachte. »Danke, Mirko. Ich weiß dein Opfer zu würdigen.«

»Warte ab, bis du gegessen hast.« Mirko grinste und sagte im Umdrehen: »Ich bring gleich den Aperi…« Er stockte mitten im Wort.

Kassandra sah sofort, weshalb Mirko um Worte rang.

»Was willst du denn hier?«, brachte er schließlich hervor.

»Deine Chefin war so freundlich, mich einzuladen«, sagte Ralf Peters.

»Was? Das ist doch wohl nicht wahr!«

»Geh sie fragen, wenn du mir nicht glaubst.«

Als hätte Inga gewusst, dass es einen kritischen Moment in ihrem Restaurant gab, tauchte sie aus der Küche auf. Kassandra war ebenso perplex wie Mirko, und wenn sie Pauls und Heinz' Gesichter richtig deutete, ging es ihnen ebenso. Inga dagegen machte einen entspannten Eindruck. Paul und Heinz erhoben sich, um sie zu begrüßen, sie umarmte Paul und sagte leise: »Danke, dass du gekommen bist.« Heinz reichte sie die Hand und wiederholte, was Mona gesagt hatte, danach nickte sie Kassandra zu und wandte sich schließlich an Ralf Peters und Mirko gleichermaßen. »Steht da nicht rum wie die Ölgötzen. Wird Zeit, dass ihr mit eurer Streiterei aufhört. Herr Peters, ich schlage vor, Sie setzen sich gleich an diesen Tisch. Wenn ihr anderen nichts dagegen habt?«

Kassandra sah Paul an, dass er eine Menge dagegen hatte, und auch Ralf Peters schien die Sache nicht geheuer, er richtete skeptische Blicke sowohl auf Paul als auch auf Heinz, der noch am gelassensten mit der Situation umging. Dennoch mochte niemand widersprechen. Mirko stand daneben und sah aus, als könne er das alles nicht fassen.

»Ich bringe den Aperitif«, brachte er endlich seinen Satz von vorhin zu Ende und verschwand.

Dass Ralf Peters nun mit am Tisch saß, machte es für Kassandra, Paul und Heinz unmöglich, über das zu reden, worüber sie reden wollten – und erst recht über das, was hier gerade geschah. Ein Großteil ihrer Überlegungen basierte darauf, dass Ralf nicht Mirkos Vater sein konnte, sondern ihn auf fragwürdigem Weg adoptiert hatte – und dass Inga und Mirko das wussten. Dazu passte jedoch Ingas Verhalten überhaupt nicht. Sollten sie sich so vollkommen getäuscht haben?

Das Schweigen an ihrem Tisch erschien Kassandra durch das Stimmengewirr rund um sie herum noch bedrückender. Um ein Thema zu finden, griff sie nach dem Menüzettel. »Kichererbsensalat mit Birnen und Garnelen, Kürbissuppe mit Forellenbällchen, Dorade auf Auberginen-Ratatouille und als

Dessert Crème Brûlée mit gefrorener Minze«, las sie vor. »Klingt nicht ganz so exotisch wie sonst.«

»Soweit ich weiß, muss man kein Fünf-Sterne-Koch sein, um die Rezepte aus Ingas Shows nachkochen zu können«, meinte Paul.

»Ich fürchte, ich könnte das trotzdem nicht«, gestand Kassandra. »Wozu auch? Ich hab ja dich, du Fischexperte!«

Paul lachte. »Wenn du die Crème Brûlée machst.«

»Du hast ihr von deiner Fischbude erzählt?«, fragte Heinz belustigt.

»Bloß wegen einer Bemerkung von Clemens.«

»Clemens?«, mischte sich Ralf Peters erstmals ein. »Clemens Meisner? Leider habe ich sein Konzert neulich verpasst.«

Fünf Minuten redeten sie über Meisners Konzert, bis Mirko die Aperitifs brachte – zum Erstaunen aller hatte er Bruno im Schlepptau. »Ich denke, hier sind Sie richtig, Herr Ewald«, sagte er. »Viel Spaß heute Abend.«

»Werde ich haben.« Bruno setzte sich auf den freien Platz zwischen Paul und Ralf Peters, auf den er einen verblüfften Blick warf. »Das ist ja mal eine Überraschung. Andererseits habe ich meine Anwesenheit wohl auch nicht meiner grandiosen Persönlichkeit zu verdanken, sondern dir, Paul, oder?« Er zwinkerte ihm zu.

»Ich habe damit nichts zu tun«, wehrte Paul breit lächelnd ab. »Schätze eher, du gehörst zu dem gezielt ausgewählten Kontingent der Restaurant-Gegner, die Inga mit einer Einladung auf ihre Seite zu ziehen hofft.«

»Oh. Soll ich jetzt erfreut oder beleidigt sein?« Bruno lachte und wandte sich an Ralf Peters. »Was ist mit dir? Bist du auch deswegen hier, oder hast du dich endlich mit deinem Sohn vertragen?«

Kassandra registrierte befremdet, dass Bruno Peters duzte, und noch befremdeter, dass Peters das Du nicht zurückgab.

»Das geht Sie kaum was an.«

Bruno machte eine entschuldigende Handbewegung. »Verzeihung, bin schon still.«

Paul hatte am Nachmittag nicht nur Dietrich angerufen, sondern auch Bruno, der demnach Ralf Peters bewusst, wenn auch leider erfolglos herausgefordert hatte. Kassandra hätte zu gern nach der anscheinend komplizierten Verbindung zwischen beiden gefragt und nahm sich vor, das bei passender Gelegenheit nachzuholen. Zunächst jedoch begnügte sie sich mit Beobachten. Das schlechte Verhältnis zwischen Mirko und seinem Vater war ihnen auf einem silbernen Tablett serviert worden. Das Verhältnis zwischen Mona und Mirko dagegen war spannender. Wie sie angekündigt hatte, half Mona aus. Sie konnte zwar keine fünf Teller auf den Armen balancieren, aber sie hatte während ihres Studiums in einer Bar gearbeitet, sie konnte Cocktails zubereiten und war fix damit, Gläser zu füllen und zu spülen, während Mirko zusammen mit einem Kollegen zwischen den Tischen hin und her flitzte. Mirko und Mona beachteten sich kaum und wechselten anscheinend nur ein Wort, wenn es unbedingt nötig war. Das konnte man dem Zeitmangel zuschreiben oder einer Antipathie oder, wenn Heinz recht hatte, guter Schauspielkunst. Zwischendurch hatte Kassandra das Gefühl, als würden die beiden Blickkontakt aufnehmen, aber sie war sich nicht sicher.

Bevor die Kochshow begann, kam Inga aus der Küche, um ihre Gäste offiziell zu begrüßen, ihnen guten Appetit zu wünschen – und um sich für die herzliche Aufnahme in Wustrow zu bedanken. Dass das nur für einen Teil der Anwesenden galt, wusste jeder, aber das schien an diesem Abend keine Rolle zu spielen, alle amüsierten sich. Auch während der nächsten Dreiviertelstunde änderte sich daran nichts. Kaum jemand achtete auf die Fernsehschirme, dazu waren alle zu sehr damit beschäftigt, zu essen und zu klönen. An ihrem eigenen Tisch bestritten hauptsächlich Bruno und Paul die Unterhaltung, Heinz und Kassandra sagten wenig. Kassandra versuchte zwar ein paarmal, mit Ralf Peters ins Gespräch zu kommen, aber der antwortete meist einsilbig.

Erst kurz vor dem Dessert kam Mona dazu. Mit einem Seufzer ließ sie sich wenig graziös auf den Stuhl plumpsen. »Ganz schön anstrengend«, sagte sie lachend. Sie streckte ihre Füße aus, die in fünfzehn Zentimeter hohen High-Heels mit Plateausohle steckten. »Das nächste Mal bin ich schlauer und ziehe Turnschuhe an wie Mirko.«

Der flitzte unverändert dynamisch von Tisch zu Tisch und räumte Teller ab. Ralf Peters erwiderte das Lachen, und Kassandra hatte den Eindruck, er war so stolz auf seinen Sohn, als hätte der die Auszeichnung Kellner des Jahres bekommen. Ihr Blick glitt von Peters zu Mirko, der an der Bar ein paar leere Gläser abstellte. Automatisch schaute sie von dort hoch zum Bildschirm, auf dem Inga gerade die Minzblättchen aus dem Gefrierschrank nahm, um damit die Crème Brûlée zu verzieren. Die Regie hatte offensichtlich gefunden, dass das keine anspruchsvolle Tätigkeit war, und Anweisung gegeben, statt Inga das Publikum einzublenden. Ein junger Mann in der vorletzten Reihe bekam ein Schälchen serviert und sollte probieren. Genussvoll schloss er die Augen, doch das nahm Kassandra kaum noch wahr, denn eine Reihe über ihm saß eine Frau mit schwarzen Haaren, Brille und einem bunten Seidenschal, die das Geschehen kaum beachtete, sondern weiterhin auf die Showbühne zu Inga sah.

Die Stimmen um Kassandra herum wurden undeutlich, sie fühlte sich wie in einer der Unterwasserwelten in Stralsunds Ozeaneum. Obwohl sie damit hätte rechnen müssen, hatte immer noch die Möglichkeit bestanden, dass sie sich irrten. Jetzt jedoch bestand trotz Perücke und Brille kein Zweifel mehr: Mona war in Schwerin gewesen. Wie in Zeitlupe wandte sich Kassandra vom Bildschirm ab, auf dem schon wieder Inga zu sehen war. Alles schien normal, Heinz unterhielt sich mit Paul und Bruno, Ralf Peters betrachtete nach wie vor seinen Sohn – niemand am Tisch hatte etwas bemerkt. Niemand außer Mona, deren Blick sich mit dem von Kassandra kreuzte. Eine endlose Ewigkeit passierte gar nichts, bis Monas Augen plötzlich größer wurden. Kassandra begriff, dass ihr eigener Schrecken ihr überdeutlich ins Gesicht geschrieben stand und sie verriet. Monas Schock darüber, was Kassandra schon alles wissen musste, war unverkennbar, und Kassandra war versucht, auf das stumme Flehen ihrer Freundin einzugehen. Es ging schließlich um Mona, die immer zu ihr gehalten hatte, selbst in den dunkelsten Zeiten ihrer Scheidung von Sven. Es gehörte nicht viel dazu, Kassandras inneren Kampf zu erkennen. Ihre Hände griffen nervös nach ihrem Glas, und sie hatte wohl auch ein Geräusch von sich gegeben. Am Rande bekam sie mit, dass Paul sie ansah und dass jetzt auch Heinz' Aufmerksamkeit ihr galt. Beide mussten bemerkt haben, dass sich etwas zwischen ihr und Mona abspielte. Kassandra traf ihre Entscheidung.

»Wie konntest du das tun, Mona?«, fragte sie traurig.

Mona wollte aufspringen, doch Pauls Arm schoss vor, seine Hand umschloss ihr Handgelenk. All das passierte ohne ein Wort, selbst Mona kämpfte lautlos darum, sich zu befreien. Ihr Blick flog immer wieder zum Bildschirm, wie um sich zu vergewissern, dass sie nicht erneut eingeblendet wurde – aber genau das geschah.

»Liebe Zeit«, hörte Kassandra Heinz sagen, der Monas Blick gefolgt war und sie erkannt hatte. Auch Paul war für eine Sekunde abgelenkt, und diese Sekunde nutzte Mona. Sie riss sich los, hechtete durch das Restaurant und stieß dabei gegen Mirko, der mehrere Schälchen mit Crème Brûlée fallen ließ.

Kassandra und Paul waren im selben Moment aufgesprungen und hatten Mona schon fast erreicht, da wurden beide ausgerechnet durch Ralf Peters aufgehalten, der sich erhoben hatte, um Mirko mit den Crème Brûlées zu helfen, ohne dass der das überhaupt mitbekam. Mirko stand da wie eine Statue, kreideweiß im Gesicht. Paul stieß Peters zur Seite, aber Mona verschwand schon in der Küche. Das Stimmengewirr im Restaurant war abrupt verstummt, nachdem die Gäste mitbekommen hatten, dass etwas Ungewöhnliches passierte, daher konnte jeder hören, wie Mona panisch rief: »Inga, wir müssen weg! Schnell!«

Kassandra und Paul erreichten die Küchenschwingtür früh genug, um zu sehen, wie außer Inga der andere Koch und zwei weitere Küchenangestellte verdutzt hochschauten. Doch nur Inga verstand, was Mona meinte, als ihr Blick auf Kassandra und Paul fiel. Sie ließ die gefrorenen Minzblättchen fallen, die sie gerade in der Hand hielt. Mona war jetzt bei ihr, sie hatte im Laufen dreckige Töpfe und Pfannen vom Herd gerissen, um Paul und Kassandra zu behindern. Hastig griff sie nach Inga und zog sie zum Hinterausgang. Inga sah aus, als wisse sie nicht recht, was sie tun sollte, halb ließ sie sich ziehen, halb schaute sie zurück und sträubte sich, bis sie sich entschied, Mona zu folgen. Sie knallte die Hintertür hinter sich zu. Während Kassandra einen Weg über die Töpfe und deren Inhalt auf dem Küchenfußboden suchte, ohne auszurutschen, bekam sie diffus mit, dass Paul nicht mehr direkt bei ihr war. Sie hörte ihn die Tür zum Gastraum aufstoßen.

»Heinz! In meiner Manteltasche!«, rief er.

Kassandra sah den verdatterten Blick des Kochs und der Küchenhilfen, als sie und gleich darauf Paul an ihnen vorbeirannten und ebenfalls durch den Hinterausgang verschwanden. Paul überholte sie, spurtete durch den Garten nach vorn zur Karl-Marx-Straße, sprang über das Gartentor, das ebenfalls zugeschlagen worden war – und kam doch zu spät. Inga und Mona fuhren bereits in Monas Wagen davon, ohne dass sie sie einholen konnten. Trotzdem liefen sie bis zur Ecke Strandstraße hinterher, wo sie sahen, dass der Mercedes vorn an der Ampelkreuzung nach links in die Thälmann-Straße bog.

»Verdammt!«, fluchte Paul.

Ein röhrendes Motorengeräusch hinter ihnen ließ sie zusammenfahren. Kassandra war vom Laufen und durch den heftigen Wind, der ihnen entgegenschlug, außer Atem und zu sehr damit beschäftigt zu überlegen, wie es weitergehen sollte, um auf das Motorrad und den Fahrer und seinen Sozius zu achten, die neben ihnen hielten und abstiegen.

»Paul? Kassandra?« Die Stimme kannte sie. »Ist das nicht ein bisschen kalt, so ohne Mäntel? Gibt's hier eine Attraktion zu sehen?« Der Motorradfahrer hatte seinen Helm abgenommen und schaute von einem zum anderen.

»Jonas? Was tust du denn hier? Du bist in Urlaub. Und seit wann hast du ein Motorrad?« Noch während sie das fragte, dachte Kassandra, dass sie wahrlich gerade andere Probleme hatten.

»Ist nicht meins, sondern ihres.« Er deutete auf die Frau in Motorradkluft neben ihm, die gerade ebenfalls den Helm abnahm. »Das ist …«

»Ich brauch den Schlüssel«, unterbrach Paul ihn. »Und eure Helme und Jacken.«

»Was?«

»Kein Zeit – bitte!«

»Aber …«

»Jonas, bitte!« Paul wandte sich an die Frau. »Wir brauchen wirklich dringend Ihre Maschine.«

Die Frau schaute von Paul zu Jonas, als wollte sie fragen: Wer ist der Irre? Doch als Jonas nickte, nickte sie ebenfalls.

Paul wandte sich an Kassandra, während er Jonas' Jacke überzog und den Helm aufsetzte und ihr bedeutete, das Gleiche zu tun. »Mir wär's lieber, ich müsste dich nicht mitnehmen, aber falls wir sie einholen, kommst du besser mit Mona klar als ich. Halt dich gut fest an mir.«

Kassandra hatte noch nie auf so einer Maschine gesessen und keine Ahnung gehabt, dass Paul Motorrad fuhr, aber das war kaum das Überraschendste an diesem Tag. Dann heulte die Maschine auf. Kassandra klammerte sich an Paul und fragte sich, ob sie Mona und Inga überhaupt einholen konnten. Kurz darauf hielt sie ihre Chancen für ausgesprochen gut, falls die beiden nicht zwischenzeitlich irgendwo abgebogen waren. Paul nahm keine Rücksicht auf den Sturm, gegen den sie anfahren mussten. Zweifellos holte er alles aus der Maschine raus, sie flogen nur so über die Straße, auf der zu dieser späten Stunde wenig Leute unterwegs waren. Bald erkannte Kassandra vor ihnen rote Rücklichter. Monas Mercedes? Paul holte auf. Nein, das war ein anderer Wagen. Paul raste daran vorbei.

Während die dunkle Landschaft an ihnen vorüberzog, dachte Kassandra daran, was wohl gerade im »FischLänder« los war. Ob Mirko ebenfalls versuchte abzuhauen und was Ralf Peters tat. Zweifellos würde Heinz Pauls Aufforderung verstanden, aus dessen Manteltasche das iPhone geholt und Dietrich benachrichtigt haben, aber das würde zumindest ihnen beiden nicht viel helfen. Niemand konnte wissen, wohin sie unterwegs waren, was wiederum bedeutete, dass sie und Paul auf sich allein gestellt waren, falls sie Inga und Mona erwischten.

Inzwischen hatten sie den Ortsausgang von Ahrenshoop hinter sich gelassen und brausten durch den Darßwald. Diese Strecke war schon tagsüber recht dunkel, nachts sah man kaum die Hand vor Augen. Vor ihnen tauchten wieder Rücklichter auf. Wenn auch das nicht Monas Mercedes war, mussten sie und Inga in einer Nebenstraße Zuflucht gesucht haben, vermutlich ohnehin die klügste Entscheidung. Aber zumindest Mona war in Panik gewesen, vielleicht hatte sie Inga angesteckt, da handelte man nicht unbedingt logisch. Sie hatten den Wagen fast eingeholt, die Scheinwerfer erfassten ihn und das Nummernschild. Monas Mercedes.

Paul fuhr längsseits, und Kassandra erkannte Mona am Steuer.

Er versuchte, sie mit Lichthupe zum Anhalten zu bewegen, doch sie sah zuerst nur irritiert zur Seite, nicht damit rechnend, dass sie von einem Motorrad verfolgt wurde. Natürlich konnte sie sie unter den Helmen nicht erkennen, dennoch reichte ihr wohl die Erkenntnis, dass jemand hinter ihnen her war. Sie beschleunigte und zog an Paul vorbei. Nach zwei weiteren vergeblichen Versuchen, Mona zur Vernunft zu bringen, beschloss er offenbar, ihr einfach weiter zu folgen. Mittlerweile hatten sie auch Born hinter sich gelassen, fuhren erneut durch ein dunkles Waldstück und passierten gerade das Hinweisschild auf Bliesenrade, als Paul das Tempo drosselte. Vor ihnen bog Mona in die Straße nach Bliesenrade ein. An der Einfahrt brachte Paul die Maschine zum Stehen. Er setzte den Helm ab und schaute Monas Rücklichtern nach, denen auch Kassandras Blick beunruhigt folgte.

»Fahr ihnen hinterher«, bat sie mit durch ihren Helm gedämpfter Stimme. Bliesenrade bestand aus ein paar wenigen Häusern am Ende einer Halbinsel, die sich in den Bodstedter Bodden hineinzog. Diese enge Straße, auf der ersten Hälfte links und rechts gesäumt von dichtem Wald, war die einzige Verbindung zur Bäderstraße. Wenn Mona und Inga sich nicht dort verschanzen wollten, blieben ihnen drei Möglichkeiten: Entweder sie stahlen ein Boot am Bliesenrader Hafen und entkamen über den Bodden, was angesichts des Sturms eher ausschied. Oder sie schlugen sich zu Fuß durch, was Inga gelingen mochte, für Mona aber auf High-Heels oder wahlweise barfuß schwierig werden würde. Wenn sie sich für keins von beiden entschieden, kämen sie ihnen irgendwann zwangsweise wieder entgegen. Jede dieser Möglichkeiten setzte allerdings voraus, dass sie vorher keinen Unfall bauten, was, wenn man ihre Geschwindigkeit mit dem Zustand der Straße addierte, das Wahrscheinlichste war.

Paul setzte den Helm wieder auf und ließ den Motor an. »Festhalten.« Monas Rücklichter waren kaum noch zu sehen, aber dass sie sie überhaupt erkennen konnten, machte deutlich, dass Mona langsamer geworden war. Obwohl auch Paul langsam fuhr, wurden sie auf den sich aufwerfenden Bodenplatten durchgeschüttelt. Vor ihnen schien Mona bemerkt zu haben, dass sie wieder hinter ihr waren, es sah kurz so aus, als wollte sie erneut davonpreschen. Stattdessen hielt sie an und setzte zurück, sodass der Mercedes unversehens rückwärts fahrend auf Kassandra und Paul zukam. Paul machte einen Ausfall nach rechts, um ihm auszuweichen, aber Mona wechselte schon wieder den Gang und fuhr vorwärts. Paul beschleunigte ein bisschen und positionierte die Maschine neben Monas Wagen. Sie versuchte, ihn abzudrängen, musste sich aber selbst zu sehr auf die Straße konzentrieren. Da ragte vor ihnen eine der Bodenplatten so hoch auf, dass Mona abrupt auf die Bremse trat und damit den Motor abwürgte. Erfolglos versuchte sie, ihn wieder zum Laufen zu bringen. Paul brachte das Motorrad schräg vor dem Mercedes zum Stehen, sodass Mona nur mit äußersten Schwierigkeiten an der Maschine vorbeikäme, falls der Motor doch noch ansprang. Kassandra beeilte sich abzusteigen, damit Paul folgen und zur Beifahrerseite des Wagens laufen konnte. Sie selbst hastete zur anderen Seite, während sie sich gleichzeitig von dem Helm befreite. Dabei löste sich ihr Haarband. Sofort fegte der Sturm ihr die Haare vor die Augen, sie konnte nichts erkennen, hörte nur den Wind durch die Bäume heulen, Zweige und Äste knacken, bis es ihr gelang, die Haare aus dem Gesicht zu streichen. Inga verließ gerade den Wagen, doch Paul verstellte ihr den Weg.

»Sei vernünftig, ihr könnt vielleicht noch abhauen, wenn ihr uns über den Haufen rennt, aber am Ende habt ihr keine Chance.«

Unterdessen hatte Kassandra die Fahrertür geöffnet. Mona war über dem Lenkrad zusammengesunken, ihre Schultern zuckten unkontrolliert. Sie weinte und machte keinerlei Anstalten auszusteigen. Schwerfällig hob sie den Kopf, der verzweifelte Ausdruck in ihren Augen tat Kassandra in der Seele weh. »Wieso lasst ihr uns nicht in Ruhe? Wir haben bloß getan, was längst jemand hätte tun sollen!«

»Du hast gar nichts getan, Mona!«, rief Inga von der anderen Seite des Wagens.

»Das wird die Polizei sicher anders sehen«, gab Mona zurück.

»Sei still! Du hast gar nichts getan und gut.«

»Ich fürchte, Mona hat recht«, sagte Paul.

»Ach ja, fürchtest du das?«, fragte Inga sarkastisch. »Willst du jetzt auch noch sagen, dass es dir leidtut? Erspar's uns, ist doch sowieso gelogen, genau wie dein Mitgefühl wegen meines Vaters.

Mistkerl!« Ihre Stimme hob sich mit jedem Wort, nicht nur, um gegen den Sturm bestehen zu können, sondern auch vor Wut.

»Das war nicht gelogen, Inga.« Pauls Stimme war leiser, aber fest. »Ich habe gesagt, dass dein Vater ein großartiger Mensch war, und ich weiß, wovon ich rede. Du warst zu klein, um ihn richtig kennenzulernen, aber wenn du ihn gekannt hättest, hättest du gewusst, dass er Gewalt verabscheute.«

»Das weiß ich. Als ich endlich herausgefunden hatte, wer ich bin, habe ich meine Eltern gesucht. Ich weiß nicht, was aus meiner Mutter geworden ist, die Spur meines Vaters ließ sich leichter verfolgen. Ich fand zwar nicht mehr ihn, aber meine Großeltern. Sie haben mir viel über ihn erzählt, aber ganz egal, wie ihre und deine Meinung sein mag – was mit Sascha passiert ist, hätte er gutgeheißen. Oder glaubst du, er hätte hingenommen, dass jemand seine Familie zerstört? Er hat Gewalt verabscheut, aber Ungerechtigkeit noch mehr. Es war nicht gerecht, dass dein Bruder einfach so davonkam.«

»Ihr fandet es also gerecht, dass jemand für das büßen sollte, was ihr getan habt?«, mischte sich Kassandra ein. Ungeduldig fuhr sie durch ihre Haare, die der Wind ihr immer wieder ins Gesicht wehte.

Inga zuckte mit den Schultern. »Nein. Aber man muss Prioritäten setzen. Tut mir leid, dass es deinen Onkel erwischt hat. Eigentlich wollte ich jemanden in Wustrow finden, der eine Waffe *und* ein gutes Motiv hatte. Was Letzteres betrifft, war mir klar, dass es hier einige geben musste, dafür kannte ich Sascha gut genug. Mit der Waffe war das schon schwieriger. Als Mirko sich mit Heinz Jung anfreundete, hörte ich, dass der nicht nur Polizeibeamter gewesen war, sondern auch noch im Verein schoss. Ich hatte endlich jemanden mit einer Waffe gefunden, also änderte ich eben kurzfristig meinen Plan.«

Kassandra war sprachlos ob der Kaltblütigkeit, mit der Inga das sagte, aber auch erleichtert, dass sie von Heinz' Motiv keine Ahnung hatte.

»Du kanntest Sascha also gut?«, ging Paul auf einen anderen Punkt ein. »Durch die zwielichtigen Immobiliengeschäfte in Stralsund?«

Es dauerte etwas, bis Inga antwortete. »Ihr arbeitet mit Dietrich zusammen. Damit hätte ich rechnen müssen, aber ihr wart euch so wenig grün bei unserem Zusammentreffen neulich, dass ich Monas Befürchtung nicht ernst genug nahm.«

»Vergiss den Herrn Kriminaloberkommissar«, sagte Kassandra, die vermeiden wollte, dass Inga später etwas Entsprechendes bei Dietrichs Kollegen verlauten ließ. Sie fuhr fort, indem sie die Wahrheit ein Stück dehnte. »Mein Exmann kannte Sascha, er hat euch damals zusammen gesehen, wurde neugierig und hat ein paar Erkundigungen über dich eingezogen. Später hat er dich im Fernsehen erkannt, trotz deines veränderten Äußeren. Als er mir davon erzählte, fiel es nicht schwer, die richtigen Schlüsse zu ziehen.«

Ungläubig lachte Inga auf. »Sollte die Welt noch kleiner sein, als ich dachte?«

»In dieser Gegend schon«, sagte Paul. »Lass mich raten, was passiert ist: Nachdem du in der Bank auf einem guten und für das, was du vorhattest, erforderlichen Posten saßest, hast du den Kontakt zu Sascha gesucht. Du wolltest ihn drankriegen, ins Gefängnis bringen, dahin, wohin er deinen Vater gebracht hatte. Aber das ist schiefgelaufen, vielleicht hast du dich über- und ihn unterschätzt – jedenfalls bist du im Gefängnis gelandet, nicht er. Du warst einfach noch nicht so weit.« Paul machte eine Pause, in der Inga nicht reagierte und nur der Sturm zu hören war, der unverändert durch die kahlen Bäume pfiff, als wolle er Pauls Worte unterstreichen. »Du hättest ihn vielleicht auflaufen lassen können, nachdem du verhaftet wurdest, er wäre da gelandet, wo du ihn haben wolltest, aber das reichte dir inzwischen nicht mehr. Also hast du die Klappe gehalten und auf deine zweite Chance gewartet, richtig?«

Inga widersprach nicht, stattdessen sprudelte es aus ihr heraus: »Dein Bruder hat bekommen, was er verdient hat! Noch können wir diesen kleinen Ausflug sonst wie erklären. Dass Mona aus irgendwelchen Gründen eine Panikattacke gekriegt hat, Platz-angst im vollen Restaurant, was weiß ich? Ihr habt euch bloß Sorgen gemacht und seid hinterher. Niemand muss erfahren, dass sie so blöd war, sich verkleidet in meine Kochshow zu setzen!« Den letzten Satz stieß sie lauter hervor, was darauf hindeutete, dass sie davon bis heute nichts gewusst hatte.

»Ich wollte, ich hätte das nicht getan«, wisperte Mona, die sich bis dahin an Ingas Weisung gehalten und geschwiegen hatte. Beinah gingen ihre Worte unter im Rauschen des Windes, doch Inga hatte sie gehört.

Sie beugte sich ins Auto hinein und berührte Monas Arm, ohne dass Paul sie davon abhielt. »Schon gut«, sagte sie seufzend. »Wir machen alle Fehler.« Dann griff sie blitzschnell nach dem Zündschlüssel und warf ihn an Kassandra vorbei in den dunklen Wald. Kassandra konnte unmöglich erkennen, wo er gelandet war.

Inga richtete sich wieder auf und lachte Paul ins Gesicht. »Wie wollt ihr uns zurückbringen? Auf dem Motorrad? Während einer von euch den Schlüssel sucht, dürfte es nicht schwer sein, den anderen zu überwältigen und doch noch abzuhauen. Ich kann zwar nicht Motorrad fahren, aber man wächst mit seinen Herausforderungen.«

Paul sah sie regungslos an, seine Reaktion war nicht vorhersehbar. Er packte Inga an den Schultern, schleuderte sie herum und stieß sie gegen den Wagen. Ihren überraschten Aufschrei ignorierend, zog er mit einem Ruck ihre enge weiße Kochjacke bis zu den Ellenbogen nach unten, sodass ihre Arme an den Körper gepresst wurden und sie sie nicht mehr bewegen konnte. Inga versuchte, nach hinten zu treten, doch er wich aus und drückte sie mit einem Arm gegen das Wagendach, während er mit der linken Hand die hintere Tür öffnete.

»Tut mir leid, wenn ich dir wehgetan haben sollte«, sagte er dabei. »Aber ich mag's nicht, wenn man mich für dumm verkaufen will.« Sachte schob er sie auf den Rücksitz und durchsuchte danach vorn das Handschuhfach, bis er fündig wurde. »Glück gehabt, dass du so praktisch veranlagt bist, Mona.« Er warf Kassandra eine kleine Taschenlampe zu. »Such die Schlüssel, ich passe hier auf.«

Kassandra fing die Lampe und schaute zu Mona, die noch immer nicht imstande war, sich zu rühren. Schließlich leuchtete sie den Waldboden ab und fand auch bald Monas glitzerndes Schlüsselbund. Da ertönte aus ihrer Hosentasche ein leises Handyklingeln, das sie fast überhört hätte. In der einen Hand das Schlüsselbund und die Taschenlampe, fischte sie mit der anderen nach dem Telefon. Sie wusste nicht, ob sie bei dem Namen auf dem Display erleichtert sein oder Angst verspüren sollte.

»Frau Voß, wo sind Sie?«, fragte Dietrich.

»Bei Bliesenrade, wir haben gerade Inga und Mona in einer Sackgasse eingesammelt.«

»Sehr viel dringender bräuchte ich Paul Freese. Wie schnell können Sie hier sein?«

Nicht nur die Worte, auch Dietrichs eindringliche Stimme ließ Kassandra Schlimmstes befürchten. Sie hielt sich nicht mit unnötigen Fragen auf, sondern erkundigte sich schon im Laufen:

»Wo?«

»Inga Langes Restaurant.«

»Viertelstunde, sehr knapp gerechnet.«

»Machen Sie besser zehn Minuten draus.« Dietrich drückte sie ohne weiteren Kommentar weg.

Paul hatte zwar nur Kassandras Antwort gehört, war aber schon dabei, das Motorrad an den Straßenrand zu schieben. Es würde irgendwann später abgeholt werden müssen – ein Später, das im Moment in unendlicher Ferne zu liegen schien. Kassandra bugsierte die widerstandslose Mona auf den Rücksitz zu Inga, trotzdem benutzte sie die geliehene Motorradjacke, um Mona die Hände zu binden. Sie fühlte sich schlecht dabei und entschuldigte sich, wollte aber auf jeden Fall vermeiden, dass Mona auf die Idee kam, vom Rücksitz aus Paul zu behindern, der sich hinters Steuer setzte. Kassandra glaubte nicht an göttliche Mächte, sie machte das Glück dafür verantwortlich, dass der Motor schon ansprang, als sie sich noch nicht mal angeschnallt hatte.

»Er hat nicht gesagt, was los ist, aber falls diese Karre über zweihundert schafft, reiz das aus, sobald wir auf der Bäderstraße sind.«

»Schwierigkeiten?«, fragte Inga von hinten süffisant.

Paul ignorierte sie. »Heinz?«

»Nein.« Mehr sagte Kassandra nicht, Paul würde auch so wissen, wer stattdessen angerufen hatte.

Gerade dass es nicht Heinz gewesen war, machte ihr eine Heidenangst.

26

Diesmal hatten sie den Wind in ihrem Rücken, sie brauchten dreizehn Minuten, bis sie in die Karl-Marx-Straße einbogen. Schon von Weitem waren das Blaulicht, die Wagen und die Menschen zu sehen, die trotz des stürmischen Wetters auf der anderen Straßenseite und um die Alte Eiche herumstanden. Ein uniformierter Polizist wollte Kassandra und Paul aufhalten, doch Dietrich winkte sie durch.

»Kommen Sie mit«, rief er Paul zu, als der noch kaum ausgestiegen war.

»Jemand von Ihren Kollegen sollte sich um Inga und Mona kümmern«, sagte Paul, zeigte auf den Rücksitz und fragte im selben Atemzug: »Was ist hier los?«

Kassandra hörte, dass Dietrich zwei Beamte entsprechend instruierte, ehe er auf Pauls Frage antwortete. »Ralf Peters hat zwei Geiseln dadrin. Er will, dass wir seinen Sohn laufen lassen und dass Sie sich anhören, was er zu sagen hat.«

»Ralf?«, vergewisserte sich Paul. »Woher hat er eine Waffe?«

»Aus der Küche. Ein verflixt scharfes Messer«, erklärte Dietrich. »Er hat schon Inga Langes Koch damit verletzt, Ihr Dr. Weiß kümmert sich gerade um den Mann. Der Rettungswagen kommt wegen umgestürzter Bäume auf der Straße nach Ribnitz nicht direkt durch, und der Umweg dauert. Hoffen wir, dass auf anderen Straßen nicht das Gleiche passiert – und dass Peters nicht zwischenzeitlich ausrastet.«

»Paul!« Mirko stand unvermutet vor ihnen, direkt neben ihm ein Streifenpolizist, der ihn kaum festhalten konnte. Kassandra bemerkte, dass Mirko keine Schließen trug – hatte Dietrich vor, Ralf Peters' Forderungen nachzugeben und Mirko laufen zu lassen? »Paul, bring um Himmels willen Ralf zur Vernunft, ich weiß nicht, was in ihn gefahren ist!« Mirko flehte beinah. »Er sagt, er tut das für mich, aber er hört nicht mal zu, was ich sage.«

Pauls Blick flog von Mirko zu Dietrich. »Wenn ich da reingehe, sollte ich wissen, was genau bisher passiert ist. Wer sind die Geiseln?«

»Heinz Jung und Bruno Ewald«, sagte Dietrich gepresst. Auch wenn Kassandra das schon befürchtet hatte, weil weder Heinz noch Bruno auf der Straße standen, wurde ihr schwindelig. Sie zwang sich, auf Dietrichs Worte zu achten.

»Ich bin seit neun in Wustrow, nach Heinz Jungs Anruf brauchte ich nur ein paar Minuten hierher. Bruno Ewald wartete schon draußen auf mich und klärte mich über die Details auf, woraufhin ich Verstärkung rief und gleichzeitig darum bat, die Straßen nach Rostock zu überwachen, weil ich davon ausging, dass Inga Lange und ihre Freundin sich dahin absetzen wollten statt in die wilde Natur. Die Verstärkung kam glücklicherweise gerade noch durch, bevor die Straße unpassierbar wurde, Pech hatte nur der Rettungswagen. Heinz Jung war wegen Mirko Peters im Restaurant geblieben – um keinen Verdacht zu erregen und ihn im Auge zu behalten. Nach Herrn Ewalds Worten lief drinnen alles normal.« Er nickte Mirko zu, der weitererzählte.

»Zuerst schon, aber Ralf hatte Verdacht geschöpft und das Gespräch zwischen Herrn Dietrich und Herrn Ewald belauscht. Er kam durch die Hintertür in die Küche und sagte, ich solle abhauen, bevor es zu spät ist. Ich war geplättet, ich hatte keine Ahnung gehabt, dass er was wusste über Ingas Plan, Sascha Freese umzubringen.« Mirko holte kurz Luft. »Ich dachte gar nicht daran abzuhauen und erwähnte Heinz in dem Zusammenhang. Das war jedoch ein Fehler, weil Ralf alles falsch verstand. Als Heinz auch noch selbst in die Küche kam, ist er vollkommen ausgeflippt. Er verschloss die Hintertür, schnappte sich ein Messer und hielt das dem Koch an den Hals. Heinz versuchte einzugreifen, aber das brachte ihm nur einen aufgeschlitzten Sakkoärmel. Ralf ließ sich nicht beruhigen, er hat mir nicht mal zugehört, egal, was ich sagte. Stattdessen zwang er die beiden Küchenhilfen, die Tür zusätzlich zu verrammeln, und drängte uns alle in den Gastraum zurück, wo Panik ausbrach, was ihn noch nervöser machte. Er schrie mich an, ich solle den Polizisten holen, der mit Bruno Ewald draußen steht.«

»Was gar nicht mehr nötig war«, nahm Dietrich wieder den Faden auf. »Wir hatten die Schreckensschreie gehört und durchs Fenster gesehen, was los war. Trotz meines ausdrücklichen Verbots folgte mir Herr Ewald ins Restaurant. Ich verzichtete darauf, meine Waffe zu ziehen, weil niemand voraussagen konnte, was Peters bei dem Anblick einer Pistole getan hätte. Heinz Jung und ich redeten vergeblich auf ihn ein, dann beging Herr Ewald den Fehler seines Lebens. Er versuchte, dem Koch zu helfen, was zu dessen Verletzung führte und dazu, dass Peters sich stattdessen Bruno Ewald griff. Er drohte, ihn zu töten, wenn ich Mirko nicht laufen lasse und Sie, Herr Freese, ranschaffe.«

Das Licht einer Straßenlaterne fiel auf Pauls angestrengtes Gesicht. Er ballte seine Hände zu Fäusten. »Was dann?«

»Er ließ alle Gäste und das Personal gehen. Heinz Jung ist freiwillig geblieben, Peters wollte bloß Bruno Ewald, er weiß offenbar, wie nahe Sie sich stehen, und geht davon aus, dass Sie deshalb tun, was er will.«

»Weswegen hat er Sie gehen lassen?«

»Ich sollte die Flucht seines Sohnes in die Wege leiten und Ihnen persönlich erzählen, was dadrin los ist. Nachdem ich Frau Voß erreicht hatte, habe ich ihn angerufen und gesagt, dass Sie unterwegs sind. Er ließ mich noch kurz mit Heinz Jung sprechen ...« Dietrich zögerte.

»Was?«, fragte Paul.

»Kann sein, dass Herr Ewald verletzt ist – der Kontakt riss sehr abrupt ab, aber ich glaube, Jung hat mir das noch mitteilen wollen.«

Paul nickte und starrte an Dietrich vorbei auf das Haus, dessen Fenster hell erleuchtet waren. Es wirkte heimelig und war doch alles andere als das. »Gut, dann geh ich jetzt da rein.«

Kassandra hatte während der ganzen Zeit kein Wort gesagt. Obwohl sie ohne Jacke in der stürmischen Dezembernacht stand, war ihr bisher nicht kalt gewesen. Auf einmal fror sie fürchterlich. Sie wusste, dass nichts auf der Welt Paul davon abhalten würde, Bruno und Heinz da rauszuholen, wollte die Hand ausstrecken und ihn wenigstens noch kurz berühren, aber sie ließ es bleiben. Paul schien dennoch zu spüren, was in ihr vorging. Er zog seine Motorradjacke aus und legte sie um Kassandras Schultern. Ihre Blicke fanden sich, hielten sich fest, er strich ihr die Haare aus dem Gesicht, die der Wind ihr zum hundertsten Mal in die Augen fegte. Nach einem kaum wahrnehmbaren Nicken wandte er sich um und ging auf das Haus zu.

»Frau Voß«, sagte Dietrich neben ihr leise, »glauben Sie mir, wenn ich eine andere Möglichkeit sähe, würde ich sie nutzen. Aber die Zeit drängt. Wir wissen nicht, wie lange sich Peters noch hinhalten lässt.«

»Ja, das ist mir klar«, sagte sie zittrig, nahm ihren Blick aber nicht von Paul, der das »FischLänder« erreicht hatte.

An der grünen Tür, die in der Dunkelheit genauso gut schwarz hätte sein können, hielt er inne und hämmerte an das Holz. »Ralf? Ich bin's, Paul. Kann ich reinkommen?«

Die Antwort bestand für Kassandra nur aus dumpfen Tönen, aber es musste mehr sein als eine Aufforderung, weil Paul nicht nur vor der Tür stehen blieb, sondern sich auch seine Körperhaltung veränderte. Er richtete sich kerzengerade auf, erwiderte jedoch nichts auf das, was Ralf Peters gesagt hatte. Wieder erklang etwas Dumpfes aus dem Innern des Hauses.

»Nein«, rief Paul. »So kommen wir nichts ins Geschäft. Du hast gesagt, du willst mich sehen, ich bin hier. Mehr ist nicht drin.«

Dietrich und Kassandra sahen sich an. Dietrich versuchte zwar, ihr zu bedeuten, sie solle hier warten, doch das machte auf Kassandra keinen Eindruck. Bei Ralf Peters' nächster Antwort standen sie beide dicht genug an der Tür, um ihn zu verstehen.

»Dann stirbt Bruno Ewald.«

Paul hatte bemerkt, dass Dietrich und Kassandra bei ihm waren, doch er beachtete sie nicht, sondern rief durch die Tür: »Bruno, bist du in Ordnung?«

»Ja«, kam es zurück. »Tu das nicht, Paul! Ich …« Offensichtlich wurde er von Peters am Weitersprechen gehindert.

»Was will er?«, flüsterte Dietrich.

Paul ignorierte ihn. »Bruno?«, rief er stattdessen, während er seine Hand auf das Holz der Tür legte, als könnte er auf diese Weise sehen oder fühlen, wie es Bruno ging.

»Überleg's dir, Paul«, rief Peters.

Paul drehte sich um, seinen Blick auf Dietrich gerichtet. »Er will, dass Kassandra mit reinkommt.«

»Hat er gesagt, warum?«, fragte Dietrich scheinbar unbeeindruckt.

»Nein. Es ist unerheblich, warum. Das kommt nicht in Frage.«

»Ist das nicht meine Entscheidung?« Kassandra war alles andere als wohl bei dem Gedanken – aber tief in sich drin gestand sie sich ein, dass sie Peters dankbar war. Mit Paul im »FischLänder« zu sein, war eine Million mal besser, als draußen zu stehen und nicht zu wissen, was drinnen geschah. »Lass uns gehen.«

»Nein«, sagte Paul.

»Sei nicht so stur! Denk an Bruno.«

»Das tue ich. Und ich denke an dich. Du gehst da nicht rein.«

»Es wäre einen Versuch wert«, sagte Dietrich. »Sie werden zu viert sein, während Ralf Peters allein ist. Ich sage nicht, dass es das ungefährlich macht, und mir wäre eine andere Lösung auch lieber, aber wenn Frau Voß das Risiko eingehen will, sollten Sie um Herrn Ewalds willen zustimmen. Wir werden in der Zwischenzeit hier draußen weiter an einem Ausweg arbeiten.«

Zweifelnd schaute Paul zwischen ihm und Kassandra hin und her. Als sie noch einmal nickte, gab er sich geschlagen. Wieder hämmerte er gegen die Tür. »Ralf? Wir kommen jetzt rein.«

»Mach die Tür langsam auf.«

Während Paul Ralf Peters' Anweisungen folgte, schaute Kassandra kurz zurück. Dietrich formte ein »Viel Glück« mit seinen Lippen, weiter hinten auf dem Bürgersteig stand Mirko, der sie beobachtete und an dem sich gerade ein Polizist vorbeischob, um auf Dietrich zuzugehen. Sie hatte keine Zeit mehr zu hören, was er wollte. Paul nahm ihre Hand, betrat mit ihr gemeinsam das Restaurant und schloss die Tür hinter ihnen.

In der Mitte des Gastraumes saßen Heinz, Bruno und Ralf Peters an einem Tisch. Es hätte alles ganz normal aussehen können. Heinz saß links, vor sich ein Schälchen mit einem Rest Crème Brûlée. Abgesehen von seinem zerrissenen Sakkoärmel schien ihm nichts zu fehlen. Sein Gesicht war eine Maske, Kassandra konnte nicht sagen, was er dachte, ob er wütend oder ratlos war, und sie schätzte, dass das seine Absicht war. Auch Ralf Peters sollte nicht erraten, was in ihm vorging. Neben Heinz saß Bruno, mit dem Gesicht zu ihnen gewandt, und direkt dahinter Ralf Peters, der ihn mit dem linken Arm umklammerte und ihm mit der rechten Hand ein Messer an den Hals drückte. Dietrichs Vermutung stimmte, aus Brunos Schulter quoll Blut hervor, nicht viel, aber stetig. Sein Gesicht war fahl, er hatte die Augen geschlossen.

»Lass ihn los«, bat Paul, ohne sich einen Schritt auf Peters zuzubewegen. »Bitte, Ralf.«

Peters schüttelte den Kopf. »Ihr seid mir ein bisschen zu viele dafür.«

»Das hast du so gewollt«, erinnerte ihn Paul.

»Richtig. Aber das heißt ja nicht, dass ich ein unnötiges Wagnis eingehen muss. Ich bin nicht dämlich, weißt du.« Der letzte Satz klang wütend.

»Das hat niemand behauptet«, beschwichtigte ihn Paul.

»Nein, *gesagt* hat das keiner.« Peters lachte verärgert auf. »Aber es ist, was ihr denkt, und bedauerlicherweise war ich vor ein paar Tagen wirklich dämlich, dass ich nicht gleich durchschaut habe, was ihr da abgezogen habt in meiner Galerie, du und deine Freundin. Nachdem ich es kapiert hatte, fuhr ich in Mirkos Wohnung, um nachzusehen, ob es dort Beweise für seine Mitschuld gab. Hätte ja sein können, dass ihr selbst noch vorhattet, da rumzuschnüffeln. Glücklicherweise gab es nichts, also würdet ihr nichts in der Hand haben außer ein paar wilden Vermutungen. Dachte ich jedenfalls.«

»Ist das der Grund, warum Kassandra mitkommen sollte? Weil du dich an uns beiden rächen willst für das Theater in deiner Galerie?«, fragte Paul.

Peters zuckte mit den Schultern, eine Bewegung, die das Messer ganz leicht in Brunos Hals drückte. Bruno fuhr zusammen. Kassandra hörte nur halb, was Peters sagte, weil sie auf Bruno achtete, dessen fünfundsiebzig Jahre sie ihm heute zum ersten Mal ansah. »Mitgefangen, mitgehangen. Sie hat mitgespielt, sie soll die Konsequenzen tragen. Das ist so bei einer gewissen Art Spiel. Solltest du doch wissen.«

»Was genau willst du, Ralf?« Paul klang etwas ungeduldig, Kassandra fragte sich, ob er damit vor allem seine Angst um Bruno und sie überspielte.

»Mehrere Dinge. Zuerst will ich, dass du weißt, wie das ist, wenn man Angst um einen Menschen hat, den man liebt. Bruno Ewald ist eine Sache, aber deine Kassandra ist noch mal eine ganz andere, oder? Ich will, dass du weißt, wie ich mich gefühlt habe, als ihr hinter Mirko her wart. Ich will, dass Kassandra ganz langsam herkommt und den Platz deines alten Freundes einnimmt.« Er nahm kurz das Messer von Brunos Hals und zog ihn hoch, bis beide standen. Brunos Stuhl kickte er zur Seite. »Was meinen Sie, Herr Ewald? Wäre das nicht eine Erleichterung?«, sagte er dabei. Bevor Bruno die Chance ergreifen und sich aus Peters' Gewalt befreien konnte, hatte der das Messer wieder an seinen Hals gedrückt. »Übrigens: Ist doch ein toller Zufall, dass wir ausgerechnet hier sind. Quasi gegenüber von unserer alten Schule, auch wenn die längst nicht mehr steht. Nur dass damals Sie das Sagen hatten – und jetzt hab ich es. Aber ich darf nicht ungerecht sein, Sie waren kein übler Lehrer, bei Ihnen hat sogar mir Deutsche Sprache und Literatur Spaß gemacht. Tut mir leid, dass ich Sie in diese Sache reinziehen musste. – Bleib stehen, Paul!«

Paul hatte nun doch einen Schritt auf Ralf Peters zu gemacht, stoppte aber sofort.

»Für dich habe ich auch noch eine Überraschung«, fuhr Peters fort, »Später. Zuerst soll deine Freundin herkommen. Langsam.«

Kassandra setzte sich der Aufforderung entsprechend in Bewegung, dabei nahm sie ihren Blick nicht von Bruno und dem Messer. Bruno blinzelte und schüttelte abwehrend den Kopf, was er jedoch sofort wieder sein ließ, weil die Messerspitze erneut seinen Hals ritzte. »Nicht«, krächzte er stattdessen.

»Das geht in Ordnung, Bruno«, sagte Kassandra beherrscht. Mittlerweile hatte sie Paul hinter sich gelassen, spürte jedoch seine Anspannung, als würden sie einander berühren. Noch etwa fünf Schritte trennten sie von Bruno und Ralf, ihr Blick huschte zu Heinz, dessen Gesicht weiterhin eine Maske war. Nur in seinem gesunden Auge lag die Sorge um sie, doch auch das hatte er gleich wieder unter Kontrolle. Jetzt waren es nur noch drei Schritte.

»Halt«, hörte sie Paul sagen. Unwillkürlich blieb sie stehen und wagte nicht, sich zu rühren. Paul sprach schon weiter. »Ralf, du hast dich in eine ausweglose Situation manövriert, du kannst nicht gewinnen. Lass Bruno gehen und Kassandra in Ruhe. Wenn du was mit mir abzurechnen hast, mach das. Aber nur mit mir.«

»Tu nicht so, als hättest du mich vorhin missverstanden. Ich sagte, Kassandra hat mitgemacht, also wird sie die Konsequenzen tragen. Natürlich könnte ich nett sein und sie trotzdem gehen lassen. Leider bin ich nicht so … anständig«, sagte Peters freudlos. »Das fällt in dein Ressort. Wusstest du übrigens, dass diese Charaktereigenschaft von dir Sascha immer schon auf die Nerven gegangen ist?«

»Es gibt gerade nichts, was mich weniger interessiert als Sascha und seine Befindlichkeiten«, gab Paul zurück.

Während er sprach, nahm Kassandra aus den Augenwinkeln eine kaum merkliche Bewegung der Schwingtür zur Küche wahr. War da außerdem ein Klirren gewesen? Möglichst unauffällig schaute sie nach links, dabei traf ihr Blick erneut auf den von Heinz, der ihr lautlos zu verstehen gab, ruhig zu bleiben. Er hatte es wohl ebenfalls gehört. Sie konzentrierte sich wieder auf Ralf Peters, der gerade in einer frustrierten Geste das Messer ein Stück senkte und enttäuscht feststellte: »Sascha interessiert dich nicht? Nicht mal sein …«

»Lassen Sie das Messer fallen!«, donnerte mitten in den Satz Dietrichs Stimme.

Überrumpelt fuhr Peters halb herum. Geistesgegenwärtig nutzte Kassandra seine Schrecksekunde, um zur Seite zu springen, ihr blieb jedoch nicht verborgen, dass Bruno, von Peters mitgerissen, würgte und hustete. Hinter Peters standen Dietrich, zwei uniformierte Beamte und Tobias Harms, der eben erst in Wustrow eingetroffen sein musste. Alle vier hatten ihre Pistolen auf Peters gerichtet.

»Messer fallen lassen, sofort!«, wiederholte Dietrich scharf.

Ralf Peters kämpfte mit sich, er schaute von Dietrichs Waffe zu Paul. Fast meinte Kassandra, eine Bitte in seinem Blick zu lesen, während man im Raum eine Stecknadel hätte fallen hören können. Nur das gedämpfte Heulen des Sturmes drang von draußen herein, das sie bisher nicht wahrgenommen hatte, obwohl es ständig da gewesen sein musste.

Peters bewegte die Hand mit dem Messer – und mehrere Dinge geschahen gleichzeitig. Einer der Uniformierten hob seine Waffe ein winziges Stück, Dietrich und Heinz brüllten: »Nicht schießen!«, Peters stieß Bruno von sich, Paul machte einen Satz nach vorn auf Bruno zu, der stolperte, sodass sie aneinanderstießen, Paul ihn aber nicht auffangen konnte, und der Polizist schoss.

Peters schrie auf und fiel zu Boden, Paul sackte direkt vor

ihm auf die Knie. Kassandra versteinerte, konnte sich keinen Zentimeter rühren. Sie wisperte Pauls Namen, wollte die Augen schließen und wusste doch, dass sie dieses Bild, das sich aus unheilvollen Versatzstücken zusammensetzte, nie wieder vergessen würde: Dietrich, Harms und die beiden Uniformierten, die ihre Waffen noch immer auf Ralf richteten. Paul, der mit dem Rücken zu ihr auf dem Boden kniete, den Kopf gesenkt, die linke Hand blutend. Heinz und Bruno, der sich mit Heinz' Hilfe aufgerappelt hatte, beide etwas abseits entsetzt auf das Szenario vor ihnen starrend.

Ohne Ralf Peters aus den Augen zu lassen, sagte Dietrich: »Wir brauchen den Arzt hier, sofort!«

Das Messer, mit dem Peters eben noch Bruno bedroht hatte, war seiner Hand entglitten. Dietrich stieß es mit dem Fuß weg, sodass Peters es unmöglich mehr erreichen konnte, zur selben Zeit senkten die Beamten ihre Waffen. Da endlich stand Paul auf, und Kassandra sah, dass er abgesehen von der Hand unverletzt war. Die Erkenntnis ließ ihre Knie weich werden, sie musste sich an einem der Stühle festhalten. Peters hatte eine Schusswunde in der rechten Seite, aus der er kaum mehr blutete als Bruno, aber er sah bleich aus und regte sich nicht. Kassandra fragte sich, ob er tot oder nur bewusstlos war.

Offenbar war der Rettungswagen immer noch nicht eingetroffen, jedenfalls kniete jetzt kein unbekannter Notarzt neben Peters nieder, sondern Dr. Weiß mit einer großen, schwer aussehenden Tasche. Seine Assistentin beugte sich ebenfalls über den Verwundeten und wartete auf Anweisungen.

Paul trat zu Heinz und Bruno. »Geht's?«, fragte er. Bruno nickte, ließ sich auf einen Stuhl fallen und machte eine Kopfbewegung zu Kassandra hin, während er sich die Schulter hielt. Paul drehte sich um. Kassandra erkannte Erschöpfung und Traurigkeit in seinem Blick, aber auch Erleichterung, dass es vorbei war und dass ihr nichts fehlte. Mit immer noch weichen Knien ging sie hinüber und umarmte ihn. Ohne ihn ganz loszulassen, griff sie nach einer auf dem Tisch liegenden Stoffserviette und wollte sie Paul um die verletzte Hand wickeln. Doch er wischte damit nur flüchtig das Blut ab. »Ist nicht meins, ist Brunos«, sagte er leise.

Dietrich hatte sich von seinen Kollegen, zu denen weitere hinzugekommen waren, losgeeist. Während er herüberkam, sah Harms mit undefinierbarem Blick zu Paul, wandte sich aber relativ schnell wieder ab. Ansonsten ließ er durch nichts erkennen, dass sie sich heute nicht zum ersten Mal begegneten. Kassandra dachte sich ihren Teil, wurde dann aber abgelenkt von Dietrich, der gerade erklärte: »Wenn wir schon vorher von dem dritten Zugang zum Haus gewusst hätten, wäre zumindest Ihnen beiden einiges erspart geblieben«, sagte er zu Paul und Kassandra.

»Ich hatte mich schon gefragt, wie Sie reingekommen sind«, sagte Heinz. »Hervorragende Arbeit, fast lautlos.«

»Fast?«, echote Dietrich halb lächelnd. »Wie gut, dass Ralf Peters' Ohren nicht so tipptopp sind wie Ihre. Jedenfalls haben wir das Inga Lange zu verdanken. Sie hat uns von einer Bodenluke erzählt, die versteckt links vom Haus liegt, direkt hinter dem Wintergarten. Die Luke führt in den Keller, da unten gibt's eine Holztreppe, die wiederum zu einer weiteren Luke in der Küche führt. Wird selten benutzt, aber sie funktioniert.«

»Wieso hat Sie Ihnen das verraten?«, wollte Kassandra wissen.

»Ich hab mir nicht die Zeit genommen, sie zu fragen, hatte allerdings das Gefühl, es hing mit Ihnen, Herr Freese, und mit Ralf Peters zusammen.«

In dem Moment winkte Dr. Weiß Dietrich heran. Kassandra und Paul folgten ihm unaufgefordert.

»Können Sie ihm helfen?«, fragte Dietrich.

Ohne Peters aus den Augen zu lassen, sagte Dr. Weiß: »Nicht mit den Möglichkeiten, die ich hier habe. Ganz davon abgesehen, dass ich kein Chirurg bin, würde er mir bei einer Notoperation ohne die entsprechende Ausstattung an Ort und Stelle unter den Händen wegsterben. Er müsste sofort ins Krankenhaus, aber ...«

»Aber was?«

Weiß seufzte und sprach gedämpft weiter. »Selbst wenn der Rettungswagen schon hier wäre, er würde es nicht mehr rechtzeitig auf den OP-Tisch schaffen. Meiner Einschätzung nach hat die Kugel zu schwere Verletzungen verursacht, ich fürchte, er wird nicht mal die Fahrt zum Krankenhaus überleben.«

Es gelang Dietrich nur unzureichend, einen leisen Fluch zu unterdrücken. Da hob Peters plötzlich schwerfällig die Hand und bewegte die Lippen. Dr. Weiß beugte sich zu ihm hinunter. »Anscheinend lastet ihm etwas auf der Seele«, stellte er kurz darauf fest. »Er sagt was von Familie und Schuld. Glaube ich.« Peters wisperte etwas, verständlich diesmal. »Mirko?« Entweder wusste er nicht mehr, was um ihn herum geschah, oder er glaubte selbst nicht länger daran, dass Mirko mit Zustimmung der Polizei das Fischland verlassen hatte.

»Jemand soll Mirko Peters holen«, befahl Dietrich in Richtung seiner Kollegen, um sich danach erneut an Dr. Weiß und dessen Assistentin zu wenden. »Können Sie es verantworten, dass jemand von Ihnen beiden sich kurz um Herrn Ewalds Schulter und die Kratzer an seinem Hals kümmert? Sieht nicht sehr schlimm aus, aber die Wunden sollten versorgt werden.«

Weiß nickte seiner Assistentin zu, die mit einem Lächeln zu Bruno hinüberging. Paul nahm ihren Platz neben Peters ein, gerade rechtzeitig, um sein erneutes Flüstern wahrzunehmen. »Er will auch Inga sehen«, sagte er, was Dietrich ebenfalls weitergab.

Mirko betrat als Erster der beiden das »FischLänder«. Kassandra war davon ausgegangen, dass ihn Ralfs Zustand unbeeindruckt ließ, doch alle Farbe wich aus seinem Gesicht, als er ihn dort liegen sah und schnell begriff, dass der Mann, den er fast sein ganzes Leben für seinen Vater gehalten hatte, sterben würde. Er kniete auf der anderen Seite nieder und nahm seine Hand. »Ralf. Warum machst du denn so einen Mist?«

Ralf Peters verzog seinen Mund zu einem schwachen Lächeln. »Weil … ich dich liebe. Auch wenn … du mir das nicht glaubst. Für mich … warst du immer … mein Sohn.«

Mirko schluckte. »Das weiß ich doch. Du hast nur nie gelernt, mir zuzuhören, nicht mal vorhin, als ich versucht habe, dir zu sagen, dass ich gar nichts getan habe – außer blöderweise meinen Mund zu halten. Ich habe Heinz' Waffe nicht genommen. So war das geplant von Inga, als sie merkte, dass der Kontakt zwischen Heinz und mir enger wurde. Und ich wollte das auch zuerst, weil es einfach zu gut passte. Aber dann wurde echte Freundschaft daraus – und ich konnte das nicht mehr tun. Ich hätte Ingas Plan jemandem mitteilen sollen, aber ich dachte doch, sie braucht mich dafür, ich dachte nicht, dass sie sich die Waffe selbst beschafft und die Sache allein mit Mona durchzieht.

Und danach – sie ist meine Schwester. Ich konnte sie doch nicht verraten!«

»Nein«, sagte Ralf kaum hörbar.

Mittlerweile war Inga eingetroffen. Sie hatte den Rest von Mirkos Beichte mitgehört und beugte sich nun ebenfalls zu Ralf Peters herunter. »Schsch...«, machte sie überraschend sanft. »Sie müssen sich ausruhen. Nicht reden.«

Es schien, als würde Ralf Peters all seine Kräfte sammeln. Er hob die linke Hand, griff nach Mirkos, die auf seiner rechten lag und schob sie zu Inga hinüber, sodass er zumindest ihren Arm, wenn schon nicht ihre Hände berührte, die mit Schließen auf dem Rücken gefesselt waren. Dietrich mochte ihre Anwesenheit hier zwar gestatten, leichtsinnig wurde er dennoch nicht.

»Doch«, sagte Peters. »Ich ... hab zu lange geschwiegen.« Er drehte den Kopf zur anderen Seite, zu Paul. »Du sollst ... das auch hören. Meine ... Überraschung für dich.« Er machte eine längere Pause, in der niemand im Raum ein Wort sagte. Schließlich drehte er den Kopf wieder zu Mirko und holte rasselnd Luft. »Ich hatte Inga und dich in deiner Wohnung gehört. Sie ... vor allem. Du ... hast kaum ... was gesagt. Und ihr hattet ... keine Ahnung, dass ich ... da war. Ich begriff, was ihr vorhattet, Inga hatte sogar ... das Datum genannt und dass ... sie Sascha ... herbestellt hatte. Ich ... hab nicht verstanden, wieso er ... sich das gefallen ließ, er war ... nie der Typ, der tat, was ... andere von ihm verlangten.« Sein Blick irrte fragend zu Inga.

»Ich wusste ein paar Sachen über ihn«, sagte sie, »und habe getan, was er gewöhnlich zu tun pflegte: ihn erpresst.«

Peters' Kehle entrang sich ein seltsamer Laut, er lachte hustend. Nachdem er sich etwas erholt hatte, sah er Mirko an. »An dem ... Mittag kam Sascha ... zu mir. Wir ... hatten uns seit Jahren ... nicht mehr gesehen, und obwohl ... ich wusste, dass er auf dem Fischland ... sein würde, hätte ... ich nicht damit gerechnet, dass er sich bei mir ... blicken lässt. Er wirkte euphorisch ... schwer ... vorstellbar, dass er erpresst wurde, aber ... er war immer gut darin, der zu sein, der er ... gerade sein wollte. Er wollte Geld, damit ... er dir nicht verriet, dass ich nicht ... dein Vater bin. Er war ... sehr überrascht, als ich ... ihn auslachte. Er fragte, warum ich das ... so komisch fand, aber ich hab ... ihn rausgeworfen. War er nicht gewohnt von mir.« Er wandte sich an Paul. »War ein … gutes Gefühl, deinem Bruder mal … Kontra zu geben. Du denkst bestimmt … wir waren uns immer in allem einig, weil wir … scheinbar am selben … Strang gezogen haben. Aber … das war nicht so. Nicht immer. Nicht mal … früher. Und schon … gar nicht mehr … seit Michas Tod.« Wieder drehte er mühsam den Kopf zur anderen Seite. »Mirko …« Er holte tief Luft und bekam die nächsten Sätze flüssig heraus, als hätte er diese Rede lange vorbereitet und wäre nicht gewillt, sich durch irgendwas davon abhalten zu lassen, sie auszusprechen. »Ich kann keine Kinder zeugen, und als wir ein Kind adoptieren konnten, haben wir es getan. Ich wusste nicht, wer du warst, aber Sascha wusste es, woher auch immer. Er wusste immer alles. Er sagte es mir nach Michas Tod, und ich fing an, ihn zu hassen. Und dich umso mehr zu lieben. Ich habe versucht, an dir gutzumachen, was Sascha und ich getan hatten – und versagt.«

Mirko liefen die Tränen übers Gesicht, er schüttelte den Kopf. »Ich hab auch keine sonderlich gute Figur gemacht.«

»Du … bist schon richtig«, sagte Peters. Er schloss kurz die Augen und kehrte gedanklich zum Ausgangspunkt zurück. »Ich bin … in der Nacht zum Hohen Ufer. Ich wusste ja … Inga wollte … sich da mit Sascha treffen. Ich wusste aber nicht, ob … Mirko nur … die Waffe besorgen sollte oder … auch da … sein würde. Ich war … erleichtert, als er … nicht auftauchte.« Er sah zu Inga, die daraufhin das Wort ergriff.

»Mirko hat wirklich nichts getan, Herr Peters. An dem Abend, an dem er die Waffe hätte besorgen sollen und sich weigerte, habe ich ohne sein Wissen den Schlüssel zu Jungs Haus genommen und bin aus dem Restaurant rüber in die Lindenstraße gelaufen. Ich hatte mich über Jung ein bisschen schlaugemacht, wusste, was wichtig in seinem Leben war, und konnte nur hoffen, dass mir das in Bezug auf das Zahlenschloss am Waffenschrank weiterhelfen würde. Der fünfte Versuch klappte.« Sie hob leicht den Kopf und sah kurz auch Paul an. »Da stand ich nun also mit der Waffe am Hohen Ufer und wartete auf Sascha. Als er kam … Sie sagten vorhin, Herr Peters, er habe euphorisch gewirkt, ja, das stimmt, und ich wurde misstrauisch, bekam Angst, dass er ahnte, was das Treffen in Wirklichkeit bedeuten sollte. Angst, dass er nicht allein kommen, sondern jemand uns beobachten, im kritischen Augenblick eingreifen und ihn raushauen würde – und dass ich es dann wäre, die in die Mündung einer Pistole sieht. Ich hatte aber nur diese eine Chance, und ich musste sie nutzen. Allerdings hatte er mich anscheinend gar nicht ernst genommen. Er fragte sichtlich amüsiert und als wisse er die Antwort längst: ›Ina, meine Liebe, was glaubst du eigentlich, was du hier tust?‹ Ich zog die Waffe, und alles brach aus mir heraus – wie sehr ich ihn hasste und verachtete und dass er endlich bekommen würde, was er verdiente. Er blieb einfach stehen und rührte sich nicht.« Inga war noch immer ihr Erstaunen darüber anzusehen, sie schaute an Peters vorbei und schwieg.

»Sascha lächelte sie an«, fuhr Ralf Peters flüsternd fort. »Er war so … arrogant, als würde … alles von ihm abprallen, was Inga gerade … gesagt hatte.«

Ralf erzählte langsam, quälend langsam weiter. Das, was in jener Nacht geschehen war, erschien seltsamerweise gerade dadurch mit einem Mal überaus gegenwärtig, obwohl es längst der Vergangenheit angehörte.

»Was ist, Ina, worauf wartest du?«, wollte Sascha wissen. »Hast du Angst? Ist ganz leicht, jemanden umzubringen.«

»Sprichst du aus eigener Erfahrung?«, gab Inga sarkastisch zurück. »Sollte mich nicht wundern, wenn du selbst mal den Finger am Abzug gehabt hast – obwohl du die Menschen ja normalerweise auf andere Weise ins Aus manövrierst.«

Sascha antwortete nicht, stattdessen schaute er irritiert über ihre Schulter. »Was tust du denn hier?«, fragte er.

Sie drehte sich nicht um. »Das ist ein ziemlich bescheuerter Trick, Sascha. Du legst mich nicht rein.« Als ihr im nächsten Moment die Pistole aus der Hand gerissen wurde, reagierte sie nicht schnell genug, verlor das Gleichgewicht und fiel fast hin.

»Was ich hier tue? Vermutlich das einzig Gute, was ich jemals im Leben gemacht habe – dafür sorgen, dass nicht noch ein Leben deinetwegen den Bach runtergeht«, sagte Ralf. Er spürte, wie die Pistole schwer in seiner Hand lag. Zu seiner eigenen Überraschung hatte er eben eine Entscheidung getroffen, die er nicht mehr rückgängig machen würde. »Frau Lange, verschwinden Sie hier. Ich kümmere mich um ihn.«

»Was glauben Sie, wie dämlich ich bin, Peters? Sie wollen doch bloß dafür sorgen, dass Sascha wieder davonkommt. So leicht mach ich Ihnen das nicht. Überlegen Sie mal, was wollen Sie tun? Mich aus dem Weg räumen? Armer Mirko – wenn er das erfährt, wird er Sie bis an sein Lebensende hassen.«

Ganz kurz warf Ralf ihr einen Blick zu – zu kurz, als dass Sascha etwas unternehmen konnte. »Kann ich Ihnen nicht übel nehmen, dass Sie das denken. Trotzdem: Sie hatten recht mit allem, was Sie vorhin zu Sascha gesagt haben, und ich war auch nicht viel besser. Wird Zeit, dass ich wenigstens ein kleines bisschen davon wieder in Ordnung bringe. Wenn Sie mir schon nicht glauben, dass ich Sie davor bewahren will, was Dummes zu tun, glauben Sie mir wenigstens, dass ich das für Mirko tue. Gehen Sie jetzt.«

»Ich denk nicht dran!« Inga trat einen bedrohlichen Schritt auf Peters zu.

Er hätte sie gern angesehen, stattdessen rührte er sich keinen Millimeter, den Blick unvermindert auf Sascha gerichtet, den er mit der Waffe in Schach hielt. Seine Worte jedoch galten ihr. »Ich kann Sie nicht zwingen. Ich verstehe Sie sogar. Dann bleiben Sie eben und sehen zu.« Ohne die kleinste Überleitung sprach er weiter. »Mach's gut, Sascha, wir sehen uns in der Hölle.«

Saschas Augen weiteten sich. Zum ersten Mal, wenn auch nur für einen Atemzug, sah Ralf, dass Sascha Freese ebenso Angst empfinden konnte wie jeder andere Mensch. Todesangst. Sascha öffnete den Mund, doch seine Worte blieben ungesagt. Ein Schuss hallte durch die Stille der Nacht.

Sascha fiel zu Boden. Was in Wirklichkeit nur eine, höchstens zwei Sekunden dauerte, kam Ralf vor wie die Unendlichkeit. Er registrierte jede kleinste Bewegung, jedes Zucken, jedes Aufbäumen von Saschas Körper, jedes Geräusch, nicht nur den Nachhall des Schusses, sondern auch das Brechen der Zweige eines Busches, den Sascha beim Fallen niederriss, und den harten Aufprall auf der Erde.

Er wusste, dass Sascha tot war, ohne sich davon überzeugen zu müssen. Er hätte nicht sagen können, wieso, er spürte es einfach. Langsam richtete er die Pistole auf sich selbst und krümmte den Finger um den Abzug.

»Sind Sie verrückt geworden?«, brüllte eine Stimme, die ihm vage bekannt vorkam. Wie in Trance schaute er zur Seite und erkannte Inga. Er hatte völlig vergessen, dass sie da war.

»Glauben Sie, das macht Mirko glücklich?«, fragte sie wieder ruhiger.
»Wollen Sie, dass Sie für ihn ein Mörder und Selbstmörder sind?«
Vorsichtig nahm sie ihm die Waffe ab, er war zu benommen, um sich
dagegen zu wehren. Er starrte zuerst sie an, danach Saschas Leiche auf
dem Boden. Sein Blick glitt zurück zu Inga.

»Mirko war nie überzeugt davon, Sascha umzubringen, egal, welche
Pläne wir geschmiedet haben«, sagte Inga. »Es waren sowieso hauptsächlich meine. Aber wenn er schon jemanden dafür verantwortlich macht,
dass der Dreckskerl endlich tot ist, dann mich. Das wird er nämlich
denken, und das ist auch gut so.«

»Warum ... Ich verstehe nicht ...«, stammelte Ralf.

»Nein.« Inga seufzte. »Ich versteh's selbst nicht. Sie haben mehr
Mut im Leib, als ich je für möglich gehalten hätte. So was imponiert
mir wohl. Wenn Ihnen so viel an Mirko liegt, wie Sie vorhin gesagt
haben, besteht vielleicht noch Hoffnung auf Versöhnung. Gehen Sie
nach Hause.«

»Aber ...«

»Kein Aber. Sie haben mir hier schon die Arbeit abgenommen, den
Rest erledige ich.«

Ralf fühlte, wie sich ein heiseres Lachen aus ihm emporkämpfte. »War
ich es nicht vorhin, der Sie wegschicken wollte?« Er streckte die Hand
aus. »Geben Sie mir die Pistole. Ich habe die Arbeit erledigt, wie Sie sich
ausgedrückt haben, ich entsorge auch das Werkzeug. Sie müssen doch
wieder nach Schwerin zurück, oder? Sie sollten keine Zeit verlieren.«

Der Zeitfaktor brachte Inga offenbar zum Nachdenken, dennoch
reichte sie ihm nur zögernd die Waffe. »Was werden Sie damit tun?«

»Die See ist groß genug«, sagte Ralf.

Inga nickte, wandte sich ab und ging zurück zum Hauptweg, ohne
sich noch einmal umzudrehen.

Ralf stand reglos da und betrachtete die Waffe in seiner Hand.
Weil es so eine kalte Nacht war, hatte er Handschuhe angezogen, seine
Fingerabdrücke würden sich ebenso wenig darauf finden wie Ingas, die
sicherlich aus anderen Gründen an Handschuhe gedacht hatte. Er schaute
von der Pistole auf in den Himmel, der zwischen den Bäumen hindurch-
schimmerte, und lauschte in die Nacht. Inga hatte diesen abgelegenen
Ort gut ausgesucht, er konnte Sascha in dem Gebüsch liegen lassen, in
das er gefallen war, wahrscheinlich würde ihn eine ganze Weile niemand
entdecken.

Bedächtig verließ Ralf den dunklen Weg. Erst vorn beim Strand-
übergang begann er zu laufen, die Küste entlang, weiter und immer
weiter, ohne zu denken, nur weiter, bis er so ausgepumpt war, dass er
kaum noch Luft bekam. Keuchend blieb er stehen und bemerkte, dass
er sich längst auf dem sehr schmalen Pfad dicht an der Abbruchkante
des Hohen Ufers befand. Er holte weit aus und warf die Pistole über
das Steilufer hinaus in die See.

»Aber da … ist sie gar nicht angekommen«, sagte Peters. Seine
Stimme war immer leiser und schwächer geworden. »Ich hab
stattdessen … den Bunker getroffen … ohne es … zu merken.«
Er schloss die Augen. »Tut mir … leid … Herr Jung. Obwohl
ich … zugebe, dass … ich mich … zwischenzeitlich beglück-
wünschte, weil … Sie in Schwierigkeiten … kamen. Sie …
hatten mir … meinen Sohn weggenommen … dachte … ich.
Werden Sie … ein bisschen … auf ihn … aufpassen?«

Heinz hatte bei Bruno gestanden, jetzt trat er näher und
hockte sich neben Mirko. »Ich glaube nicht, dass das nötig ist.
Aber falls er es doch mal brauchen sollte, werde ich da sein«,
sagte er.

»Dan…ke.«

Es blieb so lange still, dass Kassandra das Äußerste befürchtete.
Da holte Peters noch einmal rasselnd Luft. »Ich hätte … das
nicht tun dürfen. Ich hätte … Sascha davonkommen lassen …
müssen. Nur so … hätte ich wirklich … was Sinnvolles getan
und … Inga und meinem Sohn geholfen. Aber … ich … konnte
nicht … anders.«

Mirko, der seit dem Geständnis geschwiegen hatte, rang sichtlich um Worte. Es war klar, dass er nicht mehr viel Zeit hatte,
sie zu sagen.

»Mirko«, flüsterte Peters. Er öffnete die Augen, doch sein
Blick ging ins Leere. »Bist du noch da?«

»Ja«, sagte Mirko und drückte seine Hand. »Ich bin hier, Papa.«

Ralf Peters lächelte, ein Zittern lief durch seinen Körper,
dann war es zu Ende.

27

Gefühle sind eine seltsame Sache, dachte Kassandra. Sie stand vor der großen Fensterfront oben in Pauls Haus und blickte über den Deich hinweg auf die See, ohne sie wahrzunehmen. Zu viel ging ihr im Kopf herum. Über vier Wochen waren seit jenem denkwürdigen Abend im »FischLänder« vergangen, das seitdem geschlossen war. Ralf Peters' Geständnis war völlig überraschend gekommen, und Paul hatte sich darüber, dass ausgerechnet Ralf Sascha erschossen hatte, nicht weniger bestürzt gezeigt als Mirko. Dennoch verspürte er ein diffuses Gefühl von Dankbarkeit, dass Ralf Inga davor bewahrt hatte, in letzter Konsequenz einen Mord zu begehen, auch wenn das, was sie dazu beigetragen hatte, sehr schwer wog.

Etwas anderes wog ebenso schwer: Was geschehen war, ging an niemandem spurlos vorüber, der daran Anteil gehabt hatte, aber Paul traf es besonders hart. Innerhalb von zwei Wochen war alles, was er je hatte vergessen wollen, mit Macht wieder an die Oberfläche gespült worden. Wäre er ein weniger ausgeglichener Mensch, hätte sich Kassandra ernsthaft Sorgen gemacht. Aber auch so waren sie noch nicht recht zur Ruhe gekommen. Etwas schien über ihnen zu schweben, als fehlte der Geschichte ein Abschluss.

Kassandra hauchte die kalte Fensterscheibe an und malte gedankenverloren einen Kreis auf die beschlagene Stelle. Gefühle waren wirklich eine seltsame Sache. Unter ihrem Einfluss dachte und handelte man nicht immer rational. Inga zum Beispiel. Sie hatte gewusst, wozu Ralf Peters fähig war, aber nicht, welche Rechnung er möglicherweise mit Paul begleichen wollte – und dadurch, dass sie Dietrich von dem dritten Zugang zu ihrem Haus erzählt hatte, was ein Eingreifen der Polizei ermöglichte, hatte sie verhindern wollen, dass er ihm etwas antat. Trotz aller gegenteiliger Beteuerungen in Bliesenrade war ihr der alte Freund ihres Vaters eben doch nicht völlig gleichgültig. Dagegen hatte sie keinerlei Skrupel gehabt, Mona glauben zu lassen, sie hätte eine Affäre mit Mirko. Sie war davon ausgegangen, dass Mona sofort Mirkos Verwicklung in den Mord vermuten würde, wenn sie von der Schwester-Bruder-Verbindung gewusst hätte. So viel sie auch für Mona empfand – Mirko liebte sie mehr, und es schien ihr sicherer für ihn, dass niemand von seiner Beteiligung auch nur ahnte. Schließlich hatte sie nicht wissen können, dass Mirko sich am Ende komplett heraushalten würde und sie sich die Waffe selbst besorgen musste, wie sie es Mona gegenüber von Anfang dargestellt hatte.

Mona wiederum war erschüttert gewesen, dass Heinz so schnell gefasst worden war. Sie hatte gleich befürchtet, dass das Paul und Kassandra auf den Plan rufen würde – und es nicht nur wegen des vermeintlichen Verhältnisses von Inga und Mirko für besser befunden, eine Zeit lang Abstand zu halten. Als Mona weg war, bekam Inga Befürchtungen, dass sie zur Polizei gehen könnte, wenn sie weiterhin glaubte, Inga würde sie mit Mirko betrügen. Rache konnte vieles in den Schatten stellen, sogar die eigene Schuld. Das war Inga schließlich selbst nicht fremd. Sie hatte aber außerdem begriffen, wie viel ihr tatsächlich an Mona lag und dass sie sie nicht verlieren wollte. Aus allen diesen Gründen erzählte sie ihr nach und nach, wie die Dinge lagen. Nur Ralfs Anwesenheit auf dem Hohen Ufer verschwieg sie ihr, ebenso wie Mirko. Er und Mona hatten nie Zweifel daran gehegt, dass Sascha von Inga erschossen worden war.

Gefühle waren auch für Mirko eine seltsame Sache, der aus der ganzen Geschichte wahrscheinlich mit einem blauen Auge davonkommen würde – abgesehen von dem Wechselbad der Gefühle, in dem er sich befand, wenn er daran dachte, was seine Schwester und sein Adoptivvater getan hatten. Ralf Peters' Beerdigung war fast so groß ausgefallen wie Saschas, wozu Mirko etwas sarkastisch angemerkt hatte, dass Ralf von so viel Anteilnahme überwältigt gewesen wäre. Zwei Wochen danach hatten Paul und Kassandra sich mit Heinz und Mirko getroffen, der ihnen eröffnet hatte, dass er bis zum Beginn seines geplanten Jurastudiums die Galerie weiterführen wollte. Einige Verträge mussten ohnehin noch erfüllt werden, und je länger er sich damit beschäftigte, desto mehr gefiel ihm der Gedanke und desto mehr Ideen kamen ihm dazu. Paul hatte daraufhin gemeint, er kenne da eine vielversprechende Fotografin – und Mirko hatte aufrichtig interessiert nach Kassandras Arbeitsproben gefragt. Später, als sie nur noch zu dritt gewesen waren, hatte Heinz festgestellt, dass diese Mischung aus Kreativität und Bodenständigem vielleicht sogar genau das Richtige für Mirko sei und dass die Zeit zeigen würde, was die Zukunft für ihn bereithielt.

Mittlerweile war zu den Kreisen auf der Fensterscheibe eine Sammlung von Dreiecken und Quadraten hinzugekommen. Kassandra wischte ihre Kunstwerke mit dem Ärmel fort und betrachtete endlich bewusst die See, die an diesem Tag so blau und trügerisch spiegelglatt dalag, als könnte sie sich niemals bei Windstärke zwölf aufbäumen, gegen das Land krachen, Schiffe zum Kentern bringen und Leben nehmen. Sie seufzte leise. Gleich darauf wurde sie von einem Klingeln an der Tür und danach einsetzender Betriebsamkeit im Haus aus ihren Gedanken gerissen. Heute war Silvester, sie erwarteten Gäste – vermutlich das Beste, um sich abzulenken. Unten bat Paul gerade Heinz herein, und Kassandra lächelte vor sich hin. Immerhin ein Gutes hatte Saschas Tod bewirkt: Es gab nichts mehr, was einer vorsichtigen Freundschaft zwischen Paul und Heinz im Wege stand, inzwischen kannte Heinz auch die ganze Wahrheit über jene Dezembernacht vor dreiunddreißig Jahren.

Kassandra löste sich vom Fenster und ging nach unten. In der Küche war Paul dabei, Kaffeepulver in die Maschine zu häufen, während Heinz die mit klebrigem Zuckerguss überzogenen Pfannkuchen, die er mitgebracht hatte, auf einen Teller legte. Er sah auf, als Kassandra die Treppe herunterkam, und zwinkerte ihr zu. Sein linkes Auge war wieder völlig in Ordnung, seine Rippenbrüche spürte er noch, aber auch das wurde besser. Als Nächster trudelte Bruno ein, dessen Schulterwunde ebenfalls verheilt war, wenn ihn die Nachwirkungen beim Angeln auch noch hin und wieder behinderten. Bald darauf saßen sie am Esstisch und redeten über alles Mögliche, nur nicht über den Fall. Da klingelte es erneut. Am Abend würden zwar noch Violetta, Jonas und seine Freundin Marlene kommen, die er im Urlaub kennengelernt und deren Motorrad eine so wichtige Rolle gespielt hatte – aber zum Kaffee erwarteten sie niemanden mehr. Die letzte Zeit hatte viele unliebsame Überraschungen für sie bereitgehalten, daher stand Kassandra nur widerstrebend auf, um zu öffnen.

»Tag, Frau Voß, ich hoffe, ich störe Sie nicht am Silvester-nachmittag«, sagte Dietrich, der ein Paket und eine Plastiktüte bei sich trug.

Kassandra wusste nicht recht, ob sie erfreut oder alarmiert sein sollte, entschied sich aber für Ersteres, da Dietrich keinen besorgten Eindruck machte. »Gar nicht. Kommen Sie rein und trinken Sie einen Kaffee mit uns.«

Anscheinend hatte Dietrich ihr den Schrecken angesehen und beeilte sich, beim Eintreten hinzuzufügen: »Ich bin nicht dienstlich hier, keine Angst. Und ich will Sie auch nicht lange aufhalten.«

Währenddessen hatte Paul sich erhoben. »Sie halten uns nicht auf, Herr Dietrich. Kassandra hat recht, legen Sie ab und setzen Sie sich zu uns.« Er deutete auf das Paket. »Spielen Sie noch Weihnachtsmann? Bisschen spät, oder?«

»Eher Postmann. Jemand von einem Zustelldienst stand vorn an der Straße und hat mitgekriegt, dass ich zu Ihnen wollte. Er bat mich, das mitzunehmen. Ist für Sie.«

»Für mich?« Paul hob die Brauen. »Und der Mann wollte keine Empfangsbestätigung?«

Dietrich stutzte. »Nein. Das ist in der Tat seltsam. Es …« Er hielt inne, weil er ebenso wie Kassandra bemerkt hatte, dass Paul ungläubig auf das Paket starrte.

»Was hast du?«, fragte sie beunruhigt. »Von wem ist es?«

Paul wartete so lange mit einer Antwort, dass auch Heinz und Bruno neugierig aufstanden und herüberkamen. Kassandra warf einen Blick auf den Aufkleber, auf dem aber nur Pauls Adresse stand, ein Absender fehlte.

»Von Sascha«, sagte Paul schließlich. »Das ist seine Hand-schrift.«

»Oh«, machte Dietrich. »In dem Fall: So lange braucht kein Zustelldienst, ein Paket auszuliefern. Bei näherer Überlegung könnte ich mir vorstellen, dass das kein echter Zusteller war, sondern jemand, der Sascha Freese nachträglich einen Gefallen getan hat.«

»Auftragsarbeit aus dem Grab sozusagen?«, formulierte Heinz.

»Klingt logisch«, meinte Bruno. »Und ganz nach deinem Bruder, Paul. Mach auf.«

Paul stellte das Paket auf den Tisch in der Sitzecke und betrachtete es wortlos. Nachdem der erste Schock, Post von einem Toten zu bekommen, verflogen war, begann er offenbar, sich seine Gedanken über die Hintergründe zu machen. »Wollen wir uns von Sascha unser Silvester verderben lassen?«, äußerte er seine Bedenken.

»Wenn du's nicht aufmachst«, sagte Kassandra und trat dicht an ihn heran, »wirst du dich die ganze Zeit fragen, was drin ist.« Paul berührte mit seinem Zeigefinger ihre Wange. »Wo du recht hast, hast du recht.«

Zwei Minuten später kam der Inhalt des Pakets ans Tageslicht. Dietrich schnappte nach Luft.

»Freeses Notebook! Kein Wunder, dass die Kollegen und ich es nirgends gefunden haben, wenn es wochenlang bei einem Unbekannten zwischengelagert war.«

»Warum schickt er es dir?«, fragte Heinz. »Er muss sich was dabei gedacht haben, und zwar einige Zeit vor seinem Tod. Es stand nicht in seinem Hotelzimmer, weder offen noch in einer Tasche, das wäre mir aufgefallen, ich hab mich trotz meiner Wut gründlich umgesehen. Berufskrankheit.«

»Schalten Sie es ein«, schlug Dietrich vor.

»Ist vermutlich für Sie interessanter als für mich«, sagte Paul, während er es anschloss. »Wer weiß, was Sie darauf über Saschas Geschäfte und Geschäftspartner finden.«

»Mag sein«, sagte Dietrich. »Aber Herr Jung hat recht. Sascha Freese wird das Laptop nicht grundlos ausgerechnet Ihnen geschickt haben.«

Mittlerweile war das Notebook hochgefahren, der Desktop zeigte bildschirmfüllend eine alte Schwarz-Weiß-Aufnahme. Zwei Jungs, einer vielleicht neun, der andere sechs Jahre alt, standen am Strand. Der ältere hatte seinen Arm um den jüngeren gelegt, beide grinsten in die Kamera.

Vier Augenpaare richteten sich auf Paul, der nicht erklären musste, wen das Foto zeigte. Er hatte sein eigenes Notebook zur Seite und Saschas auf dessen Platz auf dem Schreibtisch gestellt, jetzt setzte er sich davor und betrachtete das Bild. Niemand sprach, aber Kassandra konnte den Anblick der zwei fröhlichen Jungen nicht länger ertragen. Sie konzentrierte sich stattdessen auf das Einzige, was sich außer dem Foto sonst noch auf dem Desktop befand: die Verknüpfung zu einer Word-Datei mit dem Namen »Paul«. Obwohl sie wusste, dass es unausweichlich war, wünschte sie, er würde diese Datei nicht anklicken, sondern seinen Bruder weiterhin stumm in der Finsternis schmoren lassen.

In einer langsamen Bewegung griff Paul nach seiner Lesebrille, setzte sie auf – und öffnete die Datei.

Es war ganz offensichtlich ein Brief, und wie auf Kommando zogen sich Kassandra, Bruno, Heinz und Dietrich zurück, um Paul seine Privatsphäre zu lassen. Er begann zu lesen, doch schon bald drehte er sich auf seinem Stuhl um, das Gesicht vollkommen starr.

»Ich glaube, das ist für alle interessant. Wir können uns schlecht zu fünft um das Notebook scharen, also lese ich das vor, wenn niemand was dagegen hat.«

»Sind Sie sicher, dass …«, begann Dietrich.

Paul schnitt ihm mit einer Geste das Wort ab. »Bin ich.« Er drehte sich wieder um, räusperte sich und begann. Vor einigen Monaten hatte er zu Kassandra gesagt, er mache keine Lesungen, weil sonst sein Pseudonym nicht länger gewahrt bliebe und weil er nicht gut lesen könne. Er wusste anscheinend selbst weder um die Wirkung seiner Stimme beim Lesen noch um sein Talent, Wörter – und Menschen – zum Leben zu erwecken. Während er las, lief Kassandra eine Gänsehaut über den Rücken, weil sie den Eindruck gewann, Sascha wäre mitten unter ihnen.

Paul,
da Du das hier liest, dürfte ich tot sein. Ich würde zu gern wissen, wer mich nun ins Jenseits befördert hat. Entschuldige die Wiederholung, aber: Da Du das hier liest, warst Du es vermutlich nicht. Oder die Bullen haben Dich nicht erwischt. Andererseits: Jemand, der so anständig ist wie Du, würde niemanden umbringen, nicht mal jemanden, den er so hasst wie Du mich. Oder hasst Du mich gar nicht? Wahrscheinlich bist Du selbst dazu zu anständig und verachtest mich eher. Weißt Du, ich habe mich immer gefragt, wie Du das machst. So anständig sein. Das war schon ziemlich lästig, wenn es auch ein einziges Mal wiederum …
hilfreich gewesen ist. Wie dem auch sei – Du bist mein Bruder, und auch wenn es Dir schwerfallen sollte, das zu glauben: Das bedeutet mir

was. Du bedeutest mir was. Also: Ich hoffe, Du hast Dich nicht von mir provozieren lassen. Und verzeihst mir, dass ich es trotzdem versucht habe. Du kennst mich: Ich halte mir gern alle Optionen offen.

Wenn ich Dich nicht so weit bringen konnte, dann jemand anderen. Mein Tipp wäre Inga, obwohl ich mich dafür nicht mal mehr sonderlich anstrengen muss. Sie hat mich aufs Fischland bestellt, und ich glaube kaum, dass sie mich tatsächlich erpressen will. Eine kluge Frau wie sie sollte wissen, dass ich blank bin. Pleite. Am Ende. Ich kann mir kaum noch die Miete für meine mickrige Wohnung in diesem Wohnblock leisten. Aber ich beklage mich nicht. Habe ich nie getan, ich habe immer gehandelt. Hat diesmal leider nichts gebracht, ich komme nicht mehr auf die Füße, jemand hat mich ausgeschaltet, und zwar gründlich und endgültig.

Wo war ich? Ach ja, Inga. Inga Lange, die Star-Köchin. Falls sie es war, wird sich ihr Motiv inzwischen rumgesprochen haben. Falls sie es nicht war, mach Dir trotzdem die Mühe und finde ein bisschen mehr über sie raus. Könnte sich für Dich lohnen.

Meine nächste Option heißt Clemens Meisner, Du weißt schon, unser schwuler Meisterorganist. Wusstest Du nicht? Man lernt eben nie aus. Den jedenfalls habe wiederum ich nach Wustrow bestellt, und ich wette, er kommt. Er hat zu viel Schiss um seinen genauso schwulen Therapeuten-Freund, könnte reichen für eine Verzweiflungstat an der Nebelstation. Clemens kriegt seine Chance übrigens nach Dir und vor Inga, wenn alles nach Plan verläuft.

Dann wäre da Ralf. Die Mühe könnte ich mir eigentlich sparen, der Jammerlappen bringt es bloß fertig, was Unmoralisches zu tun, wenn er hundertprozentig sicher sein kann, dass nichts schiefgeht. Aber wo ich schon mal da sein werde … Falls Du Dich fragst, was sein Geheimnis ist, das er gern für immer gehütet haben möchte – so sehr, dass er dafür vielleicht, möglicherweise, eventuell, wenn es denn völlig risikolos wäre, tötet: Du findest es raus, wenn Du Dich mit Inga beschäftigst.

Schließlich gibt es noch jemanden, der einen exorbitant guten Grund hätte, mich umzubringen – wahrscheinlich sogar den …

Paul stockte mitten im Satz und schien sich instinktiv umdrehen zu wollen, doch er hielt sich zurück und verharrte reglos.

In die Pause hinein sagte Heinz ruhig: »Lies weiter.«

Kassandra beobachtete, wie Dietrich ihm einen prüfenden

Blick zuwarf, hinter seiner Stirn arbeitete es, doch er fragte nichts, sondern wandte sich wieder Paul zu, als der fortfuhr.

... wahrscheinlich sogar den besten. Allerdings bin ich mir noch im Unklaren, ob er das überhaupt weiß. Ich muss hier nicht sagen, wen ich meine, ich habe vor, Dir das persönlich zu erzählen. Du wirst es also jetzt längst wissen. Seltsamerweise kann ich bei ihm am wenigsten einschätzen, ob er fähig wäre, einen Mord zu begehen. Je länger ich darüber nachdenke – ja, vielleicht sogar noch eher als Inga. Sollte nichts von dem funktionieren, was ich ausgetüftelt habe, hab ich also immer noch ihn. Seine Trumpfkarte soll man ja immer zum Schluss ausspielen.

Hältst Du mich für verrückt, Paul? Ich versichere Dir, ich bin's nicht. Natürlich könnte ich mich erhängen, erschießen, vergiften, von der Marienkirche stürzen oder sonst was anstellen. Ich bin am Ende, ja, aber das heißt noch lange nicht, dass ich phantasielos gehe. Ich will ein bisschen Spaß am Schluss. Machtspiele wie dieses habe ich immer geliebt, und niemand soll sagen, ich wäre niederschmetternd mitleiderregend und langweilig von der Bühne getreten. Nicht mein Stil.

Falls Du mich unerwarteterweise doch ein kleines bisschen ... vermissen solltest, nimm's nicht so tragisch und sag Dir, dass es genau so gekommen ist, wie ich es wollte.

Guten Rutsch und – auch sonst alles Gute. Ehrlich.

Sascha

Diesmal dauerte es länger, bis sich jemand rührte. Der Erste, der es schließlich tat, war Paul. Er klappte das Notebook zu, nahm es vom Strom und hielt es Dietrich hin. »Hier. Tun Sie damit, was Sie wollen, wozu auch immer Sie es benötigen. Vielleicht finden Sie ja auf der Festplatte wirklich was Interessantes. Anschließend können Sie das Ding entsorgen, ich will's nicht wiederhaben.«

»Bestimmt?«

»Ja«, sagte Paul entschlossen. »Daran wird sich auch nichts ändern. Wissen Sie übrigens noch, was Sie gesagt haben, als wir uns bei Bruno trafen?«

Dietrich überlegte eine Weile. »Dass manche Menschen sehr gründlich aufräumen, wenn sie wissen, dass sie sterben werden? Und dass ich deshalb glaubte, Sascha Freese könnte geahnt haben, was ihm bevorstand? Dabei hatte ich zugegebenermaßen nicht an diese Lösung gedacht.«

»Wie auch?«, sagte Bruno. »Niemand hätte darauf kommen können, dass jemand plant, sich auf so perfide Weise umbringen zu lassen.«

»Vielleicht doch«, widersprach Dietrich. »Männer wie Sascha Freese sind im Grunde Feiglinge. Er hätte sich seinem Leben stellen können, stattdessen hat er es vorgezogen, sich daraus zu verabschieden, sobald es unangenehm wurde. Und das hat er nicht mal selbst geschafft.«

»Wenn man es so betrachtet«, sagte Heinz, »könnten Sie recht haben.«

Dietrich schaute ihn durchdringend an. »Habe ich. Ich wollte nur, ich hätte einiges eher gesehen.«

»Sie haben ziemlich viel gesehen, scheint mir«, erwiderte Heinz. »Manchmal ist es besser, wenn man nicht alles sofort sieht, sonst gelangt man möglicherweise zum falschen Schluss.«

»Alles zu seiner Zeit, meinen Sie?« Dietrich lächelte. »Wenn man es so betrachtet, könnten Sie recht haben.«

Heinz erwiderte das Lächeln. »Da wir damit den dienstlichen Teil geklärt hätten, können wir ja jetzt zum privaten übergehen. Kaffee? Und was führt Sie denn nun eigentlich an Silvester nach Wustrow?«

»Ja, richtig, hätte ich beinah vergessen.« Während sich alle an den Esstisch setzten, holte Dietrich die Plastiktüte, die er mitgebracht hatte. »Ich bin auf dem Weg nach Ribnitz zu einer Feier, bei der ich Bernd Westphal treffe, den Kollegen von der Kriminaltechnik. Seine Frau liest Ihre Bücher, Herr Freese, und ich hab mich gefragt, ob Sie dieses für sie signieren würden.« Er reichte Paul ein Exemplar vom »Seegeflüster«.

»Mach ich gern«, sagte Paul. »Das ist ja mal ein netter Grund für einen Besuch. Kommen Sie ruhig öfter!«

»Ich nehm Sie beim Wort«, sagte Dietrich. »Macht sicher Eindruck, wenn ich signierte Bücher von Alexander Hardenberg verteile, der sich nie in der Öffentlichkeit blicken lässt.«

Paul lachte – zum ersten Mal seit langer Zeit wieder dieses unbeschwerte Lachen, das Kassandra so liebte und das alles um ihn herum heller werden ließ. Er schrieb ein paar nette Worte in das Buch und reichte es Dietrich zurück. »Danke«, sagte er dabei.

Viele Stunden später liefen Kassandra und Paul schweigend an der See entlang, die unverändert still dalag. Nur ein leises Gluckern war zu hören, in weiter Ferne schimmerten ab und zu die Lichter vorbeifahrender Frachter auf. Die Feuerwerksraketen, die das alte Jahr am Strand bunt und laut verabschiedet, das neue begrüßt und sich dabei zauberhaft auf der Wasseroberfläche gespiegelt hatten, waren längst verglüht, die Menschen in ihre Häuser zurückgekehrt, die Nacht wieder ruhig geworden.

Paul nahm Kassandras Hand und führte sie zu den Booten in den Dünen. Sie setzten sich, noch immer schweigend. Unwillkürlich erinnerte sich Kassandra an den Tag, an dem sie hier Sascha begegnet waren. Kurz davor hatte sie den Hühnergott gefunden, den sie noch immer in ihrer Manteltasche trug. Sie umschloss ihn mit ihrer linken Hand. Man konnte kaum behaupten, dass er Glück gebracht hatte. Andererseits – wer wusste schon, wie das alles ausgegangen wäre ohne den Stein. Sie musste über ihren eigenen Gedanken lächeln. Als ob ein Hühnergott irgendetwas bewirken konnte.

»Woran denkst du?«, fragte Paul.

Kassandra sah zur Seite. Anscheinend hatte er sie schon etwas länger beobachtet. Ihr Lächeln vertiefte sich.

»Was ist so komisch?«, wollte er wissen.

»Nichts. Außer dass diese Frage für gewöhnlich eher Frauen als Männer stellen.«

»Oh. Na ja. Ich bin eben nicht … gewöhnlich«, erwiderte Paul und schmunzelte.

Sie lachte leise. »Nein, das kann man wirklich nicht behaupten. Du bist …« Sie stockte. Eigentlich hatte sie was Lockeres sagen wollen, das zu ihrem Geplänkel passte. Aber ihr kam etwas ganz anderes in den Sinn. Ihr Blick wanderte zur See und zurück zu Paul, der sie wartend und gleichzeitig belustigt ansah. »Du bist wie dieses Land«, sagte sie. »Du hast so viel gesehen, so viel erlebt, schöne Zeiten und heftige Stürme. Du bist immer noch hier, und du wirst immer hier sein. Wie dieses Land. Es mag sich ducken unter den Stürmen, die See mag sich ihren Teil holen, aber das Fischland wird sich nicht unterkriegen lassen. Es ist wie du.«

Während sie gesprochen hatte, war das Lächeln von Pauls Gesicht gewichen. Er schien etwas sagen zu wollen, aber nicht die richtigen Worte zu finden.

»Wage nicht, mir zu widersprechen«, drohte Kassandra.

Paul zog sie zu sich heran. »Würde ich nie tun«, sagte er rau.

»Das hab ich anders in Erinnerung«, murmelte Kassandra. Sie spürte seine Nähe und seine Wärme und schloss die Augen.

»Ja? Kassandra, Liebes, ich werde mich ändern. Fischländer Ehrenwort.«

Kassandra wusste, dass er dabei wieder lächelte. »Bloß nicht! Dann widersprich mir lieber.«

»Morgen«, versprach Paul und küsste sie.

Epilog

Kay Dietrich trommelte ungeduldig mit den Fingern auf die Tischplatte, während das Notebook hochfuhr. Die Silvesterfeier gestern in Ribnitz war durchaus nett gewesen, dennoch hatte er ständig daran denken müssen, was sich alles auf dieser Festplatte befinden mochte. Er wusste, er sollte das den Experten überlassen, aber heute war Neujahr, und das hatte Zeit bis morgen. Trotzdem durfte er sein Glück nicht überstrapazieren, immerhin hatte er schon viel davon beansprucht, indem seine Rolle in dem ganzen Fall nicht durchgesickert war. Hätte Polizeidirektor Geldorf gewusst, dass Dietrich schon wieder mit unbedarften Zivilisten zusammengearbeitet hatte, wäre es eng für ihn geworden. Aber abgesehen von der Tatsache, dass Dietrich am Abend der Geiselnahme bereits in Wustrow gewesen war, als die Kollegen anrauschten, deutete nichts auf so etwas hin, und das erklärte er mit seiner notorischen Gründlichkeit. Er hatte sich eben noch einmal den Tatort ansehen wollen – und anschließend in der »Schifferwiege« zu Abend gegessen. Dass Jung sofort und gerade ihn benachrichtigt hatte, als es im »FischLänder« brenzlig geworden war, hatte auf der Hand gelegen, da Dietrich die Mordkommission leitete. Wer wusste das besser als Heinz Jung? Dietrich mutmaßte, dass Tobias Harms zumindest ahnte, wie alles zusammenhing, doch der hatte geschwiegen. Er war nur ein bisschen eigenartig gewesen an jenem Abend und hatte ein paarmal zu Paul Freese geschielt, der davon allerdings keine Notiz genommen hatte – zu viel anderes musste sich in seinem Kopf abgespielt haben.

Dietrichs Finger hörten auf zu trommeln, weil endlich das Foto der beiden Jungs auf dem Desktop erschien – mit der Verknüpfung zu Sascha Freeses Brief. Paul Freese hatte den Inhalt bemerkenswert gelassen zur Kenntnis genommen, bis er zu dem Teil gekommen war, in dem es augenscheinlich um Heinz Jung ging. Dietrich fragte sich, was genau Kassandra Voß und Paul Freese alles vor ihm verborgen gehalten hatten. Schließlich sagte er sich, dass es keine Rolle spielte. Manchmal musste man seinem Instinkt folgen. Er hatte das getan und die beiden ebenfalls.

Ehe er sich dem Dateiverzeichnis widmete, wollte er den Brief noch mal lesen. Er öffnete das Dokument und begann, doch vor dem zweiten Absatz durchzuckte der Schmerz sein Bein, wie schon mehrmals an diesem Tag. Er konnte sich nicht länger auf den Text konzentrieren, also stand er widerwillig auf und schluckte eine Tablette. Die Ärzte konnten ihm nicht sagen, wann das aufhören würde. Ob es überhaupt aufhören würde oder ob er in Zukunft schlicht damit leben musste, dass es gute und schlechte Tage gab.

Er ging ein paar Schritte, um die Muskeln etwas zu lockern, setzte sich wieder hin und las bis zum Schluss, angewidert von dem Menschen, der Sascha Freese gewesen war. Dennoch nahm er ihm merkwürdigerweise seine letzte Bemerkung ab. Er glaubte ihm, dass er seinem Bruder alles Gute wünschte, als hätte er irgendein Gefühl für Paul Freese wiederentdeckt – was nach Dietrichs Empfinden umgekehrt keineswegs der Fall war. Das mochte in erster Linie daran liegen, dass Sascha Freese ihn in den siebziger Jahren an die Stasi verpfiffen hatte, aber Dietrich war davon überzeugt, dass es noch einen anderen Grund gab – vielleicht hatte der sogar mit Heinz Jung zu tun. Dietrich seufzte. Das ging ihn nichts an.

Er wollte gerade die Datei schließen, da stutzte er, weil sein Blick auf die Statuszeile des Textverarbeitungsprogramms gefallen war. Dort stand die Seitenzahl des Dokumentes, demnach befand er sich mit seinem Cursor auf Seite zwei. Aber es gab noch eine dritte Seite, die Paul Freese und bis eben auch ihm entgangen war. Gespannt beugte Dietrich sich vor und scrollte auf die letzte Seite.

PS: Erinnerst Du Dich noch an die süße Schwester Monika? Die in dem Pflegeheim gearbeitet und mich so gern mit Informationen versorgt hat? Ja, ich bin sicher, Du erinnerst Dich. Monika hat immer noch was für mich übrig, glaub es oder nicht, jedenfalls treffen wir uns manchmal, und sie hält mich auf dem Laufenden, was so auf dem Fischland passiert. Sie hat mir von Deiner Freundin erzählt. Kassandra Voß. Bisschen jung für Dich, Bruderherz, aber hey, ich hab mir sagen lassen, sie sieht ganz nett aus. Ich werde es so einrichten, dass ich sie kennenlerne, wenn ich nach Wustrow komme. Nicht aus purer Neugier, sondern weil sie

Heinz' Nichte ist. Was bedeutet, dass sie Ullas Tochter sein muss, und wenn ich ein bisschen nachrechne ... Paul – weißt Du eigentlich, mit wem Du da zusammen bist? Ich meine, weißt Du, wer ihr Vater ist? Weiß Kassandra, wer ihr Vater ist? Ich würde vermuten: nein. Ulla wird nicht so verrückt gewesen sein, das irgendwem zu verraten. Junge, Junge. Du lässt nichts aus, was?

Kay Dietrich lehnte sich nachdenklich wieder zurück. Sein Bein zwickte bei der Bewegung, doch er merkte es kaum. Er wusste nicht viel über Kassandra Voß' Privatleben, erinnerte sich allerdings, dass sie ihm bei ihrem Besuch im Krankenhaus erzählt hatte, wie das mit ihr und Heinz Jung zusammenhing, wie es herausgekommen war und dass sie außer Jung keine Verwandten mehr hatte. Jedenfalls keine, die sie kannte, weil der eine Teil in Kanada lebte und ihr der andere – die Seite ihres Vaters – vollkommen unbekannt war.

Dietrich griff nach seinem Smartphone, das neben dem Notebook lag, und suchte nach ihrer Nummer. Doch letztlich kappte er die Verbindung wieder, ehe er ein einziges Freizeichen gehört hatte.

Wenn er Sascha Freeses Worte richtig deutete, war die Identität von Kassandra Voß' Vater eine heikle Angelegenheit. Ulla Voß würde aus guten Gründen niemanden eingeweiht haben, und Freese wusste vermutlich nur davon, weil er seine Nase unbemerkt überall reingesteckt oder den einen oder anderen Kontakt gehabt hatte. In diesem speziellen Fall schien er allerdings sein Wissen nicht genutzt zu haben, sicher auch aus guten Gründen. Zwar lag das alles schon sehr lange zurück, aber Freese sprach von dem unbekannten Mann im Präsens, das hieß vermutlich, er lebte noch.

Dietrich legte das Smartphone zurück auf den Tisch. Er stand auf, trat ans Fenster und betrachtete geraume Zeit den kleinen Platz, an dem Fähr- und Schillstraße aufeinandertrafen. Im Sommer setzte er sich manchmal auf die Steinbank vor dem Brunnen und beobachtete, wie das Wasser aus der reich verzierten Pumpe in den Eimer und von da in das Bassin lief. Das hatte etwas Kontemplatives, das ihm Ruhe spendete – nicht einmal das lebhafte Getümmel des gegenüberliegenden Restaurants konnte ihn dann stören. Dietrichs Blick schloss jetzt die großen Fensterscheiben und den Eingang des Scheelehofs ein, wo die ersten Gäste eintrudelten, die den Neujahrsabend bei einem guten Essen ausklingen lassen wollten. Bei gutem Essen fiel ihm Inga Lange ein, die wohl wie Mona Kolbert wegen Beihilfe zum Mord angeklagt werden würde.

Was ihn wieder zum Thema brachte. Was sollte er tun wegen Kassandra Voß' geheimnisvollem Vater? Er war der Antwort um keinen Deut nähergekommen, als der Klingelton seines Diensthandys ihn vom Grübeln befreite. Bengt Johannsens Name leuchtete auf dem Diplay auf. Sein Kollege war seit einer knappen Woche wieder an Bord, was Dietrich ausgesprochen freute.

»Ja, Bengt, was gibt's?«, meldete er sich ohne eine »Frohes neues Jahr«-Floskel.

»Falls du auf einen gemütlichen Abend auf dem Sofa spekulierst, vergiss es. Leichenfund in Grimmen, Doppelmord anscheinend. Ich brauch dich hier.«

»Bin unterwegs.« Dietrich schnappte sich seinen Mantel und ließ die Wohnungstür hinter sich zufallen. Damit war ihm die Entscheidung abgenommen worden, er würde es heute kaum mehr schaffen, Kassandra Voß anzurufen.

Als er im Wagen saß, wurde ihm klar, dass er das auch in nächster Zeit lassen würde. Wenn er da etwas anschob, würden Kassandra Voß und Paul Freese vermutlich umgehend zu graben beginnen und keine Ruhe geben, bis sie die Wahrheit fanden. Dabei hatte die letzte Familienangelegenheit die beiden gerade genug Nerven gekostet.

Dietrich schaltete den MP3-Player ein, die ersten Töne eines Norah-Jones-Songs erklangen. Er lächelte in Erinnerung daran, dass Kassandra Voß seinen Musikgeschmack so gut eingeschätzt hatte, und nickte, wie um seinen Entschluss zu bekräftigen. Er würde sich nicht ohne Notwendigkeit in das Leben in Wustrow einmischen. Zumindest jetzt noch nicht.

Dank & Nachwort

Zuallererst – und von ganzem Herzen – Dank an Günther Weihmann, der mich auch für diesen Roman wieder mit Fischland-Fakten gefüttert hat (mögliche Fehler gehen sämtlich auf meine Kappe). Fakten sind eine Sache, Gelebtes und Erfahrungsschatz eine andere. Ich habe das große Glück, dass Günther Weihmann auch die beiden letztgenannten Dinge immer wieder aufs Neue mit mir teilt. So haben mich diesmal seine lebendigen Erzählungen vom Eiswinter 1978/79 sofort gefesselt und zu den Ereignissen in Kapitel 23 inspiriert. Wer mehr über jenen Winter auf dem Fischland sowie jede Menge anderes Wissenswerte über die Geschichte Wustrows erfahren möchte, dem sei das Buch »Ostseebad Wustrow – Alles schon gewusst?« von Günther Weihmann, Silvia Priebe und Udo Mammen ans Herz gelegt.

Kurdirektor Dirk Pasche war mir erneut behilflich und hat mir freundlicherweise sowohl einen Blick in die kleine Kapelle des Fischländer Friedhofs ermöglicht als auch Einblick in Wustrower Bestattungsbräuche gegeben. Der Friedhof lohnt einen Besuch – nicht nur, weil so viele Künstler dort ihre letzte Ruhestätte gefunden haben, sondern auch wegen der einzigartigen Grabsteine, die auf besondere Weise ihre Geschichte(n) vom Fischland und den Fischländern erzählen.

Seit dem letzten Roman sind weitere unvergessliche Momente auf dem Fischland hinzugekommen, die ich mit meinem Mann Jörg erleben durfte. Nicht nur dafür gebührt ihm Dank, sondern ebenso für die Geduld, mit der er die mitunter sicher nicht leicht auszuhaltenden Schreibphasen ertrug, in denen gerade mal wieder eine meiner Figuren aus der Reihe tanzte und ich kaum ansprechbar war. Außerdem natürlich wie immer tausend Dank für die unentbehrlichen Kommentare zu meinem Manuskript.

Engagierte Unterstützung bekam ich auch wieder von meiner Lektorin Marit Obsen. Sie hat schon den ersten Mord auf dem Fischland betreut und beim zweiten ebenso vielfältige wie wertvolle Hinweise gegeben, die den Roman zu verbessern halfen – wofür ich hier natürlich unbedingt ein erneutes Danke loswerden möchte.

Louise Kämmerer hat sich in gewohnt sorgfältiger Weise meinem Text als Testleserin angenommen. Ich werde nie wieder Organisten und Pianisten durcheinanderwerfen. Danke schön.

Meiner Freundin und Autoren-Kollegin Gefion Clausen danke für die vielen diskussionswürdigen spannenden Anmerkungen zu meinem Manuskript und auch ansonsten für den lustigen, nachdenklichen, auf jeden Fall immer anregenden Gedankenaustausch über so ziemlich alles, insbesondere über Fotografieren, Schreiben – und Pauls Auto! ;-)

Gerit und Gisela – danke für eure tägliche Unterstützung!

Verzaubern ließ ich mich schon vom Fischland, als ich vor vielen Jahren zum ersten Mal herkam. Inzwischen fühle ich mich mit jedem Mal, das ich hier sein darf, mehr verbunden mit diesem Landstrich, der die Schönheit und die Kraft der Natur in so einmaliger Weise vereint. Kein anderer Ort vermittelt mir so sehr das Gefühl, nach Hause zu kommen.

Wustrow, im März 2013
Corinna Kastner

www.corinnas-fischland.blogspot.de
www.kastners-welten.de

Corinna Kastner
FISCHLAND-MORD
Broschur, 320 Seiten
ISBN 978-3-89705-912-2

»Spannung und Unterhaltung – genau richtig im Ostseeurlaub.«
Küstenjournal